O POÇO DA ASCENSÃO

O POÇO DA ASCENSÃO

LIVRO DOIS DE MISTBORN

BRANDON SANDERSON

TRADUÇÃO
Petê Rissatti

TRAMA

Editora Nova Fronteira Participações S.A.
Av. Rio Branco, 115 — Salas 1201 a 1205 — Centro — 20040-004
Rio de Janeiro — RJ — Brasil
Tel.: (21) 3882-8200

Mapas e símbolos por Isaac Stewart
Símbolo do aço e crânio por Ben McSweeney

Nossos agradecimentos à Editora Leya Brasil pela gentileza da cessão não onerosa da tradução ora publicada nesta edição.

Dados Internacionais de Catalogação na Publicação (CIP)

S216m Sanderson, Brandon
O Poço da Ascensão / Brandon Sanderson; traduzido por Petê Rissatti. – 3.ed. – Rio de Janeiro: Trama, 2025.
856 p.; 15,5 x 23 cm

Título original: *The Well of Ascension*
ISBN: 978-65-81339-19-7

1. Literatura americana. I. Rissatti, Petê. II. Título.

CDD: 810
CDU: 821.111(73)

André Felipe de Moraes Queiroz – Bibliotecário – CRB-4/2242

Visite nossa loja virtual em:

www.editoratrama.com.br
/ editoratrama

PARA PHYLLIS CALL,

Que talvez nunca entenda meus livros de fantasia,

mas ainda assim me ensinou mais sobre a vida

— e, com isso, sobre escrever —

do que ela provavelmente saberá um dia

(Obrigado, vovó!)

SUMÁRIO

SUMÁRIO

AGRADECIMENTOS

PARA COMEÇAR, JOSHUA BILMES, MEU excelente agente, e Moshe Feder, meu editor, merecem, como sempre, todos os elogios por seus esforços. Este livro em especial exigiu um planejamento cuidadoso, e eles estavam prontos para a tarefa. Para eles e para seus assistentes, Steve Mancino (um agente excelente por seu próprio mérito) e Denis Wong, meus agradecimentos.

Há outro pessoal bacana na Tor que merece meu muito obrigado. Larry Yoder (o melhor representante de vendas da nação) fez um trabalho maravilhoso com as vendas do livro. Seth Lerner, o diretor de arte para mercado de massa da Tor, é um gênio ao combinar livros e artistas. E, falando de artistas, acho que o fantástico Christian McGrath fez um trabalho brilhante com a capa deste livro. Você pode ver mais obras dele em *jonfoster.com*. Isaac Stewart, um grande amigo e colega escritor, fez todo o trabalho com o mapa e os símbolos para os títulos dos capítulos. Veja mais a respeito em *nethermore.com*. Shawn Boyles é o artista oficial da Mistborn Llama, além de ser um cara fantástico. Visite o meu site para mais informações.

Finalmente, gostaria de agradecer ao marketing da Tor — especificamente a Dot Lin —, que foi maravilhoso ao promover meus livros e cuidar de mim.

Muito obrigado a todos vocês!

Outra rodada de agradecimentos vai para os meus leitores alfa. Esses caras incansáveis opinam sobre meus romances no início, lidando com todos os problemas, erros de digitação e incoerências antes que eu os resolva. Sem ordem especial, essas pessoas são: Ben Olson, Krista Olsen,

Nathan Goodrich, Ethan Skarstedt, Eric J. Ehlers, Jillena O'Brien, C. Lee Player, Kimball Larsen, Bryce Cundick, Janci Patterson, Heather Kirby, Sally Taylor, The Almighty Pronoun, Bradley Reneer, Holly Venable, Jimmy, Alan Layton, Janette Layton, Kaylynn ZoBell, Rick Stranger, Nate Hatfield, Daniel A. Wells, Stacy Whitman, Sarah Bylund e Benjamin R. Olsen.

Um agradecimento especial vai para o pessoal da Provo Waldenbooks, por seu apoio. Sterling, Robin, Ashley e o *duo* terrível Steven Diamond, o Cara da Livraria, e Ryan McBride (que também são leitores alfa).

Além disso preciso agradecer ao meu irmão, Jordan, por seu trabalho no meu site (junto com Jeff Creer). Jordo também é o cara que "mantém a cabeça de Brandon no prumo", com sua obrigação solene de tirar sarro de mim e dos meus livros.

Minha mãe, meu pai e minhas irmãs sempre me dão uma ajuda maravilhosa.

Se eu me esqueci de algum leitor alfa, me desculpem! Escrevo o nome de vocês duas vezes no próximo. Observação: Peter Ahlstrom, eu não me esqueci de você — apenas decidi deixá-lo por último para você suar um pouco.

Finalmente, meu agradecimento para minha maravilhosa mulher, com quem me casei durante o processo de edição deste livro. Te amo, Emily!

PREFÁCIO

O POÇO DA ASCENSÃO FOI um dos livros mais difíceis da minha carreira. De fato, o único em que consigo pensar que foi mais difícil de escrever foi o livro final de A *Roda do Tempo*. (E grande parte da dificuldade daquele livro tem a ver com expectativas.)

Se você voltasse para 2005, quando eu estava escrevendo *O Poço da Ascensão*, veria que eu era um escritor majoritariamente pouco experiente com (talvez) uma quantidade desproporcional de confiança. Como mencionei em numerosas ocasiões, escrevi mais de uma dúzia de romances antes de publicar um deles — e esse caminho para a publicação criou em mim uma estranha mistura de ingenuidade e experiência.

Passei anos experimentando meu estilo pessoal e estava bastante satisfeito com ele. Havia lidado com a rejeição e passei anos aprendendo a escrever durante um período que não sabia se isso seria mais do que um *hobby*. Fiz as pazes com o fato de que poderia permanecer sem ser publicado pelo resto da minha vida, mas continuei avançando. Essa compreensão, paradoxalmente, me deu segurança. Sabia que adorava escrever. Nenhuma resenha ruim ou fracasso no mercado poderia provocar em mim uma crise maior do que aquelas pelas quais já havia passado.

Ao mesmo tempo, existiam coisas que eu nunca fizera, ou pelo menos fizera raramente — e no topo daquela lista estavam as sequências. (Catorze livros na minha carreira, e eu só havia escrito uma única sequência.) Quase todos os meus livros haviam sido mundos novos, com novos sistemas mágicos e novos personagens. Era isso que eu havia praticado, mas havia coisas que eu queria fazer com a narrativa que exigiam uma série.

Cheguei a *O Poço da Ascensão* com meu otimismo característico, e então aprendi em primeira mão como pode ser difícil pegar personagens e se aprofundar neles. O primeiro livro praticamente não me deu trabalho, mas foi por água abaixo no final, e ele tinha grandes problemas de ritmo por todo o texto. Mas então, como muitas coisas na vida, quanto maior o desafio, maior o crescimento que ele traz. Consertar esse livro entre as diferentes versões me levou a alguns momentos de crescimento mais importantes como escritor.

Talvez a ironia nisso tudo seja que *O Poço da Ascensão* foi a história que quis contar primeiro. Eu havia sido tentado a pular o relato da queda do Senhor Soberano, porque estava preocupado em revisitar um terreno excessivamente familiar. Todo mundo escrevia histórias sobre derrubar um império — mas eu raramente via uma história sobre revolucionários forçados a se tornarem políticos. O que acontece *depois* que você derruba um governo? Construir alguma coisa é sempre mais difícil do que demolir alguma coisa.

Esse é o livro em que realmente encontrei tempo para mergulhar nas motivações dos personagens e obrigá-los a encarar algumas questões difíceis. Qual é a linha entre a segurança e a liberdade? O que você faz quando seus ideais te decepcionam? O que você faria se passasse de fora da lei a agentes da lei?

Me sinto extremamente orgulhoso desse livro. Ele me provou que posso consertar algo quebrado e que a dor das diferentes versões e da revisão pode fornecer resultados verdadeiramente excepcionais. Consegui realizar meus sonhos e provei a mim mesmo que podia escrever sobre personagens e temas — não só sobre algum sistema mágico maluco e sua ambientação.

De algumas maneiras, foi fácil para Kelsier — em *Mistborn* — falar de esperança. Esse é o livro que nos recorda que tal sentimento e ideais elevados às vezes têm um preço.

Domínio de Terris
Domínio Longínquo
Domínio Ocidental
Domínio Setentrional
Domínio Central
Domínio Meridional
Domínio Crescente
Domínio Oriental
Ilhas Meridionais
Domínio Distante
16. lago Tryrian
17. lago Luthadel
18. lago Negro
19. rio Seran
20. Seran do Norte
21. Seran do Sul
22. rio Channerel
O Império Final
1. Luthadel
2. fossos de Hathsin
3. Urteau 4. Cidade de Fadrex
5. Tremredare 6. Tathingdwen
7. Conventículo de Seran
8. Monte Darytatith, local histórico do Poço da Ascensão
As Montanhas de Cinzas
9. Tyrian 10. Zerinah 11. Faleast 12. Doriel
13. Morag 14. Kalling 15. Torinost
2016

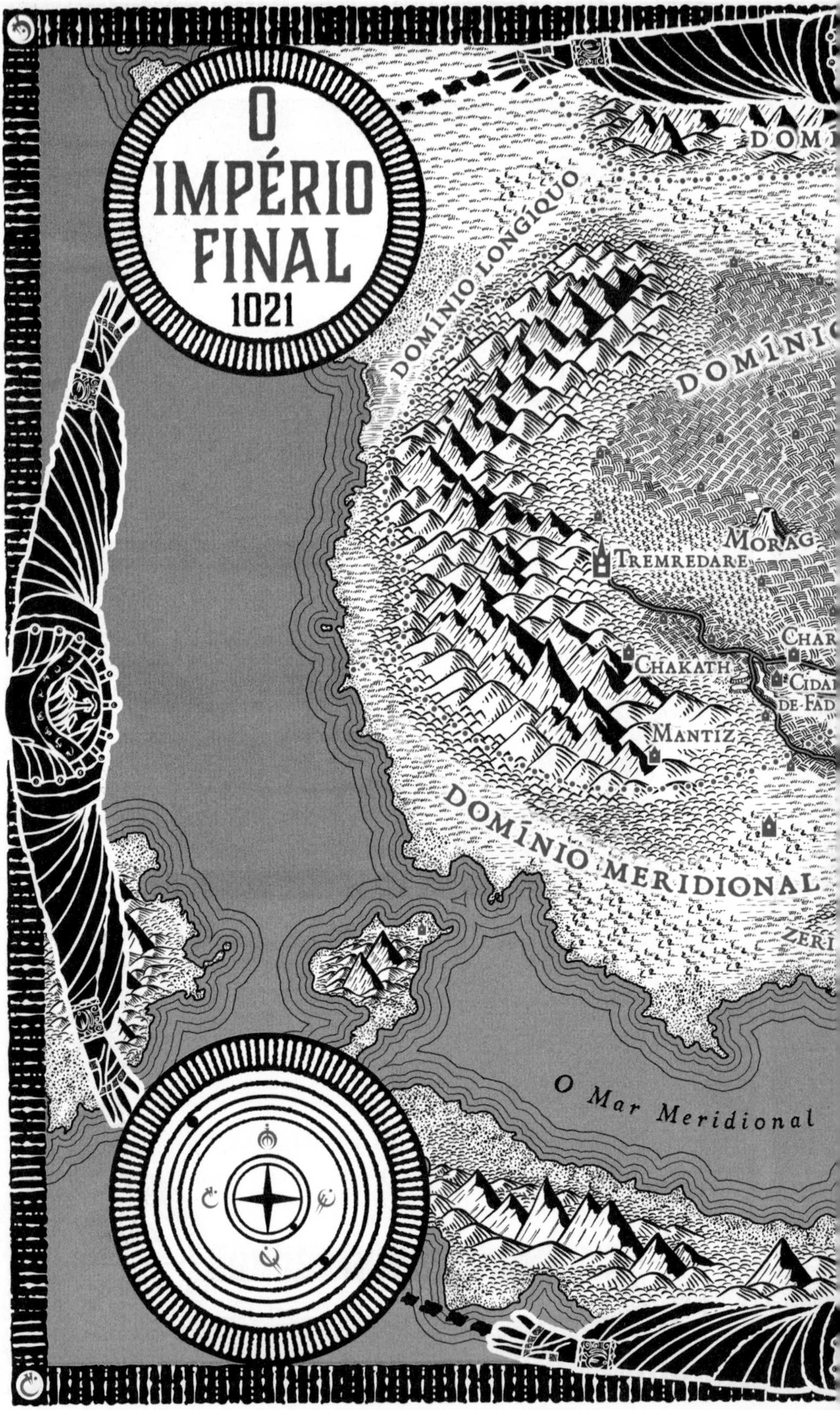

O IMPÉRIO FINAL
1021
DOMÍNIO LONGÍQUO
DOMÍNIO
MORAG
TREMREDARE
CHAKATH
MANTIZ
DOMÍNIO MERIDIONAL
O Mar Meridional

DE TERRIS
TATHINGDWEN
DENTAL
DOMÍNIO CRESCENTE
RINOST
DOMÍNIO SETENTRIONAL
KALLING
ARGUOIS
URTEAU
OSSOS DE HATHSIN
TRESTING
HAVERFREX
HOLSTEP
VALTROUX
Lago de Luthadel
YRIAN
R. Channerel
LUTHADEL
ago Tyrian
FELLISE
SUISNA
DOMÍNIO CENTRAL
O Lago Negro
NALONGO
R. Channerel
AUSTREX
NDADE
-LEKAL
VETITIAN
OSQUE
GARTH
FALEAST
DOMÍNIO ORIENTAL
ERLAC
Seran do Norte
DORIEL
URBENE
CONVENTÍCULO DE SERAN
R. SERAN
DOMÍNIO CRESCENTE
2016

Portão de Aço
Guarnição de Luthadel
Labirinto de Cinzas
Fileira Aspen
Livros de Bilmes
Rua Kenton
As Torções
Esconderijo de Camom
Praça do Sobrevivente
Canal Feder
Distrito de Hotéis
Loja de Trevo
Portão de Ferro
Rua do Canal
Fortaleza Hasting
Portão Velho
Edifício da Assembleia
Distrito Comercia
Mercal
Portão de Bronze
LUTHADEL

PORTÃO DE ESTANHO
LABIRINTOS DE FULIGEM
PORTÃO DE PELTRE
DA MURALHA ANTIGA
PRAÇA AHLSTROM
FORTALEZA VENTURE
FORTALEZA LEKAL
RUA DA MURALHA ANTIGA
RUA BLOQUEADA
PORTÃO DE ZINCO
KEDRICK SHAW
DISTRITO INDUSTRIAL
PONTE SUL
OS FISSÕES
PORTÃO DE LATÃO
PORTÃO DE LATÃO
PORTÃO DE COBRE
2016

O POÇO DA ASCENSÃO

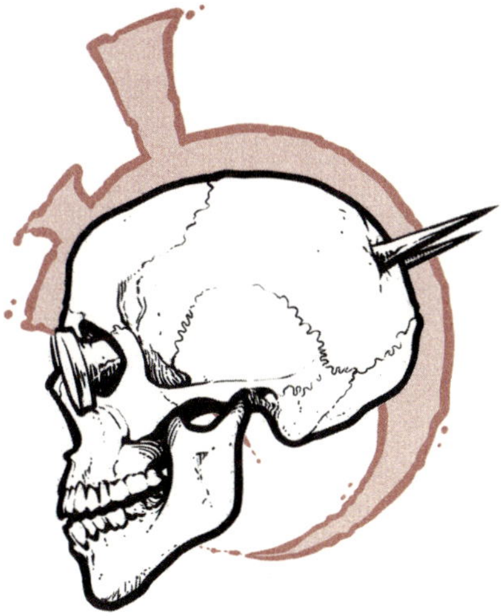

PRIMEIRA PARTE

HERDEIRA DO SOBREVIVENTE

Escrevo estas palavras em aço, pois qualquer coisa que não seja inscrita no metal não é confiável.

1

O EXÉRCITO RASTEJAVA COMO UMA mancha escura pelo horizonte.

O rei Elend Venture estava em pé, imóvel, sobre a muralha da cidade de Luthadel, espreitando as tropas inimigas. Ao redor dele, as cinzas caíam do céu em flocos grandes e indolentes. Não eram as cinzas brancas queimadas que se viam em carvão usado; eram cinzas pretas, mais profundas, mais ásperas. As Montanhas de Cinzas estavam especialmente ativas naqueles tempos.

Elend sentiu o pó de cinzas no rosto e nas roupas, mas ignorou-o. À distância, o sol vermelho-sangue estava próximo do ocaso. Iluminava por trás o exército que viera arrancar o reino de Elend.

— Quantos? — Elend perguntou em voz baixa.

— Cinquenta mil, acreditamos — Ham disse, recostando-se no parapeito, braços robustos cruzados sobre a pedra. Como tudo na cidade, a muralha era manchada de preto por incontáveis anos de chuvas de cinzas.

— Cinquenta mil soldados... — Elend disse, baixando mais a voz. Apesar do recrutamento pesado, Elend mal conseguira vinte mil homens sob o seu comando, e estes eram camponeses com menos de um ano de treinamento. Manter até mesmo essa pequena quantidade estava esgotando seus recursos. Se fossem capazes de encontrar o atium do Senhor Soberano, talvez as coisas fossem diferentes. Na atual conjuntura, o reinado de Elend corria sério risco de acabar em desastre econômico.

— O que acha? — Elend perguntou.

— Não sei, El — Ham disse num murmúrio. — Sempre foi Kelsier quem teve a visão.

— Mas você o ajudava a planejar — Elend disse. — Você e os outros eram a equipe dele. Aqueles que apareceram com uma estratégia para derrubar o império e depois fizeram com que acontecesse.

Ham ficou em silêncio, e Elend sentiu como se soubesse o que o homem estava pensando. *Kelsier era o centro de tudo. Era quem organizava, aquele que levava adiante os debates enfurecidos e transformava-os numa operação viável. Era o líder. O gênio.*

E morrera um ano antes, no mesmo dia em que o povo — como parte do seu plano secreto — se levantou em fúria para derrubar seu deus-imperador. Elend assumiu o trono no caos que sucedeu. Agora, parecia cada vez mais que ele perderia tudo que Kelsier e sua equipe tinham conquistado arduamente. Perder para um tirano que talvez fosse ainda pior que o Senhor Soberano. Um déspota mesquinho e sorrateiro na forma de um "nobre". O homem que marchava com seu exército sobre Luthadel.

O próprio pai de Elend, Straff Venture.

— Alguma possibilidade de você conseguir... convencê-lo a não atacar?

— Talvez — Elend disse hesitante. — Desde que a Assembleia simplesmente não entregue a cidade.

— Eles estão perto de fazer isso?

— Não sei, sinceramente. Temo que estejam. Aquele exército os deixou apavorados, Ham. — *E com razão*, ele pensou. — De qualquer forma, tenho uma proposta para a reunião de daqui a dois dias. Tentarei convencê-los a não fazer nada precipitado. Dockson voltou hoje, certo?

Ham assentiu com a cabeça.

— Pouco antes do avanço do exército.

— Acho que deveríamos convocar uma reunião da equipe — Elend disse. — Ver se conseguimos pensar numa maneira de sair desta situação.

— Ainda estamos bastante desfalcados — Ham falou, coçando o queixo. — Fantasma não deve voltar antes de uma semana, e só o Senhor Soberano sabe para onde foi Brisa. Não temos nenhuma notícia dele há meses.

Elend suspirou, balançando a cabeça.

— Não consigo pensar em mais nada, Ham. — Ele se virou, encarando a paisagem cinzenta novamente. O exército acendia fogueiras de acampamento enquanto o sol se punha. Logo, as brumas apareceriam.

Preciso voltar ao palácio e trabalhar naquela proposta, Elend pensou.

— Para onde Vin fugiu? — Ham perguntou, voltando-se para Elend.

Elend fez uma pausa.

— Olha — ele respondeu —, não sei muito bem.

VIN POUSOU SUAVEMENTE NOS PARALELEPÍPEDOS úmidos, observando quando as brumas começaram a se formar ao redor dela. Quando a escuridão caía, elas apareciam do nada, crescendo como um emaranhado de trepadeiras translúcidas, girando e envolvendo-se umas às outras.

A grande cidade de Luthadel estava quieta. Mesmo agora, um ano após a morte do Senhor Soberano e a ascensão do novo governo livre de Elend, as pessoas comuns ficavam em casa à noite. Temiam as brumas, uma tradição muito mais arraigada que as leis do Senhor Soberano.

Vin caminhou em silêncio, os sentidos em alerta. Dentro dela, como sempre, queimava o estanho e o peltre. O estanho aumentava seus sentidos, facilitando sua visão noturna. O peltre deixava seu corpo mais forte, tornando seus pés mais leves. Esses, além do cobre — que tinha o poder de esconder seu uso da Alomancia dos outros que queimavam bronze —, eram metais que ela mantinha consigo quase o tempo todo.

Alguns a chamavam de paranoica. Ela se considerava precavida. De qualquer forma, o hábito salvara sua vida em inúmeras ocasiões.

Ela se aproximou de uma esquina silenciosa e fez uma pausa, espreitando. Nunca entendera de verdade *como* queimava metais; ela conseguia se lembrar de fazê-lo desde sempre, usando a Alomancia por instinto, mesmo antes de ter sido formalmente treinada por Kelsier. Na verdade, aquilo não importava para ela. Não era como Elend; não precisava de explicações lógicas para tudo. Para Vin, era suficiente que, quando engolisse pedacinhos de metal, pudesse explorar seu poder.

Poder que ela apreciava, pois sabia bem como era não o possuir. Mesmo agora, ela não era como provavelmente se imaginava uma guerreira. De estrutura delicada, com pouco mais de um metro e meio, cabelos pretos e pele pálida, sabia que tinha uma aparência quase frágil. Não mais exibia o aspecto desnutrido de sua infância nas ruas, mas certamente ninguém a julgaria intimidadora.

Ela gostava daquilo. Dava-lhe uma vantagem — e ela precisava de toda vantagem que pudesse ter.

Também gostava da noite. Durante o dia, Luthadel era lotada e sufocante, apesar do seu tamanho. Mas à noite as brumas caíam como uma nuvem espessa. Umedeciam, suavizavam, sombreavam. Os fortes gigantescos transformavam-se em montanhas sombrias, e os prédios apinhados fundiam-se como as mercadorias rejeitadas de um fabricante de velas.

Vin agachou-se ao lado do seu prédio, ainda observando o cruzamento. Com cuidado, ela se concentrou e queimou aço — um dos metais que havia engolido mais cedo. Imediatamente, um grupo de linhas azuis transparentes saltaram ao redor dela. Visíveis apenas a seus olhos, as linhas saíam de seu peito até as fontes de metal próximas — todos os metais, não importava o tipo. A grossura das linhas era proporcional ao tamanho das peças de metal que encontravam. Algumas apontavam para as dobradiças de bronze das portas, outras para o ferro cru dos pregos que seguravam as tábuas.

Ela aguardou em silêncio. Nenhuma das linhas se moveu. Queimar aço era uma maneira fácil de dizer se alguém se movia nas proximidades. Se o que vestia tivesse pedacinhos de metal, atrairia as linhas azuis reveladoras em movimento. Claro, aquele não era o objetivo principal do aço. Vin levou a mão cuidadosamente à bolsa em seu cinto e puxou uma das muitas moedas que estavam dentro dela, abafadas pelos tampões de tecido. Como todos os outros pedaços de metal, essa moeda tinha uma linha azul que se estendia do seu centro para o peito de Vin.

Ela lançou a moeda no ar, então agarrou mentalmente sua linha e — aço queimando — *empurrou* a moeda. O pedaço de metal voou, traçando um arco através das brumas, forçado pelo *empurrão*. Depois tilintou no chão, no meio da rua.

As brumas continuavam a girar. Eram espessas e misteriosas, mesmo para Vin. Mais densas do que a névoa comum e mais constantes que qualquer padrão climático normal, elas rodavam e fluíam, formando filetes ao redor dela. Seus olhos conseguiam perfurá-las, e o estanho deixava sua visão mais aguçada. A noite parecia mais clara para ela, e as brumas, menos abundantes. Ainda assim, elas estavam lá.

Uma sombra se movia na praça da cidade, reagindo à sua moeda — que ela havia *empurrado* para dentro da praça como um sinal. Vin esgueirou-se adiante e reconheceu OreSeur, o kandra. Usava um corpo diferente do que tinha um ano atrás, durante os dias em que fazia o papel de Lorde Renoux. Ainda assim, este corpo calvo, indefinível, agora era tão familiar para Vin quanto o antigo.

OreSeur encontrou-se com ela.

— Encontrou o que estava procurando, senhora? — ele perguntou num tom respeitoso, ainda que um pouco hostil. Como sempre.

Vin negou com a cabeça, olhando ao redor na escuridão.

— Talvez eu estivesse errada — ela disse. — Talvez eu *não* estivesse sendo seguida. — Reconhecer aquilo fez com que ela se entristecesse um pouco. Ela ansiava por enfrentar o Vigilante outra vez naquela noite. Ela ainda não sabia quem ele era; na primeira noite, pensou que fosse um assassino. E talvez fosse. Ainda assim, ele parecia demonstrar pouco interesse por Elend, e muito interesse por Vin.

— Devemos voltar para a muralha — Vin decidiu, levantando-se. — Elend deve estar se perguntando para onde fui.

OreSeur assentiu. Naquele momento, uma explosão de moedas voou através das brumas, caindo sobre Vin.

Comecei a me perguntar se sou o único homem são que restou. Os outros não conseguem ver? Eles esperam por tanto tempo a chegada do herói — aquele mencionado nas profecias terrisanas — que rapidamente pulam de conclusão em conclusão, supondo que cada história e lenda se referem a este único homem.

2

VIN REAGIU IMEDIATAMENTE, SALTANDO PARA longe. Moveu-se com velocidade incrível, resvalando a capa num giro enquanto deslizava pelos paralelepípedos molhados. As moedas caíam atrás dela, soltando lascas de pedra e deixando rastros na névoa enquanto ricocheteavam para longe.

— OreSeur, fuja! — ela gritou, embora ele já estivesse fugindo na direção de um beco próximo.

Vin girou agachada, mãos e pés nas pedras frias, metais alomânticos queimando no estômago. Queimava aço, observando as linhas azuis translúcidas aparecendo ao redor dela. Esperou, tensa, vigiando...

Outro grupo de moedas disparou das névoas escuras, cada qual perseguindo uma linha azul. Vin imediatamente queimou aço e *empurrou* contra as moedas, desviando-as para dentro da escuridão.

A noite ficou quieta novamente.

A rua ao redor era ampla para Luthadel, embora os edifícios altos se erguessem de ambos os lados. A névoa girava indolente, fazendo com que o final da rua desaparecesse sob a bruma.

Um grupo de oito homens apareceu das brumas e se aproximou. Vin sorriu. Ela *estava* correta: alguém a seguira. Porém, esses homens não eram o Vigilante. Não tinham sua graça firme, sua noção de poder. Esses homens eram bem mais diretos. Assassinos.

Fazia sentido. Se *ela* tivesse acabado de chegar com um exército para conquistar Luthadel, a primeira coisa que teria feito era enviar um grupo de alomânticos para matar Elend.

Ela sentiu uma pressão repentina na lateral do corpo e xingou quando perdeu o equilíbrio, sua bolsa de moedas sendo arrancada da sua cintura. Ela puxou o cordão, deixando o inimigo alomântico *empurrar* as moedas para longe dela. Os assassinos tinham ao menos um Lançamoedas — um Brumoso com poder de queimar aço e *empurrar* metais. De fato, dois dos assassinos estavam com linhas azuis apontadas para as suas próprias bolsas de moedas. Vin considerou devolver o favor e *empurrar* suas bolsas para longe, mas hesitou. Não precisava mostrar seus poderes ainda. Talvez precisasse daquelas moedas.

Sem suas moedas, não conseguia atacar à distância. Porém, se essa fosse uma equipe boa, atacar à distância seria inútil — seus Lançamoedas e Atraidores estariam prontos para lidar com o lançamento de moedas. Fugir também não era opção. Esses homens não tinham vindo apenas por ela; se fugisse, continuariam até alcançar seu objetivo real.

Ninguém enviava assassinos para liquidar guarda-costas. Assassinos matavam homens importantes. Homens como Elend Venture, rei do Domínio Central. O homem que ela amava.

Vin inflamou peltre — o corpo ficou mais tenso, alerta, perigoso. *Quatro Brutamontes adiante*, ela pensou, observando os homens que avançavam. Os queimadores de peltre obtinham força sobre-humana e eram capazes de sobreviver a uma boa quantidade de punição física. Muito perigosos de perto. *E aquele que está carregando o escudo de madeira é um Atraidor.*

Ela fingiu um avanço, fazendo com que os Brutamontes que se aproximavam recuassem. Oito Brumosos contra uma Nascida da Bruma era uma luta equilibrada para eles, mas apenas se eles fossem cuidadosos. Os dois Lançamoedas foram para as laterais da rua, de forma que pudessem *empurrá-la* de ambas as direções. O último homem, em pé ao lado do Atraidor, devia ser um Esfumaçador — relativamente de pouca importância numa luta, já que seu objetivo era esconder o grupo dos alomânticos inimigos.

Oito Brumosos. Kelsier poderia dar conta; ele matara um Inquisidor. Porém, ela não era Kelsier. Ainda precisava decidir se aquilo era bom ou ruim.

Vin respirou fundo, desejando ter um pedaço de atium, e queimou ferro. Isso permitiu que ela *puxasse* uma moeda próxima — uma daquelas lançadas sobre ela — mais do que o aço teria permitido *empurrá-la*. Ela a agarrou, soltou-a e, em seguida, pulou, fazendo como se *empurrasse* a moeda, e lançou-se para o alto.

Porém, um dos Lançamoedas *empurrou* a moeda, jogando-a longe. Como a Alomancia permitia apenas que a pessoa *empurrasse* diretamente do próprio corpo ou *puxasse* diretamente para ela, Vin ficou sem uma âncora decente. *Empurrar* a moeda apenas a lançaria de lado.

Ela voltou ao chão.

Deixe que pensem que me emboscaram, ela pensou, agachando-se no centro da rua. Os Brutamontes aproximaram-se um pouco mais confiantes. *Isso*, Vin pensou. *Sei o que vocês estão pensando. É a Nascida da Bruma que matou o Senhor Soberano? Essa coisinha magra? Como pode ser possível?*

Eu me pergunto a mesma coisa.

O primeiro Brutamontes atacou, e Vin se pôs em movimento. Adagas de obsidiana reluziram na noite quando ela as arrancou das bainhas, e o sangue espalhou-se preto na escuridão enquanto ela passou por baixo do cajado do Brutamontes e cortou as coxas dele com as armas.

O homem gritou. A noite não era mais silenciosa.

Eles xingaram quando Vin se moveu no meio deles. O parceiro do Brutamontes a atacou — rápido a ponto de se tornar um borrão, seus músculos abastecidos com o peltre. Seu cajado ergueu a franja da capa de bruma de Vin quando ela se lançou ao chão, levantando-se em seguida para sair do alcance de um terceiro Brutamontes.

Uma chuva de moedas voou na direção dela. Vin estendeu a mão e *empurrou-as*. Contudo, o Lançamoedas continuou a *empurrar*, e o *empurrão* de Vin chocou-se contra o dele.

Empurrar e *puxar* metais era uma questão de peso. E, com as moedas entre eles, aquilo significava que o peso de Vin bateu contra o peso do assassino. Os dois foram lançados para trás. Vin desviou do abraço de um Brutamontes; o Lançamoedas foi ao chão.

Uma enxurrada de moedas veio até ela de outra direção. Ainda girando no ar, Vin inflamou aço, o que aumentou ainda mais seu poder. As linhas azuis eram um emaranhado, mas ela não precisava isolar as moedas para *empurrá-las* todas para longe.

Esse Lançamoedas soltou seus projéteis assim que sentiu o toque de Vin. Os pedaços de metal espalharam-se nas brumas.

Vin atingiu os paralelepípedos primeiro com o ombro. Rolou — avivando peltre para aumentar seu equilíbrio — e ficou de pé. Ao mesmo tempo, queimou ferro e *puxou* forte as moedas desaparecidas.

Elas voaram na sua direção. Assim que se aproximaram, Vin saltou para o lado e *empurrou-as* para os Brutamontes que se aproximavam. Porém, as moedas desviaram-se de imediato, girando através da bruma até o Lançamoedas. Ele não conseguia *empurrar* as moedas — como todos os Brumosos, tinha apenas um poder alomântico, e o seu era de *puxar* com ferro.

Fez aquilo de um modo eficaz, protegendo os Brutamontes. Ergueu seu escudo e grunhiu com o impacto quando as moedas o atingiram e se espalharam.

Vin já estava se movendo outra vez. Correu diretamente para o Lançamoedas, agora exposto à sua esquerda, aquele que caíra no chão. O homem gritou, surpreso, e o outro Lançamoedas tentou distrair Vin, mas foi lento demais.

O Lançamoedas morreu com uma adaga cravada no peito. Não era um Brutamontes; não conseguia queimar peltre para aperfeiçoar o corpo. Vin puxou a adaga do peito do homem, em seguida arrancou-lhe a bolsa. Ele gorgolejou baixinho e caiu de costas nas pedras.

Um, pensou Vin, girando, o suor voando da sobrancelha. Agora enfrentaria sete homens na rua que parecia um corredor. Provavelmente esperavam que ela fugisse. Em vez disso, ela os atacou.

Quando se aproximou dos Brutamontes, ela pulou — jogando em seguida a bolsa que havia tirado do homem agonizante. O outro Lançamoedas deu um berro, *empurrando-a* imediatamente para longe. No entanto, Vin pegou uma carona com as moedas, lançando-se num salto diretamente sobre a cabeça dos Brutamontes.

Um deles — o ferido — infelizmente foi esperto o bastante para permanecer na retaguarda e proteger o Lançamoedas. O Brutamontes ergueu seu bastão quando Vin aterrissou. Ela desviou do primeiro ataque, ergueu a adaga e...

Uma linha azul dançou na sua linha de visão. Rápido. Vin reagiu de imediato, girando e *empurrando* a tranca de uma porta para lançar-se para fora do caminho. Ela caiu de lado, erguendo-se com uma das mãos. Caiu deslizando nos pés umedecidos pela bruma.

Uma moeda atingiu o chão atrás dela, ricocheteando contra as pedras. Não chegara nem perto de a atingir. De fato, parecia destinada ao Lançamoedas assassino remanescente. Talvez ele tivesse sido forçado a *empurrá-la* para longe.

Mas quem a lançara?

OreSeur?, Vin imaginou. Mas aquilo era bobagem. O kandra não era alomântico e, além disso, ele não teria essa iniciativa. OreSeur fazia apenas o que lhe ordenavam.

O Lançamoedas assassino também olhava confuso. Vin ergueu os olhos, queimando estanho, e foi recompensada com a visão de um homem no alto de um prédio próximo. Uma silhueta escura. Nem mesmo se preocupou em se esconder.

É ele, ela pensou. *O Vigilante.*

O Vigilante permaneceu lá em cima, em seu posto, sem tornar a interferir quando os Brutamontes correram na direção de Vin. Ela xingou quando descobriu três bastões vindo ao mesmo tempo. Ela desviou de um, girou ao redor do segundo para, em seguida, enterrar uma adaga no peito do homem que segurava o terceiro. Ele cambaleou para trás, mas não caiu. O peltre o manteve em pé.

Por que o Vigilante interferiu?, Vin pensava enquanto se esquivava num salto. *Por que atiraria aquela moeda num Lançamoedas que obviamente poderia* empurrá-la *para longe?*

A preocupação dela com o Vigilante quase lhe custou a vida quando um Brutamontes despercebido a atacou pela lateral. Era o homem cujas pernas ela havia rasgado. Vin reagiu bem a tempo de esquivar-se do golpe. Mas isso a colocou ao alcance dos outros três.

Todos atacaram de uma só vez.

Ela conseguiu escapar de dois bastões. Um deles, contudo, atingiu-a pela lateral. O golpe poderoso jogou-a pela rua, e ela foi de encontro à porta de madeira de uma loja. Ouviu um estalo — felizmente da porta, não de seus ossos — e despencou no chão, perdendo as adagas. Uma pessoa normal estaria morta. Seu corpo, fortalecido pelo peltre, era mais resistente que aquilo.

Ela buscou fôlego, forçando-se a ficar em pé, e queimou estanho. O metal ampliou seus sentidos — inclusive sua percepção da dor — e o choque repentino limpou sua mente. O lado onde ela fora atingida doía. Mas não podia parar. Não com um Brutamontes avançando sobre ela, sacudindo seu bastão para atingi-la na cabeça.

Agachando-se diante da porta, Vin queimou peltre e agarrou o bastão com as duas mãos. Ela grunhiu, recuando a mão esquerda e batendo com o punho contra a arma, estilhaçando a madeira maciça com uma pancada. O Brutamontes cambaleou, e Vin esmagou os olhos dele com a metade do bastão que ficara em sua mão.

Mesmo zonzo, ele ficou em pé. *Não posso derrotar os Brutamontes*, ela pensou. *Preciso continuar em movimento.*

Ela correu para o lado, ignorando a dor. Os Brutamontes tentaram segui-la, mas ela era mais leve, mais magra e — o que era muito mais importante — mais rápida. Vin fez um movimento em círculo, voltando-se para o Lançamoedas, o Esfumaçador e o Atraidor. Um Brutamontes ferido recuou novamente para proteger esses homens.

Quando Vin se aproximou, o Lançamoedas jogou dois punhados de moedas nela. Vin *empurrou* as moedas para longe, em seguida estendeu o braço e *puxou* aquelas que estavam na bolsa do homem.

O Lançamoedas grunhiu quando a bolsa voou na direção de Vin. Estava amarrada à sua cintura com um cordão curto, e o puxão do peso dela o arremeteu para a frente. O Brutamontes o agarrou e firmou seus pés.

E como sua âncora não podia se mexer, Vin foi puxada na direção dela. Queimou ferro, voando pelo ar, erguendo um punho. O Lançamoedas gritou e puxou um laço para soltar a bolsa.

Tarde demais. O impulso de Vin a levou para a frente, e ela socou o rosto do Lançamoedas quando passou. A cabeça dele girou, estalando o pescoço. Quando Vin aterrissou, ergueu o cotovelo para bater no queixo do Brutamontes surpreso, mandando-o para trás. O pé dela bateu em seguida, atingindo o pescoço do Brutamontes.

Nenhum deles levantou. Eram três a menos. A bolsa de moedas descartada foi ao chão, abrindo e espalhando uma centena de pedacinhos brilhantes de cobre pelos paralelepípedos ao redor de Vin. Ela ignorou o latejar do cotovelo e encarou o Atraidor. Ele se mantinha com o escudo, parecendo estranhamente despreocupado.

Um estalo soou atrás dela. Vin gritou, seus ouvidos aguçados pelo estanho reagiram exageradamente ao som repentino. A dor atravessou sua cabeça e ela ergueu as mãos aos ouvidos. Esquecera o Esfumaçador, que segurava duas varetas de madeira talhadas para fazer ruídos agudos quando batidas uma contra a outra.

Movimentos e reações, ações e consequências — eram a essência da Alomancia. O estanho fazia a visão atravessar a bruma, dando a ela vantagem sobre os assassinos, porém também deixava os ouvidos extremamente aguçados. O Esfumaçador ergueu as varetas novamente. Vin grunhiu e agarrou um punhado de moedas dos paralelepípedos, jogando-o contra o Esfumaçador. O Atraidor, claro, *puxou-as* para si. Atingiram o escudo e ricochetearam para todos os lados. E, enquanto elas caíam como chuva, Vin cuidadosamente *empurrou* uma para que caísse atrás dele.

O homem baixou o escudo sem perceber a moeda que Vin manipulara. Vin *puxou* a única moeda na sua direção — e nas costas do Atraidor. Ele caiu sem emitir som algum.

Quatro.

Tudo ficou em silêncio. Os Brutamontes que corriam até ela pararam de uma vez, e o Esfumaçador baixou suas varetas. Estavam sem o Lançamoedas e sem Atraidores — ninguém que pudesse *empurrar* ou *puxar* metais —, e Vin estava no meio de um campo de moedas. Se ela as usasse, até os Brutamontes cairiam rapidamente. Tudo que precisava fazer era...

Outra moeda zuniu pelo ar, atirada do telhado do Vigilante. Vin xingou, desviando-se. A moeda, contudo, não a encontrou. Atingiu diretamente a testa do Esfumaçador com suas varetas. O homem tombou para trás, morto.

Quê?, Vin pensou, encarando o morto.

Os Brutamontes atacaram, mas Vin recuou, franzindo a testa. *Por que matar o Esfumaçador? Não representava mais perigo.*

A não ser que...

Vin extinguiu o cobre e queimou bronze, o metal permitia que sentisse quando outros alomânticos estavam usando poderes nas proximidades. Não conseguia sentir os Brutamontes queimando peltre. Ainda estavam sendo *esfumaçados*, com a Alomancia escondida.

Alguém mais estava queimando cobre.

De repente, tudo fizera sentido. Tinha sentido que o grupo arriscaria um ataque a uma Nascida da Bruma completa. Tinha sentido o Vigilante ter atirado no Lançamoedas. Tinha sentido ele matar o Esfumaçador.

Vin estava correndo sério perigo.

Ela tinha apenas um instante para tomar sua decisão. Agiu por intuição, mas fora criada nas ruas, ladra e mestre dos trambiques. Instintos pareciam mais naturais para ela do que a lógica jamais pareceria.

— OreSeur! — ela gritou. — Vá para o palácio!

Era um código, claro. Vin saltou para trás, ignorando por um instante os Brutamontes, enquanto seu servo saiu de um beco. Ele tirou algo do cinto e lançou-o na direção de Vin: um pequeno frasco de vidro, do tipo que os alomânticos usavam para armazenar as lascas de metal. Vin rapidamente *puxou* o frasco para sua mão. A uma distância curta, o segundo Lançamoedas — que havia ficado lá, caído, como se estivesse morto — agora xingava e tentava se erguer.

Vin girou, bebendo do frasco com um gole rápido. Continha uma única pérola de metal. Atium. Não poderia arriscar carregá-lo consigo, não poderia arriscar que o *puxassem* durante uma luta. Ela ordenara que OreSeur ficasse por perto aquela noite, pronto para lhe dar o frasco numa emergência.

O "Lançamoedas" puxou da cintura uma adaga de vidro escondida, saltando sobre Vin antes dos Brutamontes que estavam se aproximando. Vin fez uma pausa por um instante — arrependendo-se da decisão, mas vendo-a como inevitável.

Os homens tinham um Nascido da Bruma entre eles. Um Nascido da Bruma como Vin, uma pessoa que conseguia queimar todos os dez metais. Um Nascido da Bruma que aguardava o momento certo para atacá-la, pegá-la desprevenida.

Ele havia tomado atium e havia apenas uma maneira de lutar com alguém que tomara atium. Era o último metal alomântico, utilizável apenas por um Nascido da Bruma completo, e facilmente poderia decidir o destino de uma batalha. Cada conta valia uma fortuna — mas do que valeria uma fortuna se ela estivesse morta?

Vin queimou seu atium.

O mundo ao seu redor pareceu mudar. Cada objeto em movimento — persianas se fechando, cinzas sendo sopradas, Brutamontes atacando, até mesmo as trilhas de bruma — emanou uma réplica translúcida. As réplicas moviam-se logo adiante de seus pares reais, mostrando para Vin exatamente o que aconteceria em alguns instantes.

Apenas o Nascido da Bruma era imune. Em vez de emanar somente uma sombra de atium, ele liberava dezenas — o sinal de que estava queimando atium. Fez uma pausa breve. O próprio corpo de Vin tinha acabado de explodir em dezenas de sombras confusas de atium. Agora que ela conseguia ver o futuro, poderia ver o que ele estava fazendo. O que, por sua vez, mudava o que ela iria fazer. E isso também mudava o que ele planejava fazer. E assim, como os reflexos em dois espelhos que se encaravam, as possibilidades continuavam até o infinito. Nenhum dos dois tinha vantagem.

Apesar do seu Nascido da Bruma estar parado, os Brutamontes continuavam a avançar, sem ter como saber que Vin queimava atium. Ela se virou, ficando em pé ao lado do corpo caído do Esfumaçador. Com um pé, chutou as varetas de som no ar.

Um Brutamontes chegou atacando. A sombra de atium diáfana de seu bastão passou pelo corpo dela. Vin girou, esquivando-se para o lado, e conseguiu sentir o bastão verdadeiro passar sobre sua orelha. A manobra pareceu fácil sob a aura de atium.

Ela agarrou uma das varetas do ar e bateu com ela no pescoço do Brutamontes. Girou, agarrando outra vareta, então virou de volta e quebrou-a contra o crânio do homem. Ele caiu para a frente, gemendo, e Vin girou de novo, esquivando-se com facilidade entre mais dois bastões.

Vin bateu as varetas de som contra as laterais da cabeça de um segundo Brutamontes. Elas se estilhaçaram — fazendo um som oco como o de um percussionista — quando o crânio do Brutamontes rachou.

Ele caiu e não se moveu de novo. Vin chutou seu bastão no ar, então soltou as varetas quebradas e o pegou. Virou-se, girando o bastão e derrubando os dois Brutamontes de uma vez. Num movimento fluido, ela deu dois golpes rápidos, mas poderosos, no rosto deles.

Agachou-se quando os dois homens morreram, segurando o bastão numa das mãos, a outra descansando nos paralelepípedos umedecidos pela bruma. O Nascido da Bruma recuou, e ela pôde ver a hesitação em seus olhos. Poder não significava necessariamente competência, e suas duas maiores vantagens — a surpresa e o atium — tinham sido anuladas.

Ele se virou, *puxando* um pouco de moedas do chão, então lançou-as. Não na direção de Vin, mas de OreSeur, que ainda estava na boca do beco. O Nascido da Bruma obviamente esperava que a preocupação de Vin por seu servo atraísse sua atenção, talvez permitindo que ele fugisse.

Estava errado.

Vin ignorou as moedas e avançou. Mesmo quando OreSeur gritou de dor com uma dúzia de moedas cravadas na pele, Vin lançou o bastão na cabeça do Nascido da Bruma. Assim que o bastão deixou os dedos dela, contudo, a sombra de atium dele tornou-se firme e única.

O assassino Nascido da Bruma esquivou-se com perfeição. Mas o movimento o distraiu o bastante para que ela diminuísse a distância entre eles. Precisava atacar rápido; a conta de atium que ela engolira era pequena. Logo se extinguiria. E, assim que acabasse, ela estaria exposta. Seu oponente teria total controle sobre ela. Ele...

Seu adversário aterrorizado ergueu sua adaga. Naquele momento, o atium dele se extinguiu.

Os instintos predatórios de Vin reagiram instantaneamente, e ela desferiu um murro. Ele ergueu um braço para bloquear o golpe, mas ela viu que aquilo iria acontecer e mudou a direção do ataque. O murro atingiu-o em cheio no rosto. Em seguida, com dedos hábeis, ela agarrou a adaga de vidro antes que o objeto caísse e se estilhaçasse. Ficou em pé e passou-a pelo pescoço do adversário.

Ele caiu em silêncio.

Vin ficou de pé, respirando com dificuldade, o grupo de assassinos mortos ao seu redor. Por apenas um momento, sentiu o poder avassalador. Com atium, ela era invencível. Podia desviar de qualquer ataque, matar qualquer inimigo.

Seu atium extinguiu-se.

De repente, tudo pareceu ficar mais opaco. A dor na lateral voltou à sua mente, e ela tossiu, gemendo. Ficaria com hematomas, e dos grandes. Talvez algumas costelas fraturadas.

Mas vencera de novo. Mesmo que por pouco. O que aconteceria quando ela falhasse? Quando não observasse com cuidado o bastante, ou não lutasse com habilidade suficiente?

Elend morreria.

Vin suspirou, olhou para cima. *Ele* ainda estava lá, vigiando-a de cima de um telhado. Apesar de meia dúzia de perseguições por vários meses, ela nunca conseguira pegá-lo. Algum dia ela o encurralaria na noite.

Mas não hoje. Não tinha energia. De fato, uma parte dela estava preocupada se ele a atacaria. *Mas...* ela pensou. *Ele me salvou. Eu teria morrido se chegasse perto demais daquele Nascido da Bruma. Um instante dele queimando atium sem eu saber e ele teria enterrado a adaga no meu peito.*

O Vigilante ficou ali por alguns momentos — encoberto, como sempre, nas brumas rodopiantes. Em seguida ele se virou, desaparecendo na noite. Vin deixou-o ir, pois tinha que cuidar de OreSeur.

Ela foi até ele, aos tropeços, então fez uma pausa. Seu corpo indefinível, com calças e camisa de serviçal, estava coberto de moedas, e o sangue vazava de várias feridas.

Ele ergueu os olhos para ela.

— Quê? — ele perguntou.

— Não esperava que houvesse sangue.

OreSeur roncou.

— Provavelmente também não esperava que eu sentisse dor.

Vin abriu a boca, em seguida parou. De fato, nunca tinha pensado naquilo. Em seguida, endureceu. *Que direito essa* coisa *tem de me criticar?*

Ainda assim, OreSeur provou-se útil.

— Obrigada por me lançar o frasco.

— Era o meu dever, senhora — OreSeur respondeu, grunhindo enquanto recostava seu corpo ferido ao lado do beco. — Fui incumbido da sua proteção pelo mestre Kelsier. Como sempre, eu sirvo o Contrato.

Ah, sim. O poderoso Contrato.

— Consegue caminhar?

— Apenas com esforço, senhora. As moedas estilhaçaram vários desses ossos aqui. Precisarei de um corpo novo. Um dos assassinos, talvez?

Vin franziu o cenho. Olhou para trás, para os homens mortos, e seu estômago revirou levemente com a visão abominável dos corpos caídos. Ela os matara, oito homens, com a eficiência cruel para a qual Kelsier a treinara.

É o que sou, pensou. *Uma assassina, como estes homens*. Era como tinha de ser. Alguém precisava proteger Elend.

Contudo, a ideia de OreSeur comer um deles — digerir o cadáver, deixar que os estranhos sentidos kandras memorizassem o posicionamento dos músculos, pele e órgãos para que ele pudesse reproduzi-los — a deixava enjoada.

Ela olhou para o lado e viu o escárnio velado nos olhos de OreSeur. Os dois sabiam o que ela pensava sobre ele comer corpos humanos. Os dois sabiam o que ele pensava sobre o preconceito dela.

— Não — Vin disse. — Não usaremos nenhum desses homens.

— Terá que encontrar outro corpo para mim, então — OreSeur disse. — O Contrato define que não posso ser forçado a matar homens.

O estômago de Vin revirou-se novamente. *Vou pensar em algo*, ela refletiu. O corpo atual dele era o de um assassino, tirado após uma execução. Vin ainda se preocupava com a possibilidade de alguém na cidade reconhecer o rosto.

— Você pode voltar ao palácio? — Vin perguntou.

— Devagar — OreSeur respondeu.

Vin assentiu, dispensando-o, e virou-se em seguida para os corpos. De alguma forma, ela suspeitava que aquela noite ficaria marcada como um divisor de águas no destino do Domínio Central.

Os assassinos de Straff causaram mais danos que eles jamais imaginariam. Aquela conta de atium fora sua última. Da próxima vez que um Nascido da Bruma a atacasse, ela estaria exposta.

E provavelmente morreria tão facilmente quanto o Nascido da Bruma que ela exterminara naquela noite.

Meus irmãos ignoram o resto dos fatos. Não conseguem conectar as outras coisas estranhas que estão acontecendo. São surdos às minhas objeções e cegos às minhas descobertas.

3

ELEND SOLTOU A PENA SOBRE a mesa com um suspiro, recostou-se na cadeira e esfregou a testa.

Elend pensou que sabia mais de teoria política do que qualquer outro homem vivo. Certamente lera mais sobre economia, estudara mais sobre governos e participara de mais debates políticos que qualquer outro que conhecia. Entendia todas as teorias sobre como tornar uma nação estável e justa, e tentara implantá-las em seu novo reino.

Apenas não havia percebido o quanto um conselho parlamentar seria incrivelmente frustrante.

Levantou-se e foi pegar um pouco de vinho fresco. Contudo, fez uma pausa quando olhou pelas portas da sacada. À distância, uma cerração reluzente brilhava através das brumas: as fogueiras de acampamento do exército de seu pai.

Deixou o vinho. Já estava esgotado, e o álcool provavelmente não ajudaria. *Não posso me dar ao luxo de dormir até terminar com isso!*, ele pensou, forçando-se a voltar para sua poltrona. A Assembleia logo se reuniria, e ele precisava ter a proposta terminada esta noite.

Elend pegou uma folha, examinou o conteúdo. Sua letra parecia espremida até mesmo para ele, e a página estava coalhada de linhas e anotações riscadas — reflexos de sua frustração. Há semanas eles sabiam da aproximação do exército, mas a Assembleia ainda discutia sobre o que fazer.

Alguns dos membros queriam propor um tratado de paz; outros pensavam que deveriam simplesmente render a cidade. Outros, ainda, sentiam que era preciso atacar sem demora. Elend temia que a facção a favor da rendição estivesse ganhando força, daí sua proposta. A moção, se aprovada, lhe daria mais tempo. Como rei, já tinha o direito primaz de negociar com um ditador estrangeiro. A proposta proibiria a Assembleia de fazer qualquer coisa impensada ao menos até que ele se reunisse com o pai.

Elend suspirou novamente, soltando a folha. A Assembleia tinha apenas 24 homens, mas fazê-los chegar a um acordo sobre qualquer coisa era quase mais desafiador que quaisquer dos problemas pelos quais discutiam. Elend virou-se, olhando para além da solitária lamparina na sua escrivaninha, pelas portas abertas da sacada e na direção das fogueiras. Lá em cima, ouviu pés correndo pelo telhado — Vin, fazendo suas rondas noturnas.

Elend sorriu com ternura, mas nem mesmo pensar em Vin poderia restaurar seu bom humor. *O grupo de assassinos que ela combateu hoje à noite. Posso usar isso de alguma forma?* Talvez, se ele levasse o ataque a público, a Assembleia fosse lembrada do desdém que Straff tinha pela vida humana, e então seria menos provável renderem a cidade para ele. Mas... talvez também ficassem com medo de que ele enviasse assassinos atrás *deles*, e a rendição ficasse mais provável.

Às vezes, Elend se perguntava se o Senhor Soberano tinha razão. Não em oprimir o povo, claro, mas ao centralizar todo o poder nele mesmo. O Império Final era estável, disso não havia dúvida. Havia durado mil anos, resistindo a rebeliões, mantendo domínio forte sobre o mundo.

No entanto, o Senhor Soberano era imortal, Elend pensou. *Essa é uma vantagem que com certeza nunca terei.*

O povo teria um rei — um homem para oferecer continuidade, um símbolo de unidade. Um homem que não seria maculado pela necessidade de renomeação. E também teriam uma Assembleia — um conselho formado por seus semelhantes, que poderiam dar voz às suas preocupações. Portanto, Elend formaria um governo estável. Era um caminho melhor.

Tudo soava maravilhoso na teoria. Supondo que sobrevivessem aos próximos meses.

Elend esfregou os olhos, mergulhou a pena na tinta e começou a rascunhar novas frases no final do documento.

O SENHOR SOBERANO ESTAVA MORTO.

Mesmo um ano depois, Vin às vezes achava aquele conceito difícil de aceitar. O Senhor Soberano tinha sido... tudo. Rei e deus, legislador e autoridade suprema. Era eterno e absoluto, e agora estava morto.

Vin o matara.

Claro, a verdade não era tão impressionante quanto as histórias. Não fora a força heroica nem o poder místico que lhe permitiram derrotar o imperador. Ela apenas descobriu o truque que ele usava para se tornar imortal, e felizmente — quase por acidente — explorou essa fraqueza. Não era corajosa ou esperta. Apenas teve sorte.

Vin suspirou. Os hematomas ainda latejavam, mas ela já sofrera coisas muito piores. Estava sentada no topo do palácio — no passado, Fortaleza Venture —, bem acima da sacada de Elend. A reputação dela talvez não fosse merecida, mas isso ajudava a manter Elend vivo. Embora dezenas de senhores da guerra disputassem a terra que fora o Império Final, nenhum deles havia marchado para Luthadel.

Até agora.

Fogueiras queimavam fora da cidade. Straff logo saberia que seus assassinos haviam falhado. E então? Atacaria a cidade? Ham e Trevo avisaram que Luthadel não conseguiria resistir a um ataque determinado. Straff deveria saber disso.

Ainda assim, por ora, Elend estava seguro. Vin tinha ficado muito boa em encontrar e matar os assassinos; praticamente não houve um mês em que ela não encontrasse alguém tentando esgueirar-se para dentro do palácio. Muitos eram apenas espiões, e pouquíssimos eram alomânticos. Contudo, a faca de aço de um homem normal mataria Elend tão facilmente como uma faca de vidro de um alomântico.

Ela não deixaria aquilo acontecer. Independentemente do que acontecesse — fossem quais fossem os sacrifícios exigidos —, Elend *precisava* ficar vivo.

Repentinamente apreensiva, ela foi até a claraboia para vê-lo. Elend estava sentado logo abaixo, em segurança, rabiscando à escrivaninha alguma nova proposta ou decreto. Era notável como ele havia mudado pouco ao se tornar rei. Aos 23 anos, pouco mais de quatro anos mais velho que ela, — Elend era um homem que apostava muito no aprendizado, mas pouco na aparência. Ele apenas se preocupava em pentear o cabelo quando comparecia a alguma sessão importante, e de alguma forma conseguia usar até trajes finamente cortados com um ar de desleixo.

Provavelmente era o melhor homem que ela já conhecera. Sério, determinado, esperto e carinhoso. E, por algum motivo, ele a amava. Às vezes, esse fato era ainda mais incrível para ela do que sua participação na morte do Senhor Soberano.

Vin ergueu os olhos e voltou a observar as luzes do exército. Em seguida, olhou para os lados. O Vigilante não voltara. Com frequência, em noites como essa, ele a provocava, chegando perigosamente perto do quarto de Elend antes de desaparecer na cidade.

Claro que, se ele quisesse matar Elend, poderia tê-lo feito enquanto eu combatia os outros...

Era um pensamento perturbador. Vin não podia vigiar Elend a todo o momento. Ele ficava exposto por um período assustador.

É verdade, Elend tinha outros guarda-costas, e alguns deles eram até alomânticos. Contudo, eram tão ocupados quanto ela. Os assassinos dessa noite foram os mais habilidosos, e os mais perigosos, que ela já enfrentara. Estremeceu, pensando sobre o Nascido da Bruma que se escondera entre eles. Não era muito bom, mas não teria precisado de muita habilidade para queimar atium e golpear Vin no lugar certo.

As brumas inquietas continuavam a girar. A presença do exército sussurrava uma verdade angustiante: os senhores da guerra nas cercanias estavam começando a consolidar seus domínios e pensar em expansão. Mesmo que Luthadel resistisse de alguma forma a Straff, outros viriam.

Em silêncio, Vin fechou os olhos e queimou bronze, ainda preocupada com o fato de que o Vigilante — ou outro alomântico — pudesse estar por perto planejando atacar Elend, após o desfecho supostamente seguro da tentativa de assassinato. A maioria dos Nascidos da Bruma considerava o bronze uma liga relativamente inútil, pois era facilmente neutralizada. Com cobre, um Nascido da Bruma poderia mascarar sua Alomancia — sem mencionar a proteção contra manipulação emocional com zinco ou latão. A maioria dos Nascidos da Bruma considerava uma bobagem não queimar cobre o tempo todo.

E, ainda assim... Vin tinha a habilidade de perfurar as nuvens de cobre.

Uma nuvem de cobre não era algo visível. Era muito mais vago. Um bolsão de ar amortecido onde os alomânticos podiam queimar seus metais sem se preocupar que os queimadores de bronze poderiam senti-los. Contudo, Vin conseguia sentir alomânticos que usavam metais dentro de uma nuvem de cobre. Ainda não sabia bem o porquê. Mesmo Kelsier, o alomântico mais poderoso que ela conhecera, nunca foi capaz de perfurar uma nuvem de cobre.

Nesta noite, contudo, ela não sentia nada.

Com um suspiro, abriu os olhos. Seu estranho poder a confundia, mas não era exclusivo dela. Marsh confirmara que os Inquisidores de Aço podiam perfurar nuvens de cobre, e ela tinha certeza de que o Senhor Soberano também era capaz de fazê-lo. Mas... por que ela? Por que Vin — uma garota que mal tinha dois anos de treinamento como Nascida da Bruma — conseguia fazê-lo?

Havia mais coisas. Ela ainda se lembrava vividamente da manhã em que lutara contra o Senhor Soberano. Havia algo sobre aquele evento que ela não dissera a ninguém — parcialmente porque aquilo a fez temer, apenas um pouco, que os rumores e lendas sobre ela fossem verdade. De alguma forma, ela explorava as brumas, *usando-as* para abastecer-se de Alomancia no lugar dos metais.

Foi apenas com esse poder, o poder das brumas, que ela conseguira derrotar o Senhor Soberano no final. Gostava de dizer a si mesma que simplesmente tivera sorte por descobrir os truques do Senhor Soberano. Mas... *acontecera* algo estranho naquela noite, algo que ela fizera. Algo que ela não deveria ser capaz de fazer e que nunca conseguira repetir.

Vin sacudiu a cabeça. Havia muito sobre o que eles não sabiam, e não apenas sobre Alomancia. Ela e os outros líderes do reino incipiente de Elend se esforçavam muito, mas, sem Kelsier para guiá-los, Vin sentia-se cega. Planos, êxitos e até mesmo objetivos eram como figuras sombrias na bruma, disformes e indistintas.

Você não deveria ter nos deixado, Kell, ela pensou. *Você salvou o mundo, mas deveria ter sido capaz de fazer isso sem morrer*. Kelsier, o Sobrevivente de Hathsin, o homem que concebera e levara a cabo o colapso do Império Final. Vin o conhecera, trabalhara para ele, fora treinada por ele. Era uma lenda e um herói. Ainda assim, também era um homem. Falível. Imperfeito. Era fácil para os skaa reverenciá-lo e culpar Elend e os outros pela situação arriscada que Kelsier criara.

O pensamento deixou-a com um gosto amargo. Frequentemente ficava assim quando pensava em Kelsier. Talvez fosse a sensação de abandono, ou talvez fosse apenas a desconfortável noção de que Kelsier — como a própria Vin — não correspondia plenamente à sua reputação.

Vin suspirou, fechou os olhos, ainda queimando bronze. A luta da noite a sugara muito, e ela começava a temer as horas que ainda pretendia passar em vigilância. Seria difícil permanecer alerta quando...

Ela sentiu algo.

Vin abriu os olhos rapidamente, avivando seu estanho. Girou e inclinou-se no telhado para ocultar seu perfil. Havia alguém lá fora queimando metal. Pulsos de bronze latejavam fracos, diáfanos, quase imperceptíveis — como se alguém tocasse tambores baixinho. Eram abafados por uma nuvem de cobre. A pessoa — quem quer que fosse — pensava que seu cobre a esconderia.

Até então, Vin não deixara sobreviver ninguém que soubesse do seu estranho poder, exceto Elend e Marsh.

Vin avançou rastejando, dedos das mãos e dos pés gelados pela cobertura de cobre do telhado. Tentou determinar a direção dos pulsos. Havia algo... estranho com eles. Teve dificuldade em distinguir os metais que o inimigo queimava. Seria aquilo a batida rápida e ritmada do peltre? Ou seria o ritmo do ferro? Os pulsos pareciam indistintos, como ondulações em lama densa.

Vinham de algum lugar muito perto... no telhado...

Bem diante dela.

Vin congelou, agachou-se, as brisas da noite soprando uma parede de névoa através dela. Onde ele estava? Seus sentidos discutiam entre si; o bronze dizia que havia algo bem diante dela, mas seus olhos se recusavam a concordar.

Ela examinou as brumas escuras, olhou para cima para ter certeza, então se levantou. *É a primeira vez que meu bronze se engana*, pensou, franzindo o cenho.

Então, ela viu.

Não algo *nas* brumas, mas algo *das* brumas. A figura estava em pé a poucos metros de distância, fácil de passar despercebida, pois sua forma era apenas levemente delineada pela bruma. Vin ofegou, recuando.

A imagem continuou onde estava. Vin não conseguia dizer muito sobre ela: suas feições eram turvas e vagas, traçadas pela agitação caótica da bruma soprada pelo vento. Se não fosse pela persistência da forma, ela a teria ignorado — como a forma de um animal vista por instantes nas nuvens.

Mas ficou ali. Cada novo rodopio da bruma acrescentava definição à transparência do corpo e da longa cabeça. Irregular, ainda assim persistente. Sugeria um ser humano, mas faltava-lhe a solidez do Vigilante. Dava a sensação... parecia... algo errado.

A figura deu um passo à frente.

Vin reagiu instantaneamente, lançando um punhado de moedas e *empurrando-as* pelo ar. Os pedaços de metal zuniram pela bruma, deixando rastros, e passaram direto através da figura imprecisa.

Ela ficou lá, parada, por um momento. Então, a figura simplesmente desapareceu, dissipando-se nas ondulações aleatórias das brumas.

ELEND ESCREVEU A ÚLTIMA LINHA com capricho, embora soubesse que teria um escriba para reescrever a proposta. Ainda assim, ficou orgulhoso. Pensou ter sido capaz de elaborar um argumento que, por fim, convenceria os membros da Assembleia de que eles não poderiam simplesmente se render a Straff.

Olhou inconscientemente para uma pilha de papéis na escrivaninha. No alto estava uma carta amarela, de aparência inocente, com a cera, parecendo uma mancha de sangue, rompida no selo. A carta era curta. Elend lembrava-se com facilidade das palavras.

Filho,

Acredito que você tenha gostado de cuidar dos interesses dos Venture em Luthadel. Conquistei o Domínio do Norte e em breve retornarei para nossa fortaleza em Luthadel. Então, você poderá me entregar o controle da cidade.

Rei Straff Venture

De todos os senhores da guerra e déspotas que afligiram o Império Final desde a morte do Senhor Soberano, Straff era o mais perigoso. Elend sabia disso como ninguém. Seu pai era um verdadeiro nobre imperial: via a vida como uma competição entre lordes para ver quem conseguiria conquistar a maior reputação. Jogara bem aquele jogo, transformando a Casa Venture na mais poderosa das famílias nobres pré-Colapso.

O pai de Elend não via a morte do Senhor Soberano como uma tragédia ou uma vitória — apenas como oportunidade. O fato de que o filho supostamente tolo e sem vontade própria de Straff agora alegava ser o rei do Domínio Central provavelmente lhe dera grande regozijo.

Elend sacudiu a cabeça, voltando à proposta. *Mais algumas revisões, alguns ajustes e, finalmente, poderei dormir um pouco. Eu apenas...*

Alguém encapuzado caiu da claraboia do teto e aterrissou com um baque suave atrás dele.

Elend ergueu a sobrancelha, virando-se para a figura agachada.

— Sabe, Vin, há um motivo para eu deixar a sacada aberta. Você poderia entrar por lá se quisesse.

— Eu sei — Vin respondeu. Em seguida, cruzou rapidamente a sala, movendo-se com a agilidade fora do comum de um alomântico. Verificou embaixo da cama, depois foi até o armário e abriu as portas de uma vez. Pulou para trás com a tensão de um animal alerta, mas aparentemente não encontrara nada dentro que não fosse do seu agrado, pois partiu para espiar através da porta que levava para os outros aposentos de Elend.

Elend a observava com carinho. Levou algum tempo até se acostumar com as... peculiaridades de Vin. Ele a provocava por ser paranoica; ela alegava que era apenas cuidadosa. Independentemente disso, metade do tempo em que ela visitava seus aposentos, verificava embaixo da cama e no armário. Nas outras vezes, ela se continha, mas Elend não raro a flagrava olhando com desconfiança para possíveis esconderijos.

Ela era muito menos apreensiva quando não tinha um motivo especial para se preocupar com ele. Contudo, Elend estava apenas começando a entender que havia uma pessoa muito complexa escondida atrás do rosto que ele conhecera no passado como sendo de Valette Renoux. Apaixonara-se por seu lado fidalgo sem mesmo conhecer o lado nervoso e furtivo de uma Nascida da Bruma. Ainda era um pouco difícil vê-las como a mesma pessoa.

Vin fechou a porta e fez uma pausa breve, encarando-o com olhos escuros e redondos. Elend flagrou-se sorrindo. Apesar de suas estranhezas — ou mais provavelmente *por conta* delas —, ele amava essa mulher delgada, de olhos determinados e temperamento franco. Era diferente de todas que já conhecera — uma mulher de beleza simples mas honesta, e sagaz.

Contudo, às vezes ela o preocupava.

— Vin? — ele a chamou, erguendo-se.

— Viu algo estranho esta noite?

Elend fez uma pausa.

— Além de você?

Ela franziu o cenho, atravessando novamente o cômodo. Elend observou a forma pequena, com capa e calças pretas, e uma camisa de botão masculina, as franjas de brumas deixando um rastro atrás dela. Ela estava com o capuz da capa para trás, como de costume, e caminhava com graça dócil — a elegância inconsciente de uma pessoa que queima peltre.

Foco!, ele disse a si mesmo. *Você está ficando* realmente *cansado.*

— Vin? O que há de errado?

Vin olhou para a sacada.

— Aquele alomântico, o Vigilante, está na cidade novamente.

— Tem certeza?

Vin assentiu.

— Ele me viu lutar contra aqueles assassinos. Mas não acho que ele venha atrás de você hoje à noite.

Elend franziu o cenho. As portas da sacada ainda estavam abertas, e os rastros de bruma pairavam sobre eles, rastejando pelo assoalho até finalmente evaporarem. Além daquelas portas era tudo... escuridão. Caos.

É apenas bruma, ele disse a si mesmo. *Vapor d'água. Nada a temer.*

— O que faz você pensar que o Nascido da Bruma não virá até mim?

Vin encolheu os ombros.

— Apenas sinto que não virá.

Ela quase sempre respondia daquela maneira. Vin crescera como uma criatura das ruas e confiava em seus instintos. Estranhamente, Elend também. Ele a encarou, reparando na incerteza na sua postura. Algo mais a agitara naquela noite. Ele fitou os olhos dela, fixando-se neles por um momento, até ela desviar o olhar.

— O que foi? — ele perguntou.

— Vi... uma outra coisa — ela respondeu. — Ou pensei que vi. Algo na bruma, como uma pessoa formada pela fumaça. Consegui senti-la também com a Alomancia. Mas desapareceu.

Elend franziu ainda mais a testa. Avançou e envolveu-a com os braços.

— Vin, você está exigindo demais de si mesma. Não pode continuar rondando a cidade à noite e depois ficar acordada o dia todo. Mesmo os alomânticos precisam descansar.

Ela concordou em silêncio. Em seus braços, ela não parecia para ele a guerreira poderosa que exterminara o Senhor Soberano. Parecia uma mulher que havia passado dos limites da fadiga, uma mulher assolada pelos acontecimentos — uma mulher que provavelmente se sentia de modo muito semelhante a Elend.

Ela se deixou abraçar. No início, havia uma leve rigidez na postura. Era como se uma parte dela ainda esperasse ser ferida — um pedaço primitivo que não conseguia entender a possibilidade de ser tocada com amor, e não com ódio. Mas, em seguida, ela relaxou. Elend era um dos poucos com quem ela podia fazer isso. Quando ela o abraçava — realmente abraçava —, agarrava-o com um desespero que beirava o terror. De alguma forma, apesar de suas capacidades poderosas como alomântica e sua determinação obstinada, Vin era assustadoramente vulnerável. Parecia precisar de Elend. Por isso, ele se sentia sortudo.

Frustrado, às vezes. Mas sortudo. Vin e ele não haviam discutido o pedido de casamento dele e a recusa dela, embora Elend com frequência pensasse nesse encontro.

Mulheres são difíceis demais de entender, ele pensou, *e eu tinha de encontrar logo a mais estranha de todas.* Ainda assim, não conseguia reclamar de verdade. Ela o amava. Ele podia lidar com suas peculiaridades.

Vin suspirou, olhando finalmente para ele, relaxando enquanto ele se curvava para beijá-la. Foi um longo beijo, e ela suspirou. Após o beijo, ela descansou a cabeça no ombro de Elend.

— Temos outro problema — ela disse baixinho. — Usei o último atium hoje à noite, combatendo os assassinos.

— Bem, sabíamos que ia acabar acontecendo. Nosso estoque não poderia durar para sempre.

— Estoque? — Vin perguntou. — Kelsier só nos deixou seis contas.

Elend suspirou, em seguida apertou-a mais forte. Seu novo governo deveria ter herdado as reservas de atium do Senhor Soberano — um suposto depósito do metal que consistia num tesouro incrível. Kelsier contava que seu novo reino mantivesse essas riquezas; morreu esperando por isso. Havia apenas um problema. Ninguém jamais encontrou o estoque. Encontraram uma pequena porção — o atium que formava braceletes que o Senhor Soberano usara como uma bateria feruquêmica para armazenar idade. Contudo, eles gastaram esse metal em suprimentos para a cidade, e, de fato, havia muito pouco atium. Nada comparado ao que diziam ter a reserva. Ainda deveria haver, em algum lugar da cidade, um tesouro de atium milhares de vezes maior do que aqueles braceletes.

— Teremos de lidar com isso — Elend falou.

— Se um Nascido da Bruma atacar você, não conseguirei matá-lo.

— Apenas se ele tiver atium — Elend comentou. — Está se tornando cada vez mais raro. Duvido que outros reis tenham muito.

Kelsier destruíra os Fossos de Hathsin, o único lugar de onde se podia extrair o atium. Ainda assim, se Vin *tivesse* de lutar com alguém com atium...

Não pense nisso, ele disse a si mesmo. *Apenas continue procurando. Talvez também possamos comprar um pouco. Ou talvez encontremos a reserva do Senhor Soberano. Se é que ela existe...*

Vin ergueu os olhos para ele, vendo a preocupação naquele olhar, e ele soube que ela chegara às mesmas conclusões. Havia pouco que pudesse ser feito naquele momento; Vin fizera bem em conservar o atium por tanto tempo. Mesmo assim, quando ela recuou e deixou Elend voltar à escrivaninha, ele não conseguia deixar de pensar como eles puderam ter gastado aquele atium. Seu povo precisaria de comida para o inverno.

Mas, ao vender o metal, ele pensava enquanto se sentava, *teríamos posto mais da arma alomântica mais perigosa do mundo nas mãos dos nossos inimigos*. Melhor que Vin tivesse usado o que havia.

Quando ele recomeçou o trabalho, Vin estendeu o pescoço sobre o ombro dele, tapando a luz da lamparina.

— O que é isto? — ela quis saber.

— A proposta para bloquear a Assembleia até eu ter meu direito de negociar.

— De novo? — ela perguntou, inclinando a cabeça e apertando os olhos como se tentasse entender a caligrafia.

— A Assembleia rejeitou a última versão.

Vin franziu a testa.

— Por que você não diz simplesmente que eles *precisam* aceitá-la? Você é o rei.

— Bem, veja — Elend falou —, é isso que estou tentando provar com tudo isso. Sou apenas um homem, Vin... talvez minha opinião não seja melhor que a deles. Se todos trabalharmos juntos na proposta, ela será melhor do que se um homem a fizer sozinho.

Vin sacudiu a cabeça.

— Será muito fraca. Ineficaz. Você deveria confiar mais em si mesmo.

— Não é uma questão de confiança. É sobre o que é certo. Passamos mil anos lutando contra o Senhor Soberano. Se eu fizer as coisas do mesmo jeito que ele fazia, qual será a diferença?

Vin virou-se para ele e encarou seus olhos.

— O Senhor Soberano era um homem mau. Você é bom. *Essa* é a diferença.

Elend sorriu.

— É simples assim para você, não é?

Vin concordou.

Elend endireitou o corpo e beijou-a novamente.

— Bem, alguns de nós precisam fazer as coisas de um jeito um pouco mais complicado, então aceite. Agora, por favor, saia da frente da luz para que eu possa voltar ao trabalho.

Ela bufou, mas se levantou e circulou a escrivaninha, deixando para trás um aroma leve de perfume. Elend franziu o cenho. *Quando ela passou esse perfume?* Muitos dos seus movimentos eram tão rápidos que ele os perdia.

Perfume — apenas outra das aparentes contradições que formavam a mulher chamada Vin. Ela não estaria usando perfume lá fora, nas brumas; em geral, ela o passava apenas para ele. Vin gostava de ser discreta, mas amava usar perfumes — e ficava irritada com ele se não percebesse quando ela usava um novo. Parecia desconfiada e paranoica, porém confiava nos amigos com lealdade dogmática. Saía à noite de preto e cinza, tentando ao máximo se esconder, mas Elend a vira nos bailes anos atrás, e ela parecia à vontade em vestidos e adornos.

Por algum motivo, ela parara de usá-los. Nunca explicara por quê.

Elend sacudiu a cabeça, voltando para a proposta. Perto de Vin, a política parecia simplista. Ela pousou os braços sobre a escrivaninha, vendo-o trabalhar, bocejando.

— Você deveria descansar um pouco — ele falou, mergulhando a pena na tinta novamente.

Vin parou por um momento, então concordou. Tirou a capa de bruma, enrolou-se nela e então se encolheu no tapete ao lado da escrivaninha.

Elend parou por um momento.

— Não falei *aqui*, Vin — ele disse, achando graça.

— Tem um Nascido da Bruma lá fora, em algum lugar — ela falou com voz cansada, abafada. — Não vou sair de perto de você. — Ela se mexeu dentro da capa, e Elend percebeu uma breve careta de dor em seu rosto. Ela estava protegendo o lado esquerdo.

Vin raramente entrava em detalhes sobre suas lutas. Não queria preocupá-lo. Não ajudaria em nada.

Elend reprimiu a preocupação e forçou-se a voltar para a leitura. Estava quase terminando... só mais um pouco e...

Uma batida veio da porta.

Elend virou-se, frustrado, perguntando-se o motivo dessa nova interrupção. Ham enfiou a cabeça pela porta um segundo depois.

— Ham? — Elend perguntou. — Ainda está acordado?

— Infelizmente — Ham respondeu, entrando no cômodo.

— Mardra vai te matar por trabalhar até tarde de novo — Elend o repreendeu, baixando novamente a pena. Por mais que ele pudesse reclamar sobre as peculiaridades de Vin, ao menos ela compartilhava os hábitos noturnos de Elend.

Ham apenas revirou os olhos para o comentário. Ainda estava com o colete e as calças normais. Concordara em ser o capitão da guarda de Elend com uma condição: que ele nunca precisasse usar um uniforme. Vin abriu um olho apenas quando Ham entrou na sala, então relaxou novamente.

— Não importa — Elend disse. — A que devo sua visita?

— Pensei que talvez você quisesse saber que identificamos os assassinos que tentaram matar Vin.

Elend concordou com a cabeça.

— Provavelmente são homens que conheço. — A maioria dos alomânticos eram nobres, e ele estava familiarizado com todos aqueles que compunham o séquito de Straff.

— Na verdade, duvido — Ham comentou. — Eram do oeste.

Elend fez uma pausa, franzindo a testa, e Vin mostrou interesse.

— Tem certeza?

Ham assentiu com a cabeça.

— Isso faz com que seja pouco provável que seu pai os tenha enviado... a menos que ele tenha feito algum recrutamento pesado na Cidade de Fadrex. Eram das Casas de Gardre e Conrad, em sua maioria.

Elend voltou a sentar. Seu pai fizera sua base em Urteau, lar hereditário da família Venture. Fadrex ficava no meio do caminho do império, partindo de Urteau, vários meses de viagem. Poucas eram as chances de seu pai ter tido acesso a um grupo de alomânticos do oeste.

— Já ouviu falar em Ashweather Cett? — Ham perguntou.

Elend fez que sim com a cabeça.

— Um dos homens que se fez rei do Domínio Ocidental. Não sei muito sobre ele.

Vin franziu a testa, erguendo-se para se sentar.

— Acha que ele os enviou?

Ham assentiu.

— Devem ter esperado por uma chance de entrar na cidade, e o tráfego nos portões nos últimos dias deu essa oportunidade. Então, a chegada do exército de Straff e o ataque à vida de Vin foi uma certa coincidência.

Elend olhou para Vin. Ela encontrou os olhos dele, e ele podia dizer que Vin não estava completamente convencida de que Straff não enviara os assassinos. Elend, contudo, não era tão cético. Todos os tiranos na área tentaram derrubá-lo em um momento ou outro. Por que não Cett?

É o atium, Elend pensou com frustração. Nunca encontrara as reservas do Senhor Soberano, mas aquilo não impedia os déspotas no império de supor que a estava escondendo em algum lugar.

— Bem, ao menos seu pai não enviou os assassinos — Ham falou, sempre otimista.

Elend sacudiu a cabeça.

— Nosso parentesco não o impediria, Ham. Acredite.

— Ele é seu pai — Ham falou, parecendo perturbado.

— Coisas como essa não importam para Straff. Ele provavelmente não enviou assassinos porque acha que não valho o incômodo. Porém, se resistirmos o bastante, ele enviará.

Ham sacudiu a cabeça.

— Ouvi falar de filhos que matam os pais para tomar seu lugar, mas pais matando filhos... Imagino o que isso diz sobre a mente do velho Straff, que ele estaria disposto a matá-lo. Você acha que...

— Ham? — Elend interrompeu.

— Sim?

— Você sabe que, em geral, gosto de discussões, mas não tenho tempo para filosofia agora.

— Ah, claro. — Ham sorriu com cansaço, levantou-se e começou a se retirar. — Tenho que voltar para Mardra mesmo.

Elend assentiu com a cabeça, esfregando a testa e pegando novamente a pena.

— Não deixe de reunir a equipe para uma reunião. Precisamos organizar nossos aliados, Ham. Se não pensarmos em algo incrivelmente inteligente, esse reino estará condenado.

Ham virou-se, ainda sorrindo.

— Você faz soar tão desesperador, El.

Elend olhou para ele.

— A Assembleia está uma bagunça, meia dúzia de senhores da guerra com exércitos superiores estão bufando no meu pescoço, mal se passa um mês sem que alguém envie assassinos para me matar e a mulher que eu amo está me deixando maluco aos poucos.

Vin bufou nesta última parte.

— Ah, só isso? — Ham falou. — Viu? Não é tão ruim, no fim das contas. Digo, *poderíamos* estar enfrentando um deus imortal e seus sacerdotes onipotentes.

Elend parou, então riu de si mesmo.

— Boa noite, Ham — ele falou, voltando para sua proposta.

— Boa noite, Vossa Majestade.

Talvez eles estejam certos. Talvez eu seja louco, ciumento ou simplesmente estúpido. Meu nome é Kwaan. Filósofo, erudito, traidor. Sou aquele que descobriu Alendi, aquele que primeiro o proclamou como Herói das Eras. Sou aquele que começou isto tudo.

4

O CORPO NÃO MOSTRAVA FERIMENTOS aparentes. Ainda jazia onde caíra — os outros aldeões tiveram medo de movê-lo. Os braços e as pernas estavam torcidos em posições estranhas, e a lama ao redor dele estava marcada pelos movimentos anteriores à morte.

Sazed esticou a mão, correndo os dedos pelas marcas. Apesar de o solo aqui no Domínio Oriental ter muito mais argila que o do norte, ainda era mais preto do que amarronzado. As chuvas de cinzas chegavam até mesmo tão ao sul. Solo sem cinzas, limpo e fertilizado era um luxo apenas para as plantas ornamentais dos jardins dos nobres. O resto do mundo precisava se virar com solo não tratado.

— Vocês dizem que ele estava sozinho quando morreu? — Sazed perguntou, virando-se para um grupo de aldeões que estava atrás dele.

Teur, um homem com pele ressequida à frente do grupo, assentiu.

— Como eu disse, mestre terrisano. Estava lá em pé, ninguém mais por perto. Parou, então caiu e se contorceu no chão por um momento. Depois disso, ele... parou de se mexer.

Sazed voltou para o cadáver, examinando os músculos retorcidos, o olhar travado numa máscara de dor. Sazed trouxera sua mente de cobre — o bracelete de metal envolto no seu braço direito — e levou sua mente até ele, extraindo alguns dos livros memorizados que armazenava no metal. Sim, havia algumas doenças que matavam com tremores e espasmos. Raramente acometiam um homem de forma tão repentina, mas às vezes acontecia. Se não fosse por outras circunstâncias, Sazed pouco teria se importado com aquela morte.

— Por favor, repita para mim o que viu — Sazed pediu.

Teur empalideceu um pouco. Estava numa posição incômoda — seu desejo natural por notoriedade o fazia querer espalhar o boato sobre sua experiência. Contudo, ao fazê-lo, poderia ganhar a desconfiança dos seus camaradas supersticiosos.

— Eu só estava de passagem, mestre terrisano — Teur começou. — No caminho, a quase vinte metros daqui. Vi o velho Jed trabalhando seu campo... era um trabalhador esforçado. Alguns de nós pararam para descansar quando os lordes foram embora, mas o velho Jed continuou. Acho que ele sabia que precisaríamos de comida no inverno, lordes ou não.

Teur fez uma pausa, em seguida olhou para o lado.

— Sei o que as pessoas dizem, mestre terrisano, mas eu vi o que vi. Era dia quando aconteceu, mas tinha *bruma* aqui no vale. Ela me parou, porque nunca fiquei no meio da bruma, minha mulher pode confirmar. Eu ia me virar para voltar, então vi o velho Jed. Estava trabalhando ainda, como se não tivesse visto a bruma.

"Eu ia gritar por ele, mas antes que eu pudesse, ele... bem, como eu disse ao senhor. Ele estava parado lá, então congelou. A bruma rodopiou em volta dele um pouco, daí ele começou a tremer e se contorcer, como se uma coisa muito forte estivesse o segurando e balançando. Ele caiu. Não se levantou mais."

Ainda ajoelhado, Sazed olhou de novo para o cadáver. Teur aparentemente tinha a reputação de inventar histórias. Ainda assim, o corpo era uma prova assustadora — sem mencionar a própria experiência de Sazed várias semanas antes.

Bruma durante o dia.

Sazed levantou-se, virou-se para os aldeões.

— Por favor, me tragam uma pá.

NINGUÉM O AJUDOU A CAVAR a cova. Era um trabalho lento, árduo no calor do sul, forte apesar do advento do outono. A terra argilosa era difícil de mover, mas felizmente Sazed tinha um pouco de força extra armazenada dentro de uma mente de peltre, e tocou-a para ter ajuda.

Ele precisava daquilo, pois não era o que se podia chamar de homem atlético. Alto e de membros compridos, tinha a constituição de um erudito e ainda vestia as túnicas coloridas de um mordomo terrisano. Também mantinha a cabeça raspada, à maneira do posto que ocupara pelos primeiros quarenta e poucos anos da vida. Não usava muitas de suas joias naquele momento — não queria tentar bandoleiros das estradas —, mas seus lóbulos eram alongados e com vários furos de brincos.

Ao tirar força de suas mentes de peltre, seus músculos aumentaram levemente, dando-lhe a constituição de um homem mais forte. Mesmo com a força extra, contudo, sua túnica de mordomo estava manchada de suor e terra quando terminou de cavar. Rolou o corpo do homem para dentro da cova e ficou em silêncio por um momento. O homem fora um agricultor dedicado.

Sazed buscou através de suas mentes de cobre de religiões uma teologia adequada. Começou com um índice — um dos muitos que criara. Quando localizou uma religião apropriada, liberou lembranças detalhadas sobre suas práticas. Os escritos entraram em sua mente tão frescos como quando havia acabado de memorizá-los. Como todas as lembranças, elas se esvairiam com o tempo — no entanto, pretendia recolocá-las nas mentes de cobre muito antes que isso acontecesse. Era o jeito do Guardador, o método pelo qual seu povo retinha uma profusão de informações.

Naquele dia, as lembranças que selecionara eram de HaDah, religião do sul que tinha uma divindade agrícola. Como a maioria das religiões — oprimidas durante a época do Senhor Soberano —, a fé HaDah estava extinta há mil anos.

Seguindo os costumes da cerimônia fúnebre HaDah, Sazed caminhou até a árvore mais próxima — ou, ao menos, um dos arbustos que passavam por árvores naquela área. Quebrou um longo galho — os camponeses observando-o com curiosidade — e levou-o até o túmulo. Agachou-se e enterrou-o na terra, no fundo da cova, bem ao lado da cabeça do cadáver. Em seguida, levantou-se e começou a devolver a terra para dentro da cova.

Os camponeses observaram-no com olhos embotados. *Tão deprimidos*, Sazed pensou. O Domínio Oriental era o mais caótico e instável dos cinco

Domínios Interiores. Os poucos homens nesta multidão já haviam passado do seu apogeu. Os recrutamentos forçados foram extremamente eficientes; os maridos e pais desta vila provavelmente estavam mortos em algum campo de batalha que não mais importava.

Era difícil acreditar que alguma coisa pudesse ser realmente pior que a opressão do Senhor Soberano. Sazed disse a si mesmo que a dor daquelas pessoas passaria, que algum dia elas conheceriam a prosperidade graças ao que ele e os outros tinham feito. Ainda assim, ele vira camponeses forçados a massacrarem-se uns aos outros, vira crianças morrendo de fome porque algum déspota havia "requerido" o suprimento inteiro de comida da vila. Vira ladrões matarem livremente porque as tropas do Senhor Soberano não mais patrulhavam os canais. Vira o caos, a morte, o ódio e a desordem. E não podia deixar de reconhecer que parte daquilo era sua culpa.

Ele continuou a preencher a cova. Fora treinado como erudito e mordomo; era um mordomo terrisano, o mais útil, mais caro e mais prestigioso dos serviçais no Império Final. Aquilo não significava quase nada agora. Nunca havia aberto uma cova, mas fez o seu melhor, tentando ser reverente enquanto jogava terra sobre o cadáver. Surpreendentemente, no meio do processo, os camponeses começaram a ajudá-lo, empurrando terra do monte para a cova.

Talvez ainda haja esperança para esses, Sazed pensou, deixando, agradecido, que um dos homens pegasse a pá e terminasse o trabalho. Quando acabaram, a pontinha do galho HaDah rompia a terra sobre a parte de cima da cova.

— Por que o senhor fez isso? — Teur perguntou, acenando com a cabeça para o galho.

Sazed sorriu.

— É uma cerimônia religiosa, meu caro Teur. Se o senhor quiser, há uma oração que deveria acompanhá-la.

— Uma oração? Algo do Ministério de Aço?

Sazed negou com a cabeça.

— Não, meu amigo. É uma oração de outros tempos, de uma época anterior ao Senhor Soberano.

Os camponeses se entreolharam, franzindo a testa. Teur apenas esfregou seu queixo enrugado. Mas todos permaneceram quietos enquanto

Sazed recitava uma oração HaDah curta. Quando terminou, voltou-se para os camponeses.

— Era uma religião conhecida como HaDah. Alguns dos seus ancestrais devem tê-la seguido, eu acho. Se algum de vocês desejar, posso ensinar os preceitos.

O grupo reunido ficou em silêncio. Não havia muitos deles — duas dúzias mais ou menos, na maior parte mulheres de meia-idade e alguns homens mais velhos. Havia apenas um jovem de perna torta; Sazed ficou surpreso por ele ter vivido tanto tempo numa fazenda. A maioria dos lordes assassinava os inválidos entre seus skaa para impedir que drenassem recursos.

— Quando o Senhor Soberano vai voltar? — uma mulher perguntou.

— Não acredito que vá voltar — Sazed disse.

— Por que ele nos abandonou?

— É um tempo de mudança — Sazed comentou. — Talvez seja também tempo de aprender outras verdades, outros caminhos.

O grupo de pessoas se arrastou em silêncio. Sazed suspirou, também sem emitir som; essas pessoas associavam fé com o Ministério do Aço e seus obrigadores. Religião não era algo com que os skaa se preocupassem — exceto, talvez, para evitá-la quando possível.

Os Guardadores passaram mil anos reunindo e memorizando as religiões em extinção do mundo, Sazed pensou. *Quem teria pensado que agora, com o Senhor Soberano morto, as pessoas não se importariam o suficiente para querer de volta o que haviam perdido?*

Ainda assim, era difícil para ele pensar mal dessas pessoas. Estavam lutando para sobreviver, e seu mundo, já complicado, de repente se tornou imprevisível. Estavam cansadas. Era de surpreender que qualquer conversa sobre crenças havia muito esquecidas não lhes interessasse em nada?

— Vamos — Sazed disse, voltando-se na direção da vila. — Há outras coisas, mais práticas, que posso ensinar a vocês.

E eu sou aquele que o traiu, pois agora sei que ele nunca deveria ter tido permissão para completar sua jornada.

5

VIN PODIA VER OS SINAIS de inquietação refletidos na cidade. Trabalhadores zanzavam de um lado para o outro ansiosamente, e os mercados estavam numa algazarra que beirava a preocupação — mostrando a mesma apreensão que se via num roedor encurralado. Apavorado, mas sem ter certeza do que fazer. Condenado, sem ter para onde correr.

Muitos deixaram a cidade no decorrer do último ano — nobres em fuga, mercadores em busca de outro lugar para fazer negócios. Mesmo assim, ao mesmo tempo, a cidade encheu com a chegada dos skaa. De alguma forma souberam da proclamação de liberdade de Elend e vieram com otimismo — ou, ao menos, com o otimismo que uma população assoberbada, desnutrida e repetidamente açoitada poderia ter.

E, dessa forma, apesar das previsões de que Luthadel logo cairia, apesar dos boatos de que seu exército era pequeno e fraco, as pessoas haviam ficado. Trabalhavam. Viviam. Como sempre fizeram. A vida de um skaa nunca fora muito estável.

Ainda era estranho para Vin ver o mercado tão cheio. Desceu a rua Kenton, vestindo a calça e a camisa costumeiras, pensando na época em que ela visitara a rua durante os dias antes do Colapso. Era o lar calmo de algumas alfaiatarias exclusivas.

Quando Elend abolira as restrições a mercadores skaa, a rua Kenton mudou. A passagem floresceu numa feira selvagem de lojas, carrinhos e tendas. Para alcançar os trabalhadores skaa recém-libertos — e agora assalariados —, os donos das lojas alteraram seus métodos de venda. Onde antes persuadiam com vitrines elaboradas, agora chamavam e pediam, usando anunciadores, vendedores e até mesmo malabaristas para tentar atrair negócios.

A rua era tão lotada que Vin em geral a evitava, e naquele dia estava ainda pior do que nos outros. A chegada do exército acendera uma agitação de última hora para comprar e vender, com as pessoas tentando se preparar para o que quer que estivesse por vir. Havia um tom sinistro na atmosfera. Menos artistas de rua, mais gritaria. Elend havia ordenado que se barrassem todos os oito portais da cidade, por isso a fuga não era mais uma opção. Vin imaginava quantas pessoas haviam se arrependido de sua decisão de ficar.

Ela desceu a rua com passos rápidos de quem está ocupado, as mãos entrelaçadas para disfarçar o nervosismo em sua postura. Mesmo quando era uma menina nas ruas de uma dúzia de diferentes cidades ela nunca gostara de multidões. Era difícil manter os olhos em tanta gente, difícil ter foco com tanta coisa acontecendo. Quando criança, ela ficava nas beiradas das multidões, escondendo-se, aventurando-se a catar uma moeda caída por acaso ou um pedaço de comida ignorado.

Era diferente agora. Forçava-se a andar com as costas eretas e a manter os olhos erguidos, sem procurar lugares para se esconder. Estava ficando muito melhor, mas ver multidões trazia a memória do que ela fora no passado. O que sempre seria, ao menos em parte.

Como numa reação aos seus pensamentos, um par de moleques de rua disparou em meio à multidão, um homem grande, num avental de padeiro, gritando com eles. Ainda havia meninos de rua no novo mundo de Elend. Na verdade, considerando agora, pagar a população skaa provavelmente tinha melhorado muito a vida das crianças de rua. Havia mais bolsos para surrupiar, mais pessoas para distrair os lojistas, mais restos para distribuir e mais mãos para alimentar os pedintes.

Era difícil reconciliar sua infância com essa vida. Para ela, uma criança na rua era alguém que aprendia a ser silencioso e se esconder, alguém que saía à noite para revirar o lixo. Apenas os mais corajosos dos meninos de rua tinham coragem para cortar bolsas, pois para muitos nobres a vida dos skaa não tinha valor. Durante sua infância, Vin soube de várias crianças de rua que haviam sido assassinadas ou mutiladas por nobres que estavam de passagem e as acharam ofensivas.

As leis de Elend talvez não tivessem eliminado a pobreza, algo que ele queria muito fazer, mas melhoraram a vida até mesmo dos meninos de rua. Por isso — entre outras coisas — ela o amava.

Ainda haviam alguns nobres na multidão, homens que foram persuadidos por Elend, ou pelas circunstâncias, de que sua fortuna estaria mais segura na cidade do que fora dela. Eram desesperados, fracos ou aventureiros. Vin observou um homem passar, cercado por um grupo de guardas. Ele não lhe deu uma segunda olhada; para ele, as roupas simples de Vin eram motivo suficiente para ignorá-la. Vin se virou, e a loja na esquina chamou sua atenção.

Ela vendia vestidos de baile.

Lá dentro, manequins vestiam vestidos majestosos, do tipo que mulheres nobres usavam em bailes. Vin olhou para as roupas, com cinturas justas e saias longas em formato de sino. Ela quase podia se imaginar em um baile, com música suave ao fundo, mesas com toalhas de um branco perfeito, Elend de pé na sacada, folheando um livro...

É isso que sou agora?, ela pensou. *Sou uma nobre?* Seria possível alegar que ela era nobre, simplesmente por associação. O próprio rei a amava, a pedira em casamento, e ela fora treinada pelo Sobrevivente de Hathsin. Na verdade, seu pai fora nobre, mesmo que sua mãe tivesse sido uma skaa. Olhando seu reflexo na vitrine, Vin ergueu a mão, brincando com o brinco simples de bronze que era a única coisa que guardava de recordação da mãe.

Não era muito. Mas, então, Vin não teve certeza se queria pensar tanto na mãe. Afinal, a mulher tentara matar Vin. De fato, ela *matara* a irmã legítima de Vin. Apenas os atos de Reen, o meio-irmão de Vin, a salvaram. Ele arrancara Vin, ainda sangrando, das mãos de uma mulher que enfiara o brinco na orelha de Vin momentos antes.

E ainda assim Vin o mantinha como uma espécie de lembrança. A verdade era que não se sentia uma nobre. Às vezes, pensava que tinha mais em comum com sua mãe insana do que com a aristocracia do mundo de Elend. Os bailes e as festas dos quais ela participara antes do Colapso tinham sido uma farsa. Uma lembrança como de um sonho. Não tinham lugar nesse mundo de governos em ruínas e assassinatos na calada da noite. Além disso, a participação de Vin nos bailes — fingindo ser Valette Renoux — sempre foi uma mentira.

Ela ainda fingia. Fingia não ser a menina de rua que crescera passando fome, uma garota que apanhou muito mais vezes do que foi protegida.

Vin parou diante da vitrine, mantida quase como se ela fosse metal sendo *puxado* pelos lindos vestidos. A loja estava vazia; poucos pensavam em vestidos na véspera de uma invasão, e nem ela deveria. Além disso, ela não poderia justificar tal luxo. Era diferente quando ela gastava dinheiro de Kelsier. Agora, ela gastava o dinheiro de Elend — e o dinheiro de Elend era o dinheiro do reino.

Vin suspirou, dando as costas para os vestidos, e voltou para a multidão da rua. *Não são mais para mim. Valette é inútil para Elend — ele precisa de uma Nascida da Bruma, não de uma garota desconfortável num vestido que não lhe cai bem.* Seus ferimentos da noite anterior, agora grandes hematomas, eram uma lembrança do lugar que lhe cabia. Estavam sarando — ela estava queimando peltre com força o dia todo —, mas ainda ficaria dolorida por um tempo.

Vin acelerou o passo, seguindo para as baias de gado. Enquanto caminhava, contudo, percebeu que alguém a seguia.

Bem, talvez "seguir" fosse generoso demais — o homem com certeza não estava conseguindo passar despercebido. Era careca, mas trazia os cabelos longos na lateral. Vestia uma bata simples de skaa: uma peça única cor de canela que tinha manchas escuras de cinzas.

Ótimo, Vin pensou. Havia outro motivo pelo qual evitava o lugar — ou qualquer lugar onde multidões de skaa se reuniam.

Ela acelerou o passo de novo, mas o homem também o fez. Logo seus movimentos estranhos chamaram atenção, mas, em vez de xingá-lo, a maioria das pessoas parou, reverente. Logo outros se juntaram a ele, e Vin tinha uma pequena multidão atrás de si.

Uma parte dela queria simplesmente lançar uma moeda e atirar. *Claro*, Vin pensou consigo mesma, com ironia, *usar Alomancia à luz do dia. Ótimo para passar despercebida.*

Então, suspirando, ela se virou para enfrentar o grupo. Nenhum deles parecia especialmente ameaçador. Os homens vestiam calças e camisas sujas; as mulheres usavam roupas utilitárias de peça única. Vários outros homens vestiam batas simples, cobertas de cinzas.

Sacerdotes do Sobrevivente.

— Lady Herdeira — um deles disse, aproximando-se e caindo de joelhos.

— Não me chame assim — Vin falou em voz baixa.

O sacerdote ergueu o olhar.

— Por favor. Precisamos de orientação. Abandonamos o Senhor Soberano. O que faremos agora?

Vin recuou um passo. Kelsier sabia o que estava fazendo ao incentivar a fé skaa nele mesmo, morrendo em seguida como mártir para enfurecê-los contra o Império Final. Mas o que ele achou que aconteceria depois disso? Poderia ter previsto a Igreja do Sobrevivente — sabia que eles substituiriam o Senhor Soberano pelo próprio Kelsier como seu Deus?

O problema era que Kelsier tinha deixado seus seguidores sem doutrina. Seu único objetivo era derrotar o Senhor Soberano; tanto para conseguir sua vingança, quanto para selar seu legado e, em parte — Vin assim esperava —, por querer libertar os skaa.

Mas e agora? Essas pessoas devem se sentir como ela se sentiu. À deriva, sem luz para guiá-los.

Vin não poderia ser aquela luz.

— Não sou Kelsier — ela disse baixinho, dando outro passo para trás.

— Nós sabemos — um dos homens disse. — A senhora é a herdeira dele; ele morreu e desta vez a *senhora* sobreviveu.

— Por favor — disse uma mulher, dando um passo adiante, segurando uma criança pequena nos braços. — Lady Herdeira. Se a mão que derrubou o Senhor Soberano pudesse tocar meu filho...

Vin tentou se afastar ainda mais, porém percebeu que havia outro grupo de pessoas atrás. A mulher chegou mais perto, e Vin finalmente levou a mão hesitante até a testa do bebê.

— Obrigada — a mulher agradeceu.

— A senhora vai nos proteger, não vai, Lady Herdeira? — um jovem, quase da mesma idade de Elend, com rosto sujo, mas olhos honestos, perguntou. — Os sacerdotes dizem que a senhora vai parar o exército que está lá fora, que os soldados não serão capazes de entrar na cidade enquanto a senhora estiver aqui.

Era demais para ela. Vin murmurou uma resposta tímida, mas virou-se e abriu caminho pela multidão. O grupo de crentes, felizmente, não a seguiu.

Ela ofegava profundamente, embora não por esforço, quando diminuiu o passo. Entrou num beco entre duas lojas, pondo-se à sombra, envolvendo os braços ao redor de si. Passara a vida aprendendo a não ser notada, a ser silenciosa e irrelevante. Agora não conseguia ser nenhuma dessas coisas.

O que o povo esperava dela? Eles achavam mesmo que ela poderia impedir um exército sozinha? Aquela era uma lição que aprendera muito cedo em seu treinamento: Nascidos da Bruma não eram invencíveis. Um homem, ela poderia matar. Dez homens talvez lhe causassem problemas. Já um exército...

Vin parou para respirar e se acalmar. No fim, voltou para a rua agitada. Estava quase no seu destino agora — uma tenda pequena, aberta nas laterais, cercada por quatro baias. O mercador descansava perto dela, um homem desmazelado que tinha cabelos apenas em metade da cabeça, no lado direito. Vin parou por um instante, tentando entender se o estranho corte de cabelo se devia a doenças, ferimentos ou preferência.

O homem recuperou a energia quando a viu em pé, na beirada das baias. Ele bateu as mãos na calça para se limpar, levantando um pouco de poeira. Em seguida, ele caminhou tranquilo até ela, sorrindo com os dentes que ainda possuía, agindo como se não tivesse ouvido — ou não se importasse — que havia um exército bem ali fora.

— Ah, minha jovem — ele disse. — Procurando um filhote? Tenho alguns vira-latas que qualquer garota certamente amaria. Aqui, vou pegar um. Vai concordar comigo que é a coisa mais linda que já viu.

Vin cruzou os braços quando o homem se curvou para pegar um filhote de uma das baias.

— Na verdade — ela disse —, eu estava procurando um cão de caça.

O mercador ergueu os olhos.

— Cão de caça, senhorita? Não é um animal de estimação para uma garota como você. São uns brutos, esses aí. Deixe-me achar um bom vira-latinha. São bons cães — espertos também.

— Não — Vin disse, cortando-o. — Me traga um cão de caça.

O homem parou de novo, olhando para ela, coçando-se em vários locais indignos.

— Bem, acho que entendo...

Ele seguiu até a baia mais distante da rua. Vin esperou em silêncio, incomodada com o fedor, enquanto o mercador gritava com alguns dos animais, escolhendo um adequado. No fim, ele puxou um cão pela coleira até Vin. Era um cão de caça, embora pequeno — mas tinha olhos dóceis, tranquilos e um temperamento obviamente agradável.

— O menor da ninhada — o mercador disse. — Um bom animal para uma jovem, eu diria. Também será um caçador excelente. Esses cães de caça, eles podem cheirar melhor que qualquer bicho que a senhorita já viu.

Vin estendeu a mão até a bolsa de moedas, mas parou, olhando para o rosto ofegante do cão. Quase parecia estar sorrindo para ela.

— Ah, pelo amor do Senhor Soberano — ela estourou, empurrando cão e dono, partindo para as baias ao fundo.

— Senhorita? — o mercador perguntou, seguindo-a com hesitação.

Vin examinou os cães de caça. Lá no fundo, ela viu um animal grande, preto e cinzento. Estava acorrentado a um poste e a encarava de modo desafiador, com um rosnado baixo gutural.

Vin apontou.

— Quanto quer por aquele lá no fundo?

— *Aquele?* — o mercador questionou. — Minha senhorita, aquele é um cão de guarda. É para ser solto nas terras de um lorde para atacar qualquer um que entre! É uma das criaturas mais malvadas que a senhora jamais verá!

— Perfeito — Vin falou, puxando algumas moedas.

— Minha senhorita, eu não poderia vender esse animal. Não mesmo. Ora, aposto que pesa uma senhorita e meia!

Vin assentiu, em seguida abriu o portão da baia e entrou a passos largos. O mercador gritou, mas Vin caminhou direto para o cão de caça. Ele começou a latir enlouquecidamente para ela, babando.

Desculpe por isso, Vin pensou. Em seguida, queimando peltre, ela se agachou e bateu com o punho na cabeça do animal.

O cão ficou paralisado, cambaleou e, em seguida, caiu inconsciente na terra. O mercador parou ao lado dela, boquiaberto.

— Coleira — Vin ordenou.

Ele lhe entregou uma. Ela a usou para amarrar os pés do cão e depois, queimando peltre, lançou o animal sobre os ombros. Ela se encolheu um pouquinho pela dor nas costelas.

É melhor essa coisa não babar na minha camisa, ela pensou, entregando para o mercador algumas moedas, e caminhou de volta para o palácio.

VIN JOGOU O CÃO INCONSCIENTE no chão. Os guardas lhe lançaram alguns olhares de estranhamento quando ela entrou no palácio, mas ela já estava se acostumando. Bateu palmas para limpar as mãos.

— O que é isso? — OreSeur perguntou. Ele retornara para os aposentos dela no palácio, mas seu corpo atual estava obviamente inutilizado. Precisava formar musculatura em lugares onde os homens em geral não a tinham para manter o esqueleto unido e, embora tivesse curado as feridas, seu corpo não parecia normal. Ainda vestia as roupas manchadas de sangue da noite anterior.

— Este — Vin falou, apontando para o cão — é seu novo corpo.

OreSeur fez uma pausa.

— *Isto*? Senhora, isto é um cachorro.

— Sim.

— Sou um homem.

— Você é um kandra — Vin retrucou. — Pode imitar carne e músculos. O que me diz de pelagem?

— Não posso imitá-lo — ele disse —, mas posso usar o pelo do próprio animal, como uso os ossos. Mas, com certeza deve haver...

— Não vou matar ninguém por você, kandra — Vin repreendeu. — E mesmo se eu tivesse matado uma pessoa, não deixaria que você a... comesse. Além disso, será mais discreto. As pessoas vão comentar se eu ficar trocando meu mordomo por homens desconhecidos. Há meses comento com as pessoas que estou pensando em te despedir. Bem, direi para elas que finalmente te mandei embora... ninguém vai pensar que meu novo cão de estimação é, na verdade, meu kandra.

Ela se virou, acenando com a cabeça para o cão desacordado.

— Será muito útil. As pessoas prestam menos atenção em cães do que em humanos, e assim você poderá ouvir conversas.

O franzir de cenho de OreSeur aprofundou-se.

— Não farei isso tão facilmente. Precisará me obrigar, em virtude do Contrato.

— Ótimo — Vin falou. — É uma ordem. Quanto tempo vai durar?

— Um corpo normal dura apenas algumas horas — OreSeur respondeu. — Esse pode levar mais tempo. Fazer tanto pelo parecer autêntico será desafiador.

— Então, pode começar — Vin ordenou, virando-se na direção da porta. No caminho, contudo, ela percebeu uma caixa pequena na mesa. Franziu a testa, foi até ela e tirou a tampa. Encontrou um pequeno bilhete.

Lady Vin,

Aqui está a próxima liga que a senhorita pediu. Alumínio é muito difícil de adquirir, mas uma família nobre deixou a cidade recentemente e consegui comprar parte de seu aparelho de jantar.

Não sei se este funcionará, mas acredito que vale a pena tentar. Misturei o alumínio com quatro por cento de cobre, e achei o resultado bastante promissor. Li sobre essa composição: é conhecida como duralumínio.

Seu servo, Terion

Vin sorriu, deixando o bilhete de lado e retirando o restante do conteúdo da caixa: uma pequena bolsa de pó de metal e uma barra fina e prateada, possivelmente ambas de duralumínio. Terion era um ferreiro alomântico mestre. Embora não fosse ele próprio alomântico, vinha misturando ligas e criando pós para Nascidos da Bruma e Brumosos quase a vida toda.

Vin enfiou a bolsinha e a barra no bolso, e então se voltou para OreSeur. O kandra a encarava com uma expressão indiferente.

— Isso chegou hoje? — ela perguntou, inclinando a cabeça na direção da caixa.

— Sim, senhora — OreSeur disse. — Algumas horas atrás.

— E você não me disse?

— Desculpe, senhora — respondeu OreSeur com seu jeito monótono —, mas a senhora *não* ordenou que eu dissesse quando pacotes chegassem.

Vin cerrou os dentes. Ele sabia como ela esperava ansiosamente por outra liga de Terion. Todas as ligas que tentaram antes do alumínio foram um verdadeiro fracasso. Incomodava-a saber que havia outro metal alomântico lá fora, em algum lugar, esperando para ser descoberto. Ela não sossegaria até encontrá-lo.

OreSeur ficou sentado onde estava, sem expressão alguma, o cão de caça inconsciente no chão, bem diante dele.

— Comece a trabalhar nesse corpo — Vin falou, girando e saindo do quarto para buscar Elend.

VIN FINALMENTE ENCONTROU ELEND EM seu escritório, trabalhando em alguns livros contábeis com uma figura familiar.

— Dox! — Vin exclamou. Ele se retirara para os seus aposentos logo depois da chegada no dia anterior, e ela não o vira muito.

Dockson ergueu os olhos e sorriu. Corpulento sem ser gordo, tinha cabelos pretos curtos e ainda deixava sua barba por fazer, como de costume.

— Olá, Vin.

— Como estava Terris? — ela perguntou.

— Frio — Dockson respondeu. — Estou feliz por estar de volta. Apesar de não ter gostado de encontrar aquele exército aqui quando cheguei.

— De qualquer forma, estamos felizes por você ter voltado, Dockson — Elend afirmou. — O reino praticamente ruiu sem você aqui.

— Não parece ser o caso mesmo — Dockson falou, fechando seu livro e deixando-o na pilha. — Considerando todas as coisas, e os exércitos, parece que a burocracia real se manteve muito bem na minha ausência. Você mal precisa mais de mim!

— Que bobagem! — Elend disse.

Vin recostou-se à porta, olhando os dois, enquanto continuavam a discussão. Mantinham o ar de jovialidade forçada. Os dois dedicavam-se a fazer o reino funcionar, mesmo que isso significasse fingir que gostavam um do outro. Dockson apontava trechos dos livros, falando sobre finanças e o que ele descobrira nos vilarejos afastados sob controle de Elend.

Vin suspirou, olhando ao redor da sala. A luz do sol incidia através do vitral redondo da janela do quarto, lançando cores sobre os livros e a mesa. Mesmo agora, Vin ainda não estava acostumada com a riqueza casual de uma fortaleza nobre. A janela — vermelha e lavanda — era um objeto de beleza intrincada. Ainda assim, os nobres aparentemente achavam aquilo tão normal que as tinham colocado nos aposentos traseiros da fortaleza, na pequena câmara que Elend usava agora como seu escritório.

Como era de esperar, o quarto estava entulhado com pilhas de livros. Prateleiras enchiam as paredes do chão ao teto, mas não eram páreo para o volume da coleção crescente de Elend. Ela nunca apreciara muito o gosto de Elend para livros. Eram em sua maioria obras políticas ou históricas, tomos com assuntos tão bolorentos quanto suas páginas envelhecidas. Muitos deles tinham, no passado, sido proibidos pelo Ministério do Aço, mas de alguma forma os antigos filósofos conseguiam fazer até os tópicos mais libidinosos parecerem enfadonhos.

— De qualquer forma — Dockson disse, fechando por fim seus livros —, tenho algumas coisas a fazer antes do seu discurso de amanhã, Vossa Majestade. Ham disse que também haverá uma reunião de defesa da cidade à noite?

Elend assentiu.

— Desde que eu consiga fazer com que a Assembleia concorde em não entregar a cidade para o meu pai, precisaremos criar uma estratégia para lidar com esse exército. Enviarei alguém para buscá-lo amanhã à noite.

— Está bem — Dockson disse. Com isso, meneou a cabeça para Elend, piscou para Vin, e em seguida saiu da sala lotada.

Quando Dockson fechou a porta, Elend suspirou e depois relaxou as costas na sua poltrona elegante e grande demais.

Vin deu uns passos para a frente.

— Ele é um bom homem, Elend.

— Ah, sei que é. Mas ser um bom homem nem sempre torna alguém agradável.

— Ele também é legal — Vin falou. — Firme, calmo, estável. A equipe dependia dele. — Mesmo não sendo um alomântico, Dockson era o braço direito de Kelsier.

— Ele não gosta de mim, Vin — Elend comentou. — É... muito difícil conviver com alguém que me olha daquele jeito.

— Você não está dando uma chance para ele de verdade — Vin se queixou, parando ao lado da poltrona de Elend.

Ele ergueu o olhar para ela, sorrindo com cansaço, seu colete desabotoado, os cabelos numa bagunça absoluta.

— Hum... — ele disse preguiçosamente, tomando a mão dela. — Gostei muito dessa camisa. Você fica bem de vermelho.

Vin revirou os olhos, deixando-o puxá-la com suavidade para a poltrona e beijá-la. Havia uma paixão no beijo — uma necessidade, talvez, de algo estável. Vin correspondeu e sentiu-se relaxar quando se recostou nele. Alguns minutos depois ela suspirou, sentindo-se muito mais bem aninhada na poltrona ao lado dele. Ele a puxou para mais perto, inclinando a poltrona para trás, à luz do sol.

Ele sorriu e olhou para ela.

— Você... está usando um perfume novo.

Vin bufou, encostando a cabeça contra o peito dele.

— Não é perfume, Elend. É cheiro de cachorro.

— Ah, bom — Elend brincou. — Fiquei preocupado que você tivesse perdido a noção. Agora, tem algum motivo especial para *você* estar cheirando a cachorro?

— Fui até o mercado e comprei um, então trouxe para cá e alimentei OreSeur com ele, para que fosse seu novo corpo.

Elend fez uma pausa.

— Ora, Vin, isso é brilhante! Ninguém suspeitará que o cachorro seja um espião. Imagino se alguém teve uma ideia dessas antes...

— Alguém deve ter tido — Vin falou. — Digo, faz sentido. Mas desconfio que quem teve esse pensamento não contou para ninguém.

— Bem pensado — Elend falou, relaxando. Ainda assim, pela distância que estavam, ela ainda conseguia sentir uma tensão nele.

O discurso de amanhã, Vin pensou. *Ele está preocupado com isso.*

— Devo dizer, contudo — Elend falou com vagar —, que acho um pouco decepcionante que você *não* esteja com um perfume canino. Com sua posição social, logo eu veria algumas das nobres locais tentando imitá-la. Poderia ser bem divertido.

Ela ergueu o corpo, olhando para o sorrisinho dele.

— Sabe, Elend... às vezes é muito difícil dizer quando você está me provocando e quando está apenas sendo estúpido.

— Isso me torna mais misterioso, certo?

— Algo assim — ela falou, aconchegando-se nele outra vez.

— Agora, veja, você não entende como isso é esperto da minha parte — ele falou. — Se as pessoas não souberem quando sou um idiota e quando sou um gênio, talvez assumam que minhas burradas sejam manobras políticas brilhantes.

— Contanto que eles não confundam suas jogadas realmente brilhantes com burradas.

— Isso não seria difícil — Elend falou. — Temo que haja poucos momentos brilhantes para as pessoas confundirem.

Vin ergueu os olhos com preocupação pelo tom da voz dele. Porém, ele sorriu e mudou de assunto.

— Então, o cão OreSeur. Ele ainda poderá sair com você à noite?

Vin encolheu os ombros.

— Acho que sim. Eu não estava realmente planejando levá-lo por um tempo.

— Gostaria que você o levasse — Elend confessou. — Eu me preocupo com você lá fora, toda noite, exigindo tanto de si mesma.

— Eu aguento — Vin o tranquilizou. — Alguém precisa cuidar de você.

— Sim — Elend concordou —, mas quem cuida de você?

Kelsier. Mesmo agora, aquela ainda era sua reação imediata. Ela o conhecera havia menos de um ano, mas aquele ano fora o primeiro em sua vida em que se sentira protegida.

Kelsier estava morto. Ela, como o resto do mundo, precisava viver sem ele.

— Sei que você se machucou quando brigou com aqueles alomânticos na outra noite — Elend comentou. — Seria muito bom para a minha paz de espírito se soubesse que alguém está com você.

— Um kandra não é um guarda-costas — Vin ponderou.

— Eu sei — Elend disse. — Mas são incrivelmente leais. Nunca ouvi falar de um Contrato rompido. Ele vai te vigiar. Eu me preocupo com você, Vin. Você sabe por que fico acordado até tão tarde, rascunhando minhas propostas? Porque não consigo dormir sabendo que você pode estar lá fora, em combate, ou pior, caída em alguma rua, agonizando por não ter ninguém para ajudá-la.

— Às vezes eu levo OreSeur comigo.

— Sim — Elend concordou —, mas sei que você encontra desculpas para deixá-lo para trás. Kelsier comprou para você os serviços de um empregado incrivelmente valioso. Não consigo entender por que se esforça tanto para evitá-lo.

Vin fechou os olhos.

— Elend. Ele *comeu* Kelsier.

— E daí? — Elend perguntou. — Kelsier já estava morto. Além disso, ele próprio deu essa ordem.

Vin suspirou, abrindo os olhos.

— Eu só... não confio naquela coisa, Elend. A criatura é antinatural.

— Eu sei — Elend disse. — Meu pai sempre teve um kandra. Mas OreSeur ao menos já é alguma coisa. Por favor, prometa que vai levá-lo com você.

— Tudo bem. Mas acho que ele também não vai gostar do combinado. Ele e eu não nos dávamos muito bem nem quando ele estava se fazendo de Renoux, e eu, sua sobrinha.

Elend encolheu os ombros.

— Ele vai obedecer ao Contrato. Isso é o que importa.

— Ele cumpre o Contrato — Vin falou —, mas sempre resmungando. Eu sinto que ele adora me frustrar.

Elend baixou os olhos para ela.

— Vin, kandras são serviçais excelentes. Não fazem coisas desse tipo.

— Não, Elend — Vin falou. — *Sazed* era um serviçal excelente. Tinha prazer em estar com as pessoas, ajudá-las. Nunca senti que ele tinha algum ressentimento comigo. OreSeur pode fazer tudo o que eu mando, mas não gosta de mim, nunca gostou. Tenho certeza.

Elend suspirou, acarinhando o ombro dela.

— Não acha que você talvez esteja sendo um pouco irracional? Não há motivo real para odiá-lo tanto.

— Hein? — Vin surpreendeu-se. — Da mesma forma que não há motivo para que você não se dê bem com Dockson?

Elend hesitou. Em seguida, suspirou.

— Acho que você tem razão nisso — ele falou. Continuou a acariciar o ombro de Vin enquanto olhou para o teto, refletindo.

— O que foi? — Vin perguntou.

— Não estou fazendo um bom trabalho, estou?

— Deixe de bobagem — Vin falou. — Você é um rei maravilhoso.

— Talvez eu seja um rei razoável, Vin, mas não sou *ele*.

— Quem?

— Kelsier — Elend disse baixinho.

— Elend, ninguém espera que você seja Kelsier.

— É? — ele disse. — Por isso Dockson não gosta de mim. Ele odeia os nobres; fica claro no jeito como fala, no jeito como age. Não sei se realmente posso culpá-lo, considerando a vida que ele teve. Independentemente disso, ele não acha que eu deveria ser o rei. Acredita que um skaa poderia ocupar o meu lugar, ou, melhor ainda, Kelsier. Todos acham isso.

— Que besteira, Elend.

— É mesmo? E se Kelsier ainda estivesse vivo, eu seria rei?

Vin ficou calada.

— Está vendo? Eles me aceitam: o povo, os mercadores, até mesmo os nobres. Mas, no fundo, todos desejariam ter Kelsier aqui.

— Eu não.

— Não?

Vin franziu a testa. Ela se sentou, virou-se de forma a ficar de joelhos sobre Elend na poltrona reclinada, com o rosto apenas poucos centímetros de distância do dele.

— Você não deveria nem mesmo *cogitar* isso, Elend. Kelsier foi meu professor, mas eu não o amava. Não como amo você.

Elend encarou Vin e assentiu com a cabeça. Vin beijou-o com paixão e aconchegou-se ao lado dele novamente.

— Por que não? — Elend perguntou, por fim.

— Bem, para começar, ele era velho.

Elend deu uma risadinha.

— Acho que eu me lembro de você também zombar da *minha* idade.

— É diferente — Vin comentou. — Você é só alguns anos mais velho que eu. Kelsier era um ancião.

— Vin, 38 não é ancião.

— É quase.

Elend riu novamente, mas ela conseguia sentir que ele não estava satisfeito. Por que tinha *escolhido* Elend, e não Kelsier? Kelsier fora um visionário, um herói, um Nascido da Bruma.

— Kelsier era um grande homem — Vin falou baixinho quando Elend começou a acariciar seus cabelos. — Mas... ele tinha algumas coisas estranhas, Elend. Coisas aterrorizantes. Ele era intenso, precipitado, até mesmo um pouco cruel. Impiedoso. Assassinava pessoas sem culpa ou preocupação, apenas porque defendiam o Império Final ou trabalhavam para o

Senhor Soberano. Consegui amá-lo como um professor e um amigo. Mas não acho que poderia amar, amar *de verdade*, um homem como aquele. Não o culpo; ele veio das ruas, como eu. Quando você luta tanto pela vida, se fortalece, mas pode também tornar-se cruel. Fosse ou não culpa dele, Kelsier me lembrava muito os homens que... conheci quando mais nova. Kell era uma pessoa muito melhor que eles, realmente conseguia ser gentil e sacrificou a vida pelos skaa. Mas ele era muito duro.

Ela fechou os olhos, sentindo o calor de Elend.

— Você, Elend Venture, é um bom homem. Um bom homem *de verdade*.

— Homens bons não viram lendas — ele disse em voz baixa.

— Homens bons não precisam virar lendas. — Ela abriu os olhos e o encarou. — Eles simplesmente fazem o que é certo.

Elend sorriu. Em seguida, beijou o topo da cabeça de Vin e recostou-se. Ficaram deitados lá por um tempo, num aposento aquecido pela luz solar, relaxando.

— Ele salvou minha vida uma vez — Elend disse.

— Quem? — Vin perguntou, surpresa. — Kelsier?

Elend assentiu.

— Naquele dia, depois que Fantasma e OreSeur foram capturados, no dia em que Kelsier morreu. Houve uma batalha na praça, quando Ham e alguns soldados tentaram libertar os prisioneiros.

— Eu estava lá — Vin falou. — Me escondendo com Brisa e Dox em um dos becos.

— Sério? — Elend perguntou, soando um tanto divertido. — Porque eu fui procurar por você. Pensei que tinham te prendido, junto com OreSeur; ele estava fingindo ser seu tio. Tentei chegar à prisão para te resgatar.

— Você fez *o quê*? Elend, aquela praça tinha virado um campo de batalha! Havia um Inquisidor lá, pelo amor do Senhor Soberano!

— Eu sei — Elend falou, com um meio sorriso. — Então, esse Inquisidor foi quem tentou me matar. Já estava com o machado erguido e tudo mais. E então... Kelsier estava lá. Se jogou para cima do Inquisidor, lançando-o ao chão.

— Provavelmente só uma coincidência — Vin retrucou.

— Não — Elend falou com suavidade. — Ele fez porque quis, Vin. Olhava para mim enquanto lutava com o Inquisidor, e vi isso nos seus olhos. Sempre penso naquele momento; todo mundo diz que Kelsier odiava a nobreza ainda mais que Dox.

Vin silenciou um instante.

— Ele... começou a mudar um pouco no fim, eu acho.

— O bastante para se arriscar para proteger um nobre aleatório?

— Ele sabia que eu te amava — Vin falou, com um leve sorriso. — Acho que, no fim, isso provou ser mais forte que o ódio dele.

— Eu não percebi... — A voz dele enfraqueceu quando Vin se virou, ouvindo algo. Passos se aproximavam. Ela se sentou e, um segundo depois, Ham enfiou a cabeça no aposento. Entretanto, parou quando viu Vin sentada no colo de Elend.

— Ah — Ham falou. — Desculpem.

— Não, espere — Vin falou. Ham esticou a cabeça de volta, e Vin virou-se para Elend. — Quase esqueci por que vim te procurar. Recebi uma nova encomenda de Terion hoje.

— *Outra?* — Elend perguntou. — Vin, quando você vai desistir?

— Não posso me dar ao luxo — ela confessou.

— Não pode ser tão importante assim, pode? — ele perguntou. — Digo, se todo mundo esqueceu o que o último metal faz, não deve ser tão poderoso.

— Ou isso, ou era tão incrivelmente poderoso que o Ministério se esforçou muito para mantê-lo em segredo. — Ela deslizou da poltrona, ficou em pé, tirou a bolsa e a barrinha do bolso. Entregou a barra para Elend, que se endireitou na poltrona luxuosa.

Prateado e reluzente, o metal — como o alumínio do qual era feito — parecia leve demais para ser real. Qualquer alomântico que acidentalmente queimasse alumínio tinha suas outras reservas de metal anuladas, ficando sem forças. O alumínio foi mantido em segredo pelo Ministério do Aço; Vin descobriu-o apenas na noite em que foi capturada pelos Inquisidores, a mesma noite em que assassinou o Senhor Soberano.

Nunca foram capazes de descobrir a liga alomântica adequada de alumínio. As ligas alomânticas eram sempre formadas em pares, compreendendo um metal básico e sua liga. — ferro e aço, estanho e peltre, cobre e bronze, zinco e latão. Alumínio e... alguma coisa. Algo poderoso, assim esperava. Seu atium havia acabado. Precisava de uma vantagem.

Elend suspirou, devolvendo a barra.

— Na última vez que tentou queimar um desses, ficou doente por dois dias, Vin. Fiquei apavorado.

— Não pode me matar — Vin disse. — Kelsier prometeu que queimar uma liga ruim só me faria passar mal.

Elend sacudiu a cabeça.

— Até Kelsier errava de vez em quando, Vin. Você não disse que ele se enganara sobre como o bronze funcionava?

Vin fez uma pausa. A preocupação de Elend era tão genuína que ela foi quase persuadida. No entanto...

Quando aquele exército atacar, Elend vai morrer. Os skaa da cidade talvez sobrevivam — nenhum governante seria tolo o bastante para sacrificar o povo de uma cidade tão produtiva. O rei, contudo, seria assassinado. Ela não conseguiria combater um exército inteiro e poderia fazer pouco para ajudar com as preparações.

Contudo, Vin conhecia a Alomancia. Quanto melhor ela ficasse nessa arte, mais capaz seria de proteger o homem que amava.

— Tenho que tentar, Elend — ela disse baixinho. — Trevo diz que Straff não atacará pelos próximos dias; precisará desse período para descansar os homens da jornada e sondar a cidade para o ataque. Significa que não posso esperar. Se este metal me deixar doente, estarei melhor a tempo para ajudar na batalha, mas apenas se eu o experimentar agora.

O rosto de Elend ficou lúgubre, mas ele não a proibiu. Sabia que não adiantaria. Em vez disso, levantou-se.

— Ham, acha que é uma boa ideia?

Ham concordou. Era um guerreiro. Para ele, a jogada dela tinha sentido. Ela pediu que ele ficasse, porque precisava de alguém para levá-la até a cama, caso desse errado.

— Tudo bem — Elend disse, virando-se de costas para Vin. Parecia resignado.

Vin sentou-se na poltrona, recostou-se e em seguida pegou uma pitada do pó de duralumínio e o engoliu. Fechou os olhos e sentiu suas reservas alomânticas. As oito comuns estavam todas lá, bem estocadas. Não tinha atium ou ouro, nem qualquer uma de suas ligas. Mesmo que tivesse atium, era muito precioso para usar, exceto numa emergência — e os outros dois tinham utilidade apenas limitada.

Uma nova reserva apareceu. Como havia surgido quatro vezes antes. Cada vez que queimava uma liga de alumínio, imediatamente sentia uma dor de cabeça cegante. *Você achou que eu havia aprendido...* ela pensou. Cerrando os dentes, buscou a nova liga e a queimou.

Nada aconteceu.

— Já experimentou? — Elend perguntou, apreensivo.

Vin assentiu com a cabeça, lentamente.

— Sem dor de cabeça. Mas... Não tenho certeza se a liga está surtindo algum efeito.

— Mas está queimando? — Ham perguntou.

Vin confirmou. Sentiu o calor familiar por dentro, a chama mínima que lhe dizia que havia um metal queimando. Tentou mover-se um pouco, mas não conseguia distinguir nenhuma mudança física. Finalmente ergueu os olhos e deu de ombros.

Ham franziu o cenho.

— Se não passou mal, encontrou a liga correta. Cada metal tem apenas uma liga válida.

— Ou — Vin comentou — isso foi o que sempre nos disseram.

Ham assentiu.

— Que liga foi essa?

— Alumínio e cobre — Vin respondeu.

— Interessante — Ham falou. — Não está sentindo nada?

Vin sacudiu a cabeça.

— Precisa praticar um pouco mais.

— Parece que estou com sorte — Vin falou, extinguindo o duralumínio. — Terion apresentou quarenta ligas diferentes que achou que poderíamos tentar, assim que tivéssemos alumínio o bastante. Essa foi apenas a quinta.

— Quarenta? — Elend perguntou, incrédulo. — Eu não sabia que havia tantos metais assim com os quais era possível fazer ligas!

— Não precisa ter dois metais para fazer uma liga — Vin falou, distraída. — Apenas um metal e outra coisa. Veja o aço, é ferro e carbono.

— Quarenta... — Elend repetiu. — E você teria testado todas elas?

Vin deu de ombros.

— Parecia um bom ponto de partida.

Elend pareceu preocupado com aquela ideia, mas não disse mais nada. Em vez disso, voltou-se para Ham.

— De qualquer forma, Ham, aconteceu algo para ter vindo aqui nos ver?

— Nada importante — Ham falou. — Apenas queria ver se Vin aceitaria treinar um pouco. Aquele exército está me deixando ansioso, e pensei que poderia ser útil para Vin treinar um pouco com o bastão.

Vin ergueu os ombros.

— Claro. Por que não?

— Quer vir conosco, El? — Ham perguntou. — Praticar um pouco?

Elend riu.

— E enfrentar um de vocês dois? Tenho uma dignidade real a zelar!

Vin franziu o cenho levemente, olhando para ele.

— Você deveria treinar mais, Elend. Mal sabe como pegar numa espada, e é *terrível* com um bastão de duelo.

— Olha só, por que eu me preocuparia com isso, se tenho você para me proteger?

A expressão aflita de Vin aprofundou-se.

— Nem sempre podemos estar por perto, Elend. Eu me preocuparia muito menos se fosse melhor em se defender.

Ele apenas sorriu e puxou-a para se levantar.

— Eu vou treinar em algum momento, prometo. Mas hoje não. Tenho muito o que pensar agora. Que tal se eu for apenas para vê-los? Talvez eu aprenda algo observando. A propósito, é o método preferível de treinamento com armas, pois não me obriga a ser derrotado por uma garota.

Vin suspirou, mas não pressionou mais.

Escrevo este relato agora, gravando-o numa placa de metal, pois tenho medo. Temo por mim mesmo, sim — admito que sou humano. Se Alendi retornar do Poço da Ascensão, tenho certeza de que minha morte será um dos seus primeiros objetivos. Ele não é um homem mau, mas é impiedoso. O que, creio eu, é um produto daquilo pelo que passou.

6

ELEND RECOSTOU-SE NA BALAUSTRADA, OLHANDO para o campo de treinamento. Parte dele desejava seguir até lá e praticar com Vin e Ham. Contudo, a maior parte dele não via motivo para isso.

Qualquer assassino que provavelmente viesse atrás de mim seria um alomântico, ele pensou. *Eu poderia treinar por dez anos e não seria páreo para um deles.*

No campo, Ham fez alguns movimentos com seu bastão e acenou com a cabeça. Vin adiantou-se, segurando seu bastão, que era uns bons trinta centímetros mais alto que ela. Observando os dois, Elend não pôde deixar de reparar na disparidade. Ham tinha músculos firmes e a constituição poderosa de um guerreiro. Vin parecia ainda mais magra que de costume, usando apenas uma camisa de botão justa e uma calça, sem casaco para disfarçar seu tamanho.

A desigualdade foi intensificada pelas palavras seguintes de Ham:

— Estamos praticando com bastão, não praticando *puxão* e *empurrão*. Não use nada além de peltre, certo?

Ela assentiu com a cabeça.

Costumavam treinar desse jeito. Ham defendia que nada substituía treinamento e prática, não importava o quanto um alomântico fosse poderoso. No entanto, deixava Vin usar o peltre, porque dizia que a força e a agilidade intensificadas eram desorientadoras, a menos que se estivesse acostumado com elas.

O campo de treino era como uma quadra. Situado nos galpões do palácio, tinha um corredor aberto nas laterais construído ao redor dele. Elend estava em pé nele, com o telhado sobre a cabeça mantendo o sol vermelho longe dos seus olhos. Era ótimo, pois uma leve chuva de cinzas começara, e flocos ocasionais caíam do céu. Elend cruzou os braços sobre a balaustrada. Soldados passavam às vezes no corredor atrás dele, cheios de atividades. Alguns, porém, paravam para assistir; as sessões de treinamento de Vin e Ham eram uma espécie de diversão bem-vinda para os guardas do palácio.

Deveria estar trabalhando na minha proposta, Elend pensou. *Não aqui em pé, assistindo a Vin lutar.*

Mas... a tensão dos últimos dias fora tão opressora que ele sentia dificuldade de encontrar motivação para fazer mais *uma* leitura integral do discurso. O que realmente precisava era apenas passar uns momentos pensando.

Então, simplesmente assistiu. Vin aproximou-se de Ham com cuidado, segurando o bastão com as duas mãos numa posição firme. Antes, Elend provavelmente teria achado calças e camisa algo inadequado para uma lady, mas já havia passado tempo demais com Vin por perto para se importar com esse tipo de coisa. Vestidos de baile e de outros tipos eram bonitos, mas havia algo de *correto* nas vestimentas simples de Vin. Era mais confortável para ela.

Além disso, ele meio que gostava de como as roupas apertadas ficavam nela.

Em geral, Vin deixava que os outros batessem primeiro, e nesse dia não foi exceção. Bastões bateram quando Ham a golpeou e, apesar do seu tamanho, Vin manteve o controle. Depois de um rápido enfrentamento, os dois recuaram, circulando-se com cuidado.

— Aposto na garota.

Elend virou-se quando percebeu uma forma mancando na direção dele. Trevo aproximou-se de Elend, pousando com um estalo uma moeda de dez boxes na balaustrada. Elend sorriu para o general, e Trevo olhou de volta com cara feia — que em geral era aceita como a versão de Trevo de um sorriso. Exceto por Dockson, Elend havia se apegado rapidamente aos outros membros do time de Vin. Trevo, no entanto, levou algum tempo para se acostumar. O homem parrudo tinha um rosto de cogumelo retorcido, e sempre parecia estar de olhos apertados em desgosto — uma expressão que em geral combinava com seu tom de voz.

No entanto, era um artesão talentoso, sem mencionar o fato de ser alomântico — um Esfumaçador, na verdade, embora já não usasse muito seu poder. Na maior parte do ano, Trevo havia servido como general das forças militares de Elend. Elend não sabia onde Trevo aprendera a liderar soldados, mas o homem tinha um dom especial para isso. Provavelmente conseguiu a capacidade no mesmo lugar que adquiriu a cicatriz na perna.

— Estão só treinando, Trevo — Elend disse. — Não haverá um "vencedor".

— Eles vão acabar numa luta séria — Trevo comentou. — Sempre terminam.

Elend fez uma pausa.

— Olha, você está me pedindo para apostar contra Vin — ele observou. — Talvez não seja muito saudável.

— E daí?

Elend sorriu, puxando uma moeda. Trevo ainda o intimidava um pouco, e ele não queria arriscar ofender o homem.

— Onde está o imprestável do meu sobrinho? — Trevo perguntou, observando o treino.

— Fantasma? — Elend perguntou. — Ele está de volta? Como entrou na cidade?

Trevo deu de ombros.

— Deixou uma coisa na minha soleira esta manhã.

— Um presente?

Trevo fez uma careta.

— Era uma escultura em madeira de um mestre carpinteiro lá da Cidade de Yelva. O bilhete dizia: "Só queria mostrar ao senhor o que os carpinteiros *de verdade* podem fazer, velhote."

Elend deu uma risadinha, mas reprimiu-a em seguida, desconfortável diante do olhar de Trevo.

— O moleque nunca tinha sido insolente assim antes — Trevo murmurou. — Juro, você corrompeu muito o rapaz.

Trevo parecia estar quase sorrindo. Ou estava falando sério? Elend não conseguia concluir se o homem era tão casca-grossa quanto parecia, ou se Elend era alvo de alguma piada elaborada.

— Como está o exército? — Elend finalmente questionou.

— Terrível — Trevo respondeu. — Quer um exército? Me dê mais de um ano para treiná-lo. Neste momento, eu mal confiaria nesses garotos contra uma multidão de velhinhas com bengalas.

Ótimo, Elend pensou.

— Mas não posso fazer muito agora — Trevo grunhiu. — Straff está cavando algumas fortificações apressadas, mas está mais deixando os homens descansarem. O ataque virá no fim da semana.

Na quadra, Vin e Ham continuavam a lutar. Por enquanto, devagar, com Ham tirando um tempo para fazer uma pausa e explicar princípios ou posições. Elend e Trevo assistiram por um curto período, enquanto o treino ficava aos poucos mais intenso, os *rounds* ficavam mais longos, e os dois participantes começaram a suar ao mesmo tempo que seus pés levantavam nuvens de poeira no solo compacto, fuliginoso.

Vin deu bastante trabalho a Ham, apesar das diferenças ridículas em força, alcance e treinamento, e Elend se flagrou sorrindo levemente sem querer. Ela era especial, foi o que Elend percebeu quando a viu pela primeira vez no baile dos Venture, um ano e meio antes. Apenas agora ele percebia o quanto "especial" era muito pouco para defini-la.

Uma moeda estalou na balaustrada de madeira.

— Aposto em Vin também.

Elend virou-se, surpreso. O homem que falara era um soldado que estava em pé com os outros logo atrás deles, assistindo.

— Quem...

Em seguida, Elend se calou. A barba estava errada, a postura ereta demais, mas o homem atrás dele lhe era familiar.

— Fantasma? — Elend perguntou, incrédulo.

O adolescente sorriu atrás de uma barba aparentemente falsa.

— Indo era onde chamando estava.

A cabeça de Elend imediatamente começou a doer.

— Senhor Soberano, não me diga que voltou a usar dialeto?

— Ah, apenas para gracejos nostálgicos — Fantasma comentou com uma risada. Suas palavras carregavam vestígios do sotaque do leste; durante os primeiros meses em que Elend conhecera o garoto, Fantasma era ininteligível ao extremo. Felizmente, o garoto perdera aquelas gírias das ruas, assim como conseguiu perder a maioria de suas roupas ao crescer. Com bem mais de 1,80 metro, o jovem de 16 anos mal lembrava o garoto desengonçado que Elend conhecera um ano antes.

Fantasma recostou-se na balaustrada ao lado de Elend, adotando uma postura de descanso de adolescente e destruindo totalmente a imagem de soldado — que, de fato, ele não era.

— Por que o disfarce, Fantasma? — Elend perguntou, franzindo o cenho.

Fantasma ergueu os ombros.

— Não sou Nascido da Bruma. Nós, espiões mundanos, precisamos encontrar maneiras de conseguir informações sem voar pelas janelas e ouvir além do alcance.

— Há quanto tempo você está aí? — Trevo perguntou, olhando com cara de poucos amigos para seu sobrinho.

— Desde antes de você chegar, Tio Ranzinza — Fantasma disse. — E, respondendo à sua pergunta, cheguei faz uns dias. Antes de Dockson, na verdade. Só pensei que poderia tirar uma folga antes de voltar ao trabalho.

— Não sei se percebeu, Fantasma — Elend disse —, mas estamos em guerra. Não há muito tempo para folgas.

Fantasma deu de ombros.

— Eu não queria que você me mandasse embora de novo. Se houver uma guerra aqui, quero estar por perto. Sabe, pela agitação.

Trevo bufou.

— E onde conseguiu esse uniforme?

— Hum... Bem... — Fantasma olhou para o lado, mostrando um vestígio do garoto inseguro que Elend conhecera.

Trevo grunhiu algo sobre garotos insolentes, mas Elend apenas riu e deu um tapinha no ombro de Fantasma. O garoto olhou para cima, sorrindo; embora ele fosse fácil de ignorar no início, estava se provando tão valioso quanto qualquer dos outros membros da antiga equipe de Vin. Como um Olho de Estanho — um Brumoso que podia queimar estanho para ampliar seus sentidos —, Fantasma conseguia ouvir conversas a grandes distâncias, sem mencionar a observação de detalhes distantes.

— De qualquer forma, bem-vindo de volta — Elend falou. — Que notícias traz do oeste?

Fantasma sacudiu a cabeça.

— Odeio soar tanto como meu Tio Casca-grossa ali, mas as notícias não são boas. Sabe aqueles rumores sobre o atium do Senhor Soberano estar em Luthadel? Bem, eles voltaram. Mais fortes desta vez.

— Pensei que isso tinha ficado para trás! — Elend se surpreendeu. Brisa e sua equipe haviam passado grande parte dos seus meses espalhando rumores e manipulando os senhores da guerra para acreditarem que o atium poderia estar escondido em outra cidade, pois Elend não o encontrara em Luthadel.

— Acho que não — Fantasma disse. — E... acho que alguém está espalhando esses rumores de propósito. Alguém realmente quer que os senhores da guerra fiquem de olho em você.

Ótimo, pensou Elend.

— Você não sabe onde Brisa está, não é?

Fantasma encolheu os ombros, mas não parecia mais prestar atenção em Elend. Estava assistindo ao treinamento. Elend olhou de volta para Vin e Ham.

Como Trevo previu, os dois haviam entrado num combate mais sério. Não havia mais instruções; não havia mais trocas repetitivas e rápidas. Treinavam a sério, lutando numa peleja vertiginosa de bastões e poeira. As cinzas voavam ao redor deles, lançadas pelo vento dos ataques, e cada vez mais soldados paravam nos corredores ao redor para assistir.

Elend inclinou-se para a frente. Havia algo *intenso* no duelo entre os dois alomânticos. Vin tentou atacar. Ham, contudo, gingou ao mesmo tempo, seu bastão atingindo uma rapidez impressionante. De alguma forma, Vin ergueu a arma a tempo, mas o poder do golpe de Ham a lançou para trás, cambaleante. Ela bateu no chão com o ombro. Porém, mal soltou um grunhido de dor, e de alguma forma encaixou a mão por baixo do corpo e lançou-se de pé. Ela derrapou por um momento, retomando o equilíbrio, segurando seu bastão erguido.

Peltre, Elend pensou. Deixava até mesmo um homem desajeitado hábil. E para uma pessoa normalmente graciosa como Vin...

Os olhos de Vin apertaram-se, sua teimosia inata mostrando-se na mandíbula cerrada, o desagrado no rosto. Ela não gostava de ser derrubada, mesmo quando seu adversário era obviamente mais forte que ela.

Elend endireitou o corpo, pretendendo sugerir que interrompessem o treinamento. Nesse momento, Vin avançou.

Ham ergueu o bastão, na expectativa, agitando-o enquanto Vin se aproximava. Ela se esquivou para o lado, passando a centímetros do ataque, em seguida girando sua arma e acertando-a atrás do bastão de Ham, tirando o equilíbrio dele. Na sequência, agachou-se para atacar.

No entanto, Ham recuperou-se com rapidez. Deixou que a força do ataque de Vin o fizesse girar, e usou o impulso para rodar seu bastão num golpe poderoso direcionado para o peito de Vin.

Elend gritou.

Vin saltou.

Ela não tinha metal para *empurrar*, mas aquilo não parecia ter importância. Saltou uns bons dois metros no ar, passando com facilidade por cima do bastão de Ham. Pulou quando o golpe passou embaixo dela, os dedos resvalando o ar bem acima da arma, seu próprio bastão girando em uma das mãos.

Vin aterrissou com seu bastão já zunindo num giro baixo e sua ponta erguendo uma linha de cinza quando correu pelo chão. Bateu atrás das pernas de Ham. O golpe levantou os pés de Ham, e ele gritou quando caiu no chão.

Vin pulou no ar novamente.

Ham bateu com as costas na terra, e Vin caiu sobre o seu peito. Em seguida, ela deu calmamente uma batidinha na testa com a ponta do bastão.

— Venci.

Ham ficou deitado, olhando confuso para Vin agachada sobre seu peito. A poeira e as cinzas assentavam-se silenciosamente na quadra.

— Uau... — Fantasma sussurrou, expressando um sentimento que parecia compartilhado pela dúzia de soldados que assistiam.

Por fim, Ham deu uma risadinha.

— Certo. Você me derrotou. Agora, se puder fazer a gentileza de me trazer algo para beber enquanto tento massagear minhas pernas para ver se volto a senti-las.

Vin sorriu, pulando para longe do peito dele e correndo para fazer o que foi pedido. Ham balançou a cabeça, esforçando-se para ficar em pé. Apesar de suas palavras, ele caminhou quase sem mancar; provavelmente ficaria com um hematoma, mas isso não o incomodaria por muito tempo. O peltre não apenas aumentava a força, o equilíbrio e a velocidade, também tornava o corpo naturalmente mais forte. Ham podia desprezar um golpe que teria despedaçado as pernas de Elend.

Ham juntou-se a eles, acenando com a cabeça para Trevo e dando um murrinho no braço de Fantasma. Em seguida, recostou-se à balaustrada e esfregou a panturrilha esquerda, encolhendo-se levemente.

— Eu juro, Elend... às vezes treinar com aquela garota é como tentar combater uma rajada de vento. Ela nunca fica onde eu acho que ficará.

— Como ela fez aquilo, Ham? — Elend perguntou. — Digo, o salto. Aquele pulo não pareceu humano, nem mesmo para um alomântico.

— Usou aço, não foi? — Fantasma disse.

Ham sacudiu a cabeça.

— Não, duvido.

— Então, como? — Elend quis saber.

— Alomânticos tiram força dos metais — Ham explicou, suspirando e baixando o pé. — Alguns podem extrair mais que outros, mas o poder real vem do próprio metal, não do corpo da pessoa.

Elend fez uma pausa.

— E daí?

— Daí que um alomântico não precisa ser fisicamente forte para ter poderes incríveis. Se Vin fosse uma feruquemista, seria diferente. Se você alguma vez vir Sazed aumentar sua força, verá os músculos crescendo. Mas com Alomancia, toda a força vem diretamente do metal.

"Agora, a maioria dos Brutamontes, eu inclusive, entende que tornar seu corpo forte só poderá aumentar seus poderes. No fim das contas, um homem musculoso queimando peltre será ainda mais forte que um homem normal com o mesmo poder alomântico."

Ham esfregou o queixo, observando a passagem pela qual Vin saíra.

— Mas... bem, estou começando a pensar que pode haver outra maneira. Vin é uma magricela de nada, mas quando queima peltre, fica muitas vezes mais forte que qualquer guerreiro normal. Ela concentra toda aquela força num corpo pequeno, e não precisa se preocupar com o peso de músculos volumosos. Ela é como... um inseto. Muito mais forte do que sua massa ou seu corpo revelaria. Então, quando ela pula, ela *pula* de verdade.

— Mas você ainda é mais forte que ela — Fantasma comentou.

Ham assentiu.

— E posso fazer uso disso, desde que eu consiga acertá-la. O que está ficando cada vez mais difícil de fazer.

Vin finalmente voltou, trazendo uma jarra de suco gelado. Aparentemente, ela decidira ir até a fortaleza em vez de pegar um pouco da cerveja quente que ficava perto da quadra. Ela entregou uma caneca para Ham e lembrou de trazer copos para Elend e Trevo.

— Ei! — Fantasma disse enquanto ela os serviu. — E eu?

— Essa barba está ridícula — Vin falou.

— Então não ganho nada para beber?

— Não.

Fantasma parou por um momento.

— Vin, você é uma garota estranha.

Vin revirou os olhos; então olhou para o barril de água no canto da quadra. Um dos copos de estanho ao lado dele lançou-se no ar, atravessando a quadra. Vin estendeu a mão, agarrando-o com um estalo, então o colocou no parapeito diante de Fantasma.

— Feliz?

— Vou ficar assim que você me der algo para beber — Fantasma respondeu enquanto Trevo grunhiu, tomando um gole do copo. O velho general esticou a mão, deslizando as duas moedas do parapeito e as embolsando.

— Ei, isso mesmo! — Fantasma falou. — Você me deve, El. Pague aí.

Elend baixou o copo.

— Eu nunca concordei com a aposta.

— Você pagou o Tio Irritado. Por que não a mim?

Elend parou, suspirou e tirou uma moeda de dez boxes e deixou ao lado de Fantasma. O garoto sorriu, pegando as duas num gesto suave de gatuno.

— Obrigado por vencer a luta, Vin — ele falou com uma piscadela.

Vin franziu o cenho para Elend.

— Você apostou contra mim?

Elend riu, recostando-se no parapeito e curvando-se para beijá-la.

— Eu não queria. Trevo me forçou.

Trevo fez uma careta para o comentário, engoliu o restante do suco e estendeu o copo para pegar mais. Quando Vin não reagiu, ele se virou para o Fantasma e lançou ao garoto um olhar feio e eloquente. Por fim, Fantasma suspirou, pegando a jarra para encher novamente o copo.

Nada satisfeita, Vin ainda encarava Elend.

— Eu teria cuidado, Elend — Ham falou, dando uma risadinha. — Ela pode bater bem forte...

Elend concordou.

— Eu deveria parar de rivalizar com ela quando há armas por perto, não é?

— Nem me diga — Ham brincou.

Vin bufou com o comentário, dando a volta no parapeito para poder ficar ao lado de Elend. Ele passou o braço ao redor dela e, quando o fez, vislumbrou um lampejo de inveja nos olhos de Fantasma. Elend suspeitava que o garoto era apaixonado por Vin há algum tempo, mas, bem, Elend não podia culpá-lo por isso.

Fantasma sacudiu a cabeça.

— Tenho que encontrar uma mulher para mim.

— Bem, essa barba não vai ajudar — Vin comentou.

— É apenas um disfarce, Vin — Fantasma confessou. — El, será que você não poderia me dar um título ou algo assim?

Elend sorriu.

— Não acho que isso vá importar, Fantasma.

— Funcionou para você.

— Ah, não sei — Elend falou. — De algum jeito, acho que Vin se apaixonou por mim *apesar* do meu título, e não por causa dele.

— Mas você teve outras antes dela — Fantasma afirmou. — Garotas nobres.

— Algumas — Elend admitiu.

— Embora Vin tenha o hábito de destruir a concorrência — Ham gracejou.

Elend riu.

— Vejam bem, ela fez isso apenas naquela vez. E acho que Shan mereceu, afinal, estava tentando me assassinar na época. — Ele baixou o olhar carinhosamente, encarando Vin. — Embora, eu tenho que admitir, Vin seja um pouco dura com outras mulheres. Com ela por perto, todo mundo parece sem graça.

Fantasma revirou os olhos.

— É mais interessante quando ela acaba com elas.

Ham deu uma risadinha, deixando Fantasma servir mais suco para ele.

— Só o Senhor Soberano sabe o que ela faria com você se tentasse deixá-la, Elend.

Vin se enrijeceu de imediato, abraçando-o um pouco mais forte. Ela fora abandonada vezes demais. Mesmo depois do que passaram, mesmo depois do pedido de casamento, Elend precisava prometer o tempo todo que não abandonaria Vin.

Hora de mudar de assunto, Elend pensou, sentindo a alegria do momento desaparecer.

— Bem — ele falou —, acho que vou dar um pulo lá na cozinha para buscar algo para comer. Vem comigo, Vin?

Vin olhou para o céu — provavelmente verificando quando escureceria. Finalmente, ela assentiu.

— Eu vou — Fantasma se prontificou.

— Não vai, não — Trevo falou, agarrando o garoto pela nuca. — Vai ficar bem aqui e explicar exatamente onde conseguiu este uniforme dos meus soldados.

Elend riu, levando Vin consigo. A bem da verdade, mesmo com o fim levemente amargo da conversa, ele se sentiu melhor por ter vindo ver o treinamento. Era estranho como os membros da equipe de Kelsier podiam rir e fazer graça, mesmo durante a mais terrível das situações. Tinham um jeito de fazê-lo esquecer os problemas. Talvez fosse um legado do Sobrevivente. Aparentemente, Kelsier insistia em rir, sem se importar com a gravidade da situação. Para ele, era uma forma de rebeldia.

Nada daquilo fazia os problemas desaparecerem. Ainda enfrentariam um exército várias vezes maior que o deles, numa cidade que mal poderiam defender. Ainda assim, se alguém pudesse sobreviver a essa situação, seria a equipe de Kelsier.

MAIS TARDE, NAQUELA NOITE, TENDO enchido o estômago por insistência de Elend, Vin seguiu para os seus aposentos com ele.

Lá, sentada no chão, estava uma réplica perfeita do cão de caça que ela comprara mais cedo. Ele olhou para ela, então abaixou a cabeça.

— Bem-vinda de volta, senhora — o kandra falou numa voz rosnada, abafada.

Elend assoviou, numa surpresa feliz, e Vin deu um giro ao redor da criatura. Cada pelo parecia ter sido encaixado com perfeição. Se ele não houvesse falado, ninguém teria sido capaz de dizer que não era o cão original.

— Como você faz com a voz? — Elend perguntou, curioso.

— Cordas vocais são uma formação de carne, não de osso, Vossa Majestade — respondeu OreSeur. — Os kandras mais velhos aprendem a manipular seu corpo, não apenas replicá-los. Ainda preciso digerir o cadáver de uma pessoa para memorizar e recriar suas feições exatas. Contudo, posso improvisar algumas coisas.

Vin assentiu com a cabeça.

— Por isso fazer este corpo levou tanto tempo a mais do que você falou?

— Não, senhora — OreSeur retrucou. — Os pelos. Desculpe por não a alertar, mas posicionar uma pelagem como esta exige muita precisão e esforço.

— Na verdade, você mencionou isso — Vin disse, acenando com a mão.

— O que acha do corpo, OreSeur? — Elend quis saber.

— Honestamente, Vossa Majestade?

— Claro.

— É ofensivo e degradante — OreSeur respondeu.

Vin ergueu uma sobrancelha. *Que ousadia de sua parte, Renoux*, ela pensou. *Estamos um pouco beligerantes hoje, não é?*

Ele olhou para ela, e ela tentou, sem sucesso, ler sua expressão canina.

— Mas — Elend falou — você vai usar o corpo de qualquer forma, certo?

— Sim, Vossa Majestade — OreSeur confirmou. — Eu morreria antes de quebrar o Contrato. É a vida.

Elend meneou a cabeça para Vin, como se ele tivesse acabado de dizer algo de grande importância.

Qualquer um pode alegar lealdade, Vin pensou. *Se alguém tem um "Contrato" para garantir sua honra, melhor ainda. Isso torna a surpresa ainda mais avassaladora quando esse alguém te trai.*

Elend obviamente esperava algo. Vin suspirou.

— OreSeur, passaremos mais tempo juntos no futuro.

— Se esse for o desejo da senhora.

— Não tenho certeza se é ou não — Vin falou. — Mas de qualquer jeito vai ser assim. Consegue se movimentar bem nesse corpo?

— O bastante, senhora.

— Venha — ela falou —, vamos ver se consegue me acompanhar.

Porém, também temo que tudo que sei — a minha história — seja esquecido. Temo pelo mundo que virá. Temo que meus planos falhem.
Temo um destino ainda pior que as Profundezas.

7

SAZED NUNCA PENSOU QUE TERIA motivo para gostar de chão de terra. Contudo, aquilo se provou extremamente útil para escrever instruções. Riscou várias palavras na terra com uma vara longa, dando à meia dúzia de alunos um modelo. Eles fizeram suas cópias, reescrevendo as palavras várias vezes.

Mesmo após viver entre vários grupos de skaa rurais por um ano, Sazed ainda ficava surpreso com seus recursos escassos. Não havia um único pedaço de giz na vila inteira, quanto mais tinta ou papel. Metade das crianças corriam por ali nuas, e os únicos abrigos eram cabanas — estruturas longas de um cômodo com telhados remendados. Felizmente, os skaa tinham ferramentas agrícolas, mas nenhum arco ou funda para caça.

Sazed conduziu uma missão de reconhecimento até a mansão abandonada de uma fazenda. Os despojos foram miseráveis. Ele sugeriu que os mais velhos da vila transferissem seu pessoal para a mansão durante o inverno, mas duvidou que fariam isso. Eles visitaram o casarão apreensivos, e muitos não quiseram sair do lado de Sazed. O local lembrava-os dos lordes — e os lordes lembravam-nos da dor.

Seus alunos continuaram a rabiscar. Ele tinha feito um esforço considerável para explicar aos mais velhos por que escrever era tão importante. Por fim, escolheram alguns alunos para ele — em parte, Sazed tinha certeza, apenas para tranquilizá-lo. Ele sacudiu a cabeça lentamente enquanto os observava escrever. Não havia paixão na aprendizagem deles. Vinham porque ordenaram que viessem e porque o "mestre terrisano" queria, não por qualquer desejo real de educação.

Durante os dias antes do Colapso, Sazed com frequência imaginava como seria o mundo assim que o Senhor Soberano desaparecesse. Tinha fantasiado os Guardadores surgindo, trazendo conhecimento e verdades esquecidas a um populacho empolgado, agradecido. Imaginou-se ensinando diante de uma lareira quente à noite, contando histórias a uma plateia ávida. Nunca parou para considerar uma vila destituída de seus trabalhadores, cujo povo estava exausto demais à noite para se preocupar com histórias do passado. Nunca imaginou um povo que parecia mais incomodado que agradecido com sua presença.

Você precisa ser paciente com eles, Sazed dizia a si mesmo, sério. Seus sonhos pareciam orgulho arrogante. Os Guardadores que vieram antes dele, centenas que morreram mantendo seus conhecimentos em segurança e silêncio, nunca esperaram prêmios ou reconhecimento. Tinham realizado sua grande tarefa em solene anonimato.

Sazed levantou-se e inspecionou os escritos dos alunos. Estavam melhorando — conseguiam reconhecer todas as letras. Não era muito, mas era um começo. Ele meneou com a cabeça para o grupo, dispensando-o para ajudar na preparação do jantar.

Eles fizeram uma mesura e, em seguida, dispersaram-se. Sazed seguiu-os, depois percebeu como o céu estava escuro; provavelmente tinha segurado os alunos até muito tarde. Sacudiu a cabeça enquanto caminhava entre as cabanas que lembravam colinas. Novamente vestia suas túnicas de mordomo, com seus padrões coloridos em forma de V, e colocara vários dos seus brincos. Mantinha os antigos hábitos porque eram familiares, embora também fossem um símbolo de opressão. Como as gerações terrisanas futuras se vestiriam? Será que um estilo de vida imposto a eles pelo Senhor Soberano se tornaria uma parte inata de sua cultura?

Ele parou às margens da vila, vislumbrando o corredor do vale do sul. Estava cheio de solo enegrecido, às vezes riscado por vinhedos marrons ou arbustos. Sem bruma, claro; a bruma vinha apenas durante a noite. As histórias tinham de ser equívocos. A coisa que ele vira tinha de ser uma casualidade.

E o que importava se não fosse? Não era seu dever investigar esse tipo de coisa. Agora que o Colapso chegara, ele precisava espalhar seu conhecimento, sem perder tempo correndo atrás de histórias tolas. Guardadores não eram mais investigadores, mas instrutores. Ele carregava consigo milhares de livros — informações sobre agricultura, saneamento, governo e medicina. Precisava entregá-las aos skaa. Foi o que o Sínodo decidira.

E, ainda assim, uma parte de Sazed resistia. Aquilo fazia com que se sentisse profundamente culpado; os aldeões necessitavam de suas aulas, e ele desejava encarecidamente ajudá-los. No entanto... sentia que estava *faltando* alguma coisa. O Senhor Soberano estava morto, mas a história não parecia terminada. Algo havia passado batido?

Algo maior até mesmo que o Senhor Soberano? Algo tão grande, tão imenso que era efetivamente invisível?

Ou eu apenas quero *que haja algo mais?*, ele refletiu. *Passei a maior parte da vida adulta resistindo e lutando, assumindo riscos que os outros Guardadores chamavam de loucura. Não estava contente com a subserviência fingida — precisava me envolver na rebelião.*

Apesar do sucesso daquela rebelião, os irmãos de Sazed ainda não haviam perdoado seu envolvimento. Ele sabia que Vin e os outros o viam como dócil, mas, comparado a outros Guardadores, fora um homem violento. Um tolo imprudente, não confiável, que ameaçou a ordem inteira com sua impaciência. Acreditavam que a obrigação deles era esperar, aguardar o dia em que o Senhor Soberano caísse. Os feruquemistas eram raros demais para se arriscar numa rebelião aberta.

Sazed desobedecera. Agora tinha dificuldades em levar a vida pacata de um professor. Isso acontecia porque alguma parte subconsciente sua sabia que as pessoas ainda estavam em perigo, ou porque simplesmente não conseguia aceitar ser marginalizado?

— Mestre terrisano!

Sazed girou. A voz estava aterrorizada. *Outra morte nas brumas*, ele pensou de imediato.

Foi estranho como os outros skaa permaneceram dentro de suas cabanas apesar da voz horrorizada. Algumas portas estalaram, mas ninguém saiu às pressas, alarmado — ou nem mesmo curioso —, quando a pessoa que gritava partiu na direção de Sazed. Era uma das trabalhadoras, uma mulher de meia-idade, corpulenta. Sazed verificou suas reservas quando ela se aproximou; tinha mente de peltre para força, claro, e um anel muito pequeno para velocidade. De repente, desejou ter optado por usar mais alguns braceletes naquele dia.

— Mestre terrisano! — a mulher disse, sem fôlego. — Ai, ele está de volta! Veio atrás de nós!

— Quem? — Sazed perguntou. — O homem que morreu nas brumas?

— Não, mestre terrisano. O *Senhor Soberano*.

SAZED O ENCONTROU EM PÉ, bem diante da vila. Já estava escurecendo, e a mulher que o havia buscado retornou a sua cabana com medo. Sazed conseguia apenas imaginar como o povo pobre se sentia — cercado pelo início da noite e sua bruma, ainda agachado e preocupado pelo perigo que espreitava lá fora.

E era um perigo sinistro. O estranho esperava em silêncio na estrada desgastada, vestindo uma túnica preta. Era quase da altura de Sazed. O homem era careca e não trazia nenhuma joia, exceto, claro, as estacas de ferro imensas cravadas em seus olhos.

Não era o Senhor Soberano. Era um Inquisidor de Aço.

Sazed ainda não entendia como as criaturas continuavam a viver. As estacas eram largas o suficiente para preencher as órbitas inteiras dos olhos do Inquisidor; o pregos destruíam os olhos e as pontas saíam pela parte de trás do crânio. Nenhum sangue pingava dos ferimentos — por algum motivo, aquilo os fazia parecer mais estranhos.

Felizmente, Sazed conhecia esse Inquisidor em especial.

— Marsh — Sazed disse baixinho quando as brumas começaram a se formar.

— Você é uma pessoa muito difícil de rastrear, terrisano — Marsh falou, e o som de sua voz deixou Sazed chocado. Havia mudado de alguma forma, se tornado mais áspera, mais endurecida. Tinha uma característica rangente, como a de um homem com pigarro. Exatamente como outros Inquisidores que Sazed ouvira.

— Rastrear? — Sazed perguntou. — Não contava que os outros precisassem me encontrar.

— Não importa — Marsh disse, virando-se para o sul. — Eu o encontrei. Você precisa vir comigo.

Sazed franziu o cenho.

— Quê? Marsh, tenho um trabalho a fazer aqui.

— Não é importante — Marsh retrucou, virando-se de volta, dirigindo seu olhar cego para Sazed.

Sou eu, ou ele ficou mais estranho desde a última vez em que nos encontramos?, Sazed pensou, estremecendo.

— O que houve, Marsh?

— O Convento de Seran está vazio.

Sazed hesitou. O Convento era uma fortaleza do Ministério ao sul — um lugar onde os Inquisidores e altos obrigadores da religião do Senhor Soberano haviam se recolhido após o Colapso.

— Vazio? — Sazed perguntou. — Isso não é provável, eu acho.

— Contudo é verdade — Marsh respondeu. Não usava linguagem corporal quando falava — nenhum gesto, nenhuma expressão facial.

— Eu... — Sazed não continuou. *Que tipo de informações, mistérios, segredos as bibliotecas do Convento devem conter?*

— Você precisa vir comigo — Marsh repetiu. — Posso precisar de ajuda caso meus irmãos nos descubram.

Meus irmãos. Desde quando os Inquisidores são "irmãos" de Marsh? Marsh tinha infiltrado suas fileiras como parte do plano de Kelsier para derrubar o Império Final. Era um traidor dos seus iguais, não um irmão.

Sazed hesitou. O perfil de Marsh parecia... anormal, até mesmo intimidante, à luz mortiça. Perigoso.

Não seja tolo, Sazed repreendeu a si mesmo. Marsh era irmão de Kelsier — o único parente vivo do Sobrevivente. Como Inquisidor, Marsh tinha autoridade sobre o Ministério do Aço, e muitos dos obrigadores ouviram-no apesar do seu envolvimento com a rebelião. Ele havia sido um recurso inestimável para o governo incipiente de Elend Venture.

— Vá buscar suas coisas — Marsh exigiu.

Meu lugar é aqui, Sazed pensou. *Ensinando as pessoas, não perambulando pelo interior, buscando meu próprio ego.*

E, mesmo assim...

— As brumas estão vindo durante o dia — Marsh comentou em voz baixa.

Sazed ergueu os olhos. Marsh encarava-o, as pontas dos pregos brilhando como discos arredondados sob os últimos raios de sol. Os skaa supersticiosos pensavam que os Inquisidores podiam ler mentes, embora Sazed soubesse que era tolice. Inquisidores tinham poderes de Nascidos da Bruma e, portanto, poderiam influenciar as emoções de outras pessoas — mas *não podiam* ler mentes.

— Por que disse isso? — Sazed perguntou.

— Porque é verdade — Marsh retrucou. — Não acabou, Sazed. Nem mesmo começou. O Senhor Soberano... foi apenas um adiamento. Um dente na engrenagem. Agora que ele se foi, temos pouco tempo. Venha comigo para o Convento. Precisamos procurá-lo enquanto ainda temos chance.

Sazed parou por um instante, então assentiu.

— Deixe-me explicar aos aldeões. Poderemos partir hoje à noite, acho.

Marsh concordou com a cabeça, mas não se moveu enquanto Sazed voltava para a vila. Apenas permaneceu lá, em pé na escuridão, deixando que a bruma se acumulasse ao redor dele.

Tudo recai sobre o pobre Alendi. Sinto-me mal por ele, e por todas as coisas que ele tem sido forçado a suportar. Por aquilo que ele foi forçado a se tornar.

8

VIN JOGOU-SE NAS BRUMAS. ELA se ergueu no ar noturno, passando sobre casas e ruas escurecidas. Um ponto de luz ocasional, furtivo, brilhava nas brumas — um patrulheiro da guarda, ou talvez um infeliz viajante noturno.

Vin começou a descer e imediatamente lançou uma moeda diante de si. Ela a *empurrou*, seu peso mergulhando o metal nas profundezas silenciosas. Assim que a moeda atingiu o solo, seu *empurrão* forçou-a para cima, e ela saltou de volta nos ares. *Empurrões* suaves eram muito difíceis, por isso cada moeda que *empurrava*, cada salto que dava, a lançava no ar a uma velocidade terrível. O salto de um Nascido da Bruma não era como o voo de um pássaro. Era mais como o trajeto de uma flecha ricocheteando.

E, ainda assim, havia uma graça nele. Vin suspirou profundamente enquanto desenhava um arco sobre a cidade, sentindo o ar frio e úmido. Luthadel durante o dia cheirava a fornalhas queimando, lixo aquecido pelo sol e cinza caída. À noite, no entanto, as brumas davam à cidade uma vivacidade fria e linda — quase limpa.

Vin chegou ao ápice de seu salto e pairou por um breve momento quando seu impulso mudou. Em seguida, começou a mergulhar de volta na direção da cidade. As franjas de sua capa de bruma tremulavam ao redor dela, misturando-se aos cabelos. Ela caiu com olhos fechados, lembrando-se das primeiras semanas na bruma, treinando sob a tutela tranquila — porém atenta — de Kelsier. Ele lhe dera aquilo. Liberdade. Apesar dos dois anos como uma Nascida da Bruma, nunca perdera a sensação de surpresa inebriante que a acometia quando subia através das brumas.

Ela queimou aço com olhos fechados; as linhas apareciam de qualquer forma, visíveis como um borrifar de linhas finas azuis dispostas contra a escuridão de suas pupilas. Ela escolheu duas, apontando para baixo atrás dela, e *empurrou*, lançando-se em outro arco.

Como eu vivia sem isso?, Vin pensou, abrindo os olhos, agitando a capa de bruma atrás dela com um movimento de braço.

Por fim, ela começou a cair novamente, e dessa vez não lançou uma moeda. Avivou peltre para fortalecer os membros e aterrissou com um baque surdo na muralha que cercava o terreno da Fortaleza Venture. O bronze não mostrou sinais de atividade alomântica nas proximidades, e o aço não revelou padrões incomuns de metal movendo-se na direção da fortaleza.

Vin agachou-se na muralha escura por alguns momentos, bem na beirada, os dedos dos pés curvados sobre a quina da pedra. A rocha era fria embaixo dos pés, e o estanho deixava sua pele muito mais sensível que o normal. Conseguia saber que a muralha precisava ser limpa; o líquen começara a crescer na lateral, incentivado pela umidade noturna, protegido da luz do sol por uma torre próxima.

Vin permaneceu quieta, observando uma brisa leve empurrando e rodopiando as brumas. Ouviu o movimento na rua lá embaixo antes de vê-lo. Ficou tensa e verificou suas reservas antes de conseguir discernir a forma de um cão de caça nas sombras.

Ela soltou uma moeda na lateral da muralha, em seguida saltou dela. OreSeur aguardava enquanto ela aterrissava em silêncio diante dele, usando um rápido *empurrão* na moeda para diminuir a velocidade da descida.

— Você se move rápido — Vin observou com satisfação.

— Tudo que tive de fazer foi contornar o terreno do palácio, senhora.

— Ainda assim, ficou mais perto de mim do que antes. Esse corpo de cão de caça é mais rápido que um humano.

OreSeur hesitou.

— Suponho que sim — ele admitiu.

— Acha que consegue me seguir pela cidade?

— Provavelmente — OreSeur falou. — Se a senhora me perder, voltarei a este ponto para que possa me buscar.

Vin virou-se e saiu em disparada por uma rua lateral. OreSeur partiu atrás dela, seguindo-a.

Vamos ver como ele se sai numa perseguição mais exigente, ela pensou, queimando peltre e indo mais rápido. Correu a toda velocidade pelos paralelepípedos frios, descalça como sempre. Um homem normal nunca conseguiria manter essa velocidade. Mesmo um corredor treinado não conseguiria manter o ritmo dela, pois logo ficaria cansado.

No entanto, com peltre, Vin conseguia correr por horas a velocidades impressionantes. Ele dava-lhe força, emprestava-lhe um equilíbrio surreal, enquanto ela disparava pela rua escura e brumosa, um farfalhar de franjas da capa e pés descalços.

OreSeur mantinha o ritmo. Galopava ao lado dela na noite, respirando com força, concentrado na corrida.

Impressionante, Vin pensou, virando num beco. Com facilidade, saltou uma cerca de quase dois metros ao fundo, passando pelo jardim de alguma mansão de um nobre menor. Girou, deslizando no gramado molhado, e observou.

OreSeur escalou a cerca de madeira, sua forma canina e escura caindo através das brumas para aterrissar no solo diante de Vin. Ele parou, descansando sobre os quadris e esperando em silêncio ofegante. Havia uma expressão de desafio nos seus olhos.

Muito bem, Vin pensou, puxando um punhado de moedas. *Siga isso, então.*

Ela soltou uma moeda e lançou-se de volta no ar. Rodopiou nas brumas, girando, em seguida *empurrou-se* na lateral da torneira de um poço. Aterrissou em um telhado e saltou, usando outra moeda para se *empurrar* até uma rua abaixo.

Ela se manteve em movimento, saltando de telhado em telhado, usando as moedas quando necessário. Às vezes, lançava um olhar para trás e via uma forma escura esforçando-se para acompanhá-la. Raramente ele a seguia na forma humana; em geral, ela se encontrava com ele em pontos específicos. Movendo-se pela noite, saltando através das brumas... esse era o verdadeiro domínio do Nascido da Bruma. Elend entendia o que lhe pedira quando disse para ela levar OreSeur consigo? Se ficasse lá embaixo, nas ruas, estaria exposta.

Aterrissou num telhado, chocando-se numa parada repentina, quando se agarrou à beira de pedra de um edifício, inclinada sobre uma rua três andares abaixo. Manteve o equilíbrio, enquanto a bruma rodopiava embaixo dela. Tudo estava silencioso.

Bem, não levou muito tempo, ela pensou. *Precisarei apenas explicar a Elend que...*

A forma canina de OreSeur bateu no telhado a uma curta distância. Ele caminhou até ela e sentou-se sobre os quadris, aguardando com expectativa.

Vin franziu o cenho. Tinha se movimentado por uns bons dez minutos, correndo sobre os telhados com a velocidade de uma Nascida da Bruma.

— Como... como você subiu aqui? — ela quis saber.

— Subi num prédio menor, então usei-o para alcançar este edifício, senhora — OreSeur respondeu. — Depois, segui a senhora pelos telhados. São tão próximos que não foi difícil pular de um para o outro.

A confusão de Vin deve ter transparecido, pois OreSeur continuou.

— Posso ter... sido apressado no meu julgamento sobre estes ossos, senhora. Certamente têm um impressionante olfato... na verdade, todos os sentidos são bem aguçados. Foi surpreendentemente fácil rastreá-la, mesmo na escuridão.

— Entendo... — Vin disse. — Bem, isso é bom.

— Posso perguntar, senhora, qual o objetivo desta ronda?

Vin encolheu os ombros.

— Faço isso toda noite.

— Parecia que a senhora estava especificamente tentando me despistar. Será muito difícil protegê-la se não permitir que eu fique por perto.

— Me proteger? — Vin perguntou. — Você não pode nem lutar.

— O Contrato me proíbe de matar um ser humano — OreSeur falou. — No entanto, posso buscar auxílio, caso precise.

Ou me jogar um pedacinho de atium num momento de perigo, Vin admitiu. *Ele está certo, poderia ser útil. Por que estou tão determinada a deixá-lo para trás?*

Ela olhou para OreSeur, que estava sentado pacientemente, o peito subindo e descendo pelo esforço. Ela não havia sequer percebido que o kandra precisava respirar.

Ele engoliu Kelsier.

— Vamos — Vin falou. Saltou do prédio, *empurrando* uma moeda. Não parou para ver se OreSeur a seguia.

Quando caiu, pegou outra moeda, mas decidiu não a usar. *Empurrou-se* contra a dobradiça de uma janela. Como a maioria dos Nascidos da Bruma, ela em geral usava tostões — a menor denominação de moeda — para pular. Era muito conveniente que a economia fornecesse um pedaço pré-pronto de metal de tamanho e peso ideais para saltar e atirar. Para a maioria dos Nascidos da Bruma, o custo de lançar um tostão — ou mesmo uma bolsa cheio deles — era irrisório.

Mas Vin não era como a maioria dos Nascidos da Bruma. Na sua infância, um punhado de tostões seria um tesouro incrível. Aquela quantidade de dinheiro poderia significar comida por semanas, se ela economizasse. Também poderia significar dor — mesmo a morte — se outros ladrões descobrissem que ela carregava tal fortuna.

Havia muito tempo desde que ela passara fome. Embora ela ainda mantivesse um pacote de comidas desidratadas em seus aposentos, fazia isso mais por hábito do que por ansiedade. Honestamente não sabia o que pensar sobre suas mudanças. Era ótimo não se preocupar com necessidades básicas, e, ainda assim, essas preocupações foram substituídas por outras muito mais assustadoras. Preocupações que envolviam o futuro de uma nação inteira.

O futuro de... um povo. Ela aterrissou na muralha da cidade — uma estrutura muito maior e muito mais bem fortificada que aquela que cercava a Fortaleza Venture. Saltou nas ameias, os dedos buscando um apoio em um dos merlões enquanto se curvava sobre a beirada da muralha, olhando para as fogueiras do exército.

Nunca encontrara Straff Venture, mas tinha ouvido o bastante de Elend para se preocupar.

Suspirou, recuando da ameia e pulando para o passadiço da muralha. Em seguida, recostou-se de novo contra um dos merlões. Ao lado, OreSeur trotou os degraus da muralha acima e aproximou-se. Novamente, ele se sentou nos quadris, observando com paciência.

Para o bem ou para o mal, a vida simples de fome e espancamentos de Vin tinha acabado. O reino incipiente de Elend estava em sério risco, e ela queimara sua última reserva de atium para se manter viva. Ela o deixara exposto — não apenas aos exércitos, mas a qualquer assassino Nascido da Bruma que tentasse matá-lo.

Um assassino como o Vigilante, talvez? A figura misteriosa que interferiu na sua batalha contra os Nascidos da Bruma de Cett. O que ele queria? Por que a vigiava, e não a Elend?

Vin suspirou, pegando a bolsa de moedas e tirando sua barra de duralumínio. Ainda tinha a reserva dele dentro de si, a pitada que engolira mais cedo.

Durante séculos, acreditou-se que havia apenas dez metais alomânticos: os quatro metais básicos e suas ligas, mais atium e ouro. Contudo, os metais alomânticos sempre vinham em pares — um metal base e uma liga. Sempre incomodara Vin que atium e ouro fossem considerados um par, quando um não era liga do outro. No fim das contas, descobriu-se que na verdade não eram um par; cada qual tinha uma liga. Uma dessas — o malatium, chamado de Décimo Primeiro Metal — dera a Vin a pista de que precisava para derrotar o Senhor Soberano.

De alguma forma, Kelsier havia descoberto o malatium. Sazed ainda não tinha sido capaz de rastrear as "lendas" que Kelsier havia supostamente encontrado ensinando sobre o Décimo Primeiro Metal e seu poder de derrotar o Senhor Soberano.

Vin esfregou o dedo na superfície lisa da barra de duralumínio. Quando ela vira Sazed pela última vez, ele parecia frustrado — ou ao menos tão frustrado quanto Sazed ficava —, pois não conseguira encontrar nem pistas sobre as supostas lendas de Kelsier. Embora Sazed alegasse ter deixado Luthadel para ensinar o povo do Império Final, como era sua obrigação de Guardador, não escapara a Vin que ele havia seguido para sul. A direção na qual Kelsier alegara ter descoberto o Décimo Primeiro Metal.

Existem rumores sobre este metal também?, Vin se perguntou, alisando o duralumínio. *Histórias que possam me dizer o que ele faz?*

Cada um dos outros metais produzia um efeito imediato, visível; apenas o cobre, com sua capacidade de criar uma nuvem que mascarava os poderes alomânticos dos outros, não tinha uma pista sensorial óbvia do seu objetivo. Talvez o duralumínio fosse semelhante. Talvez seu efeito pudesse ser percebido por outro alomântico, um que tentasse usar seus poderes em

Vin? Era o oposto do alumínio, que fazia os metais desaparecerem. Isso significava que o duralumínio faria outros metais durarem mais tempo?

Movimento.

Vin mal percebera o movimento nas sombras. De início, um pouco daquele terror primevo despertou nela: seria a forma brumosa, o fantasma na escuridão que vira na noite anterior?

Você só estava vendo coisas, ela disse a si mesma com veemência. *Estava muito cansada*. E, na verdade, o vislumbre de movimento provou-se escuro demais — *real* demais — para ser a mesma imagem fantasmagórica.

Era ele.

Ele estava de pé sobre uma das torres de vigilância — sem se agachar, nem mesmo se importar em se esconder. Era arrogante ou estúpido esse Nascido da Bruma desconhecido? Vin sorriu, sua apreensão transformando-se em entusiasmo. Ela preparou seus metais, verificou as reservas. Tudo estava pronto.

Hoje eu te pego, meu amigo.

Vin rodopiou, lançando um punhado de moedas. O Nascido da Bruma também sabia que fora identificado, ou estava pronto para um ataque, pois se esquivou com facilidade. OreSeur ergueu-se, girando, e Vin soltou de uma vez seu cinto, derrubando seus metais.

— Acompanhe se puder — ela sussurrou para o kandra, em seguida saltou na escuridão atrás de sua presa.

O Vigilante disparou, mergulhando noite adentro. Vin tinha pouca experiência em perseguir outro Nascido da Bruma; sua única chance real de praticá-lo fora durante as sessões de treinamento de Kelsier. Logo ela se viu lutando para manter o ritmo com o Vigilante, e sentiu uma pontada de culpa pelo que fizera com OreSeur mais cedo. Ela estava aprendendo, em primeira mão, como era difícil seguir um Nascido da Bruma determinado através das brumas. E não tinha a vantagem do olfato de um cão.

Contudo, Vin tinha estanho. Ele deixava a noite mais clara e aguçava sua audição. Com ele, ela conseguiu seguir o Vigilante enquanto ele se moveu na direção do centro da cidade. Por fim, ele se deixou pousar em uma das praças centrais com suas fontes. Vin caiu também, atingindo os paralelepípedos lisos com um avivar de peltre, depois desviou para o lado quando ele lançou um punhado de moedas.

O metal retiniu contra a pedra na noite quieta, moedas tilintaram contra estátuas e paralelepípedos. Vin sorria enquanto aterrissava de quatro; em seguida avançou, pulando com músculos fortalecidos pelo peltre, e *puxou* uma das moedas para sua mão.

Seu adversário saltou para trás, aterrissando na beirada de uma fonte próxima. Vin caiu, então soltou a moeda, usando-a para se lançar para cima, sobre a cabeça do Vigilante. Ele se curvou, observando com cuidado enquanto ela passava sobre ele.

Vin viu uma das estátuas de bronze no centro da fonte e *puxou-se* até parar sobre ela. Agachou-se na plataforma desigual, olhando seu adversário de cima. Ele se equilibrava num pé na beirada da fonte, quieto e escurecido pelas brumas rodopiantes. Havia um desafio na sua postura.

Consegue me pegar?, ele parecia perguntar.

Vin sacou as adagas e saltou da estátua. Ela se *empurrou* diretamente para o Vigilante, usando o bronze frio como trampolim.

O Vigilante também usou a estátua, *puxando* a si mesmo para a frente. Saltou bem embaixo de Vin, lançando para cima uma onda de água, sua velocidade incrível o fez deslizar como uma pedra pela superfície parada da fonte. Quando saiu da água, *empurrou-se* para longe, atravessando a praça.

Vin aterrissou na borda da fonte, a água fria espirrando sobre ela. Grunhiu e saltou atrás do Vigilante.

Quando ele pousou, rodopiou e sacou suas adagas. Ela rolou por baixo do primeiro ataque, em seguida ergueu suas armas num ataque de mão duplo. O Vigilante pulou rapidamente para se esquivar, suas adagas reluziam e lançavam gotas de água da fonte. Tinha uma força ágil que o rodeava quando parou agachado. Seu corpo parecia tenso e seguro. Capaz.

Vin sorriu novamente, ofegando. Não se sentia assim desde... desde aquelas noites, havia muito tempo, quando treinava com Kelsier. Permaneceu abaixada, esperando, observando as brumas rodopiarem entre ela e seu adversário. Ele tinha altura mediana, um corpo magro e não vestia capa de bruma.

Por que está sem capa? As capas de bruma eram a marca onipresente da sua espécie, um símbolo de orgulho e segurança.

Estava longe demais para distinguir seu rosto. No entanto, pensou ver um traço de sorriso quando ele saltou para trás e *empurrou* outra estátua. A caçada recomeçava.

Vin seguiu-o pela cidade, queimando aço, aterrissando em telhados e ruas, *empurrando-se* em grandes saltos que descreviam arcos. Os dois saltitavam por Luthadel como crianças num parquinho — Vin tentando encurralar seu oponente, ele conseguindo, com astúcia, ficar um pouco à frente dela.

Era bom. Muito melhor que qualquer Nascido da Bruma que ela conhecera ou enfrentara, exceto talvez Kelsier. Contudo, ela ficara muito mais hábil desde que treinara com o Sobrevivente. Este recém-chegado poderia ser melhor? Pensar nisso lhe fazia arrepiar. Sempre considerara Kelsier um paradigma de habilidade alomântica, e era fácil esquecer que ele obtivera seus poderes apenas alguns anos antes do Colapso.

É o mesmo tempo que treinei, Vin percebeu quando pousou numa rua pequena e estreita. Ela franziu o cenho, agachou-se e permaneceu em silêncio. Vira o Vigilante cair na direção daquela rua.

Estreita e malconservada, a rua era praticamente um beco, com prédios de três e quatro andares em ambos os lados. Não havia movimento — o Vigilante havia escapado ou estava escondido nas proximidades. Ela queimou ferro, mas as linhas de ferro não revelaram movimento algum.

Contudo, *havia* outra maneira...

Vin fingiu estar procurando ainda, mas acionou o bronze, queimando-o, tentando perfurar a nuvem de cobre que ela pensou poder estar perto.

E lá estava ele. Escondido em um espaço atrás dos estores, em sua maioria fechados, de um prédio abandonado. Agora que sabia onde procurar, viu o pedaço de metal que ele provavelmente teria usado para pular até o segundo andar, o trinco que devia ter *empurrado* para fechar rapidamente os estores atrás dele. Possivelmente havia examinado a rua de antemão, sempre com a intenção de despistá-la.

Esperto, Vin pensou.

Ele não poderia ter previsto a capacidade dela de perfurar nuvens de cobre. Mas atacá-lo agora poderia revelar essa habilidade. Vin ficou parada, quieta, pensando nele agachado lá em cima, esperando com preocupação que ela saísse do beco.

Ela sorriu. Verificou a reserva de duralumínio dentro de si. Havia uma maneira possível de descobrir se, ao queimá-lo, ele criaria alguma mudança na forma que ela observava outro Nascido da Bruma. O Vigilante também devia estar queimando a maioria de seus metais, tentando determinar qual seria o próximo movimento de Vin.

Então, acreditando ser esperta, Vin queimou o décimo quarto metal.

Uma explosão gigantesca soou em seus ouvidos. Vin arfou e caiu de joelhos, em choque. Tudo ficou brilhante ao seu redor, como se alguma fissura de energia tivesse iluminado a rua inteira. E ela sentiu frio; um frio terrível, impressionante.

Ela gemeu, tentando ver sentido naquele som. Não... não era uma explosão, mas muitas explosões. Um pulsar rítmico, como um tambor retumbando ao seu lado. A batida do seu coração. E a brisa, alta como um vento uivante. O raspar de unhas de um cão buscando comida. Alguém roncando durante o sono. Era como se sua audição tivesse sido amplificada centenas de vezes.

E então... nada. Vin caiu de costas nos paralelepípedos, a erupção repentina de luz, frio e som se evaporando. Uma forma moveu-se nas sombras ali perto, mas ela não conseguia distingui-la... mal conseguia ver na escuridão. Seu estanho havia...

Acabado, ela percebeu, recuperando-se. *Minha reserva inteira de estanho foi queimada. Eu estava... queimando estanho quando lancei mão do duralumínio.*

Queimei os dois ao mesmo tempo. Esse é o segredo. O duralumínio queimou todo seu estanho numa única explosão gigantesca. Deixou seus sentidos incrivelmente aguçados por um período bem curto, mas terminou com toda a sua reserva. E, ao verificar, conseguiu perceber que o bronze e o peltre — os outros metais que estava queimando no momento — também haviam acabado. A sobrecarga de informações sensoriais foi tão vasta que ela mal percebeu os efeitos dos outros dois metais.

Pense nisso depois, Vin disse a si mesma, sacudindo a cabeça. Ela sentiu que deveria estar surda e cega, mas não estava. Estava apenas um pouco chocada.

A forma escura moveu-se até o seu lado nas brumas. Não tinha tempo de se recuperar; pôs-se de pé, cambaleando. A forma era pequena demais para ser o Vigilante. Era...

— A senhora precisa de ajuda?

Vin hesitou quando OreSeur caminhou até ela, então sentou sobre os quadris.

— Você... conseguiu me seguir — Vin falou.

— Não foi fácil, senhora — OreSeur disse, impassível. — Precisa de ajuda?

— Quê? Não, não preciso. — Vin balançou a cabeça, limpando a mente. — Acho que não pensei em uma coisa ao transformar você em cachorro. Agora não pode carregar metais para mim.

O kandra inclinou a cabeça, em seguida entrou no beco. Voltou um momento depois com algo na boca. O cinto dela.

Ele o deixou aos pés dela, em seguida voltou para a posição de espera. Vin pegou o cinto, tirando um dos frascos de metal extra.

— Obrigada — ela disse lentamente. — Isso foi muito... atencioso da sua parte.

— Eu cumpro o meu Contrato, senhora — o kandra retrucou. — Nada mais.

Bem, é mais do que jamais fizera antes, ela pensou, ingerindo o conteúdo de um frasco e sentindo as reservas voltarem. Ela queimou estanho, restaurando sua visão noturna, retirando um véu de tensão da mente; desde que descobrira seus poderes, nunca havia saído à noite na escuridão completa.

Os estores do cômodo do Vigilante estavam abertos; aparentemente ele havia fugido durante seu surto. Vin suspirou.

— Senhora! — OreSeur falou de repente.

Vin girou. Um homem aterrissou em silêncio atrás dela. Ele parecia... familiar, por algum motivo. Tinha um rosto magro, cabelos escuros, e a cabeça inclinava-se levemente em confusão. Ela poderia ver a pergunta em seus olhos. Por que ela havia caído?

Vin sorriu.

— Talvez eu tenha feito isso apenas para atrair você — ela sussurrou com suavidade, mas alto o bastante para saber que os ouvidos aguçados pelo estanho ouviriam.

O Nascido da Bruma sorriu, em seguida inclinou a cabeça para ela, em aparente respeito.

— Quem é você? — Vin perguntou, dando um passo para a frente.

— Um inimigo — ele respondeu, erguendo a mão para mantê-la distante.

Vin parou. A bruma rodopiava entre eles na rua silenciosa.

— Então, por que me ajudou a combater aqueles assassinos?

— Porque também sou insano — ele retrucou.

Vin franziu o cenho, encarando o homem. Ela vira a insanidade antes, nos olhos dos pedintes. Aquele homem não era insano. Tinha uma postura orgulhosa, olhos controlados enquanto a observava na escuridão.

Que tipo de jogo ele está jogando?, ela se perguntou.

Seus instintos — uma vida inteira de instintos — a alertavam para ter cuidado. Ela aprendera a confiar apenas nos amigos e não estava disposta a conceder o mesmo privilégio a um homem que conhecera na noite.

Entretanto, já fazia um ano desde que ela falara com outro Nascido da Bruma. Havia conflitos dentro dela que não conseguia explicar aos outros. Mesmo Brumosos como Ham e Brisa não conseguiam entender a estranha vida dupla de um Nascido da Bruma. Uma garota parte assassina, parte guarda-costas, parte nobre... parte confusa, quieta. Aquele homem também tinha problemas semelhantes com sua identidade?

Talvez ela conseguisse transformá-lo num aliado, trazendo um segundo Nascido da Bruma para a defesa do Domínio Central. Mesmo se ela não pudesse, com certeza não conseguiria combatê-lo. Uma luta à noite era uma coisa, mas se sua disputa ficasse mais perigosa, o atium poderia entrar no jogo.

Se acontecesse, ela perderia.

O Vigilante examinou-a com olhos cuidadosos.

— Me responda uma coisa — ele falou entre as brumas.

Vin assentiu com a cabeça.

— Você realmente O matou?

— Sim — Vin sussurrou. Ele só poderia estar se referindo a uma pessoa.

Ele meneou a cabeça lentamente.

— Por que você joga o jogo deles?

— Que jogo?

O Vigilante apontou para as brumas na direção da Fortaleza Venture.

— Não são jogos — Vin afirmou. — Não há jogos quando as pessoas que amo estão em perigo.

O Vigilante ficou quieto, balançando a cabeça em seguida como se... estivesse decepcionado. Depois, puxou algo de sua bolsa.

Vin saltou para trás de imediato. No entanto, o Vigilante simplesmente lançou uma moeda no chão entre eles. Ela girou algumas vezes até cair nos paralelepípedos. Depois, o Vigilante *empurrou-se* para trás no ar.

Vin não o seguiu. Ela ergueu o braço, esfregando a testa; ainda sentia como se estivesse com dor de cabeça.

— Vai deixá-lo ir embora? — OreSeur questionou.

Vin assentiu.

— Já chega por hoje. Ele lutou bem.

— Você parece quase respeitosa — o kandra falou.

Vin se virou, franzindo a testa para a ponta de indignação na voz do kandra. OreSeur sentava-se com paciência, sem demonstrar mais emoções.

Ela suspirou, prendendo o cinto ao redor da cintura.

— Vamos precisar pensar numa coleira ou algo assim para você — ela comentou. — Quero que carregue frascos extras de metal para mim, como fazia quando estava num corpo humano.

— Uma coleira não será necessária, senhora — OreSeur afirmou.

— Hein?

OreSeur levantou-se, caminhando para a frente.

— Por favor, pegue um dos frascos.

Vin fez o que ele pediu, tirando da bolsa um pequeno frasco de vidro. OreSeur parou, então virou um ombro na direção dela. Enquanto ela observava, os pelos se separaram e a carne se abriu, mostrando veias e camadas de pele. Vin retraiu-se um pouco.

— Não precisa se preocupar, senhora — OreSeur falou. — Minha carne não é como a sua. Tenho mais... controle sobre ela, pode-se dizer. Encaixe o frasco no meu ombro.

Vin fez como ele disse. A carne selou-se ao redor do frasco, escondendo-o. Como experimento, Vin queimou ferro. Nenhuma linha azul apareceu apontando na direção do frasco escondido. O metal dentro do estômago de uma pessoa não podia ser atingido por outro alomântico; de fato, o metal perfurando um corpo, como os pregos de um Inquisidor ou o brinco de Vin, não podia ser *empurrado* ou *puxado* por outra pessoa. Aparentemente, a mesma regra se aplicava aos metais escondidos dentro de um kandra.

— Numa emergência, entregarei para a senhora — OreSeur garantiu.

— Obrigada.

— O Contrato, senhora. Não me agradeça. Faço apenas o que me é solicitado.

Vin assentiu lentamente com a cabeça.

— Vamos voltar ao palácio, então — ela disse. — Quero ver como Elend está.

Mas deixe-me começar do começo. Conheci Alendi em Khlennium; era um jovem rapaz na época, e não havia sido deformado por uma década liderando exércitos.

9

MARSH HAVIA MUDADO. HAVIA ALGO... mais duro no antigo Buscador. Algo na maneira como ele sempre parecia estar encarando as coisas que Sazed não conseguia ver, algo em suas respostas sem rodeios e em sua linguagem concisa.

Claro, Marsh sempre fora um homem direto. Sazed olhava para o amigo enquanto os dois caminhavam a passos largos na via empoeirada. Não estavam a cavalo; mesmo que Sazed possuísse um, a maioria dos animais não se aproximava de um Inquisidor.

Qual era o apelido de Marsh, segundo o Fantasma?, Sazed pensava consigo mesmo enquanto andavam. *Antes de sua transformação, eles costumavam chamá-lo de... Olhos de ferro*. O nome revelara-se assustadoramente profético. A maioria dos outros achava a forma atual de Marsh desconfortável, e o deixava isolado. Embora Marsh parecesse não se importar com o tratamento, Sazed fizera um esforço especial para ser amigável com o homem.

Ele não sabia ainda se Marsh apreciava o gesto ou não. Eles pareciam se dar bem, os dois eram atraídos por erudição e história e tinham interesse no ambiente religioso do Império Final.

E ele veio me procurar, Sazed pensou. *Claro, ele alegou que queria ajuda caso os Inquisidores não tenham todos desaparecido do Convento de Seran.* Era uma desculpa fraca. Apesar dos seus poderes de feruquemista, Sazed não era um guerreiro.

— Você deveria estar em Luthadel — Marsh falou.

Sazed ergueu o olhar. Marsh falava sem meias palavras, como de costume, sem preâmbulos.

— Por que diz isso? — Sazed quis saber.

— Precisam de você lá.

— O resto do Império Final precisa de mim também, Marsh. Sou um Guardador. Um grupo de pessoas não deveria ser capaz de monopolizar todo o meu tempo.

Marsh balançou a cabeça.

— Esses camponeses, eles esquecerão sua passagem. Ninguém esquecerá as coisas que acontecerão em breve no Domínio Central.

— Você ficaria surpreso, acho eu, com o que homens podem esquecer. Guerras e reinos podem parecer importantes agora, mas mesmo o Império Final provou-se mortal. Agora que foi derrubado, os Guardadores não têm mais envolvimento na política. — *A maioria diria que nunca deveríamos ter nos envolvido com política.*

Marsh virou-se para ele. Aqueles olhos, as órbitas preenchidas totalmente com aço. Sazed não estremeceu, mas se sentiu claramente desconfortável.

— E seus amigos? — Marsh perguntou.

Aquilo tocou em algo mais pessoal. Sazed desviou o rosto, pensando em Vin e no voto que fizera a Kelsier de que a protegeria. *Ela precisa de pouca proteção agora*, pensou. *Tornou-se mais habilidosa na Alomancia que o próprio Kelsier.* E, ainda assim, Sazed sabia que havia modos de proteção que não tinham relação com a luta. Esses modos — apoio, aconselhamento, gentileza — eram vitais para qualquer pessoa, especialmente para Vin. Muito pesava sobre os ombros da pobre garota.

— Eu tenho... enviado ajuda — Sazed respondeu. — A ajuda que posso.

— Não é o suficiente — Marsh afirmou. — As coisas que estão acontecendo em Luthadel são importantes demais para serem ignoradas.

— Não estou ignorando, Marsh — Sazed se irritou. — Simplesmente cumpro minhas obrigações o melhor que posso.

Marsh finalmente voltou-se para a estrada.

— As obrigações erradas. Assim que terminarmos aqui, você voltará a Luthadel.

Sazed abriu a boca para argumentar, mas não disse nada. O que havia a dizer? Marsh estava certo. Embora não tivesse prova, Sazed sabia que *havia* coisas importantes acontecendo em Luthadel — coisas que exigiriam sua ajuda para combater. Coisas que provavelmente afetariam o futuro de toda a terra conhecida no passado como Império Final.

Por isso, fechou a boca e arrastou-se atrás de Marsh. Voltaria a Luthadel, demonstrando novamente sua rebeldia. Talvez, no final, ele percebesse que não havia uma ameaça fantasmagórica encarando o mundo — que ele voltara simplesmente por seu desejo egoísta de estar com amigos.

Na verdade, torcia para que isso fosse mesmo verdade. A alternativa o deixava muito desconfortável.

O tamanho de Alendi impressionou-me na primeira vez que o vi. Era um homem que ultrapassava a altura dos outros, um homem que — apesar de ser jovem e vestir roupas humildes — exigia respeito.

10

O SALÃO DA ASSEMBLEIA FICAVA no antigo quartel-general do cantão das finanças do Ministério do Aço. Era um espaço de pé-direito baixo, mais uma grande sala de palestras do que um salão de Assembleia. Havia fileiras de bancos dispostos em leque na frente de um palco. No lado direito do palco, Elend construíra uma bancada de assentos para os membros da Assembleia. No lado esquerdo, ergueu um púlpito único para os oradores.

O púlpito ficava de frente para os membros da Assembleia, não para o público. No entanto, as pessoas comuns eram incentivadas a participar. Elend achava que todos deveriam se interessar pelos atos do seu governo; incomodava-o que as reuniões semanais da Assembleia em geral tivessem tão pouco público.

O assento de Vin ficava no palco, mas aos fundos, bem de frente para o público. Do seu posto favorável com outros guarda-costas, ela olhava além do púlpito para as pessoas. Outra fileira dos guardas de Ham, à paisana, ficava sentada na primeira fileira, oferecendo uma primeira linha de proteção. Elend recusara os pedidos de Vin de terem guardas nas pontas do palco e atrás dele — pensava que guarda-costas sentados bem atrás dos oradores seriam distrações. Ham e Vin, no entanto, insistiram. Se Elend ia aparecer em público toda semana, Vin queria ter certeza de que conseguiria manter os olhos nele — e naqueles que o observavam.

Portanto, para chegar à sua cadeira, Vin precisava atravessar o palco. Os olhares a seguiam. Algumas das pessoas no público estavam interessadas no escândalo; supunham que ela era a amante de Elend, e um rei que dormia com sua assassina pessoal era um prato cheio para fofocas. Outras estavam interessadas na política: perguntavam-se quanto de influência Vin tinha sobre Elend e se eles poderiam usá-la para chegar aos ouvidos do rei. Outros ainda tinham curiosidade sobre as lendas que corriam cada vez mais: perguntavam-se se uma garota como Vin poderia realmente ter matado o Senhor Soberano.

Vin apressou-se. Passou pelos membros da Assembleia e acomodou-se no assento ao lado de Ham que, apesar da ocasião formal, ainda usava um colete simples sem camisa. Sentada ao lado dele, de camisa e calças, Vin não se sentia tão deslocada.

Ham sorriu, dando um tapinha afetuoso no ombro dela. Ela teve de se segurar para não pular com seu toque. Não que ela desgostasse de Ham — muito pelo contrário, na verdade. Ela o amava como a todos os antigos membros do bando de Kelsier. Era apenas que... bem, ela tinha dificuldade em explicar, até mesmo para si mesma. O gesto inocente de Ham a fazia querer se encolher. Para ela, as pessoas não deveriam ser tão casuais a ponto de tocarem umas nas outras.

Ela afastou aqueles pensamentos. Precisava aprender a ser como os outros. Elend merecia uma mulher que fosse normal.

Ele já estava lá. Meneou a cabeça para Vin quando percebeu sua chegada, e ela sorriu. Em seguida, ele se virou para falar baixinho com Lorde Penrod, um dos nobres da Assembleia.

— Elend ficará feliz — Vin sussurrou. — O salão está lotado.

— Estão preocupados — Ham respondeu em voz baixa. — E um povo preocupado presta mais atenção a essas coisas. Não posso dizer que estou feliz... toda essa gente dificulta nosso trabalho.

Vin assentiu, examinando o público. A multidão era estranhamente mista — uma coleção de diferentes grupos que nunca teriam se juntado durante os dias do Império Final. A maior parte era de nobres, claro. Vin franziu a testa, pensando em quantas vezes vários membros da nobreza tentavam manipular Elend, e nas promessas que ele fizera a esses membros...

— Por que essa cara? — Ham perguntou, cutucando-a.

Vin encarou o Brutamontes. Olhos ansiosos piscavam no seu rosto firme, retangular. Ham tinha um sentido quase sobrenatural quando se tratava de discussões.

Vin suspirou.

— Não estou bem certa a respeito disto, Ham.

— Isto?

— *Isto* — Vin disse em voz baixa, apontando para a Assembleia. — Elend faz de tudo para deixar todo mundo feliz. Ele desperdiça tanto... seu poder, seu dinheiro...

— Ele só quer garantir que todos sejam tratados de forma justa.

— É mais que isso, Ham — Vin falou. — É como se ele estivesse determinado a transformar todo mundo em nobre.

— Seria tão ruim?

— Se todo mundo for nobre, então não haverá nenhum nobre. Nem todo mundo *pode* ser rico, e nem todo mundo pode estar no comando. Não é assim que as coisas funcionam.

— Talvez — Ham disse, pensativo. — Mas Elend não tem a obrigação cívica de tentar garantir que a justiça seja cumprida?

Obrigação cívica?, Vin pensou. *Eu já deveria saber que não dá para falar com Ham sobre algo desse tipo...*

Vin baixou os olhos.

— Só acho que ele deveria cuidar para que todo mundo fosse bem tratado sem termos uma Assembleia. Tudo que eles fazem é brigar e tentar arrancar o poder dele. E ele permite.

Ham deixou a discussão morrer, e Vin voltou a examinar o público. Parecia que um grande grupo de operários do engenho tinha chegado primeiro e conseguido os melhores lugares. No começo da história da Assembleia — talvez dez meses antes —, a nobreza enviava serviçais para reservarem assentos para eles ou subornava pessoas para abrirem mão de seus lugares. No entanto, assim que Elend descobriu essas artimanhas, proibiu ambas.

Além dos nobres e dos operários do engenho, havia um grande número da "nova" classe. Os mercadores e artesãos skaa, agora autorizados a determinar seus preços pelos serviços prestados. Eram os verdadeiros vencedores na economia de Elend. Sob a mão opressora do Senhor Soberano, apenas os skaa mais extraordinariamente habilidosos eram capazes de galgar posições de conforto até mesmo moderado. Sem as restrições, essas mesmas pessoas rapidamente provaram ter capacidade e tino muito além de seus pares da nobreza. Representavam uma facção na Assembleia ao menos tão poderosa quanto à da nobreza.

Outros skaa salpicavam a multidão. Tinham praticamente a mesma aparência de antes de Elend tomar o poder. Embora os nobres em geral usassem traje completo com chapéu e sobretudo, esses skaa usavam calças simples. Alguns deles ainda estavam sujos do dia de trabalho, suas vestes velhas, puídas e manchadas de cinzas.

E, ainda assim... *havia* algo diferente neles. Não eram suas roupas, mas a postura. Sentavam-se um pouco mais eretos, as cabeças mantinham-se um pouco mais erguidas. E tinham tempo livre o bastante para comparecer a uma reunião da Assembleia.

Elend finalmente levantou-se para começar a reunião. Tinha deixado seus assessores vestirem-no naquela manhã, e o resultado foram vestes quase totalmente livres de desalinho. O traje lhe caía bem, todos os botões estavam fechados, e seu colete era de um azul-escuro adequado. Seus cabelos estavam até bem penteados, os cachos curtos e castanhos mais assentados.

Em geral, Elend começaria a reunião convocando outros oradores, membros da Assembleia que viriam com ladainhas de horas sobre vários tópicos, como tributação ou saneamento municipal. Contudo, naquele dia, havia questões mais urgentes.

— Senhores — Elend disse. — Peço sua licença para nos desviarmos da pauta habitual desta tarde, à luz de nosso... estado atual dos assuntos da cidade.

O grupo de 24 membros da Assembleia assentiu, alguns murmurando coisas entredentes. Elend os ignorou. Ficava confortável diante de plateias, muito mais confortável do que Vin jamais ficaria. Enquanto desenvolvia seu discurso, Vin ficou de olho na plateia, em busca de reações ou problemas.

— A natureza arriscada de nossa situação deveria ser muito óbvia — Elend falou, iniciando o discurso que preparara mais cedo. — Enfrentamos um perigo que esta cidade jamais conheceu. Invasão e cerco por um tirano estrangeiro.

"Somos uma nação nova, um reino fundado sobre princípios desconhecidos durante os dias do Senhor Soberano. Ainda assim, já somos um reino de tradição. Liberdade para os skaa. Governo por nossa escolha e segundo nossos preceitos. Nobres que não precisam se encolher de medo diante de obrigadores e Inquisidores do Senhor Soberano.

"Senhores, um ano não é o bastante. Provamos da liberdade e precisamos de tempo para saboreá-la. Durante o último mês, com frequência discutimos e divergimos com relação ao que fazer caso esse dia chegasse. Obviamente, somos muitas mentes pensando sobre a questão. Portanto, peço um voto de solidariedade. Vamos prometer a nós mesmos e a essas pessoas que não entregaremos a cidade a um poder estrangeiro sem a devida consideração. Vamos decidir por reunir mais informações, buscar outros caminhos e até mesmo lutar, caso isso seja considerado necessário."

O discurso continuou, mas Vin ouvira-o uma dezena de vezes durante os ensaios de Elend. Enquanto ele falava, ela se flagrou de olho na multidão. Sua maior preocupação era com os obrigadores que vira sentados ao fundo. Mostraram pouca reação à luz negativa que as observações de Elend lançavam sobre eles.

Ela nunca entendera por que Elend permitira que o Ministério do Aço continuasse a doutrinar. Era o último resquício real do poder do Senhor Soberano. A maioria dos obrigadores recusava-se obstinadamente a dispor do seu conhecimento de burocracia e administração ao governo de Elend, e ainda olhavam os skaa com desprezo.

E, mesmo assim, Elend permitia que ficassem. Mantinha uma regra estrita segundo a qual não tinham permissão para incitar rebelião ou violência. Contudo, também não os expulsou da cidade, como Vin sugerira. De fato, se a escolha tivesse sido apenas dela, provavelmente os teria executado.

Em algum momento, o discurso de Elend aproximou-se do fim, e Vin voltou a atenção para ele.

— Senhores — ele disse —, faço esta proposta de boa-fé e em nome daqueles que representamos. Peço tempo. Proponho que posterguemos todas as votações relacionadas ao futuro da cidade até que uma delegação régia adequada tenha recebido autorização para se reunir com o exército lá fora e determine se existe alguma possibilidade de negociação.

Ele baixou a folha, erguendo os olhos, esperando os comentários.

— Então — começou Philen, um dos mercadores na Assembleia —, o senhor está pedindo que demos ao *senhor* o poder para decidir o destino da cidade. — Philen vestia seus ricos trajes tão bem que um observador nunca teria dito que havia apenas um ano que ele o fizera pela primeira vez.

— O quê? — Elend perguntou. — Não disse nada disso... simplesmente peço mais tempo. Para me reunir com Straff.

— Ele rejeitou todas as nossas mensagens anteriores — comentou outro membro da Assembleia. — O que leva o senhor a acreditar que ele ouvirá agora?

— Estamos abordando a questão de forma errada! — disse um dos representantes da nobreza. — Deveríamos decidir *implorar* a Straff Venture para não atacar, e não decidir nos encontrar com ele e conversar. Precisamos deixar claro rapidamente que estamos dispostos a trabalhar com ele. Vocês viram aquele exército. Ele planeja nos destruir!

— Por favor — Elend pediu, erguendo a mão. — Vamos permanecer no tópico!

Um dos outros membros da Assembleia — um dos skaa — se pronunciou, como se não tivesse ouvido Elend.

— O senhor diz isso porque é nobre — falou, apontando para o nobre que Elend interrompera. — É fácil para o senhor falar sobre trabalhar com Straff, pois tem pouco a perder!

— Pouco a perder? — o nobre retrucou. — Eu e todos da minha casa poderíamos ser executados por apoiar Elend contra o seu pai!

— Bobagem — interveio um dos mercadores. — Tudo isso é inútil. Deveríamos ter contratado mercenários meses atrás, como sugeri.

— E onde teríamos conseguido recursos para isso? — questionou Lorde Penrod, membro mais antigo dos nobres da Assembleia.

— Impostos — o mercador respondeu com um aceno de mão.

— Senhores — Elend disse. Em seguida, mais alto. — Senhores!

Suas palavras conseguiram um pouco da atenção da Assembleia.

— *Temos* que tomar uma decisão. Não percam o foco, por favor. O que acham da minha proposta?

— É inútil — disse Philen, o mercador. — Por que deveríamos esperar? Vamos apenas convidar Straff a entrar na cidade e pronto. Ele a tomará de qualquer forma.

Vin recostou-se quando os homens começaram a discutir novamente. O problema era que o mercador Philen — por menos que ela gostasse dele — tinha razão. Lutar parecia uma opção muito pouco atraente. Straff tinha um exército imenso. Seria realmente bom protelar as coisas?

— Por favor, entendam — Elend falou, tentando reconquistar a atenção deles, mas conseguindo apenas em parte. — Straff é meu pai. Talvez eu possa falar com ele. Fazê-lo ouvir. Luthadel foi seu lar por anos. Talvez eu possa convencê-lo a não atacar.

— Espere um momento — pediu um dos representantes dos skaa. — E a questão da comida? O senhor tem visto quanto os mercadores estão cobrando por grãos? Antes de nos preocuparmos com aquele exército, deveríamos falar sobre uma baixa nos preços.

— Sempre nos culpando por seus problemas — um dos mercadores da Assembleia reagiu, apontando. E as querelas recomeçaram. Elend encurvou-se levemente atrás do púlpito. Vin sacudiu a cabeça, sentindo pena de Elend quando a discussão degringolou. Era o que geralmente acontecia em reuniões da Assembleia; para ela, parecia que simplesmente não davam a Elend o respeito que merecia. Talvez fosse culpa dele mesmo, pois os elevava quase ao patamar de iguais.

Por fim, a discussão arrefeceu, e Elend pegou um pedaço de papel, obviamente com planos de registrar os votos sobre sua proposta. Não parecia otimista.

— Tudo bem — Elend falou. — Vamos votar. Por favor, lembrem: me dar tempo *não* revelará nossas ações. Simplesmente me dará a chance de tentar fazer com que meu pai reconsidere seu desejo de nos tirar a cidade.

— Elend, meu rapaz — Lorde Penrod pediu a palavra. — Todos nós vivemos aqui durante o reinado do Senhor Soberano. Todos sabemos o tipo de homem que é o seu pai. Se ele quiser esta cidade, ele *vai* tomá-la. Tudo que podemos decidir é como abrir mão dela da melhor forma. Talvez possamos encontrar uma maneira para as pessoas manterem alguma liberdade sob o reinado dele.

O grupo ficou sentado em silêncio, e pela primeira vez ninguém causou nenhuma discussão. Alguns poucos se viraram para Penrod, que estava sentado com uma expressão calma, controlada. Vin sabia pouco sobre o homem. Era um dos nobres mais poderosos que permaneceram na cidade após o Colapso e era politicamente conservador. Contudo, nunca o tinha ouvido falar mal dos skaa, o que era provavelmente o motivo de ser tão popular entre o povo.

— Eu falo sem rodeios — Penrod disse —, pois é a verdade. Não estamos em posição de barganhar.

— Concordo com Penrod — Philen intrometeu-se. — Se Elend quiser se encontrar com Straff Venture, acho que é direito dele. Entendo que a posição de rei lhe dê autoridade de negociar com monarcas estrangeiros. Porém, não temos de prometer não entregar a cidade a Straff.

— Mestre Philen — Lorde Penrod interveio. — Acredito que o senhor julgou mal minha intenção. Eu disse que entregar a cidade era inevitável, mas que devemos tentar ganhar com isso o máximo que pudermos. *Isso* significa ao menos encontrar Straff para avaliar sua inclinação. Votar pela entrega da cidade agora seria entregar os pontos cedo demais.

Elend ergueu os olhos, parecendo esperançoso pela primeira vez desde que a discussão degringolara.

— Então, o senhor apoia a minha proposta? — ele perguntou.

— É uma maneira estranha de conseguir a pausa que considero necessária — Penrod respondeu. — Mas... como o exército já está aqui, duvido que teremos tempo para alguma outra ação. Portanto, sim, Vossa Majestade. Eu apoio a sua proposta.

Vários outros membros da Assembleia assentiram quando Penrod falou, como se dessem atenção à proposta pela primeira vez. *Esse Penrod tem muito poder*, Vin pensou, apertando os olhos enquanto observava o líder ancião. *Eles o ouvem mais que a Elend.*

— Devemos votar, então? — um dos outros membros da Assembleia perguntou.

E assim o fizeram. Elend registrava os votos enquanto eles eram proferidos pela fileira de membros da Assembleia. Os oito nobres — sete mais Elend — votaram a favor da proposta, dando à opinião de Penrod um grande peso. Os oito skaa foram, em sua maioria, a favor, e os mercadores contra. No final, contudo, Elend conseguiu os dois terços de votos necessários.

— Proposta aceita — Elend falou, fazendo o cômputo final. Parecia um pouco surpreso. — A Assembleia abstém-se do direito de entregar a cidade até que o rei tenha se reunido com Straff Venture para uma conferência oficial.

Vin encostou-se no espaldar da cadeira, tentando tirar alguma conclusão da votação. Foi bom que Elend tenha conseguido o que queria, mas a maneira pela qual conseguira a incomodava.

Elend por fim abandonou o púlpito, sentou-se e deixou o insatisfeito Philen tomar a palavra. O mercador leu uma proposta convocando uma votação para dar de volta aos mercadores o controle dos estoques de comida da cidade. Contudo, dessa vez o próprio Elend liderou a dissidência, e a discussão voltou. Vin observou com interesse. Será que Elend percebia o quanto ele agia como os outros quando argumentava contra as propostas deles?

Elend e alguns membros skaa da Assembleia conseguiram obstruir a votação por tempo suficiente para que o intervalo para o almoço chegasse sem escrutínio. As pessoas na plateia se levantaram, espreguiçaram-se, e Ham virou-se para Vin.

— Boa reunião, hein?

Vin apenas deu de ombros.

Ham deu uma risadinha.

— Precisamos realmente fazer alguma coisa sobre sua ambivalência quanto às obrigações cívicas, menina.

— Eu já derrubei um governo — Vin disse. — Acho que isso dá conta das minhas "obrigações cívicas" por um tempo.

Ham sorriu, embora mantivesse um olhar atento à multidão — como Vin fazia. Aquele momento, com todos se movendo, seria perfeito para atentar contra a vida de Elend. Uma pessoa em especial chamou a atenção dela, e Vin franziu o cenho.

— Já volto — ela disse para Ham, levantando-se.

— O SENHOR FEZ A coisa certa, Lorde Penrod — Elend falou, ao lado do nobre mais velho, sussurrando enquanto o intervalo prosseguia. — Precisamos de mais tempo. O senhor sabe o que meu pai fará com esta cidade se tomá-la.

Lorde Penrod sacudiu a cabeça.

— Não fiz isso por você, filho. Fiz porque queria garantir que o tolo do Philen não entregaria a cidade antes que a nobreza conseguisse promessas do seu pai sobre nossos direitos aos títulos.

— Sabe — Elend falou, erguendo um dedo —, tem de haver outro caminho! O Sobrevivente nunca teria entregado a cidade sem luta.

Penrod franziu o cenho, e Elend hesitou, xingando-se em silêncio. O velho lorde era um tradicionalista — citar o Sobrevivente para ele era quase uma ofensa. Muitos dos nobres sentiam-se ameaçados pela influência de Kelsier sobre os skaa.

— Apenas pense sobre isso — Elend falou, vendo de soslaio Vin chamá-lo.

Ela acenou para ele dos assentos dos membros da Assembleia, e ele pediu licença. Atravessou o palco para encontrá-la.

— O que foi? — ele perguntou em voz baixa.

— Mulher ao fundo — Vin falou baixinho, com olhos desconfiados. — Alta, de azul.

Não foi difícil encontrar a mulher em questão: usava uma blusa azul brilhante e saia de um vermelho intenso. Era de meia-idade, constituição esbelta e tinha um cabelo até a cintura preso para trás numa trança. Esperava pacientemente enquanto as pessoas se moviam pela sala.

— O que tem ela? — Elend perguntou.

— Terrisana — Vin respondeu.

Elend fez uma pausa.

— Tem certeza?

Vin assentiu com a cabeça.

— Aquelas cores... aquele tanto de joias. É uma terrisana, com certeza.

— E daí?

— E daí que eu não a conheço — Vin falou. — E ela estava te observando, bem agora.

— As pessoas me observam, Vin — Elend ponderou. — Eu sou o *rei*, no fim das contas. Além disso, por que você deveria conhecê-la?

— Todos os outros terrisanos vieram me encontrar logo depois de entrar na cidade — Vin disse. — Eu assassinei o Senhor Soberano. Eles me veem como aquela que libertou sua terra natal. Mas eu não a reconheço. Nunca veio me agradecer.

Elend revirou os olhos, agarrando Vin pelos ombros e virando-a de costas para a mulher.

— Vin, sinto que é meu dever de cavalheiro dizer uma coisa para você.

Vin franziu a testa.

— O quê?

— Você é linda.

Vin hesitou.

— O que isso tem a ver?

— Absolutamente nada — ele falou com um sorriso. — Estou apenas tentando te distrair.

Lentamente, Vin relaxou, dando um leve sorriso.

— Não sei se alguém já disse isso a você, Vin — Elend comentou —, mas você pode ser um pouco paranoica às vezes.

Ela ergueu uma sobrancelha.

— Ah, é?

— Sei que é difícil acreditar, mas é verdade. Agora, acontece que eu acho isso bem charmoso, mas você acredita honestamente que uma *terrisana* tentaria me matar?

— Provavelmente, não — Vin admitiu. — Mas, antigos costumes...

Elend sorriu. Em seguida, olhou para os membros da Assembleia atrás de si, a maioria deles cochichando em grupos. Não se misturavam. Nobres falavam com nobres, mercadores com mercadores, operários skaa com outros operários skaa. Pareciam tão fragmentados, tão obstinados. As propostas mais simples às vezes enfrentavam discussões que poderiam levar horas.

Precisam me dar mais tempo!, ele pensou. Mesmo assim, quando pensou, percebeu o problema. Mais tempo para quê? Penrod e Philen haviam atacado sua proposta de forma precisa.

A verdade era que a cidade inteira estava confusa. Ninguém realmente sabia o que fazer com uma força superior invasora, inclusive Elend. Ele sabia apenas que não podiam desistir. Ainda não. *Tinha* de haver uma maneira de lutar.

Vin ainda estava olhando para o lado, por sobre o público. Elend seguiu seu olhar.

— Ainda observando aquela terrisana?

Vin balançou a cabeça.

— Outra coisa... algo estranho. Aquele é um dos mensageiros do Trevo?

Elend hesitou e virou-se. De fato, vários soldados estavam abrindo passagem na multidão, aproximando-se do palco. No fundo da sala, as pessoas começaram a sussurrar e se agitar, e algumas já saíam rapidamente do salão.

Elend sentiu Vin endurecer com a ansiedade, e o medo o apunhalou.

Tarde demais. O exército atacou.

Um dos soldados finalmente chegou ao palco, e Elend correu até ele.

— O que foi? — ele perguntou. — Straff atacou?

— Não, meu senhor.

Elend suspirou levemente.

— O que foi, então?

— Meu senhor, há um segundo exército. Acabou de chegar nos arredores da cidade.

Foi a simples ingenuidade de Alendi que me levou a simpatizar com ele. Empreguei-o como assistente durante seus primeiros meses na cidade grande.

11

PELA SEGUNDA VEZ EM TRÊS dias, Elend estava de pé sobre a muralha de Luthadel, observando um exército que tinha vindo invadir seu reino. Elend apertou os olhos para evitar a luz vermelha do sol da tarde, mas ele não era um Olho de Estanho: não conseguia divisar detalhes dos recém-chegados.

— Alguma chance de estarem aqui para nos ajudar? — Elend perguntou, esperançoso, olhando para Trevo, que estava em pé ao seu lado.

Trevo apenas olhou com sua cara fechada.

— Eles carregam o estandarte de Cett. Lembra-se dele? O sujeito que mandou oito assassinos alomânticos para te matar dois dias atrás?

Elend estremeceu no clima fresco do outono, olhando de volta para o segundo exército. Estava erguendo acampamento a uma boa distância do exército de Straff, próximo ao canal Luth-Davn, que corria para o lado leste do rio Channerel. Vin estava ao lado de Elend, embora Ham estivesse lá embaixo, organizando as coisas com a guarda da cidade. OreSeur estava no seu corpo de cão de caça, sentado pacientemente no passadiço atrás de Vin.

— Como não os vimos se aproximar? — Elend perguntou.

— Straff — Trevo respondeu. — Este Cett veio da mesma direção, e nossos sentinelas estavam concentrados nele. Straff provavelmente sabia sobre este outro exército alguns dias atrás, mas praticamente não tínhamos como vê-los.

Elend assentiu.

— Straff está organizando um perímetro de soldados, observando o exército inimigo — Vin comentou. — Duvido que sejam amigos. — Ela estava em cima de uma das seteiras dentadas do parapeito, os pés posicionados perigosamente próximos à beirada da muralha.

— Talvez eles ataquem uns aos outros — Elend disse, esperançoso.

Trevo bufou.

— Duvido. Estão em número quase igual, embora Straff possa ser um pouco mais forte. Duvido que Cett arriscaria atacá-lo.

— Então, por que vieram? — Elend perguntou.

Trevo encolheu os ombros.

— Talvez ele esperasse chegar a Luthadel antes que Venture e tomá-la primeiro.

Ele falava do evento — a captura de Luthadel — como se fosse um fato consumado. O estômago de Elend revirou quando se recostou na ameia, olhando por meio de um merlão. Vin e os outros eram ladrões e skaa alomânticos — excluídos que tinham lutado a maior parte da vida. Talvez estivessem acostumados a lidar com essa pressão, esse medo, mas Elend não estava.

Como conseguiam viver com a falta de controle, a sensação de inevitabilidade? Elend sentia-se impotente. O que poderia fazer? Fugir e deixar a cidade se defender sozinha? Isso não era uma opção, claro. Mas, confrontado não por um, mas dois exércitos que se preparavam para destruir a cidade e tomar seu trono, Elend tinha dificuldades em manter as mãos firmes enquanto agarrava a pedra rústica da ameia.

Kelsier teria encontrado uma maneira de sair desta enrascada, ele pensou.

— Ali! — A voz de Vin interrompeu os pensamentos de Elend. — O que é aquilo?

Elend virou-se. Vin apertava os olhos voltados ao exército de Cett, usando estanho para ver coisas que eram invisíveis para os olhos mundanos de Elend.

— Alguém está se destacando do exército a cavalo — Vin falou.

— Mensageiro? — Trevo perguntou.

— Talvez — Vin respondeu. — Cavalga bem rápido... — Ela começou a correr de uma ponta da ameia para a outra, movendo-se ao longo da muralha. O kandra imediatamente a seguiu, caminhando em silêncio pela amurada atrás dela.

Elend olhou para Trevo, que ergueu os ombros, então começaram a segui-la. Chegaram até Vin quando ela estava em pé na muralha, perto de uma das torres, observando o cavaleiro que se aproximava. Ou, ao menos, Elend supôs que era isso que observava — ele ainda não conseguia ver o que ela via.

Alomancia, Elend pensou, sacudindo a cabeça. Por que ele não podia ter ao menos um poder — mesmo um dos mais fracos, como cobre ou ferro?

Vin soltou uma imprecação repentina, erguendo-se ainda mais.

— Elend, aquele é *Brisa*!

— O quê? — Elend perguntou. — Tem certeza?

— Sim! Ele está sendo perseguido. Arqueiros montados.

Trevo xingou, acenando para um mensageiro.

— Envie cavaleiros! Impeça a perseguição.

O mensageiro partiu às pressas. No entanto, Vin balançou a cabeça.

— Não vão chegar a tempo — ela falou, quase para si mesma. — Os arqueiros vão pegá-lo, no mínimo atingi-lo. Nem eu conseguiria chegar rápido o bastante, não correndo. Mas, talvez...

Elend franziu o cenho, erguendo o olhar para ela.

— Vin, é longe demais para saltar, mesmo para você.

Vin lançou um olhar para ele, sorriu e, em seguida, pulou da muralha.

VIN PREPAROU O DÉCIMO QUARTO metal, duralumínio. Tinha uma reserva, mas não a queimou — ainda não. *Espero que funcione*, ela pensou, buscando uma âncora adequada. A torre ao lado dela tinha um anteparo de ferro reforçado no alto; aquilo funcionaria.

Ela *puxou* o anteparo, aproximando-se do alto da torre. Imediatamente pulou novamente, *empurrando-se* para o alto e para fora, separando-se da muralha no ar. Extinguiu todos os metais, exceto o aço e o peltre.

Em seguida, ainda no *empurrão* contra o anteparo, ela queimou duralumínio.

Uma força repentina abateu-se contra ela. Tão poderosa que tinha certeza de que apenas uma explosão igualmente poderosa de peltre manteve seu corpo inteiro. Ela decolou da fortaleza, movendo-se pelo céu como se lançada por algum deus gigantesco, invisível. O ar passava tão rápido por ela que estrondava, e a pressão da aceleração repentina dificultava o pensamento.

Ela vacilou, tentando reassumir o controle. Felizmente, tinha calculado bem a trajetória: estava planando na direção de Brisa e seus perseguidores. Fosse lá o que Brisa fizera, foi o bastante para deixar alguém muito nervoso — pois havia um grupo de duas dezenas de homens atrás dele, com flechas armadas.

Vin caiu, seu aço e peltre totalmente extintos naquele único estouro de poder abastecido por duralumínio. Ela agarrou um frasco de metal da cinta, engolindo seu conteúdo. Contudo, quando jogou fora o frasco, de repente sentiu uma vertigem estranha. Não estava acostumada a saltar durante o dia. Era estranho ver o solo aproximando-se, estranho não ter a capa de bruma ondulando atrás de si, estranho não ter a bruma...

O cavaleiro líder baixou o arco, mirando em Brisa. Ninguém parecia ter percebido Vin mergulhando como uma ave de rapina.

Bem, não exatamente mergulhando. Despencando.

Recobrando o controle de repente, Vin queimou peltre e lançou uma moeda na direção do chão que se aproximava. *Empurrou* a moeda, usando-a para diminuir a velocidade e empurrar-se para o lado. Caiu exatamente entre Brisa e os arqueiros, aterrissando com um baque surpreendente, erguendo terra e poeira.

O arqueiro soltou a flecha.

Ao mesmo tempo em que ricocheteava com terra voando ao seu redor, Vin *empurrou-se* para trás no ar diretamente sobre a flecha. Em seguida, *empurrou* seu peso contra ela. A ponta da flecha zuniu para trás, lançando lascas de madeira quando partiu ao meio sua haste no ar, para em seguida acertar a testa do arqueiro que a soltara.

O homem tombou da montaria. Vin pousou de seu rebote. Ela estendeu um *puxão* contra as ferraduras dos dois animais atrás do líder, fazendo as montarias tropeçarem. O *empurrão* lançou Vin para trás no ar, e os gritos de dor dos equinos soou em meio ao baque dos corpos atingindo o chão.

Vin continuou a *empurrar*, voando pela estrada a poucos metros acima do chão, rapidamente alcançando Brisa. O homem corpulento virou-se em choque, obviamente assustado por enxergar Vin pairando no ar ao lado do seu cavalo a galope, com suas roupas tremulando ao vento enquanto passava. Ela piscou para ele, então estendeu um *puxão* contra a armadura de outro cavaleiro.

De pronto, ela voou pelos ares. Seu corpo protestou contra a mudança repentina do impulso, mas ela ignorou a torção dolorida. O homem que ela *puxara* conseguiu permanecer na sela — até Vin voar sobre ele com os pés, lançando-o para trás.

Ela aterrissou na terra preta, o cavaleiro despencando no chão ao lado dela. Os outros cavaleiros finalmente puxaram as rédeas das montarias, parando abruptamente a poucos metros de distância.

Kelsier provavelmente teria atacado. Havia muitos deles, é verdade, mas usavam armaduras e seus cavalos estavam ferrados. Mas Vin não era Kelsier. Detivera os cavaleiros tempo o bastante para Brisa fugir. Era suficiente.

Vin *empurrou-se* novamente contra um dos soldados, lançando-se para trás e deixando os cavaleiros cuidarem dos feridos. Os soldados, contudo, de imediato puxaram flechas com ponta de pedra e ergueram seus arcos.

Vin chiou, frustrada, enquanto o grupo ajustava a mira. *Bem, amigos*, ela pensou, *sugiro que vocês se segurem*.

Ela se *empurrou* levemente contra eles e queimou duralumínio. A onda repentina de força era esperada — o golpe no peito, o queimar imenso no estômago, o vento uivante. O que ela não esperava era o efeito que teria na sua ancoragem. A explosão de poder espalhou homens e cavalos, jogando-os para o alto como folhas ao vento.

Preciso ter muito cuidado com isso, Vin pensou, cerrando os dentes e girando no ar. Seu aço e peltre haviam acabado de novo, e ela foi forçada a tomar o último frasco de metal. Teria que começar a carregar mais frascos.

Chegou ao solo correndo, o peltre impedindo que ela tropeçasse apesar da velocidade tremenda. Diminuiu a velocidade um pouco para que Brisa, a cavalo, a alcançasse, em seguida aumentou o ritmo para acompanhá-lo.

Ela corria como um atleta, deixando que a força e o equilíbrio do peltre a mantivessem de pé enquanto seguia ao lado do cavalo cansado. O animal a encarava durante a corrida, parecendo mostrar uma pontinha de frustração ao ver um ser humano páreo para ele.

Chegaram à cidade poucos momentos depois. Brisa puxou as rédeas do cavalo quando as portas do Portão de Ferro começaram a se abrir, mas, em vez de esperar, Vin simplesmente jogou uma moeda no chão e *empurrou-a*, deixando o impulso levá-la para além das muralhas. Quando as portas se abriram, ela *empurrou* contra os cravos, e esse segundo *empurrão* enviou-a diretamente para cima. Mal pousou nas ameias, passando entre dois soldados surpresos, antes de cair do outro lado. Aterrissou no pátio, equilibrando-se com uma das mãos contra as pedras frias, enquanto Brisa atravessou o portão.

Vin levantou-se. Brisa enxugava a testa com um lenço enquanto fazia seu animal trotar até se postar ao lado dela. Ele deixara o cabelo crescer desde a última vez em que se viram, e mantinha-o preso para trás, suas pontas raspando na gola da camisa. Ainda não estava ficando grisalho, embora já tivesse passado dos quarenta. Não usava chapéu — provavelmente voara —, mas vestia uma de suas roupas luxuosas e um dos coletes de seda, salpicados de cinzas de sua fuga apressada.

— Ah, Vin, minha querida — Brisa falou, ofegando quase tão profundamente quanto seu cavalo. — Devo dizer que sua chegada foi mais que oportuna. Bastante exuberante também. Odeio forçar um resgate, mas, bem, se um for necessário, é bom que aconteça com estilo.

Vin sorriu quando ele desceu do cavalo, provando definitivamente não ser o homem mais habilidoso da praça, e os cavalariços chegaram para cuidar do animal. Brisa ergueu novamente as sobrancelhas quando Elend, Trevo e OreSeur desceram às pressas até o pátio. Um dos ajudantes deve ter finalmente encontrado Ham, pois ele atravessou o pátio correndo.

— Brisa! — Elend gritou, aproximando-se e abraçando o homenzinho.

— Vossa Majestade — Brisa falou. — Está com boa saúde e de bom humor, presumo?

— Saúde, sim — Elend respondeu. — Humor... bem, temos um *exército* à espreita do lado de fora da minha cidade.

— Dois exércitos — Trevo grunhiu enquanto mancava até eles.

Brisa dobrou o lenço.

— Ah, e o meu caro mestre Cladent. Otimista como sempre.

Trevo resmungou. Ao lado, OreSeur caminhou até sentar-se ao lado de Vin.

— E Hammond — Brisa falou, olhando para Ham, que sorria largo. — Quase consegui me iludir e esquecer que *você* estaria aqui quando eu voltasse.

— Admita — Ham falou. — Você está feliz em me ver.

— Em vê-lo, talvez. Em *ouvi-lo*, nunca. Gostei muito do tempo que passei longe do seu falatório perpétuo e pseudofilosófico.

Ham sorriu um pouco mais largo.

— Também estou feliz em vê-lo, Brisa — Elend respondeu. — Mas o momento poderia ter sido um pouco melhor. Esperava que pudesse impedir algum desses exércitos de marchar contra nós.

— *Impedi-los?* — Brisa perguntou. — Agora, por que eu iria querer fazer isso, meu caro? Afinal, acabei de passar três meses trabalhando para Cett marchar com seu exército até aqui.

Elend hesitou, e Vin franziu a testa, em pé a uma curta distância do grupo. Brisa parecia até mesmo satisfeito consigo, embora, a bem da verdade, isso fosse bem comum para ele.

— Então... Lorde Cett está do nosso lado? — Elend perguntou, cheio de esperança.

— Claro que não — Brisa falou. — Está aqui para devastar a cidade e roubar seu suposto suprimento de atium.

— Você... — Vin disse. — Não é você que está espalhando rumores sobre a provisão de atium do Senhor Soberano, não é?

— Claro — Brisa falou, encarando Fantasma quando o garoto finalmente chegou aos portões.

Elend franziu o cenho.

— Mas... por quê?

— Olhe para fora de suas muralhas, meu caro — Brisa falou. — Eu sabia que seu pai, no fim das contas, invadiria Luthadel. Nem mesmo os *meus* poderes de persuasão teriam sido o bastante para dissuadi-lo. Então, comecei a espalhar rumores no Domínio Ocidental, depois me tornei um dos conselheiros de Lorde Cett.

Trevo grunhiu.

— Bom plano. Maluco, mas bom.

— Maluco? — Brisa espantou-se. — A *minha* estabilidade mental não está em discussão aqui, Trevo. A jogada não foi maluca, e sim brilhante.

Elend parecia confuso.

— Sem querer insultar seu brilhantismo, Brisa. Mas... desde quando trazer um exército hostil para nossa cidade é exatamente uma boa ideia?

— É uma estratégia básica de negociação, meu bom homem — Brisa explicou, enquanto um vendedor ambulante lhe entregou seu bastão de duelo, retirado do cavalo. Brisa usou-o para apontar para oeste, na direção do exército de Lorde Cett. — Quando existem apenas dois participantes numa negociação, um em geral é mais forte que o outro. Isso torna as coisas muito difíceis para a parte mais fraca — que, no caso, teria sido nós.

— Sim — Elend ponderou —, mas com três exércitos, ainda somos o mais fraco.

— Ah — Brisa falou, erguendo o bastão —, mas aquelas outras partes são bastante parecidas em força. Straff provavelmente é o mais forte, mas Cett tem uma tropa muito grande. Se qualquer um daqueles senhores da guerra atacar Luthadel, seu exército sofrerá perdas o suficiente para que não possa se defender do terceiro exército. Atacar-nos significa se expor.

— O que faz disso um impasse — Trevo concluiu.

— Exatamente — Brisa confirmou. — Confie em mim, Elend, meu garoto. Neste caso, dois exércitos inimigos grandes são muito melhores do que um único grande exército inimigo. Numa negociação tripla, a parte mais fraca de fato tem mais poder, pois sua lealdade somada a qualquer um dos dois fará o vencedor.

Elend franziu a testa.

— Brisa, não queremos prestar lealdade a *nenhum* desses homens.

— Eu sei disso — ele retrucou. — No entanto, nossos adversários não sabem. Ao trazer um segundo exército para cá, arranjei um tempo para que pensássemos. Os dois senhores da guerra acharam que poderiam chegar aqui primeiro. Agora que chegaram ao mesmo tempo, terão que reavaliar. Acredito que acabaremos em um cerco estendido. Dois meses, no mínimo.

— Isso não soluciona o problema: como vamos nos livrar deles? — Elend quis saber.

Brisa encolheu os ombros.

— Eu os trouxe até aqui, agora você precisa decidir o que fazer com eles. E eu vou lhe dizer, não foi tarefa fácil fazer Cett chegar a tempo. Estava pronto para vir cinco dias antes de Venture. Felizmente, uma certa... doença espalhou-se pelo acampamento alguns dias atrás. Ao que parece, alguém envenenou o suprimento principal de água e deixou o acampamento inteiro com diarreia.

Fantasma, em pé ao lado de Trevo, soltou um risinho abafado.

— Sim — Brisa falou, encarando o garoto. — Achei que você poderia gostar disso. Continua sendo um pirralho incompreensível, garoto?

— Nunca sendo fui antes — Fantasma disse, sorrindo.

Brisa bufou.

— Continua fazendo mais sentido que Hammond às vezes — ele resmungou, virando-se para Elend. — Então, alguém vai mandar uma carruagem para me levar de volta ao palácio? Fiquei *abrandando* vocês, turma ingrata, pelos últimos cinco minutos, parecendo tão cansado e patético o quanto posso, e nenhum de vocês teve a generosidade de sentir pena de mim!

— Deve estar perdendo seu toque — Vin falou com um sorriso. Brisa era um Abrandador — um alomântico que conseguia queimar latão para acalmar as emoções de outra pessoa. Um Abrandador bastante habilidoso, e Vin não conhecia ninguém mais habilidoso que Brisa: conseguia amortecer todas as emoções de uma pessoa, exceto uma, de fato fazendo-a se sentir exatamente como ele quisesse.

— Na verdade — Elend falou, virando-se e olhando de volta para a muralha —, estava esperando que pudéssemos voltar lá para cima da muralha e analisar um pouco mais os exércitos. Se você passou um tempo com a tropa do Lorde Cett, então provavelmente tem muito a nos dizer sobre ela.

— Posso e vou. Só não vou subir aqueles degraus. Não consegue ver como estou cansado, homem?

Ham bufou, dando tapinhas no ombro de Brisa — e levantando uma nuvem de poeira.

— Como você pode estar cansado? Foi seu pobre cavalo que correu tudo isso.

— Foi emocionalmente exaustivo, Hammond — Brisa falou, afastando a mão do grandalhão com o bastão. — Minha partida foi um tanto desagradável.

— Aliás, o que aconteceu? — Vin perguntou. — Cett descobriu que você era um espião?

Brisa parecia envergonhado.

— Digamos que Lorde Cett e eu tivemos uma... desavença.

— Pegou você na cama com a filha dele, não foi? — Ham falou, provocando risinhos do grupo. Brisa era tudo, menos um mulherengo. Apesar de sua capacidade de jogar com emoções, não expressava interesse em romances desde que Vin o conhecera. Certa vez, Dockson observou que Brisa se concentrava demais em si mesmo para considerar esse tipo de coisa.

Brisa simplesmente revirou os olhos para o comentário de Ham.

— Francamente, Hammond. Acho que quanto mais você envelhece, piores suas piadas ficam. Suspeito que tomou pancadas demais enquanto treinava.

Ham sorriu, e Elend mandou buscar algumas carruagens. Enquanto esperaram, Brisa se lançou em relatos de suas viagens. Vin olhou para OreSeur. Ainda não havia encontrado uma boa oportunidade para contar ao resto do grupo sobre a mudança de corpo. Talvez agora, com Brisa de volta, Elend faria uma conferência com seu círculo mais íntimo. Aquela seria uma boa chance. Ela precisava manter sigilo, pois queria que a equipe palaciana pensasse que ela mandara OreSeur embora.

Brisa continuou sua história, e Vin olhou novamente para ele, sorrindo. Brisa não era apenas um orador nato, mas tinha um toque muito sutil com Alomancia. Ela mal conseguia sentir os dedos dele brincando com suas emoções. No passado, ela achava suas intrusões ofensivas, mas começava a entender que tocar as emoções das pessoas era simplesmente parte de quem Brisa era. Assim como uma mulher bela chama a atenção em virtude de seu rosto e de sua imagem, Brisa a atraía pelo uso quase inconsciente dos seus poderes.

Claro, aquilo não fazia dele menos patife. Levar os outros a fazer o que ele desejava era uma das principais ocupações de Brisa. Vin apenas não se ressentia mais com ele por usar a Alomancia para isso.

A carruagem finalmente se aproximou, e Brisa suspirou, aliviado. Quando o veículo parou, ele olhou para Vin, em seguida acenou com a cabeça na direção de OreSeur.

— O que é isso?

— Um cão — Vin respondeu.

— Ah, direta como sempre — Brisa disse. — E por que você tem um cão agora?

— Eu lhe dei de presente — Elend disse. — Ela quis um, eu comprei.

— E você escolheu um cão de caça? — Ham perguntou, sorridente.

— Você já lutou com ela, Ham — Elend falou, gargalhando. — O que eu daria para ela? Um poodle?

Ham deu uma risadinha.

— Não, acho que não. Melhor um desses, mesmo.

— Embora ele seja quase do tamanho dela — Trevo acrescentou, encarando-a com um olho apertado.

Vin esticou o braço para descansar a mão na cabeça de OreSeur.

Trevo tinha razão: ela escolhera um animal grande, mesmo para um cão de caça. Tinha quase um metro em pé — e Vin sabia, por experiência própria, como aquele corpo era pesado.

— Incrivelmente bem-comportado para um cão de caça — Ham falou, meneando com a cabeça. — Escolheu bem, El.

— Certo — Brisa falou. — Podemos, por favor, voltar ao palácio? Exércitos e cães de caças são todos ótimos, mas acredito que o jantar é um assunto mais urgente neste momento.

— ENTÃO, POR QUE NÃO contamos para eles sobre OreSeur? — Elend perguntou, enquanto a carruagem sacolejava de volta para a Fortaleza Venture. Os três pegaram uma carruagem para si, deixando os outros quatro seguirem no outro veículo.

Vin encolheu os ombros. OreSeur estava sentado no banco diante dela e de Elend, observando em silêncio a conversa.

— Vou contar para eles — Vin falou. — Uma praça cheia da cidade não pareceu o lugar adequado para a revelação.

Elend sorriu.

— Guardar segredos é um hábito difícil de abandonar, hein?

Vin enrubesceu.

— Não estou guardando segredo sobre ele, estou apenas... — Ela se calou, olhando para baixo.

— Não se sinta mal, Vin — Elend disse. — Viveu muito tempo sozinha, sem ninguém em quem confiar. Ninguém espera que você mude da noite para o dia.

— Não foi uma noite, Elend — ela retrucou. — Faz dois anos.

Elend pousou uma das mãos no joelho dela.

— Você está melhorando. Os outros comentam sobre como você mudou.

Vin assentiu com a cabeça.

Outro homem ficaria com medo de que eu guardasse segredos dele também. Elend apenas tenta fazer com que eu me sinta menos culpada. Ele era um homem melhor do que ela merecia.

— Kandra — Elend falou —, Vin disse que você se saiu bem ao acompanhá-la.

— Sim, Vossa Majestade — OreSeur disse. — Estes ossos, apesar de desagradáveis, são feitos para rastrear e movimentar-se rapidamente.

— E se ela se ferir? — Elend perguntou. — Será capaz de levá-la para um lugar seguro?

— Não com velocidade, Vossa Majestade. Porém, serei capaz de ir em busca de auxílio. Estes ossos têm muitas limitações, mas farei o meu melhor para cumprir o Contrato.

Elend deve ter visto as sobrancelhas erguidas de Vin, pois ele riu.

— Ele fará o que diz, Vin.

— O Contrato é tudo, senhora — OreSeur disse. — Exige mais do que um simples serviço. Requer empenho e devoção. *Isso* é ser kandra. Ao servir, servimos o nosso povo.

Vin ergueu os ombros. O grupo ficou em silêncio, Elend puxou um livro do bolso, e Vin recostou-se nele. OreSeur deitou-se, ocupando o assento inteiro diante dos seres humanos. Por fim, a carruagem entrou no pátio de Venture, e Vin percebeu que ansiava por um banho quente. Porém, quando saíam da carruagem, um guarda correu até Elend. O estanho permitiu que Vin ouvisse o que o homem dizia, mesmo antes de ela se aproximar deles.

— Vossa Majestade — o guarda sussurrou —, nosso mensageiro alcançou o senhor?

— Não — Elend respondeu com um franzir de cenho, enquanto Vin se aproximou. O soldado lançou um olhar para ela, mas continuou a falar. Todos os soldados sabiam que Vin era a principal guarda-costas e confidente de Elend. Ainda assim, o homem pareceu estranhamente preocupado quando a viu.

— Nós... ah, não queremos nos intrometer — o soldado falou. — Por isso mantivemos segredo. Estávamos apenas nos perguntando se... está tudo bem. — Ele olhava para Vin enquanto falava.

— O que é que há? — Elend perguntou.

O guarda voltou-se para o rei.

— O cadáver no quarto da Lady Vin.

O "CADÁVER", NA VERDADE, ERA um esqueleto. Completamente limpo, sem nenhum vestígio de sangue — ou mesmo tecido — maculando a superfície branca e brilhante. Porém, um bom número de ossos estava quebrado.

— Me desculpe, senhora — OreSeur falou, baixo o bastante para que apenas ela ouvisse. — Imaginei que a senhora fosse se livrar deles.

Vin assentiu. O esqueleto era, claro, aquele que OreSeur estava usando antes de ela lhe dar o corpo do animal. Encontrando a porta destrancada — sinal costumeiro de que Vin queria que limpassem seu quarto —, as camareiras entraram. Vin amontoou os ossos num cesto com a intenção de cuidar deles mais tarde. Aparentemente, as camareiras decidiram verificar e espiar o que havia no cesto, e ficaram um tanto surpresas.

— Está tudo bem, capitão — Elend tranquilizou o jovem guarda, capitão Demoux, segundo no comando da guarda do palácio. Apesar de Ham evitar uniformes, este homem parecia ter um grande orgulho em manter seu uniforme muito limpo e arrumado.

— Fez muito bem em manter isso em sigilo — Elend comentou. — Já sabíamos desses ossos. Não são motivo para preocupação.

Demoux assentiu.

— Imaginamos que seria algo intencional. — Ele não olhava para Vin enquanto falava.

Intencional, Vin pensou. Ótimo. Imagino o que esse homem pensa que fiz. Poucos skaa sabiam o que eram os kandras, e Demoux não saberia o que pensar de restos mortais como aqueles.

— Poderia desfazer-se deles também em sigilo para mim, capitão? — Elend perguntou, meneando a cabeça na direção dos ossos.

— Claro, Majestade — o guarda respondeu.

Ele provavelmente acha que comi a pessoa ou algo assim, Vin pensou com um suspiro. *Sugando a carne direto dos ossos.*

O que, de fato, não estava tão longe da verdade.

— Vossa Majestade gostaria que nos livrássemos do outro corpo também? — Demoux quis saber.

Vin congelou.

— Outro? — Elend perguntou lentamente.

O guarda assentiu.

— Quando encontramos esse esqueleto, levamos alguns cães para farejar. Não encontraram nenhum assassino, mas sim outro corpo. Exatamente como o primeiro, um monte de ossos totalmente limpos.

Vin e Elend trocaram um olhar.

— Mostre-nos — Elend ordenou.

Demoux assentiu e levou-os para fora do quarto, dando algumas ordens sussurradas para um dos seus homens. Os quatro — três humanos e um kandra — percorreram uma curta distância pelo corredor do palácio na direção de uma parte menos usada dos aposentos para visitantes. Demoux dispensou um soldado que estava postado diante de uma porta, então levou-os para dentro.

— Este corpo não estava num cesto, Vossa Majestade — Demoux falou. — Estava amontoado num armário ao fundo. Provavelmente nunca encontraríamos sem os cães... eles acharam o cheiro muito facilmente, embora não entenda como. Esses cadáveres estão totalmente limpos de carne.

E ali estava. Outro esqueleto, como o primeiro, empilhado ao lado de uma cômoda. Elend olhou para Vin, em seguida virou-se para Demoux.

— Poderia nos dar licença, capitão?

O jovem guarda concordou, saindo do aposento e fechando a porta.

— Bem? — Elend falou, virando-se para OreSeur.

— Não sei de onde este veio — o kandra garantiu.

— Mas é outro cadáver comido por um kandra — Vin disse.

— Sem dúvida, senhora — OreSeur afirmou. — Os cães o encontraram devido ao cheiro particular que nossos sucos digestivos deixam em ossos recém-excretados.

Elend e Vin olharam-se.

— No entanto — OreSeur disse —, é provável que não seja o que os senhores pensam. Este homem provavelmente foi morto longe daqui.

— Como assim?

— São ossos descartados, Vossa Majestade — OreSeur confirmou. — Os ossos que um kandra deixa para trás...

— Depois de encontrar um corpo novo — Vin terminou a frase.

— Sim, senhora.

Vin lançou um olhar para Elend, que estava de cenho franzido.

— Quanto tempo atrás? — ele perguntou. — Talvez os ossos tenham sido deixados um ano antes, pelo kandra do meu pai.

— Talvez, Majestade. — OreSeur falou, mas soou hesitante. Caminhou até os ossos e farejou-os. Vin pegou um deles, erguendo até o nariz. Com estanho, ela facilmente encontrou um aroma acentuado que lembrava bile.

— Está muito forte — ela disse.

Ele assentiu.

— Esses ossos não estão aqui há muito tempo, Majestade. Algumas horas no máximo. Talvez até menos.

— Significa que temos outro kandra em algum lugar no palácio — Elend falou, parecendo um pouco enjoado. — Algum dos meus serviçais foi... comido e substituído.

— Sim, Majestade. Não há maneira de dizer pelos ossos quem poderia ser, pois são os descartes. O kandra assumiu os novos ossos, comendo a carne e vestindo as roupas.

Elend assentiu, erguendo-se. Seus olhos encontraram os de Vin, e ela soube que ele estava pensando o mesmo que ela. Era possível que um membro da equipe palaciana tivesse sido substituído, o que significava uma leve brecha na segurança. Contudo, havia uma possibilidade ainda mais perigosa.

Os kandras eram atores incomparáveis. OreSeur imitara Lorde Renoux de forma tão perfeita que mesmo as pessoas que o conheciam foram enganadas. Esse talento poderia ter sido usado para imitar uma camareira ou um serviçal. No entanto, se um inimigo quisesse infiltrar um espião nas reuniões a portas fechadas de Elend, precisaria substituir uma pessoa muito mais importante.

Seria alguém que não vimos durante as últimas horas, Vin pensou, largando o osso. Ela, Elend e OreSeur estiveram na muralha grande parte da tarde e da noite — desde o final da reunião de Assembleia —, mas a cidade e o palácio ficaram um caos desde a chegada do segundo exército. Os mensageiros tiveram problemas em encontrar Ham, e ela ainda não tinha certeza de onde Dockson estava. De fato, ela não vira Trevo até ele se juntar a ela e a Elend na muralha apenas um pouco antes. E Fantasma foi o último a chegar.

Vin olhou para a pilha de ossos, sentindo uma sensação nauseante de desconforto. Havia uma boa chance de alguém do time principal — um membro do antigo grupo de Kelsier — ser agora um impostor.

FIM DA PRIMEIRA PARTE

SEGUNDA PARTE

FANTASMAS NAS BRUMAS

Foi só anos mais tarde que me convenci de que Alendi era o Herói das Eras. Herói das Eras: aquele chamado Rabzeen, em Khlennium, o Anamnéstico.
O Salvador.

12

UMA FORTALEZA SURGIU NA ESCURIDÃO brumosa da noite.

Jazia no fundo de uma grande depressão no terreno. O vale de encostas íngremes parecia mais uma cratera e era tão largo que mesmo à luz do dia Sazed mal teria sido capaz de ver o outro lado. Na escuridão que se aproximava, obscurecida pela bruma, a borda mais distante do imenso fosso era apenas uma sombra profunda.

Sazed sabia muito pouco sobre tática e estratégia; embora suas mentes de metal guardassem dezenas de livros sobre os temas, ele esquecera seu conteúdo para criar os registros armazenados. O pouco que sabia lhe dizia que aquela fortaleza — o Convento de Seran — não era defensível. Prescindia de terrenos elevados, e as laterais da cratera ofereciam locais excelentes para máquinas de cerco despejarem rochas sobre as muralhas lá embaixo.

Contudo, aquela fortaleza não fora construída para defender-se de soldados inimigos. Fora erguida para garantir solidão. A cratera quase a escondia, pois uma elevação mínima na terra ao redor da beirada da cratera a deixava praticamente invisível a menos que se aproximasse dela. Nenhuma estrada ou trilha marcava o caminho, e os viajantes penavam para descer suas laterais íngremes.

Os Inquisidores não queriam visitantes.

— Bem? — Marsh perguntou.

Ele e Sazed estavam na beirada norte da cratera, diante de um abismo de muitas centenas de metros de profundidade. Sazed tocou sua mente de estanho de visão, aproximando um pouco a vista que havia armazenado dentro dele. As margens da visão ficavam distorcidas, mas as coisas bem diante dele pareceram ficar muito mais próximas. Ele buscou um pouco mais de alcance, ignorando a náusea que vinha por aumentar tanto a visão.

A visão aumentada permitiu que ele examinasse o Convento como se ele estivesse bem diante do prédio. Conseguia ver cada marca nas paredes escuras de pedra — lisas, largas, imponentes. Podia discernir cada pedacinho de ferrugem nas grandes placas de aço que pendiam aparafusadas nas paredes externas da muralha. Conseguia ver cada canto incrustado de líquen e cada peitoril manchado pelas cinzas. Não havia janelas.

— Não sei — Sazed disse lentamente, soltando sua mente de estanho de visão. — Não é fácil dizer se a fortaleza está ou não habitada. Não há movimento, tampouco luz. Mas, talvez, os Inquisidores estejam se escondendo lá dentro.

— Não — Marsh falou, sua voz soando desconfortavelmente alta no ar da noite. — Eles foram embora.

— Por que eles iriam embora? Este é um lugar de grande força, penso eu. Pobre em defesa contra um exército, mas uma grande defesa contra o caos destes tempos.

Marsh balançou a cabeça.

— Eles foram embora.

— Como pode ter tanta certeza?

— Não sei.

— Então, aonde foram?

Marsh olhou para ele, em seguida se virou e olhou sobre o ombro.

— Para o norte.

— Para Luthadel? — Sazed perguntou, franzindo o cenho.

— Entre outros — Marsh respondeu. — Venha. Não sei se voltarão, mas devemos explorar esta oportunidade.

Sazed assentiu. Por isso tinham ido até ali, afinal. Ainda assim, parte dele hesitava. Era um homem de livros e serviços refinados. Viajar para o interior e visitar vilarejos já era distante o suficiente de sua experiência para ser desconfortável. Infiltrar-se na fortaleza dos Inquisidores, então...

Marsh obviamente não se importava com os dilemas internos de seu companheiro. O Inquisidor virou-se e começou a caminhar pelas margens da cratera. Sazed jogou sua bolsa no ombro e seguiu. Por fim, chegaram ao aparelho em forma de gaiola, obviamente destinado para ser baixado até o fundo por cordas e polias. A gaiola estava travada e pronta na beirada superior, e Marsh parou ao seu lado, mas não entrou.

— O que foi? — Sazed perguntou.

— O sistema de polias — Marsh respondeu. — A gaiola deve ser baixada por homens controlando-a lá debaixo.

Sazed assentiu, percebendo que era verdade. Marsh deu um passo para a frente e puxou uma alavanca. A gaiola caiu. Cordas começaram a esfumaçar, e as polias rangeram enquanto a gaiola imensa despencou na direção do fundo do precipício. Um estrondo surdo ecoou contra as rochas.

Se tem alguém lá embaixo, Sazed pensou, *agora sabe que estamos aqui.*

Marsh virou-se para ele, as pontas dos pregos nos olhos brilhavam levemente à luz do sol poente.

— Siga como quiser — ele falou. Em seguida, desamarrou uma corda de contrapeso e começou a descer por ela.

Sazed foi até a ponta da plataforma, observando Marsh se sacudir na corda que balançava para dentro do abismo sombrio e brumoso. Então, Sazed ajoelhou-se e abriu sua bolsa. Soltou os braceletes grandes de metal presos aos braços e antebraços — suas mentes de cobre principais. Continham as memórias de um Guardador, o conhecimento armazenado dos séculos passados. Com reverência, ele deixou-os de lado e puxou um par de braceletes muito menores — um de ferro, outro de peltre — da bolsa. Mentes de metal para um guerreiro.

Será que Marsh entendia o quanto Sazed era inexperiente nessa área? Força incrível não fazia dele um guerreiro. Mesmo assim, Sazed prendeu os dois braceletes nos tornozelos. Depois, pegou dois anéis — estanho e cobre. Esses ele encaixou nos dedos.

Fechou a bolsa, jogou-a sobre o ombro e pegou suas mentes de cobre principais. Cuidadosamente escolheu um bom esconderijo — um vão isolado entre duas rochas — e deixou-as lá dentro. O que quer que acontecesse lá embaixo, não queria arriscar que fossem encontradas e destruídas pelos Inquisidores.

Para preencher uma mente de cobre com memórias, Sazed ouvira outro Guardador recitar sua coleção inteira de histórias, fatos e anedotas. Sazed memorizara cada frase, em seguida jogara essas lembranças na mente de cobre para recuperá-las depois. Ele se lembrava muito pouco da experiência real, mas conseguia invocar qualquer dos livros ou ensaios que desejava, recolocando-os na mente e recobrando a capacidade de se recordar deles de forma tão clara quanto a primeira vez que os memorizara. Apenas precisava ter os braceletes postos.

Ficar sem as mentes de cobre o deixava ansioso. Ele balançou a cabeça, caminhando de volta à plataforma. Marsh movia-se muito rápido em direção ao fundo do precipício; como todos os Inquisidores, tinha os poderes de um Nascido da Bruma. Embora a maneira pela qual conseguira esses poderes — e como conseguia viver apesar dos pregos que atravessavam diretamente seu cérebro — fosse um mistério. Marsh nunca respondera às perguntas de Sazed sobre o assunto.

Sazed gritou, chamando a atenção de Marsh, em seguida ergueu a bolsa e soltou-a. Marsh estendeu a mão e a bolsa voou em sua direção, *puxada* pelos metais. O Inquisidor jogou-a no ombro antes de continuar a descida.

Sazed meneou a cabeça, agradecendo, em seguida saltou da plataforma. Quando começou a cair, acessou mentalmente sua mente de ferro, buscando o poder que armazenara nela. Preencher uma mente de metal sempre tivera um custo: para armazenar visão, Sazed foi forçado a passar semanas sem enxergar direito. Durante esse tempo, usara um bracelete de estanho, alocando o excesso de visão para usá-la mais tarde.

O ferro era um pouco diferente dos outros. Não guardava visão, força, resistência, nem mesmo lembranças. Guardava algo completamente diferente: peso.

Hoje, Sazed não acessou o poder armazenado dentro da mente de ferro, pois o deixaria mais pesado. Em vez disso, começou a preencher a mente de ferro, deixando-a sugar seu peso. Teve a familiar sensação da leveza, uma sensação de que seu corpo não exercia tanta pressão sobre si mesmo.

A velocidade da sua queda diminuiu. Os filósofos terrisanos tinham muito a dizer sobre o uso de uma mente de ferro. Explicavam que o poder não mudava de fato o volume ou o tamanho de uma pessoa — apenas mudava a maneira pela qual o solo exercia sua atração sobre ela. A queda de Sazed não diminuíra porque seu peso ficara menor, mas porque de repente tinha uma superfície relativamente grande exposta ao vento em sua queda, e um corpo mais leve para acompanhá-lo.

Fossem quais fossem as razões científicas, Sazed não descera rapidamente. Os finos braceletes de metal nas pernas eram as coisas mais pesadas em seu corpo e serviam como âncoras nos seus pés. Ele abriu os braços e curvou levemente o corpo, deixando que o vento soprasse contra ele. Sua queda não foi extremamente lenta — não como a de uma folha ou pena. Contudo, não despencara. Em vez disso, descera de forma controlada, quase calculada. Com as roupas tremulando e os braços estendidos, ultrapassou Marsh, que o observava com uma expressão curiosa.

Quando se aproximou do chão, Sazed acionou sua mente de peltre, puxando um pouco de força para se preparar. Atingiu o solo, mas, como seu corpo estava tão leve, o choque foi muito pequeno. Mal precisou dobrar os joelhos para absorver a força do impacto.

Parou de preencher a mente de ferro, liberou o peltre e esperou em silêncio por Marsh. Atrás dele, a gaiola de transporte estava em frangalhos. Sazed observou com desconforto várias algemas de ferro quebradas. Pelo visto, alguns daqueles que visitaram o Convento não vieram por vontade própria.

Quando Marsh se aproximou do fundo, as brumas estavam espessas no ar. Sazed convivera com elas durante toda a sua existência e nunca tinha se sentido desconfortável. Ainda assim, ele quase esperava que as brumas começassem a sufocá-lo. Matá-lo, como pareciam ter feito ao velho Jed, o camponês infeliz cuja morte Sazed investigara.

Marsh soltou-se nos últimos três metros mais ou menos, aterrissando com a agilidade reforçada da Alomancia. Mesmo depois de passar tanto tempo com Nascidos da Bruma, Sazed ficava impressionado com os dons da Alomancia. Claro, nunca tivera inveja deles, não de verdade. Sim, a Alomancia era melhor numa luta, mas não podia expandir a mente, dando acesso a sonhos, esperanças e crenças de mil anos de cultura. Não podia oferecer o conhecimento para tratar uma ferida ou ajudar a ensinar uma vila pobre a usar técnicas modernas de fertilização.

As mentes de metal da Feruquemia não eram extravagantes, mas tinham um valor muito mais duradouro para a sociedade.

Além disso, Sazed conhecia alguns truques da Feruquemia que podiam surpreender até o guerreiro mais bem-preparado.

Marsh lhe entregou a bolsa.

— Venha.

Sazed assentiu, colocando a bolsa no ombro e seguindo o Inquisidor pelo solo pedregoso. Caminhar perto de Marsh era estranho, pois Sazed não estava acostumado a ficar perto de pessoas altas como ele. Os terrisanos eram altos por natureza, e Sazed ainda mais: seus braços e pernas eram um pouco longos demais para o corpo, uma condição causada pela sua castração quando era muito jovem. Embora o Senhor Soberano estivesse morto, a cultura terrisana sentiria por muito tempo os efeitos de sua liderança e seus programas de reprodução seletiva — os métodos pelos quais ele tentou tirar os poderes feruquêmicos do povo terrisano.

O Convento de Seran assomava na escuridão, parecendo ainda mais sinistro agora que Sazed estava dentro da cratera. Marsh caminhou a passos largos até as portas principais, e Sazed seguiu logo atrás dele. Não estava com medo, não de verdade. O medo nunca fora um forte propulsor na vida de Sazed. Contudo, estava preocupado. Restavam poucos Guardadores; se ele morresse, era uma pessoa a menos que poderia viajar restaurando as verdades perdidas e ensinando as pessoas.

Não que eu esteja fazendo isso no momento...

Marsh observou as portas imensas de aço. Em seguida, lançou seu peso contra uma delas, obviamente queimando peltre para aumentar sua força. Sazed juntou-se a ele, empurrando com vigor. A porta não se moveu.

Arrependendo-se do gasto de poder, Sazed tocou em sua mente de peltre e acionou a força. Usou muito mais do que tinha usado quando aterrissou, e seus músculos imediatamente aumentaram de tamanho. Diferentemente da Alomancia, a Feruquemia não raro tinha efeitos diretos no corpo da pessoa. Por baixo da túnica, Sazed ganhou o volume e a constituição de um guerreiro de longa data, facilmente ficou duas vezes mais forte do que estava um momento antes. Com o esforço combinado, os dois conseguiram empurrar a porta até abrir.

Ela não rangeu. Deslizou de forma lenta, mas uniforme, para dentro, revelando um corredor longo e escuro.

Sazed liberou a mente de peltre, voltando ao seu normal. Marsh caminhou para dentro do Convento, seus pés empurrando a bruma que começava a entrar pela porta aberta.

— Marsh? — Sazed chamou.

O Inquisidor virou-se.

— Não conseguirei enxergar aí dentro.

— Sua Feruquemia...

Sazed sacudiu a cabeça.

— Pode me fazer ver melhor na escuridão, mas apenas se houver alguma luz. Além disso, ativar essa quantidade de visão drenaria minha mente de estanho em questão de minutos. Preciso de um lampião.

Marsh hesitou, mas assentiu em seguida. Virou-se na escuridão, desaparecendo rapidamente da visão de Sazed.

Então, Sazed pensou, *Inquisidores não precisam de luz para ver*. Era de esperar: as estacas preenchiam as órbitas de Marsh, destruindo os globos oculares por completo. Fosse lá que estranho poder permitia aos Inquisidores enxergar, aparentemente funcionava tão bem no breu quanto à luz do dia.

Marsh voltou alguns momentos depois, carregando um lampião. Pelas correntes que Sazed vira na gaiola, ele desconfiou que os Inquisidores mantinham um grupo considerável de escravos e servos para atender a suas necessidades. Se era o caso, para onde tinham ido essas pessoas? Fugiram?

Sazed acendeu o lampião com um sílex de sua bolsa. A luz fantasmagórica iluminou um corredor claro, assustador. Ele entrou no Convento, segurando o lampião no alto, e começou a preencher o pequeno anel de cobre no dedo, o processo transformando-o numa mente de cobre.

— Espaços grandes — ele sussurrou —, sem adornos.

Ele não precisava de fato dizer as palavras, mas tinha descoberto que falar ajudava a formar memórias distintas. Conseguia, dessa forma, encaixá-las na mente de cobre.

— Os Inquisidores obviamente tinham uma predileção pelo aço — ele continuou. — Não é de surpreender, considerando que sua religião era com frequência mencionada como Ministério do Aço. As paredes têm placas de aço imensas penduradas, sem ferrugem, ao contrário das de fora. Muitas não são completamente lisas, mas trabalhadas com alguns padrões interessantes entalhados... quase *polidos*... nas superfícies.

Marsh franziu o cenho, virando-se para ele.

— O que está fazendo?

Sazed ergueu a mão, mostrando o anel de cobre.

— Preciso fazer um relato desta visita. Precisarei repetir esta experiência para outros Guardadores quando tiver oportunidade. Há muito a se aprender com este lugar, eu acho.

Marsh deu-lhe as costas.

— Você não deveria se preocupar com Inquisidores. Não valem o seu registro.

— Não é uma questão de valor, Marsh — Sazed falou, erguendo o lampião para examinar um pilar anguloso. — O conhecimento de todas as religiões é valioso. Preciso garantir que essas coisas perdurem.

Sazed observou o pilar por um momento, em seguida fechou os olhos e formou uma imagem dentro da cabeça, que adicionou à mente de cobre. Memórias visuais, no entanto, eram menos úteis que palavras faladas. Visualizações desapareciam muito rápido assim que tiradas da mente de cobre, sofrendo uma distorção da mente. Além disso, não podiam ser transmitidas a outros Guardadores.

Marsh não respondeu ao comentário de Sazed sobre religião, apenas virou-se e caminhou mais para dentro do edifício. Sazed seguiu em passo mais lento, falando consigo mesmo, registrando as palavras na mente de cobre. Era uma experiência interessante. Assim que ele falava, sentia os pensamentos sendo sugados da mente, deixando um vazio. Tinha dificuldade para lembrar de detalhes daquilo que acabara de dizer. No entanto, assim que tivesse preenchido a mente de cobre, poderia acessar essas lembranças mais tarde e sabê-las com imensa clareza.

— O pé-direito é alto — ele disse. — Há poucos pilares, e também são revestidos de aço. São como blocos, quadrados, em vez de arredondados. Tenho a sensação de que este lugar foi criado por pessoas que se importavam pouco com sutilezas. Ignoraram detalhes em favor de linhas amplas e lógica utilitária.

"Enquanto nos movemos para além da entrada principal, esse tema arquitetônico continua. Não há pinturas nas paredes nem adornos de madeira ou pisos com lajotas. Em vez disso, há apenas corredores longos e largos com suas linhas implacáveis e superfícies refletoras. O chão é formado por quadrados de aço, cada qual com poucos metros de largura. São... frios ao toque.

"É estranho não ver tapeçarias, janelas com vitrais e pedras esculpidas, que são tão comuns na arquitetura de Luthadel. Não há pináculos ou abóbadas aqui. Apenas quadrados e retângulos. Linhas... tantas linhas. Nada aqui é macio. Não há carpete, tapetes ou janelas. É um lugar para pessoas que veem o mundo de forma diferente das pessoas comuns.

"Marsh caminhou direto pelo corredor gigantesco, como se não prestasse atenção à decoração. Vou segui-lo e volto a fazer registros mais tarde. Ele parece estar seguindo alguma coisa... algo que não consigo sentir. Talvez seja..."

A voz de Sazed desapareceu quando entrou em outro corredor e viu Marsh em pé diante da entrada de uma grande câmara. A luz do lampião tremeluziu de forma irregular, pois o braço de Sazed vacilou.

Marsh havia encontrado os serviçais.

Estavam mortos havia tanto tempo que Sazed não percebeu o cheiro até se aproximar. Talvez fosse aquilo que Marsh estivera seguindo: os sentidos de um homem queimando estanho podiam ficar bem aguçados.

Os Inquisidores fizeram um trabalho completo. Aqueles eram os restos de uma chacina. O recinto era grande, mas tinha apenas uma saída, e os corpos formavam uma pilha alta perto do fundo, mortos pelo que aparentava ser golpes duros de espadas e machados. Os serviçais espremeram-se contra a parede do fundo enquanto morriam.

Sazed afastou-se.

Marsh, no entanto, permaneceu na entrada.

— Algo cheira mal neste lugar — ele disse por fim.

— Agora que você percebeu? — Sazed perguntou.

Marsh virou-se, encarando-o com seu olhar inquiridor.

— Não devemos perder muito tempo aqui. Há escadas no fim do corredor atrás de nós. Vou subir... lá é onde ficam as celas dos Inquisidores. Se as informações que busco estiverem aqui, lá vou encontrá-las. Porém, não me siga.

Sazed franziu a testa.

— Por quê?

— Preciso ficar sozinho aqui. Não posso explicar. Não me importo que você testemunhe as atrocidades dos Inquisidores. Eu só... não quero estar com você quando o fizer.

Sazed baixou o lampião, afastando a luz da cena horrenda.

— Muito bem.

Marsh virou-se, passando por Sazed e desaparecendo no corredor escuro. E Sazed ficou sozinho.

Tentou não pensar muito naquilo. Voltou ao corredor principal, descrevendo o morticínio para sua mente de cobre antes de dar uma explicação mais detalhada da arquitetura e da arte — se é que assim podiam ser chamados os diferentes padrões nas placas de parede.

Enquanto trabalhava — sua voz ecoando baixinho contra a arquitetura rígida, seu lampião como uma gota fraca de luz refletida no aço —, seus olhos estavam voltados para o fundo do corredor. Havia um fosso de escuridão ali. Uma escadaria que levava para baixo.

Mesmo quando voltou à descrição de uma das chapas de parede, sabia que no fim se veria caminhando na direção daquela escuridão. Era o mesmo de sempre — a curiosidade, a *necessidade* de entender o desconhecido. Essa sensação o motivava como Guardador, levou-o até a companhia de Kelsier. Era impossível exaurir sua busca por verdades, mas também era impossível ignorá-la. Assim, ele se virou e aproximou-se da escadaria, sua própria voz sussurrante como única companheira.

— As escadas são parecidas com aquilo que vi no corredor. São largas e extensas, como os degraus que levam a um templo ou a um palácio. Exceto que essas descem para dentro da escuridão. São grandes, provavelmente cortadas na pedra e revestidas com aço. São altas, feitas para passos largos e determinados.

"Enquanto caminho, imagino quais segredos os Inquisidores consideraram dignos de ocultar embaixo da terra, no porão de sua fortaleza. Este prédio inteiro é um segredo. O que fizeram aqui, nestes corredores imensos e aposentos abertos, vazios?

"A escadaria termina em outro recinto grande, quadrado. Percebi uma coisa — não há portas nas entradas aqui. Cada recinto é aberto, visível para quem está fora. Enquanto caminho, espiando os recintos embaixo da terra, encontro câmaras cavernosas com pouca mobília. Não há bibliotecas, nem salas de descanso. Várias contêm grandes blocos de metal que poderiam ser altares.

"Tem... algo diferente aqui, nesta última sala, no fundo do corredor principal. Não tenho certeza qual é a serventia dela. Uma câmara de tortura, talvez? Há mesas, mesas de metal, presas ao chão. O sangue forma flocos e pó aos meus pés — muitos homens morreram neste aposento, acho. Não parece haver equipamentos de tortura, além das...

"Estacas. Como aquelas nos olhos dos Inquisidores. Coisas pesadas, grandes, como as estacas que poderiam ser enterradas no chão com uma marreta bem grande. Algumas estão manchadas de sangue, mas acho que não vou mexer nelas. Aquelas outras... sim, parecem idênticas àquelas dos olhos de Marsh. Mesmo assim, algumas são de metais diferentes."

Sazed deixou a estaca embaixo de uma mesa, metal retinindo contra metal. Ele estremeceu, examinando a sala novamente. Um lugar para fazer novos Inquisidores, talvez? Teve uma visão repentina e horrível das criaturas — que um dia somaram apenas algumas dezenas — aumentando suas fileiras durante os meses isolados no Convento.

Mas aquilo não parecia correto. Eram um grupo secreto, exclusivo. Onde teriam encontrado tantos homens dignos de se juntarem a suas fileiras? Por que não fazer Inquisidores dos servos lá em cima, em vez de simplesmente assassiná-los?

Sazed sempre suspeitara que um homem precisava ser um alomântico para se transformar em Inquisidor. A própria experiência de Marsh corroborava essa premissa: Marsh tinha sido um Buscador, um homem que podia queimar bronze, antes da transformação. Sazed olhou novamente para o sangue, as estacas e as mesas, e decidiu que não tinha certeza se queria saber como se fazia um novo Inquisidor.

Sazed estava prestes a sair do recinto quando o lampião revelou algo ao fundo. Outra entrada.

Ele avançou, tentando ignorar o sangue seco em seus pés, e entrou numa câmara que não parecia combinar com o restante da arquitetura intimidante do Convento. Era cavada diretamente na pedra e se torcia até uma escadaria muito pequena. Curioso, Sazed desceu alguns degraus gastos. Pela primeira vez desde que entrara no edifício, sentiu-se apertado, e precisou se curvar quando chegou ao fim da escadaria e entrou num recinto pequeno. Ficou em pé e ergueu o lampião para revelar...

Uma parede. A sala terminava de forma abrupta, e a chama refletiu na parede. Havia uma placa de aço, como aquelas lá em cima. Aquela ali tinha mais ou menos um metro e meio de largura e quase o mesmo de altura. Com inscrições. Com repentino interesse, Sazed deixou sua bolsa no chão e avançou, erguendo o lampião para ler as palavras na parede.

O texto estava em terrisano.

Era um dialeto antigo, sem dúvida, mas que Sazed conseguia entender mesmo sem sua mente de cobre de idiomas. A mão tremia enquanto ele lia as palavras.

Escrevo estas palavras em aço, pois qualquer coisa que não seja inscrita no metal não é confiável.

Comecei a me perguntar se sou o único homem são que restou. Os outros não conseguem ver? Eles esperam por tanto tempo a chegada do herói — aquele mencionado nas profecias terrisanas — que rapidamente pulam de conclusão em conclusão, supondo que cada história e lenda se refere a este único homem.

Meus irmãos ignoram o resto dos fatos. Não conseguem conectar as outras coisas estranhas que estão acontecendo. São surdos às minhas objeções e cegos às minhas descobertas.

Talvez eles estejam certos. Talvez eu seja louco, ciumento ou simplesmente estúpido. Meu nome é Kwaan. Filósofo, erudito, traidor. Sou aquele que descobriu Alendi, aquele que primeiro o proclamou como Herói das Eras. Sou aquele que começou isto tudo.

E eu sou aquele que o traiu, pois agora sei que ele nunca deveria ter tido permissão para completar sua jornada.

— Sazed.

Sazed deu um salto, quase derrubando o lampião. Marsh estava na entrada atrás dele. Imperioso, desconfortante e tão obscuro. Combinava com aquele lugar, com as linhas e a dureza.

— As celas de cima estão vazias — Marsh falou. — Esta viagem foi uma perda de tempo... meus irmãos levaram tudo que era útil com eles.

— Não foi perda de tempo, Marsh — Sazed falou, virando-se para a placa de texto. Não a lera por inteiro, nem chegara perto disso. A inscrição estava numa caligrafia miúda, apertada, os entalhes cobriam a parede. O aço havia preservado as palavras apesar da idade óbvia. O coração de Sazed batia um pouco mais rápido.

Era um fragmento de texto de antes do reinado do Senhor Soberano. Um fragmento escrito por um filósofo terrisano, um homem sagrado. Apesar dos dez séculos de busca, os Guardadores nunca cumpriram o objetivo original de sua criação: nunca haviam descoberto sua própria religião terrisana.

O Senhor Soberano, ele próprio de Terris, havia esmagado as aulas de religião terrisana assim que assumiu o poder. Sua perseguição ao seu próprio povo fora a mais completa de seu longo reinado, e os Guardadores nunca encontraram mais do que fragmentos vagos relacionados ao que seu povo acreditara no passado.

— Preciso copiar isso aqui, Marsh — Sazed falou, pegando sua bolsa. Criar uma memória visual não funcionaria. Ninguém poderia olhar para uma parede com tanto texto e depois recordar as palavras. Poderia, talvez, lê-las para a mente de cobre. No entanto, ele queria um registro físico, que preservasse com perfeição a estrutura de linhas e pontuação.

Marsh sacudiu a cabeça.

— Não vamos ficar aqui. Acho que nem deveríamos ter vindo.

Sazed hesitou, erguendo o olhar. Em seguida, puxou várias folhas grandes de papel da bolsa.

— Muito bem, então — ele disse. — Vou fazer uma cópia por fricção. Será melhor mesmo, eu acho. Poderei ver o texto exatamente como foi escrito.

Marsh assentiu, e Sazed pegou seu carvão.

Esta descoberta... ele pensou com entusiasmo. *Será como o diário de Rashek. Estamos chegando perto!*

No entanto, no momento em que começou a fricção — suas mãos movendo-se com cuidado e precisão —, outro pensamento lhe ocorreu. Com um texto como este em sua posse, seu sentimento de dever não mais lhe permitiria perambular por vilarejos. Teria de voltar ao norte para compartilhar o que encontrara, temendo morrer e deixar tal texto perdido. Precisava ir para Terris.

Ou... para Luthadel. De lá poderia mandar mensagens para o norte. Tinha uma desculpa válida para voltar ao centro da ação, para ver os outros membros da equipe de novo.

Por que aquilo fazia com que se sentisse ainda mais culpado?

Quando finalmente tive a compreensão — finalmente conectei todos os sinais da Antecipação a Alendi —, fiquei muito entusiasmado. No entanto, quando anunciei minha descoberta aos outros Portadores do Mundo, fui recebido com escárnio.

Ah, como eu queria tê-los ouvido.

13

A BRUMA GIRAVA E RODOPIAVA, como pinturas monocromáticas juntando-se numa tela. A luz morria no ocidente e a noite raiava.

Vin franziu o cenho.

— Não parece que as brumas estão chegando mais cedo?

— Mais cedo? — OreSeur perguntou com sua voz abafada. O cão de caça kandra estava sentado perto dela, no telhado.

Vin assentiu.

— Antes as brumas não apareciam antes de escurecer, certo?

— Está escuro, senhora.

— Mas elas já estão aqui, começaram a se juntar mal o sol havia começado a se pôr.

— Não vejo qual a importância disso, senhora. Talvez as brumas sejam simplesmente como outros padrões climáticos, que variam às vezes.

— Não parece nem um pouco estranho para você?

— Acharei estranho se a senhora quiser, senhora — OreSeur respondeu.

— Não foi isso que eu quis dizer.

— Desculpe, senhora — OreSeur falou. — Diga-me o que a senhora *quer dizer*, e certamente entenderei como foi ordenado.

Vin suspirou, esfregou a testa. *Queria que Sazed estivesse de volta...*, ela pensou. No entanto, era um desejo vão. Mesmo que Sazed estivesse em Luthadel, não seria seu mordomo. Os terrisanos não chamavam mais ninguém de mestre. Ela teria de se contentar com OreSeur. O kandra, ao menos, podia trazer informações que Sazed não poderia, desde que ela pudesse tirá-las dele.

— Precisamos encontrar o impostor — Vin disse. — Aquele que... substituiu alguém.

— Sim, senhora — OreSeur concordou.

Vin sentou-se em meio às brumas, reclinando-se no telhado em declive, descansando os braços nas telhas.

— Então, preciso saber mais sobre você.

— Sobre mim, senhora?

— Sobre kandras em geral. Para encontrar esse impostor, preciso saber como ele pensa, entender suas motivações.

— As motivações dele são simples, senhora — OreSeur disse. — Ele segue o Contrato.

— E se ele estiver agindo sem um Contrato?

OreSeur sacudiu a cabeça canina.

— Os kandras sempre têm um Contrato. Sem um, eles não têm autorização para entrar na sociedade humana.

— Nunca? — Vin perguntou.

— Nunca.

— E se for algum tipo de kandra desgarrado? — Vin quis saber.

— Tal coisa não existe — OreSeur respondeu com firmeza.

Ah, é?, Vin pensou, cética. No entanto, deixou o assunto de lado. Quase não havia motivos para um kandra se infiltrar no palácio por vontade própria; era mais provável que um dos inimigos de Elend tivesse enviado a criatura. Um dos senhores da guerra, talvez, ou os obrigadores. Mesmo os outros nobres da cidade teriam bons motivos para espionar Elend.

— Tudo bem — Vin disse. — O kandra é um espião, enviado para reunir informações para outro ser humano.

— Sim.

— Mas — Vin continuou —, se ele tomou o corpo de alguém no palácio, ele não o matou pessoalmente. Os kandras não podem matar seres humanos, certo?

OreSeur concordou com a cabeça.

— Todos temos de seguir essa regra.

— Então, alguém se esgueirou para dentro do palácio e assassinou um membro da equipe para que seu kandra tomasse o corpo dele. — Ela fez uma pausa, tentando refletir sobre o problema. — As possibilidades mais perigosas, os membros da equipe, devem ser consideradas primeiro. Felizmente, como o assassinato ocorreu ontem, podemos eliminar Brisa, que estava fora da cidade no momento.

OreSeur assentiu.

— Também podemos eliminar Elend — Vin comentou. — Estava conosco na muralha ontem.

— Ainda resta a maioria da equipe, senhora.

Vin franziu a testa, recostando-se. Tentou estabelecer álibis sólidos para Ham, Dockson, Trevo e Fantasma. Contudo, todos eles ficaram ao menos algumas horas sumidos. O suficiente para um kandra digeri-los e tomar seu lugar.

— Tudo bem — ela retrucou. — Então, como encontro o impostor? Como posso identificá-lo entre as outras pessoas?

OreSeur ficou em silêncio, sentado na bruma.

— Deve haver uma maneira — Vin falou. — A imitação pode não ser perfeita. Cortá-lo funcionaria?

OreSeur sacudiu a cabeça.

— Os kandras replicam corpos com perfeição, senhora... sangue, carne, pele e músculo. A senhora viu quando abri minha pele.

Vin suspirou, erguendo-se e avançando até o alto do telhado pontudo. As brumas já estavam densas, e a noite rapidamente ficava escura. Ela começou a andar com vagar de um lado para o outro na beirada, com o equilíbrio alomântico impedindo que caísse.

— Talvez eu possa simplesmente ver quem não está agindo de forma estranha — ela concluiu. — A maioria dos kandras são tão bons imitadores como você?

— Entre os kandras, minhas capacidades são medianas. Alguns são piores; outros, melhores.

— Mas nenhum ator é perfeito — Vin falou.

— Os kandras dificilmente cometem erros, senhora — OreSeur falou. — Mas este provavelmente é seu melhor método. Fique alerta... ele pode ser qualquer um. Minha espécie é muito habilidosa.

Vin fez uma pausa. *Não é Elend*, ela disse a si mesma, forçadamente. *Ele ficou comigo o dia todo ontem*. Exceto pela manhã.

Tempo demais, ela decidiu. *Ficamos nas muralhas por horas, e aqueles ossos eram recém-expelidos. Além disso, eu saberia se fosse ele... não saberia?*

Ela sacudiu a cabeça.

— Deve haver outra maneira. Posso descobrir um kandra de alguma forma com Alomancia?

OreSeur não respondeu de pronto. Ela se virou para ele na escuridão, examinando o rosto canino.

— Então?

— Essas não são coisas de que falamos com pessoas de fora.

Vin suspirou.

— Fale mesmo assim.

— Essa é uma ordem para eu falar?

— Não gosto de dar ordens para você.

— Então posso ir embora? — OreSeur perguntou. — Não deseja me dar ordens, então nosso Contrato está dissolvido?

— Não foi o que eu quis dizer — Vin falou.

OreSeur franziu o cenho — uma expressão estranha de se ver na cara de um cachorro.

— Seria mais fácil para mim se a senhora tentasse falar o que quer dizer, senhora.

Vin cerrou os dentes.

— Por que você é tão hostil?

— Não sou hostil, senhora. Sou seu servo, e farei o que a senhora ordenar. Isso é parte do Contrato.

— Claro. Você é assim com todos os seus mestres?

— Com a maioria, estou cumprindo um papel específico — OreSeur respondeu. — Tenho ossos a imitar, uma pessoa a me tornar, uma personalidade a adotar. A senhora não me deu instruções, apenas os ossos deste... animal.

Então, é isso, Vin pensou. *Ainda aborrecido com o corpo do cão.*

— Olhe, esses ossos não mudam nada, na verdade. Você ainda é a mesma pessoa.

— A senhora não entende. Para um kandra, não é importante quem ele é. É quem o kandra *se torna*. Os ossos que ele toma, o papel que ele cumpre. Nenhum dos meus outros mestres me pediu que fizesse algo desse tipo.

— Bem, não sou como os outros mestres — Vin falou. — De qualquer forma, fiz uma pergunta. Há alguma maneira pela qual posso identificar um kandra com Alomancia? E, sim, estou mandando você falar.

Um brilho de triunfo reluziu nos olhos de OreSeur, como se desfrutasse o fato de ela tê-lo forçado a cumprir seu papel.

— Os kandras não podem ser afetados por Alomancia mental, senhora.

Vin franziu a testa.

— De jeito nenhum?

— Não, senhora. Pode tentar *tumultuar* ou *abrandar* nossos sentimentos se quiser, mas não surtirá efeito. Nem mesmo saberemos que a senhora está tentando nos manipular.

Como alguém que queima cobre.

— Essa não é exatamente a informação mais útil — ela comentou, passando pelo kandra no telhado. Os alomânticos não conseguiam ler mentes ou emoções; quando *abrandavam* ou *tumultuavam* outra pessoa, simplesmente tinham a esperança de que a pessoa reagiria conforme a intenção.

Talvez ela pudesse "testar" um kandra ao *abrandar* as emoções de alguém. Se esse alguém não reagisse, poderia ser um kandra, mas também poderia significar que ele era bom em conter as emoções.

OreSeur observava o caminhar de Vin.

— Se fosse fácil detectar um kandra, senhora, não teríamos muito valor como impostores, não é?

— Acredito que não — Vin reconheceu. No entanto, pensar sobre o que ele dissera a fez considerar outra coisa. — Um kandra pode *usar* Alomancia? Digo, se ele comer um alomântico?

OreSeur negou com a cabeça.

Então, há outro método, Vin cogitou. *Se eu encontrar um membro da equipe queimando metais, então saberei que ele não é kandra.* Não ajudaria com Dockson ou outros serviçais do palácio, mas permitiria que ela eliminasse Ham e Fantasma.

— Tem outra coisa — Vin falou. — Antes, quando estávamos fazendo aquele trabalho com Kelsier, ele comentou que precisávamos manter você longe do Senhor Soberano e de seus Inquisidores. Por quê?

OreSeur desviou o olhar.

— É algo sobre o qual não falamos.

— Então, eu ordeno que fale.

— Então, terei que me recusar a responder — OreSeur retrucou.

— Recusar-se a responder? — Vin perguntou. — Você pode fazer isso?

OreSeur assentiu.

— Não somos obrigados a revelar segredos sobre a natureza dos kandras, senhora. Isso está...

— No Contrato — Vin completou a frase, franzindo a testa. *Realmente preciso ler aquele negócio de novo.*

— Sim, senhora. Talvez eu já tenha falado demais.

Vin deu as costas para OreSeur, olhando por sobre a cidade. As brumas continuavam a rodar. Vin fechou os olhos, buscando bronze, tentando sentir o pulso delator de um alomântico queimando metal nas proximidades.

OreSeur levantou-se e caminhou até ficar ao lado dela, em seguida se sentou novamente no telhado inclinado.

— A senhora não deveria estar na reunião com o rei agora?

— Talvez mais tarde — Vin falou, abrindo os olhos.

Fora da cidade, as fogueiras dos exércitos iluminavam o horizonte. À direita, a Fortaleza Venture cintilava na noite, e dentro dela Elend estava reunido com os outros. Muitos dos homens mais importantes do governo sentados numa sala. Elend a chamaria de paranoica por ela insistir que ela fosse aquela que vigiava espiões e assassinos. Por ela, tudo bem; ele podia chamá-la do que quisesse, contanto que ficasse vivo.

Ela se acalmou de novo. Estava feliz por Elend ter decidido escolher a Fortaleza Venture como seu palácio em vez de se mudar para Kredik Shaw, o lar do Senhor Soberano. Não apenas Kredik Shaw era grande demais para ser defendido a contento, mas também lhe trazia lembranças dele. Do Senhor Soberano.

Ela vinha pensando com frequência no Senhor Soberano nos últimos tempos — ou melhor, pensava sobre Rashek, o homem que se tornara o Senhor Soberano. Um terrisano de nascença, Rashek havia assassinado o homem que deveria ter tomado o poder no Poço da Ascensão e...

E fez o quê? Eles ainda não sabiam. O Herói saiu numa busca para proteger o povo de um perigo simplesmente conhecido como as Profundezas. Tanto se perdera, tanto fora destruído intencionalmente. Sua melhor fonte de informação sobre esses dias vinha na forma de um diário antigo, escrito pelo Herói das Eras antes de Rashek tê-lo matado. No entanto, dava pistas preciosas sobre sua busca.

Por que eu me preocupo com essas coisas?, Vin se perguntou. *As Profundezas são uma coisa esquecida há mil anos. Elend e os outros estão certos em se preocuparem com os eventos mais iminentes.*

E, ainda assim, Vin se via estranhamente apartada deles. Talvez fosse por isso que se encontrava sondando o lado de fora. Não porque não se preocupava com os exércitos.

Ela se sentia... distante do problema. Mesmo agora, quando considerava a ameaça a Luthadel, sua mente voltava ao Senhor Soberano.

Não sabem o que faço pela humanidade, ele dissera. *Eu era seu deus, mesmo que não conseguissem ver. Ao me matar, condenaram a si mesmos.* Essas foram as últimas palavras do Senhor Soberano, ditas enquanto jazia no chão da sua sala do trono. Elas a preocupavam. Mesmo agora, elas a faziam estremecer.

Precisava se distrair.

— De que tipo de coisas vocês gostam, kandra? — ela perguntou, virando-se para a criatura, que ainda estava sentada no telhado ao lado dela. — Quais são seus amores, seus ódios?

— Não quero responder.

Vin franziu o cenho.

— Não quer ou não *tem* que?

OreSeur hesitou.

— Não quero, senhora. — A implicação era óbvia. *Você precisa me ordenar*.

Ela quase o fez. Contudo, algo fez com que parasse, algo naqueles olhos, por mais inumanos que fossem. Algo familiar.

Ela conhecia aquele tipo de ressentimento. Não raro o sentia durante a juventude, quando servira a líderes de gangues que dominavam seus seguidores. Nas gangues, fazia-se o que era ordenado — especialmente se fosse uma garotinha abandonada sem posto ou meios de intimidação.

— Se não quer falar disso — Vin disse, afastando-se do kandra —, então não vou forçá-lo.

OreSeur ficou em silêncio.

Vin suspirou na bruma, cuja umidade fria fazia cócegas em sua garganta e pulmões.

— Sabe o que *eu* amo, kandra?

— Não, senhora.

— As brumas — ela falou, estendendo os braços. — O poder, a liberdade.

OreSeur assentiu lentamente com a cabeça. Nas proximidades, Vin sentiu um pulsar fraco com o bronze. Silencioso, estranho, enervante. Era o mesmo pulsar estranho que sentira no alto da Fortaleza Venture poucas noites antes. Nunca tomou coragem o bastante para investigá-lo novamente.

É hora de fazer algo sobre isso, ela concluiu.

— Sabe o que eu odeio, kandra? — ela sussurrou, agachando-se, verificando as facas e os metais.

— Não, senhora.

Ela se virou, encontrando os olhos de OreSeur.

— Odeio ficar com medo.

Ela sabia que os outros pensavam que ela era nervosa. Paranoica. Ela havia vivido por tanto tempo com medo no passado que vira aquilo como algo natural, como as cinzas, o sol ou o solo.

Kelsier retirou esse medo dela. Ainda era cuidadosa, mas não sentia um terror constante. O Sobrevivente lhe dera uma vida na qual aqueles que ela amava não a espancavam, mostrara a ela algo melhor que o medo. Confiança. Agora que ela conhecia essas coisas, não desistiria delas tão facilmente. Nem por exércitos, nem por assassinos...

Nem mesmo para espíritos.

— Siga se puder — ela sussurrou, em seguida se lançou do telhado para a rua lá embaixo.

Ela correu pelas ruas densas de bruma, agindo no impulso antes que tivesse tempo para perder a coragem. A fonte dos pulsos de bronze estava próxima, vinha de uma rua acima apenas, dentro de um prédio. Não do topo, ela concluiu. De uma das janelas escurecidas no terceiro andar, com os estores abertos.

Vin jogou uma moeda e saltou no ar. Ela se atirou para cima, formando um ângulo com um *empurrão* contra uma tranca do outro lado da rua.

Aterrissou na abertura encovada da janela, agarrando as laterais do caixilho com os braços. Ela queimou estanho e deixou os olhos se acostumarem à escuridão profunda dentro do recinto abandonado.

E lá estava. Formado totalmente de brumas, girava e rodopiava, suas linhas vagas na câmara escura. Tinha a vantagem de ver o telhado onde Vin e OreSeur estavam conversando.

Fantasmas não espionam pessoas... espionam? Os skaa não falam de coisas como espíritos ou mortos. Soava muito a religião, e religião era para os nobres. A devoção era a morte para os skaa. O que não havia impedido alguns, claro... mas ladrões como Vin eram pragmáticos demais para essas coisas.

Havia apenas uma coisa na tradição skaa que se parecia com essa criatura. Espectros das brumas. Diziam que essas criaturas roubavam as almas de homens estúpidos o bastante para sair à noite. Porém, agora Vin sabia o que eram os espectros das brumas. Eram primos dos kandras — animais estranhos e semi-inteligentes que usavam os ossos daqueles que ingeriam. Eram estranhos, verdade, mas não eram fantasmas, nem perigosos de verdade. Não havia espectros escuros à noite, nem espíritos perseguidores ou maléficos.

Ou assim dizia Kelsier. Aquela coisa no recinto escuro — sua forma insubstancial serpenteante nas brumas — parecia um contraexemplo poderoso. Ela agarrou as laterais da janela, o medo — seu velho amigo — voltando com tudo.

Corra. Fuja. Se esconda.

— Por que está me observando? — ela perguntou.

A coisa não se moveu. Sua forma pareceu sacudir as brumas para a frente, e elas giraram levemente, como se houvesse uma corrente de ar.

Posso senti-lo com bronze. Significa que usa Alomancia... e Alomancia atrai a bruma.

A coisa avançou. Vin ficou tensa.

E então o espírito desapareceu.

Vin hesitou, cenho franzido. O que era aquilo? Ela havia...

Algo agarrou seu braço. Algo frio, algo terrível, mas muito real. Uma dor atravessou sua cabeça, movendo-se como se entrasse pelo ouvido e invadisse a mente. Ela gritou, mas parou, a voz falhando. Com um gemido baixo — o braço vibrante e trêmulo —, ela caiu para trás, para fora da janela.

Seu braço ainda estava frio. Conseguia senti-lo bater no ar ao seu lado, parecendo exalar um ar gélido. As brumas passavam como um rastro de nuvens.

Vin queimou estanho. Dor, frio, umidade e lucidez explodiram em sua mente, e ela se lançou num giro, queimando peltre assim que atingiu o solo.

— Senhora? — OreSeur disse, cruzando as sombras.

Vin sacudiu a cabeça, ficando de joelhos e apoiando as palmas das mãos frias sobre os paralelepípedos escorregadios. Ainda conseguia sentir um resto de frio no braço esquerdo.

— Devo buscar ajuda? — o cão de caça perguntou.

Vin sacudiu a cabeça, forçando-se a ficar de pé, mesmo cambaleante. Olhou para o alto, através das brumas rodopiantes, para a janela escura lá em cima.

Ela estremeceu. O ombro estava dolorido onde ela atingiu o chão, e seu flanco ainda escoriado latejava, mas ela conseguia sentir a força voltar. Afastou-se do prédio, ainda olhando para cima. Sobre ela, as brumas profundas pareciam... ameaçadoras. Obscuras.

Não, ela se forçou a pensar. *As brumas são a minha liberdade, a noite é meu lar! Eu pertenço a isto aqui. Não precisei ter medo da noite desde que Kelsier me ensinou o contrário.*

Ela não podia perder aquilo. Não voltaria ao medo. Ainda assim, não pôde evitar a urgência rápida nos passos enquanto acenava para OreSeur e corria para longe do prédio. Não deu explicações para seu comportamento estranho.

Ele não pediu explicações.

ELEND POUSOU UMA TERCEIRA PILHA de livros na mesa, e ela tombou contra as outras duas, ameaçando derrubar o lote inteiro no chão. Ele os equilibrou, em seguida ergueu o olhar.

Brisa, em trajes formais, observava a mesa com olhar divertido enquanto bebericava seu vinho. Ham e Fantasma estavam numa partida de um jogo de pedras enquanto esperavam a reunião começar; Fantasma estava vencendo. Dockson estava sentado num canto da sala, rabiscando num livro contábil, e Trevo estava afundado numa poltrona de veludo, olhando Elend com uma de suas famosas encaradas.

Qualquer um desses homens poderia ser um impostor, pensou Elend. Para ele, aquele pensamento ainda parecia insano. O que ele deveria fazer? Desconfiar de todos eles? Não, precisava muito deles.

A única opção era agir normalmente e observá-los. Vin dissera a ele que tentasse identificar incoerências nas personalidades. Pretendia fazer o melhor que pudesse, mas a verdade era que não tinha certeza do quanto poderia ver. Isso era mais uma especialidade de Vin. Ele precisava se preocupar com os exércitos.

Pensando nela, ele olhou para os vitrais da janela no fundo do gabinete e ficou surpreso ao ver que já estava escuro.

Tão tarde já?, Elend pensou.

— Meu caro — Brisa observou. — Quando você nos disse que precisava "reunir algumas referências importantes", poderia ter alertado que planejava ficar fora por duas horas inteiras.

— Sim, bem — Elend disse. — Eu meio que perdi a noção do tempo...

— Por duas horas?

Elend assentiu com a cabeça, envergonhado.

— Havia livros envolvidos.

Brisa sacudiu a cabeça.

— Se o destino do Domínio Central não estivesse em jogo, e se não fosse tão fantástico e agradável assistir a Hammond perder os ganhos do mês inteiro para o garoto ali... eu teria ido embora há uma hora.

— Bem, podemos começar agora — Elend falou.

Ham deu uma risadinha, levantando-se.

— Na verdade, é como nos velhos tempos. Kell sempre chegava atrasado também... e ele gostava de fazer as reuniões à noite. Hora dos Nascidos da Bruma.

Fantasma sorriu, sua bolsa de moedas cheia.

Ainda usamos boxes, a moeda imperial do Senhor Soberano, como moeda, Elend pensou. *Temos de fazer algo quanto a isso.*

— Só sinto falta da lousa — Fantasma comentou.

— Eu certamente não — Brisa retrucou. — Kell tinha uma letra atroz.

— Absolutamente horrível — Ham concordou com um sorriso ao se sentar. — Porém, é preciso admitir... era singular.

Brisa ergueu uma sobrancelha.

— *Isso* era, suponho.

Kelsier, o Sobrevivente de Hathsin, Elend pensou. *Até sua letra é lendária.*

— De qualquer maneira — ele interrompeu —, acho que talvez devêssemos começar os trabalhos. Ainda temos dois exércitos esperando lá fora. Não sairemos daqui hoje até termos um plano para lidar com eles!

Os membros da equipe trocaram olhares.

— Na verdade, Vossa Majestade — Dockson disse —, já trabalhamos um pouco nesse problema.

— É mesmo? — Elend perguntou, surpreso. *Bem, acho que eu realmente os deixei sozinhos por algumas horas.* — Então, gostaria de ouvi-los.

Dockson ergueu-se, puxando a cadeira um pouco mais para perto para se juntar ao restante do grupo, e Ham começou a falar.

— Veja bem, El — Ham iniciou. — Com dois exércitos aqui, não precisamos nos preocupar com um ataque imediato. Mas ainda estamos em sério perigo. Provavelmente isso se tornará um cerco estendido enquanto um exército tenta sobreviver ao outro.

— Vão tentar nos fazer morrer de fome — Trevo disse. — Nos enfraquecer, e aos seus inimigos, antes de atacar.

— E — Ham continuou — isso nos deixa num entrave, porque não poderemos resistir muito tempo. A cidade já está à beira da fome, e os reis inimigos provavelmente estão cientes desse fato. Vão nos cercar, nos manter bloqueados até ficarmos desesperados o bastante para tomar partido de um deles. No fim das contas, teremos que fazer isso... isso, ou deixar nosso povo morrer de fome.

— A decisão resume-se a isso — Brisa pronunciou-se. — Não podemos vencer os outros, então precisamos escolher *qual* daqueles homens queremos que tome a cidade. E eu sugeriria que tomássemos nossa decisão rapidamente, em vez de esperar nossos suprimentos se esgotarem.

Elend ficou em pé, sem dizer nenhuma palavra.

— Ao fazermos um acordo com um daqueles exércitos, basicamente entregaremos nosso reino.

— É verdade — Brisa falou, tocando a lateral de sua taça. — No entanto, o que eu obtive para nós ao trazer um segundo exército foi o poder de barganha. Veja, ao menos estamos numa posição de exigir algo em troca do nosso reino.

— O que tem de bom nisso? — Elend quis saber. — Ainda assim perderemos.

— É melhor que nada — disse Brisa. — Acho que ainda poderíamos persuadir Cett a deixar você como um comandante interino de Luthadel. Ele não gosta do Domínio Central, acha árido e insípido.

— Comandante interino da cidade — Elend repetiu com um franzir de cenho. — É bem diferente de rei do Domínio Central.

— Verdade — Dockson falou. — Porém, todo imperador precisa de bons homens para administrar as cidades sob seu domínio. Não seria rei, mas o senhor e nossos exércitos sobreviveriam os próximos meses, e Luthadel não seria pilhada.

Ham, Brisa e Dockson, todos eles se sentaram de forma resoluta, fitando-o nos olhos. Elend baixou o olhar para a pilha de livros, pensando em sua pesquisa e estudos. Inúteis. Havia quanto tempo que a equipe sabia que existia apenas uma linha de ação?

A equipe parecia tomar o silêncio de Elend como anuência.

— Então, Cett realmente é a melhor opção? — Dockson quis saber. — Talvez fosse mais provável que Straff chegasse a um acordo com Elend... afinal, são família.

Ah, ele faria um acordo, Elend pensou. *E o quebraria no momento em que fosse conveniente. Mas... a alternativa? Entregar a cidade a esse tal Cett? O que aconteceria a esta terra, a este povo, se ele estivesse no comando?*

— Cett é melhor, eu acho — Brisa respondeu. — Está bastante disposto a deixar que outros governem, contanto que lhe tragam glória e dinheiro. O problema será aquele atium. Cett acha que está aqui, e se ele não o encontrar...

— Vamos permitir que reviste a cidade, é simples — Ham opinou.

Brisa assentiu.

— Vocês precisam persuadi-lo de que eu o enganei sobre o atium... e isso não deve ser muito difícil, considerando o que ele pensa sobre mim. O que é outra pequena questão... terão de convencê-lo de que deram um jeito em mim. Talvez ele acredite que fui executado assim que Elend descobriu que levantei um exército contra ele.

Os outros concordaram com um meneio de cabeça.

— Brisa? — Elend perguntou. — Como o Lorde Cett trata os skaa em suas terras?

Brisa hesitou, em seguida desviou o olhar.

— Temo que não muito bem.

— Vejam bem — Elend disse. — Acho que precisamos considerar a melhor maneira de proteger nosso povo. Digo, se entregarmos tudo a Cett, salvaremos minha pele... mas ao custo da população skaa inteira do Domínio!

Dockson balançou a cabeça.

— Elend, não é uma traição. Não se for o único jeito.

— Falar é fácil — Elend retrucou. — Mas sou eu que terei de aguentar o peso na consciência por tomar tal decisão. Não estou dizendo que devemos jogar fora sua sugestão, mas tenho algumas ideias que poderíamos discutir...

Os outros trocaram olhares. Como de costume, Trevo e Fantasma ficaram quietos durante os trabalhos; Trevo falou apenas quando sentiu que era absolutamente necessário, e Fantasma cuidava para ficar à margem das conversas. Por fim, Brisa, Ham e Dockson voltaram a olhar para Elend.

— É seu país, Vossa Majestade — Dockson disse com cuidado. — Estamos aqui simplesmente para lhe dar conselhos. — *Conselhos muito bons*, estava implícito em seu tom.

— Sim, muito bem — Elend falou, rapidamente selecionando um livro. Na pressa, tombou uma das pilhas, espalhando uma confusão de livros pela mesa e fazendo cair um volume no colo de Brisa.

— Desculpe — Elend disse, enquanto Brisa revirava os olhos e devolvia o livro à mesa. Elend abriu o livro. — Vejam, este volume tinha algumas coisas muito interessantes sobre o movimento e o arranjo das tropas...

— Hum, El? — Ham interrompeu. — Parece um livro sobre remessa de grãos.

— Eu sei — Elend falou. — Não há muitos livros sobre guerra na biblioteca. Acho que é isso que recebemos em troca de mil anos sem guerra alguma. No entanto, este livro menciona a quantidade de grãos necessária para manter abastecidas várias guarnições no Império Final. Vocês têm ideia de quanta comida um exército precisa?

— Interessante — Trevo falou, assentindo. — Em geral, é uma baita dor de cabeça manter os soldados alimentados. Sempre tínhamos problemas de abastecimento nas lutas de fronteira, e éramos apenas pequenos bandos, enviados para reprimir rebeliões ocasionais.

Elend meneou a cabeça. Trevo não falava muito de seu passado de combatente no exército do Senhor Soberano — e a equipe não perguntava muito sobre esse período.

— De qualquer forma — Elend continuou —, aposto que Cett e meu pai não estão acostumados a mover grandes tropas. Haverá problemas de abastecimento, especialmente para Cett, pois se pôs em marcha às pressas.

— Talvez não — Trevo comentou. — Os dois exércitos garantiram rotas de canal para Luthadel, o que facilitará para eles mandarem buscar mais suprimentos.

— Além disso — Brisa acrescentou —, embora a maior parte das terras de Cett esteja em revolta exatamente agora, ele *ainda* mantém a cidade de Haverfrex, onde fica uma das principais fábricas de conservas do Senhor Soberano. Cett tem uma quantidade considerável de comida a uma curta viagem pelo canal.

— Então, interrompemos os canais — Elend falou. — Encontraremos uma maneira de impedir que esses suprimentos cheguem. Os canais tornam o reabastecimento rápido, mas também vulnerável, pois sabemos exatamente que rota ele tomará. E se pudermos tirar deles a comida, talvez sejam forçados a dar meia-volta e marchar para casa.

— Ou isso — Brisa concluiu —, ou simplesmente decidirão arriscar um ataque a Luthadel.

Elend hesitou.

— É uma possibilidade — ele concordou. — Mas, bem, estive pesquisando como manter a cidade também. — Ele procurou pela mesa, escolhendo um livro. — Vejam, este livro é o *Administração da Cidade na Era Moderna*, de Jendellah. Ele menciona como é difícil vigiar Luthadel por causa de seu tamanho extremo e grande número de guetos skaa. Ele sugere que se usem bandos itinerantes de vigilantes. Acho que poderíamos adaptar seus métodos para usá-los em uma batalha — nossa muralha é longa demais para defendê-la minuciosamente, mas se tivéssemos grupos móveis de tropas que pudessem reagir a...

— Vossa Majestade — Dockson interrompeu.

— Hum, pois não?

— Temos uma tropa de garotos e homens que mal tiveram um ano de treinamento e estamos enfrentando não uma força avassaladora, mas *duas*. Não podemos vencer essa batalha pela força.

— Ah, sim — Elend concordou. — Claro. Estava apenas dizendo que, se *tivéssemos* que lutar, tenho algumas estratégias...

— Se lutarmos, perderemos — Trevo disse. — De qualquer jeito, é provável que percamos.

Elend parou por um instante.

— Sim, bem, eu só...

— No entanto, atacar as rotas de canais é uma boa ideia — Dockson continuou. — Podemos fazer isso às escondidas, talvez contratar alguns dos bandoleiros da área para atacar as barcaças de suprimentos. É provável que não seja o bastante para mandar Cett ou Straff para casa, mas poderíamos deixá-los mais desesperados para se aliarem a nós.

Brisa concordou.

— Cett já está preocupado com a instabilidade ao voltar ao seu domínio natal. Deveríamos enviar-lhe um mensageiro preliminar, deixá-lo a par que estamos interessados numa aliança. Dessa forma, assim que os problemas de abastecimento começarem, ele pensará em nós.

— Poderíamos enviar uma carta contando sobre a execução de Brisa — Dockson comentou —, como sinal de boa-fé. Isso...

Elend pigarreou. Os outros pararam.

— Eu, hum, não havia terminado ainda — Elend disse.

— Perdão, Majestade — Dockson desculpou-se.

Elend deu um longo suspiro.

— Vocês têm razão... não podemos enfrentar esses exércitos. Mas acho que precisamos encontrar uma maneira de fazer com que eles lutem entre si.

— Uma opinião agradável, meu caro — Brisa falou. — Mas fazer aqueles dois se atacarem não é tão simples quanto persuadir Fantasma a me servir mais vinho. — Ele se virou, erguendo a taça vazia. Fantasma hesitou, em seguida suspirou e se ergueu para pegar a garrafa de vinho.

— Bem, claro — Elend falou. — Mas, embora não haja muitos livros sobre guerra, *há* muitos sobre política. Brisa, você disse outro dia que ser a parte mais fraca em um impasse triplo nos dava poder.

— Exatamente — Brisa concordou. — Podemos tombar a balança para qualquer um dos lados maiores.

— Isso — Elend disse, abrindo um livro. — Agora que há três partes envolvidas, não é guerra... é política. É exatamente como uma disputa entre casas. E na política entre casas, até mesmo a mais poderosa não pode se manter sem aliados. As casas pequenas são fracas individualmente, mas são fortes quando consideradas em grupo.

"Somos como uma dessas casas pequenas. Se quisermos lucrar alguma coisa, teremos que fazer com que nossos inimigos nos esqueçam... ou, ao menos, fazê-los pensar que somos irrelevantes. Se ambos pensarem que estão levando a melhor sobre nós, que podem nos usar para derrotar o outro exército para em seguida se voltar contra nós com mais tempo, nos deixarão em paz e se concentrarão um no outro."

Ham coçou o queixo.

— Você está falando de enganar os dois lados, Elend. É uma posição perigosa para nos colocarmos.

Brisa concordou.

— Teríamos de trocar nossa lealdade para o lado que parecesse mais fraco no momento, mantê-los em tensão o tempo todo. E não há garantia de que o vencedor entre os dois ficaria fraco o bastante para que o derrotemos.

— Sem mencionar os nossos problemas com comida — Dockson comentou. — O que o senhor propõe levaria tempo, Vossa Majestade. Tempo no qual estaríamos sob cerco, nossos suprimentos minguando. Estamos no outono. O inverno logo se abaterá sobre nós.

— Será difícil — Elend concordou. — E arriscado. Mas acredito que podemos fazê-lo. Faremos que os *dois* pensem que somos seus aliados, mas encobriremos nosso apoio. Atiçaremos um contra o outro, e esgotaremos seus suprimentos e seu moral, empurrando-os ao conflito. Quando a poeira abaixar, talvez o exército sobrevivente esteja fraco o suficiente para que o derrotemos.

Brisa parecia pensativo.

— Tem estilo — ele admitiu. — E parece divertido.

Dockson sorriu.

— Diz isso apenas porque envolve fazer com que outra pessoa execute nosso trabalho.

Brisa deu de ombros.

— A manipulação funciona tão bem no nível pessoal, não vejo por que não seria uma política nacional igualmente viável.

— Na verdade, é como a maioria dos governos funciona — Ham ponderou. — O que é um governo senão um método institucionalizado de fazer com que o *outro* faça todo o trabalho?

— Hum, e o plano? — Elend perguntou.

— Não sei, El — Ham falou, voltando ao assunto. — Parece com um dos planos de Kell... imprudente, corajoso e um pouco maluco. — Ele parecia surpreso em ouvir Elend propor tal medida.

Posso ser tão imprudente quanto qualquer um, Elend pensou, indignado, em seguida hesitou. Ele realmente queria seguir aquela linha de pensamento?

— Poderíamos nos meter em problemas sérios — Dockson comentou. — Se algum dos lados decidir que está cansado do nosso joguinho...

— Eles vão nos destruir — Elend completou. — Mas... bem, cavalheiros, os senhores são jogadores. Não podem me dizer que este plano não lhes apetece mais do que simplesmente curvar-se ao Lorde Cett.

Ham trocou um olhar com Brisa, e pareciam estar considerando a ideia. Dockson revirou os olhos, mas parecia estar contestando apenas por força do hábito.

Não, não queriam tomar a saída segura. Eram homens que tinham desafiado o Senhor Soberano, homens que tiravam seu sustento ludibriando os nobres. Em alguns momentos, eram muito cuidadosos; podiam ser precisos na atenção ao detalhe, cautelosos em encobrir seus rastros e proteger seus interesses. Mas quando chegava a hora de apostar pelo grande prêmio, quase sempre estavam dispostos.

Não, não apenas dispostos. Ficavam ávidos.

Ótimo, Elend pensou. *Preenchi as vagas do meu conselho principal com um bando de masoquistas ávidos por emoção. Pior ainda, eu decidi me juntar a eles*. Porém, o que mais ele poderia fazer?

— Poderíamos ao menos considerá-lo — Brisa comentou. — Parece empolgante.

— Veja bem, não sugeri isso porque era empolgante, Brisa — Elend falou. — Passei minha juventude tentando planejar como fazer de Luthadel uma cidade melhor assim que virasse líder da minha casa. Não vou jogar esses sonhos para o alto ao primeiro sinal de oposição.

— E a Assembleia? — Ham quis saber.

— Essa é a melhor parte — Elend respondeu. — Eles votaram na minha proposta na sessão de dois dias atrás. Não podem abrir os portões da cidade a qualquer invasor até eu me encontrar para uma reunião com o meu pai.

A equipe ficou em silêncio por alguns instantes. Por fim, Ham virou-se para Elend, balançando a cabeça.

— Realmente não sei, El. Parece interessante. De fato, discutíamos planos um pouco mais ousados que este enquanto esperávamos você. Mas...

— Mas o quê? — Elend perguntou.

— Um plano como este depende muito de você, meu caro — Brisa respondeu, bebericando o vinho. — Teria de ser você a se encontrar com os reis, aquele a persuadir os dois que estamos do lado deles. Não se ofenda, mas você é novo nos truques. É difícil concordar com um plano ousado que coloca um novato como o membro central da equipe.

— Eu posso fazer isso — Elend asseverou. — De verdade.

Ham olhou para Brisa, os dois olharam para Trevo. O general carrancudo deu de ombros.

— Se o garoto quer tentar, deixem-no tentar.

Ham suspirou e olhou para trás.

— Acho que concordo. Contanto que você esteja pronto, El.

— Acho que estou — Elend disse, encobrindo seu nervosismo. — Só sei que não podemos desistir, não tão facilmente. Talvez não funcione... talvez, depois de alguns meses de cerco, acabemos simplesmente entregando a cidade. Porém, isso nos dá alguns meses durante os quais *alguma coisa* pode acontecer. Vale a pena arriscar e esperar, em vez de nos dobrarmos. Esperar e planejar.

— Tudo bem, então — Dockson falou. — Dê-nos algum tempo para pensar em algumas ideias e opções, Vossa Majestade. Vamos nos reunir novamente em alguns dias para falar sobre detalhes.

— Tudo bem — Elend concordou. — Pode ser. Agora, se pudermos prosseguir para outros assuntos, gostaria de mencionar...

Uma batida veio da porta. À ordem de Elend, capitão Demoux abriu a porta, parecendo um pouco envergonhado.

— Vossa Majestade? Perdoe-me, mas... acho que peguei alguém espionando vossa reunião.

— O quê? — Elend perguntou. — Quem?

Demoux virou-se para o lado, acenando para uma dupla de guardas. A mulher que eles levaram até a sala era vagamente familiar para Elend. Alta, como a maioria dos terrisanos, trajava um vestido colorido, mas simples.

Suas orelhas eram esticadas para baixo, os lóbulos alongados para acomodar vários brincos.

— Reconheço você — Elend disse. — Do salão da Assembleia, uns dias atrás. Você estava me observando.

A mulher não respondeu. Olhou para os ocupantes da sala, o corpo empertigado — até mesmo arrogante — apesar dos punhos presos. Elend nunca tinha visto uma terrisana antes, conhecera apenas mordomos, eunucos treinados desde o nascimento para trabalhar como serviçais. Por algum motivo, Elend esperava que uma terrisana parecesse um pouco mais servil.

— Ela estava escondida na sala ao lado — Demoux falou. — Desculpe-me, Vossa Majestade. Não sei como ela conseguiu passar por nós. Nós a encontramos ouvindo pela parede, porém duvido que tenha escutado alguma coisa. Digo, essas paredes são feitas de pedra.

Elend encontrou os olhos da mulher. Mais velha, talvez com cinquenta anos, não era bonita, mas também não era feia. Era robusta, com um rosto franco, retangular. Ela o encarava, calma e firme, e aquilo deixou Elend desconfortável, por ter que sustentar o olhar dela por tanto tempo.

— Então, o que esperava entreouvir, mulher? — Elend questionou.

A terrisana ignorou a pergunta. Virou-se para os outros e falou numa voz com leve sotaque.

— Falarei apenas com o rei. O resto de vocês está dispensado.

Ham sorriu.

— Bem, ao menos tem sangue-frio.

Dockson dirigiu-se à terrisana.

— O que a faz pensar que deixaríamos nosso rei sozinho com você?

— Sua Majestade e eu temos coisas a discutir — a mulher disse como se tratasse de negócios, como se esquecendo ou não se importando com sua condição de prisioneira. — Não precisam se preocupar com sua segurança; tenho certeza de que a jovem Nascida da Bruma lá fora escondida na janela será mais do que suficiente para cuidar de mim.

Elend olhou para o lado, para uma pequena janela de ventilação ao lado de uma enorme com vitrais. Como a terrisana sabia que Vin estava observando? Seus ouvidos deviam ser extraordinariamente aguçados. Aguçados o bastante, talvez, para ouvir a reunião através de uma parede de pedra?

Elend virou-se de volta para a recém-chegada.

— Você é uma Guardadora.

Ela assentiu.

— Sazed a enviou?

— É por causa dele que estou aqui — ela confirmou. — Mas não fui enviada.

— Ham, tudo bem — Elend falou lentamente. — Vocês podem ir.

— Tem certeza? — Ham questionou com cenho franzido.

— Deixem-me amarrada, se quiserem — a mulher falou.

Se for realmente uma feruquemista, isso não será um grande empecilho, Elend pensou. *Claro, se for realmente uma feruquemista — uma Guardadora, como Sazed —, eu não deveria temê-la de forma alguma. Teoricamente.*

Os outros saíram da sala arrastando os pés, suas posturas indicando o que pensavam da decisão de Elend. Embora não fossem mais ladrões profissionais, Elend desconfiava que eles — como Vin — sempre carregariam os efeitos de sua criação.

— Estaremos bem aqui fora, El — Ham, o último a sair, disse antes de fechar a porta atrás de si.

E, ainda assim, qualquer um que me conhecer perceberá que não havia chance de eu desistir tão facilmente. Quando encontro algo para investigar, agarro-me à busca como um cão ao osso.

14

A TERRISANA ARREBENTOU AS AMARRAS, e as cordas caíram ao chão.

— Hum, Vin? — Elend falou, começando a se perguntar sobre qual a lógica de se reunir com essa mulher. — Talvez seja hora de você entrar.

— Na verdade, ela não está lá — a terrisana disse, casualmente, avançando. — Saiu poucos minutos atrás para fazer sua ronda. Por isso deixei que me pegassem.

— Hum, entendo — Elend comentou. — Chamarei os guardas agora.

— Não seja estúpido — a terrisana verberou. — Se quisesse matá-lo, poderia fazê-lo antes que os outros voltassem. Agora, fique quieto por um instante.

Elend levantou-se com desconforto enquanto a mulher alta caminhou ao redor da mesa num círculo lento, examinando-o como um mercador inspecionaria uma peça de mobiliário para leiloá-la. Por fim ela parou, encaixando as mãos nos quadris.

— Endireite o corpo — ela ordenou.

— Perdão?

— Você está encurvado, relaxado — a mulher disse. — Um rei precisa manter um ar de dignidade o tempo todo, mesmo quando está com amigos.

Elend franziu a testa.

— Bem, embora eu aprecie o conselho, não...

— Não — a mulher interrompeu. — Não titubeie. Ordene.

A mulher deu um passo adiante, colocando uma das mãos no ombro dele e pressionando suas costas com firmeza para melhorar a postura de Elend. Ela recuou, assentindo de leve para si mesma.

— Sabe — disse Elend —, eu não...

— Não — disse a mulher. — Precisa ser mais forte no modo de falar. A apresentação... as palavras, ações e posturas... determinarão como as pessoas o julgarão e reagirão a você. Se começar toda frase com suavidade e hesitação, parecerá suave e hesitante. Seja incisivo!

— O que está acontecendo aqui? — Elend inquiriu, exasperado.

— Isso! — a mulher se animou. — Finalmente.

— Você disse que conhece Sazed? — Elend perguntou, resistindo ao desejo de relaxar e voltar à sua postura anterior.

— É um conhecido — ela respondeu. — Meu nome é Tindwyl. Sou, como já adivinhou, uma Guardadora de Terris. — Ela tamborilou o pé no chão por um momento, em seguida sacudiu a cabeça. — Sazed me alertou sobre sua aparência desmazelada, mas honestamente não acreditava que um rei poderia ter tão pouca noção de como se apresentar.

— Desmazelada? — Elend perguntou. — Perdão?

— Pare de dizer isso — Tindwyl repreendeu. — Não faça perguntas, diga o que quer dizer. Se vai contestar, conteste, não deixe as palavras dependerem da minha interpretação.

— Sim, bem, embora isso seja fascinante — Elend falou, caminhando até a porta —, eu prefiro evitar mais insultos por hoje. Se me der licença...

— Seu povo pensa que você é um tolo, Elend Venture — Tindwyl falou baixinho.

Elend se deteve.

— A Assembleia, um órgão que você mesmo organizou, ignora sua autoridade. Os skaa estão convencidos de que você não será capaz de protegê-los. Até mesmo seu próprio conselho de amigos faz planos na sua ausência, considerando que suas contribuições não serão de grande valia.

Elend fechou os olhos, dando um suspiro lento, profundo.

— Você tem boas ideias, Elend Venture — Tindwyl comentou. — Ideias régias. Contudo, você não é um rei. Um homem só pode liderar quando os outros o aceitam como líder, e terá quanta autoridade seus subordinados lhe derem. Todas as ideias brilhantes do mundo não poderão salvar seu reino se ninguém quiser ouvi-las.

Elend virou-se.

— No ano que passou, eu li todos os livros relevantes sobre liderança e governança de quatro bibliotecas.

Tindwyl ergueu uma sobrancelha.

— Então, desconfio que gastou muito tempo em seu quarto, tempo no qual deveria ter estado *lá fora*, sendo visto por seu povo e aprendendo a ser um governante.

— Os livros têm um valor imenso — Elend falou.

— Ações têm um valor maior.

— E onde devo aprender as ações adequadas?

— Comigo.

Elend hesitou.

— Talvez você saiba que cada Guardador tem uma área de interesse específica — Tindwyl disse. — Embora todos memorizemos as mesmas informações, uma pessoa só pode estudar e entender uma quantidade limitada dessas informações. Nosso amigo em comum, Sazed, gasta seu tempo com religiões.

— E sua especialidade?

— Biografias — ela respondeu. — Estudei a vida de generais, reis e imperadores cujos nomes você nunca ouviu. Compreender teorias sobre política e liderança, Elend Venture, não é o mesmo que entender a vida de homens que viveram esses princípios.

— E... você pode me ensinar a emular esses homens?

— Talvez — Tindwyl respondeu. — Não decidi ainda se você é um caso perdido ou não. Mas estou aqui, então farei o que puder. Poucos meses atrás, recebi uma carta de Sazed explicando sua situação. Ele não me pediu que viesse treiná-lo, mas talvez Sazed também precise aprender a ser mais incisivo.

Elend concordou lentamente, encontrando o olhar da terrisana.

— Vai aceitar minhas instruções? — ela perguntou.

Elend pensou por um instante. *Se ela for ao menos tão útil quanto Sazed, então... bem, certamente eu poderia ter alguma ajuda nisso.*

— Vou — ele disse.

Tindwyl assentiu.

— Sazed também mencionou sua humildade. Pode ser uma vantagem, desde que você não deixe que ela atrapalhe. Agora, acredito que sua Nascida da Bruma voltou.

Elend virou-se para a janela lateral. O estore estava aberto, permitindo que a bruma começasse a fluir para dentro do gabinete e revelando uma figura agachada, encapuzada.

— Como sabia que eu estava aqui? — Vin perguntou em voz baixa.

Tindwyl sorriu — a primeira vez desde que Elend viu seu rosto.

— Sazed contou sobre você também, menina. Você e eu deveríamos conversar em breve, em particular, creio eu.

Vin deslizou para dentro do gabinete, atraindo a bruma atrás de si, em seguida fechou o estore. Ela não se importou em esconder a hostilidade ou a desconfiança quando se pôs entre Elend e Tindwyl.

— Por que está aqui? — Vin inquiriu.

Tindwyl sorriu novamente.

— Levou vários minutos até seu rei chegar a essa questão, e você pergunta após poucos momentos aqui. São um casal interessante, creio eu.

Os olhos de Vin estreitaram-se.

— De todo modo, devo me retirar — Tindwyl disse. — Presumo que vamos nos falar novamente, Vossa Majestade?

— Sim, claro — Elend respondeu. — Hum... alguma coisa que eu deva começar a praticar?

— Sim — Tindwyl falou, caminhando até a porta. — Pare de falar "hum".

— Certo.

Ham enfiou a cabeça pelo vão da porta assim que Tindwyl a abriu. Percebeu de pronto as amarras desfeitas. No entanto, não disse nada. Provavelmente achou que Elend a libertara.

— Acho que chega por hoje, pessoal — Elend disse. — Ham, pode providenciar aposentos para a senhora Tindwyl no palácio? É amiga de Sazed.

Ham ergueu os ombros.

— Tudo bem, então — ele meneou a cabeça para Vin, em seguida saiu. Tindwyl não lhes desejou boa-noite quando se retirou.

VIN FRANZIU A TESTA, DEPOIS olhou para Elend. Ele parecia... distraído.

— Não gosto dela — Vin falou.

Elend sorriu, empilhando os livros na mesa.

— Você não gosta de ninguém no primeiro encontro, Vin.

— Gostei de você.

— Demonstrando, assim, que você é péssima em julgar o caráter das pessoas.

Vin fez uma pausa e sorriu. Caminhou até ele e começou a fuçar nos livros. Não eram os livros costumeiros de Elend — muito mais práticos que o tipo de coisa que ele estava habituado a ler.

— Como foi hoje? — ela perguntou. — Não tive muito tempo para ouvir.

Elend suspirou. Virou-se, sentando-se na mesa, olhando para o imenso vitral nos fundos do gabinete. Estava escuro, suas cores apenas vislumbradas como reflexos no vidro escuro.

— Acho que foi bem.

— Falei que eles gostariam do seu plano. É o tipo de coisa que eles acham desafiadora.

— Acredito que sim — Elend comentou.

Vin fez uma careta.

— Certo — ela disse, sentando ao lado dele. — O que foi? Alguma coisa que aquela mulher disse? Aliás, o que ela queria?

— Apenas me transmitir um pouco de conhecimento — ele respondeu. — Sabe como são os Guardadores, sempre querem um ouvido para suas lições.

— Acho que sei — Vin falou lentamente. Nunca tinha visto Elend deprimido, mas ele ficava desanimado. Ele tinha tantas ideias, tantos planos e esperanças, que às vezes ela se perguntava como conseguia se lembrar de todos. Ela teria dito que lhe faltava foco; Reen sempre dizia que o foco mantinha o ladrão vivo. Contudo, os sonhos de Elend eram parte importante de sua personalidade. Duvidava que ele pudesse descartá-los. Não acreditava que ela quisesse isso, pois eram parte daquilo que ela amava nele.

— Eles concordaram com o plano, Vin — Elend confirmou, ainda olhando para a janela. — Pareciam até mesmo entusiasmados, como você disse que ficariam. É que... não posso deixar de pensar que a sugestão deles foi muito mais racional que a minha. Eles queriam tomar partido de um dos exércitos, dar nosso apoio e, em troca, me manter como um governante subjugado em Luthadel.

— O mesmo que se entregar — Vin falou.

— Às vezes, entregar-se é melhor que fracassar. Eu acabo de colocar minha cidade em um cerco prolongado. Isso acarretará fome, talvez mortes por inanição, antes que ele termine.

Vin pousou a mão no ombro dele, observando sua hesitação. Em geral, era ele quem a tranquilizava.

— Ainda assim é o melhor caminho — ela disse. — Os outros provavelmente sugeriram um plano mais fraco apenas porque pensaram que você não aceitaria algo mais ousado.

— Não — Elend contestou. — Eles não estavam me agradando, Vin. Realmente pensaram que fazer uma aliança estratégica era um plano bom, seguro. — Ele fez uma pausa, em seguida olhou para ela. — Desde quando *aquele* grupo representava o lado razoável do meu governo?

— Tiveram de crescer — Vin respondeu. — Não podem ser os homens de antigamente, não com tanta responsabilidade.

Elend virou-se novamente para a janela.

— Vou dizer o que me preocupa, Vin. Estou preocupado, pois o plano deles *não era* razoável, talvez até um pouco temerário. Talvez fazer uma aliança teria sido uma tarefa bastante complicada. Se esse for o caso, então o que *eu* propus é simplesmente ridículo.

Vin apertou de leve o ombro de Elend.

— Derrubamos o Senhor Soberano.

— Vocês tinham Kelsier na época.

— Não comece *de novo* com isso.

— Desculpe — Elend disse. — Mas é verdade, Vin. Talvez meu plano de tentar manter o governo não passe de arrogância. O que você me disse mesmo sobre sua infância? Quando vocês estavam em bandos de ladrões, e todo mundo era maior, mais forte e mais malvado que você, o que você fez? Enfrentou os líderes?

As lembranças invadiram sua mente. Lembranças de quando se escondia, olhava sempre para baixo, lembranças de fraqueza.

— Isso é passado — ela falou. — Não pode deixar os outros baterem em você para sempre. Foi o que Kelsier me ensinou... por isso derrubamos o Senhor Soberano. Por isso a rebelião skaa combateu o Império Final todos esses anos, mesmo quando não havia chance de vitória. Reen me ensinou que os rebeldes eram tolos. Mas Reen está morto agora... como o Império Final. E...

Ela se inclinou para a frente, fitando os olhos de Elend.

— Você não pode abrir mão da cidade, Elend — Vin falou baixinho. — Não acho que eu gostaria do que isso causaria a você.

Elend parou por um instante para sorrir lentamente em seguida.

— Às vezes, você pode ser muito sábia, Vin.

— Acha mesmo?

Ele fez que sim com a cabeça.

— Bem — ela disse —, então obviamente você é tão ruim quanto eu para julgar caráter.

Elend riu, envolvendo-a com os braços, abraçando-a de lado.

— Então, creio que a patrulha desta noite foi tranquila?

O espírito das brumas. Sua queda. O frio que ela ainda sentia — mesmo que numa lembrança ligeira — no antebraço.

— Foi — ela mentiu. Na última vez que ela lhe contara sobre o espírito das brumas, ele de pronto pensara que ela estava vendo coisas.

— Viu só — Elend lhe falou —, deveria ter vindo para a reunião. Eu teria gostado de tê-la aqui.

Ela não respondeu.

Ficaram sentados por alguns minutos, olhando para a janela escura. Havia uma beleza estranha nela; não se viam as cores pela falta de uma luz ao fundo, e ela conseguia concentrar-se nos padrões do vitral. Lascas, pedaços, fatias e placas juntas dentro de uma estrutura de metal.

— Elend? — ela disse, por fim. — Estou preocupada.

— Eu estaria se você não estivesse — ele retrucou. — Aqueles exércitos me deixam *tão* preocupado que mal consigo pensar direito.

— Não — Vin disse. — Não é isso. Estou preocupada com outras coisas.

— Por exemplo?

— Bem... estive pensando sobre o que o Senhor Soberano disse pouco antes de eu assassiná-lo. Lembra?

Elend assentiu. Não estava lá, mas ela lhe contou.

— Ele falou sobre o que havia feito pela humanidade — Vin comentou. — Reza a lenda que ele nos salvou. Das Profundezas. Mas o que *eram* as Profundezas? Você era um nobre... a religião não era proibida para vocês. O que o Ministério ensinava sobre as Profundezas e o Senhor Soberano?

Elend ergueu os ombros.

— Nada demais, na verdade. A religião não era proibida, mas também não era incentivada. O Ministério tinha um quê de proprietário, algo no ar que deixava implícito que eles cuidariam dos assuntos religiosos, que não precisávamos nos preocupar.

— Mas ensinaram algumas coisas a vocês, certo?

Elend assentiu.

— Na maioria das vezes falavam sobre por que a nobreza era privilegiada e os skaa eram amaldiçoados. Acho que queriam que entendêssemos o quanto éramos afortunados, embora, honestamente, eu sempre achasse aqueles ensinamentos um pouco perturbadores. Bem, eles alegavam que éramos nobres porque nossos ancestrais apoiavam o Senhor Soberano antes da Ascensão. Mas isso significa que éramos privilegiados pelo que outras pessoas haviam feito. Não é justo, certo?

Vin deu de ombros.

— Tão justo como qualquer outra coisa, eu acho.

— Mas vocês não ficavam com raiva? — Elend quis saber. — Não ficavam frustrados pelo fato de a nobreza ter tanto, enquanto vocês tinham tão pouco?

— Eu não pensava nisso — Vin respondeu. — A nobreza tinha muito, então podíamos tirar deles. Por que eu deveria me importar em como eles conseguiram? Às vezes, quando eu tinha comida, outros ladrões me batiam e roubavam de mim. O que importava como eu conseguia a comida? Eles tiravam de mim de qualquer jeito.

Elend hesitou.

— Sabe, às vezes eu me pergunto o que os teóricos políticos que li diriam se conhecessem você. Tenho a sensação de que levantariam as mãos para o céu de tão frustrados.

Ela deu uma cutucadinha nele.

— Chega de política. Me fale sobre as Profundezas.

— Bem, acho que era uma espécie de criatura... uma coisa obscura e maléfica que quase destruiu o mundo. O Senhor Soberano viajou até o Poço da Ascensão, onde recebeu o poder para derrotar as Profundezas e unir a humanidade. Há várias estátuas na cidade que representam o acontecimento.

Vin franziu a testa.

— Sim, mas nunca mostram realmente a aparência das Profundezas. É retratada como uma massa retorcida aos pés do Senhor Soberano.

— Bem, a última pessoa que viu realmente as Profundezas morreu um ano atrás, então acho que teremos que nos contentar com as estátuas.

— A menos que ela volte — Vin falou em voz baixa.

Elend fez uma careta, olhando novamente para ela.

— É disso que se trata, Vin? — O rosto dele suavizou-se levemente. — Não bastam dois exércitos? Precisa se preocupar com o destino do mundo também?

Vin baixou os olhos, envergonhada, e Elend riu, puxando-a para perto dele.

— Ah, Vin. Sei que você é um pouco paranoica... honestamente, considerando nossa situação, estou começando a sentir o mesmo... Mas acho que esse é um problema com o qual você não precisa se preocupar. Nunca ouvi nenhum relato de encarnações monstruosas do mal assombrando o mundo.

Vin concordou, e Elend recostou-se um pouco, obviamente supondo que respondera à pergunta.

O Herói das Eras viajou ao Poço da Ascensão para derrotar as Profundezas, ela pensou. *Mas todas as profecias diziam que o Herói não deveria tomar o poder do Poço para si. Deveria entregá-lo, confiar no próprio poder para destruir as Profundezas.*

Rashek não fez isso: ele tomou o poder. Isso não significava que as Profundezas nunca haviam sido derrotadas? Por que, então, o mundo não fora destruído?

— O sol vermelho e as plantas marrons — Vin falou. — As Profundezas fizeram isso?

— Ainda pensando nelas? — Elend franziu o cenho. — Sol vermelho e plantas marrons? Que outras cores eles teriam?

— Kelsier dizia que no passado o sol era amarelo, e as plantas, verdes.

— É uma imagem estranha.

— Sazed concordava com Kelsier — Vin confirmou. — As lendas todas dizem que durante os primeiros tempos do Senhor Soberano, o sol mudou de cor, e as cinzas começaram a cair dos céus.

— Bem — Elend falou —, acho que as Profundezas *poderiam* ter algo a ver com isso. Não sei, de verdade. — Ele se sentou e refletiu por alguns momentos. — Plantas verdes? Por que não púrpura ou azul? Tão estranho...

O Herói das Eras viajou para o norte, para o Poço da Ascensão, Vin pensou novamente. Virou-se um pouco, os olhos atraídos na direção das montanhas terrisanas, tão distantes. Será que ainda estava lá? O Poço da Ascensão?

— Você conseguiu tirar alguma informação de OreSeur? — Elend perguntou. — Algo que nos ajude a encontrar o espião?

Vin levantou os ombros.

— Ele me disse que os kandras não podem usar Alomancia.

— Então, você consegue encontrar nosso impostor dessa maneira? — Elend perguntou, mostrando interesse.

— Talvez — Vin respondeu. — Posso testar Fantasma e Ham, ao menos. Com pessoas normais será mais difícil; embora kandras não possam ser *abrandados*, então talvez isso me deixe encontrar o espião.

— Parece promissor — Elend disse.

Vin assentiu. A ladra dentro dela, a garota paranoica que Elend sempre provocava, estava se coçando para usar Alomancia nele — testá-lo, ver se ele reagia a seus *empurrões* e *puxões*. Ela se refreou. Naquele homem ela confiaria. Os outros ela testaria, mas não questionaria Elend. De alguma forma, ela preferia confiar nele e estar errada a lidar com a preocupação da desconfiança.

Finalmente entendi, pensou, surpresa. *Kelsier. Entendi o que Mare significava para você. Não vou cometer o mesmo erro.*

Elend estava olhando para ela.

— O quê? — ela quis saber.

— Você está sorrindo — ele disse. — Posso saber qual é a piada?

Ela o abraçou.

— Não — Vin disse, simplesmente.

Elend sorriu.

— Tudo bem, então. Pode testar Fantasma e Ham, mas tenho quase certeza de que o impostor não é ninguém da equipe... falei com eles todos hoje, e são todos eles mesmos. Precisamos procurar entre o pessoal do palácio.

Ele não sabe como os kandras podem ser bons. O kandra inimigo provavelmente estudou sua vítima por meses a fio, aprendendo e memorizando cada maneirismo.

— Falei com Ham e Demoux — Elend comentou. — Como membros da guarda palaciana, sabem sobre os ossos... e Ham conseguiu adivinhar o que eram. Com sorte, eles vão poder examinar a equipe com o mínimo de perturbação e localizar o impostor.

Vin se incomodava com quão confiante Elend era. *Não*, ela pensou. *Deixe que ele pense o melhor. Já tem problemas o bastante com os quais se preocupar. Além disso, talvez o kandra esteja imitando alguém de fora da nossa equipe principal. Elend pode ir por esse caminho.*

E, se o impostor for um membro da equipe... Bem, esse é o tipo de situação no qual minha paranoia se torna bem útil.

— De qualquer maneira — Elend falou, levantando-se —, tenho algumas coisas para verificar antes que fique tarde demais.

Vin concordou. Ele lhe deu um beijo longo, em seguida saiu. Ela ficou sentada na mesa por mais alguns momentos, sem olhar para o imenso vitral na janela, mas para a janela menor na lateral, que havia deixado um pouco aberta. Era uma porta noite adentro. As brumas rodopiavam na escuridão, estendendo seus tentáculos por instantes, evaporando-se no calor silencioso.

— Não terei medo de você — Vin sussurrou. — E descobrirei seu segredo.

Ela saiu de cima da mesa e deslizou janela afora, voltando para encontrar OreSeur e fazer outra ronda no território do palácio.

Concluí que Alendi era o Herói das Eras e eu pretendia provar isso. Eu deveria ter me curvado diante da vontade alheia; não deveria ter insistido em viajar com Alendi para testemunhar suas jornadas.
Era inevitável que o próprio Alendi descobrisse o que eu acreditava que ele era.

15

NO OITAVO DIA FORA DO Convento, Sazed acordou e viu que estava sozinho.

Levantou-se, empurrando o cobertor e a película leve de cinzas que havia caído durante a noite. O lugar de Marsh embaixo da copa da árvore estava vazio, embora um pedaço de terra nua indicasse onde o Inquisidor dormira.

Sazed levantou-se, seguiu as pegadas de Marsh na direção da luz vermelha do sol. As camadas de cinza eram mais profundas ali, sem a cobertura das árvores, e tinham sido sopradas formando montinhos. Sazed observou a paisagem varrida pelo vento. Não havia mais sinais de Marsh.

Sazed voltou ao acampamento. As árvores ali, no meio do Domínio Oriental, cresciam retorcidas e nodosas, mas tinham galhos entrecruzados e largos como prateleiras, grossos com espinhos amarronzados. Davam abrigo decente, embora as cinzas parecessem capazes de se infiltrar em qualquer refúgio.

Sazed fez uma sopa simples para o desjejum. Marsh não voltou. Sazed lavou sua túnica marrom de viagem num riacho próximo. Marsh não voltou. Sazed costurou um rasgo em sua manga, passou óleo em suas botas de caminhada e raspou a cabeça. Marsh não voltou. Sazed pegou a cópia por fricção que fizera no Convento, transcreveu algumas palavras, em seguida forçou-se a pôr de lado a folha — temia que as palavras se borrassem ao abri-la muitas vezes ou deixar que cinzas caíssem nela. Melhor esperar até que pudesse ter uma escrivaninha decente e um quarto limpo.

Marsh não voltou.

Por fim, Sazed partiu. Não conseguia definir a sensação de urgência que tinha — em parte entusiasmo para compartilhar o que descobrira, em parte desejo de ver como Vin e o jovem rei Elend Venture estavam lidando com os acontecimentos em Luthadel.

Marsh sabia o caminho. Ele o alcançaria.

SAZED ERGUEU A MÃO, PROTEGENDO os olhos da luz vermelha do sol, olhando para baixo de seu posto no topo do monte. Havia uma leve escuridão no horizonte, a leste da estrada principal. Ele acessou sua mente de cobre de geografia, buscando descrições do Domínio Oriental.

O conhecimento aumentou sua mente, agraciando-o com a lembrança. A escuridão era uma vila chamada Urbene. Buscou pelos índices, procurando pelo registro correto de termos geográficos. O índice ficava cada vez mais difuso, suas informações difíceis de recordar — o que significava que ele o ativara da mente de cobre para a memória e vice-versa vezes demais. O conhecimento dentro da mente de cobre permaneceria impecável, mas qualquer coisa dentro de sua cabeça, mesmo que por apenas uns momentos, se deterioraria. Ele precisaria memorizar o índice novamente mais tarde.

Encontrou o que buscava e lançou as lembranças corretas para dentro da cabeça. O registro dizia que Urbene era "pitoresca", provavelmente porque algum nobre importante decidira fazer seu solar lá. A listagem dizia que os skaa de Urbene eram pastores.

Sazed rabiscou uma anotação para si mesmo, em seguida guardou de volta as memórias do registro geográfico. Ler a anotação lhe dizia o que acabara de esquecer. Como o índice, as memórias do registro geográfico, de modo inevitável, se deterioravam levemente durante sua permanência na cabeça. Felizmente, Sazed tinha um segundo conjunto de mentes de cobre escondido como reserva em Terris e o usaria para transmitir seu conhecimento a outro Guardador. Suas atuais mentes de cobre eram para uso diário. Conhecimento não aplicado não beneficiava ninguém.

Pôs a bolsa no ombro. Uma visita ao vilarejo lhe faria bem, mesmo que retardasse sua jornada. Seu estômago concordou com a decisão. Era improvável que os camponeses tivessem muita comida, mas talvez pudessem oferecer algo além de um caldo. Também poderiam ter notícias dos acontecimentos em Luthadel.

Ele escalou a colina, entrando no lado menor da bifurcação da estrada, a leste. No passado, não se viajava muito no Império Final. O Senhor Soberano proibira os skaa de sair das terras onde eram servos por contrato, e apenas ladrões e rebeldes ousavam desobedecer. Ainda assim, grande parte da nobreza ganhava seu pão com o comércio, então uma vila como aquela deveria estar acostumada com visitantes.

Sazed começou a perceber estranhezas imediatamente. Bodes perambulavam pelo campo ao lado da estrada sem serem vigiados. Sazed fez uma pausa, então tirou uma mente de cobre da bolsa. Examinou-a enquanto caminhava. Um livro sobre pecuária contava que os pastores às vezes deixavam os rebanhos sozinhos para pastar. Ainda assim, os animais sozinhos deixavam-no nervoso. Ele acelerou o passo.

Um pouco mais ao sul, os skaa morrem de fome, ele pensou. *Ainda assim, aqui os rebanhos são tão abundantes que ninguém precisa ser escalado para mantê-los a salvo de bandidos ou predadores?*

O vilarejo apareceu à distância. Sazed quase conseguira se convencer de que a falta de atividade — a falta de movimento nas ruas, as portas e os estores abandonados balançando ao vento — se devia a sua aproximação. Talvez as pessoas tenham ficado tão assustadas que se esconderam. Ou, talvez, simplesmente estivessem todas fora. Cuidando dos rebanhos...

Sazed parou. Uma mudança no vento trouxe um cheiro denunciador lá do vilarejo. Os skaa não haviam se escondido, nem fugido. Era o cheiro de corpos apodrecendo.

Com urgência repentina, Sazed puxou um pequeno anel — uma mente de estanho de olfato — e deslizou-o no dedão. O cheiro no vento não se parecia com o de uma chacina. Era um cheiro mais bolorento, sujo. Um cheiro não apenas de morte, mas de putrefação, corpos sujos e dejetos.

Ele reverteu o uso da mente de estanho, preenchendo-a em vez de acessá-la, e sua capacidade de sentir cheiros ficou muito fraca — impedindo que ele vomitasse.

Ele continuou, entrando no vilarejo com cuidado. Como a maioria das vilas skaa, Urbene tinha organização simples. Um grupo de dez cabanas grandes construídas em um círculo irregular com um poço no centro. As construções eram de madeira, e como cobertura usavam os mesmos galhos espinhosos das árvores que vira. As cabanas dos feitores, junto com uma refinada mansão de nobre, ficavam um pouco mais acima no vale.

Se não fosse pelo cheiro — e a sensação de vazio mal-assombrado —, Sazed talvez concordasse com a descrição do registro geográfico de Urbene. Para moradias skaa, as cabanas pareciam bem-cuidadas, e o vilarejo ficava numa depressão silenciosa em meio a uma paisagem montanhosa.

Só quando chegou um pouco mais perto encontrou os primeiros corpos. Jazia espalhada ao redor da porta da cabana mais próxima cerca de meia dúzia deles. Sazed chegou com cuidado, mas rapidamente pôde ver que os cadáveres estavam ali há no mínimo vários dias. Ajoelhou-se ao lado de um deles, de uma mulher, e não havia causa visível da morte. O mesmo com os outros.

Nervoso, Sazed obrigou-se a estender a mão e abrir a porta da cabana. O fedor lá dentro era tão forte que conseguia senti-lo por meio da mente de estanho.

A cabana, como a maioria, tinha um único cômodo. Estava cheia de corpos. A maioria envolta em cobertores finos, alguns sentados com as costas contra as paredes, cabeças putrefatas pendendo dos pescoços. Eram corpos esqueléticos, quase sem carne, com membros ressequidos e costelas à mostra. Olhos assombrados e cegos encravados nos rostos sem vida.

Essas pessoas haviam morrido de fome e desidratação.

Sazed saiu aos tropeços da cabana, de cabeça baixa. Não esperava encontrar nada diferente nos outros casebres, mas os verificou mesmo assim. Viu a mesma cena repetidamente. Corpos sem ferimentos no chão, no lado de fora; muitos outros corpos amontoados no lado de dentro. Moscas zumbiam ao redor em enxames, cobrindo os rostos. Em várias construções encontrou ossos humanos roídos no centro do cômodo.

Saiu da última cabana, respirando fundo pela boca. Dezenas de pessoas, mais de uma centena no total, mortas sem motivo aparente. O que poderia ter feito muitos deles simplesmente ficarem sentados, escondidos em suas casas, enquanto a comida e a água se esgotavam? Como poderiam ter morrido de fome, enquanto havia animais correndo livres lá fora? E o que matara aqueles que estavam do lado de fora, jazendo nas cinzas? Não pareciam tão macilentos quanto os que estavam dentro das cabanas. Mesmo que, considerando o nível de decomposição, fosse difícil dizer.

Posso estar enganado quanto à inanição, Sazed disse a si mesmo. *Deve ter havido uma peste de algum tipo, uma doença. É uma explicação muito mais lógica.* Ele acessou sua mente de cobre médica. Com certeza, havia doenças que podiam atacar rapidamente, deixando as vítimas enfraquecidas. E os sobreviventes devem ter fugido, deixando para trás seus entes queridos, sem levar nenhum dos animais de seus pastos...

Sazed franziu o cenho. Naquele momento, pensou ter ouvido algo.

Virou-se, puxando o poder auditivo de sua mente de estanho de audição. Os sons estavam lá... sons de respiração, sons de movimento, vindo de uma das cabanas que visitara. Avançou, abrindo a porta com tudo, olhando novamente para os corpos miseráveis. Os cadáveres jaziam onde estavam antes. Sazed observou-os com muita atenção, desta vez examinando até encontrar um daqueles peitos se movendo.

Pelos deuses esquecidos... Sazed pensou. O homem não precisava se esforçar muito para fingir estar morto. Os cabelos haviam caído, os olhos estavam afundados no rosto. Embora não parecesse sofrer especialmente de inanição, Sazed devia ter passado por ele despercebido por causa do corpo sujo, quase cadavérico.

Sazed foi até o homem.

— Sou um amigo — ele disse baixinho. O homem ficou imóvel. Sazed franziu a testa enquanto caminhava para a frente e pousou a mão no ombro do outro.

Os olhos do homem abriram de uma vez, e ele gritou, ficando em pé de repente. Zonzo e frenético, tropeçou sobre cadáveres, partindo para o fundo do cômodo. Agachou-se, encarando Sazed.

— Por favor — Sazed falou, deixando a bolsa no chão. — Não precisa ter medo. — A única comida que tinha além dos temperos para caldo eram alguns punhados de farinha, mas ele tirou um pouco da bolsa. — Tenho comida.

O homem sacudiu a cabeça.

— Não há comida — ele sussurrou. — Comemos tudo. A não ser... a comida.

Seus olhos fitavam o centro do cômodo. Os ossos que Sazed observara antes. Crus, roídos, postos em uma pilha ao lado de um pano esfarrapado, como se para escondê-los.

— Eu não comi a comida — o homem murmurou.

— Eu sei — Sazed assegurou, dando um passo para a frente. — Mas, tem outra comida. Lá fora.

— Não posso sair.

— Por que não?

O homem hesitou, em seguida baixou o olhar.

— A bruma.

Sazed olhou para a saída. O sol estava se aproximando do horizonte, mas não se poria em menos de uma hora, mais ou menos. Não havia bruma. Quer dizer, não naquele momento.

Sazed sentiu um arrepio. Devagar, voltou-se para o homem.

— Brumas... durante o dia?

O homem concordou com a cabeça.

— E ela permaneceu? — Sazed quis saber. — Não foi embora depois de algumas horas?

O outro negou com a cabeça.

— Dias. Semanas. Tudo bruma.

Senhor Soberano!, Sazed pensou, então se flagrou. Havia muito tempo que ele não clamava pelo nome daquela criatura, mesmo em pensamentos.

No entanto, para a bruma vir durante o dia, em seguida ficar — se fosse possível acreditar naquele homem — por semanas... Sazed podia imaginar os skaa, apavorados em suas cabanas, com mil anos de terror, tradição e superstição impedindo-os de se aventurar lá fora.

Mas permanecer lá dentro até morrer de fome? Mesmo seu medo da bruma, arraigado como era, não teria sido o suficiente para fazê-los se manter na inanição até morrer, teria?

— Por que não saíram? — Sazed perguntou em voz baixa.

— Alguns saíram — o homem falou, assentindo como se para si mesmo. — Jell. Você sabe o que aconteceu com ele.

Sazed fez uma careta.

— Morreu?

— Foi levado pela bruma. Ah, como ele tremia. Era teimoso, sabe. Velho Jell. Ah, como ele tremia. Como ele se contorceu quando a bruma pegou ele.

Sazed cerrou os olhos. *Os cadáveres que encontrei lá fora, nas portas.*

— Alguns escaparam — o homem falou.

Sazed abriu os olhos de uma vez.

— Quê?

O camponês, variando, assentiu de novo.

— Alguns escaparam, sabe? Eles nos chamaram, depois de sair do vilarejo. Disseram que tudo estava bem. Ela não os pegou. Não sei por quê. Mas matou outros. Alguns ela jogou no chão, mas eles levantaram mais tarde. Alguns ela matou.

— A bruma deixou que alguns vivessem, mas matou outros?

O homem não respondeu. Sentou-se, depois deitou de costas, encarando o teto, disperso.

— Por favor — Sazed pediu. — Precisa me responder. Quem ela matou e quem ela deixou ir embora? Qual é a relação?

O homem virou-se para ele.

— Hora da comida — ele disse, em seguida se levantou. Caminhou até um cadáver, depois puxou um braço, arrancando a carne apodrecida. Era fácil ver por que ele não morreu de fome como os outros.

Sazed reprimiu a náusea, caminhando pela sala e agarrando o braço do homem, enquanto ele erguia o osso quase descarnado até os lábios. O homem ficou paralisado, depois ergueu o olhar para Sazed.

— Não é meu! — ele gritou, largando o osso e correndo para o fundo do cômodo.

Sazed ficou parado por um momento. *Preciso me apressar. Preciso chegar a Luthadel. Há mais coisas erradas com o mundo além de bandidos e exércitos.*

O homem insano observava-o com uma espécie feroz de terror, enquanto Sazed pegava sua bolsa. Em seguida ele hesitou e deixou a bolsa novamente no chão. Puxou dela sua maior mente de peltre. Prendeu a braçadeira larga de metal no antebraço, em seguida virou-se e caminhou até o aldeão.

— Não! — o homem gritou, tentando escapar pela lateral. Sazed acessou a mente de peltre, puxando uma explosão de força. Sentiu os músculos crescerem, a túnica ficar mais justa. Agarrou o aldeão quando o homem passou correndo, deixando-o longe o bastante para que não lhe fizesse nenhum mal.

Depois disso, levou-o para fora da construção.

O homem parou de lutar assim que saíram à luz do sol. Ele ergueu os olhos, como se visse o sol pela primeira vez. Sazed deixou-o no chão, depois liberou sua mente de peltre.

O homem ajoelhou, com os olhos voltados para o sol, depois virou-se para Sazed.

— O Senhor Soberano... por que ele nos abandonou? Por que ele foi embora?

— O Senhor Soberano era um tirano.

O homem negou com a cabeça.

— Ele nos amava. Ele nos governava. Agora que ele se foi, as brumas podem nos matar. Elas nos odeiam.

Então, com destreza surpreendente, o homem ficou em pé e seguiu aos tropeções para o caminho que levava para fora do vilarejo. Sazed deu um passo para a frente, mas parou. O que ele faria? Arrastaria o homem até Luthadel? Havia água no poço e animais para comer. Sazed podia apenas esperar que o pobre-diabo se virasse.

Suspirando, Sazed voltou para a cabana e pegou sua bolsa. Ao sair, ele hesitou, em seguida pegou uma das suas mentes de aço. O aço armazenava um dos atributos mais difíceis de armazenar: velocidade física. Ele passara meses enchendo essa mente de aço em particular, preparando-se para a possibilidade de algum dia precisar correr para algum lugar muito, muito rapidamente.

Naquele momento, ele teve de usá-la.

Sim, foi ele quem alimentou os rumores depois disso. Eu nunca poderia ter feito o que ele fez, convencer e persuadir o mundo de que ele era, de fato, o Herói. Não sei se ele acreditava naquilo, mas fez os outros pensarem que ele devia sê-lo.

16

VIN RARAMENTE USAVA SEUS APOSENTOS. Elend lhe concedera cômodos espaçosos — o que, talvez, fosse parte do problema. Ela passara a infância dormindo em abrigos, tocas ou becos. Ter três quartos separados era um pouco assustador.

Não importava, na verdade. Quando estava acordada, ficava com Elend ou nas brumas. Os aposentos existiam para que ela dormisse neles. Ou, neste caso, para ela bagunçá-los.

Estava sentada no chão, no centro do aposento principal. O mordomo de Elend, preocupado com o fato de Vin não ter nenhuma mobília, insistiu em decorar seus aposentos. Naquela manhã, Vin empurrara alguns dos móveis para o canto, empilhando tapetes e poltronas de um lado, para que ela pudesse se sentar nas pedras frias com seu livro.

Era o primeiro livro de verdade que possuía, embora fosse apenas uma coleção de páginas malcoladas de um lado. Aquilo bastava para ela; a encadernação simples deixava o livro bem fácil de desmembrar.

Ela se sentou no meio de pilhas de papel. Era incrível ver quantas páginas havia no livro depois de ela tê-las separado. Vin sentou-se ao lado de uma pilha, examinando seu conteúdo. Sacudiu a cabeça, em seguida engatinhou até outra pilha. Folheou as páginas, escolhendo, por fim, uma delas.

Às vezes me pergunto se estou enlouquecendo.

Talvez seja pela pressão de saber que preciso, de alguma forma, suportar o peso do mundo inteiro. Talvez seja por causa das mortes que vi, pelos amigos que perdi. Os amigos que fui forçado a assassinar.

De qualquer forma, às vezes vejo as sombras me seguirem. Criaturas das trevas que não entendo, nem quero entender. Talvez sejam alguma invenção da minha mente sobrecarregada?

Vin parou um momento, relendo os parágrafos. Depois, deixou a folha em outra pilha. OreSeur estava deitado na lateral do quarto, cabeça nas patas, observando-a.

— Senhora — ele disse enquanto ela pousou a página —, estive observando a senhora trabalhar nas últimas duas horas e admito que estou totalmente confuso. Qual o objetivo de tudo isso?

Vin engatinhou até outra pilha de páginas.

— Pensei que não se importasse com como gasto meu tempo.

— Não me importo — OreSeur confirmou. — Mas estou entediado.

— E incomodado, aparentemente.

— Gosto de entender o que está acontecendo ao meu redor.

Vin deu de ombros, apontando para as pilhas de papel.

— Este é o diário do Senhor Soberano. Bem, na verdade, não é o diário do Senhor Soberano que conhecemos, mas o diário do homem que *deveria* ter sido o Senhor Soberano.

— Deveria ter sido? — OreSeur questionou. — Quer dizer que ele deveria ter conquistado o mundo, mas não conquistou?

— Não — Vin falou. — Digo, ele deveria ter sido aquele que assumiu o poder no Poço da Ascensão. Aquele homem, o homem que escreveu este livro... na verdade não sabemos seu nome... foi uma espécie de herói profetizado. Ou... todos pensavam que ele era. De qualquer forma, o homem que se tornou o Senhor Soberano, Rashek, era o carregador deste herói.

Não se lembra de quando conversamos sobre isso, quando você estava na pele de Renoux?

OreSeur assentiu.

— Lembro que você mencionou brevemente.

— Bem, este é o livro que Kelsier e eu encontramos quando nos infiltramos no palácio do Senhor Soberano. Pensamos que havia sido escrito por ele, mas descobrimos que foi escrito pelo homem que o Senhor Soberano assassinou, o homem de quem ele tomou o lugar.

— Sim, senhora — OreSeur disse. — Agora, por que exatamente a senhora o está desmembrando?

— Não estou — Vin respondeu. — Eu só tirei a costura para poder movimentar as páginas. Me ajuda a pensar.

— Entendo... — OreSeur falou. — E o que exatamente a senhora está buscando? O Senhor Soberano está morto, senhora. Pelo que pude ver, a senhora o matou.

O que estou buscando?, Vin pensou, pegando outra página. *Fantasmas nas brumas.*

Ela leu as palavras naquela página lentamente.

Não é uma sombra.

Esta coisa escura que me segue, a coisa que apenas eu consigo ver — não é uma sombra de verdade. É preta e translúcida, mas não tem a silhueta sólida como a de uma sombra. Não tem substância — é nebulosa e disforme. Como se feita de névoa preta.

Ou, talvez, brumas.

Vin baixou a página. *Aquilo o vigiava também*, ela pensou. Lembrou-se de ter lido as palavras um ano antes, pensando que o Herói estivesse começando a enlouquecer. Com todas as pressões sobre ele, quem se surpreenderia?

Contudo, naquele momento, pensou entender melhor o autor anônimo do diário. Sabia que não era o Senhor Soberano, e podia vê-lo pelo que poderia ter sido. Incerto quanto ao seu lugar no mundo, mas forçado a participar de acontecimentos importantes. Determinado a fazer o melhor que podia. Idealista, de certa forma.

E o espírito das brumas o perseguiu. O que isso queria dizer? O que vê-lo significava para ela?

Rastejou até outra pilha de páginas. Havia passado a manhã buscando no diário pistas sobre a criatura das brumas. No entanto, estava tendo dificuldade de ir muito além dessas duas passagens familiares.

Fez pilhas de páginas que mencionavam qualquer coisa estranha ou sobrenatural. Uma pilha pequena com páginas que faziam referência ao espírito das brumas. Também tinha uma pilha especial para menções das Profundezas. Esta última, ironicamente, era a maior e a menos informativa do grupo. O autor do diário tinha o hábito de mencionar as Profundezas, mas sem dizer muito sobre elas.

As Profundezas eram perigosas, isso estava bem claro. Devastaram a terra, matando milhares de pessoas. O monstro semeava o caos por onde passava, levando a destruição e o medo, mas os exércitos da humanidade não tinham sido capazes de derrotá-lo. Apenas as profecias de Terris e o Herói das Eras ofereciam alguma esperança.

Se tivesse sido mais específico!, Vin pensou, frustrada, folheando os papéis. No entanto, o tom do diário era realmente mais melancólico do que informativo. Algo que o Herói escrevera para si, para manter a sanidade, para poder registrar medos e esperanças no papel. Elend disse que escrevia por motivos semelhantes, às vezes. Para Vin, parecia um método bobo de lidar com problemas.

Com um suspiro, virou-se para a última pilha de papéis — aquela com as páginas que ela ainda precisava estudar. Deitou no chão de pedra e começou a ler, buscando informações úteis.

Levou tempo. Não apenas porque era uma leitora lenta, mas também porque sua mente divagava o tempo todo. Lera o diário antes — e, estranhamente, trechos e frases dele faziam com que se lembrasse de onde estava na época. Dois anos e um mundo de distância, em Fellise, ainda se recuperando de uma quase morte pelas mãos de um Inquisidor do Aço, ela fora forçada a passar os dias fingindo ser Valette Renoux, uma jovem nobre inexperiente do interior.

Naquela época, ela ainda não acreditava no plano de Kelsier de derrubar o Império Final. Ficara com o grupo porque valorizava as coisas estranhas que eles lhe ofereciam — amizade, confiança e lições de Alomancia —, e não porque aceitava seus objetivos. Nunca teria imaginado aonde aquilo a levaria. A bailes e festas, a crescer de verdade — apenas um pouco — para se tornar a nobre que ela fingira ser.

Mas aquilo fora uma farsa, alguns meses de fingimento. Ela afastou os pensamentos das vestes enfeitadas e das danças. Precisava se concentrar em questões práticas.

E... isso é prático?, ela pensou de forma indolente, deixando a página numa das pilhas. *Estudar coisas que mal compreendo, temer uma ameaça que ninguém se importa em notar?*

Ela suspirou, cruzando os braços sob o queixo, deitada de barriga para baixo. O que realmente a preocupava? Que as Profundezas voltassem? Tudo que tinha eram algumas visões fantasmagóricas nas brumas — coisas que podiam, como Elend insinuou, ter sido facilmente fabricadas por sua mente sobrecarregada. Outra questão era mais importante. Supondo que as Profundezas fossem reais, o que ela esperava fazer quanto a isso? Não era heroína, general ou líder.

Ah, Kelsier, ela pensou, pegando outra página. *Você poderia ser útil agora.* Kelsier era um homem nada convencional... um homem que, de alguma forma, conseguia desafiar a realidade. Pensara que, ao sacrificar sua vida para derrubar o Senhor Soberano, garantiria a liberdade para os skaa. Mas e se seu sacrifício tivesse aberto uma porta para um perigo maior, algo tão destrutivo que a opressão do Senhor Soberano seria uma alternativa preferível?

Por fim, ela acabou a página, deixando-a na pilha daquelas que não continham informações úteis. Então, parou. Não conseguia se lembrar do que havia acabado de ler. Suspirou, pegou a página novamente, voltou a olhá-la. Como Elend fazia isso? Conseguia estudar os mesmos livros várias e várias vezes. Mas, para Vin, era difícil...

Ela hesitou. *Preciso partir do princípio de que não estou maluco*, era o que estava escrito. *Não posso, com senso racional de confiança, continuar minha busca se não acreditar nisso. A coisa que me segue deve, portanto, ser real.*

Vin sentou-se. Lembrava-se apenas vagamente desse trecho do diário. O livro era organizado dia a dia, com registros sequenciais, mas sem data. Tinha uma tendência a divagar, e o Herói gostava de se estender demais sobre suas inseguranças. Este trecho era particularmente árido.

Porém, no meio da reclamação, havia uma pequena informação.

Acredito que ela me mataria se pudesse. A coisa de sombra e névoa parece maléfica, e minha pele se encolhe ao seu toque. Ainda assim, parece limitada no que pode fazer, especialmente comigo.

No entanto, ela pode influenciar este mundo. A faca que deixou no peito de Fedik é uma grande prova. Ainda não estou certo sobre o que foi mais traumático para ele — o ferimento em si ou ver a coisa que fez isso com ele.

Rashek espalha por aí que eu apunhalei Fedik, pois apenas Fedik e eu podemos dar testemunho dos acontecimentos daquela noite. No entanto, preciso tomar uma decisão. Preciso determinar que não estou louco. A alternativa é admitir que era eu quem segurava aquela faca.

De alguma forma, conhecer a opinião de Rashek sobre a questão torna muito mais fácil eu acreditar no contrário.

A página seguinte continuava a comentar sobre Rashek, e vários registros que seguiam não continham menção alguma ao espírito das brumas. Porém, Vin achou mesmo esses poucos parágrafos empolgantes.

Ele tomou uma decisão, ela pensou. *Tenho que fazer o mesmo*. Ela nunca se preocupara em estar louca, mas tinha visto alguma lógica nas palavras de Elend. Agora, ela as rejeitava. O espírito das brumas não era um tipo de ilusão criada por uma mistura de tensão e lembranças do diário. Era real.

Aquilo não significava que as Profundezas estavam voltando, nem significava que Luthadel corria alguma espécie de perigo sobrenatural. No entanto, ambas eram possibilidades.

Ela deixou essa página com outras duas que continham informações concretas sobre o espírito das brumas, em seguida voltou aos estudos, determinada a prestar mais atenção à leitura.

OS EXÉRCITOS ESTAVAM SE ASSENTANDO.

Elend observava do topo da muralha enquanto seu plano, por mais vago que fosse, começava a tomar forma. Straff estava abrindo um perímetro defensivo a norte, mantendo a rota de canal a uma distância relativamente curta até Urteau, sua cidade natal e capital. Cett avançara a oeste da cidade, garantindo o canal Luth-Davn, que seguia de volta para sua fábrica de conservas, em Haverfrex.

Uma fábrica de conservas. Era algo que Elend desejava ter na cidade. A tecnologia era recente, talvez tivesse uns cinquenta anos, mas ele lera sobre isso. Os eruditos consideraram que sua principal utilidade era oferecer suprimentos de fácil transporte para soldados que lutavam nos extremos do império. Não consideraram estoques para cercos — especialmente em Luthadel. Mas, à época, quem teria pensado nisso?

Enquanto Elend observava, as patrulhas começaram a se destacar dos exércitos separados. Algumas moviam-se para vigiar as fronteiras entre as duas forças, mas outras seguiam para garantir outras rotas de canal, pontes ao longo do rio Channerel, e estradas que conduziam para fora de Luthadel. Num tempo bastante curto, a cidade parecia totalmente cercada. Apartada do mundo e do restante do pequeno reino de Elend. Ninguém entrava ou saía. Os exércitos contavam com doenças, fome e outros fatores enfraquecedores para fazer Elend se curvar.

O cerco a Luthadel começara.

Isso é bom, ele disse a si mesmo. *Para este plano funcionar, precisam pensar que estou desesperado. Precisam estar tão certos de que estou disposto a apoiá-los que não considerarão que posso estar trabalhando com seus inimigos também.*

Enquanto Elend observava, percebeu alguém subindo os degraus da muralha. Trevo. O general manquitolou até Elend, que estava sozinho.

— Parabéns — Trevo disse. — Parece que você tem agora um cerco completo nas mãos.

— Bom.

— Isso nos dará um pouco de espaço para respirar, espero — Trevo falou. Em seguida, encarou Elend com um dos seus olhares retorcidos. — É melhor estar pronto para isso, garoto.

— Eu sei — Elend sussurrou.

— Você chamou toda a responsabilidade para si — Trevo comentou. — A Assembleia não pode romper este cerco até você se reunir oficialmente com Straff, e os reis não parecem dispostos a se reunir com ninguém do grupo que não seja você. Está tudo em suas mãos. Uma posição útil para um rei, suponho. Se for um bom rei.

Trevo ficou em silêncio. Elend olhou para os dois exércitos. As palavras ditas a ele por Tindwyl, a terrisana, ainda o incomodavam. *Você é um tolo, Elend Venture...*

Até então, nenhum dos reis respondera aos pedidos de Elend para se reunirem — embora o grupo estivesse certo de que logo responderiam. Seus inimigos esperariam para fazer Elend suar um pouco. A Assembleia acabara de convocar outra reunião, provavelmente para tentar forçá-lo a liberá-la de sua proposta anterior. Elend encontrou um motivo conveniente para ignorar a reunião.

Ele olhou para Trevo.

— E eu sou um bom rei, Trevo? Na sua opinião.

O general deu uma olhada de relance para ele, e Elend viu uma sagacidade implacável em seus olhos.

— Conheci líderes piores — ele falou. — Mas também conheci outros *muito* melhores.

Elend assentiu com vagar.

— Quero ser bom nisso, Trevo. Ninguém mais vai cuidar dos skaa como merecem. Cett, Straff. Eles só escravizariam as pessoas novamente. Mas eu... quero ser mais que minhas ideias. Quero... *preciso*... ser um homem com quem os outros possam contar.

Trevo ergueu os ombros.

— Minha experiência mostra que o homem em geral é feito pela situação. Kelsier era um dândi egoísta até os Fossos quase acabarem com ele — ele olhou Elend de soslaio. — Este cerco vai ser os *seus* Fossos de Hathsin, Elend Venture?

— Não sei — ele respondeu com honestidade.

— Então teremos que esperar para ver, eu acho. Por ora, tem uma pessoa querendo falar com você. — Ele se virou, meneando a cabeça na direção da rua, a uns 12 metros lá embaixo, onde uma figura alta, feminina, esperava em uma túnica terrisana colorida.

— Ela me disse para mandar você descer — Trevo informou. Hesitou, em seguida olhou para Elend. — Não é comum encontrar alguém que se vê no direito de me dar ordens por aí. E ainda por cima uma terrisana. Pensei que esses terrisanos fossem todos dóceis e gentis.

Elend sorriu.

— Acho que Sazed nos deixou mal-acostumados.

Trevo bufou.

— Mil anos de reprodução seletiva para nada, não é?

Elend assentiu.

— Tem certeza de que é seguro? — Trevo perguntou.

— Sim — Elend falou. — A história dela bate... Vin inquiriu vários terrisanos da cidade, e eles conheciam e reconheceram Tindwyl. Parece ser uma pessoa razoavelmente importante na sua terra natal.

Além disso, ela demonstrara Feruquemia para ele, ficando mais forte para soltar as mãos. Aquilo evidenciava que não era uma kandra. Tudo isso reunido significava que ela era confiável o bastante; até Vin admitira aquilo, mesmo que continuasse a não gostar da terrisana.

Trevo anuiu com a cabeça, e Elend deu um suspiro profundo. Em seguida, desceu as escadas para encontrar Tindwyl para outra rodada de aulas.

— HOJE FAREMOS ALGO A respeito das suas roupas — Tindwyl falou, fechando a porta do gabinete de Elend. Uma costureira rechonchuda com cabelos brancos cortados em forma de tigela esperava lá dentro, respeitosamente em pé, com um grupo de jovens assistentes.

Elend olhou de relance para suas roupas. Não eram ruins. O casaco e o colete lhe caíam razoavelmente bem. As calças não eram tão formais quanto aquelas preferidas pela nobreza imperial, mas era o rei agora; não deveria poder ditar tendência?

— Não vejo o que há de errado com elas — ele reagiu. Ergueu a mão quando Tindwyl começou a falar. — Sei que não é tão formal quanto as que outros homens gostam de usar, mas caem bem em mim.

— São uma desgraça — Tindwyl falou.

— Agora, eu não entendo...

— Não discuta comigo.

— Mas, veja, outro dia você disse que...

— Reis não discutem, Elend Venture — Tindwyl disse com firmeza. — Eles *ordenam*. E parte de sua capacidade de ordenar vem de sua aparência. Roupas desmazeladas trazem outros hábitos descuidados, como sua postura, a qual já comentei, creio eu.

Elend suspirou, revirando os olhos quando Tindwyl estalou os dedos. A costureira e os seus assistentes começaram a descarregar dois grandes baús.

— Isso é desnecessário — Elend falou. — Eu já tenho alguns trajes mais ajustados. Visto em ocasiões formais.

— Não vai mais usar ternos — Tindwyl definiu.

— Perdão?

Tindwyl o encarou com olhos autoritários, e Elend suspirou.

— Explique-se! — ele disse, tentando soar imponente.

Tindwyl assentiu.

— Você manteve o código de vestuário preferido pela nobreza e aprovado pelo Império Final. Em alguns aspectos, foi uma boa ideia, pois lhe conferiu uma relação com o antigo governo e fez com que parecesse menos com um dissidente. Agora, contudo, você está numa posição diferente. Seu povo está em perigo, e o momento da simples diplomacia terminou. Você está em guerra. Suas vestes precisam refletir isso.

A costureira escolheu um traje específico, levando-o até Elend enquanto os assistentes montaram um provador improvisado.

Elend aceitou o traje com hesitação. Era formal e branco, e a frente do casaco parecia ter botões de cima a baixo até a gola rígida. No mais, parecia um...

— Um uniforme — ele concluiu, franzindo o cenho.

— Exato — Tindwyl confirmou. — Quer que seu povo acredite que você pode protegê-lo? Bem, um rei não é um simples legislador, é um general. É hora de começar a agir como se merecesse seu título, Elend Venture.

— Não sou um guerreiro — Elend retrucou. — Esse uniforme é uma mentira.

— O primeiro fato mudaremos em breve — Tindwyl disse. — O segundo não é verdade. Comanda os exércitos do Domínio Central. Isso faz de você um militar, tenha ou não habilidades com uma espada. Agora, vá se trocar.

Elend obedeceu com um erguer de ombros. Caminhou até o provador, empurrou uma pilha de livros para abrir espaço e começou a se trocar. As calças brancas ficaram justas e caíram retas ao redor das panturrilhas. Embora houvesse uma camisa, ela ficava totalmente coberta por uma jaqueta grande, formal — que tinha ombreiras militares. Tinha uma porção de botões — todos eles, percebeu, eram de madeira, e não de metal — e no lado direito do peito também havia um desenho parecido com um escudo. Parecia ter uma espécie de flecha, ou talvez uma lança, adornada nele.

Considerando a rigidez, o corte e o desenho, Elend surpreendeu-se com como o uniforme caiu bem.

— O tamanho está perfeito — ele observou, encaixando o cinturão, em seguida puxando a barra do casaco, que chegava até os quadris.

— Pegamos as medidas com seu alfaiate — Tindwyl informou.

Elend saiu de trás do provador, e vários assistentes aproximaram-se. Um deles indicou educadamente um par de botas pretas brilhantes para que ele calçasse, e o outro prendeu uma capa branca às presilhas nos ombros. O último assistente entregou-lhe um bastão de madeira rígida e uma bainha. Elend encaixou-a no cinto, em seguida puxou-a através de uma fenda no casaco para que ficasse para fora; aquilo, ao menos, ele já havia feito antes.

— Bom — Tindwyl falou, medindo-o de cima a baixo. — Assim que aprender a ficar ereto, haverá uma melhoria satisfatória. Agora, sente-se.

Elend abriu a boca para contestar, mas pensou melhor. Sentou-se, e uma assistente aproximou-se para prender um lençol ao redor dos ombros. Em seguida, puxou uma tesoura.

— Agora, espere aí — Elend falou. — Eu sei aonde isso vai parar.

— Então, expresse uma objeção — Tindwyl bronqueou. — Não seja vago!

— Tudo bem — Elend retrucou. — Gosto do meu cabelo.

— Cabelos curtos são mais fáceis de cuidar que longos — Tindwyl insistiu. — E você já provou não ser confiável quando se trata de cuidados pessoais.

— Vocês não vão cortar meu cabelo — Elend disse com firmeza.

Tindwyl fez uma pausa e, depois, assentiu. O assistente afastou-se, e Elend se levantou, tirando o lençol. A costureira trouxe um espelho grande, e Elend avançou para se olhar.

E ficou paralisado.

A diferença era surpreendente. Durante a vida toda se via como erudito, um homem da alta sociedade, mas também um pouco como um bobo. Era Elend — o homem amigável e agradável com ideias esquisitas. Fácil de ignorar, talvez, mas difícil de odiar.

O homem que via agora não era um dândi da corte. Era um homem sério, formal. Um homem a ser levado a sério. O uniforme fez com que ele quisesse ficar mais empertigado, descansar uma das mãos no bastão de duelo. Os cabelos, levemente encaracolados, longos no alto e nas laterais, e desgrenhados pelo vento da muralha, não combinavam.

Elend virou-se.

— Tudo bem. Corte.

Tindwyl sorriu, em seguida meneou a cabeça para que ele se sentasse. Ele o fez, esperando em silêncio enquanto a assistente trabalhava. Quando voltou a se levantar, os cabelos combinavam com os trajes. Não ficaram extremamente curtos, não como os de Ham, mas eram arrumados e precisos. Uma das assistentes aproximou-se e lhe entregou uma argola de madeira pintada de prata. Ele se virou para Tindwyl, franzindo o cenho.

— Uma coroa? — ele perguntou.

— Nada pomposo — Tindwyl falou. — Esta é uma era mais sutil que algumas das que passaram. A coroa não é um símbolo de sua riqueza, mas de sua autoridade. Você a usará a partir de agora, em âmbito público ou particular.

— O Senhor Soberano não usava coroa.

— O Senhor Soberano não precisava lembrar as pessoas que estava no comando — Tindwyl comentou.

Elend fez uma pausa, em seguida encaixou a coroa na cabeça. Não trazia pedras preciosas ou ornamentos, era um simples diadema. Como ele já esperava, coube perfeitamente.

Ele se voltou para Tindwyl, que acenava para a costureira arrumar suas coisas e sair.

— Você tem seis uniformes como este esperando nos seus aposentos — Tindwyl informou. — Até o cerco terminar, não usará nada além disso. Se quiser variedade, mude a cor da capa.

Elend assentiu. Atrás dele, a costureira e suas assistentes esgueiravam-se porta afora.

— Obrigado. Hesitei no começo, mas você está certa. Faz diferença.

— O bastante para enganar o povo por ora, ao menos — Tindwyl disse.

— Enganar o povo?

— Claro. Não achou que era apenas isso, achou?

— Bem...

Tindwyl ergueu uma sobrancelha.

— Umas poucas aulas e acha que já está pronto? Mal começamos. Ainda é um tolo, Elend Venture, apenas não se parece mais com um. Felizmente, nossa farsa começará a reverter o dano que causou à sua reputação. No entanto, precisaremos de muito treinamento antes que eu confie de fato que interagirá com o povo e não passará vergonha.

Elend corou.

— O que você... — ele hesitou. — Diga-me o que planeja me ensinar, então.

— Bem, você precisa aprender a andar, em primeiro lugar.

— Tem algo de errado com o jeito como ando?

— Pelos deuses esquecidos, é óbvio! — Tindwyl exclamou, como se estivesse se divertindo, embora nenhum sorriso surgisse nos lábios. — E seus padrões de fala também precisam ser trabalhados. Além disso, claro, há sua incapacidade de manejar armas.

— Tive um pouco de treinamento — Elend comentou. — Pergunte a Vin... eu a resgatei do palácio do Senhor Soberano na noite do Colapso!

— Eu sei — Tindwyl disse. — E, pelo que ouvi, foi um milagre ter sobrevivido. Felizmente, a garota estava lá para lutar de verdade. Aparentemente, você confia bastante nela para esse tipo de coisa.

— Ela é uma Nascida da Bruma.

— Isso não é desculpa para sua desastrosa falta de habilidades — Tindwyl repreendeu. — Não pode sempre confiar na sua mulher para protegê-lo. Isso não é apenas embaraçoso; seu povo e seus soldados esperam que você possa lutar com eles. Duvido que você chegará a ser o tipo de líder que pode estar à frente de um ataque contra o inimigo, mas deveria ser ao menos capaz de cuidar de si mesmo quando for atacado.

— Então, você quer que eu comece a lutar com Vin e Ham durante as sessões de treinamento?

— Meus deuses, não! Não consegue ver como seria terrível para o moral se os homens vissem você ser derrotado em público? — Tindwyl sacudiu a cabeça. — Não, vamos treiná-lo discretamente com um mestre em duelos. Em alguns meses, deixaremos você competente com bastão e espada. Felizmente, esse pequeno cerco de vocês durará o bastante até a batalha começar.

Elend corou novamente.

— Você é condescendente comigo o tempo todo. É como se eu não fosse rei aos seus olhos... como se me visse como uma espécie de sucedâneo.

Tindwyl não respondeu, mas seus olhos brilharam de satisfação. *Você quem disse isso, não eu*, a expressão dela parecia dizer.

Elend corou ainda mais.

— Talvez você possa aprender a ser rei, Elend Venture — Tindwyl falou. — Até lá, terá apenas que aprender a fingir ser um.

A resposta irritada de Elend foi interrompida por uma batida na porta. Elend cerrou os dentes, virando-se.

— Entre.

A porta abriu de uma vez.

— Temos novidades — capitão Demoux disse, o seu rosto juvenil entusiasmado quando entrou. — Eu...

Ele congelou.

Elend inclinou a cabeça.

— Sim?

— Eu... hum... — Demoux fez uma pausa, olhou para Elend novamente antes de continuar. — Ham me enviou, Vossa Majestade. Diz que chegou um mensageiro de um dos reis.

— Mesmo? — Elend perguntou. — De Lorde Cett?

— Não, Vossa Majestade. O mensageiro vem do vosso pai.

Elend franziu o cenho.

— Bem, diga a Ham que estarei lá em um momento.

— Sim, Vossa Majestade — Demoux disse, retirando-se. — Hum, gostei do novo uniforme, Majestade.

— Obrigado, Demoux. Por acaso sabe onde está Lady Vin? Não a vi o dia todo.

— Acho que está em seus próprios aposentos, Vossa Majestade.

Seus aposentos? Ela nunca fica lá. Será que está doente?

— Quer que a chame? — Demoux perguntou.

— Não, obrigado — Elend falou. — Vou até lá. Diga a Ham para acomodar bem o mensageiro.

Demoux assentiu, então se retirou.

Elend virou-se para Tindwyl, que estava sorrindo para si mesma com um olhar de satisfação. Elend passou esbarrando nela para pegar seu caderno.

— Vou aprender mais do que apenas "fingir" ser rei, Tindwyl.

— Veremos.

Elend olhou de relance para a terrisana de meia-idade, com sua túnica e suas joias.

— Pratique expressões como essa — Tindwyl observou —, e talvez consiga.

— Isso é tudo, então? — Elend quis saber. — Expressões e trajes? É isso que faz um rei?

— Claro que não.

Elend parou ao lado da porta, voltando-se para ela.

— Então, o que é? O que você acha que faz um bom rei, Tindwyl de Terris?

— Confiança — Tindwyl respondeu. — Um bom rei é aquele que tem a confiança do seu povo, e aquele que merece essa confiança.

Elend fez uma pausa, depois assentiu. *Boa resposta*, ele reconheceu, em seguida abriu a porta e apressou-se para ir atrás de Vin.

Se ao menos a religião de Terris e a crença na Antecipação não tivessem se disseminado para além do nosso povo.

17

AS PILHAS DE PAPEL PARECIAM se multiplicar à medida que Vin encontrava mais e mais ideias no diário que ela desejava separar e lembrar. Quais eram as profecias sobre o Herói das Eras? Como o autor do diário sabia aonde ir, e o que pensava que precisava fazer quando chegasse lá?

No fim, deitada no meio da bagunça — pilhas sobrepostas viradas em direções diferentes para se manter separadas —, Vin reconheceu um fato desagradável. Ela precisaria tomar notas.

Com um suspiro, levantou-se e cruzou o aposento, passando cuidadosamente sobre as várias pilhas e aproximando-se da escrivaninha. Nunca a usara antes; na verdade, reclamara dela para Elend. Por que ela precisava de uma escrivaninha?

Era o que tinha pensado. Escolheu uma pena, então tirou um pequeno frasco de tinta, lembrando-se dos dias em que Reen ensinou-a a escrever. Ele ficava rapidamente frustrado com seus garranchos, reclamando do preço da tinta e do papel. Ensinou-a a ler para que pudesse decifrar contratos e emular uma nobre, mas pensou que escrever era menos útil. De modo geral, Vin partilhava dessa opinião.

Contudo, ao que parecia, escrever tinha sua utilidade mesmo para quem não era um escriba. Elend sempre estava rabiscando anotações e lembretes para si mesmo; não raro ela se impressionava em como ele conseguia escrever rápido. Como fazia as letras aparecerem tão depressa?

Ela pegou algumas folhas em branco e voltou para suas pilhas por categorias. Sentou-se com as pernas cruzadas e desatarraxou a tampa do frasco de tinta.

— A senhora — OreSeur observou, ainda deitado com as patas diante de si — percebeu que acabou de sair da escrivaninha para sentar-se no chão?

Vin ergueu os olhos.

— E?

— Bem, o propósito de uma escrivaninha é escrever.

— Mas meus papéis estão todos aqui.

— Papéis podem ser movidos, acredito eu. Se estiverem muito pesados, a senhora sempre pode queimar peltre para conseguir mais força.

Vin encarava o rosto gozador dele enquanto molhava a ponta de sua pena. *Bem, ao menos está exibindo outro sentimento além da antipatia que tem por mim.*

— O chão é mais confortável.

— Se a senhora diz, senhora, eu acredito que seja verdade.

Ela fez uma pausa, tentando determinar se ele ainda estava zombando dela ou não. *Maldita cara de cachorro*, ela pensou. *Difícil demais de desvendar.*

Com um suspiro, ela se reclinou e começou a escrever a primeira palavra. Precisava fazer cada linha com precisão para que a tinta não borrasse, e tinha de pausar sempre para falar as palavras e encontrar as letras corretas. Ela mal havia escrito algumas frases quando ouviu uma batida na porta. Ergueu a cabeça com uma careta. Quem a incomodava agora?

— Entre — ela gritou.

Ouviu a porta abrir no outro aposento, e a voz de Elend chamou.

— Vin?

— Aqui dentro — ela respondeu, voltando para seus escritos. — Por que bateu?

— Bem, você poderia estar se trocando — ele falou, entrando no quarto.

— E daí?

Elend deu uma risadinha.

— Dois anos e a privacidade ainda é um conceito estranho para você.

Vin ergueu os olhos.

— Bem, eu...

Por um momento muito breve, ela pensou que fosse outra pessoa. Seus instintos foram acionados antes do cérebro, e ela largou a pena por reflexo, saltando em pé e queimando peltre.

Em seguida, parou.

— Uma bela mudança, não é? — Elend perguntou, abrindo os braços para que ela pudesse ver melhor seus trajes.

Vin levou a mão ao peito, tão chocada que pisou numa das pilhas de papel. Era Elend, mas não era. O traje branco e brilhante, com suas linhas finas e figura firme, parecia tão diferente do casaco e das calças normais e folgados. Parecia mais autoritário. Mais régio.

— Você cortou o cabelo — ela disse, caminhando ao redor dele lentamente, examinando o traje.

— Ideia de Tindwyl — ele comentou. — O que acha?

— Algo a menos para o pessoal agarrar numa luta — Vin disse.

Elend sorriu.

— É tudo que você acha?

— Não — Vin falou, distraída, esticando o braço para puxar a capa de Elend. Soltava-se com facilidade, e ela assentiu com a cabeça num sinal de aprovação. As capas de bruma eram iguais; Elend não teria de se preocupar se alguém agarrasse sua capa numa luta.

Ela deu um passo para trás, seus braços cruzados.

— Isso significa que eu posso cortar o meu cabelo também?

Elend fez uma breve pausa.

— Você tem liberdade para fazer o que quiser, Vin. Mas eu acho bonito mais longo.

Então, fica como está.

— Enfim — Elend disse —, você aprova?

— Com certeza — Vin respondeu. — Parece um rei. — Embora ela suspeitasse que uma parte sua sentiria falta daquele Elend desgrenhado, desmazelado. Havia algo de... terno naquela mistura de competência séria e negligência distraída.

— Bom — Elend falou. — Porque eu acho que vamos precisar dessa vantagem. Um mensageiro acabou... — Ele interrompeu a fala e olhou para as pilhas de papel. — Vin? Você estava fazendo *pesquisas*?

Vin enrubesceu.

— Só estava investigando o diário, tentando encontrar referências às Profundezas.

— Você estava! — Elend avançou, entusiasmado. Para seu constrangimento, ele encontrou rapidamente o papel com as anotações corridas dela. Ergueu o papel, em seguida olhou para ela. — Você escreveu isso?

— Sim — ela falou.

— Sua caligrafia é linda — ele elogiou, soando um pouco surpreso. — Por que nunca me disse que podia escrever assim?

— Você não ia dizer algo sobre um mensageiro?

Elend baixou a folha, olhando de forma estranha como um pai orgulhoso.

— Sim. Um mensageiro do meu pai acabou de chegar. Estou fazendo com que ele espere um pouco... não considerei prudente parecer ansioso demais. Porém, acho que devemos nos reunir com ele.

Vin concordou, acenando para OreSeur. O kandra ergueu e caminhou até o seu lado, e os três saíram dos aposentos dela.

Havia algo de bom sobre livros e anotações. Sempre podiam esperar.

ENCONTRARAM O MENSAGEIRO ESPERANDO NO átrio dos Venture do terceiro andar. Vin e Elend entraram, e ela parou de imediato.

Era *ele*. O Vigilante.

Elend avançou para encontrar o homem, mas Vin agarrou seu braço.

— Espere — ela sussurrou.

Elend virou-se, confuso.

Se esse homem tiver atium, Vin pensou com uma pontada de pânico, *Elend vai morrer. Vamos todos morrer.*

O Vigilante estava em pé, em silêncio. Não parecia muito um mensageiro ou emissário. Estava todo de preto, calçava até mesmo um par de luvas pretas. Calças e uma camisa de seda, sem manto ou capa. Ela se lembrava daquele rosto. Era ele.

Mas... ela pensou, *se ele quisesse matar Elend, já o teria feito.* O pensamento a apavorou, ainda assim precisava admitir que era verdade.

— Que foi? — Elend perguntou, parado na entrada com ela.

— Tenha cuidado — ela sussurrou. — Não é um simples mensageiro. Esse homem é um Nascido da Bruma.

Elend parou, franzindo o cenho. Virou-se de volta ao Vigilante, que ainda estava parado, suas mãos unidas atrás das costas, parecendo confiante. Sim, era um Nascido da Bruma; apenas um homem como ele poderia entrar no palácio inimigo, totalmente cercado de guardas, e não ficar nem um pouco inseguro.

— Tudo bem — Elend disse, por fim, entrando no recinto. — Vem em nome de Straff. Trouxe-me uma mensagem?

— Não apenas uma mensagem, Vossa Majestade — respondeu o Vigilante. — Meu nome é Zane e sou uma espécie de... embaixador. Seu pai ficou muito contente em receber seu convite para uma aliança. Feliz pelo senhor finalmente ter dado ouvidos à razão.

Vin observou o Vigilante, esse "Zane". Qual era o seu jogo? Por que veio pessoalmente? Por que revelou quem era?

Elend assentiu, mantendo distância de Zane.

— Dois exércitos — Elend falou — acampados à minha porta... bem, não é o tipo de coisa que posso ignorar. Gostaria de me reunir com o meu pai e discutir possibilidades para o futuro.

— Acho que ele ficaria satisfeito com isso — Zane confirmou. — Faz algum tempo que ele não o vê, e sente muito pelo seu afastamento. Afinal, o senhor é o único filho.

— Tem sido difícil para nós dois — Elend admitiu. — Talvez pudéssemos erguer uma tenda para nos reunirmos fora da cidade?

— Temo que não seja possível — Zane disse. — Sua Majestade certamente teme assassinos. Se deseja falar com ele, ficaria feliz em hospedá-lo na sua tenda, no acampamento Venture.

Elend franziu o cenho.

— Veja, não acho que isso faça muito sentido. Se ele teme assassinos, eu não devo temê-los também?

— Tenho certeza de que ele poderia protegê-lo em seu acampamento, Vossa Majestade — Zane disse. — Não precisa temer os assassinos de Cett lá.

— Entendo...

— Temo que Sua Majestade tenha sido bem firme nesse ponto — Zane comentou. — É o senhor que anseia por essa aliança. Se desejar uma reunião, terá de ir até ele.

Elend olhou de relance para Vin. Ela continuava a observar Zane. O homem encontrou os olhos dela e falou.

— Ouvi relatos sobre a bela Nascida da Bruma que acompanha o herdeiro de Venture. A que assassinou o Senhor Soberano e foi treinada pelo Sobrevivente em pessoa.

Houve um silêncio no recinto por um instante.

Por fim, Elend falou.

— Diga ao meu pai que considerarei sua oferta.

Zane finalmente desviou o olhar de Vin.

— Sua Majestade esperava que combinássemos uma data e horário, Vossa Majestade.

— Enviarei outra mensagem quando tiver tomado a minha decisão — Elend respondeu.

— Muito bem — Zane disse, fazendo uma breve mesura, embora tivesse usado o movimento para capturar o olhar de Vin novamente. Em seguida, meneou a cabeça uma vez para Elend e deixou que os guardas o escoltassem para fora.

NA BRUMA FRIA DO INÍCIO da noite, Vin esperou na pequena muralha da Fortaleza Venture, OreSeur sentado ao seu lado.

As brumas estavam tranquilas. Seus pensamentos estavam muito menos serenos.

Para quem mais ele trabalharia?, ela pensou. *Claro que é um dos homens de Straff.*

Aquilo explicava muitas coisas. Um bom tempo transcorrera desde o último encontro; Vin começara a pensar que não veria mais o Vigilante.

Combateriam de novo? Vin tentou sufocar a ansiedade, dizer a si mesma que queria encontrar esse Vigilante simplesmente pela ameaça que ele representava. Mas a emoção de outra luta nas brumas — outra chance de testar suas capacidades contra um Nascido da Bruma — a deixava tensa pela expectativa.

Não o conhecia, e certamente não confiava nele. Somente isso já deixava a perspectiva de uma luta ainda mais empolgante.

— Por que estamos aguardando aqui, senhora? — OreSeur perguntou.

— Só estamos em patrulha — Vin respondeu. — Vigiando no caso de assassinos e espiões. Como toda noite.

— A senhora ordena que eu acredite, senhora?

Vin lhe lançou um olhar indiferente.

— Acredite se quiser, kandra.

— Muito bem — OreSeur disse. — Por que a senhora não disse ao rei que lutou com o tal Zane?

Vin voltou para as brumas escuras.

— Assassinos e alomânticos são da minha alçada, não de Elend. Não há necessidade de preocupá-lo por enquanto... tem problemas o bastante no momento.

OreSeur sentou-se nos quadris.

— Entendo.

— Não acredita que eu esteja certa?

— Acredito se quiser — OreSeur respondeu. — Não foi o que a senhora me ordenou?

— Deixa para lá — Vin disse. Seu bronze estava ativado, e ela precisava se esforçar muito para não pensar no espírito das brumas. Podia senti-lo aguardando na escuridão à sua direita. Não olhou para ele.

O diário nunca mencionou o que acontecera com aquele espírito. Ele quase matou um dos companheiros do Herói. Depois disso, mal havia qualquer outra menção a ele.

Problemas para outra noite, ela pensou, quando outra fonte de Alomancia apareceu nos seus sentidos de bronze. Mais forte, mais familiar.

Zane.

Vin esperou nas ameias, meneou a cabeça para se despedir de OreSeur, em seguida saltou para dentro da noite.

A bruma girou no céu, brisas diferentes formavam correntes silenciosas de branco, como rios no ar. Vin flutuava nelas, irrompia e passeava por elas como uma pedra saltitante lançada sobre as águas. Rapidamente chegou ao local onde ela e Zane separaram-se na última vez, a rua vazia e abandonada.

Ele esperava no centro, ainda vestindo preto. Vin caiu nos paralelepípedos diante dele num farfalhar das franjas da capa de bruma. Ela se ergueu.

Ele nunca usa uma capa. Por que isso?

Os dois ficaram frente a frente por alguns momentos silenciosos. Zane devia saber dos seus questionamentos, mas não ofereceu qualquer apresentação, cumprimento ou explicação. No fim, ele enfiou a mão no bolso e tirou uma moeda. Jogou-a na rua entre eles, e ela ricocheteou — metal tilintando contra pedra — até parar.

Ele saltou no ar. Vin fez o mesmo, os dois *empurrando* a moeda. Seus pesos distintos quase se neutralizaram, e eles voaram para cima e para trás, como os dois traços de um "V".

Zane girou, jogando uma moeda atrás de si. Ela bateu contra a lateral de um prédio, e ele *empurrou*, lançando-se na direção de Vin. De repente, ela sentiu uma força golpear sua bolsa de moedas, ameaçando jogá-la para o chão.

Qual é o jogo hoje, Zane?, ela pensava ao mesmo tempo em que puxava o laço de sua bolsa, desamarrando-o do cinto. Ela *empurrou-a* e a bolsa despencou, forçada pelo peso de Vin. Quando atingiu o chão, Vin tinha uma força melhor de impulso para cima: estava *empurrando* a bolsa diretamente de cima, enquanto Zane *empurrava* apenas pela lateral. Vin subiu, riscando o ar gelado da noite ao passar por Zane, em seguida jogou seu peso contra as moedas da bolsa do Vigilante.

Zane começou a cair. No entanto, agarrou as moedas — impedindo que elas se soltassem — e *empurrou* a bolsa de Vin. Ele congelou no ar — Vin *empurrando-o* de cima, seu próprio *empurrão* forçando-o para o alto. E, como ele parou, o *empurrão* de Vin a lançou de repente para trás.

Vin soltou Zane e se deixou cair. Zane, no entanto, não se deixou descer. Ele se *empurrou* de volta para o ar, em seguida começou a ricochetear, sem deixar os pés tocarem os telhados ou paralelepípedos.

Ele tentou me forçar para o chão, Vin pensou. *O primeiro a cair perde, é isso?* Ainda cambaleando, Vin girou no ar. Recuperou sua bolsa com um *puxão* cuidadoso, em seguida jogou-a no chão e *empurrou-se* para cima.

Ela *puxou* a bolsa de volta para a mão enquanto pairava, depois saltou atrás de Zane, *empurrando-se* de forma afobada pela noite, tentando alcançá-lo. Na escuridão, Luthadel parecia mais limpa que durante o dia. Ela não conseguia ver os prédios manchados de cinzas, as refinarias obscuras, a cerração da fumaça das forjas. Ao seu redor, as fortalezas vazias da antiga alta nobreza observavam como monólitos silenciosos. Alguns dos prédios majestosos haviam sido dados a nobres menores, e outros transformaram-se em edifícios governamentais. O restante — após ser saqueado por ordem de Elend — permanecia ocioso, seus vitrais escuros, arcos, estátuas e murais ignorados.

Vin não tinha certeza se Zane seguiu de propósito para a Fortaleza Hasting ou se ela simplesmente o alcançou ali. De qualquer forma, a estrutura enorme surgiu quando Zane percebeu a proximidade dela e virou-se, lançando um punhado de moedas em Vin.

Hesitante, Vin *empurrou-as*. Conforme esperado, assim que ela as tocou, Zane queimou aço e *empurrou* mais forte. Se ela *empurrasse* com mais firmeza, a força do ataque de Zane a lançaria para trás. Como fizera, ela foi capaz de desviar as moedas para o lado.

Zane, de pronto, *empurrou* a bolsa de moedas dela novamente, lançando-se para cima ao longo de uma das muralhas da Fortaleza Hasting. Vin estava pronta para esse movimento também. Queimando peltre, ela agarrou a bolsa com as duas mãos e rasgou-a ao meio.

As moedas espalharam-se embaixo dela, voando na direção do solo sob a força do *empurrão* de Zane. Ela escolheu uma e *empurrou-se*, ganhando altura assim que a moeda atingiu o chão. Ela girou, olhando para cima, seus ouvidos aguçados pelo estanho escutando uma chuveirada de metais atingindo as pedras lá embaixo. Ainda tinha acesso às moedas, mas não precisava carregá-las junto ao corpo.

Ela se lançou na direção de Zane, uma das torres externas da fortaleza aproximando-se nas brumas à sua esquerda. A Fortaleza Hasting era uma das mais elegantes da cidade. Tinha uma torre grande no centro — alta, imponente, larga — com um salão de baile no terraço. Também tinha seis torres menores erguendo-se equidistantes ao redor da estrutura central, cada uma ligada a ela por uma muralha larga. Era um edifício elegante, majestoso. De alguma forma, ela desconfiava que Zane o procurou por esse motivo.

Vin prestou atenção nele, o *empurrão* perdia força enquanto ele se afastava demais da moeda-âncora lá embaixo. Girou bem acima dela, uma figura escura contra o céu mutável de brumas, ainda bem abaixo do topo da muralha. Vin empurrou com força várias moedas lá embaixo, *puxando-as* no ar em caso de necessidade.

Zane despencou na direção dela. Por reflexo, Vin *empurrou* as moedas da bolsa dele, em seguida percebeu que era provavelmente o que ele queria: lhe deu impulso enquanto forçava-a para baixo. Ela soltou enquanto caíam, e logo passou pelo grupo de moedas que *puxara* no ar. Ela *puxou* uma, trazendo-a até a mão, em seguida *empurrou* outra, mandando-a de lado para a muralha.

Vin lançou-se para o lado. Zane passou zunindo por ela no ar, seu voo fazendo as brumas rodopiarem. Logo ele deu mais um salto, provavelmente usando uma moeda de baixo, e lançou dois punhados de moedas direto para ela.

Vin rodou, novamente desviando das moedas. Elas voaram ao redor dela, e ela ouviu vários tilintares contra alguma coisa escondida pelas brumas atrás dela. Outra muralha. Ela e Zane lutavam entre um par de torres externas da fortaleza; havia uma parede inclinada em cada lado, com a torre central a uma curta distância diante deles. Combatiam perto da ponta de um triângulo de paredes de pedra com o fundo aberto.

Zane jogou-se para cima dela. Vin esticou o braço para lançar seu peso contra ele, mas percebeu com um susto que ele não carregava mais moedas. Porém, estava *empurrando* algo atrás dele — a mesma moeda que Vin esmagara contra a parede com seu peso. Ela se *empurrou* para cima, tentando sair do caminho, mas ele se inclinou para cima também.

Zane chocou-se contra ela, e eles começaram a cair. Enquanto giravam juntos, Zane agarrou-a pelos braços, mantendo o rosto próximo ao dela. Não parecia nervoso, nem mesmo muito enérgico.

Ele parecia apenas calmo.

— É isso que nós somos, Vin — ele disse baixinho. O vento e a bruma voluteavam ao redor deles enquanto caíam, as franjas da capa de bruma de Vin serpenteando no ar ao redor de Zane. — Por que faz o jogo deles? Por que deixa que lhe controlem?

Vin pousou a mão levemente sobre o peito de Zane, em seguida *empurrou* a moeda que tinha na palma da mão. A força do *empurrão* afastou-a das mãos dele, lançando-o para cima e para trás. Ela se recompôs a poucos metros do chão, *empurrando* as moedas caídas, jogando-se para o alto novamente.

Ultrapassou Zane para dentro da noite e viu um sorriso no rosto enquanto ele caía. Vin esticou os braços para baixo, capturando as linhas azuis estendidas para o chão, em seguida queimou ferro e *puxou* todas de uma vez. As linhas azuis zuniam ao redor dela, enquanto as moedas subiam rapidamente, passando por um Zane surpreso.

Ela *puxou* algumas moedas ao acaso para as mãos. *Vamos ver se você consegue ficar no ar agora*, Vin pensou com um sorriso, *empurrando-as* para a frente, espalhando as outras moedas na noite. Zane continuava a cair.

Vin também começou a cair. Lançou uma moeda de cada lado e *empurrou*. As moedas sumiram na bruma, voando na direção das paredes de pedra de cada lado. As moedas bateram contra a pedra, e Vin inclinou-se até parar no ar.

Ela *empurrou* forte, mantendo-se no lugar, antecipando um *puxão* vindo de baixo. *Se ele* puxar, *eu* puxo *também*, ela pensou. *Vamos cair os dois, e eu mantenho as moedas entre nós no ar. Ele baterá no chão primeiro.*

Uma moeda passou ao lado dela no ar.

Quê? Onde ele conseguiu aquilo? Vin tinha certeza de que havia *empurrado* para longe todas as moedas lá embaixo.

A moeda fez um arco no alto, através das brumas, riscando uma linha azul visível a seus olhos de alomântica. Foi até o alto da muralha à sua direita. Vin olhou para baixo de relance bem a tempo de ver Zane reduzir a velocidade, em seguida subir, *puxando* a moeda que estava agora mantida acima da muralha ao lado da balaustrada de pedra.

Ele a ultrapassou com um olhar satisfeito no rosto.

Exibido.

Vin soltou a moeda à esquerda, enquanto continuou a *empurrar* à direita. Lançou-se à esquerda, quase colidindo com a parede antes de jogar outra moeda nela. Ela a *empurrou*, arremessando-se para cima e à direita. Outra moeda a mandou para trás, para cima e à esquerda, e ela continuou a ricochetear entre as paredes, para trás e para a frente, até alcançar o topo.

Ela sorria enquanto rodopiava no ar. Zane — pairando no ar sobre o topo da muralha — assentiu em reconhecimento quando ela passou. Ela percebeu que ele havia agarrado algumas de suas moedas descartadas.

Hora de eu atacar um pouco, Vin pensou.

Ela soltou um *empurrão* contra as moedas na mão de Zane, e elas a jogaram para cima. No entanto, Zane ainda estava *empurrando* a moeda no alto da muralha lá embaixo, e assim ele não caiu. Em vez disso, pairou no ar entre as duas forças — seu *empurrão* forçando-o para cima, o *empurrão* de Vin forçando-o para baixo.

Vin ouviu um grunhido de esforço, então *empurrou* com mais força. Porém, estava tão concentrada que mal viu quando ele abriu a outra mão e *empurrou* uma moeda para cima, na direção dela. Ela estendeu o braço para *empurrar* de novo, mas felizmente ele não mirou bem, e a moeda passou a poucos centímetros dela.

Ou, talvez, não passou. De imediato, a moeda despencou e atingiu-a nas costas. Zane deu um *puxão* poderoso na moeda, e o pedaço de metal enterrou-se na pele de Vin. Ela arfou, avivando peltre para impedir que a moeda passasse através dela.

Zane não cedeu. Vin cerrou os dentes, mas o peso dele era maior do que o dela. Ela desceu um pouco na direção dele, a pressão do seu *empurrão* mantinha os dois separados, a moeda enterrando-se dolorosamente nas suas costas.

Nunca entre numa disputa de empurrão pura, Vin, Kelsier a alertara. *Você não pesa o bastante, perderá todas as vezes.*

Ela parou de *empurrar* a moeda na mão de Zane. De pronto, Vin caiu, *puxada* pela moeda nas costas. Ela a *empurrou* levemente, dando-se um pouco de impulso, em seguida lançou a última moeda para o lado. Ela bateu no último momento, e o *empurrão* de Vin tirou-a da pressão entre Zane e sua moeda.

A moeda de Zane atingiu-o no peito, e ele grunhiu: obviamente estava tentando fazer Vin colidir com ele de novo. Vin sorriu e *puxou* a moeda na mão de Zane.

Darei o que ele quer, eu acho.

Ele se virou a tempo de vê-la cair sobre ele, com os pés primeiro. Vin girou, sentindo-o desabar embaixo dela. Ela se alegrou com a vitória, girando no ar sobre o adarve. Em seguida, percebeu algo: várias linhas azuis fracas desaparecendo à distância. Zane *empurrara* todas as moedas deles para longe.

Em desespero, Vin agarrou uma das moedas e *puxou-a* de volta. Mas foi tarde demais. Ela buscou freneticamente uma fonte próxima de metal, mas tudo era de pedra ou madeira. Desorientada, ela bateu no adarve de pedra, tombando em meio à sua capa de bruma até parar ao lado de uma amurada de pedra.

Ela sacudiu a cabeça e avivou estanho, limpando a visão com um instante de dor e outras sensações. Com certeza, Zane não havia se saído melhor. Ele deve ter caído ao...

Zane estava no ar a poucos metros. Encontrara uma moeda — Vin não fazia ideia como — e *empurrava-a* embaixo dele. No entanto, ele não disparou para longe. Pairava sobre o topo da muralha, apenas a alguns metros no ar, ainda zonzo com o chute de Vin.

Enquanto Vin observava, Zane girava lentamente no ar, a mão estendida para baixo, rodando como um acrobata habilidoso numa trave. Havia um olhar de concentração intensa no rosto do homem, e seus músculos — todos eles, de braços, rosto, peito — estavam tensionados. Virou no ar até encará-la.

Vin observou, pasmada. Era possível *empurrar* apenas levemente uma moeda, regulando a quantidade de força com a qual alguém se lançava para trás. No entanto, era muito difícil — tão difícil que até Kelsier penava com aquilo. Na maior parte do tempo, os Nascidos da Bruma simplesmente usavam explosões curtas. Quando Vin caiu, por exemplo, ela reduziu a queda lançando uma moeda e *empurrando-a* de forma rápida — mas poderosa — para neutralizar sua velocidade.

Nunca vira um alomântico com tanto controle quanto Zane. Sua capacidade de *empurrar* uma moeda levemente seria de pouco uso numa luta; era óbvio que custava muita concentração. Ainda assim, havia uma graça naquilo, uma beleza em seus movimentos que insinuava algo que a própria Vin sentira.

A Alomancia não era apenas luta e assassinato. Era também habilidade e graça. Era algo belo.

Zane girou até ficar de cabeça para cima, em pé, numa postura de cavalheiro. Em seguida, saltou no adarve, os pés estalando baixo contra as pedras. Ele observou Vin — que ainda estava caída nas pedras — com um olhar que não tinha qualquer desprezo.

— Você é muito habilidosa — ele disse. — E bastante poderosa.

Ele era alto, imponente. *Como... Kelsier.*

— Por que foi ao palácio hoje? — ela perguntou, erguendo-se.

— Para ver como eles a tratavam. Diga-me, Vin, o que há conosco, Nascidos da Bruma, que faz termos tanta disposição para agir como escravos dos outros, apesar de nossos poderes?

— Escravos? — Vin surpreendeu-se. — Não sou escrava.

Zane sacudiu a cabeça.

— Eles usam você, Vin.

— Às vezes é bom ser útil.

— Isso é a insegurança falando.

Vin hesitou, em seguida encarou-o.

— De onde tirou aquela moeda, no fim das contas? Não havia nenhuma por perto.

Zane sorriu, em seguida abriu a boca e tirou uma moeda. Soltou-a nas pedras com um tilintar. Vin arregalou os olhos. *Metal dentro do corpo de uma pessoa não pode ser usado por outro alomântico... Que truque fácil! Por que não pensei nisso?*

Por que Kelsier não pensou nisso?

Zane sacudiu a cabeça.

— Não pertencemos a eles, Vin. Não pertencemos ao *mundo* deles. Somos daqui, das brumas.

— Pertenço àqueles que me amam — Vin retrucou.

— Amam você? — Zane perguntou em voz baixa. — Me diz uma coisa. Eles *conseguem* entender você, Vin? E um homem pode amar algo que não entende?

Ele a observou por um momento. Como não obtivera nenhuma resposta, ele meneou a cabeça levemente para Vin, em seguida *empurrou* a moeda que deixara cair momentos antes, lançando-se de volta para as brumas.

Vin deixou-o partir. Suas palavras tinham mais peso do que ele provavelmente entendia. *Não pertencemos ao mundo deles...* Ele não poderia saber que ela estava ponderando sobre sua posição, perguntando-se se era nobre, assassina ou outra coisa.

As palavras de Zane, então, tinham importância. Ele próprio se sentia como alguém de fora. Um pouco como ela. Decerto, era a sua fraqueza. Talvez ela pudesse virá-lo contra Straff — seu desejo de lutar com ela, sua prontidão para se revelar, insinuava aquilo.

Ela respirou profundamente o ar frio, brumoso, e seu coração ainda palpitava pela conversa. Sentia-se cansada, ainda que desperta, por lutar com alguém que poderia de fato ser melhor do que ela. Em pé nas brumas, no alto da muralha de uma fortaleza abandonada, ela tomou uma decisão.

Tinha de continuar lutando com Zane.

Se ao menos as Profundezas não tivessem vindo quando vieram, trazendo uma ameaça que levou homens ao desespero, tanto em atos quanto em crenças.

18

— MATE-O — DEUS SUSSURROU.

Zane pairava em silêncio nas brumas, olhando através das portas abertas da sacada da Fortaleza Venture. As brumas rodopiavam ao redor dele, ocultando-o das vistas do rei.

— Você deveria matá-lo — Deus disse novamente.

Por um lado, Zane odiava Elend, embora nunca tivesse encontrado o homem antes daquele dia. Elend era tudo que Zane deveria ter sido. Favorecido. Privilegiado. Mimado. Era inimigo de Zane, uma pedra no caminho para a dominação, o que estava impedindo Straff — e, portanto, Zane — de governar o Domínio Central.

Mas também era irmão de Zane.

Zane deixou-se cair através das brumas, pousando em silêncio no terreno do lado de fora da Fortaleza Venture. *Puxou* suas âncoras até as mãos — três pequenas barras que ele estivera *empurrando* para se manter no lugar. Vin voltaria logo, e ele não queria estar perto da fortaleza quando ela chegasse. Ela tinha uma estranha capacidade de saber onde ele estava;

seus sentidos eram muito mais aguçados do que qualquer alomântico que ele combatera ou conhecera. Claro, tinha sido treinada pelo Sobrevivente em pessoa.

Eu gostaria de tê-lo conhecido, Zane pensou, enquanto se moveu silenciosamente pelo pátio. *Era um homem que entendia o poder de ser um Nascido da Bruma. Um homem que não deixava que outros o controlassem.*

Um homem que fez o que devia ser feito, não importa o quanto parecesse brutal. Ou assim diziam os rumores.

Zane fez uma pausa ao lado da muralha externa da fortaleza, embaixo de um arcobotante. Inclinou-se, removendo um paralelepípedo, e encontrou a mensagem deixada lá por seu espião dentro do palácio de Elend. Zane recolheu-a, devolveu o paralelepípedo, em seguida jogou uma moeda e lançou-se para fora, noite adentro.

ZANE NÃO SE ESGUEIRAVA. NEM rastejava, espreitava ou se encolhia. Na verdade, ele nem mesmo gostava de se esconder.

Assim, aproximou-se do acampamento do exército de Venture com passos largos e determinados. Ele sentia que os Nascidos da Bruma passavam tempo demais de sua existência às escondidas. Verdade que o anonimato oferecia um pouco de liberdade limitada. Contudo, sua experiência era que isso os restringia mais que libertava. Permitia que fossem controlados e deixava que a sociedade fingisse que eles não existiam.

Zane caminhou na direção de um posto de guarda, onde dois soldados estavam sentados ao lado de uma grande fogueira. Ele sacudiu a cabeça: eram praticamente inúteis, cegos pela luz do fogo. Homens normais temiam as brumas, e isso fazia deles menos valiosos. Não era arrogância, era um simples fato. Alomânticos eram mais úteis e, por isso, mais valiosos que homens normais. Era por isso que Zane tinha Olhos de Estanho observando na escuridão também. Esses soldados comuns estavam ali mais por formalidade do que qualquer outra coisa.

— Mate-os — Deus ordenou quando Zane foi até o posto de guarda. Zane ignorou a voz, embora aumentasse cada vez mais e fosse mais difícil de ignorar.

— Alto lá! — um dos guardas disse, baixando a lança. — Quem está aí?

Zane *empurrou* a lança casualmente, erguendo a ponta.

— Quem mais seria? — ele bronqueou, caminhando até a fogueira.

— Lorde Zane! — o soldado exclamou.

— Chamem o rei — Zane ordenou, passando pelo posto de guarda. — Digam para me encontrar na tenda de comando.

— Mas, milorde — o guarda falou. — Já está tarde. Sua Majestade provavelmente está...

Zane virou-se, lançando ao guarda um olhar indiferente. As brumas rodeavam-no. Zane nem precisou usar a Alomancia emocional no soldado; o homem simplesmente fez uma saudação e correu para dentro da noite para fazer o que fora ordenado.

Zane atravessou o campo a passos largos. Não usava uniforme ou capa de bruma, mas os soldados paravam e saudavam quando ele passava. *Assim* é que deveria ser. Eles o conheciam, sabiam quem ele era, sabiam que deveriam respeitá-lo.

E, ainda assim, parte dele reconhecia que, se Straff não tivesse mantido seu filho ilegítimo escondido, Zane não poderia ser a arma poderosa que era. Aquele segredo havia forçado Zane a ter uma vida próxima da miséria, enquanto seu meio-irmão, Elend, fora privilegiado. Mas isso também significava que Straff fora capaz de manter Zane escondido por grande parte de sua vida. Mesmo assim, embora crescessem os rumores sobre a existência do Nascido da Bruma de Straff, poucos percebiam que Zane era seu filho.

Além disso, a vida difícil ensinara Zane a sobreviver sozinho. Tornara-se robusto e poderoso. Ele desconfiava que Elend nunca entenderia isso. Infelizmente, um efeito colateral de sua infância foi que ela aparentemente o enlouquecera.

— Mate-o — Deus sussurrou quando Zane passou por outro guarda. A voz falava todas as vezes que ele via uma pessoa — era a companhia constante e silenciosa de Zane. Ele entendia que era louco. Considerando todos os fatos, não fora tão difícil de determiná-lo. Pessoas normais não ouviam vozes. Zane ouvia.

Porém, ele não achava a insanidade uma desculpa para comportamentos irracionais. Alguns homens eram cegos, outros tinham temperamento difícil. Outros, ainda, ouviam vozes. No fim das contas, era tudo a mesma coisa. Um homem não era definido por suas falhas, mas pela maneira como as superava.

E, assim, Zane ignorava a voz. Matava quando queria, não quando ela ordenava. Ele estimava que era na verdade bastante afortunado. Outros loucos tinham visões ou eram incapazes de distinguir suas ilusões da realidade. Zane, ao menos, conseguia controlar-se.

Na maioria das vezes.

Ele *empurrou* as presilhas de metal nas abas da tenda de comando, que se dobraram para trás, abrindo-se para ele enquanto os soldados nos dois lados da porta saudavam. Zane abaixou-se para entrar.

— Milorde! — disse o oficial de comando da vigilância noturna.

— Mate-o — Deus disse. — Ele não é tão importante.

— Papel — Zane ordenou, caminhando até a grande mesa do recinto. O oficial correu para cumprir a ordem, agarrando uma pilha de folhas. Zane *puxou* a ponta de uma pena, fazendo-a voar pelo aposento até sua mão, que aguardava no ar. O oficial trouxe a tinta.

— Estas são as concentrações de tropa e as patrulhas noturnas — Zane falou, anotando alguns números e diagramas no papel. — Eu os observei à noite, enquanto estive em Luthadel.

— Muito bem, milorde — o soldado disse. — Sua ajuda é valiosa.

Zane fez uma pausa. Em seguida, lentamente, continuou a escrever.

— Soldado, você não é meu superior. Nem sequer é meu igual. Não estou "ajudando" você. Estou cuidando das necessidades do meu exército. Entendeu?

— Claro, milorde.

— Bom — Zane falou, terminando suas anotações e entregando o papel ao soldado. — Agora, saia... ou farei como um amigo sugeriu e enfiarei essa pena na sua garganta.

O soldado aceitou o papel, em seguida retirou-se rapidamente. Zane esperava, impaciente. Straff não chegava. Por fim, Zane xingou em voz baixa, empurrou as abas da tenda para que abrissem e saiu com passos firmes. A tenda de Straff era um farol vermelho brilhante na noite, bem iluminada por muitos lampiões. Zane passou pelos guardas, que sabiam que era melhor não incomodá-lo, e entrou na tenda do rei.

Straff estava em meio a um jantar tardio. Era um homem alto, cabelos castanhos como os dos filhos — os dois importantes, ao menos. Tinha mãos finas de nobre, que usava para comer com refinamento. Não reagiu quando Zane entrou.

— Está atrasado — Straff falou.

— Mate-o — Deus insistiu.

Zane cerrou os punhos. Aquele comando era o mais difícil de ignorar.

— Sim — ele falou. — Estou atrasado.

— O que aconteceu esta noite? — Straff perguntou.

Zane olhou de relance para os serviçais.

— Deveríamos conversar sobre isso na tenda de comando.

Straff continuou a bebericar a sopa, ficando onde estava, insinuando que Zane não tinha poder para lhe dar ordens. Era frustrante, mas nada inesperado. Zane usara praticamente a mesma tática com o oficial da guarda noturna momentos antes. Aprendera com o mestre.

Por fim, Zane suspirou e ocupou uma cadeira. Descansou os braços na mesa, girando de forma indolente uma faca de jantar enquanto observava seu pai comer. Um serviçal aproximou-se e perguntou se Zane gostaria de jantar, mas ele dispensou o homem com um aceno.

— Mate Straff — Deus ordenou. — Você deveria estar no lugar dele. É mais forte que ele. É mais competente.

Mas não sou são como ele, Zane pensou.

— Bem? — Straff perguntou. — Eles têm ou não o atium do Senhor Soberano?

— Não tenho certeza — Zane disse.

— A garota confia em você? — Straff quis saber.

— Está começando a confiar — Zane respondeu. — Eu a vi usando atium, naquela vez, combatendo os assassinos de Cett.

Straff assentiu com a cabeça, pensativo. Era realmente competente; por causa dele, o Domínio do Norte evitara o caos que prevalecia no restante do Império Final. Os skaa de Straff permaneceram sob controle, seus nobres reprimidos. Verdade que ele fora forçado a executar muitas pessoas para provar que estava no comando. Mas fez o que precisava ser feito. Esse era um atributo que Zane respeitava acima de todos os outros em um homem.

Especialmente por ter tido ele próprio problemas em demonstrá-lo.

— *Mate-o!* — Deus gritou. — Você o odeia! Manteve você na miséria, forçou-o a lutar pela sobrevivência quando criança.

Ele me fez forte, Zane pensou.

— Então use essa força para matá-lo!

Zane levantou a faca de carne da mesa. Straff ergueu os olhos do jantar, em seguida se encolheu apenas levemente quando Zane feriu a carne do próprio braço. Abriu um corte longo no alto do antebraço, arrancando sangue. A dor ajudava-o a resistir à voz.

Straff observou por um momento, em seguida acenou para um serviçal trazer uma toalha a Zane para que não pingasse sangue no tapete.

— Você precisa fazê-la usar atium novamente — Straff comentou. — Elend talvez tenha conseguido reunir uma ou duas contas. Só saberemos a verdade se ela ficar sem atium. — Ele fez uma pausa, voltando-se para a refeição. — Na verdade, o que você precisa é fazer com que ela diga onde fica escondido o estoque, se é que eles têm um.

Zane sentou-se, observando o sangue escorrer do corte no antebraço.

— Ela é mais hábil do que você pensa, pai.

Straff ergueu uma sobrancelha.

— Não me diga que você acredita nessas histórias, Zane? As mentiras sobre ela e o Senhor Soberano?

— Como sabe que são mentiras?

— Por causa de Elend — Straff falou. — Aquele garoto é um tolo; ele controla Luthadel apenas porque todo nobre com meio cérebro na cabeça fugiu da cidade. Se aquela garota fosse poderosa o bastante para derrotar o Senhor Soberano, sinceramente duvido que seu irmão pudesse ao menos ter ganhado sua lealdade.

Zane furou outro pedaço do braço. Não cortava fundo o suficiente para causar um dano real, e a dor funcionava como de costume. Straff finalmente desviou o rosto do jantar, fazendo uma careta de desconforto. Uma parte pequena e deturpada de Zane sentia prazer em ver aquela expressão nos olhos de seu pai. Talvez fosse um efeito colateral de sua insanidade.

— Seja como for — Straff falou —, você encontrou Elend?

Zane assentiu. Voltou-se para uma serviçal.

— Chá — ele falou, acenando com o braço não cortado. — Elend ficou surpreso. Queria reunir-se com você, mas obviamente não gostou da ideia de vir até seu acampamento. Duvido que virá.

— Talvez — Straff comentou. — Mas não subestime a tolice do garoto. Talvez agora ele entenda como nosso relacionamento será daqui em diante.

Tanta dissimulação, Zane pensou. Ao enviar esta mensagem, Straff tomou uma posição: ele não receberia ordens, ou seria perturbado, em nome de Elend.

Mas ser forçado a um cerco perturbou você, Zane pensou com um sorriso. O que Straff teria gostado de fazer era atacar diretamente, tomando a cidade sem reunião ou negociações. A chegada do segundo exército tornou isso impossível. Se atacasse naquele momento, Straff seria derrotado por Cett.

Isso significava esperar, esperar num cerco, até Elend ouvir a razão e juntar-se ao seu pai voluntariamente. Porém, esperar era algo que Straff odiava. Zane não se importava tanto. Teria mais tempo para enfrentar a garota. Ele sorriu.

Quando o chá chegou, Zane fechou os olhos, em seguida queimou estanho para aguçar seus sentidos. Suas feridas reavivaram-se mais, dores menores aumentaram, despertando-o com um choque.

Havia uma parte de tudo isso que ele não disse a Straff. *Ela virá a confiar em mim*, ele pensou. *E tem algo mais sobre ela. Ela é como eu. Talvez... ela pudesse me entender.*

Talvez ela pudesse me salvar.

Ele suspirou, abrindo os olhos e usando a toalha para limpar o braço. Sua insanidade o assustava às vezes. Mas ela parecia enfraquecer quando estava perto de Vin. Tudo que ele precisava era continuar por ora. Aceitou a xícara da serviçal — trança longa, peito firme, feições feiosas — e tomou um gole do chá de canela quente.

Straff ergueu sua xícara, em seguida hesitou, farejando delicadamente. Ele encarou Zane.

— Chá envenenado, Zane?

Zane não disse palavra.

— E com betulargo — Straff observou. — Sua falta de originalidade é deprimente.

Zane não disse nada.

Straff fez um movimento de corte na altura do pescoço. A garota ergueu os olhos aterrorizada quando um dos guardas de Straff caminhou na sua direção. Ela olhou para Zane, esperando algum tipo de ajuda, mas ele apenas desviou o olhar. Ela gritou de forma patética quando o guarda a arrastou para ser executada.

Ela queria uma chance de matá-lo, ele pensou. *Eu lhe disse que provavelmente não funcionaria.*

Straff apenas sacudiu a cabeça. Embora não fosse um Nascido da Bruma completo, o rei era um Olho de Estanho. Ainda assim, mesmo para alguém com essa capacidade, farejar betulargo em meio à canela era um feito impressionante.

— Zane, Zane... — Straff começou a falar. — O que você faria se conseguisse mesmo me matar?

Se eu quisesse mesmo matá-lo, Zane pensou, *eu usaria essa faca, e não veneno*. Porém, ele deixou Straff pensar o que quisesse. O rei esperava tentativas de assassinato. Então, Zane as providenciava.

Straff ergueu uma coisa, uma pequena conta de atium.

— Eu ia te dar isso, Zane. Mas vejo que teremos de esperar. Precisa parar com esses atentados tolos à minha vida. Se alguma vez tiver sucesso, onde conseguiria seu atium?

Straff não entendia, claro. Pensava que atium era como uma droga e supunha que os Nascidos da Bruma apreciavam usá-lo. Portanto, ele pensava que podia controlar Zane com ele. Zane deixava que o homem continuasse enganado, sem explicar que ele tinha seu estoque pessoal do metal.

Isso levou-o a encarar a questão real que dominava sua vida. Os sussurros de Deus estavam voltando agora que a dor cedia. E, de todas as pessoas sobre as quais a voz sussurrava, Straff Venture era aquela que mais merecia morrer.

— Por quê? — Deus perguntou. — Por que você não o mata?

Zane baixou os olhos. *Porque ele é meu pai*, ele pensou, finalmente admitindo sua fraqueza. Outros homens faziam o que tinham de fazer. Eram mais fortes que Zane.

— Você é louco, Zane — Straff falou.

Zane ergueu os olhos.

— Acha mesmo que poderia conquistar o império sozinho, caso me matasse? Considerando sua... doença particular, acha que poderia governar até mesmo uma única cidade?

Zane desviou o olhar.

— Não.

Straff assentiu.

— Fico feliz que nós dois entendemos isso.

— Você deveria simplesmente atacar — Zane retrucou. — Podemos encontrar o atium depois que controlarmos Luthadel.

Straff sorriu, em seguida bebericou o chá. O chá *envenenado*.

Mesmo que não quisesse, Zane teve um sobressalto, empertigando-se na cadeira.

— Não ouse pensar que sabe o que estou planejando, Zane — Straff retorquiu. — Não entende *metade* do que supõe.

Zane ficou quieto, observando o pai beber o restante do chá.

— E o seu espião? — Straff perguntou.

Zane deixou a anotação na mesa.

— Está preocupado que eles possam desconfiar dele. Não encontrou informação alguma sobre o atium.

Straff meneou a cabeça, pousando a xícara vazia.

— Você voltará à cidade e continuará a se aproximar da garota.

Zane assentiu lentamente, em seguida virou-se e saiu da tenda.

STRAFF ACHOU QUE JÁ ESTAVA sentindo o betulargo atravessar suas veias, fazendo-o tremer. Forçou-se a permanecer no controle. Esperou alguns momentos.

Assim que teve certeza de que Zane estava distante, chamou um guarda.

— Traga-me Amaranta! — Straff ordenou. — Rápido!

O soldado correu para atender ao pedido do mestre. Straff ficou sentado, quieto. A tenda farfalhava à brisa da noite, e um jorro de brumas flutuava para o chão da aba da tenda antes aberta. Ele avivou estanho, aguçando seus sentidos. Sim... conseguia sentir o veneno dentro de si. Anestesiando seus nervos. Porém, tinha tempo. Cerca de uma hora, talvez; então relaxou.

Para um homem que alegava não querer matar Straff, Zane certamente despendia muitos esforços tentando. Felizmente, Straff tinha uma ferramenta que Zane não conhecia — uma que vinha na forma de uma mulher. Straff sorriu quando os ouvidos aguçados pelo estanho escutaram passos aproximando-se na noite.

Os soldados fizeram Amaranta entrar logo. Straff não trouxera todas as suas concubinas consigo na viagem — apenas dez ou 15 favoritas. Em meio àquelas com quem atualmente se deitava, no entanto, havia algumas que ele mantinha mais por sua eficiência que pela beleza. Amaranta era um bom exemplo. Ela fora muito atraente uma década antes, mas agora estava caminhando para os trinta anos. Seus seios começaram a perder a firmeza devido ao parto, e cada vez que Straff olhava para ela, percebia as rugas que estavam aparecendo na sua testa e ao redor dos olhos. Livrava-se da maioria das mulheres muito antes de elas alcançarem sua idade.

Aquela, contudo, tinha habilidades que eram úteis. Se Zane ouvisse que Straff mandara buscar a mulher naquela noite, pensaria que simplesmente queria deitar-se com ela. E estaria errado.

— Milorde — Amaranta disse, ajoelhando-se. Ela começou a tirar a túnica.

Bem, ao menos é otimista, Straff pensou. Ele acreditara que, após quatro anos sem ser chamada para sua cama, ela entenderia. As mulheres não percebiam quando eram velhas demais para ser atraentes?

— Fique com as roupas, mulher — ele repreendeu.

A expressão de Amaranta desabou, e ela pousou as mãos no colo, deixando o vestido meio desabotoado e um seio à mostra — como se tentasse provocá-lo com sua nudez envelhecida.

— Preciso do seu antídoto — ele falou. — Rápido.

— Qual deles, milorde? — ela perguntou. Não era a única ervanária que Straff mantinha; ele aprendera os cheiros e gostos com quatro pessoas diferentes. Amaranta era a melhor delas.

— Betulargo — Straff falou. — E... talvez algo mais. Não tenho certeza.

— Outra poção geral, então, milorde? — Amaranta perguntou.

Straff assentiu com brevidade. Amaranta ergueu-se, caminhou até o gabinete de poções. Acendeu um fogareiro ao lado, ferveu uma panelinha com água enquanto misturava agilmente pós, ervas e líquidos. O preparado era sua especialidade — uma mistura de todos os antídotos para venenos, remédios e reagentes de seu repertório. Straff suspeitava que Zane havia usado betulargo para encobrir outra coisa. No entanto, fosse o que fosse, o preparado de Amaranta cuidaria daquilo — ou ao menos o identificaria.

Straff aguardava desconfortavelmente enquanto Amaranta trabalhava, ainda seminua. A mistura precisava ser preparada na hora, mas valia a pena a espera. No fim, ela trouxe a caneca fumegante. Straff tomou, forçando-se a engolir o líquido acre, apesar do amargor. Ele imediatamente começou a sentir-se melhor.

Suspirou — outra armadilha evitada — e tomou o resto da caneca para garantir. Amaranta ajoelhou-se novamente, esperançosa.

— Saia — Straff ordenou.

Amaranta assentiu, em silêncio. Enfiou o braço de volta na manga do vestido, em seguida retirou-se da tenda.

Straff ficou sentado, matutando, a caneca vazia esfriando nas mãos. Sabia que estava na vantagem. Contanto que parecesse forte diante de Zane, o Nascido da Bruma continuaria a fazer o que ele mandasse.

Provavelmente.

Se ao menos eu tivesse descartado Alendi quando buscava um assistente, tantos anos atrás.

19

SAZED ABRIU SUA ÚLTIMA MENTE de aço. Ele a ergueu, a faixa de metal, como um bracelete, reluzia à luz vermelha do sol. Para outro homem, poderia parecer valioso. Para Sazed, era apenas outra casca vazia — um simples bracelete de aço. Poderia recarregá-lo se quisesse, mas por ora não o considerava um peso que valesse levar.

Com um suspiro, ele soltou o bracelete. Caiu com um retinido, lançando cinzas do chão para o alto. *Cinco meses de armazenagem, passando um dia a cada cinco com minha velocidade drenada, meu corpo movendo-se como se impedido por um melaço espesso. E, agora, tudo está acabado.*

A perda, no entanto, trouxera algo valioso. Em apenas seis dias, usando mentes de aço de vez em quando, tinha viajado o equivalente a seis semanas de caminhada. De acordo com sua mente de cobre cartográfica, Luthadel estava a pouco mais de uma semana de distância. Sazed sentia-se bem com aquele gasto. Talvez tivesse reagido com exagero às mortes que encontrou no vilarejo a sul. Talvez não houvesse necessidade para se apressar. Mas ele criara a mente de aço para ser usada.

Ele ergueu a bolsa, que estava muito mais leve do que antes. Embora muitas das suas mentes de metal fossem pequenas, juntas ficavam pesadas. Decidira descartar algumas das menos valiosas ou menos cheias enquanto corria. Bem como o bracelete de aço, que ficou lá atrás, nas cinzas, quando ele prosseguiu.

Sem dúvida, estava no Domínio Central agora. Passou Faleast e Tyrian, duas das Montanhas de Cinzas a norte. Tyrian ainda era visível a sul — um pico alto e solitário com um topo cortado, escurecido. A paisagem ficara plana, as árvores mudando dos pinheiros marrons esparsos para os choupos brancos esguios comuns ao redor de Luthadel. Os choupos erguiam-se como ossos crescendo do solo preto, agrupados, suas cascas branco-cinzentas riscadas e retorcidas. Eles...

Sazed parou. Estavam perto do canal central, uma das principais rotas para Luthadel. O canal não tinha barcos no momento; os viajantes eram raros naqueles dias, ainda mais raros que durante o Império Final, pois os bandidos ficaram muito mais comuns. Sazed ultrapassara vários grupos deles durante sua fuga apressada para Luthadel.

Não, viajantes solitários eram raros. Exércitos eram muito mais comuns, e, a julgar pelas dúzias de rastros de fumaça que ele via erguendo-se diante dele, tinha se deparado com um. Ficava bem entre ele e Luthadel.

Ele pensou, quieto, por um momento; os flocos de cinza começando a cair levemente ao seu redor. Era meio-dia; se aquele exército tivesse batedores, Sazed teria muita dificuldade para desviar-se dele. Além disso, suas mentes de aço estavam vazias. Não seria capaz de correr da perseguição.

E, ainda assim, um exército a uma semana de Luthadel... De quem era e que ameaça representava? Sua curiosidade, a curiosidade de um erudito, incitava-o a buscar uma posição vantajosa da qual examinaria as tropas. Vin e os outros poderiam usar quaisquer informações que ele reunisse.

Decisão tomada, Sazed localizou um monte com uma proteção particularmente grande de choupos. Soltou a bolsa na base de uma árvore, em seguida tirou uma mente de ferro e começou a preenchê-la. Sentiu a sensação familiar de diminuição de peso e subiu facilmente no topo da árvore fina — seu corpo agora era leve o bastante para que não precisasse de muita força para se erguer.

Pendurado na ponta da árvore, Sazed acionou sua mente de estanho. As margens da visão embotaram-se, como sempre, mas com a visão aumentada conseguia divisar detalhes sobre o grande grupo instalado numa depressão diante dele.

Estava certo: era um exército. Mas errado quando pensou que era formado por homens.

— Pelos deuses esquecidos... — Sazed sussurrou, tão chocado que quase despencou da árvore. O exército era organizado da maneira mais simplista e primitiva. Não havia tendas, nem veículos, tampouco cavalos. Apenas centenas de fogueiras imensas, cada qual cercada por aquelas figuras.

E essas figuras eram de um azul profundo. Variavam muito de tamanho: algumas tinham apenas um metro e meio, outras eram imensas e pesadas com três metros ou mais. Eram da mesma espécie. Sazed sabia. Koloss. As criaturas — apesar de semelhantes aos homens em sua forma básica — nunca paravam de crescer. Simplesmente continuavam a ficar maiores conforme envelheciam, crescendo até seu coração não mais aguentar. Então morriam, assassinadas pelo próprio destino de crescer infinitamente.

Mas antes disso acontecer, elas ficavam bem grandes. E muito perigosas.

Sazed desceu da árvore, fazendo seu corpo ficar leve o bastante para atingir o solo com suavidade. Apressou-se a vasculhar suas mentes de cobre. Quando encontrou a que queria, amarrou no antebraço esquerdo, em seguida subiu novamente na árvore.

Procurou rapidamente um índice. Em algum lugar, havia tomado notas sobre um livro sobre os koloss — ele os estudara para tentar concluir se as criaturas tinham uma religião. Pediu a alguém que repetisse suas anotações para ele, por isso conseguiu armazená-las na mente de cobre. Memorizara o livro também, claro, mas colocar tanta informação direto na mente arruinaria o...

Aqui, ele pensou, recuperando as notas. Acionou-as da mente de cobre, enchendo sua mente com o conhecimento.

A maioria dos corpos de koloss exauria-se antes de alcançar os vinte anos de idade. As criaturas mais "velhas" com frequência ultrapassavam os três metros e meio de altura, com corpos largos e poderosos. No entanto, poucos koloss viviam tanto — e não apenas por insuficiência cardíaca. Sua sociedade, se é que podia ser chamada assim, era extremamente violenta.

O entusiasmo de repente sobrepujou a apreensão, e Sazed acionou o estanho para a visão outra vez, buscando entre os milhares de humanoides azuis, tentando ter uma prova visual do que lera. Não era difícil encontrar brigas. Escaramuças ao redor das fogueiras pareciam comuns e, interessante, sempre eram entre koloss quase do mesmo tamanho. Sazed ampliou a visão ainda mais — agarrando-se à árvore com força para superar a náusea — e deu sua primeira boa olhada em um koloss.

Era uma criatura menor, talvez com um metro e oitenta. Tinha o formato de um homem, dois braços e duas pernas, mas o pescoço mal se distinguia. Era totalmente careca. A característica mais estranha, contudo, era a pele azul, que pendia solta e enrugada. A criatura parecia um homem gordo que, ao ter toda a sua gordura drenada, ficou com pele sobrando.

E... a pele não parecia estar muito bem *conectada*. Ao redor dos olhos vermelhos e injetados da criatura, a pele caía, revelando os músculos faciais. O mesmo se dava ao redor da boca: a pele despencava alguns centímetros para baixo do queixo, deixando os dentes inferiores e a mandíbula completamente expostos.

Era uma visão de embrulhar o estômago, especialmente para quem já estava nauseado. As orelhas da criatura eram caídas, sacudindo-se abaixo da linha do queixo. O nariz era disforme e solto, sem cartilagem para ampará-lo. A pele das pernas e dos braços da criatura sacudia como bolsas, e sua única vestimenta era uma tanga de tecido cru.

Sazed virou-se, escolhendo uma criatura maior — uma com talvez dois metros e meio — para examinar. A pele nessa fera não era tão solta, mas ainda não parecia encaixar-se direito. O nariz era torcido num ângulo deformado, como se empurrado no rosto pela cabeça enorme que se equilibrava num pescoço rombudo. A criatura virou-se para olhar com maldade para um companheiro e, novamente, a pele ao redor da boca não se encaixava: os lábios não fechavam por completo, e as órbitas dos olhos eram grandes demais, expondo os músculos atrás delas.

Como uma pessoa usando uma máscara feita de pele, Sazed pensou, tentando evitar o nojo. *Então... o corpo continua a crescer, mas a pele não?*

Ele confirmou esse fato quando uma das bestas imensas, com três metros de altura, entrou no grupo. Os menores espalharam-se diante desse recém-chegado, que se aproximou da fogueira onde vários cavalos estavam sendo assados.

A pele da criatura maior estava tão esticada que começava a arrebentar. A carne sem pelos havia rasgado ao redor dos olhos, nos cantos da boca e em volta dos músculos imensos do peito. Sazed conseguia ver pequenas linhas de sangue vermelho pingando das costelas. Mesmo onde a pele não estava rompida, estava bem esticada — o nariz e as orelhas eram tão achatados que mal se distinguiam da pele ao redor deles.

De repente, a análise de Sazed não parecia tão acadêmica. Os koloss tinham vindo para o Domínio Central. Criaturas tão violentas e incontroláveis que o Senhor Soberano fora forçado a mantê-los longe da civilização. Sazed extinguiu sua mente de estanho, recebendo de bom grado a visão normal. Precisava chegar a Luthadel e avisar os outros. Se eles...

Sazed ficou paralisado. Um problema de aumentar sua visão era que, por um tempo, perdia a capacidade de ver de perto — então não era estranho que não tivesse percebido a patrulha de koloss cercando os choupos.

Pelos deuses esquecidos! Ele se segurou firme na árvore, pensando rápido. Vários koloss já estavam prontos para abrir caminho até o bosque. Se descesse, estaria lento demais para escapar. Como sempre, usava uma mente de peltre; poderia facilmente ficar tão forte quanto dez homens e manter essa força por um bom tempo. Poderia lutar, talvez...

Mas os koloss carregavam espadas toscas, porém imensas. As notas de Sazed, sua memória e sua curiosidade concordavam em um ponto: os koloss eram guerreiros muito poderosos. Com a força de dez homens ou não, Sazed não teria habilidade para derrotá-los.

— Desça — uma voz profunda e arrastada chamou de baixo. — Desça agora.

Sazed olhou para baixo. Um koloss grande com a pele começando a esticar estava aos pés da árvore. Chacoalhou o choupo.

— Desça agora — a criatura repetiu.

Os lábios não funcionam muito bem, Sazed pensou. *Parece um homem tentando falar sem mover os lábios.* Não se surpreendeu pelo fato de a criatura conseguir falar, pois suas notas mencionavam isso, mas sim pela calma com que ela falava.

Eu poderia correr, ele pensou. Poderia se manter nas copas das árvores, talvez cruzando a distância entre os grupos de choupos largando as mentes de metal e tentando pairar nas rajadas de vento. Mas seria muito difícil — e muito imprevisível.

E precisaria deixar suas mentes de cobre — mil anos de história — para trás.

Então, mente de peltre pronta caso ele precisasse de força, Sazed soltou a árvore. O líder koloss — Sazed podia apenas supor que era ele — observou Sazed descer com um olhar injetado. A criatura não piscava. Sazed imaginou se pelo menos *conseguiam* piscar com a pele esticada daquele jeito.

Sazed caiu no chão ao lado da árvore com um baque, em seguida esticou o braço para pegar a bolsa.

— Não — o koloss rosnou, agarrando a bolsa com um sacudir de braço com agilidade sobre-humana. Os terrisanos eram altos — especialmente os eunucos terrisanos — e era muito desconcertante parecer baixinho ao lado dessa criatura bestial, com muito mais de dois metros de altura, pele azul-escura e olhos da cor do sol no crepúsculo. Ela assomava sobre Sazed, e este se encolheu, mesmo sem querer.

Aparentemente, aquela foi a reação correta, pois o líder koloss meneou a cabeça e virou-se de costas.

— Venha — ele balbuciou, arrastando-se pelo pequeno bosque de choupos. Os outros koloss — sete deles — seguiram-no.

Sazed não queria descobrir o que aconteceria se desobedecesse. Escolheu um deus — Duis, um deus conhecido antigamente como protetor dos viajantes angustiados — e fez uma oração rápida, em silêncio. Em seguida, apressou-se, ficando com a manada de koloss enquanto ela caminhava na direção do acampamento.

Ao menos eles não me mataram de vez, Sazed pensou. Ele meio que esperara por isso, considerando o que lera. Claro, mesmo os livros não diziam muito. Os koloss tinham sido mantidos apartados da humanidade por séculos; o Senhor Soberano só os convocava em momentos de grande necessidade militar, para abafar revoltas ou conquistar novas sociedades descobertas nas ilhas interiores. Naqueles momentos, os koloss causaram destruição absoluta e morticínios — ou assim diziam as histórias.

Será que era tudo difamação por razões políticas?, Sazed se questionou. *Talvez os koloss nem sejam tão violentos como acreditamos.*

Um dos koloss ao lado de Sazed uivou com um ódio repentino. Sazed girou quando o koloss pulou em um de seus companheiros. A criatura ignorou a espada nas costas, esmurrando a cabeça do inimigo com um punho gigantesco. Os outros pararam e viraram-se para assistir à luta, mas nenhum deles pareceu alarmado.

Sazed observou com horror cada vez maior quando o agressor continuou a espancar seu inimigo sem parar. O atacado tentou se proteger, pegando uma adaga e conseguindo cortar o braço do agressor. A pele azul rasgou-se, jorrando sangue vermelho e brilhante, enquanto o agressor envolvia a cabeça grande do oponente na mão e girava.

Houve um estalo. Aquele que se defendia parou de se mover. O agressor retirou a espada das costas da vítima e encaixou-a ao lado de sua própria arma, em seguida retirou uma pequena bolsa que estava atada junto à espada. Depois disso, ergueu-se, ignorando a ferida no braço, e o grupo voltou a andar.

— Por quê? — Sazed perguntou, em choque. — Para que aquilo?

O koloss ferido virou-se.

— Eu o odiava — ele respondeu.

— Ande! — o koloss líder disse para Sazed num tom grosseiro.

Sazed forçou-se a começar a caminhar. Deixaram o cadáver jazer na estrada. *As bolsas*, ele pensou, tentando encontrar algo para se concentrar além da brutalidade. *Todos eles carregam essas bolsas*. Os koloss mantinham-nas atadas às espadas. Não carregavam as armas em bainhas, simplesmente prendiam-nas às costas com tiras de couro. E amarradas a essas tiras ficavam as bolsinhas. Às vezes havia apenas uma, embora as duas criaturas maiores no grupo tivessem várias.

Parecem bolsinhas de moeda, Sazed pensou. *Mas os koloss não têm uma economia. Talvez mantenham seus pertences nelas? Mas o que bestas como essas valorizam?*

Entraram no acampamento. Não parecia haver sentinelas às margens — por outro lado, para que precisariam de guardas? Seria muito difícil para um humano esgueirar-se para dentro desse acampamento.

Um bando de koloss menores — aqueles de um metro e meio — correu assim que o grupo chegou. O assassino jogou sua espada extra para um deles, em seguida apontou à distância. Manteve a bolsa consigo, e os pequenos debandaram, seguindo a estrada na direção do cadáver.

Um destacamento funerário?, Sazed perguntou-se.

Ele caminhava com desconforto atrás de seus captores enquanto estes adentravam o acampamento. Animais de todos os tipos estavam sendo assados sobre os fogareiros, embora Sazed não achasse que algum deles fosse um ser humano. Além disso, o solo ao redor do acampamento fora totalmente desnudado de vida vegetal, como se tivesse sido pastado por um grupo particularmente agressivo de bodes.

E, segundo sua mente de cobre, não estava muito longe de ser verdade. Os koloss aparentemente conseguiam subsistir com praticamente qualquer coisa. Preferiam carne, mas comiam qualquer tipo de planta — até mesmo grama, chegando ao ponto de arrancá-la pelas raízes para comer. Alguns relatos comentavam até sobre eles comerem terra e cinza, embora Sazed achasse aquilo um pouco difícil de acreditar.

Ele continuou a caminhar. O acampamento cheirava a fumaça, sujeira e um almiscarado estranho que ele presumiu ser odor do corpo dos koloss. Algumas das criaturas viraram-se quando ele passou, observando-o com olhos fixos e vermelhos.

É como se eles tivessem apenas duas emoções, ele pensou, saltando quando um koloss junto a uma fogueira de repente gritou e atacou um companheiro. *São ou indiferentes ou ficam enfurecidos.*

O que seria necessário para provocá-los todos de uma vez? E... que tipo de desastre eles causariam se isso acontecesse? Ele revisou nervosamente seus pensamentos anteriores. Não, os koloss não tinham sido difamados. As histórias que ele ouvira — histórias de koloss enlouquecidos no Domínio Longínquo, causando destruição e morte alastradas — obviamente eram verdade.

Mas algo mantinha aquele grupo de alguma forma controlado. O Senhor Soberano era capaz de controlar os koloss, embora nenhum livro explicasse como. A maioria dos escritores simplesmente aceitava essa capacidade como parte do que fazia do Senhor Soberano um deus. O homem era imortal — comparados com isso, outros poderes pareciam comuns.

Porém, a imortalidade dele era um truque, Sazed pensou. *Uma simples combinação inteligente de poderes feruquêmicos e alomânticos.* O Senhor Soberano era apenas um homem normal — embora tivesse uma combinação incomum de capacidades e oportunidades.

Sendo assim, como ele controlara os koloss? Havia algo diferente no Senhor Soberano. Algo além dos poderes. Fizera algo no Poço da Ascensão, algo que mudou o mundo para sempre. Talvez sua capacidade de controlar os koloss viesse daí.

Os captores de Sazed ignoraram as lutas ocasionais ao redor das fogueiras. Não parecia haver qualquer koloss fêmea no acampamento — ou, se houvesse, era indistinguível dos machos. Sazed, no entanto, notou um cadáver koloss que jazia esquecido perto de uma das fogueiras. Fora esfolado, a pele azul solta e arrancada.

Como uma sociedade poderia existir desse jeito?, ele pensou com horror. Seus livros diziam que os koloss procriavam e envelheciam rapidamente — uma situação afortunada para eles, considerando o número de mortes que ele já vira. Mesmo assim, parecia que esta espécie também assassinava demais seus membros para continuar.

Ainda assim, eles persistiam. Infelizmente. O Guardador que havia nele acreditava fortemente que nada deveria ser perdido, que toda sociedade era digna de ser lembrada. Contudo, a brutalidade do acampamento koloss — as criaturas feridas que estavam sentadas, ignorando as fendas na pele, os cadáveres esfolados pelo caminho, os uivos repentinos de fúria e os assassinatos subsequentes — testava sua crença.

Seus captores circundaram uma pequena elevação na terra, e Sazed parou quando viu algo muito inesperado.

Uma tenda.

— Vá — o koloss líder disse, apontando.

Sazed franziu o cenho. Havia várias dezenas de seres humanos fora da tenda, carregando lanças, vestidos como guardas imperiais. A tenda era grande, e atrás dela havia uma fileira de carroças.

— Vá! — o koloss gritou.

Sazed fez o que lhe fora ordenado. Atrás dele, um dos koloss lançou, indiferente, a bolsa de Sazed na direção dos guardas humanos.

As mentes de metal dentro dela tilintaram quando bateram no chão cheio de cinzas, fazendo Sazed se encolher. Os soldados observaram o koloss se retirar com um olhar desconfiado; em seguida, um deles pegou a bolsa. Outro soldado ergueu a lança na direção de Sazed.

Sazed ergueu os braços.

— Meu nome é Sazed, Guardador de Terris, mordomo no passado, agora professor. Não sou seu inimigo.

— Muito bem — o guarda falou, ainda observando o koloss que se retirava. — Ainda assim, terá de vir comigo.

— Posso reaver meus pertences? — Sazed perguntou. Aquele vale parecia livre de koloss; aparentemente, os soldados humanos queriam manter distância.

O primeiro guarda virou-se para o companheiro, que estava vasculhando a bolsa de Sazed. O segundo guarda ergueu os olhos e deu de ombros.

— Sem armas. Alguns braceletes e anéis, talvez valham alguma coisa.

— Nenhum deles é de metal precioso — Sazed falou. — São as ferramentas de um Guardador e são de pouco valor para outra pessoa que não eu.

O segundo guarda encolheu os ombros, entregando a bolsa para o primeiro homem. Os dois eram típicos do Domínio Central — cabelos escuros, pele clara, constituição e altura daqueles que tiveram nutrição adequada quando crianças. O primeiro guarda era o mais velho dos dois e obviamente estava no comando. Pegou a bolsa do companheiro.

— Veremos o que Sua Majestade diz.

Ah, Sazed pensou.

— Vamos falar com ele, então.

O guarda virou-se, puxando a porta da tenda de lado e gesticulando para Sazed entrar. Sazed caminhou da luz vermelha do sol para o recinto de uma tenda funcional — ainda que pouco mobiliada. Essa parte principal era grande e continha muito mais guardas. Sazed talvez tenha visto mais ou menos duas dúzias.

O guarda líder avançou e enfiou a cabeça na porta de um aposento ao fundo. Poucos momentos depois, ele acenou para Sazed segui-lo e puxou a porta da tenda para trás.

Sazed entrou na segunda câmara. O homem que estava lá dentro vestia calças e casaco de um nobre de Luthadel. Era careca — seus cabelos reduzidos a poucos fios resistentes —, apesar de ser jovem. Ficou em pé, dando tapinhas na lateral da perna com a mão nervosa, e teve um leve sobressalto quando Sazed entrou.

Sazed reconheceu o homem.

— Jastes Lekal.

— *Rei* Lekal — Jastes retrucou, ríspido. — Conheço você, terrisano?

— Não nos conhecemos, Vossa Majestade — Sazed falou —, mas tive alguns negócios com um vosso amigo, creio eu. Rei Elend Venture, de Luthadel?

Jastes assentiu, indiferente.

— Meus homens dizem que os koloss trouxeram você. Encontraram-no espiando ao redor do acampamento?

— Sim, Majestade — Sazed disse, com cuidado, observando quando Jastes começou a caminhar. *Este homem não é muito mais estável que o exército que aparentemente conduz*, ele pensou, insatisfeito.

— Como o senhor persuadiu as criaturas a lhe servirem?

— Você é um prisioneiro, terrisano — Jastes irritou-se. — Sem perguntas. Elend enviou-o para me espionar?

— Não fui enviado por homem nenhum — Sazed afirmou. — Por acaso, os senhores estavam no meu caminho, Vossa Majestade. Não fiz minhas observações por mal.

Jastes fez uma pausa, encarando Sazed, antes de recomeçar a andar.

— Bem, não importa. Estou sem um mordomo adequado há um tempo. Você me servirá agora.

— Perdão, Majestade — Sazed disse, curvando-se levemente —, mas isso não será possível.

Jastes franziu o cenho.

— Você é um mordomo... posso ver isso na túnica. Elend é um mestre tão grandioso a ponto de você me rechaçar?

— Elend Venture não é meu mestre, Majestade — Sazed disse, encarando os olhos do jovem rei. — Agora que somos livres, os terrisanos não chamam mais ninguém de mestre. Não posso ser vosso servo, pois não posso ser servo de homem algum. Mantenha-me como prisioneiro, se assim desejar. Mas não servirei ao senhor. Perdoe-me.

Jastes fez outra pausa. Contudo, em vez de parecer irritado, simplesmente parecia... envergonhado.

— Entendo.

— Vossa Majestade — Sazed falou com calma —, entendo que o senhor ordenou que eu não fizesse nenhuma pergunta, então farei observações. Parece que o senhor se colocou numa posição muito desfavorecida. Não sei como controla esses koloss, mas não posso deixar de pensar que seu controle é tênue. Está em perigo e parece que pretende compartilhar esse perigo com os outros.

Jastes ruborizou.

— Suas "observações" são falhas, terrisano. *Estou* no controle deste exército. Eles me obedecem completamente. Quantos outros nobres você já viu reunindo exércitos de koloss? Nenhum... apenas eu consegui.

— Eles não parecem muito sob controle, Majestade.

— É? — Jastes perguntou. — E eles o despedaçaram quando o encontraram? Esmurraram-no até a morte por diversão? Atravessaram-no com um bastão e assaram-no sobre uma fogueira? Não. Não fazem essas coisas porque *eu* ordenei que não fizessem. Pode não parecer grande coisa, terrisano, mas acredite em mim... esse é um sinal de grande moderação e obediência para os koloss.

— A civilidade não é um grande feito, Vossa Majestade.

— Não me teste, terrisano! — Jastes retrucou, ríspido, correndo a mão pelos cabelos remanescentes. — Estamos falando de koloss... não podemos esperar muito deles.

— E o senhor os está levando para Luthadel? — Sazed perguntou. — Mesmo o Senhor Soberano temia essas criaturas, Majestade. Mantinha-os longe das cidades. O senhor os está levando para a área mais populosa de todo o Império Final!

— Você não entende — Jastes disse. — Tentei propostas de paz, mas ninguém ouve, a menos que você tenha dinheiro ou um exército. Bem, tenho um deles, e logo terei o outro. Sei que Elend está sentado sobre um estoque de atium... e apenas vim para... fazer uma aliança com ele.

— Uma aliança na qual o senhor assumirá o controle da cidade?

— Bah! — Jastes exclamou com um aceno. — Elend não controla Luthadel... é apenas um sucedâneo que espera alguém mais poderoso chegar. É um bom homem, mas um inocente idealista. Vai perder o trono para um exército ou outro, e darei a ele uma proposta melhor que Cett ou Straff, isso é certo.

Cett? Straff? Em que tipo de encrenca o jovem Venture se meteu?, Sazed sacudiu a cabeça.

— De algum modo, duvido que uma "proposta melhor" envolva o uso de koloss, Majestade.

Jastes franziu a testa.

— Vejo que você é sarcástico, terrisano. É um sinal... seu povo inteiro é um sinal... do que está errado com o mundo. Eu respeitava o povo de Terris. Não há vergonha alguma em ser um bom serviçal.

— Não raro também há pouco do que se orgulhar nisso — Sazed respondeu. — Mas peço perdão por minha atitude, Majestade. Não é uma manifestação da independência de Terris. Sempre fui livre demais com os meus comentários, creio eu. Nunca fui o melhor dos mordomos. — *Ou o melhor dos Guardadores*, ele acrescentou para si.

— Bah — Jastes disse novamente, voltando a caminhar.

— Majestade — Sazed falou. — Preciso prosseguir para Luthadel. Há alguns... negócios dos quais preciso cuidar. Pense o que quiser do meu povo, mas saiba que somos honestos. O trabalho que faço está além da política e das guerras, dos tronos e dos exércitos. É importante para todos os homens.

— Eruditos sempre dizem coisas assim — Jastes falou. E fez uma pausa. — Elend sempre disse coisas assim.

— De qualquer forma — Sazed continuou —, preciso de permissão para sair. Em troca da minha liberdade, entregarei uma mensagem vossa a Sua Majestade, o rei Elend, se desejar.

— Eu poderia enviar uma mensageiro meu a qualquer momento!

— E ficar com um homem a menos para protegê-lo dos koloss? — Sazed questionou.

Jastes fez uma breve pausa.

Ah, então ele os teme. Bom. Ao menos não é insano.

— Eu *vou* embora, Vossa Majestade — Sazed disse. — Não quero ser arrogante, mas posso ver que o senhor não tem recursos para manter prisioneiros. Pode me deixar ir, ou pode me entregar aos koloss. Contudo, eu temeria deixá-los tomar gosto em matar seres humanos.

Jastes encarou-o.

— Tudo bem — ele falou. — Entregue esta mensagem, então. Diga a Elend que não me importo se ele souber que estou a caminho... Não me importa se você lhe der nossos números. Mas cuide para ser preciso! Tenho mais de vinte mil koloss neste exército. Ele não pode me enfrentar. Tampouco pode enfrentar os outros. Mas, se eu chegar às muralhas daquela cidade... bem, eu poderia repelir os outros dois exércitos para ele. Diga a ele para ser sensato. Se entregar o atium, deixarei até que fique com Luthadel. Podemos ser vizinhos. Aliados.

Um falido de dinheiro, o outro falido de bom senso, Sazed pensou.

— Muito bem, Majestade. Falarei com Elend. No entanto, precisarei que devolvam os meus pertences.

O rei acenou, irritado, e Sazed retirou-se, esperando em silêncio até o guarda líder entrar nos aposentos do rei novamente e receber ordens.

Enquanto esperava os soldados se prepararem — sua bolsa felizmente devolvida a ele —, Sazed pensou no que Jastes falara. *Cett ou Straff*. Quantas forças estavam trabalhando contra Elend para tomar a cidade?

Se Sazed queria um lugar calmo para estudar, aparentemente escolhera a direção errada para correr.

Apenas alguns anos mais tarde comecei a observar os sinais. Eu conhecia as profecias — sou um Portador do Mundo terrisano, afinal. E, ainda assim, nem todos nós somos religiosos; alguns, como eu mesmo, estão mais interessados em outros assuntos. No entanto, durante meu período com Alendi, não consegui evitar: fiquei mais interessado na Antecipação. Ele parecia se encaixar muito bem nos sinais.

20

— ISSO VAI SER PERIGOSO, Majestade — Dockson falou.

— É nossa única opção — Elend retrucou. Estava em pé atrás da mesa, cheia de pilhas de livros como de costume. Ele recebia iluminação por trás da janela do escritório, e suas cores caíam sobre as costas do uniforme branco, tingindo-o de um castanho-avermelhado brilhante.

Certamente ele parece mais imponente nessas vestes, Vin pensou, sentando-se na poltrona de leitura aveludada de Elend, OreSeur descansando pacientemente no chão ao lado dela. Ela ainda não sabia bem o que pensar sobre as mudanças em Elend. Sabia que as alterações eram, em sua maioria, visuais — novas roupas, novo corte de cabelo —, mas outras coisas sobre ele pareciam estar mudando também. Ele endireitava mais o corpo quando falava, estava mais confiante. Estava até treinando com a espada e o bastão.

Vin olhou para Tindwyl. A matrona terrisana estava sentada numa cadeira maciça no fundo da sala, observando os procedimentos. Tinha uma postura perfeita e estava elegante com sua saia e blusa coloridas. Não se sentava sobre as pernas dobradas, como Vin estava naquele momento, e nunca vestia calças.

O que ela tem?, Vin pensou. *Passei um ano tentando fazer Elend praticar a esgrima. Tindwyl está aqui há menos de um mês e já o fez treinar.*

Por que Vin sentia-se amarga? Elend não havia mudado tanto, havia? Tentou aquietar o pedacinho dela que se preocupava com esse novo rei, um guerreiro confiante e bem-vestido — preocupava-se com que ele se transformaria em alguém diferente do homem que amava.

E se ele não precisasse mais dela?

Ela afundou um pouco mais na poltrona enquanto Elend continuou a conversar com Ham, Dox, Trevo e Brisa.

— Estou preocupado que, se entrar naquele acampamento, nunca sairá — disse Dockson.

— Apenas se eu fracassar — Elend tranquilizou. — Se eu seguir o plano e convencer meu pai que somos aliados, ele me deixará retornar. Não gastei muito tempo fazendo política na corte quando era mais novo. Mas se há uma coisa que *aprendi* a fazer foi manipular meu pai. Conheço Straff Venture... e sei que posso derrotá-lo. Além disso, ele não quer que eu morra.

— Podemos ter certeza disso? — Ham perguntou, coçando o queixo.

— Sim — Elend respondeu. — No fim das contas, Straff não enviou assassinos atrás de mim, o que Cett fez. Faz sentido. Que pessoa melhor para Straff deixar no controle de Luthadel que seu filho? Ele acha que pode me controlar; vai presumir que pode me convencer a lhe dar Luthadel. Se eu fizer esse jogo, poderei fazer com que ele ataque Cett.

— Ele tem razão... — Ham falou.

— Sim — Dockson falou —, mas o que impede Straff de simplesmente tomá-lo como refém e forçar sua entrada em Luthadel?

— Ele ainda terá Cett em seu encalço — Elend falou. — Se lutar conosco, perderá homens, muitos homens, e ficará exposto a ser atacado pela retaguarda.

— Mas ele terá você, meu caro — Brisa falou. — Ele não atacaria Luthadel, mas poderia nos forçar a cedê-la.

— Vocês terão ordens de me deixar morrer primeiro — Elend disse. — Por isso montei a Assembleia. Ela tem o poder de escolher um novo rei.

— Mas por quê? — Ham perguntou. — Por que assumir esse risco, El? Vamos esperar um pouco mais e ver se podemos fazer Straff se reunir com você num local mais neutro.

Elend suspirou.

— Vocês *precisam* me ouvir, Ham. Com ou sem cerco, não podemos simplesmente ficar sentados aqui. Se o fizermos, morreremos de fome ou um desses exércitos decidirá romper o cerco e nos atacar, na expectativa de tomar nossas muralhas, virar em seguida e de pronto defender-se contra seus inimigos. Não farão isso facilmente, mas pode acontecer. *Vai* acontecer, se não começarmos a jogar os reis um contra o outro.

A sala ficou em silêncio. Os outros lentamente viraram-se para Trevo, que assentiu. Ele concordou.

Bom trabalho, Elend, Vin pensou.

— Alguém precisa se reunir com o meu pai — Elend falou. — E essa pessoa tem que ser eu. Straff pensa que sou um tolo, então posso convencê-lo de que não sou uma ameaça. Em seguida, vou persuadir Cett de que estou do seu lado. Quando finalmente um atacar o outro, cada qual pensando que estou do seu lado, nos retiraremos e os forçaremos a se digladiarem. O vencedor não terá força suficiente para nos tomar a cidade!

Ham e Brisa assentiram com a cabeça. Dockson, no entanto, negou com a sua.

— O plano é bom em teoria, mas entrar no acampamento inimigo desprotegido? Parece tolice.

— Veja bem — Elend falou. — Acho que essa é a nossa vantagem. Meu pai acredita fortemente em controle e dominação. Se eu entrar em seu acampamento, estarei basicamente lhe dizendo que concordo com a autoridade dele sobre mim. Parecerei fraco, e ele acreditará que pode me conduzir sempre que quiser. É um risco, mas, se eu não o assumir, *morreremos*.

Os homens trocaram olhares.

Elend endireitou um pouco mais as costas e fechou as mãos ao lado do corpo. Sempre fazia aquilo quando estava nervoso.

— Receio que isso não seja uma discussão — Elend declarou. — Já tomei minha decisão.

Eles não aceitarão uma declaração dessas, Vin pensou. A equipe era um grupo independente.

Ainda assim, surpreendentemente, nenhum deles contestou.

Dockson finalmente assentiu com a cabeça.

— Tudo bem, Vossa Majestade — ele disse. — Você vai precisar entrar num terreno perigoso... fazer Straff acreditar que pode contar com nosso apoio, mas também convencê-lo de que ele pode nos trair segundo sua vontade. Precisa fazer com que ele queira a força de nossas armas, embora ao mesmo tempo despreze nossa força de vontade.

— E — Brisa acrescentou — precisará fazer isso sem que ele descubra que está jogando dos dois lados.

— Conseguirá fazer isso? — Ham perguntou. — Honestamente, Elend?

Elend assentiu.

— Conseguirei, Ham. Melhorei muito em política neste último ano. — Ele disse essas palavras com confiança, embora Vin percebesse que ainda tinha os punhos cerrados. *Ele terá que aprender a não fazer isso.*

— Talvez você possa entender de política — Brisa falou —, mas *isso* é truque. Encare os fatos, meu amigo, você é terrivelmente honesto... sempre falando em como defender os direitos dos skaa e semelhantes.

— Veja bem, você está sendo injusto — Elend retrucou. — Honestidade e boas intenções são completamente diferentes. Pois eu posso ser tão desonesto quanto... — Ele fez uma pausa. — Por que estou discutindo essa questão? Admitimos que algo precisa ser feito e sabemos que sou aquele que precisa fazê-lo. Dox, você redigiria uma carta para o meu pai? Insinue que eu ficaria feliz em encontrá-lo. Na verdade...

Elend parou, olhando de esguelha para Vin. Em seguida, continuou.

— Na verdade, diga que quero discutir o futuro de Luthadel e apresentá-lo a alguém especial.

Ham soltou uma risadinha.

— Ah, nada como levar a garota para conhecer o pai.

— Especialmente quando essa garota é a alomântica mais perigosa do Domínio Central — Brisa acrescentou.

— Acha que ele concordará em deixá-la ir? — Dockson disse.

— Se não, não tem acordo — Elend falou. — Deixe isso claro. De qualquer forma, acho que ele concordará. Straff tem o hábito de me subestimar... provavelmente com razão. No entanto, aposto que o sentimento se estende a Vin também. Partirá do princípio de que ela não é tão boa quanto todo mundo diz.

— Straff tem seu próprio Nascido da Bruma para protegê-lo — Vin acrescentou. — Só será justo se Elend puder me levar. E, se eu estiver lá, posso tirá-lo de lá, caso algo dê errado.

Ham voltou a dar risadinhas.

— Provavelmente isso não contribuiria para uma retirada muito digna... ser carregado nos ombros de Vin e levado até um lugar seguro.

— Melhor que morrer — Elend concluiu, obviamente tentando soar despreocupado, mas ruborizando de leve ao mesmo tempo.

Ele me ama, mas ainda é homem, Vin pensou. *Quantas vezes feri seu orgulho por ser uma Nascida da Bruma, enquanto ele é simplesmente uma pessoa normal? Um homem inferior nunca teria se apaixonado por mim.*

Mas será que ele não merece uma mulher que ele sente que pode proteger? Uma mulher que seja mais... mulher?

Vin afundou novamente na poltrona, buscando o calor em meio à maciez. Era a poltrona de estudos de Elend, onde ele lia. Também não merecia uma mulher que partilhasse dos seus interesses, uma que não achasse ler um afazer? Uma mulher com quem ele pudesse falar sobre suas teorias políticas brilhantes?

Por que estou pensando tanto sobre nosso relacionamento nos últimos tempos?, Vin se perguntou.

Não pertencemos ao mundo deles, Zane falou. *Somos daqui, das brumas. Você não pertence a eles...*

— Tem mais uma coisa que gostaria de mencionar, Majestade — Dockson disse. — O senhor deveria se reunir com a Assembleia. Estão cada vez mais impacientes para ouvi-lo... algo sobre moedas falsificadas circulando em Luthadel.

— Não tenho tempo para assuntos dos negócios da cidade no momento — Elend falou. — A razão principal pela qual montei a Assembleia foi para que eles pudessem lidar com esse tipo de problema. Vá em frente e lhes envie uma mensagem, dizendo que confio no seu julgamento. Peça desculpas por mim e explique que estou cuidando da defesa da cidade. Tentarei comparecer à reunião da Assembleia na próxima semana.

Dockson assentiu, fazendo uma anotação para si.

— Embora — ele observou — haja algo mais a considerar. Ao reunir-se com Straff, estará desistindo do seu controle sobre a Assembleia.

— Essa não é uma reunião oficial — Elend retrucou. — Apenas uma reunião informal. Minha resolução de antes continuará em vigor.

— Com toda a honestidade, Vossa Majestade — Dockson falou —, eu duvido muito que *eles* verão dessa forma. O senhor sabe como ficarão aborrecidos ao serem deixados sem recurso até o senhor decidir fazer a reunião oficial.

— Eu sei — Elend disse. — Mas vale a pena o risco. *Precisamos* nos reunir com Straff. Assim que isso for feito, posso voltar com boas notícias para a Assembleia... assim espero. Nesse momento, posso argumentar que a resolução não foi cumprida. Por ora, a reunião continuará.

De fato, está mais decidido, Vin pensou. *Ele está mudando.*

Ela tinha de parar de pensar sobre essas coisas. Em vez disso, concentrou-se em outra coisa. A conversa enveredou para maneiras específicas pelas quais Elend poderia manipular Straff, cada um dos membros da equipe dando dicas sobre como enganá-lo efetivamente. Vin, no entanto, flagrou-se observando-os, procurando discrepâncias nas personalidades, tentando decidir se algum deles poderia ser o espião kandra.

Trevo estava mais quieto que o normal? A mudança nos padrões de linguagem de Fantasma vieram pela maturidade ou porque o kandra tinha dificuldades em imitar suas gírias? Talvez Ham estivesse jovial demais? Também parecia se concentrar menos em suas pequenas charadas filosóficas do que fazia no passado. Era porque estava mais sério agora ou porque o kandra não sabia como imitá-lo devidamente?

Não valeu de nada. Se pensasse demais, poderia observar discrepâncias em qualquer um. Ainda assim, ao mesmo tempo, todos agiam como eles mesmos. As pessoas eram complexas demais para reduzi-las a simples traços de personalidade. Além disso, o kandra seria bom, muito bom. Teria uma vida inteira de treino na arte de imitar os outros, e provavelmente estava planejando sua inserção havia tempos.

Então, chegou à Alomancia. Com todas as atividades ao redor do cerco e seus estudos sobre as Profundezas, no entanto, ela não teve chance de testar os amigos. Enquanto pensou nisso, admitiu que a desculpa da falta de tempo era fraca. A verdade era que provavelmente estava se distraindo porque a ideia de que um da equipe — um do seu primeiro grupo de amigos — fosse um traidor era simplesmente triste demais.

Precisava superar aquilo. Se realmente houvesse um espião no grupo, seria o fim deles. Se os reis inimigos descobrissem os truques que Elend estava planejando...

Com isso em mente, ela queimou bronze, hesitante. De imediato, sentiu um pulso alomântico em Brisa — o querido, incorrigível Brisa. Era tão bom em Alomancia que mesmo Vin não conseguia detectar seu toque a maior parte do tempo, mas também era compulsivo em seu uso do poder.

Porém, naquele momento, ele não estava usando o poder nela. Ela fechou os olhos, concentrando-se. Uma vez, havia muito tempo, Marsh tentara treiná-la na fina arte de usar bronze para ler pulsos alomânticos. Ela não percebera na época como era imensa a tarefa que ele começara.

Quando um alomântico queimava um metal, emitia uma pulsação invisível, rítmica, que apenas outro alomântico queimando bronze poderia sentir. O ritmo desses pulsos — a velocidade em que as batidas vinham, a maneira como "soavam" — dizia exatamente qual metal estava sendo queimado.

Exigia prática e era difícil, mas Vin estava ficando melhor em ler os pulsos. Ela se concentrou. Brisa estava queimando latão — o metal de *empurrão* interno, mental. E...

Vin concentrou-se com mais intensidade. Conseguia sentir um padrão a atingir de repente, uma batida dupla, *tum-tum*, em cada pulso. Sentia-o orientado à direita. Os pulsos afetavam outra coisa, algo que os sugava.

Elend. Brisa estava concentrado em Elend. Não era surpresa, considerando a atual discussão. Brisa sempre direcionava o poder às pessoas com as quais interagia.

Satisfeita, Vin recostou-se. Mas, em seguida, fez uma pausa.

Marsh insinuou que havia muito mais no bronze do que muitas pessoas pensavam. Imagino...

Ela fechou os olhos bem apertados — ignorando o fato de que qualquer um dos outros que visse acharia suas ações estranhas — e concentrou-se de novo nos pulsos alomânticos. Ela avivou bronze, concentrando-se com tanta força que sentiu que causaria uma dor de cabeça. Havia uma... vibração nos pulsos. Mas não tinha certeza do que aquilo poderia significar.

Concentre-se!, ela disse a si mesma. No entanto, os pulsos recusavam-se com teimosia a entregar qualquer outra informação.

Ótimo, ela pensou. *Vou trapacear.* Ela extinguiu o estanho — ela quase sempre mantinha um pouco avivado —, em seguida concentrou-se e queimou o décimo quarto metal. Duralumínio.

Os pulsos alomânticos ficaram tão altos... tão poderosos... ela jurou que conseguia sentir as vibrações fazerem-na tremer. Pulsavam como batidas de um tambor imenso posto ao lado dela. Mas ela conseguiu algo deles.

Ansiedade, nervosismo, preocupação, insegurança, ansiedade, nervosismo, preocupação...

Desapareceu, seu bronze foi gasto em uma explosão gigantesca de força. Vin abriu os olhos; ninguém na sala estava olhando para ela, além de OreSeur.

Sentia-se exausta. A dor de cabeça que ela previra chegou com força total, palpitando dentro de seu crânio como o irmão caçula do tambor que ela banira. No entanto, ela manteve as informações que compilara. Não viera em palavras, mas em sentimentos — e seu primeiro medo era que Brisa estava fazendo essas emoções aparecerem. Ansiedade, nervosismo, preocupação. Contudo, ela percebeu de imediato que Brisa era um Abrandador. Se ele se concentrasse em emoções, seriam naquelas que estivesse *amortecendo*. Aquelas sobre as quais estava usando os poderes para abrandar.

Ela olhava dele para Elend. *Mas... ele está deixando Elend mais confiante!* Se Elend estava ficando um pouco mais ereto, era porque Brisa estava ajudando em silêncio, abrandando a ansiedade e a preocupação. E Brisa o fazia, ao mesmo tempo em que contestava e fazia seus comentários habituais e zombeteiros.

Vin examinou o homem rechonchudo, ignorando sua dor de cabeça, sentindo uma renovada admiração. Sempre se questionou um pouco sobre o posicionamento de Brisa na equipe. Os outros homens eram todos, em certa medida, idealistas. Até mesmo Trevo, por trás de seu exterior ranzinza, sempre fora reconhecido por ela como um homem muito bom.

Brisa era diferente. Manipulador, um pouco egoísta — ele parecia ter se juntado à equipe pelo desafio, não porque realmente quisesse ajudar os skaa. Mas Kelsier sempre dissera que ele escolhera sua equipe a dedo, convocando homens por sua integridade, não apenas por suas capacidades.

Talvez Brisa não fosse exceção, no fim das contas. Vin observou-o apontando seu bastão para Ham quando falava algo impertinente. E, ainda assim, por dentro, ele era totalmente diferente.

Você é um bom homem, Brisa, ela pensou, sorrindo para si mesma. *Apenas faz de tudo para escondê-lo.*

E também não era o impostor. Sabia disso antes, claro; Brisa não estava na cidade quando o kandra fizera a troca. Contudo, ter uma segunda confirmação aliviava um pouco seu fardo.

Agora, se ela pudesse apenas eliminar alguns dos outros...

ELEND DISPENSOU A EQUIPE DEPOIS da reunião. Dockson seguiu para escrever as cartas solicitadas, Ham foi verificar a segurança, Trevo voltou para o treinamento dos soldados e Brisa foi tentar aplacar a Assembleia quanto à falta de atenção de Elend.

Vin caminhou para fora do gabinete, lançando um olhar para ele, em seguida observou Tindwyl. *Ainda desconfia dela, hein?* Elend pensou, divertindo-se. Ele meneou a cabeça, tranquilizador, e Vin franziu a testa, parecendo apenas um pouco irritada. Ele a teria deixado ficar, mas... bem, encarar Tindwyl era vergonhoso o bastante por si só.

Vin saiu do gabinete, o cão de caça kandra ao seu lado. *Parece que ela está cada vez mais apegada à criatura,* Elend pensou com satisfação. Era bom saber que alguém a vigiava.

Vin fechou a porta atrás de si, e Elend suspirou, esfregando o ombro. Várias semanas de treinamento com espada e bastão estavam exigindo demais dele, e seu corpo estava escoriado. Tentou esconder a dor — ou melhor, tentou não deixar que Tindwyl o visse demonstrando dor. *Ao menos provei que estou aprendendo,* ele pensou. Ela precisava ver aquilo.

— E? — ele perguntou.

— Você é uma vergonha — Tindwyl disse, em pé, diante da cadeira.

— É o que você gosta de dizer — Elend falou, avançando para começar a empilhar alguns livros. Tindwyl disse que ele precisava permitir que seus serviçais deixassem o escritório limpo, algo a que ele sempre resistira. A bagunça de livros e papéis não o incomodava, e ele certamente não queria outra pessoa mexendo neles.

Com ela lá, em pé, olhando para ele, era difícil não ter vergonha pela bagunça. Pousou outro livro sobre a pilha.

— É claro que você percebeu como fui bem — Elend disse. — Eu fiz com que eles me deixassem ir ao acampamento de Straff.

— Você é o rei, Elend Venture — Tindwyl falou de braços cruzados. — Ninguém "deixa" você fazer coisa alguma. A primeira mudança na atitude precisa ser sua... precisa parar de pensar que precisa de permissão e anuência de seus seguidores.

— Um rei deve liderar com o consentimento dos seus cidadãos — Elend disse. — Não quero ser outro Senhor Soberano.

— Um rei deve ser forte — Tindwyl disse com firmeza. — Ele aceita aconselhamento, mas apenas quando solicita. Deixa claro que a decisão final é dele, não de seus conselheiros. Precisa controlar melhor seus assessores. Se eles não o respeitam, seus inimigos tampouco o farão — nem as massas.

— Ham e os outros me respeitam.

Tindwyl ergueu uma sobrancelha.

— Respeitam, sim!

— Do que eles te chamam?

Elend ergueu os ombros.

— São meus amigos. Usam o meu nome.

— Ou algo bem parecido com isso. Certo, "El"?

Elend enrubesceu, encaixando um último livro na pilha.

— Quer que eu force meus amigos a me tratarem pelo título?

— Sim — Tindwyl falou. — Especialmente em público. Deveriam tratá-lo por "Vossa Majestade", ou ao menos "milorde".

— Duvido que Ham lide bem com isso — Elend falou. — Tem questões com autoridade.

— Ele vai superá-las — Tindwyl falou, passando o dedo numa das estantes. Não precisou erguê-lo para Elend saber que havia poeira na ponta do dedo.

— E quanto a você? — Elend desafiou.

— Eu?

— Você me chama de "Elend Venture", não de "Vossa Majestade".

— Sou diferente — Tindwyl se defendeu.

— Bem, não vejo por que deveria ser. A partir de agora você me chama de "Vossa Majestade".

Tindwyl sorriu, dissimulada.

— Muito bem, Vossa Majestade. Pode abrir os punhos agora. Precisa trabalhar isso também; um estadista não deveria dar indícios visíveis de nervosismo.

Elend baixou os olhos, relaxando as mãos.

— Tudo bem.

— Além disso — Tindwyl continuou —, ainda se limita muito em sua linguagem. Faz com que pareça tímido e hesitante.

— Estou trabalhando nisso.

— Não se desculpe, a menos que realmente queira se desculpar — Tindwyl falou. — E não dê justificativas. Não precisa delas. Um líder é frequentemente julgado pela maneira como arca com responsabilidades. Como rei, tudo aquilo que acontece no seu reino, independentemente de quem cometa o ato, é sua culpa. É responsável, inclusive, por eventos inevitáveis, como terremotos e tempestades.

— Ou exércitos — Elend completou.

Tindwyl concordou.

— Ou exércitos. É sua responsabilidade lidar com essas coisas e, se algo der errado, é sua culpa. Simplesmente precisa aceitar isso.

Elend assentiu, pegando um livro.

— Agora, vamos falar sobre culpa — Tindwyl disse, sentando-se. — Pare de limpar. Isso não é trabalho de um rei.

Elend suspirou, deixando o livro de lado.

— A culpa — Tindwyl disse — não faz um rei. Precisa parar de sentir pena de si mesmo.

— Você acaba de me dizer que tudo que acontece no reino é minha culpa!

— E é.

— Como posso *não* me sentir culpado, então?

— Você precisa confiar que suas ações são as melhores — Tindwyl explicou. — Precisa saber que, não importa o quanto as coisas vão mal, seriam piores sem você. Quando um desastre acontece, você assume a responsabilidade, mas não mergulha na autopiedade nem fica deprimido. Não pode se dar a esse luxo; a culpa é para homens menores. Você simplesmente precisa fazer o que se espera.

— E o que é esperado?

— Fazer tudo melhorar.

— Ótimo — Elend disse, sem rodeios. — E se eu falhar?

— Aí você aceita sua responsabilidade e faz tudo melhorar numa segunda tentativa.

Elend revirou os olhos.

— E se eu não puder melhorar as coisas? E se eu não for realmente o melhor homem para ser rei?

— Então, renuncie à sua posição — Tindwyl respondeu. — Suicídio é o método preferido, desde que, claro, você tenha um herdeiro. Um bom rei sabe não complicar a sucessão.

— Claro — Elend disse. — Então, está dizendo que eu deveria simplesmente me matar.

— Não. Estou dizendo para o senhor ter orgulho de si, Vossa Majestade.

— Não é o que parece. Todo dia você me diz como sou um rei ruim e como meu povo sofrerá por conta disso! Tindwyl, eu *não* sou o melhor homem para essa posição. Esse homem se deixou matar pelo Senhor Soberano.

— Já chega! — Tindwyl irritou-se. — Acredite ou não, Vossa Majestade, o senhor é a melhor pessoa para essa posição.

Elend bufou.

— O senhor é o melhor — Tindwyl continuou —, porque o trono é seu agora. Se há algo pior do que um rei medíocre, é o caos... que é o que este reino teria se *o senhor* não tivesse assumido o trono. As pessoas nos dois lados, nobres e skaa, aceitam-no. Podem não acreditar no senhor, mas aceitam-no. Saia do trono agora, ou mesmo morra por acidente, e haverá confusão, colapso e destruição. Mal treinado ou não, fraco de caráter ou não, motivo de zombaria ou não, o senhor é tudo que este país tem. O senhor é *rei*, Elend Venture.

Elend hesitou.

— Eu... não tenho certeza se isso faz eu me sentir melhor sobre mim mesmo, Tindwyl.

— Não...

Elend ergueu a mão.

— Sim, eu sei. Não se trata sobre como eu me sinto.

— O senhor não tem espaço para a culpa. Aceite que é o rei, aceite que não pode fazer nada de construtivo para mudar isso e aceite a responsabilidade. Faça o que fizer, seja confiante, pois, se não fosse o senhor aqui, o caos reinaria.

Elend assentiu.

— Arrogância, Majestade — Tindwyl enfatizou. — Todos os líderes de sucesso compartilham de um traço comum: acreditam que podem fazer um trabalho melhor que os outros. Humildade é bom ao considerar sua responsabilidade e seu dever, mas quando chega o momento de tomar uma decisão, não deve se questionar.

— Vou tentar.

— Muito bom — Tindwyl disse. — Agora, talvez possamos seguir para outro assunto. Diga-me, por que não se casou com aquela jovem?

Elend franziu. *Não esperava por isso...*

— Essa é uma questão muito pessoal, Tindwyl.

— Muito bom.

Elend cerrou ainda mais o cenho, mas ela ficou sentada, esperando, observando-o com uma de suas encaradas implacáveis.

— Não sei — Elend disse por fim, recostando-se em sua poltrona, suspirando. — Vin não é... como as outras mulheres.

Tindwyl ergueu uma sobrancelha, a voz levemente mais suave.

— Acredito que, quanto mais mulheres conhecer, Vossa Majestade, mais terá certeza de que essa frase se aplica a todas elas.

Elend meneou a cabeça, tristonho.

— De qualquer forma — Tindwyl continuou —, as coisas não estão bem como estão. Não vou me intrometer mais em seu relacionamento, mas, como já discutimos, as aparências são muito importantes para um rei. Não é apropriado para o senhor ser visto com uma concubina. Sei que esse tipo de coisa era comum para a nobreza imperial. Porém, os skaa querem ver algo melhor em você. Talvez porque muitos nobres eram tão frívolos em suas vidas sexuais, os skaa sempre apreciaram a monogamia. Desejam desesperadamente que o senhor respeite seus valores.

— Simplesmente terão de ser pacientes conosco — Elend disse. — Na verdade, eu quero me casar com Vin, mas ela não aceita.

— Sabe por quê?

Elend sacudiu a cabeça.

— Ela... o que diz nem sempre faz sentido para mim.

— Talvez não seja a mulher certa para um homem em sua posição.

Elend ergueu os olhos severos.

— O que quer dizer com isso?

— Talvez precise de alguém um pouco mais refinado — Tindwyl respondeu. — Tenho certeza de que é uma ótima guarda-costas, mas como lady, ela...

— Pare — Elend irritou-se. — Vin é ótima do jeito que é.

Tindwyl sorriu.

— O quê? — Elend questionou.

— Insultei o senhor a tarde toda, Majestade, e o senhor mal se chateou. Mencionei sua Nascida da Bruma de maneira levemente depreciativa e agora o senhor está a ponto de me enxotar.

— E daí?

— O senhor a ama?

— Claro — Elend confessou. — Não a entendo, mas sim. Eu a amo.

Tindwyl assentiu.

— Então, me desculpe, Vossa Majestade. Precisava ter certeza.

Elend franziu o cenho, relaxando um pouco em sua poltrona.

— Isso foi um tipo de teste? Queria ver como eu reagiria às suas palavras sobre Vin?

— Sempre será testado por aqueles que encontrar, Majestade. Talvez seja bom acostumar-se com isso.

— Mas por que se importa com meu relacionamento com Vin?

— O amor não é fácil para os reis, Majestade — Tindwyl falou com uma voz gentil incomum. — Descobrirá que sua afeição pela garota pode causar mais problemas do que quaisquer das coisas que discutimos.

— E isso é motivo para desistir dela? — Elend perguntou, temeroso.

— Não — Tindwyl respondeu. — Não, eu acho que não.

Elend fez uma pausa, observando a terrisana soberba com suas feições quadradas e sua postura empertigada.

— Isso... parece estranho, vindo de você. E a aparência e os deveres régios?

— Precisamos permitir exceções ocasionais — Tindwyl disse.

Interessante, Elend pensou. Ele não havia pensado que ela era do tipo que concordava com qualquer espécie de "exceção". *Talvez ela seja um pouco mais profunda do que imaginei.*

— Agora — Tindwyl disse —, como vão suas sessões de treino?

Elend esfregou o braço dolorido.

— Tudo bem, eu acho. Mas...

Foi interrompido por uma batida na porta. Capitão Demoux entrou num momento depois.

— Vossa Majestade, um visitante chegou do exército de Lorde Cett.

— Um mensageiro? — Elend disse, erguendo-se.

Demoux hesitou, parecendo um pouco envergonhado.

— Bem... mais ou menos. Ela diz que é filha de Lorde Cett e veio atrás de Brisa.

Ele nasceu numa família humilde, mas se casou com a filha de um rei.

21

O VESTIDO CARO DA JOVEM — de seda vermelho-clara com um xale e mangas rendadas — teria lhe dado um ar de dignidade, caso não tivesse avançado ansiosa quando Brisa entrou na sala. Seus cabelos claros ocidentais balançavam, e ela soltou um grito de alegria enquanto lançou os braços ao redor do pescoço do homem.

Devia ter uns 18 anos.

Elend olhou para Ham, que ficou parado, embasbacado.

— Bem, parece que você estava certo quanto a Brisa e a filha de Cett — Elend sussurrou.

Ham balançou a cabeça.

— Eu não achava... digo, eu fiz uma piada, porque era Brisa, mas não esperava estar *certo*!

Brisa, de sua parte, ao menos teve a decência de parecer terrivelmente desconfortável nos braços da jovem. Ficaram parados no átrio do palácio, no mesmo lugar onde Elend havia encontrado o mensageiro de seu pai.

Vidraças do chão ao teto deixavam entrar a luz da tarde, e um grupo de serviçais estava em pé de um lado da sala, esperando ordens de Elend.

Brisa encontrou os olhos de Elend, ruborizando muito. *Acho que nunca vi Brisa desse jeito*, Elend pensou.

— Minha querida — Brisa falou, limpando a garganta —, talvez eu deva apresentá-la ao rei.

A garota finalmente soltou Brisa. Deu um passo para trás, fazendo uma reverência a Elend com a graça de uma nobre. Era um pouco rechonchuda, cabelos longos à moda pré-Colapso, e as bochechas estavam rubras com o entusiasmo. Era graciosa, obviamente bem-treinada para a corte — exatamente o tipo de garota que Elend passou a juventude tentando evitar.

— Elend — Brisa falou —, permita-me apresentar Allrianne Cett, filha do Lorde Ashweather Cett, rei do Domínio Ocidental.

— Vossa Majestade — Allrianne disse.

Elend meneou a cabeça.

— Lady Cett — ele parou e, em seguida, com uma voz esperançosa, continuou —, seu pai a enviou como embaixadora?

Allrianne hesitou.

— Hum... ele não me mandou exatamente, Vossa Majestade.

— Ó, querida — Brisa disse, puxando um lenço para enxugar a testa.

Elend lançou um olhar de soslaio para Ham, em seguida voltou à garota.

— Talvez você deva explicar essa situação — ele falou, apontando para os assentos do átrio. Allrianne assentiu, ansiosa, mas ficou perto de Brisa quando se sentaram. Elend acenou para alguns serviçais trazerem vinho gelado.

Tinha a sensação de que precisaria de algo para beber.

— Vim pedir asilo, Vossa Majestade — Allrianne disse, falando rapidamente. — Tive que vir. Digo, Brisa deve ter contado como é meu pai.

Brisa sentou-se com desconforto, e Allrianne pousou a mão carinhosa no seu joelho.

— Como é seu pai? — Elend perguntou.

— É tão manipulador — Allrianne começou. — Tão *exigente*. Ele expulsou Brisinha, e eu tive de segui-lo, claro. Não passaria mais nenhum momento naquele acampamento. Um acampamento de guerra! Ele me trouxe, uma jovem lady, com ele para a guerra! O senhor sabe o que é ser olhada com lascívia por todo soldado que passa? Entende o que é viver numa tenda?

— Eu...

— Raramente tínhamos água fresca — Allrianne continuou. — E eu não podia tomar um banho sem temer que algum soldado espiasse! Durante nossas viagens, não havia nada a fazer o dia todo, exceto sentar na carruagem e chacoalhar, chacoalhar, chacoalhar. Até a chegada de Brisinha, eu não tive uma conversa refinada em semanas! E então, meu pai o afastou...

— Por quê? — perguntou Ham, ansioso.

Brisa tossiu.

— Eu tive que ir embora, Vossa Majestade — Allrianne disse. — O senhor precisa me dar asilo! Sei de coisas que poderiam ajudá-lo. Bem, eu vi o acampamento do meu pai. Aposto que o senhor não sabe que ele está recebendo suprimentos da fábrica de conservas de Haverfrex! O que acha disso?

— Hum... impressionante — Elend disse, com hesitação.

Allrianne meneou rapidamente a cabeça.

— E você veio encontrar Brisa? — Elend perguntou.

Allrianne corou um pouco, olhando para o lado. Porém, quando falou, demonstrou pouco tato.

— Precisava vê-lo novamente, Vossa Majestade. Tão charmoso, tão... maravilhoso. Não teria esperado que meu pai compreendesse um homem como ele.

— Sei — Elend disse.

— Por favor, Majestade — Allrianne disse. — Precisa me aceitar aqui. Agora que deixei meu pai, não tenho para onde ir!

— Pode ficar... por um tempo, ao menos — Elend disse, acenando para cumprimentar Dockson, que havia passado pelas portas do átrio. — Mas obviamente teve uma viagem difícil. Talvez queira se refrescar...?

— Ah, eu gostaria muito, Vossa Majestade!

Elend olhou para Cadon, um dos mordomos do palácio, que estava no fundo do salão com outros serviçais. Ele assentiu, e os aposentos foram preparados.

— Então — Elend disse, erguendo-se —, Cadon levará você aos aposentos. Jantaremos esta noite às sete, e poderemos conversar novamente.

— Obrigada, Majestade! — Allrianne disse, saltando da cadeira. Deu outro abraço em Brisa, em seguida deu um passo atrás, como se fosse fazer o mesmo com Elend. Felizmente ela pensou melhor, deixando que os serviçais a levassem.

Elend se sentou. Brisa suspirou profundamente, recostando-se numa posição cansada quando Dockson se aproximou, tomando o assento da garota.

— Isso foi... inesperado — Brisa observou.

Houve um silêncio desconfortável, e as árvores do átrio balançavam levemente ao vento da sacada. Em seguida — com um estouro agudo —, Ham começou a gargalhar. O ruído animou Elend e — apesar do perigo, apesar da gravidade do problema — ele se viu gargalhando também.

— Ah, honestamente — Brisa bufou, o que apenas serviu para estimular os outros. Talvez fosse a mera incongruência da situação, talvez fosse porque precisava aliviar a tensão, mas Elend se flagrou gargalhando tanto que quase caiu da cadeira. Ham não agia de modo muito diferente, e até mesmo Dockson abriu um sorrisinho.

— Não consigo ver a graça nesta situação — Brisa disse. — A filha do Lorde Cett, um homem que atualmente está num cerco à nossa casa, acaba de pedir asilo na cidade. Se Cett não estava determinado a nos matar antes, certamente ficará agora!

— Eu sei — Elend disse, tentando respirar fundo. — Eu sei. É que...

— É essa imagem — Ham falou — de você sendo abraçado por aquele bolinho fofo da corte. Não consigo imaginar algo mais bizarro que você sendo confrontado por uma jovem irracional!

— Isso complica um pouco mais as coisas — Dockson observou. — Embora eu não esteja acostumado com você sendo aquele que nos traz esse tipo de problema, Brisa. Honestamente, pensei que conseguiríamos evitar relações não planejadas com mulheres agora que Kell se foi.

— Não é minha culpa — Brisa enfatizou. — A afeição da garota é completamente descabida.

— Isso é verdade — Ham murmurou.

— Muito bem — uma nova voz apareceu. — O que era aquela coisa rosa que acabou de passar por mim no corredor?

Elend virou-se para encontrar Vin em pé, de braços cruzados, na entrada do átrio. *Tão silenciosa. Por que anda de forma tão sorrateira até mesmo no palácio?* Ela nunca usava sapatos que estalassem, nunca usava saias que farfalhassem e nunca tinha metais na roupa que pudessem tilintar ou serem *empurrados* por alomânticos.

— Não era rosa, minha querida — Brisa falou. — Era vermelho.

— Quase — Vin falou, avançando. — Estava tagarelando com os serviçais sobre como seu banho quente precisava ser, garantindo que eles anotassem suas comidas favoritas.

Brisa suspirou.

— Aquela é Allrianne. Provavelmente teremos que contratar um novo *chef* confeiteiro... ou isso, ou mandar buscar sobremesas. Ela é bem específica quanto às suas sobremesas.

— Allrianne Cett é filha de Lorde Cett — Elend explicou quando Vin, ignorando as cadeiras, sentou-se na ponta de uma floreira ao lado da cadeira dele, pousando a mão no braço do rei. — Aparentemente, ela e Brisa estão envolvidos.

— Perdão? — Brisa irritou-se.

No entanto, Vin franziu o nariz.

— Que horror, Brisa. Você é um velho. Ela é uma garota.

— Não há relacionamento — Brisa disse, ríspido. — Além disso, não sou *tão* velho... nem ela é *tão* jovem.

— Ela parece ter uns 12 anos — Vin retrucou.

Brisa revirou os olhos.

— Allrianne foi uma criança da corte no interior, um pouco inocente, um pouco mimada, mas não merece que se fale dela assim. Na verdade, ela é bem astuta nas circunstâncias corretas.

— Então, houve alguma coisa entre vocês? — Vin pressionou.

— Claro que não — Brisa disse. — Bem, nada real, embora talvez tenha tomado um rumo equivocado. *Tomou* um rumo equivocado, na verdade, quando o pai dela descobriu... Mas quem é você para falar, Vin? Acredito que lembro de uma certa *jovenzinha* louquinha por um *velho* Kelsier uns anos atrás.

Elend demonstrou interesse nesse assunto.

Vin corou.

— Nunca fui louquinha por Kelsier.

— Nem mesmo no início? — Brisa perguntou. — Confesse, um homem elegante como aquele? Salvou você de ser espancada por seu líder de gangue, trouxe você...

— Você é doente — Vin declarou, cruzando os braços. — Kelsier era um pai para mim.

— No fim, talvez — Brisa falou —, mas...

Elend ergueu a mão.

— Chega — ele falou. — Esse tipo de discussão é inútil.

Brisa bufou, mas ficou em silêncio. *Tindwyl está certa*, Elend pensou. *Eles me ouvirão se eu agir como se esperasse que ouçam.*

— Precisamos decidir o que fazer — Elend disse.

— A filha do homem que está nos ameaçando poderia ser um elemento poderoso de barganha — Dockson falou.

— Você quer dizer... mantê-la como refém? — Vin falou, apertando os olhos.

Dockson ergueu os ombros.

— Alguém precisa dizer o óbvio, Vin.

— Não uma refém de verdade — Ham falou. — Afinal, ela veio até nós. Simplesmente deixá-la ficar poderia ter o mesmo efeito de mantê-la como refém.

— Isso arriscaria despertar a fúria de Cett — Elend falou. — Nosso plano original era fazer ele pensar que somos aliados.

— Poderíamos devolvê-la, então — Dockson falou. — Isso poderia nos economizar um bom tempo de negociação.

— E o pedido dela? — Brisa perguntou. — A garota não estava feliz no acampamento do pai. Não deveríamos ao menos considerar seus desejos?

Todos os olhos voltaram-se para Elend. Ele fez uma pausa. Apenas poucas semanas antes, eles teriam continuado a discutir. Parecia estranho que tivessem começado tão rapidamente a olhar para ele quando se tratava de decisões.

Quem era ele? Um homem que por acaso terminou no trono? Um pobre sucedâneo de um líder brilhante? Um idealista que não havia considerado os riscos que sua filosofia traria? Um tolo? Um moleque? Um impostor?

O melhor que eles tinham.

— Ela fica — Elend disse. — Por ora. Talvez sejamos forçados a devolvê-la no final, mas isso será uma distração útil para o exército de Cett. Deixe-os suar um pouco. Só nos dará mais tempo.

Os membros do grupo assentiram, e Brisa parecia aliviado.

Farei o que puder, tomarei as decisões que eu achar que precisam ser tomadas, Elend pensou.

E então, aceitarei as consequências.

Ele era capaz de conversar com o mais fino dos filósofos e tinha uma memória impressionante. Quase tão boa quanto a minha. Ainda assim, não era dado a discussões.

22

CAOS E INSTABILIDADE, A BRUMA era ambos. Sobre a terra havia um império, dentro daquele império havia uma dezena de reinos fragmentados, dentro desses reinos havia cidades, vilas, vilarejos, plantações. E, acima de todos eles, dentro de todos eles, ao redor de todos eles, estava a bruma. Era mais constante que o sol, pois não podia ser ocultada pelas nuvens. Era mais poderosa que as tempestades, pois sobrevivia a quaisquer fúrias climáticas. Sempre estava lá. Mutável, mas eterna.

O dia era um suspiro impaciente que aguardava a noite. No entanto, quando a noite chegou, Vin descobriu que as brumas não a acalmavam mais como antes.

Nada mais parecia certo. Antes, a noite era seu refúgio; agora, ela se flagrava olhando para trás, buscando silhuetas fantasmagóricas. Antes, Elend era sua paz, mas ele estava mudando. Antes, ela conseguia proteger as coisas que amava, mas temia cada vez mais que as forças que se moviam contra Luthadel estivessem além de sua capacidade de impedi-las.

Nada a apavorava mais que sua própria impotência. Durante a infância, achava normal que ela não pudesse mudar as coisas, mas Kelsier conseguira injetar orgulho nela.

Se ela não pudesse proteger Elend, para que serviria?

Ainda há algumas coisas que posso fazer, ela se forçou a pensar. Agachou-se em silêncio sobre uma saliência, as franjas de sua capa de bruma pendendo, agitando-se levemente com o vento. Logo abaixo dela, as tochas queimavam de forma irregular diante da Fortaleza Venture, iluminando dois guardas de Ham. Estavam alertas dentro das brumas rodopiantes, mostrando uma diligência impressionante.

Os guardas não conseguiam vê-la sentada bem acima deles; mal poderiam ver cinco metros dentro das brumas espessas. Não eram alomânticos. Além do grupo principal, Elend tinha acesso a meia dúzia de Brumosos — o que o tornava alomanticamente fraco se comparado à maioria dos outros novos reis do Império Final. Vin devia compensar a diferença.

As tochas tremeluziram quando as portas se abriram e uma figura saiu do palácio. A voz de Ham ecoou baixa nas brumas quando ele cumprimentou os guardas. Um motivo — talvez o principal motivo — pelo qual os guardas eram tão diligentes era Ham. Talvez fosse um pouco anarquista de coração, mas conseguia ser um líder muito bom se tivesse nas mãos uma equipe pequena. Apesar de seus guardas não serem os soldados mais educados e disciplinados que Vin já vira, eram extremamente leais.

Ham conversou com os homens por um tempo, em seguida fez um aceno de despedida e caminhou para dentro das brumas. O pequeno pátio entre a fortaleza e a muralha continha alguns postos de guarda e patrulhas, e Ham visitava um por um. Caminhava corajosamente à noite, confiando nas luzes difusas das estrelas para ver, em vez de cegar-se com uma tocha. Um hábito dos ladrões.

Vin sorriu, saltando silenciosamente no chão, e correu em seguida atrás de Ham. Ele continuou a caminhada, sem perceber sua presença. *Como seria ter apenas um poder alomântico?*, Vin se perguntou. *Ser capaz de ficar forte, mas ter ouvidos tão fracos quanto os de qualquer homem normal?* Fazia apenas dois anos, mas ela já confiava muito em suas capacidades.

Ham avançou, Vin seguindo-o discretamente, até chegarem à cilada. Vin ficou tensa e queimou bronze.

OreSeur uivou de repente, saltando de uma pilha de caixas. O kandra era uma silhueta escura na noite, seu latido incomodava até mesmo Vin. Ham girou, sussurrando um xingamento.

E, instintivamente, ele avivou peltre. Concentrada no bronze, Vin confirmou que os pulsos definitivamente vinham dele. Ham girou, procurando na noite, enquanto OreSeur chegou ao chão. Vin, no entanto, simplesmente sorriu. A Alomancia de Ham significava que ele não era o impostor. Podia riscar outro nome da lista.

— Tudo bem, Ham — Vin falou, caminhando até ele.

Ham hesitou, baixando seu bastão de duelo.

— Vin? — ele perguntou, apertando os olhos na direção das brumas.

— Sou eu — ela falou. — Desculpe, você assustou meu cão. Ele fica agitado à noite.

Ham relaxou.

— Todos nós ficamos, eu acho. Algo acontecendo hoje?

— Não que eu saiba — ela falou. — Eu informaria a você.

Ham meneou com a cabeça.

— E eu agradeceria, embora eu duvide que você precise de mim. Sou capitão da guarda, mas você é quem faz todo o trabalho.

— Você é mais valioso que pensa, Ham — Vin falou. — Elend confia em você. Como Telden, Jastes e os outros o abandonaram, ele precisava de um amigo.

Ham assentiu. Vin virou-se, olhando para dentro das brumas, onde OreSeur estava sentado, à espera, sobre os quadris. Parecia ficar cada vez mais confortável no corpo de cão de guarda.

Agora que sabia que Ham não era um impostor, havia algo que precisava discutir com ele.

— Ham — ela falou —, sua proteção a Elend é mais valiosa do que pensa.

— Está falando sobre o impostor — Ham falou baixinho. — El me pediu que investigasse a equipe do palácio para ver quem poderia estar fora por algumas horas aquele dia. Mas é uma tarefa complicada.

Ela assentiu.

— Tem mais uma coisa, Ham. Meu atium acabou.

Ele ficou quieto nas brumas por um momento, em seguida ela o ouviu murmurar um impropério.

— Vou morrer da próxima vez que combater um Nascido da Bruma — ela disse.

— Não, a menos que ele tenha atium — Ham retrucou.

— Quais as chances de que alguém mande um Nascido da Bruma sem atium para lutar comigo?

Ele hesitou.

— Ham — ela disse —, preciso encontrar uma maneira de lutar com alguém que esteja queimando atium. Diga que conhece uma maneira.

Ham ergueu os ombros na escuridão.

— Existem várias teorias, Vin. Certa vez tive uma longa conversa com Brisa sobre isso... embora ele tenha passado a maior parte dela resmungando que eu lhe estava aborrecendo.

— E então? — Vin perguntou. — O que posso fazer?

Ele esfregou o queixo.

— A maioria das pessoas concorda que a melhor maneira de matar um Nascido da Bruma com atium é surpreendê-lo.

— Isso não ajuda se ele me atacar primeiro — Vin falou.

— Bem — Ham respondeu —, tirando a surpresa, não há muito o que fazer. Algumas pessoas acham que talvez *você* conseguiria ser capaz de matar um Nascido da Bruma usando atium se pegá-lo numa situação inevitável. É como um jogo de fets — às vezes, a única maneira de pegar uma peça é encurralá-la para que, não importa para que lado ela vá, ela morra.

"Mas fazer isso com um Nascido da Bruma é muito difícil. A questão é que o atium faz com que o Nascido da Bruma veja o futuro, então ele sabe quando um movimento o deixará sem saída, e assim ele pode evitar a situação. Dizem também que o metal aumenta as capacidades mentais de alguma forma."

— Aumenta. Quando queimo atium, é comum eu desviar antes mesmo que eu registre que um ataque está vindo.

Ham assentiu.

— Então, o que mais? — Vin quis saber.

— É isso, Vin — Ham respondeu. — Brutamontes falam muito sobre esse assunto, todos nós tememos lutar com um Nascido da Bruma. Essas são as duas opções: surpreendê-lo ou derrotá-lo. Sinto muito.

Vin franziu o cenho. Nenhuma opção seria boa para ela se caísse numa emboscada.

— Olha, preciso continuar a ronda. Prometo contar sobre quaisquer cadáveres que eu produzir.

Ham deu uma risada.

— Que tal tentar evitar entrar em situações nas quais tenha de produzi-los, hein? Só Deus sabe o que seria desse reino se perdêssemos você...

Vin assentiu, embora não tivesse certeza o quanto Ham conseguia ver dela na escuridão. Acenou para OreSeur, seguindo na direção da muralha da fortaleza, deixando Ham no caminho de paralelepípedos.

— Senhora — OreSeur disse, quando chegaram ao topo da muralha —, posso saber qual o objetivo de surpreender o mestre Hammond daquele jeito? Gosta tanto assim de assustar seus amigos?

— Era um teste — Vin respondeu, parando além de uma lacuna do merlão, olhando sobre a cidade.

— Um teste, senhora?

— Para ver se ele usaria Alomancia. Dessa forma, saberia que ele não era o impostor.

— Ah — o kandra disse. — Inteligente, senhora.

Vin sorriu.

— Obrigada — ela respondeu. Uma patrulha de guardas movia-se na direção deles. Sem querer ter de conversar com eles, Vin meneou a cabeça para o posto de guarda no topo da muralha. Saltou, empurrando uma moeda, e aterrissou no topo do posto. OreSeur partiu atrás dela, usando sua estranha musculatura kandra para saltar os três metros.

Vin sentou-se de pernas cruzadas para pensar, e OreSeur caminhou para a lateral do telhado e deitou-se com as patas penduradas na beirada. Quando se sentaram, Vin refletiu. *OreSeur me disse que um kandra não ganha poderes alomânticos se engole um alomântico... mas um kandra pode ser um alomântico? Nunca terminamos essa conversa.*

— Isso me dirá se uma pessoa não é um kandra, não é? — Vin perguntou, virando-se para OreSeur. — Seu povo não tem poderes alomânticos, certo?

OreSeur não respondeu.

— OreSeur? — Vin disse.

— Não sou obrigado a responder a essa pergunta, senhora.

Sim, Vin pensou com um suspiro. *O Contrato. Como poderei capturar esse outro kandra se OreSeur não responde às minhas perguntas?* Ela se recostou em frustração, fitando as brumas infinitas, usando a capa de bruma como almofada.

— Seu plano funcionará, senhora — OreSeur disse baixinho.

Vin parou, virando a cabeça para olhar para ele. Ele estava deitado com a cabeça sobre as patas dianteiras, encarando a cidade.

— Se a senhora sentir Alomancia vindo de alguém, esse alguém não é um kandra.

Vin sentiu uma relutância nas palavras dele, e ele não olhou para ela. Era como se falasse de má vontade, entregando informações que ele preferiria guardar para si.

Tão misterioso, Vin pensou.

— Obrigada — ela falou.

OreSeur ergueu seus ombros caninos.

— Sei que você preferiria não ter de lidar comigo — ela disse. — Nós dois preferiríamos manter distância um do outro. Mas precisamos fazer as coisas funcionarem dessa maneira.

OreSeur assentiu novamente, em seguida virou levemente a cabeça e olhou para ela.

— Por que a senhora me odeia?

— Eu não odeio você — Vin respondeu.

OreSeur ergueu uma sobrancelha canina. Havia sabedoria naqueles olhos, uma compreensão que Vin ficou surpresa em ver. Nunca vira essas coisas nele antes.

— Eu... — Vin interrompeu-se, desviando o olhar. — Eu apenas não superei o fato de você ter comido o corpo de Kelsier.

— Não é isso — OreSeur disse, voltando a olhar a cidade. — A senhora é esperta demais para se incomodar com isso.

Vin franziu o cenho, indignada, mas o kandra não estava olhando para ela. Ela se virou, voltando a encarar as brumas. *Por que ele trouxe isso à tona?*, ela pensou. *Estávamos começando a nos dar bem.* Ela queria esquecer aquilo.

Quer mesmo saber?, ela pensou. *Ótimo.*

— É porque você sabia — ela sussurrou.

— Perdão, senhora?

— Você sabia — Vin falou, ainda olhando para dentro das brumas. — Você era o único do grupo que sabia que Kelsier morreria. Ele lhe disse que se sacrificaria e pediu que você assumisse os ossos dele.

— Ah — OreSeur disse em voz baixa.

Vin virou olhos acusadores para a criatura.

— Por que você não disse nada? Sabia o que sentíamos por Kelsier. Nem mesmo *considerou* nos contar que aquele idiota planejava se matar? Não passou pela sua cabeça que poderíamos impedi-lo, que poderíamos encontrar outra maneira?

— A senhora está sendo muito dura.

— Bem, você queria saber — Vin falou. — Foi pior depois da morte dele. Quando você veio ser meu servo por ordem dele. Você nunca falou sobre o que tinha feito.

— O Contrato, senhora — OreSeur disse. — Talvez a senhora não deseje ouvir isso, mas eu fui obrigado. Kelsier não queria que vocês soubessem dos planos, então eu não podia contar. Odeie-me se quiser, mas não me arrependo dos meus atos.

— Eu não odeio você. — *Eu superei isso.* — Mas, honestamente, você não quebraria o Contrato nem mesmo pelo bem dele? Você serviu Kelsier por dois anos. Não doía saber que ele iria morrer?

— Por que eu deveria me importar se um mestre ou outro morrer? — OreSeur falou. — Sempre haverá outro para tomar seu lugar.

— Kelsier não era esse tipo de mestre — Vin falou.

— Não era?

— Não.

— Peço desculpas, senhora — OreSeur falou. — Então, acreditarei no que ordenar.

Vin abriu a boca para responder, em seguida fechou-a. Se ele estivesse determinado a continuar pensando como um idiota, era seu direito. Podia continuar a se ressentir dos mestres, bem como...

Bem como ela se ressentia dele. Por manter sua palavra, por seguir seu Contrato.

Desde que eu o conheço, não fiz nada além de tratá-lo mal, Vin pensou. *Primeiro, quando era Renoux, reagia contra sua postura esnobe, mas aquela postura não era dele, era parte do papel que ele precisava representar. Em seguida, como OreSeur, eu o evitei. Cheguei a odiá-lo por deixar Kelsier morrer. Agora eu o forcei a assumir o corpo de um animal.*

E, em dois anos de convivência, as únicas vezes em que perguntei sobre seu passado, fiz isso para reunir informações sobre seu povo para que pudesse encontrar o impostor.

Vin observou as brumas. De todas as pessoas no grupo, apenas OreSeur continuava sendo um intruso. Não era convidado para suas reuniões. Não herdara uma posição no governo. Ajudava tanto quanto os outros, desempenhando um papel fundamental — o de "espírito" de Kelsier, que voltara do túmulo para incitar os skaa à sua rebelião final. Ainda assim, enquanto o resto deles tinha títulos, amizades e obrigações, a única coisa que OreSeur ganhou com a queda do Império Final foi outra mestra.

Uma mestra que o odiava.

Não é à toa que reage dessa forma, Vin pensou. As últimas palavras de Kelsier para ela voltaram à sua mente: *Você tem muito o que aprender sobre amizade, Vin...* Kell e os outros a convidaram a entrar para a equipe, trataram-na com dignidade e amizade, mesmo quando não merecera.

— OreSeur — ela disse —, como era sua vida antes de ser recrutado por Kelsier?

— Não vejo o que isso tem a ver com a busca ao impostor, senhora — OreSeur respondeu.

— Não tem nada a ver com isso — Vin disse. — Só pensei que talvez devesse conhecê-lo melhor.

— Aceite minhas desculpas, senhora, mas não quero que a senhora me conheça.

Vin suspirou. *Tanto esforço para nada.*

Mas... bem, Kelsier e os outros não lhe viraram as costas quando ela fora ríspida com eles. Havia um tom familiar nas palavras de OreSeur. Algo nelas que Vin reconhecia.

— Anonimato — Vin disse baixinho.

— Senhora?

— Anonimato. Esconder-se até mesmo quando está com outras pessoas. Ser quieto, reservado. Forçar-se a ficar apartado, ao menos emocionalmente. É uma forma de vida. Uma proteção.

OreSeur não respondeu.

— Você serve seus mestres — Vin falou. — Homens duros que temem sua competência. A única maneira de fazer com que eles não o odeiem é garantir que não prestem atenção em você. Então, você se faz parecer pequeno e fraco. Alguém que não é ameaça. Mas às vezes você deixa escapar algo errado ou deixa sua rebeldia aflorar.

Ela se virou para ele. Ele a observava.

— Sim — ele disse, por fim, virando-se para olhar novamente a cidade.

— Eles o odeiam — Vin falou em voz baixa. — Odeiam você por seus poderes, porque não podem fazer você quebrar sua palavra ou porque se preocupam que você seja forte demais para ser controlado.

— Eles ficam com medo de você — OreSeur disse. — Ficam cada vez mais paranoicos, aterrorizados, mesmo quando o estão usando, temem que você tome o lugar deles. Apesar do Contrato, apesar de saber que nenhum kandra quebraria seu voto sagrado, eles temem você. E homens odeiam o que temem.

— E, então — Vin falou —, eles encontram desculpas para bater em você. Às vezes, até seus esforços para permanecer ileso parecem provocá-los. Eles odeiam sua habilidade, odeiam o fato de que não têm mais motivos para bater em você, então batem.

OreSeur voltou-se para ela.

— Como a senhora sabe dessas coisas? — ele questionou.

Vin deu de ombros.

— Não são apenas os kandras que são tratados assim, OreSeur. É a mesma maneira que os líderes de gangue tratam uma garotinha, uma anomalia num submundo criminoso cheio de homens. Uma criança que tinha a estranha capacidade de fazer as coisas acontecerem, influenciar pessoas, ouvir o que não deveria, mover-se mais rápido e silenciosamente que os outros. Uma ferramenta, porém uma ameaça ao mesmo tempo.

— Eu... não entendi, senhora.

Vin franziu a testa. *Como ele podia não saber sobre o meu passado? Ele sabia que eu era uma menina de rua.* Entretanto... ele sabia? Pela primeira vez, Vin percebeu como OreSeur deve tê-la visto dois anos antes, quando ela o encontrou pela primeira vez. Ele chegara na área após seu recrutamento; provavelmente supôs que ela fazia parte da equipe de Kelsier havia anos, como os outros.

— Kelsier me recrutou pela primeira vez apenas alguns dias antes de eu conhecer você — Vin contou. — Bem, na verdade, não foi bem um *recrutamento*, mas um *resgate*. Passei minha infância participando de uma ou outra gangue de ladrões, sempre trabalhando para os homens menos respeitáveis e mais perigosos, pois esses eram os únicos que aceitariam dois temporários como meu irmão e eu. Os líderes de gangue espertos notavam que eu era uma boa ferramenta. Não tenho certeza de que eles me percebiam como uma alomântica, alguns provavelmente sim, outros apenas pensavam que eu era "sortuda". De qualquer forma, eles precisavam de mim. E aquilo fazia com que me odiassem.

— Então, batiam na senhora?

Vin concordou com a cabeça.

— Especialmente o último. Foi quando eu comecei de fato a entender como usar a Alomancia, embora não soubesse o que era. Mas Camon sabia. E ele me odiou mesmo enquanto me usou. Acho que tinha medo de que eu entendesse como usar meus poderes de forma plena. E tinha medo de que eu o matasse quando esse dia chegasse... — Vin virou a cabeça, olhando para OreSeur. — Que eu o matasse e tomasse seu lugar como líder da gangue.

OreSeur ficou sentado em silêncio, sobre os quadris agora, observando-a.

— Os kandras não são os únicos que os seres humanos tratam mal — Vin falou em voz baixa. — Somos muito bons em abusar dos nossos semelhantes também.

OreSeur bufou.

— Com a senhora, ao menos, eles precisavam se refrear por medo de matá-la. Já foi espancada por um mestre ciente de que, não importa o quanto ele bata forte, você não morrerá? Tudo que ele precisa fazer é arranjar um novo conjunto de ossos, e você estará pronto para servi-lo novamente no dia seguinte. Somos os servos ideais: você pode nos bater até a morte pela manhã, e serviremos o jantar para você à noite. Sadismo total, sem custo algum.

Vin fechou os olhos.

— Entendo. Eu não era kandra, mas tinha peltre. Acho que Camon sabia que podia me bater mais forte do que ele deveria.

— Por que não fugia? — OreSeur perguntou. — Não havia um Contrato que obrigasse a senhora.

— Eu... não sei — Vin falou. — As pessoas são estranhas, OreSeur, e a lealdade muitas vezes é deturpada. Fiquei com Camon porque ele era conhecido e eu tinha mais medo de ir embora do que de ficar. Aquela gangue era tudo que eu tinha. Meu irmão tinha morrido, e fiquei aterrorizada com a possibilidade de ficar sozinha. Parece algo estranho agora, quando lembro.

— Às vezes uma situação ruim é melhor que a alternativa. A senhora fez o que precisava para sobreviver.

— Talvez — Vin falou. — Mas há um caminho melhor, OreSeur. Eu não conheci esse caminho até Kelsier me encontrar, mas a vida não precisa ser assim. Ninguém precisa passar anos desconfiando, ficando à sombra e mantendo-se à parte de tudo.

— Talvez, para um humano. Sou um kandra.

— Ainda assim, pode confiar — Vin falou. — Não *precisa* odiar seus mestres.

— Eu não odeio todos, senhora.

— Mas não confia neles.

— Não é nada pessoal, senhora.

— É, sim — Vin retrucou. — Não confia em nós porque tem medo de que o machuquemos. Entendo isso, passei meses com Kelsier imaginando quando eu seria ferida novamente.

Ele hesitou.

— Mas, OreSeur, ninguém nos traiu. Kelsier estava *certo*. Parece inacreditável para mim, mesmo agora, mas os homens nesse grupo, Ham, Dockson, Brisa, eles são pessoas boas. E, mesmo se um deles me traísse, eu ainda preferiria ter confiado neles. Consigo dormir à noite, OreSeur. Consigo sentir paz, consigo rir. A vida é diferente. Melhor.

— Você é humana — OreSeur disse, teimoso. — Pode ter amigos porque eles não têm a preocupação de que um dia você os comerá, ou alguma outra bobagem dessas.

— Eu não penso isso sobre você.

— Não? Senhora, acabou de admitir que se ressente de mim porque engoli Kelsier. Além disso, odeia o fato de que cumpri com meu Contrato. A senhora, ao menos, foi honesta.

"Seres humanos nos acham perturbadores. Odeiam que comamos sua espécie, mesmo que apenas peguemos os corpos que já estão mortos. Seu povo acha inquietante que possamos assumir sua forma. Não me diga que nunca ouviu lendas sobre o meu povo. Espíritos das brumas, assim nos chamam, criaturas que roubam a forma dos homens que entram nas brumas. Acha que um monstro como esse, uma lenda usada para assustar crianças, encontrará aceitação na sua sociedade?"

Vin franziu o cenho.

— Por isso existe o Contrato, senhora — OreSeur disse, a voz abafada e ríspida através de seus lábios caninos. — A senhora não imagina por que simplesmente não fugimos de vocês? Nos misturamos na sua sociedade e nos tornamos invisíveis? Nós tentamos. Há muito tempo, quando o Império Final começou. Seu povo nos encontrou e começou a nos destruir. Usavam os Nascidos da Bruma para nos caçar, pois havia muito mais alomânticos naqueles dias. Seu povo nos odiava pois temia que iríamos substituí-lo. Fomos destruídos quase por completo, e então criamos o Contrato.

— Mas que diferença isso faz? — Vin perguntou. — Vocês continuam fazendo as mesmas coisas, não é?

— Sim, mas agora as fazemos sob o comando *de vocês* — OreSeur respondeu. — Homens gostam de poder e amam controlar algo poderoso. Nosso povo se ofereceu para servir, e assim criamos um contrato vinculante, que todo kandra jurou manter. Não mataremos homens. Tomaremos ossos apenas quando ordenado. Serviremos nossos mestres com obediência absoluta. Começamos a seguir essas regras, e os homens pararam de nos matar. Ainda nos odiavam e nos temiam, mas também sabiam que poderiam nos controlar.

"Viramos suas ferramentas. Desde que permaneçamos subservientes, senhora, sobreviveremos. E é por isso que obedeço. Romper com o Contrato seria trair meu povo. Não podemos combater vocês, não enquanto tiverem os Nascidos da Bruma; então precisamos servi-los."

Nascidos da Bruma. Por que os Nascidos da Bruma são tão importantes? Ele insinuou que eles conseguiam encontrar os kandras...

Ela manteve esse bocado para si; sentiu que, se insistisse, ele se fecharia novamente. Então, em vez disso, ela se sentou e fitou os olhos de OreSeur na escuridão.

— Se quiser, eu liberto você do seu Contrato.

— E o que mudaria? — OreSeur perguntou. — Eu apenas assumiria outro Contrato. Pelas nossas leis, precisarei esperar outra década antes de cumprir o período de liberdade... e só por dois anos, tempo em que não poderei sair da terra dos kandras. Se fizesse de outra forma, arriscaria me expor.

— Então, ao menos, aceite minhas desculpas — ela pediu. — Fui estúpida em me ressentir de você por cumprir seu Contrato.

OreSeur fez uma pausa.

— Isso não consertaria as coisas, senhora. Ainda preciso usar este maldito corpo de cachorro... não tenho personalidade ou ossos para imitar!

— Achei que apreciaria a oportunidade de simplesmente ser você mesmo.

— Eu me sinto nu — OreSeur confessou. Ficou sentado por um momento; em seguida, abaixou a cabeça. — Mas... tenho que admitir que há vantagens nestes ossos. Não havia percebido o quanto eles me deixariam discreto.

Vin assentiu.

— Houve períodos na minha vida em que eu teria dado qualquer coisa para poder assumir a forma de um cão e viver a vida sendo ignorada.

— Não mais?

Vin sacudiu a cabeça.

— Não. Bem, na maior parte do tempo, não. Costumava pensar que todo mundo era como você diz, odioso, nocivo. Mas existem pessoas boas no mundo, OreSeur. Queria poder provar isso para você.

— A senhora está falando do seu rei — OreSeur disse, lançando um olhar para a fortaleza.

— Sim — Vin disse. — E de outros.

— A senhora?

Vin negou com a cabeça.

— Não, eu não. Não sou nem boa, nem má. Estou aqui apenas para matar.

OreSeur observou-a por um momento, em seguida deitou-se novamente.

— De todo modo — ele falou —, a senhora não é minha pior mestra. Para nosso povo, isso é como um elogio.

Vin sorriu, mas as palavras dela a deixaram um pouco assombrada. *Aqui apenas para matar...*

Ela olhou para a luz dos exércitos fora da cidade. Uma parte dela — a parte que fora treinada por Reen, a parte que às vezes utilizava sua voz no fundo de sua mente — sussurrava que havia outra maneira de combater esses exércitos. Em vez de confiar em política e negociações, o grupo poderia usar Vin. Enviá-la numa visita secreta no meio da noite que exterminaria reis e generais dos exércitos.

Mas ela sabia que Elend não aprovaria algo assim. Ele contestaria o uso do medo para motivar, mesmo contra um inimigo. Ele insistiria que, se ela matasse Straff ou Cett, eles simplesmente seriam substituídos por outros homens, homens talvez mais hostis perante a cidade.

Ainda assim, parecia uma resposta brutal, lógica. Uma parte de Vin ansiava por fazer aquilo, pois ao menos estaria fazendo algo em vez de esperar e conversar. Ela não era uma pessoa feita para sofrer um cerco.

Não, ela pensou. *Esse não é meu jeito. Não preciso ser como Kelsier. Duro. Inflexível. Posso ser alguém melhor. Alguém melhor que confia no jeito de Elend.*

Ela deixou de lado a parte de si que queria assassinar Straff e Cett e voltou sua atenção para outras coisas. Concentrou-se no bronze, buscando sinais de Alomancia. Embora gostasse de saltar por aí e "patrulhar" a área, a verdade era que tinha a mesma eficácia permanecendo em um lugar. Assassinos provavelmente sondariam os portões principais, pois era onde as patrulhas começavam e a maior concentração de soldados esperava.

Ainda assim, ela sentiu sua mente divagar. Havia forças se movendo no mundo, e Vin não tinha certeza se queria fazer parte delas.

Qual é o meu lugar?, ela se perguntou. Nunca sentira que descobriria — não no passado, quando se fez passar por Valette Renoux, nem agora, quando agia como guarda-costas do homem que amava. Nada se encaixava bem.

Fechou os olhos, queimando estanho e bronze, sentindo na pele o toque da bruma trazida pelo vento. E, estranhamente, sentiu algo mais, algo muito leve. À distância, conseguia sentir pulsações alomânticas. Eram tão abafadas que quase as perdeu.

Eram como os pulsos liberados pelo espírito das brumas. Conseguia ouvi-los também, muito mais próximo. Sobre um prédio na cidade. Estava se acostumando com sua presença, mesmo não tendo muita escolha. Ainda assim, desde que ele apenas observasse...

Tentou matar um dos companheiros do Herói, ela pensou. *Ele o esfaqueou, de alguma forma*. Ou assim o diário registrava.

Mas... o que era aquela pulsação distante? Era suave... e mesmo assim poderosa. Como um tambor ao longe. Ela apertou os olhos, concentrando-se.

— Senhora? — OreSeur disse, de repente interessado.

Vin abriu os olhos de uma vez.

— Quê?

— Não ouviu isso?

Vin sentou-se.

— O qu... — Então, ela reconheceu. Passos fora da muralha, a uma distância curta. Ela se inclinou mais perto, notando uma figura escura caminhando pela rua na direção da fortaleza. Estava tão concentrada no bronze que desligara completamente os sons reais.

— Bom trabalho — ela disse, aproximando-se da beirada do telhado do posto de guarda. Apenas então percebeu algo importante. OreSeur havia tomado a iniciativa: ele a alertara do perigo sem ter recebido ordens específicas para ouvir.

Era um pequeno passo, mas parecia importante.

— O que acha? — ela perguntou em voz baixa, observando a figura se aproximar. Não carregava tocha e parecia confortável nas brumas.

— Alomântico? — OreSeur perguntou, agachando-se ao lado dela.

Vin negou com a cabeça.

— Não tem pulso alomântico.

— Então, se for um, é Nascido da Bruma — OreSeur falou. Ainda não sabia que ela conseguia perfurar as nuvens de cobre. — É alto demais para ser seu amigo Zane. Cuidado, senhora.

Vin assentiu, jogou uma moeda, em seguida lançou-se para dentro das brumas. OreSeur saltou do posto de guarda atrás dela, em seguida saltou da muralha e caiu uns seis metros no chão.

Ele certamente gosta de testar os limites daqueles ossos, ela pensou. Claro, se uma queda não podia matá-lo, então talvez ela pudesse entender sua coragem.

Ela se guiou *puxando* os pregos em um telhado de madeira, aterrissando a uma curta distância da figura obscura. Puxou as adagas e preparou os metais, garantindo que estava com duralumínio. Em seguida, moveu-se em silêncio pela rua.

Surpresa, ela pensou. A sugestão de Ham a deixara nervosa. Não podia sempre depender da surpresa. Seguiu o homem, examinando-o. Era alto, muito alto. E de túnica. De fato, aquela túnica...

Vin parou por um instante.

— Sazed? — ela perguntou, assustada.

O terrisano virou-se, o rosto agora visível para seus olhos aguçados com estanho. Ele sorriu.

— Ah, Lady Vin — ele falou com sua voz familiar, sábia. — Já estava me perguntando quanto tempo levaria até me encontrar. Você está...

Foi interrompido quando Vin o agarrou num abraço entusiasmado.

— Não pensei que você fosse voltar tão cedo!

— Não tinha planos de voltar, Lady Vin — Sazed falou. — Mas os acontecimentos são de uma natureza tal que não pude evitar este lugar, creio eu. Venha, precisamos falar com Sua Majestade. Tenho notícias de caráter bastante desconcertante.

Vin soltou-o, olhando para seu rosto gentil, notando o cansaço nos seus olhos. Exaustão. As túnicas estavam sujas e cheiravam a cinza e suor. Sazed em geral era muito meticuloso, mesmo quando viajava.

— O que foi? — ela perguntou.

— Problemas, Lady Vin — ele disse em voz baixa. — Problemas e atribulações.

Os terrisanos rejeitaram-no, mas ele veio para liderá-los.

23

— O REI LEKAL AFIRMOU que tinha vinte mil criaturas e seu exército — Sazed falou em voz baixa.

Vinte mil!, Elend pensou, em choque. Era facilmente tão perigoso quanto os cinquenta mil homens de Straff. Provavelmente mais ainda.

A mesa ficou em silêncio, e Elend olhou ao redor para os outros. Estavam sentados na cozinha do palácio, onde alguns cozinheiros preparavam apressadamente um jantar tardio para Sazed. A sala branca tinha uma alcova na lateral com uma mesa modesta para as refeições do servos. Não era surpresa que Elend nunca tivesse jantado naquela saleta, mas Sazed insistira para não acordarem os serviçais que seriam necessários para preparar a sala de jantar principal, embora ele aparentemente estivesse o dia inteiro sem comer.

Então, sentaram-se nos banquinhos de madeira, esperando enquanto os cozinheiros trabalhavam — longe o bastante para que não ouvissem a conversa sussurrada na alcova. Vin estava sentada ao lado de Elend, o braço ao redor de sua cintura, seu cão de caça kandra no chão ao lado dela.

Brisa estava sentado do outro lado, desgrenhado; ele havia ficado bastante aborrecido quando o acordaram. Ham sempre estava pronto, como o próprio Elend. Outra proposta precisava ser trabalhada — uma carta que ele enviaria à Assembleia explicando que teria um encontro informal com Straff, e não uma reunião oficial.

Dockson puxou um banco, escolhendo um lugar longe de Elend, como de costume. Trevo sentou-se curvado em seu lado do banco, embora Elend não pudesse dizer se a postura se devia ao cansaço ou ao mau humor geral de Trevo. Restava apenas Fantasma, que estava sentado em uma das mesas de serviço à distância, suas pernas balançando enquanto, às vezes, furtava um bocado de comida dos cozinheiros nervosos. Estava, como Elend se divertiu ao perceber, flertando sem sucesso com uma garota sonolenta da cozinha.

E, então, havia Sazed. O terrisano estava sentado bem diante de Elend com o bom senso calmo e controlado que apenas Sazed podia alcançar. Sua túnica estava empoeirada, e ele parecia estranho sem os brincos — retirados para não tentar os ladrões, Elend supôs —, mas seu rosto e suas mãos estavam limpos. Mesmo sujo da viagem, Sazed ainda emanava uma sensação de asseio.

— Peço perdão, Vossa Majestade — Sazed falou. — Mas não acho que Lorde Lekal seja digno de confiança. Acredito que os senhores eram amigos antes do Colapso, mas seu estado atual parece um pouco... instável.

Elend assentiu.

— Como você acha que ele os está controlando?

Sazed sacudiu a cabeça.

— Não consigo adivinhar, Majestade.

Ham balançou a cabeça.

— Tenho homens na guarda que vieram do sul após o Colapso. Eram soldados que serviram numa guarnição próxima do acampamento koloss. Não fazia nem um dia que o Senhor Soberano havia sido morto e as criaturas enlouqueceram. Atacaram tudo na área: vilas, guarnições e cidades.

— O mesmo aconteceu no noroeste — Brisa falou. — As terras de Lorde Cett foram invadidas por refugiados correndo dos koloss enfurecidos. Cett tentou recrutar a guarnição de koloss próxima de suas terras, e eles o seguiram por um tempo. Mas então algo os enlouqueceu, e eles simplesmente atacaram seu exército. Cett precisou massacrar todos eles — e perdeu quase dois mil soldados para matar uma pequena guarnição de quinhentos koloss.

O grupo ficou em silêncio novamente, enquanto os estalos e as conversas da equipe de cozinheiros soaram a uma curta distância. *Quinhentos koloss mataram dois mil homens*, Elend pensou. *E o exército de Jastes tem vinte mil dessas feras. Senhor Soberano...*

— Quanto tempo? — Trevo perguntou. — A que distância?

— Levei pouco mais de uma semana para chegar aqui — Sazed disse. — Embora parecesse que o rei Lekal estava acampado já há algum tempo. Obviamente está vindo nesta direção, mas não sei com que velocidade pretende marchar.

— Provavelmente não estava esperando encontrar aqueles dois outros exércitos impedindo-o de chegar à cidade — Ham observou.

Elend concordou com a cabeça.

— O que fazemos, então?

— Não vejo o que *podemos* fazer, Majestade — Dockson disse, sacudindo a cabeça. — O relato de Sazed não me dá muita esperança de que seremos capazes de conversar razoavelmente com Jastes. E com o cerco que já estamos sofrendo, não há muito a fazer.

— Ele poderia simplesmente dar meia-volta e sumir — Ham falou. — Com dois exércitos já aqui...

Sazed olhou, hesitante.

— Ele sabia sobre os exércitos, Lorde Hammond. Parecia confiar em seus koloss para derrotar os exércitos humanos.

— Com vinte mil — Trevo falou —, ele conseguiria tomar *qualquer* um dos exércitos.

— Mas teria problemas com os dois — Ham falou. — *Isso* me faria parar, se eu fosse ele. Ao aparecer com um punhado de koloss voláteis, simplesmente poderia inquietar Cett e Straff a ponto de eles juntarem forças contra ele.

— O que cairia muito bem para nós — Trevo falou. — Quanto mais os *outros* lutarem, melhor ficaremos.

Elend recostou-se. Sentiu a ansiedade agigantar-se, e era bom ter Vin ao seu lado, abraçada a ele, mesmo sem falar muito. Às vezes, sentia-se mais forte simplesmente porque ela estava presente. *Vinte mil koloss*. Só essa ameaça o assustava mais do que qualquer dos exércitos.

— Poderia ser algo bom — Ham falou. — Se Jastes *estivesse* prestes a perder o controle daquelas feras perto de Luthadel, seria uma boa chance de eles atacarem um desses outros exércitos.

— Concordo — Brisa falou, exausto. — Acho que precisamos nos manter firmes, prolongando o cerco até o exército de koloss chegar. Mais um exército no caldeirão significa apenas mais vantagem para nós.

— Não gosto da ideia de koloss na área — Elend falou, estremecendo levemente. — Não importa que vantagem eles nos ofereçam. Se atacarem a cidade...

— Digo para nos preocuparmos com isso quando, e se, chegarem — Dockson falou. — Por ora, precisamos continuar com nosso plano original. Com sorte, a presença iminente de koloss deixará Straff mais disposto a entrar num acordo com Vossa Majestade.

Elend assentiu. Straff aceitara a reunião, e eles combinaram uma data para dali a poucos dias. A Assembleia estava furiosa, pois o rei não se consultara com eles sobre horário e local, mas havia pouco que pudessem fazer sobre a questão.

— Muito bem — Elend finalmente disse, suspirando. — Você disse que trazia outras notícias, Sazed? Esperamos que sejam melhores.

Sazed fez uma pausa. Um cozinheiro finalmente se aproximou, deixando um prato de comida diante dele: cevada cozida a vapor com tiras de carne e alguns lagets temperados. Os aromas bastaram para deixar Elend com fome. Ele acenou agradecido ao *chef* do palácio, que insistira em preparar a refeição pessoalmente apesar do horário tardio. O homem acenou à sua equipe e começou a se retirar.

Sazed estava em silêncio, esperando para falar apenas quando os cozinheiros estivessem novamente distantes.

— Não sei se devo mencioná-lo, Majestade, pois seus fardos já parecem grandes.

— Você pode simplesmente me dizer — Elend pediu.

Sazed assentiu.

— Temo que talvez tenhamos exposto o mundo a alguma coisa quando assassinamos o Senhor Soberano, Vossa Majestade. Algo imprevisto.

Brisa ergueu uma sobrancelha cansada.

— Imprevisto? Você diz algo além dos koloss enfurecidos, déspotas sedentos por poder e bandoleiros?

Sazed fez uma pausa.

— Hum, sim. Falo de questões um pouco mais nebulosas, temo eu. Existe algo de errado com as brumas.

Vin empertigou-se levemente ao lado de Elend, interessada.

— Como assim?

— Estive seguindo uma sucessão de acontecimentos — Sazed explicou. Abaixou a cabeça como se estivesse envergonhado. — Realizando uma investigação, por assim dizer. Veja, ouvi vários relatos das brumas vindo durante o dia.

Ham ergueu os ombros.

— Isso acontece às vezes. Há dias nublados, especialmente no outono.

— Não é isso que quero dizer, Lorde Hammond — Sazed falou. — Existe uma diferença entre a bruma e a névoa comum. Talvez seja difícil identificar, mas é perceptível para um olhar cuidadoso. A bruma é mais espessa e... bem...

— Ela se move em padrões maiores — Vin falou em voz baixa. — Como rios no céu. Nunca paira em um lugar, flutua na brisa, quase como se a própria bruma fizesse a brisa.

— E não consegue entrar em construções — Trevo falou. — Ou em tendas. Evapora logo em seguida.

— Sim — Sazed falou. — Quando ouvi esses relatos de brumas diurnas pela primeira vez, supus que as pessoas estivessem apenas deixando suas superstições sair do controle. Conheci muitos skaa que se recusavam a sair numa manhã enevoada. No entanto, fiquei curioso sobre os relatos, então os rastreei até um vilarejo no sul. Dei aulas lá por algum tempo, e nunca recebi confirmação das histórias. Então, saí daquele lugar.

Fez uma pausa e franziu levemente o cenho.

— Vossa Majestade, por favor, não pense que estou maluco. Durante essas viagens, passei por um vale isolado e vi o que juro ser bruma, e não névoa. Ela se movia pela paisagem, pairando na minha direção. À luz do dia.

Elend olhou para Ham. Ele ergueu os ombros.

— Não olhe para mim.

Brisa bufou.

— Ele estava pedindo sua opinião, meu caro.

— Bem, não tenho nenhuma.

— Que belo filósofo você é.

— Não sou filósofo — Ham falou. — Apenas gosto de refletir sobre as coisas.

— Bem, pense sobre *isso*, então — Brisa retrucou.

Elend olhou para Sazed.

— Esses dois sempre foram assim?

— Para ser honesto, não tenho certeza, Majestade — Sazed falou, abrindo um pequeno sorriso. — Eu os conheci só um pouco antes que o senhor.

— Sim, sempre foram assim — Dockson disse, dando um suspiro silencioso. — Na verdade, estão piorando com o passar dos anos.

— Não está com fome? — Elend perguntou, meneando a cabeça para o prato de Sazed.

— Posso comer depois que terminarmos nossa discussão — Sazed falou.

— Sazed, você não é mais um serviçal — Vin falou. — Não precisa se preocupar com essas coisas.

— Não é uma questão de servilismo, Lady Vin — Sazed falou. — É uma questão de ser educado.

— Sazed — Elend falou.

— Sim, Majestade?

Ele apontou para o prato.

— Coma. Você pode ser educado outra hora. Agora, você parece faminto... e está entre amigos.

Sazed fez uma pausa, lançando para Elend um olhar estranho.

— Sim, Majestade — ele falou, pegando faca e colher.

— Agora — Elend começou —, por que é importante você ter visto brumas durante o dia? Sabemos que as coisas que os skaa dizem não são verdades... não há motivo para temer a bruma.

— Os skaa podem ter mais sabedoria do que lhes atribuímos, Majestade — Sazed falou, comendo em bocadas pequenas, cuidadosas. — Parece que a bruma tem matado pessoas.

— Quê? — Vin perguntou, inclinando-se para a frente.

— Nunca vi com meus próprios olhos, Lady Vin — Sazed respondeu. — Mas vi seus efeitos e colhi vários relatos separados. Todos concordam que a bruma está matando pessoas.

— Isso é afrontoso — Brisa falou. — A bruma é inofensiva.

— É o que eu pensava, Lorde Ladrian — Sazed disse. — No entanto, vários dos relatos são bem detalhados. Os incidentes sempre ocorrem durante o dia, e todos eles descrevem a bruma envolvendo algum indivíduo desafortunado, que morreu em seguida... em geral num ataque convulsivo. Eu mesmo colhi depoimentos das vítimas.

Elend franziu o cenho. De outro homem, ele teria ignorado as notícias. Mas Sazed... ele não era um homem que se podia ignorar. Vin, sentada ao lado de Elend, observava a conversa com interesse, mordendo de leve o lábio inferior. Estranhamente, ela não contestou as palavras de Sazed, embora os outros parecessem reagir como Brisa.

— Não faz sentido, Saze — Ham falou. — Ladrões, nobres e alomânticos têm saído nas brumas por séculos.

— De fato, Lorde Hammond — Sazed falou com um menear de cabeça. — A única explicação que me vem à mente envolve o Senhor Soberano. Não ouvi relatos substanciais de mortes nas brumas antes do Colapso, mas não tem sido difícil encontrá-los desde então. Os relatos concentram-se nos Domínios Exteriores, onde uma vila inteira parece ter sido aprisionada em suas cabanas pelas brumas.

— Mas por que a morte do Senhor Soberano teria algo a ver com as brumas? — Brisa questionou.

— Não tenho certeza, Lorde Ladrian — Sazed respondeu. — Mas é a única relação que sou capaz de imaginar.

Brisa franziu o cenho.

— Gostaria que você não me chamasse assim.

— Desculpe, Lorde Brisa — Sazed falou. — Ainda estou acostumado a chamar as pessoas por seus sobrenomes.

— Seu sobrenome é Ladrian? — Vin perguntou.

— Infelizmente. Nunca gostei dele, e com nosso caro Sazed colocando "Lorde" antes dele... bem, a aliteração o deixa ainda mais atroz.

— É impressão minha — Elend disse — ou estamos desviando do assunto mais do que o de costume?

— Ficamos assim quando estamos cansados — Brisa falou com um bocejo. — De qualquer forma, nosso bom terrisano deve ter compreendido mal os fatos. A bruma não mata.

— Só posso relatar o que descobri — Sazed disse. — Precisarei fazer mais pesquisas.

— Então, você vai ficar? — Vin perguntou, obviamente esperançosa.

Sazed assentiu.

— E suas aulas? — Brisa perguntou, acenando. — Quando foi embora, lembro que disse algo sobre passar o resto da vida viajando, ou alguma loucura assim.

Sazed corou levemente, baixando novamente o olhar.

— Essa tarefa terá de esperar, receio.

— Você é bem-vindo para ficar o quanto quiser, Sazed — Elend falou, lançando um olhar furioso para Brisa. — Se o que você diz for verdade, então estará prestando um serviço melhor por meio de seus estudos do que estaria em viagem.

— Talvez — Sazed comentou.

— Embora — Ham observou com uma risadinha — provavelmente pudesse ter escolhido um lugar mais seguro para os seus estudos... um lugar que não estivesse sendo cercado por dois exércitos e vinte mil koloss.

Sazed sorriu, e Elend deu uma risadinha obrigatória. *Ele disse que os incidentes envolvendo as brumas estavam vindo para dentro, para o centro do império. Na nossa direção.*

Mais um elemento para se preocupar.

— O que está acontecendo? — uma voz perguntou de repente. Elend virou-se na direção da entrada da cozinha, onde estava Allrianne com aparência desalinhada. — Ouvi vozes. É uma festa?

— Estamos apenas discutindo assuntos de interesse do Estado, minha querida — Brisa falou rapidamente.

— A outra garota está aqui — Allrianne disse, apontando para Vin. — Por que não me convidaram?

Elend franziu o cenho. *Ela ouviu vozes? Os aposentos de hóspedes não ficam nada próximos das cozinhas*. E Allrianne estava vestida, usando um vestido simples de nobre. Teve tempo de trocar sua camisola, mas deixou o cabelo desgrenhado. Talvez para parecer mais inocente?

Estou começando a pensar como Vin, Elend disse a si mesmo com um suspiro. Como se corroborasse com seus pensamentos, percebeu que Vin estreitava os olhos para a nova garota.

— Volte para o seu quarto, querida — Brisa disse, tranquilizador. — Não perturbe Vossa Majestade.

Allrianne suspirou com dramaticidade, mas virou-se e obedeceu, partindo para o corredor. Elend voltou-se para Sazed, que observava a garota com uma expressão curiosa. Elend olhou para ele como se dissesse "me pergunte depois", e o terrisano voltou à sua refeição. Alguns momentos depois, o grupo começou a se dispersar. Vin ficou com Elend, enquanto os outros saíram.

— Não confio nessa garota — Vin falou quando alguns serviçais pegaram a bolsa de Sazed e levaram-no aos seus aposentos.

Elend sorriu, virando-se para olhar Vin.

— Preciso dizer alguma coisa?

Ela revirou os olhos.

— Eu sei. "Você não confia em ninguém, Vin." Desta vez estou certa. Ela estava vestida, mas o cabelo estava bagunçado. Deve ter feito isso de propósito.

— Eu percebi.

— Percebeu? — Ela parecia impressionada.

Elend concordou com a cabeça.

— Ela deve ter ouvido os serviçais acordando Brisa e Trevo, então levantou. Significa que ela ficou uma boa meia hora bisbilhotando. Manteve o cabelo desgrenhado para que achássemos que ela havia acabado de descer.

Vin abriu a boca levemente, em seguida franziu o cenho, examinando-o.

— Você está melhorando — ela disse, por fim.

— Ou é isso ou a senhorita Allrianne simplesmente não é muito convincente.

Vin sorriu.

— Ainda estou tentando entender por que você não a ouviu — Elend observou.

— Os cozinheiros — Vin falou. — Barulho demais. Além disso, eu estava um pouco distraída com o que Sazed estava dizendo.

— E o que você acha disso?

Vin hesitou.

— Eu te falo mais tarde.

— Tudo bem — Elend falou. Ao lado de Vin, o kandra ergueu-se e alongou seu corpo de cão de caça. *Por que ela insistiu em trazer OreSeur para as reuniões?*, ele se perguntou. *Se poucas semanas atrás ela não conseguia suportar o animal?*

O cão de caça virou-se, olhando para as janelas da cozinha. Vin seguiu o olhar.

— Vai voltar lá para fora? — Elend perguntou.

Vin concordou.

— Estou sentindo algo estranho hoje. Ficarei perto da sua sacada, caso haja problema.

Ela o beijou, em seguida se afastou. Ele a observou sair, imaginando por que estava tão interessada nas histórias de Sazed, imaginando o que ela não lhe dissera.

Pare, ele disse a si mesmo. Talvez ele estivesse aprendendo as lições dela um pouco bem demais — de todas as pessoas no palácio, Vin era a última com quem ele precisava ficar paranoico. Contudo, todas as vezes que ele sentia que estava prestes a entender Vin, percebia como a compreendia pouco.

E isso fazia todo o restante parecer um pouco mais deprimente. Com um suspiro, virou-se para encontrar seus aposentos, onde sua carta à Assembleia pela metade esperava para ser concluída.

TALVEZ EU NÃO DEVESSE TER falado sobre as brumas, Sazed pensou, seguindo um serviçal escada acima. *Deixei o rei preocupado com algo que pode ser apenas um delírio meu.*

Chegaram ao patamar das escadas, e o serviçal perguntou se ele desejava um banho de banheira. Sazed negou com a cabeça. Em outra circunstância, ele teria recebido com prazer a oportunidade de se limpar. No entanto, correr por todo o Domínio Central, ser capturado pelos koloss e em seguida marchar o restante do caminho até Luthadel o deixara cansado até as últimas raias da exaustão. Mal tivera forças para comer. Naquele momento, queria apenas dormir.

O serviçal assentiu e levou Sazed até um corredor lateral.

E se ele estivesse imaginando relações que não existiam? Todo erudito sabia que um dos maiores perigos na pesquisa era o desejo de encontrar uma resposta específica. Não havia imaginado os testemunhos que colhera, mas teria exagerado sobre sua importância? O que ele tinha realmente? As palavras de um homem apavorado que vira seu amigo morrer em convulsões? O testemunho de um lunático, enlouquecido ao ponto do canibalismo? O fato era que o próprio Sazed nunca vira as brumas matarem.

O serviçal levou-o a um aposento de hóspede, e Sazed lhe deu boa-noite, agradecido. Observou o homem se afastar, segurando apenas uma vela, o lampião deixado para o uso de Sazed. Durante a maior parte da vida de Sazed, ele pertencera a uma classe de serviçais valorizada por sua noção refinada de dever e decoro. Ficava responsável por propriedades e mansões, supervisionando serviçais como aquele que o levara a seus aposentos.

Outra vida, ele pensou. Sempre ficava um pouco frustrado, pois suas obrigações como mordomo deixavam pouco tempo para os estudos. Como era irônico que ele tivesse ajudado a derrubar o Império Final para, em seguida, se ver com menos tempo ainda.

Ele esticou a mão para abrir a porta e ficou quase paralisado de imediato. Já havia uma luz acesa dentro do quarto.

Deixaram um lampião aceso para mim?, ele se perguntou. Lentamente empurrou a porta. Alguém esperava por ele.

— Tindwyl — Sazed falou baixo. Ela estava sentada ao lado da escrivaninha, contida e vestida com primor, como sempre.

— Sazed — ela respondeu, enquanto ele entrou no quarto e fechou a porta. De repente, a consciência de sua túnica imunda ficou ainda mais aguda.

— Você atendeu ao meu pedido — ele disse.

— E você ignorou o meu.

Sazed não fitou os olhos da mulher. Ele atravessou o quarto, deixando o lampião sobre a escrivaninha.

— Reparei nos novos trajes do rei, e ele parece ter ganhado uma atitude compatível. Fez um bom trabalho, creio eu.

— Apenas começamos — ela disse com desdém. — Você estava certo sobre ele.

— O rei Venture é um homem muito bom — Sazed disse, caminhando até uma bacia para lavar o rosto. A água fria era bem-vinda, pois lidar com Tindwyl provavelmente o cansaria ainda mais.

— Bons homens podem fazer coisas terríveis — Tindwyl observou.

— Mas homens ruins não podem ser bons reis — Sazed falou. — É melhor começar com um bom homem e trabalhar no restante, acho eu.

— Talvez — Tindwyl respondeu. Ela o observava com sua expressão normal, severa. Outros pensariam nela como alguém frio, ríspido até. Mas Sazed nunca vira isso nela. Considerando o que ela havia passado, ele achava notável, incrível até, que fosse tão confiante. De onde ela tirava essa confiança?

— Sazed, Sazed — ela disse. — Por que voltou ao Domínio Central? Sabe as instruções que Sínodo lhe deu. Devia estar no Domínio Leste, ensinando as pessoas nos confins das Terras Queimadas.

— Eu estava lá — Sazed disse. — E agora estou aqui. O sul ficará um tempo sem mim, creio eu.

— É? — Tindwyl perguntou. — E quem lhes ensinará técnicas de irrigação para que eles possam produzir comida o bastante para sobreviver aos meses frios? Quem explicará os princípios básicos de legislação para que possam governar a si mesmos? Quem lhes mostrará como retomar sua fé e suas crenças perdidas? Você sempre foi tão apaixonado por isso.

Sazed baixou a toalha.

— Voltarei para ensiná-los quando tiver certeza de que não haja trabalho maior que eu precise fazer.

— Que trabalho maior poderia haver? — Tindwyl inquiriu. — Essa é a obrigação de nossa vida, Sazed. É o trabalho de nosso *povo* inteiro. Sei que Luthadel é importante para você, mas não há nada para você aqui. Eu cuidarei do seu rei. Você precisa ir.

— Agradeço pelo seu trabalho com o rei Venture — Sazed comentou. — No entanto, minha vinda tem pouco a ver com ele. Tenho outras pesquisas a fazer.

Tindwyl franziu o cenho, encarando-o com um olhar frio.

— Ainda está buscando por essa sua relação imaginária. Essa bobagem sobre as brumas.

— Tem algo de *errado*, Tindwyl — ele disse.

— Não — Tindwyl falou, suspirando. — Não consegue enxergar, Sazed? Passou dez anos trabalhando para derrubar o Império Final. Agora não consegue se contentar com trabalho comum, então inventou uma grande ameaça para a nação. Tem medo de se tornar irrelevante.

Sazed baixou os olhos.

— Talvez. Se estiver correta, procurarei o perdão de Sínodo. Provavelmente precisarei buscá-lo de qualquer forma, acho.

— Ai, Sazed — Tindwyl começou, sacudindo levemente a cabeça. — Não consigo entendê-lo. Faz sentido quando jovens de cabeça quente, como Vedzan e Rindel, desrespeitam os conselhos de Sínodo. Mas você? Você é a alma do que significa ser terrisano — tão calmo, humilde, cuidadoso e respeitoso. Tão sábio. Por que você desafia sistematicamente nossos líderes? Não faz sentido.

— Não sou tão sábio quanto pensa, Tindwyl — Sazed comentou num sussurro. — Sou simplesmente um homem que precisa fazer o que acredita. Bem, agora, acredito que haja um perigo nas brumas e preciso investigar minhas impressões. Talvez seja apenas arrogância e tolice. Mas preferiria ser conhecido como arrogante e tolo a arriscar deixar o povo desta terra em perigo.

— Não encontrará nada.

— Então, ficará provado que estou errado — Sazed retrucou. Ele se virou, fitando os olhos dela. — Mas tenha a gentileza de se lembrar de que, da última vez que desobedeci a Sínodo, o resultado foi o colapso do Império Final e a libertação do nosso povo.

Tindwyl fez uma careta e apertou os lábios. Ela não gostava de ser recordada desse fato — nenhum dos Guardadores gostava. Eles consideravam que Sazed errara em desobedecer, mas não podiam puni-lo por seu sucesso.

— Não entendo você — ela repetiu em voz baixa. — Deveria ser um líder do nosso povo, Sazed. Não o nosso maior rebelde e dissidente. Todos querem respeitá-lo, mas não podem. Precisa desafiar cada ordem que lhe dão?

Ele sorriu com cansaço, mas não respondeu.

Tindwyl suspirou, levantando-se. Caminhou na direção da porta, mas parou, tomando a mão dele enquanto passava. Ela fitou-o nos olhos por um momento, em seguida, ele retirou a mão.

Ela balançou a cabeça e saiu.

Ele comandou reis e, embora não buscasse um império, tornou-se alguém maior que todos que o precederam.

24

ALGO ESTÁ ACONTECENDO, VIN PENSOU, sentando-se no meio das brumas, no topo da Fortaleza Venture.

Sazed não tinha tendência a exageros. Era meticuloso, o que se mostrava nos maneirismos, no asseio e até mesmo no jeito como falava. E era ainda mais meticuloso quando se tratava de seus estudos. Vin estava inclinada a acreditar em suas descobertas.

E ela certamente havia visto coisas nas brumas. Coisas perigosas. Será que o espírito das brumas poderia explicar as mortes que Sazed encontrara? *Mas, se for esse o caso, por que Sazed não comentou sobre as figuras na bruma?*

Ela suspirou, fechou os olhos e queimou bronze. Podia ouvir o espírito observando nas proximidades. E podia ouvi-lo novamente, a estranha batida à distância. Abriu os olhos, mantendo o bronze ativado, e em silêncio desdobrou algo do bolso: uma folha do diário. À luz da sacada de Elend abaixo, e com estanho, ela conseguia ler facilmente as palavras.

Durmo apenas poucas horas por noite. Precisamos avançar, viajar o máximo que conseguirmos por dia, mas quando finalmente deito, perco o sono. Os mesmos pensamentos que me perturbam durante o dia apenas aumentam com o silêncio da noite.

E, acima de tudo, ouço as batidas lá de cima, as pulsações das montanhas. Atraindo-me mais para perto a cada batida.

Ela estremeceu. Pedira que um dos Buscadores de Elend queimasse bronze, e ele afirmou não ouvir nada vindo do norte. Ou o kandra mentia sobre sua capacidade de queimar bronze, ou Vin conseguia ouvir um ritmo que ninguém mais podia. Ninguém, exceto um homem morto havia mil anos.

Um homem que todos supunham ser o Herói das Eras.

Você está sendo boba, disse a si mesma, dobrando o papel. *Chegando a conclusões precipitadas.* Ao seu lado, OreSeur murmurou, deitado quieto e olhando para a cidade.

E, ainda assim, ela continuou pensando nas palavras de Sazed. Algo estava acontecendo com as brumas. Alguma coisa estava errada.

ZANE NÃO A ENCONTROU SOBRE a Fortaleza Hasting.

Parou nas brumas em silêncio. Esperava encontrá-la ali, pois aquele foi o lugar de sua última luta. Só de pensar ficava tenso de expectativa.

Durante os meses de enfrentamento, eles sempre se encontravam no local onde ele a havia perdido. Mesmo assim, ele voltara a este local várias noites, e nunca mais a encontrara. Franziu o cenho, pensando nas ordens de Straff e na necessidade.

Em algum momento, provavelmente receberia a ordem de matar essa garota. Não tinha certeza do que o incomodava mais — sua relutância cada vez maior em considerar tal ato ou a preocupação crescente de que talvez não fosse capaz de vencê-la.

Talvez seja ela, ele pensou, *o que finalmente me permitirá resistir. O que me convencerá a simplesmente... ir embora.*

Ele não conseguia explicar por que precisava de um motivo. Parte dele simplesmente atribuía isso à sua insanidade, embora a parte racional dele sentisse que era uma desculpa ruim. Lá no fundo, admitia que Straff era tudo que ele sempre conhecera. Zane não seria capaz de ir embora até saber que tinha outra pessoa em quem confiar.

Ele se afastou da Fortaleza Hasting. Já bastava de esperar; era hora de procurá-la. Zane lançou uma moeda, ricocheteando pela cidade por um tempo. E, com certeza, ela estava lá: sentada no alto da Fortaleza Venture, cuidando do idiota do irmão dele.

Zane deu a volta na fortaleza, mantendo-se longe o bastante para que até olhos aguçados pelo estanho não o vissem. Aterrissou atrás do telhado da fortaleza, em seguida avançou em silêncio. Aproximou-se, observando-a sentada na beirada do telhado. O ar estava silencioso.

Por fim, ela se virou, dando um leve salto. Ele podia jurar que ela conseguia senti-lo quando não deveria ser capaz disso.

De qualquer maneira, ele tinha sido descoberto.

— ZANE — VIN DISSE, indiferente, identificando com facilidade a silhueta. Suas vestes eram as pretas de sempre, sem capa de bruma.

— Estive esperando — ele disse em voz baixa. — No alto da Fortaleza Hasting. Torcendo para você chegar.

Ela suspirou, com o cuidado de manter um olho nele, mas relaxando um pouco.

— Não estou com vontade de combater agora.

Ele a observou.

— Que pena — ele disse, por fim. Caminhou até ela, fazendo com que Vin se levantasse com cautela. Ele parou na beirada do telhado, olhando lá embaixo a sacada iluminada de Elend.

Vin olhou OreSeur de soslaio. Ele ficou tenso, alternando o olhar entre ela e Zane.

— Está muito preocupada com ele — Zane concluiu em voz baixa.

— Elend? — Vin perguntou.

Zane concordou com a cabeça.

— Apesar de ele usar você.

— Já discutimos isso, Zane. Ele não está me usando.

Zane ergueu os olhos, encontrando os dela, empertigado e confiante.

É tão forte, ela pensou. *Tão seguro de si. Tão diferente de...*

Ela impediu o pensamento de continuar.

Zane virou-se de costas.

— Me diz uma coisa, Vin — ele falou. — Quando você era mais jovem, desejava o poder?

Vin inclinou a cabeça, fazendo uma careta para aquela pergunta estranha.

— O que quer dizer?

— Você cresceu nas ruas — Zane disse. — Quando era mais jovem, desejava o poder? Sonhava em ter a capacidade de se libertar, de matar aqueles que a brutalizavam?

— Claro que sim — Vin respondeu.

— E agora tem esse poder — Zane continuou. — O que a menina Vin diria se pudesse ver você? Uma Nascida da Bruma que se curva sob o peso da vontade alheia? Poderosa e, ainda assim, de alguma forma subserviente.

— Sou uma pessoa diferente agora, Zane — Vin falou. — Gostaria de pensar que aprendi muitas coisas desde que eu era uma menina.

— Aprendi que os instintos de uma criança sempre são os mais honestos — Zane falou. — Os mais naturais.

Vin não respondeu.

Zane virou-se em silêncio, olhando para a cidade, aparentemente despreocupado ao expor suas costas para ela. Vin olhou-o, em seguida lançou uma moeda. Ela tilintou contra o telhado de metal, e ele imediatamente olhou para trás, na direção dela.

Não, ela pensou, *ele não confia em mim*.

Ele se afastou novamente, e Vin o observou. Entendia o que ele queria dizer, pois no passado ela pensara como ele. Lentamente, ela imaginou que tipo de pessoa poderia ter se tornado se tivesse pleno acesso aos seus poderes sem, ao mesmo tempo, aprender sobre amizade e confiança com a gangue de Kelsier.

— O que você faria, Vin? — Zane perguntou, virando-se de volta para ela. — Supondo que você não tivesse qualquer restrição, que seus atos não tivessem repercussão?

Iria para o norte. O pensamento foi imediato. *Descobriria o que está causando esse pulsar*. Mas não disse.

— Não sei — ela respondeu.

Ele se virou, encarando-a.

— Vejo que você não está me levando a sério. Desculpe por desperdiçar seu tempo.

Ele se voltou para partir, caminhando entre ela e OreSeur. Vin observou-o e sentiu uma pontada repentina de preocupação. Ele viera até ela, disposto a conversar em vez de apenas lutar — e ela perdera a oportunidade. Nunca o traria para o seu lado se não falasse com ele.

— Quer saber o que eu faria? — ela perguntou, sua voz soando nas brumas silenciosas.

Zane parou.

— Se eu pudesse usar meu poder como quisesse? — Vin continuou. — Sem repercussões? Eu o protegeria.

— Seu rei? — Zane perguntou, virando-se.

Vin assentiu com firmeza.

— Esses homens que trouxeram seus exércitos contra ele, seu mestre, aquele homem chamado Cett. Eu os mataria. Usaria meu poder para assegurar que ninguém pudesse ameaçar Elend.

Zane concordou em silêncio, e ela viu respeito em seus olhos.

— E por que não faz isso?

— Porque...

— Vejo a confusão nos seus olhos — Zane falou. — Sabe que seus instintos de matar aqueles homens são corretos... ainda assim, se refreia. Por causa dele.

— *Haveria* repercussões, Zane — Vin retrucou. — Se eu matasse esses homens, as tropas poderiam simplesmente atacar. Agora, a diplomacia ainda pode funcionar.

— Talvez — Zane falou. — Até ele *pedir* que mate alguém por ele.

Vin bufou.

— Elend não funciona desse jeito. Não me dá ordens, e as únicas pessoas que mato são aquelas que tentam matá-lo primeiro.

— Ah, é? — Zane disse. — Pode não agir por ordem dele, Vin, mas certamente se priva de agir. É um brinquedinho dele. Não digo isso para insultá-la... entenda, sou tão brinquedo quanto você. Nenhum de nós pode se libertar. Não sozinho.

De repente, a moeda que Vin soltara ergueu-se no ar, voando na direção de Zane. Ela ficou tensa, mas a moeda simplesmente rumou para a mão de Zane, que estava a postos.

— É interessante — ele falou, girando a moeda entre os dedos. — Muitos Nascidos da Bruma param de ver o valor nas moedas. Para nós, tornam-se apenas algo a ser usado para saltar. É fácil esquecer o valor de algo quando se usa com tanta frequência. Quando fica corriqueiro e conveniente. Quando se transforma em... apenas uma ferramenta.

Ele lançou a moeda para cima, em seguida lançou-a para dentro da noite.

— Preciso ir — ele disse, virando-se.

Vin ergueu a mão. Vê-lo usando a Alomancia a fez perceber que havia outro motivo pelo qual ela queria falar com ele. Fazia tanto tempo desde que ela conversara com outro Nascido da Bruma, alguém que entendia seus poderes. Alguém como ela.

Porém, ela tinha a impressão de que estava desesperada demais para que ele ficasse. Então, deixou que ele fosse embora e voltou para sua vigília.

Não teve filhos, ainda assim todos da nação se tornaram sua prole.

25

VIN TINHA O SONO MUITO leve, uma herança de sua juventude. As gangues de ladrões trabalhavam juntas por necessidade, e qualquer homem que não conseguisse guardar suas posses era considerado indigno delas. Vin, claro, era a última na hierarquia — e, embora não tivesse muitas posses para proteger, ser uma garota em um ambiente essencialmente masculino lhe dera outros motivos para ter o sono leve.

Então, quando acordou com um latido baixo de alerta, ela reagiu sem pensar. Jogou longe as cobertas, pegando imediatamente um frasco na mesinha de cabeceira. Ela não dormia com metais dentro de si; muitos metais alomânticos eram, em pequena medida, venenosos. Era inevitável que ela tivesse de lidar com esse risco, mas fora avisada para extinguir os metais ao fim de cada dia.

Engoliu o conteúdo do frasco enquanto pegou as adagas de obsidiana escondidas embaixo do travesseiro. A porta dos seus aposentos se abriram de uma vez, e Tindwyl entrou. A terrisana ficou paralisada a meio passo quando viu Vin agachada na ponta da cama, a alguns metros de distância, com as adagas gêmeas reluzindo e o corpo tenso.

Tindwyl ergueu uma sobrancelha.

— Então, está acordada.

— Agora estou.

A terrisana sorriu.

— O que está fazendo nos meus aposentos? — Vin questionou.

— Vim acordá-la. Pensei que poderíamos sair para fazer compras.

— Compras?

— Sim, querida — Tindwyl falou, aproximou-se da janela e abriu as cortinas de uma vez. Era muito mais cedo que o horário em que Vin costumava se levantar. — Pelo que ouvi, você encontrará o pai de Sua Majestade amanhã. Suponho que queira um vestido adequado para a ocasião.

— Não uso mais vestidos. — *Qual é a sua?*

Tindwyl virou-se, encarando Vin.

— Dorme com trajes de sair?

Vin assentiu.

— Não tem nenhuma dama de companhia?

Vin negou com a cabeça.

— Muito bem, então — Tindwyl falou, virando-se para sair do quarto. — Tome um banho e se troque. Sairemos quando você estiver pronta.

— Não recebo ordens suas.

Tindwyl parou à porta, virando-se. Em seguida, seu rosto se suavizou.

— Sei que não, menina. Pode vir comigo, se quiser... a escolha é sua. Porém, quer mesmo encontrar Straff Venture de calças e camisa?

Vin hesitou.

— Ao menos, venha passear — Tindwyl falou. — Ajudará a espairecer um pouco.

Por fim, Vin concordou com um meneio de cabeça. Tindwyl sorriu novamente e saiu.

Vin olhou de relance para OreSeur, que estava sentado ao lado da cama.

— Obrigada pelo alerta.

OreSeur ergueu os ombros.

NO PASSADO, VIN NÃO TERIA sido capaz de se imaginar vivendo num lugar como a Fortaleza Venture. A jovem Vin fora acostumada a refúgios, cabanas skaa e becos ocasionais. Agora vivia num edifício salpicado de vitrais, cercado por muralhas imensas e grandes arcadas.

Claro, Vin pensou enquanto descia a escadaria, *muitas coisas aconteceram que eu não esperava. Por que pensar nelas agora?*

Sua juventude nas gangues de ladrões vinha cruzando sua cabeça com frequência, e os comentários de Zane — por mais ridículos que fossem — comichavam em sua mente. Um lugar como aquela fortaleza era mesmo o melhor para Vin? Tinha muitas habilidades excelentes, mas poucas delas eram adequadas para belos saguões. Serviam mais para... becos manchados de cinza.

Ela suspirou. OreSeur estava a seu lado enquanto ela caminhava até a entrada sul, onde Tindwyl disse que a esperaria. O corredor era amplo, grandioso e desembocava diretamente no pátio. Em geral, carruagens vinham até a entrada para buscar seus ocupantes — assim os nobres não ficavam expostos às intempéries.

Quando se aproximou, seu estanho permitiu que ouvisse vozes. Uma era de Tindwyl, a outra...

— Não trouxe muito — Allrianne disse. — Algumas centenas de boxes. Mas eu *preciso tanto* de algo para vestir. Não conseguirei sobreviver com vestidos emprestados para sempre!

Vin fez uma pausa quando virou no último trecho do corredor.

— O presente do rei certamente será suficiente para pagar por um vestido, querida — Tindwyl disse, notando a chegada de Vin. — Ah, aí está ela.

Fantasma, parecendo mal-humorado, estava com as duas mulheres. Estava com seu uniforme de guarda do palácio, embora vestisse o casaco desabotoado e as calças largas. Vin avançou lentamente.

— Não esperava companhia — ela disse.

— A jovem Allrianne foi treinada como uma nobre da corte — Tindwyl falou. — Conhece as modas atuais e será capaz de aconselhar em suas compras.

— E Fantasma?

Tindwyl virou-se, encarando o garoto.

— Carregador.

Bem, isso explica seu humor, Vin pensou.

— Venha — Tindwyl falou, andando na direção do pátio. Allrianne seguiu rapidamente, caminhando com passos leves e graciosos. Vin olhou para Fantasma, que encolheu os ombros, e eles também seguiram.

— Como você se meteu nisso? — Vin sussurrou para Fantasma.

— Acordei cedo demais, para roubar comida — Fantasma grunhiu. — A senhorita Imponência ali me notou, sorriu como um cão de caça e disse: "Precisaremos dos seus serviços nesta tarde, jovem."

Vin meneou a cabeça.

— Fique alerta e queimando seu estanho. Lembre-se de que estamos em guerra.

Obediente, Fantasma fez o que ela disse. Perto dele como ela estava, Vin facilmente percebeu e identificou seus pulsos alomânticos de estanho — o que significava que não era o espião.

Um a menos na lista, Vin pensou. *Ao menos esse passeio não será um desperdício total.*

Uma carruagem esperava por eles ao lado dos portões da fortaleza. Fantasma embarcou ao lado do cocheiro, e as mulheres acomodaram-se na parte de trás. Vin embarcou, e OreSeur subiu e tomou o assento ao lado dela. Allrianne e Tindwyl sentaram-se diante dela, e Allrianne encarou OreSeur com um franzir de testa, com o nariz torcido.

— O animal precisa sentar-se nos assentos conosco?

— Sim — Vin falou quando a carruagem começou a se mover.

Allrianne obviamente esperava mais explicações, mas Vin não deu nenhuma. Finalmente, Allrianne virou-se para a janela.

— Tem certeza de que estaremos seguros, viajando com apenas um criado, Tindwyl?

Tindwyl olhou para Vin.

— Ah, eu acho que ficaremos muito bem.

— Ah, é — Allrianne disse, olhando de volta para Vin. — Você é alomântica! As coisas que dizem é verdade?

— Que coisas? — Vin devolveu a pergunta em voz baixa.

— Bem, primeiro, dizem que você matou o Senhor Soberano. E que você é do tipo... hum... bem. — Allrianne mordeu o lábio. — Um pouco esquentada.

— Esquentada?

— E perigosa — Allrianne completou. — Mas, bem, não pode ser verdade. Digo, você está indo fazer compras conosco, certo?

Ela está tentando me provocar de propósito?

— Você sempre se veste assim? — Allrianne questionou.

Vin estava com as calças cinza de costume e camisa marrom.

— É fácil para lutar.

— Sim, mas... bem. — Allrianne sorriu. — Acho que por isso estamos aqui hoje, certo, Tindwyl?

— Sim, querida — Tindwyl falou. Ela examinou Vin durante a conversa inteira.

Está gostando do que vê?, Vin pensou. *O que é que você quer?*

— Você deve ser a nobre mais estranha que eu já conheci — Allrianne declarou. — Você foi criada longe da corte? Eu fui, mas minha mãe sempre se esmerou para me treinar bem. Claro, ela estava apenas tentando me transformar num bom partido para que meu pai pudesse me leiloar para fazer uma aliança.

Allrianne sorriu. Fazia algum tempo que Vin não era forçada a lidar com mulheres como ela. Lembrou-se das horas gastas na corte, sorrindo, fingindo ser Valette Renoux. Não raro, quando ela pensava naqueles dias, lembrava-se de coisas ruins. O despeito que enfrentara dos membros da corte, seu desconforto no papel.

Mas também houve boas coisas. Elend era uma delas. Nunca o teria conhecido se não tivesse fingido ser uma nobre. E os bailes — com suas cores, música e vestidos — mantinham um certo charme encantador. As danças graciosas, as interações cuidadosas, os salões decorados à perfeição...

Essas coisas acabaram agora, ela disse a si mesma. *Não temos tempo para bailes e reuniões tolos, não quando a dominação está à beira do colapso.*

Tindwyl ainda a observava.

— Então? — Allrianne perguntou.

— Quê? — Vin retrucou.

— Você cresceu longe da corte?

— Não sou nobre, Allrianne. Sou uma skaa.

Allrianne empalideceu, em seguida corou, depois ergueu os dedos até os lábios.

— Ah! Pobrezinha!

Os ouvidos aguçados de Vin ouviram algo ao seu lado — uma breve risadinha de OreSeur, leve o bastante para que apenas um alomântico pudesse tê-lo ouvido.

Ela resistiu ao impulso de lançar um olhar raivoso para o kandra.

— Não foi tão ruim — ela disse.

— Mas, bem, não é de espantar que não saiba se vestir! — Allrianne cutucou.

— Eu sei me vestir — Vin falou. — Eu até tenho alguns vestidos.

Não que eu os tenha usado nos últimos meses...

Allrianne assentiu, embora obviamente não acreditasse no comentário de Vin.

— Brisinha é skaa também — ela disse em voz baixa. — Ou meio skaa. Ele me disse. Ainda bem que não falou para o meu pai... meu pai nunca foi muito gentil com os skaa.

Vin não respondeu.

No fim, chegaram à rua Kenton, e a multidão impedia a passagem da carruagem. Vin desceu primeiro; OreSeur saltou nos paralelepípedos ao lado dela. A rua do mercado estava cheia, embora não tão apinhada como da última vez que ela a visitara. As pessoas obviamente estavam tentando realizar suas atividades diárias, apesar da ameaça lá fora. O que mais poderiam fazer? O cerco já durava semanas. A vida precisava continuar. Vin olhava os preços em algumas lojas próximas enquanto as outras desciam da carruagem.

Cinco boxes por uma caixa de maçãs velhas, Vin pensou, insatisfeita. *Comida está mesmo virando artigo de luxo*. Elend, felizmente, tinha provisões. Mas quanto tempo durariam antes do cerco? Não por todo o inverno que se aproximava, certamente — não com a quantidade de grãos do Domínio ainda não colhidos nas plantações externas.

Talvez o tempo seja nosso amigo agora, Vin pensou, *mas vai se voltar contra a gente em algum momento*. Eles precisavam fazer com que os exércitos lutassem entre si. Do contrário, o povo da cidade poderia morrer de fome antes que os soldados ao menos tentassem tomar as muralhas.

Fantasma desceu da carruagem, juntando-se a elas enquanto Tindwyl examinava a rua. Vin observava a multidão se acotovelar.

— Lá — Tindwyl falou, apontando para a loja da modista.

Allrianne disparou na frente. Tindwyl a seguiu, caminhando com modesto decoro.

— Coisinha ansiosa, não é? — a terrisana comentou.

Vin deu de ombros. A nobre loira já havia chamado a atenção de Fantasma; ele a seguia com passos alegres. Claro, não era difícil chamar a atenção dele. Precisava apenas ter seios e cheirar bem — e o segundo item às vezes era opcional.

Tindwyl sorriu.

— Provavelmente não teve oportunidade de ir às compras desde que partiu semanas atrás com o exército do pai.

— Do jeito que você diz, parece que ela passou por algum suplício terrível — Vin retrucou. — Apenas porque não podia ir às compras.

— Obviamente ela gosta disso — Tindwyl disse. — Com certeza você pode entender o que é ser tirada daquilo que ama.

Vin ergueu os ombros quando chegaram à loja.

— Tenho dificuldade em sentir compaixão por uma gorducha que é tragicamente separada dos seus vestidos.

Tindwyl franziu levemente a testa quando entraram na loja. OreSeur acomodou-se para esperar do lado de fora.

— Não seja tão dura com a mocinha. É fruto de sua criação, como você é da sua. Se julgar seu valor com base em frivolidades, então fará o mesmo que aqueles que a julgam com base em suas roupas simples.

— Gosto quando as pessoas me julgam pelas minhas vestes simples — Vin falou. — Assim elas não esperam demais.

— Entendo — Tindwyl comentou. — Então, você não sentiu nenhuma falta disso? — Ela meneou a cabeça para dentro da loja.

Vin fez uma pausa. A sala era cheia de cores e tecidos, rendas e veludos, corpetes e camisas. Tudo salpicado com um perfume leve. Em pé, diante dos manequins em suas cores brilhantes, Vin — apenas por um momento — voltou aos bailes. Ao tempo em que era Valette. Quando tinha uma *desculpa* para ser Valette.

— Dizem que você gostava da sociedade nobre — Tindwyl falou com suavidade, avançando. Allrianne já estava em pé, próxima à frente da loja, correndo os dedos por uma amostra de tecido, falando com a modista em uma voz firme.

— Quem lhe disse isso? — Vin perguntou.

Tindwyl virou-se.

— Ora, seus amigos, querida. É muito curioso... dizem que você parou de usar vestidos poucos meses depois do Colapso. Todos se perguntam por quê. Dizem que parecia gostar de se vestir como mulher, mas acho que estavam errados.

— Não — Vin confessou em voz baixa. — Estavam certos.

Tindwyl ergueu uma sobrancelha e parou ao lado de um manequim num vestido verde brilhante com barras rendadas e a parte de baixo esparramando-se bem ampla com várias anáguas.

Vin aproximou-se, observando o lindo traje.

— Eu *estava* começando a gostar de me vestir assim. Esse foi o problema.

— Não vejo problema nisso, minha cara.

Vin afastou-se do vestido.

— Essa não sou eu. Nunca foi; era apenas uma representação. Quando se traja um vestido como esse, é muito fácil esquecer quem você realmente é.

— E esses vestidos não podem ser parte de quem você realmente é?

Vin sacudiu a cabeça.

— Vestidos são parte de quem *ela* é. — Ela acenou com a cabeça na direção de Allrianne. — Preciso ser outra coisa. Algo mais duro.

Eu não deveria ter vindo aqui.

Tindwyl pousou a mão no ombro de Vin.

— Por que você não se casou com ele, menina?

Vin ergueu os olhos de uma vez.

— Que tipo de pergunta é essa?

— Uma pergunta honesta — Tindwyl falou. Parecia muito menos ríspida do que fora outras vezes que Vin a encontrara. Claro, durante esses momentos, estava falando a maior parte das vezes com Elend.

— Esse assunto não é da sua conta.

— O rei me pediu que ajudasse a melhorar sua imagem — Tindwyl falou. — E eu assumi o compromisso de fazer mais que isso... quero fazer dele um rei verdadeiro, se puder. Há um grande potencial nele, creio eu. No entanto, ele não será capaz de percebê-lo até estar mais seguro sobre algumas coisas em sua vida. Você, em especial.

— Eu... — Vin fechou os olhos, lembrando-se do pedido de casamento. Naquela noite, na sacada, as cinzas caindo de leve. Ela se lembrou do terror que sentiu. Sabia, claro, para onde o relacionamento estava indo. Por que ficara tão assustada?

Foi naquele dia que ela parou de usar vestidos.

— Ele não deveria ter me pedido em casamento — Vin falou baixinho, abrindo os olhos. — Não pode se casar comigo.

— Ele te ama, menina — Tindwyl disse. — Por um lado, isso é um infortúnio... seria tudo muito mais fácil se ele pudesse não amar. No entanto, do jeito que as coisas vão...

Vin sacudiu a cabeça.

— Sou a mulher errada para ele.

— Ah — Tindwyl falou. — Entendo.

— Ele precisa de outra pessoa — Vin continuou. — Alguém melhor. Uma mulher que possa ser rainha, não apenas uma guarda-costas. Alguém... — O estômago de Vin se retorceu. — Alguém mais parecido com ela.

Tindwyl olhou para Allrianne, que ria com um comentário feito pelo velho modista enquanto tirava as medidas.

— Ele se apaixonou por você, menina — Tindwyl afirmou.

— Quando eu estava fingindo ser como ela.

Tindwyl sorriu.

— De alguma forma, duvido que você possa ser como Allrianne, não importa o quanto você tenha praticado.

— Talvez — Vin falou. — De qualquer forma, era meu papel na corte que ele amava. Não sabia quem eu realmente era.

— E abandonou você agora que sabe?

— Bem, não. Mas...

— Todas as pessoas são mais complexas do que parecem à primeira vista — Tindwyl comentou. — Allrianne, por exemplo, é ansiosa e jovem, talvez um pouco falastrona. Mas sabe mais sobre a corte do que muitos esperariam, e parece saber como reconhecer o que há de bom em uma pessoa. É um talento que falta a muitos.

"Seu rei é um erudito humilde, um pensador, mas tem a vontade de um guerreiro. É um homem que tem coragem para lutar e, eu acho, talvez, que você ainda não viu o melhor dele. O Abrandador, Brisa, é um homem cínico, zombeteiro, até olhar para a jovem Allrianne. Então ele fica suave, e é de questionar o quanto de sua indiferença grosseira é fingimento."

Tindwyl fez uma pausa e olhou para Vin.

— E você. Você é muito mais do que está disposta a aceitar, menina. Por que olha apenas um lado seu, quando seu Elend vê tanto mais?

— Para isso que viemos aqui? — Vin perguntou. — Está tentando me transformar numa rainha para Elend?

— Não, menina — Tindwyl retorquiu. — Desejo ajudá-la a se transformar em quem você realmente é. Agora, deixe o homem tirar suas medidas para que possa experimentar alguns vestidos.

Quem sou eu?, Vin pensou, franzindo a testa. Contudo, deixou que a alta terrisana a empurrasse para a frente, e o velho modista pegou sua fita e começou a medi-la.

Poucos momentos e um provador depois, Vin voltou para o recinto vestindo uma recordação. Azul sedoso com renda branca, o vestido era justo na cintura e no busto, mas tinha uma parte de baixo grande, fluida. As várias saias suspendiam-no, descendo num formato triangular, seus pés totalmente cobertos, a barra da saia roçando o assoalho.

Era terrivelmente inviável. Farfalhava quando ela se mexia, e ela precisava ter cuidado onde pisava para não o prender ou arrastar por uma superfície suja. Contudo, era bonito e fazia com que ela se sentisse bonita. Quase esperou que uma banda começasse a tocar, Sazed surgisse em pé ao lado dela como um sentinela protetor e Elend aparecesse ao longe, passeando pelo salão e observando os casais dançando enquanto folheava um livro.

Vin avançou, deixando o modista observar onde o vestido estava justo e onde estava folgado, e Allrianne deixou escapar um "Uau" quando a viu. O velho modista curvou-se sobre sua bengala, ditando observações a um jovem assistente.

— Vire-se um pouco mais, milady — ele pediu. — Deixe-me ver como se ajusta quando caminha mais do que uma linha reta.

Vin girou levemente, virando-se sobre um pé, tentando lembrar os passos de dança que Sazed lhe ensinara.

Nunca consegui dançar com Elend, ela percebeu, dando um passo para o lado, como se acompanhasse a música que conseguia lembrar apenas vagamente. *Ele sempre achou uma desculpa para escapar.*

Ela girou, sentindo o vestido. Teria pensado que a naturalidade havia desaparecido. Agora que estava num vestido novamente, contudo, ficou surpresa em ver como era fácil voltar a esses hábitos — pisando levemente, virando-se para que a barra do vestido abrisse apenas um pouco...

Ela fez uma pausa. O modista não estava mais ditando. Observou-a em silêncio, sorrindo.

— O quê? — Vin perguntou, corando.

— Desculpe, milady — ele disse, virando-se para dar um tapinha no caderno do assistente, mandando o rapaz embora com um apontar de dedo. — Mas não me lembro de ter visto alguém mover-se com tanta graça. Como... um sopro.

— O senhor está me bajulando — Vin falou.

— Não, menina — Tindwyl falou, ficando de lado. — Ele está certo. Move-se com uma graça que a maioria das mulheres pode apenas invejar.

O modista sorriu novamente, virando-se quando o assistente se aproximou com um grupo de amostras de tecidos coloridos. O velho começou a examiná-los com a mão encarquilhada, e Vin foi até Tindwyl, segurando os braços rentes ao corpo, tentando não deixar o vestido traidor tomar controle dela novamente.

— Por que você está sendo tão amável comigo? — Vin perguntou em voz baixa.

— Por que eu não deveria? — Tindwyl devolveu a pergunta.

— Porque você é maldosa com Elend — Vin soltou. — Não negue... eu escutei suas lições. Passa o tempo o insultando e desmerecendo. Mas agora está fingindo ser gentil.

Tindwyl sorriu.

— Não estou fingindo, menina.

— Então, por que é tão má com Elend?

— O rapaz cresceu como filho mimado de um grande lorde — Tindwyl respondeu. — Agora que é rei, precisa de um pouco da dureza da verdade, creio eu. — Ela fez uma pausa, baixando os olhos para Vin. — Sinto que você já teve o suficiente disso na vida.

O modista aproximou-se com seus retalhos, espalhando-os sobre uma mesa baixa.

— Agora, milady — ele falou, batendo com o dedo curvado num dos grupos. — Acredito que, com sua cor de cabelo, tecidos escuros ficariam particularmente bem. Um belo castanho-avermelhado, talvez?

— Que tal preto? — Vin perguntou.

— Pelos céus, não — Tindwyl disse. — Chega de preto ou cinza para você, menina.

— Que tal este aqui, então? — Vin perguntou, puxando um retalho azul royal. Era quase do tom que ela vestira na primeira noite em que encontrara Elend, muito tempo atrás.

— Ah, sim — o modista falou. — Ficaria maravilhoso contrastando com essa pele clara e os cabelos escuros. Hum, sim. Agora, temos de escolher um estilo. A terrisana comentou que precisa disso amanhã à noite.

Vin assentiu.

— Ah, então. Teremos de ajustar um dos vestidos prontos, mas acredito que tenho um desta cor. Teremos de mexer bastante nele, mas podemos virar a noite trabalhando para uma beldade como a senhora, não podemos, garoto? Agora, quanto ao estilo...

— Está bom, acho eu — Vin falou, baixando os olhos. O vestido era no corte-padrão daqueles que ela usara nos bailes do passado.

— Bem, não estamos buscando algo "bom" agora, estamos? — o modista comentou com um sorriso.

— E se retirássemos algumas das anáguas? — Tindwyl falou, puxando as laterais do vestido de Vin. — E, talvez, erguêssemos a barra um pouco para que ela possa se mover mais livremente?

Vin fez uma pausa.

— Poderíamos fazer isso?

— Claro — o modista confirmou. — O rapaz diz que saias mais finas são mais populares no sul, embora tendam a ficar um pouco atrás de Luthadel com relação à moda. — Ele fez uma pausa. — Apesar de eu não saber se Luthadel ainda *tem* uma moda...

— Deixe os punhos das mangas bem largos — Tindwyl falou. — E costure alguns bolsos nas mangas para certos itens pessoais.

O velho concordou enquanto o assistente silencioso anotou a sugestão.

— O peito e a cintura podem ser justos — Tindwyl continuou —, mas não a ponto de limitar. Lady Vin precisa ser capaz de se movimentar livremente.

O velho hesitou.

— Lady Vin? — ele perguntou. Olhou um pouco mais de perto para Vin, estreitando os olhos, em seguida virou-se para o assistente. O garoto anuiu em silêncio. — Entendo... — o homem disse, empalidecendo, a mão tremendo um pouco mais. Pousou-a no alto da bengala, como se quisesse ficar mais estável. — Eu... me desculpe se eu a ofendi, milady. Eu não sabia.

Vin enrubesceu de novo. *Outra razão para eu não fazer compras.*

— Que é isso — ela disse, tranquilizando o homem. — Tudo bem. Não me ofendeu.

Ele relaxou um pouco, e Vin percebeu que Fantasma estava entrando no estabelecimento.

— Parece que fomos descobertos — Fantasma disse, meneando a cabeça na direção das vitrines.

Vin olhou além dos manequins e fardos de tecido para ver uma multidão reunida lá fora. Tindwyl observou Vin com curiosidade.

Fantasma sacudiu a cabeça.

— Por que você ficou tão popular?

— Eu matei o deus deles — Vin falou baixinho, abaixando-se atrás de um manequim, escondendo-se de dúzias de olhos espreitadores.

— Eu ajudei também — Fantasma afirmou. — Eu até recebi meu apelido do próprio Kelsier! Mas ninguém liga para o pobre Fantasminha.

Vin buscou as janelas do recinto. *Deve haver uma porta dos fundos. Claro, talvez haja pessoas no beco.*

— O que está fazendo? — Tindwyl perguntou.

— Tenho que ir — Vin falou. — Me livrar deles.

— Por que não vai lá fora e fala com eles? — Tindwyl quis saber. — Obviamente estão muito interessados em vê-la.

Allrianne surgiu de um provador — trajando um vestido amarelo e azul — e deu um giro dramático. Obviamente ficou irritada quando não teve nem mesmo a atenção de Fantasma.

— Não vou lá fora — Vin retrucou. — Por que eu iria querer algo assim?

— Precisam de esperança — Tindwyl respondeu. — Esperança que você pode lhes dar.

— Uma falsa esperança — Vin falou. — Eu apenas os encorajaria a pensar em mim como algum objeto de adoração.

— Não é verdade — Allrianne disse de repente, avançando, olhando pelas vitrines sem o mínimo embaraço. — Esconder-se pelos cantos, vestir roupas estranhas e ser misteriosa... foi *isso* que lhe deu essa reputação assombrosa. Se as pessoas soubessem como você é comum, não ficariam tão loucas para olhá-la. — Ela fez uma pausa, em seguida olhou para trás. — Eu... hum, não quis dizer o que acho que pareceu.

Vin corou.

— Não sou Kelsier, Tindwyl. Não quero que as pessoas me adorem. Só quero que me deixem em paz.

— Algumas pessoas não têm essa opção, menina — Tindwyl falou. — Você derrubou o Senhor Soberano. Foi treinada pelo Sobrevivente e é a consorte do rei.

— Não sou consorte dele — Vin falou, corando. — Somos apenas... — *Senhor, nem* eu *entendo nosso relacionamento. Como vou explicá-lo?*

Tindwyl ergueu uma sobrancelha.

— Tudo bem — Vin falou, suspirando e caminhando na direção da porta.

— Vou com você — Allrianne disse, agarrando o braço de Vin, como se fossem amigas de infância. Vin resistiu, mas não conseguiu imaginar uma maneira de desgrudá-la sem fazer uma cena.

Elas saíram da loja. A multidão já era grande, e as margens estavam aumentando enquanto mais e mais pessoas chegavam para investigar. A maioria era de skaa com túnicas de trabalho marrons manchadas de cinzas ou simples vestidos cinzentos. Aqueles na dianteira afastaram-se quando Vin saiu, abrindo um grande espaço vazio, e um murmúrio de entusiasmo reverente soou pela multidão.

— Uau — Allrianne disse baixinho. — São muitos mesmo...

Vin assentiu. OreSeur estava sentado no mesmo lugar, próximo à porta, e observou-a com uma expressão canina curiosa.

Allrianne sorriu para as pessoas, acenando com hesitação repentina.

— Você consegue lutar com eles ou algo assim se isso aqui virar uma bagunça, não é?

— Não será necessário — Vin respondeu, deslizando para se livrar do braço de Allrianne e *abrandando* um pouco a multidão para acalmá-la. Depois disso, avançou um passo, tentando reprimir a sensação de nervosismo incômodo. Ela se acostumara a não mais sentir que precisava se esconder quando saía em público, mas ficar diante de tantas pessoas assim... bem, ela quase se virou e esgueirou-se para dentro da butique do modista.

Contudo, uma voz a impediu. O porta-voz era um homem de meia-idade com uma barba manchada de cinzas e uma boina preta e suja que segurava nas mãos com nervosismo. Era um homem forte, provavelmente um trabalhador do engenho.

— Lady Herdeira. O que será de nós?

O terror — a incerteza — na voz daquele homenzarrão era algo tão lastimoso que Vin hesitou. Ele a observou com olhos ansiosos, como a maioria deles.

São tantos, Vin pensou. *Pensei que a Igreja do Sobrevivente fosse menor*. Ela olhou para o homem, que estava ali, torcendo sua boina. Ela abriu a boca, mas então... não conseguiu. Não conseguiu dizer-lhe que não sabia o que aconteceria; não conseguiu explicar àqueles olhos que ela não era a salvadora de que precisavam.

— Tudo vai ficar bem — Vin ouviu a si mesma dizer, aumentando o Abrandamento, tentando retirar deles um pouco do medo.

— Mas e os exércitos, Lady Herdeira? — uma mulher exclamou.

— Estão tentando nos intimidar — Vin assegurou. — Mas o rei não vai permitir. Nossas muralhas são fortes e nossos soltados também. Podemos sobreviver ao cerco.

A multidão estava em silêncio.

— Um daqueles exércitos é liderado pelo pai de Elend, Straff Venture — Vin falou. — Elend e eu vamos nos reunir com Straff amanhã. Vamos persuadi-lo a ser nosso aliado.

— O rei vai capitular — uma voz disse. — Eu ouvi isso. Vai trocar a cidade por sua vida.

— Não — Vin interrompeu. — Ele nunca faria isso!!!

— Ele não vai lutar por nós! — uma voz gritou. — Não é um soldado. É um político!

Outras vozes ergueram-se, concordando. A reverência desapareceu quando as pessoas começaram a berrar suas preocupações, enquanto outros começaram a exigir ajuda. Os dissidentes continuaram a atacar Elend, gritando que não havia maneira de ele protegê-los.

Vin colocou as mãos nos ouvidos, tentando repelir a multidão, o caos.

— *Parem!* — ela gritou, *empurrando* com ferro e latão. Várias pessoas cambalearam para longe dela, e ela conseguiu ver uma onda na multidão quando botões, moedas e fivelas de repente foram *empurrados* para trás.

As pessoas, de repente, silenciaram.

— Não vou tolerar palavras maldosas sobre o nosso rei! — Vin falou, queimando latão e aumentando o Abrandamento. — É um bom homem e um bom líder. Sacrificou muito por vocês; a liberdade existe graças às longas horas que ele passou redigindo leis, e a subsistência de vocês existe graças a seu trabalho, que garante as rotas comerciais e os acordos com mercadores.

Muitos membros da multidão baixaram a cabeça. O homem barbado na frente dela continuava a torcer sua boina, mas olhava para Vin.

— Eles só estão bem assustados, Lady Herdeira. Muito assustados.

— Vamos protegê-los — Vin falou. *O que estou dizendo?* — Elend e eu encontraremos um caminho. Detivemos o Senhor Soberano. Podemos deter esses exércitos... — Ela hesitou, sentindo-se tola.

Ainda assim, a multidão reagiu. Alguns ainda estavam obviamente insatisfeitos, mas muitos pareciam tranquilizados. O grupo começou a se desfazer, embora alguns de seus membros tenham avançado, guiando ou carregando criancinhas. Vin hesitou, nervosa. Kelsier sempre ia até filhos de skaa e os carregava, como se lhes desse sua bênção. Ela deu ao grupo um adeus rápido e voltou para dentro da loja, puxando Allrianne atrás de si.

Tindwyl esperava lá dentro, meneando a cabeça com satisfação.

— Eu menti — Vin falou, fechando a porta.

— Não, não mentiu — Tindwyl falou. — Foi otimista. A verdade ou a ficção naquilo que disse ainda deve ser comprovada.

— Não vai acontecer — Vin falou. — Elend não conseguirá derrotar três exércitos, nem mesmo com a minha ajuda.

Tindwyl ergueu uma sobrancelha.

— Então, vocês devem partir. Fujam, deixem o povo lidar sozinho com os exércitos.

— Não foi isso que eu quis dizer.

— Bem, tome uma decisão — Tindwyl exigiu. — Ou desiste da cidade ou acredita nela. Honestamente, vocês dois... — Ela sacudiu a cabeça.

— Pensei que você não seria dura comigo — Vin observou.

— É difícil às vezes — Tindwyl confessou. — Venha, Allrianne. Vamos terminar seus ajustes.

Elas foram fazer os ajustes. No entanto, naquele momento, como se para contrariar as garantias de segurança de Vin, vários tambores de alerta começaram a soar no alto da muralha.

Vin ficou paralisada, olhando a vitrine de soslaio, para a multidão ansiosa.

Um dos exércitos estava atacando. Xingando o atraso, ela correu para os fundos da loja para tirar o vestido volumoso.

ELEND SUBIU ÀS PRESSAS OS degraus até a muralha da cidade, quase tropeçando em seu bastão de duelo. Cambaleou para fora da escadaria, movendo-se para o topo da muralha, ajeitando o bastão ao lado com um xingamento.

O alto da muralha estava um caos. Homens tropeçando, gritando uns para os outros. Alguns haviam esquecido a armadura, outros, os arcos. Tantos tentaram subir atrás de Elend que entalaram na escadaria, e ele observou com desespero os homens apinhados ao redor das aberturas lá embaixo, criando uma confusão ainda maior de corpos no pátio.

Elend girou, observando um grande grupo de homens de Straff — milhares deles — correndo na direção da muralha. Elend estava ao lado do Portão de Estanho, a norte da cidade, mais próximo do exército de Straff. Conseguia ver um grupo separado de soldados apressados na direção do Portão de Peltre, um pouco a leste.

— Arqueiros! — Elend gritou. — Homens, onde estão seus arcos?

No entanto, sua voz perdeu-se em meio aos gritos. Capitães corriam para lá e para cá, tentando organizá-los, mas parecia que muitos lacaios tinham vindo à muralha, deixando um monte de arqueiros presos lá embaixo, no pátio.

Por quê?, Elend pensou, em desespero, virando-se para o exército que avançava. *Por que ele está atacando? Tínhamos uma reunião!*

Talvez ele tivesse sabido do plano de Elend de jogar nos dois lados do conflito? Talvez houvesse *mesmo* um espião na equipe principal.

De qualquer forma, Elend pôde apenas, desesperançado, assistir ao exército se aproximar de suas muralhas. Um capitão conseguiu lançar uma patética saraivada de flechas, mas não adiantou muito. Quando o exército se aproximou, flechas começaram a zunir em direção à muralha, misturada com moedas voadoras. Straff tinha alomânticos no grupo.

Elend esbravejou, agachando-se num merlão enquanto as moedas tilintaram nas pedras. Alguns soldados caíram. Soldados de Elend. Mortos porque ele fora orgulhoso demais para entregar a cidade.

Ele espiou cuidadosamente sobre a muralha. Um grupo de homens carregando um aríete aproximava-se, seus corpos cuidadosamente protegidos por soldados com escudos. O cuidado significava que os carregadores eram Brutamontes, suspeita confirmada pelo som que o aríete fez quando acertou o portão. Não era o golpe de homens comuns.

Em seguida, vieram os ganchos. Atirados na direção da muralha por Lançamoedas lá embaixo, caindo de forma muito mais precisa do que se fossem simplesmente jogados. Soldados correram para retirá-los, mas moedas voaram, acertando os homens antes mesmo de eles tentarem agir. O portão continuava a estrondar embaixo de Elend, e ele duvidava que resistiria muito mais.

E assim caímos, Elend pensou. *Com apenas uma pontinha de resistência.*

E não havia nada que ele pudesse fazer. Sentiu-se impotente, forçado a manter-se abaixado para que seu uniforme branco não fizesse dele um alvo. Toda a sua política, todos os preparativos, todos os sonhos e planos. Acabados.

E, então, Vin estava lá. Aterrissou no topo da muralha, ofegante, no meio de um grupo de homens feridos. Moedas e flechas aproximavam-se, e ela as desviava de volta no ar. Homens reorganizavam-se ao seu redor, movendo-se para retirar os ganchos e arrastando os feridos para um local seguro. As facas dela cortavam cordas, jogando-as de volta para baixo. Ela encontrou os olhos de Elend, parecia determinada, em seguida fez um movimento como se fosse saltar sobre a lateral da muralha e enfrentar os Brutamontes com o aríete.

Elend ergueu a mão, mas alguém mais gritou.

— Vin, espere! — Trevo berrou, lançando-se para fora da escadaria.

Ela parou. Elend nunca ouvira um comando tão vigoroso do general resmungão.

As flechas pararam de voar. O rebombar acalmou-se. Elend ficou parado, titubeante, observando com um franzir de testa enquanto o exército batia em retirada pelos campos cheios de cinzas até o acampamento. Deixaram alguns cadáveres para trás; os homens de Elend realmente conseguiram atingir alguns com suas flechas. Seu exército sofrera baixas ainda mais graves: cerca de duas dúzias de homens pareciam ter sido feridos.

— O que...? — Elend questionou, virando-se para Trevo.

— Não estavam erguendo escadas de madeira — Trevo falou, observando o exército em retirada. — Não foi um ataque de verdade.

— O que foi, então? — Vin questionou, franzindo o cenho.

— Um teste — Trevo falou. — É comum nas guerras... um combate rápido para ver como o inimigo reage, para sentir sua tática e seus preparativos.

Elend virou-se, observando os soldados desorganizados correndo para buscar médicos e cuidar dos feridos.

— Um teste — ele disse, olhando para Trevo. — Meu palpite é que não nos saímos muito bem.

Trevo deu de ombros.

— Muito pior do que deveríamos. Talvez isso assuste os garotos e faça-os prestar mais atenção durante os treinos. — Ele fez uma pausa, e Elend pôde ver algo que ele não estava expressando. Preocupação.

Elend voltou-se para a muralha, olhando o exército se afastar. De repente, aquilo fez sentido. Era exatamente o tipo de jogada que seu pai gostava de fazer.

A reunião com Straff aconteceria conforme planejada. No entanto, antes que acontecesse, Straff queria que Elend soubesse de uma coisa.

Posso tomar esta cidade a qualquer momento, o ataque parecia dizer. *Ela é minha, não importa o que você faça. Lembre-se disso.*

Ele foi forçado a entrar numa guerra por um mal-entendido — e sempre alegou que não era um guerreiro —, mas chegou a lutar tão bem quanto qualquer homem.

26

— ESTA NÃO É UMA boa ideia, senhora. — OreSeur sentou-se nos quadris, observando Vin desembalar uma caixa grande, reta.

— Elend acha que é a única maneira — ela falou, abrindo a tampa da caixa. O vestido azul luxuoso estava dobrado dentro dela. Ela o puxou, observando seu peso comparativamente leve. Foi para trás do biombo e começou a se despir.

— E o ataque de ontem às muralhas? — OreSeur perguntou.

— Aquilo foi um aviso — ela falou, continuando a desabotoar a camisa. — Não foi um ataque sério.

Embora, aparentemente, tivesse perturbado muito a Assembleia. Talvez aquela fosse a motivação. Trevo podia dizer tudo que quisesse sobre estratégia e teste das muralhas, mas, do ponto de vista de Vin, o maior ganho de Straff foi causar ainda mais medo e caos em Luthadel.

Poucas semanas depois de ser sitiada, e a cidade já estava tensa, a ponto de romper. A comida estava terrivelmente cara, e Elend foi forçado a abrir os estoques da cidade. As pessoas estavam ansiosas. Uns poucos pensaram que o ataque fora uma vitória para Luthadel, tomando-o como um bom sinal de que o exército fora "repelido". A maioria, no entanto, simplesmente ficou mais assustada do que já estava antes.

Mas, de novo, Vin ficou com um enigma. Como reagir, encarando uma força tão esmagadora? Encolher-se de medo ou tentar continuar com a vida? Straff testara as muralhas, era verdade, mas ele manteve a maior parte de seu exército na retaguarda e em posição, caso Cett tentasse empreender um ataque oportunista naquele momento. Ele queria informações e também desejava intimidar a cidade.

— Ainda não sei se essa reunião é uma boa ideia — OreSeur falou. — Independentemente do ataque, Straff não é um homem confiável. Kelsier me fez estudar todos os principais nobres na cidade quando eu estava me preparando para me tornar o Lorde Renoux. Straff é traiçoeiro e cruel, mesmo para um ser humano.

Vin suspirou, tirando as calças, em seguida entrou no vestido. Não era tão justo e lhe deixava bastante espaço para movimentar coxas e pernas. *Até aqui, tudo bem.*

A objeção de OreSeur era lógica. Uma das primeiras coisas que aprendera nas ruas foi evitar situações das quais fosse difícil fugir. Seu instinto rebelava-se contra a ideia de entrar no acampamento de Straff.

No entanto, Elend tomara sua decisão. E Vin entendia que precisava apoiá-lo. De fato, ela chegou até a concordar com a jogada. Straff queria intimidar a cidade inteira, mas não era tão ameaçador quanto pensava. Não enquanto precisasse se preocupar com Cett.

Vin já fora intimidada o suficiente na vida. De certa forma, o ataque de Straff às muralhas fez com que ela se sentisse mais determinada a manipulá-lo para seus próprios objetivos. Ir ao seu acampamento parecia um pouco maluco à primeira vista, mas quanto mais pensava naquilo, mais percebia que era a única maneira de conseguirem chegar a Straff. Ele precisava vê-los como fracos, precisava sentir que sua tática de coação funcionara. Esse era o único jeito de eles vencerem.

Isso significava fazer algo de que ela não gostava. Significava ficar cercada, entrar no covil do inimigo. Contudo, se Elend conseguisse sair do acampamento em segurança, levantaria o moral da cidade. Além disso, faria Ham e o restante da equipe confiar mais em Elend. Ninguém teria questionado a ideia de Kelsier de entrar no acampamento inimigo para negociar; de fato, eles provavelmente teriam esperado que ele voltasse das negociações tendo convencido Straff a capitular.

Só preciso garantir que ele volte em segurança, Vin pensou, ajeitando o vestido. *Straff pode exibir todos os músculos que quiser; não fará diferença se formos nós que direcionarmos os ataques dele.*

Ela assentiu para si mesma, alisando o vestido. Em seguida, saiu de trás do biombo, examinando-se no espelho. Embora o modista tenha obviamente costurado para manter uma forma tradicional, não tinha um formato totalmente triangular de sino; em vez disso, caía um pouco mais reto pelas coxas. Era aberto perto dos ombros — embora tivesse mangas justas e punhos amplos — e a cintura curvava-se e lhe dava uma boa margem de movimento.

Vin esticou-se um pouco, saltou, girou. Ficou surpresa com a leveza do vestido e como ela se movia bem nele. Claro, dificilmente saia alguma seria ideal para lutar, mas aquela era um avanço enorme nas criações volumosas que ela vestira em festas um ano antes.

— Então? — ela perguntou, rodopiando.

OreSeur ergueu uma sobrancelha canina.

— O quê?

— O que acha?

OreSeur inclinou a cabeça.

— Por que me pergunta?

— Porque eu me importo com suas opiniões — Vin respondeu.

— O vestido é muito bonito, senhora. Mas, para ser honesto, sempre achei esses trajes um pouco ridículos. Todo esse tecido e cores, isso não parece muito prático.

— Sim, eu sei — Vin falou, usando um par de presilhas de safira para prender os cabelos para trás, tirando um pouco do rosto. — Mas... bem, tinha me esquecido de como era divertido usar essas coisas.

— Não consigo ver por que seria, senhora.

— Isso é porque você é homem.

— Sou kandra.

— Mas você é um kandra macho.

— Como a senhora sabe? — OreSeur disse. — Não é muito fácil determinar o gênero do meu povo, pois nossas formas são fluidas.

Vin olhou para ele, erguendo uma sobrancelha.

— Dá para saber. — Em seguida, ela se voltou para o armário de joias. Ela não tinha muitas; embora a equipe tivesse entregado uma boa coleção de joias para ela durante seus dias como Valette, doara a maioria delas para Elend levantar fundos para vários projetos. No entanto, mantivera algumas de suas favoritas — como se soubesse que algum dia voltaria para um vestido.

Vou usar isso apenas desta vez, ela pensou. *Esta não sou eu.*

Ela prendeu um bracelete de safira. Como as presilhas, não tinha metal; as pedras eram encravadas em madeira maciça que se fechava com um fecho de madeira. Os únicos metais no seu corpo eram suas moedas, seu frasco de metal e o brinco único. Sugestão de Kelsier: mantenha um pedacinho de metal que possa *empurrar* em uma emergência.

— Senhora — OreSeur disse, puxando algo debaixo da cama com sua pata. Um pedaço de papel. — Isso caiu da caixa quando a senhora abriu. — Ele o pegou entre dois dos dedos surpreendentemente ágeis da pata e ergueu-o para ela.

Vin pegou o papel.

Lady Herdeira,

Cerzi o peito e o corpete mais justos para dar apoio, e cortei as saias para que não se erguessem, caso a senhora precise pular. Há fendas para frascos de metal em cada um dos punhos, bem como uma ondulação no corte do tecido para esconder uma adaga amarrada ao redor de cada antebraço. Espero que considere as alterações adequadas.

Feldeu, o Modista.

Ela baixou os olhos, observando os punhos. Eram grossos e largos, e a maneira como apontava para os lados formava esconderijos perfeitos. Embora as mangas fossem justas ao redor dos braços, os antebraços eram mais folgados, e ela conseguia ver onde as adagas poderiam ser amarradas.

— Parece que ele já fez vestidos para Nascidas da Bruma antes — OreSeur observou.

— Provavelmente — Vin falou. Ela foi até o espelho da penteadeira para se maquiar um pouco e encontrou vários potes de maquiagem ressecados. *Acho que faz um tempo que não faço isso também...*

— A que horas vamos, senhora? — OreSeur perguntou.

Vin fez uma pausa.

— Na verdade, OreSeur, não estava planejando levá-lo. Ainda pretendo manter seu disfarce dos demais aqui no palácio, e acredito que pareceria muito suspeito levar meu cão de estimação justo nessa viagem.

OreSeur ficou em silêncio por um momento.

— Ah — OreSeur disse, enfim. — Claro. Então, boa sorte, senhora.

Vin sentiu apenas uma pontinha de decepção; esperava que ele fosse se opor mais. Ela deixou as emoções de lado. Por que ela deveria culpá-lo? Fora ele que enfatizara, com razão, os perigos de ir até o acampamento.

OreSeur simplesmente deitou-se, descansando a cabeça nas patas enquanto observava Vin se maquiar.

— MAS, EL — HAM falou —, você deveria ao menos deixar que mandássemos você em nossa própria carruagem.

Elend sacudiu a cabeça, arrumando seu casaco enquanto se olhava no espelho.

— Isso exigiria mandar um cocheiro, Ham.

— Claro — Ham falou. — Que seria eu.

— Um homem não fará diferença para nos retirar daquele acampamento. E, quanto menos pessoas eu levar comigo, menos pessoas Vin e eu teremos para nos preocupar.

Ham balançou a cabeça.

— El, eu...

Elend pousou a mão no ombro de Ham.

— Obrigado pela preocupação, Ham. Mas eu consigo. Se há um homem neste mundo que posso manipular, é o meu pai. Sairei deixando-o com a sensação de que ele seguramente tem a cidade no bolso.

Ham suspirou.

— Está bem.

— Ah, outra coisa — Elend disse, hesitante.

— Sim?

— Se importaria de me chamar de Elend, em vez de apenas El?

Ham deu uma risadinha.

— Acho que isso será bem fácil.

Elend sorriu, grato. *Não é o que Tindwyl queria, mas é um começo. Pensaremos em "Vossa Majestade" depois.*

A porta abriu-se, e Dockson entrou.

— Elend — ele falou. — Acabou de chegar para você. — Ele ergueu uma folha de papel.

— Da Assembleia?

Dockson assentiu.

— Eles não estão felizes por você faltar na reunião desta noite.

— Bem, não posso mudar o compromisso com Straff só porque eles querem se reunir um dia antes do planejado — Elend falou. — Diga a eles que tentarei comparecer quando voltar.

Dockson assentiu com a cabeça, em seguida virou-se quando um som de farfalhar soou atrás dele. Ele abriu caminho, um olhar estranho no rosto, quando Vin chegou à entrada.

E ela estava usando um vestido — um lindo vestido de baile azul que era mais justo que os trajes comuns da corte. Os cabelos pretos brilhavam com um par de presilhas de safira, e parecia... diferente. Mais feminina... ou melhor, mais confiante em sua feminilidade.

Quanto ela mudou desde que eu a conheci, Elend pensou, sorrindo. Quase dois anos haviam passado. Na época, era uma jovenzinha, mas com experiências de vida de alguém muito mais velho. Agora era uma mulher muito perigosa, mas que erguia para ele olhos que eram ainda um pouco incertos, ainda um pouco inseguros.

— Linda — Elend sussurrou. Ela sorriu.

— Vin — Ham falou, virando-se. — Você está de vestido!

Vin corou.

— O que esperava, Ham? Que eu fosse me encontrar com o rei do Domínio do Norte de calças?

— Bem... — Ham disse. — Na verdade, sim.

Elend riu.

— Só porque *você* insiste em ir para qualquer lugar em roupas casuais, Ham, não significa que todo mundo faça isso. Honestamente, você não cansa desses coletes?

Ham deu de ombros.

— São fáceis. E simples.

— E frios — Vin falou, esfregando os braços. — Ainda bem que pedi algo com mangas.

— Agradeça pelo clima — Ham comentou. — Cada tremor que você sentir parecerá muito pior para os homens lá fora, naqueles exércitos.

Elend concordou. O inverno, tecnicamente, havia começado. Era provável que o clima não piorasse o suficiente para causar mais do que um leve desconforto — raramente nevava no Domínio Central —, mas as noites frias com certeza não melhorariam o moral.

— Bem, vamos embora — Vin falou. — Quanto antes terminarmos com isso, melhor.

Elend avançou, sorrindo, e pegou as mãos de Vin.

— Obrigado, Vin — ele disse baixinho. — E você está realmente linda. Se não fôssemos sair para a destruição quase certa, ficaria tentado a ordenar que se fizesse um baile à noite apenas para ter a oportunidade de exibir você.

Vin sorriu.

— A destruição quase certa é tão atraente assim?

— Acho que estou passando muito tempo com o grupo. — Ele se inclinou para beijá-la, mas ela gritou e saltou para trás.

— Levou quase uma hora para eu me maquiar direito — ela bronqueou. — Sem beijos!

Elend deu uma risadinha quando o capitão Demoux apareceu com a cabeça na entrada.

— Vossa Majestade, a carruagem chegou.

Elend olhou para Vin. Ela assentiu com a cabeça.

— Vamos — ele disse.

SENTADO DENTRO DA CARRUAGEM QUE Straff enviara para eles, Elend viu um grupo solene em pé sobre a muralha, observando-os se afastar. O sol estava quase se pondo.

Ele mandou que fôssemos à noite; teremos de sair depois que as brumas surgirem, Elend pensou. *Uma maneira astuta de enfatizar quanto poder ele tem sobre nós.*

Era o jeito do seu pai — um movimento, de certa forma, semelhante ao ataque às muralhas do dia anterior. Para Straff, tudo era uma questão de postura. Elend observara seu pai na corte; vira como ele manipulava até mesmo os obrigadores. Ao manter o contrato para supervisionar a mina de atium do Senhor Soberano, Straff Venture fez um jogo ainda mais perigoso que seus colegas nobres. E fez um jogo muito bom. Não contava que Kelsier jogaria o caos na mistura, mas quem contaria?

Desde o Colapso, Straff mantinha o reino mais estável e poderoso do Império Final. Era um homem ardiloso e cuidadoso, que sabia como planejar a longo prazo para conseguir o que queria. E esse era o homem que Elend precisava manipular.

— Parece preocupado — Vin disse. Ela estava diante dele na carruagem, sentada numa postura formal, de lady. Era como se trajar um vestido de alguma forma lhe conferisse novos hábitos e maneirismos. Ou apenas uma volta aos antigos — no passado tinha sido capaz de agir como uma nobre, bem o suficiente para enganar Elend. — Vamos ficar bem — ela disse. — Straff não vai te machucar... mesmo se as coisas derem errado, ele não ousará fazer de você um mártir.

— Ah, não estou preocupado com a minha segurança — Elend disse.

Vin ergueu uma sobrancelha.

— E por quê?

— Porque estou com você — ele falou com um sorriso. — Você vale por um exército, Vin.

Isso, no entanto, não pareceu consolá-la.

— Venha aqui — ele disse, afastando-se e acenando para que ela se sentasse ao seu lado.

Ela se levantou e atravessou a carruagem, mas parou, encarando-o.

— Maquiagem.

— Vou ser cuidadoso — Elend prometeu.

Ela assentiu, sentando-se e deixando que ele a envolvesse com o braço.

— Cuidado com os cabelos também — ela disse. — E seu casaco... não deixe manchar.

— Desde quando você ficou tão preocupada com a moda? — ele perguntou.

— É o vestido — Vin disse com um suspiro. — Assim que vesti, todas as lições de Sazed começaram a voltar.

— Eu gosto muito desse vestido em você — Elend falou.

Vin sacudiu a cabeça.

— Quê? — Elend perguntou quando a carruagem saltou, empurrando-a para um pouco mais perto dele. *Outro perfume novo*, ele pensou. *Ao menos um hábito que ela nunca abandonou.*

— Esta não sou eu, Elend — ela disse em voz baixa. — Este vestido, estes maneirismos. É tudo mentira.

Elend ficou em silêncio por um momento.

— Sem objeções? — Vin perguntou. — Todo mundo acha que estou falando besteira.

— Não sei — Elend disse honestamente. — Mudar de roupa fez com que *eu* me sentisse diferente, então o que você diz faz sentido. Se trajar vestidos faz você se sentir errada, então não tem que vesti-los. Quero você feliz, Vin.

Vin sorriu, erguendo os olhos para ele. Em seguida, ela se inclinou e o beijou.

— Pensei que você havia dito que não haveria beijo — ele brincou.

— Vindos de você — ela retrucou. — Eu sou uma Nascida da Bruma... somos mais precisos.

Elend sorriu, embora não se sentisse tão feliz. A conversa, no entanto, o distraía.

— Às vezes, me sinto desconfortável nestas roupas. Todos esperam muito mais de mim quando eu as visto. Esperam um rei.

— Quando estou de vestido — Vin falou —, eles esperam uma lady. Então ficam decepcionados quando, em vez disso, me encontram.

— Qualquer um que fique *desapontado* em encontrá-la é estúpido demais para ser relevante — Elend disse. — Não quero que você seja como elas, Vin. Não são honestas. Não ligam. Gosto de você como é.

— Tindwyl acha que posso ser as duas coisas — Vin disse. — Uma mulher e uma Nascida da Bruma.

— Tindwyl é sábia — Elend falou. — Um pouco brutal, mas sábia. Você deveria ouvi-la.

— Você acabou de dizer que gostava de mim como sou.

— E gosto. Mas eu gostaria de você *de qualquer jeito*, Vin. Eu te amo. A questão é: como você gosta de si mesma?

Aquilo a fez hesitar.

— Roupas não mudam um homem de verdade — Elend disse. — Mas mudam como os outros reagem a ele. Palavras de Tindwyl. Acredito... acredito que o truque esteja em convencer a si mesmo que *merece* as reações que recebe. Pode usar os vestidos da corte, Vin, mas faça deles algo seu. Não se preocupe em não dar aos outros o que querem. Dê a eles quem você é, e deixe que isso baste. — Ele fez uma pausa, sorrindo. — Foi o bastante para mim.

Ela sorriu de volta, em seguida recostou-se contra ele cuidadosamente.

— Está bem — ela disse. — Chega de insegurança por ora. Vamos recapitular. Me fale mais sobre o temperamento do seu pai.

— Ele é um perfeito nobre imperial. Implacável, inteligente e apaixonado pelo poder. Lembra a minha... experiência de quando eu tinha 13 anos?

Vin assentiu.

— Bem, meu pai gostava muito dos bordéis skaa. Acho que gostava de se sentir forte ao possuir uma garota, sabendo que seria morta pela paixão dele. Ele mantém várias dezenas de concubinas e, se elas não o agradam, são dispensadas.

Vin murmurou algo baixinho como resposta.

— Age da mesma forma com aliados políticos. Você não se aliava com a Casa Venture, você concordava em ser dominado pela Casa Venture. Se não estava disposto a ser nosso escravo, não tinha um acordo conosco.

Vin meneou a cabeça.

— Conheci alguns líderes de gangue assim.

— E como sobreviveu quando eles punham o olho em você?

— Agindo como se não fosse importante — Vin falou. — Rastejando no chão quando passavam e nunca dando motivo para eles me desafiarem. Exatamente o que você planeja fazer hoje à noite.

Elend assentiu.

— Cuidado — Vin alertou. — Não deixe Straff pensar que está zombando dele.

— Certo.

— E não prometa demais — Vin continuou. — Aja como se estivesse tentando parecer durão. Deixe que ele pense que está coagindo você a fazer o que ele quer... ele vai gostar disso.

— Vejo que teve experiências assim antes, não é?

— Até demais — Vin confirmou. — Mas eu já falei sobre elas.

Elend concordou. Planejaram e replanejaram o encontro. Agora ele simplesmente devia fazer o que a equipe lhe ensinara. *Fazer Straff pensar que somos fracos, insinuar que lhe daremos a cidade, mas apenas se ele nos ajudar com Cett antes.*

Lá fora, pela janela, Elend pôde ver que estavam se aproximando do exército de Straff. *Tão grande!*, ele pensou. *Onde o pai aprendera a administrar uma força como essa?*

Elend esperava, talvez, que a falta de experiência militar do pai se traduzisse em um exército mal gerenciado. Contudo, as tendas eram arranjadas em um padrão cuidadoso, e os soldados vestiam uniformes perfeitos. Vin moveu-se até a janela, olhando para fora com olhos ávidos, mostrando muito mais interesse do que uma nobre imperial teria ousado mostrar.

— Olhe — ela disse, apontando.

— O quê? — Elend perguntou.

— Um obrigador — Vin falou.

Elend olhou por sobre o ombro dela, vendo o antigo sacerdote imperial — a pele ao redor dos olhos tatuada com um padrão largo — trazer uma fila de soldados para fora de uma tenda.

— Então é isso. Está usando obrigadores para administrar.

Vin deu de ombros.

— Faz sentido. Eles sabem como controlar grandes grupos de pessoas.

— E como abastecê-los — Elend completou. — Sim, é uma boa ideia, mas ainda é surpreendente. Implica que ele ainda precisa de obrigadores... e que ainda se sujeita à autoridade do Senhor Soberano. A maioria dos outros reis livrou-se dos obrigadores assim que pôde.

Vin franziu o cenho.

— Pensei que você tinha dito que seu pai gosta de estar no poder.

— E gosta — Elend confirmou. — Mas também gosta de ferramentas poderosas. Sempre mantém um kandra e tem um histórico de associar-se com alomânticos perigosos. Acredita que pode controlá-los, e provavelmente tem a mesma crença sobre os obrigadores.

A carruagem diminuiu a velocidade e parou ao lado de uma grande tenda. Straff Venture surgiu um momento depois.

O pai de Elend sempre fora um homem grande, de aparência firme, com uma postura autoritária. A nova barba apenas realçava o efeito. Vestia um traje elegante, bem-cortado, como os trajes que tentara fazer Elend vestir quando garoto. Foi quando Elend começou a se vestir com desmazelo, os botões abertos, os casacos largos demais. Qualquer coisa que o diferenciasse do pai.

No entanto, a provocação de Elend nunca fora significativa. Ele irritava Straff, fazendo pequenas travessuras e fingindo-se de tolo quando sabia que podia se livrar dele. Nada daquilo importava.

Não até a noite final. Luthadel em chamas, a rebelião dos skaa saindo do controle, ameaçando derrubar a cidade inteira. Uma noite de caos e destruição, e Vin presa em algum lugar dentro daquela cidade.

Então, Elend enfrentou Straff Venture.

Não sou o mesmo garoto que você intimidava, pai. Vin apertou seu braço, e Elend desceu da carruagem quando o cocheiro abriu a porta. Straff esperou em silêncio, uma expressão estranha no rosto quando Elend ergueu a mão para ajudar Vin a desembarcar.

— Você veio — Straff disse.

— Parece surpreso, pai.

Straff sacudiu a cabeça.

— Vejo que é o mesmo grande idiota de sempre, garoto. Você está nas minhas mãos agora, eu poderia matá-lo com um simples aceno. — Ele ergueu o braço, como se fosse fazê-lo.

Agora é a hora, Elend pensou com o coração palpitante.

— *Sempre* estive nas suas mãos, pai — ele disse. — Poderia ter me matado meses atrás, poderia ter tomado minha cidade por simples capricho. Não vejo como minha vinda aqui muda alguma coisa.

Straff hesitou.

— Viemos para o jantar — Elend continuou. — Tinha a esperança de lhe dar a oportunidade de conhecer Vin e acreditava que pudéssemos discutir... assuntos de especial importância para você.

Straff franziu o cenho.

É isso, Elend pensou. *Se questione se eu tenho alguma oferta ainda por fazer. Você sabe que o primeiro homem a baixar seu jogo em geral perde.*

Straff não dispensaria uma oportunidade de ganhar — mesmo uma oportunidade mínima como aquela que Elend representava. Provavelmente pensava que não havia nada que Elend pudesse dizer que fosse de real importância. Mas como poderia ter certeza? O que tinha a perder?

— Vá e confirme com o meu *chef* que teremos três para jantar — Straff falou para um serviçal.

Elend soltou levemente o fôlego.

— Essa garota é a sua Nascida da Bruma, então? — Straff perguntou.

Elend confirmou com a cabeça.

— Uma graça — Straff falou. — Diga a ela para parar de *abrandar* minhas emoções.

Vin corou.

Straff meneou a cabeça na direção da tenda. Elend abriu caminho para Vin passar, embora ela olhasse por sobre o ombro, obviamente não gostando da ideia de dar as costas para Straff.

Um pouco tarde para isso..., Elend pensou.

A câmara da tenda era o que Elend teria esperado do seu pai: cheia de almofadas e mobiliário luxuoso, do qual Straff usaria realmente apenas uma pequena parte. Straff mobiliava para insinuar seu poder. Como as imensas fortalezas de Luthadel, o ambiente de um nobre era uma expressão de quanto ele era importante.

Vin esperou ao lado de Elend, em silêncio, tensa, no centro da sala.

— Ele é bom — ela sussurrou. — Fui o mais sutil que pude, e ainda assim ele notou meu toque.

Elend assentiu.

— Ele também é um Olho de Estanho — falou com voz normal. — Provavelmente está nos ouvindo neste momento.

Elend olhou para a porta. Straff entrou alguns momentos depois, sem dar indícios de ter ou não ouvido Vin. Um grupo de serviçais entrou em seguida, carregando uma grande mesa de jantar.

Vin inspirou com força. Os servos eram skaa — skaa imperiais, segundo a velha tradição. Eram esfarrapados, suas roupas feitas de aventais rasgados, e mostravam escoriações de um espancamento recente. Carregavam suas cargas com olhos baixos.

— Por que a reação, garota? — Straff perguntou. — Ah, sim. Você é skaa, não é... mesmo vestida com tanto esmero? Elend é muito bondoso. Eu nunca permitiria que você vestisse algo assim. — *Ou qualquer coisa*, seu tom insinuava.

Vin lançou um olhar para Straff, mas aproximou-se um pouco mais de Elend, agarrando seu braço. Novamente, as palavras de Straff eram apenas dissimulação; ele era cruel, mas apenas enquanto aquilo lhe servia. Queria deixar Vin desconfortável.

O que parecia estar conseguindo. Elend franziu a testa, baixando o olhar, e ele percebeu apenas um traço de sorriso astuto nos lábios dela.

Brisa havia me dito que Vin é mais sutil com sua Alomancia que a maioria dos Abrandadores, ele lembrou. *Meu pai é bom, mas para ele perceber seu toque...*

Ela permitiu, claro.

Elend olhou novamente para Straff, que bateu em um dos serviçais skaa enquanto eles se retiravam.

— Espero que nenhum deles seja parente seu — Straff dirigiu-se a Vin. — Não têm sido muito diligentes nos últimos tempos. Talvez eu devesse executar alguns.

— Não sou mais skaa — Vin falou baixo. — Sou uma nobre.

Straff apenas riu. Já havia descartado Vin como ameaça. Sabia que era uma Nascida da Bruma, devia ter ouvido que ela era poderosa, e ainda assim presumia que ela era fraca e irrelevante.

Ela é boa nisso, Elend pensou, surpreso. Os serviçais começaram a trazer um banquete que era impressionante, considerando as circunstâncias. Enquanto esperaram, Straff virou-se para um assistente.

— Mande Hoselle entrar — ele ordenou. — E diga para ser rápida.

Ele parece menos reservado do que eu me lembrava, Elend pensou. Nos tempos do Senhor Soberano, um nobre era formal e inibido em público, embora muitos se entregassem a extravagâncias na vida privada. Dançavam e conversavam trivialidades no baile, por exemplo, mas desfrutavam das prostitutas e das bebedeiras apenas de madrugada.

— Por que a barba, pai? — Elend perguntou. — Pelo que soube, não estão na moda.

— Eu dito a moda agora, garoto — Straff disse. — Sente-se.

Vin aguardou respeitosamente, Elend percebeu, até que ele estivesse sentado antes de tomar seu lugar. Ela conseguia manter um ar quase assustadiço: olhava Straff nos olhos, mas sempre se contorcia como reflexo, como se parte dela quisesse virar o rosto.

— Agora — Straff começou —, diga-me por que estão aqui.

— Pensei que fosse óbvio, pai — Elend falou. — Estou aqui para discutir nossa aliança.

Straff ergueu uma sobrancelha.

— Aliança? Nós dois concordamos que sua vida é minha. Não vejo necessidade em me aliar a você.

— Talvez — Elend respondeu. — Mas há outros fatores em jogo aqui. Suponho que não estivesse esperando a chegada de Cett.

— Cett é uma preocupação menor — Straff falou, voltando a atenção ao jantar: grandes fatias de carne malpassada. Vin franziu o nariz, embora Elend não pudesse dizer se era parte da atuação ou não.

Elend cortou seu filé.

— Um homem com um exército quase tão grande quanto o dele dificilmente será uma preocupação "menor", pai.

Straff deu de ombros.

— Não será problema para mim quando eu tiver as muralhas da cidade. Vai entregá-las para mim como parte de nossa aliança, suponho eu.

— E convidar Cett a atacar a cidade? — Elend falou. — Sim, juntos, você e eu poderíamos resistir a ele, mas por que ficar na defensiva? Por que permitir que enfraqueça nossas fortificações e, possivelmente, continue este cerco até nossos exércitos morrerem de fome? Precisamos *atacá-lo*, pai.

Straff bufou.

— Acha que preciso de sua ajuda para atacá-lo?

— Precisa, se quiser vencê-lo com alguma medida de garantia de sucesso — Elend falou. — Podemos pegá-lo facilmente juntos, mas nunca sozinhos. Precisamos um do outro. Vamos atacar, você liderando seus exércitos, eu liderando os meus.

— Por que está tão ansioso? — Straff perguntou, estreitando os olhos.

— Porque quero provar algo — Elend falou. — Veja, nós dois sabemos que você tomará Luthadel de mim. Mas, se avançarmos juntos contra Cett primeiro, parecerá que eu *quis* me aliar a você desde o início. Serei capaz de lhe entregar a cidade sem parecer um bufão completo. Poderei alegar que trouxe meu pai para dentro das muralhas para nos ajudar contra o exército que eu sabia estar se aproximando. Entrego a cidade a você e em seguida me torno novamente seu herdeiro. Nós dois conseguiremos o que queremos. Mas *apenas* quando Cett estiver morto.

Straff fez uma pausa, e Elend podia ver que suas palavras estavam surtindo efeito. *Sim*, ele pensou. *Pense que sou o mesmo garoto que você deixou para trás — excêntrico, ansioso para resistir a você por razões tolas. E livrar a cara é uma coisa bem típica dos Venture.*

— Não — Straff falou.

Elend teve um sobressalto.

— Não — Straff falou novamente, voltando-se para seu prato. — Não vamos fazer nada disso, garoto. Eu decidirei quando, ou mesmo *se*, atacarei Cett.

Deveria ter funcionado!, Elend refletiu. Examinou Straff, tentando descobrir o que estava errado. Havia uma leve hesitação em seu pai.

Preciso de mais informações, ele pensou. Olhou para o lado, para onde Vin estava sentada, girando algo levemente na mão. O garfo. Ela fitou os olhos dele, então deu um leve toque no talher.

Metal, Elend pensou. *Boa ideia.* Ele olhou para Straff.

— Você veio pelo atium — ele disse. — Não precisa conquistar minha cidade para consegui-lo.

Straff inclinou-se para a frente.

— Por que você não gastou o metal?

— Nada atrai tubarões mais rápido que sangue fresco, pai — Elend disse. — Gastar grandes quantidades de atium apenas teria indicado que eu o tinha... uma ideia ruim, considerando o esforço que fizemos para abafar esses rumores.

Houve uma movimentação repentina diante da tenda, e logo uma jovem agitada entrou. Trajava um vestido de baile vermelho e tinha os cabelos pretos para trás num rabo de cavalo longo, leve. Tinha, talvez, uns 15 anos.

— Hoselle — Straff falou, apontando para a cadeira próxima à dele.

A garota assentiu, obediente, correndo para sentar-se ao lado de Straff. Ela estava maquiada e o vestido era decotado. Elend tinha poucas dúvidas quanto ao seu relacionamento com Straff.

Straff sorriu e mastigou sua comida, calma e educadamente. A garota parecia um pouco com Vin — o mesmo rosto amendoado, cabelos pretos parecidos, feições finas e constituição delgada. Era uma declaração. *Eu consigo uma exatamente como a sua, só que mais jovem e mais bonita*. Mais dissimulação.

Nesse momento — naquele sorriso forçado nos olhos de Straff —, Elend lembrou-se mais do que nunca por que odiava seu pai.

— Talvez *possamos* fazer um acordo, garoto — Straff falou. — Entregue o atium para mim, e eu cuidarei de Cett.

— Trazê-lo até você levará tempo — Elend falou.

— Por quê? — Straff quis saber. — Atium é leve.

— Temos muito.

— Não tanto que não possa pôr numa carroça e mandá-lo para cá — Straff disse.

— É mais complicado que isso — Elend disse.

— Não acho que seja — Straff comentou, sorrindo. — Você apenas não quer entregá-lo para mim.

Elend franziu o cenho.

— Não temos atium — Vin sussurrou.

Straff virou-se.

— Nunca o encontramos — ela disse. — Kelsier derrubou o Senhor Soberano apenas para poder ficar com o atium. Mas nunca conseguimos encontrar o paradeiro do metal. Provavelmente nunca esteve na cidade.

Não esperava por isso... Elend pensou. Claro, Vin tendia a fazer as coisas por instinto, como diziam que Kelsier fazia. Todo o planejamento do mundo poderia ir por água abaixo com Vin por perto, mas o que ela fazia, em geral, era muito melhor.

Straff parou por um instante. Parecia acreditar em Vin.

— Então, vocês não têm nada mesmo a me oferecer.

Preciso parecer fraco, Elend lembrou. *Preciso que ele pense que pode tomar a cidade a qualquer momento, mas também que não vale a pena agir agora.* Ele começou a tamborilar na mesa com o dedo indicador, tentando parecer nervoso. *Se Straff achar que não temos atium... então será menos provável que arrisque atacar a cidade. Menos lucro. Por isso Vin disse aquilo.*

— Vin não sabe o que está falando — Elend falou. — Mantive o atium escondido, mesmo dela. Tenho certeza de que podemos arranjar algo, pai.

— Não — Straff disse, agora soando divertido. — Você *realmente* não está com ele. Zane disse... mas, bem, eu não acreditei.

Straff sacudiu a cabeça, voltando para o prato. A garota ao lado não comia; ficou sentada, em silêncio, como o ornamento que se esperava que fosse. Straff tomou um grande gole do vinho, em seguida deu um suspiro satisfeito. Olhou para sua concubina jovenzinha.

— Saia — ele disse.

Ela obedeceu imediatamente à ordem.

— Você também — Straff falou para Vin.

Vin ficou levemente tensa e olhou para Elend.

— Tudo bem — ele falou devagar.

Ela hesitou, então assentiu. Straff representava pouco perigo para Elend, e ela era uma Nascida da Bruma. Se algo desse errado, poderia tirar Elend dali rapidamente. E, se ela saísse, isso faria o que eles queriam — Elend pareceria menos poderoso. Numa posição melhor para negociar com Straff.

Assim esperavam.

— Esperarei do lado de fora — Vin falou baixinho, retirando-se.

Ele não era um simples soldado. Era uma força de liderança — um homem que o próprio destino parecia apoiar.

27

— MUITO BEM — DISSE Straff, baixando o garfo. — Sejamos honestos, garoto. Estou muito perto de simplesmente mandar matá-lo.

— Executaria seu único filho? — Elend perguntou.

Straff deu de ombros.

— Você precisa de mim — Elend continuou. — Para ajudar a combater Cett. Pode me matar, mas não ganharia nada. Ainda teria que tomar Luthadel à força, e Cett seria capaz de atacá-lo, e derrotá-lo, no seu estado enfraquecido.

Straff sorriu, cruzando os braços, inclinando-se para a frente de forma a agigantar-se sobre a mesa.

— Você está equivocado sobre as duas coisas, garoto. Primeiro, acho que se eu o matasse, o próximo líder de Luthadel seria mais flexível. Tenho certos negócios na cidade que indicam que isso é verdade. Segundo, não preciso de sua ajuda para combater Cett. Ele e eu já temos um trato.

Elend fez uma pausa.

— O quê?

— O que você acha que fiquei fazendo nessas últimas semanas? Sentado e esperando seus caprichos? Cett e eu trocamos gentilezas. Ele não está interessado na cidade, quer apenas o atium. Concordamos em dividir o que descobrirmos em Luthadel, em seguida trabalhar juntos para conquistar o restante do Império Final. Ele conquista o oeste e o norte, eu sigo para leste e sul. Um homem muito maleável, este Cett.

Ele está blefando, Elend pensou com certeza razoável. Não era o estilo de Straff; não faria uma aliança com alguém tão próximo dele em força. Straff temia demais uma traição.

— Acha que eu acreditaria nisso? — Elend falou.

— Acredite no que quiser — Straff retrucou.

— E o exército de koloss que está marchando para cá? — Elend quis saber, jogando um de seus trunfos.

Isso fez Straff hesitar.

— Se quiser tomar Luthadel antes que os koloss cheguem aqui, pai — Elend falou —, acredito que talvez queira ser um pouco mais maleável com o homem que está aqui, oferecendo tudo que você deseja. Peço apenas uma coisa: deixe-me ter uma vitória. Deixe-me combater Cett, garantir meu legado. *Então* poderá tomar a cidade.

Straff pensou, pensou tanto tempo que Elend ousou achar que talvez tivesse vencido. Mas, em seguida, Straff sacudiu a cabeça.

— Não, acho que não. Arriscarei com Cett. Não sei por que ele deseja me deixar com Luthadel, mas não parece ligar muito para ela.

— E você liga? — Elend perguntou. — Sabe que não temos atium. O quanto a cidade importa para você agora?

Straff inclinou-se um pouco mais para a frente. Elend conseguiu sentir o cheiro do seu hálito, forte pelos temperos do jantar.

— Aí é que você se engana sobre mim, garoto. Por isso, mesmo que você fosse capaz de me prometer aquele atium, nunca seria capaz de sair deste acampamento esta noite. Cometi um erro um ano atrás. Se eu tivesse ficado em Luthadel, eu teria subido ao trono. Em vez disso, você subiu. Não consigo imaginar por que... talvez seja porque um Venture fraco ainda era melhor que as outras opções.

Straff era tudo que Elend odiava no antigo império. Presunçoso. Cruel. Arrogante.

Fraqueza, Elend pensou, acalmando-se. *Não posso ser ameaçador.* Ele deu de ombros.

— É apenas uma cidade, pai. Na minha posição, não tem metade da importância do seu exército.

— É mais que uma cidade — Straff disse. — É a cidade do Senhor Soberano, e meu lar está nela. Minha fortaleza. Creio que você a esteja usando como seu palácio.

— Realmente, não tinha outro lugar para ir.

Straff virou-se para seu prato.

— Certo — ele disse ao cortar pedaços da carne —, primeiro, pensei que você era idiota em vir hoje à noite, mas agora não tenho tanta certeza. Você deve ter visto o inevitável.

— Você é mais forte — Elend falou. — Não posso enfrentá-lo.

Straff assentiu.

— Você me impressionou, garoto. Vestindo roupas adequadas, conseguindo uma concubina Nascida da Bruma, mantendo o controle da cidade. Vou deixar você viver.

— Obrigado — Elend falou.

— E, em troca, você me dará Luthadel.

— Assim que Cett estiver derrotado.

Straff riu.

— Não, não é assim que as coisas funcionam, garoto. Não estamos negociando. Você está ouvindo as minhas ordens. Amanhã vamos cavalgar juntos até a cidade, e você ordenará que os portões sejam abertos. Marcharei com meu exército e tomarei o comando, e Luthadel será a nova capital do meu reino. Se concordar e fizer o que digo, eu o nomearei herdeiro novamente.

— Não podemos fazer isso — Elend disse. — Dei ordens para que os portões não fossem abertos para você, não importa a circunstância.

Straff hesitou.

— Meus conselheiros pensaram que você poderia tentar usar Vin como refém, forçando-me a renunciar à cidade — Elend explicou. — Se formos juntos, vão presumir que você está me ameaçando.

O humor de Straff piorou.

— Melhor esperar que eles não pensem nisso.

— Eles vão — Elend afirmou. — Conheço aqueles homens, pai. Estão ansiosos para ter uma desculpa para tomar a cidade de mim.

— Então, por que veio?

— Para fazer o que eu disse — Elend falou. — Negociar uma aliança contra Cett. Posso lhe entregar Luthadel, mas ainda preciso de tempo. Vamos derrubar Cett primeiro.

Straff agarrou a faca de jantar pelo cabo e fincou-a na mesa.

— Eu já disse que isso não é uma negociação! Você não faz exigências, garoto. Eu posso mandar te matar!

— Estou apenas apresentando os fatos, pai — Elend falou rapidamente. — Não quero...

— Você afinou — Straff constatou com olhos estreitos. — O que você espera conseguir com este joguinho? Vir ao meu acampamento sem nada a oferecer... — Ele fez uma pausa, então continuou. — Nada a oferecer exceto aquela garota. Ela é uma beleza.

Elend enrubesceu.

— Isso não vai fazer com que você entre na cidade. Lembre, meus conselheiros pensaram que você poderia tentar ameaçá-la.

— Ótimo — Straff disse, brusco. — Você vai morrer, e eu vou tomar a cidade à força.

— E Cett atacará você por trás — Elend disse. — Encurralando-o contra as muralhas e forçando com que lute cercado.

— Ele teria perdas imensas — Straff falou. — Não seria capaz de tomar a cidade e mantê-la depois disso.

— Mesmo com forças menores, ele teria uma chance melhor de tomá-la de nós do que se esperasse e tentasse tomá-la de você depois.

Straff levantou-se.

— Terei que arriscar. Já deixei você para trás antes. Não vou deixar você solto de novo, garoto. Aqueles malditos skaa tinham que ter me livrado de você, matando-o.

Elend levantou-se também. Contudo, podia ver a determinação nos olhos de Straff.

Não está funcionando, Elend pensou, sentindo o pânico invadi-lo. Esse plano era uma aposta, mas ele não pensara de fato que perderia. Na verdade, jogara bem suas cartas. Mas algo estava errado, algo que ele não previra e ainda não entendia. Por que Straff resistia tanto?

Sou novo demais nisso, Elend pensou. Ironicamente, se tivesse deixado seu pai treiná-lo melhor quando criança, poderia saber o que fizera de errado. De certo modo, ele de repente percebeu a gravidade da situação. Cercado por um exército hostil. Separado de Vin.

Ele iria morrer.

— Espere! — Elend disse, em desespero.

— Ah — Straff disse, sorrindo. — Finalmente percebeu no que se meteu?

Havia um prazer no sorriso de Straff. Avidez. Sempre houve algo em Straff que o fazia deliciar-se em ferir os outros, embora Elend raramente tivesse sofrido com isso. O decoro sempre estivera lá para impedir Straff.

Decoro imposto pelo Senhor Soberano. Naquele momento, Elend via a matança nos olhos de seu pai.

— Você nunca teve a intenção de me deixar viver — Elend falou. — Mesmo que eu tivesse trazido atium, mesmo se eu fosse com você até a cidade.

— Você morreu no momento em que decidiu vir até aqui — Straff falou. — Garoto idiota. Mas agradeço por me trazer a garota. Vou pegá-la esta noite. Veremos se ela vai gritar meu nome ou o seu enquanto eu estiver...

Elend riu.

Era um riso desesperado, um riso pela situação ridícula em que ele se enfiou, um riso de preocupação e medo repentinos, mas, acima de tudo, era um riso pela ideia de Straff tentar forçar Vin a fazer algo com ele.

— Não tem ideia de como isso soa estúpido — Elend retrucou.

Straff ruborizou.

— Por isso, garoto, serei ainda mais duro com ela.

— Você é um porco, pai — Elend falou. — Um homem doente, nojento. Pensou que era um líder brilhante, mas mal é competente. Quase destruiu a nossa casa, mas foi somente a morte do Senhor Soberano que te salvou!

Straff chamou os guardas.

— Pode tomar Luthadel — Elend continuou —, mas vai perdê-la! Posso ter sido um rei ruim, mas você será terrível. O Senhor Soberano era um tirano, mas também era um gênio. Você não é nem uma coisa nem outra. É apenas um homem egoísta que acabará com os recursos dele e terminará morto com uma punhalada nas costas.

Straff apontou para Elend quando os soldados entraram às pressas. Elend não se encolheu. Crescera com aquele homem, fora criado por ele, torturado por ele. E, apesar de tudo, Elend nunca falou o que pensava. Rebelava-se com a timidez pequena de um adolescente, mas nunca falara a verdade.

Sentiu-se bem. Sentiu-se correto.

Talvez bancar o fraco com Straff fora um erro. Ele sempre gostara de esmagar coisas.

E, de repente, Elend sabia o que precisava fazer. Sorriu, fitando os olhos de Straff.

— Me mate, pai — ele disse —, e morrerá também.

— ME MATE, PAI — Elend disse —, e morrerá também.

Vin estacou. Estava do lado de fora da tenda, na escuridão do início da noite. Estava com os soldados de Straff, mas eles correram ao comando dele. Ela se moveu na escuridão e agora estava em pé, no lado norte da tenda, observando as sombras movendo-se lá dentro.

Ela estava prestes a invadir. Elend não estava indo muito bem — não que fosse um mau negociador. Era apenas honesto demais por natureza. Não era difícil dizer quando estava blefando, especialmente se você o conhecia bem.

Mas essa nova proclamação era diferente. Não era um sinal de Elend tentando ser esperto, nem era uma explosão raivosa como a que ocorrera momentos antes. De repente, parecia calmo e contundente.

Vin esperou em silêncio, as adagas em punho, tensa nas brumas diante da tenda reluzente. Algo lhe dissera que precisava dar a Elend mais alguns momentos.

Straff riu da ameaça de Elend.

— Você é um tolo, pai — Elend disse. — Acha que vim até aqui negociar? Acha que eu negociaria por espontânea vontade com alguém como você? Pensei que me conhecesse melhor. Sabe que eu nunca me submeti a você.

— Então, por quê? — Straff perguntou.

Ela quase podia ouvir o sorriso de Elend.

— Vim para me aproximar de você, pai... e trazer minha Nascida da Bruma ao coração do seu acampamento.

Silêncio.

Por fim, Straff gargalhou.

— Está me ameaçando com aquele fiapo de menina? Se essa for a grande Nascida da Bruma de Luthadel da qual ouvi falar, estou seriamente decepcionado.

— É porque ela quer que você sinta isso — Elend falou. — Pense, pai. Você estava desconfiado, e a garota confirmou essas suspeitas. Mas, se ela é tão boa quanto os rumores dizem... e eu sei que você ouviu os rumores... então como você distinguiu o toque nas suas emoções?

"Você a flagrou o *abrandando* e pediu a ela que parasse. Em seguida, não sentiu mais o toque dela, portanto supôs que ela ficou amedrontada. Mas, depois disso, você começou a se sentir confiante. Confortável. Dispensou Vin como ameaça, mas algum homem em sã consciência desprezaria uma Nascida da Bruma, por menor ou mais quieta que fosse? De fato, é de pensar que os pequenos e quietos seriam os assassinos aos quais iria querer prestar *mais* atenção."

Vin sorriu. *Esperto*, ela pensou. Ela estendeu seus poderes, *tumultuando* as emoções de Straff, queimando metal e atiçando sua raiva. Ele engasgou em choque repentino. *Pegue a dica, Elend.*

— Medo — Elend falou.

Ela *abrandou* a raiva de Straff e trocou-a pelo medo.

— Paixão.

Ela atendeu.

— Calma.

Ela abrandou tudo. Dentro da tenda, ela viu a sombra de Straff em pé, empertigada. Um alomântico não podia forçar uma pessoa a fazer qualquer coisa — e, em geral, *empurrões* e *puxões* fortes em emoções eram menos eficazes, pois alertavam o alvo de que algo estava errado. Neste caso, contudo, Vin queria que Straff soubesse que ela estava observando.

Ela sorriu, extinguindo seu estanho. Em seguida, queimou duralumínio e abrandou as emoções de Straff com uma pressão explosiva, varrendo toda a capacidade de sentir de dentro dele. Sua sombra cambaleou sob o ataque.

Um momento depois, seu latão acabou, e ela acionou o estanho novamente, observando as manchas pretas na lona.

— Ela é poderosa, pai — Elend disse. — É mais poderosa que qualquer alomântico que já conheceu. Assassinou o Senhor Soberano. Foi treinada pelo Sobrevivente de Hathsin. E se você me matar, *ela o matará*.

Straff endireitou-se, e a tenda ficou em silêncio de novo.

Um passo soou. Vin girou, esquivando-se e erguendo sua adaga.

Uma figura familiar estava em pé nas brumas.

— Por que eu nunca consigo surpreendê-la? — Zane perguntou em voz baixa.

Vin deu de ombros e virou-se para a tenda, mas se postou de forma que pudesse manter um olho em Zane também. Ele se aproximou e agachou-se ao lado dela, observando as sombras.

— Essa é uma ameaça inútil — Straff finalmente disse lá dentro. — Você estará morto, mesmo que sua Nascida da Bruma me pegue.

— Ah, pai — Elend falou. — Eu estava errado sobre seu interesse em Luthadel. No entanto, você também estava errado sobre mim... *sempre* esteve errado sobre mim. Não me importa se eu morrer, não se isso trouxer segurança ao meu povo.

— Cett tomará a cidade se eu não estiver mais aqui — Straff disse.

— Acho que meu povo poderá impedi-lo — Elend retrucou. — Afinal, ele tem o exército menor.

— Isso é uma idiotice! — Straff respondeu ríspido. No entanto, não ordenou que os soldados avançassem mais.

— Mate-me e morrerá também — Elend falou. — E não apenas você. Seus generais. Capitães. Até seus obrigadores. Ela tem ordens para massacrar vocês todos.

Zane deu um passo para mais perto de Vin, seu pé estalando levemente na grama amassada que forrava o chão do acampamento.

— Ah — ele sussurrou —, esperto. Não importa o quanto seu oponente seja forte, ele não pode atacá-lo se você tiver uma faca na sua garganta.

Zane inclinou-se ainda mais perto, e Vin olhou para ele, seus rostos a centímetros um do outro. Ele sacudiu a cabeça nas brisas suaves.

— Mas, me diga uma coisa... por que as pessoas como você e eu sempre precisam ser as facas?

Dentro da tenda, Straff ficava cada vez mais preocupado.

— Ninguém é tão poderoso, garoto — ele falou —, nem mesmo uma Nascida da Bruma. Ela poderia ser capaz de matar alguns dos meus generais, mas nunca chegaria até mim. Tenho meu próprio Nascido da Bruma.

— Ah? — Elend falou. — E por que ele não a matou? Por que está com medo de atacar? Se você me matar, pai... se fizer um simples *movimento* na direção da minha cidade... então ela começará o massacre. Homens morrerão como prisioneiros diante das fontes em um dia de execução.

— Pensei que você havia dito que ele estava acima desse tipo de coisa — Zane sussurrou. — Afirmou que não era sua ferramenta. Disse que ele não a usaria como assassina...

Vin se mexeu, desconfortável.

— Ele está blefando, Zane — ela falou. — Ele nunca faria algo desse tipo.

— Ela é uma alomântica como nunca se viu, pai — Elend falou, a voz abafada pela tenda. — Eu a vi lutando com outros alomânticos, nenhum deles sequer a tocou.

— É verdade? — Zane perguntou.

Vin fez uma pausa. Elend nunca a vira atacar outros alomânticos.

— Ele me viu atacar alguns soldados no passado, e eu lhe contei sobre minha lutas com outros alomânticos.

— Ah — Zane falou suavemente. — Então é apenas uma mentirinha. Sem problema, quando se é rei. Como muitas coisas. Explorar uma pessoa para salvar um reino inteiro? Que líder não pagaria esse preço baixo? Sua liberdade em troca da vitória dele.

— Ele não está me usando — Vin respondeu.

Zane levantou-se. Vin virou-se de leve, observando cuidadosamente enquanto ele caminhava para dentro das brumas, para longe das tendas, das tochas e dos soldados. Ele parou, ficando a uma curta distância, olhando para cima. Mesmo com a luz de tendas e fogueiras, o acampamento foi tomado pelas brumas. Elas rodopiavam ao redor deles. De dentro delas, a luz das tochas e fogueiras parecia insignificante. Como carvão se apagando.

— O que é isso para *ele*? — Zane disse baixo, agitando a mão ao seu redor. — Algum dia conseguirá entender as brumas? Conseguirá entender você?

— Ele me ama — Vin falou, olhando para as formas sombreadas. Eles ficaram quietos por um momento. Straff obviamente estava considerando as ameaças de Elend.

— Ele te *ama*? — Zane falou. — Ou ele ama *ter* você?

— Elend não é assim — Vin retrucou. — É um bom homem.

— Bom ou não, você não é como ele — Zane falou, sua voz ecoando na noite aos ouvidos de Vin aguçados pelo estanho. — Ele pode entender o que é ser um de nós? Pode saber das coisas que sabemos, se importar com as coisas que amamos? Ele já viu isso? — Zane apontou para cima, na direção do céu. Bem além das brumas, as luzes brilhavam no céu como pequenas pintinhas. Estrelas invisíveis aos olhos normais. Apenas uma pessoa queimando estanho conseguia atravessar as brumas e vê-las brilhar.

Ela se lembrou da primeira vez que Kelsier as mostrara para ela. Lembrou-se de como ficou perplexa com o fato de as estrelas terem estado lá desde o início, invisíveis além das brumas...

Zane continuou a apontar para cima.

— Senhor Soberano! — Vin sussurrou, dando um pequeno passo para longe da tenda. Através das brumas rodopiantes, à luz refletida da tenda, ela conseguiu ver algo no braço de Zane.

A pele era coberta com riscos finos e brancos. Cicatrizes.

Zane imediatamente abaixou o braço, escondendo a pele marcada com a manga da camisa.

— Você esteve nos Fossos de Hathsin — Vin disse em voz baixa. — Como Kelsier.

Zane virou o rosto.

— Sinto muito — Vin falou.

Zane virou-se de volta, sorrindo para a noite. Era um sorriso firme, confiante. Ele avançou.

— Eu entendo você, Vin.

Ele se curvou levemente para ela e saltou, desaparecendo nas brumas. Dentro da tenda, Straff falou com Elend.

— Vá embora. Saia do meu acampamento.

A CARRUAGEM AFASTOU-SE. STRAFF FICOU em pé fora da tenda, sem se importar com as brumas, ainda sentindo-se um pouco aturdido.

Eu o deixei ir. Por que o deixei ir?

Ainda assim — mesmo naquele momento — ele conseguia sentir o toque dela sobrepujando-o. Uma emoção após a outra, como um redemoinho traiçoeiro dentro dele e, em seguida... nada. Como uma imensa mão agarrando sua alma e espremendo-a até uma sujeição dolorosa. Aquilo parecia com a ideia que tinha de morte.

Nenhum alomântico podia ser tão poderoso.

Zane a respeita, Straff pensou. *E todos dizem que ela matou o Senhor Soberano. Aquela coisinha. Não pode ser.*

Parecia impossível. E, aparentemente, era simplesmente como ela queria parecer.

Tudo estava indo bem. As informações fornecidas pelo espião kandra de Zane eram precisas: Elend *tentou* fazer uma aliança. O que era assustador sobre isso era que Straff poderia ter concordado com aquilo, supondo que Elend era irrelevante, se o espião não tivesse enviado o alerta.

Mesmo assim, Elend o derrotara. Straff estava *preparado* para sua fraqueza fingida, e ainda assim caiu.

Ela é tão poderosa...

Uma figura de preto saiu das brumas e caminhou até Straff.

— Parece que viu um fantasma, pai — Zane falou com um sorriso. — O seu próprio, talvez?

— Tinha mais alguém lá fora, Zane? — Straff perguntou, abalado demais para respostas astutas naquele momento. — Mais dois Nascidos da Bruma, talvez, ajudando-a?

Zane sacudiu a cabeça.

— Não. Ela é forte mesmo. — Ele se virou para voltar às brumas.

— Zane! — Straff falou bruscamente, fazendo o outro parar. — Vamos mudar os planos. Quero que a mate.

Zane virou-se.

— Mas...

— Ela é perigosa demais. Além disso, agora temos a informação que queríamos dela. Eles não têm atium.

— Acredita neles? — Zane questionou.

Straff hesitou. Depois de ter sido tão profundamente manipulado naquela noite, não confiaria em mais nada que acreditava saber.

— Não — ele concluiu. — Mas encontraremos outra maneira. Quero aquela garota *morta*, Zane.

— Então, vamos atacar a cidade de verdade?

Straff quase deu a ordem de imediato, ordenando que seus exércitos preparassem um ataque matutino. O ataque preliminar correra bem, mostrando que as defesas pouco impressionavam. Straff poderia tomar a muralha, em seguida usá-la contra Cett.

No entanto, as palavras finais de Elend antes de partir naquela noite fizeram-no parar. *Envie seus exércitos contra a minha cidade, pai*, o garoto disse, *e morrerá. Sentiu o poder dela, sabe o que ela pode fazer. Pode tentar se esconder, pode até mesmo conquistar minha cidade.*

Mas ela vai encontrá-lo. E vai matá-lo.

Sua única opção é esperar. Eu entro em contato quando os meus exércitos estiverem preparados para atacar Cett. Atacaremos juntos, como eu disse mais cedo.

Straff não poderia depender daquilo. O garoto havia mudado, de alguma forma estava mais forte. Se Straff e Elend atacassem juntos, Straff não tinha dúvida alguma da rapidez com a qual seria traído. Mas não poderia atacar Luthadel enquanto aquela garota estivesse viva. Não após conhecer sua força, ter sentido o toque dela em suas emoções.

— Não — ele finalmente respondeu à pergunta de Zane. — Não atacaremos. Não até você matá-la.

— Isso pode ser mais difícil do que você faz parecer, pai — Zane falou. — Precisarei de ajuda.

— Que tipo de ajuda?

— Uma equipe de assalto. Alomânticos que não possam ser rastreados.

Zane estava falando de um grupo específico. A maioria dos alomânticos era fácil de identificar por conta de suas linhagens nobres. No entanto, Straff tinha acesso a recursos especiais. Havia um motivo pelo qual tinha tantas concubinas — dezenas e dezenas delas. Alguns pensavam que ele era apenas lascivo.

Não era por isso. Mais concubinas significavam mais filhos. E mais filhos, vindos de uma linhagem nobre como a dele, significavam mais alomânticos. Ele gerou apenas um Nascido da Bruma, mas havia vários Brumosos.

— Será providenciado — Straff respondeu.

— Talvez eles não sobrevivam ao encontro, pai — Zane alertou, ainda em meio às brumas.

Aquela sensação terrível voltou. A sensação de vazio, a certeza horrível de que outro alguém tinha o controle total e completo sobre suas emoções. Ninguém devia ter tanto poder sobre ele. Em especial, Elend.

Ele deveria estar morto. Ele veio até mim. E eu o deixei ir embora.

— Livre-se dela — Straff disse. — Faça o que precisar, Zane. Qualquer coisa.

Zane assentiu, então se afastou com um caminhar vaidoso.

Straff voltou à tenda e mandou chamar Hoselle outra vez. Ela se parecia bastante com a garota de Elend. Faria bem para ele se lembrar de que, na maior parte do tempo, ele realmente estava no controle.

ELEND RECOSTOU-SE NA CARRUAGEM, UM pouco surpreso. *Ainda estou vivo!*, ele pensou com um entusiasmo crescente. *Eu consegui! Convenci Straff a deixar a cidade em paz.*

Por um tempo, ao menos. A segurança de Luthadel dependia de Straff permanecer assustado com Vin. Mas... bem, qualquer vitória era enorme para Elend. Ele não havia falhado com seu povo. Era o rei, e seu plano — por mais maluco que pudesse ter sido — havia funcionado. A pequena coroa em sua cabeça de repente não parecia tão pesada como antes.

Vin estava sentada diante dele. Não parecia nem de perto tão feliz quanto poderia estar.

— Conseguimos, Vin! — Elend falou. — Não foi como planejamos, mas funcionou. Straff não ousará atacar a cidade por ora.

Vin concordou com a cabeça, em silêncio.

Elend franziu o cenho.

— Hum, é por sua causa que a cidade ficará em segurança. Sabe disso, não é? Se não estivesse lá... bem, claro, se não fosse por você, o Império Final inteiro ainda estaria escravizado.

— Porque matei o Senhor Soberano — ela disse baixinho.

Elend assentiu.

— Mas foi o plano de *Kelsier*... as habilidades da gangue, a força de vontade do povo... que libertaram o império. Eu apenas segurei a faca.

— Você faz parecer como algo trivial, Vin — ele falou. — Não é! Você é uma alomântica fantástica. Ham diz que não consegue mais vencê-la nem mesmo em uma luta *injusta*, e tem mantido o palácio livre de assassinos. Não há ninguém como você em todo o Império Final.

Estranhamente, as palavras dele fizeram-na se encolher um pouco mais longe. Ela se virou, observando a janela, seus olhos encaravam as brumas.

— Obrigada — ela disse suavemente.

Elend franziu a testa. *Toda vez que começo a pensar que entendi o que está se passando na sua cabeça...* Ele se aproximou, passando o braço ao redor dela.

— Vin, o que houve?

Ela ficou em silêncio, em seguida sacudiu a cabeça, forçando um sorriso.

— Não é nada, Elend. Você tem razão em ficar empolgado. Foi brilhante lá dentro. Duvido que mesmo Kelsier tivesse conseguido manipular Straff com tanta perfeição.

Elend sorriu e puxou-a para perto, impaciente enquanto a carruagem seguia para a cidade escura. As folhas do Portão de Estanho abriram-se com hesitação, e Elend viu um grupo de homens em pé no pátio. Ham segurava um lampião alto no meio das brumas.

Elend não esperou a carruagem parar. Abriu a porta e saltou antes de ela estacionar. Seus amigos começaram a sorrir, ansiosos. Os portões fecharam-se com um estrondo.

— Funcionou? — Ham perguntou, hesitante, quando Elend se aproximou. — Conseguiu?

— Mais ou menos — Elend falou com um sorriso, apertando as mãos de Ham, Brisa, Dockson e, finalmente, Fantasma. Até OreSeur, o kandra, estava lá. Ele caminhou até a carruagem, esperando Vin. — O estratagema inicial não foi tão bem... meu pai não engoliu a aliança. Mas, então, eu disse que o mataria!

— Espere aí. Isso foi uma boa ideia? — Ham perguntou.

— Esquecemos um dos nossos maiores recursos, meus amigos — Elend falou enquanto Vin desceu da carruagem. O rei virou-se, acenando a mão na direção dela. — Temos uma arma maior do que tudo de que eles dispõem! Straff esperava que eu fosse implorar e estava pronto para controlar a situação. No entanto, quando mencionei o que aconteceria com ele e seu exército se a raiva de Vin fosse despertada...

— Meu caro — Brisa falou. — Você entrou no acampamento do rei mais forte do Império Final e o *ameaçou*?

— Sim!

— Brilhante!

— Eu sei! — Elend respondeu. — Disse ao meu pai que ele me *deixaria* sair do acampamento e que *deixaria* Luthadel em paz, do contrário Vin o mataria e cada general do seu exército. — Ele passou o braço ao redor de Vin. Ela sorriu para o grupo, mas ele podia dizer que algo a perturbava.

Ela não acha que fiz um bom trabalho, Elend percebeu. *Viu uma forma melhor de manipular Straff, mas não quer estragar meu entusiasmo.*

— Bem, acho que não precisaremos de um rei novo — Fantasma falou com um sorriso. — Eu meio que estava ansioso para assumir o trabalho...

Elend gargalhou.

— Não pretendo deixar meu posto vago por algum tempo ainda. Vamos deixar que o povo saiba que Straff foi intimidado, mesmo que temporariamente. Isso levantará um pouco o moral. Em seguida, lidaremos com a Assembleia. Com sorte, eles aprovarão a deliberação da reunião com Cett, como fizeram com Straff.

— Podemos comemorar no palácio? — Brisa perguntou. — Por mais que eu goste das brumas, duvido que o pátio seja um lugar apropriado para discutir essas questões.

Elend deu um tapinha nas costas dele e assentiu. Ham e Dockson juntaram-se a ele e Vin, enquanto os outros levaram a carruagem na qual tinham vindo. Elend olhou para Dockson com estranhamento quando ele embarcou na carruagem. Normalmente, o homem teria escolhido outro veículo, um em que Elend não estivesse.

— Honestamente, Elend — Ham falou quando se acomodou no banco. — Estou impressionado. Já estava pensando que teria de enviar um ataque surpresa àquele acampamento para trazer você de volta.

Elend sorriu, encarando Dockson, que se sentou quando a carruagem começou a se mover. Ele abriu sua bolsa e tirou um envelope selado. Ele ergueu a cabeça e encontrou os olhos de Elend.

— Isso veio dos membros da Assembleia para o senhor pouco tempo atrás, Vossa Majestade.

Elend hesitou. Em seguida, pegou o envelope e quebrou o selo.

— O que é?

— Não sei bem — Dockson respondeu. — Mas... já comecei a ouvir rumores.

Vin inclinou-se, lendo por sobre o braço de Elend enquanto ele passava os olhos pela folha. Na carta, se lia:

Vossa Majestade,

Esta nota serve para informá-lo que, por maioria dos votos, a Assembleia decidiu invocar a cláusula de desconfiança da constituição. Apreciamos seus esforços em nome da cidade, mas a situação atual exige um tipo de liderança diferente daquela que Vossa Majestade pode proporcionar. Tomamos essa medida sem hostilidade, apenas com resignação. Não vemos alternativa e precisamos agir pelo bem de Luthadel.

Lamentamos por termos de informá-lo por meio desta carta.

Estava assinado por todos os 23 membros da Assembleia. Elend baixou o papel, em choque.

— O que foi? — Ham perguntou.

— Acabo de ser deposto — Elend falou baixinho.

FIM DA SEGUNDA PARTE

TERCEIRA PARTE

REI

Ele deixou ruínas no seu rastro, mas elas foram esquecidas. Criou reinos, e então os destruiu quando refez o mundo.

28

— DEIXE-ME VER SE ENTENDI corretamente — Tindwyl falou, calma e educada, ainda que um tanto austera e desaprovadora. — Existe uma cláusula no código legal do reino que permite à Assembleia derrubar o rei?

Elend esmoreceu levemente.

— Sim.

— *E você mesmo escreveu essa lei?* — Tindwyl inquiriu.

— Grande parte dela — Elend admitiu.

— Você criou na sua própria lei uma maneira para que pudesse ser deposto? — Tindwyl reformulou. O conjunto — aqueles que se encontravam nas carruagens, mais Trevo, Tindwyl e capitão Demoux — estava no gabinete de Elend. O grupo era tão grande que alguns ficaram sem cadeiras, e Vin sentou-se em silêncio de lado, numa pilha de livros de Elend, depois de trocar as roupas rapidamente por calças e camisa. Tindwyl e Elend estavam em pé, mas o restante estava sentado — Brisa empertigado, Ham relaxado e Fantasma tentando equilibrar sua cadeira enquanto ele a apoiava nas duas pernas traseiras.

— Pus essa cláusula intencionalmente — Elend falou. Estava em pé na frente do recinto, com um braço encostado no vidro da imensa janela de vitral, olhando para seus pedaços escuros lá em cima. — Esta terra definhou nas mãos de um soberano opressor por mil anos. Durante esse tempo, filósofos e pensadores sonharam com um governo no qual um mau governante pudesse ser deposto sem derramamento de sangue. Tomei este trono por meio de uma série única e imprevisível de acontecimentos, e não achei correto impor unilateralmente minha vontade — ou a vontade dos meus descendentes — ao meu povo. Queria começar um governo cujos monarcas fossem responsáveis perante seus súditos.

Às vezes, ele fala como esses livros que lê, Vin pensou. *Não como um homem normal... mas como palavras numa página.*

As palavras de Zane voltaram até ela, parecendo sussurrar na mente. *Você não é como ele*. Ela deixou o pensamento de lado.

— Com todo respeito, Vossa Majestade — Tindwyl disse —, isso deve ter sido uma das coisas mais estúpidas que já vi um líder fazer.

— Foi para o bem do reino — Elend retrucou.

— Foi pura idiotice — Tindwyl disse com rispidez. — Um rei não se sujeita aos caprichos de outro órgão de governo. É valioso para seu povo porque é uma autoridade absoluta!

Poucas vezes Vin vira Elend tão aflito, e ela se encolheu um pouco com a tristeza em seus olhos. No entanto, uma parte diferente dela, rebelde, estava feliz. Ele não era mais rei. Agora, talvez as pessoas não trabalhassem tanto para matá-lo. Talvez ele pudesse simplesmente ser Elend outra vez, e eles pudessem ir embora. Para outro lugar. Um lugar onde as coisas não fossem tão complicadas.

— Independentemente disso — Dockson falou para o gabinete silencioso —, algo precisa ser feito. Discutir a prudência de decisões já passadas é de pouca relevância agora.

— Concordo — Ham disse. — Então, a Assembleia tentou chutar você. O que faremos sobre isso?

— Obviamente não podemos deixar que eles o façam — Brisa falou. — Ora, o povo depôs um governante o ano passado! É um mau hábito a se incutir, creio eu.

— Precisamos preparar uma resposta, Vossa Majestade — Dockson tomou a palavra. — Algo que denuncie essa manobra enganosa, feita enquanto estava negociando pela segurança da cidade. Agora, olhando para trás, é óbvio que eles organizaram essa reunião para que o senhor *não pudesse* estar presente e se defender.

Elend assentiu com a cabeça, ainda olhando para o vidro escuro.

— Provavelmente não será mais necessário me chamar de Vossa Majestade, Dox.

— Bobagem — Tindwyl falou, com os braços cruzados ao lado de uma estante de livros. — Você ainda é rei.

— Eu perdi os poderes sobre o povo — Elend falou.

— Sim — Trevo disse —, mas ainda tem poder sobre meus exércitos. Isso faz com que você continue rei, não importa o que a Assembleia diga.

— Exatamente — Tindwyl falou. — Deixando de lado as leis estúpidas, ainda está numa posição de poder. Precisamos fortalecer a lei marcial, restringir a movimentação dentro da cidade. Tomar o controle dos pontos principais e isolar os membros da Assembleia para que seus inimigos não possam insurgir contra você.

— Meus homens estarão nas ruas antes do amanhecer — Trevo confirmou.

— Não — Elend falou em voz baixa.

Houve uma pausa.

— Vossa Majestade? — Dockson questionou. — É realmente o melhor plano. Não podemos deixar que essa facção contra o senhor ganhe força.

— Não é uma facção, Dox — Elend falou. — São os representantes eleitos da Assembleia.

— Uma Assembleia formada por você, meu caro — Brisa falou. — Eles têm poder porque *você* lhes deu poder.

— A lei lhes dá poderes, Brisa — Elend falou. — E todos nós somos sujeitos a ela.

— Bobagem — Tindwyl interrompeu. — Como rei, você é a lei. Assim que protegermos a cidade, você pode convocar a Assembleia e explicar aos membros que precisa do apoio deles. Aqueles que discordarem podem ser detidos até a crise terminar.

— Não — Elend falou, um pouco mais firme. — Não faremos nada disso.

— Então, o quê? — Ham perguntou. — Você está desistindo?

— Não estou desistindo, Ham — Elend falou, virando-se para encarar o grupo. — Mas não vou usar os exércitos da cidade para pressionar a Assembleia.

— Vai perder seu trono — Brisa disse.

— Seja razoável, Elend — Ham falou, assentindo.

— *Não* serei uma exceção às minhas próprias leis! — Elend respondeu.

— Não seja tolo — Tindwyl falou. — Você deveria...

— Tindwyl — Elend interrompeu —, reaja às minhas ideias como quiser, mas não me chame de tolo de novo. Não serei diminuído por expressar minha opinião!

Tindwyl fez uma pausa, a boca parcialmente aberta. Em seguida, apertou os lábios e tomou um assento. Vin sentiu um agito silencioso de satisfação. *Você o treinou, Tindwyl,* ela pensou, sorrindo. *Pode reclamar se ele a desafiar?*

Elend avançou, pousando as mãos na mesa enquanto observava o grupo.

— Sim, vamos reagir. Dox, escreva uma carta informando a Assembleia sobre nosso agravo e sentimentos de traição, comente sobre nosso sucesso com Straff e enfatize o sentimento de culpa deles o máximo que puder. O restante de nós começará a planejar. Vamos reaver o trono. Como já comentado, eu conheço a lei. Eu a escrevi. Há maneiras de lidar com isso. Essas maneiras, entretanto, *não* incluirão enviar nossos exércitos para proteger a cidade. Não serei como os tiranos que querem tomar Luthadel de nós! Não forçarei o povo a cumprir o meu desejo, mesmo que eu saiba ser o melhor para ele.

— Vossa Majestade — Tindwyl falou com cuidado —, não há nada de imoral em garantir seu poder durante um período de caos. As pessoas reagem irracionalmente durante esses tempos. Esse é um dos motivos pelos quais precisamos de uma liderança forte. Eles precisam de você.

— Apenas se me quiserem, Tindwyl — Elend falou.

— Perdoe-me, Vossa Majestade — Tindwyl falou —, mas essa declaração me parece um tanto ingênua.

Elend sorriu.

— Talvez seja. Pode mudar minhas roupas e minha postura, mas não pode mudar a alma do homem que sou. Farei o que considero correto, e isso inclui deixar a Assembleia me depor, se essa for sua escolha.

Tindwyl franziu o cenho.

— E se não conseguir retomar seu trono pelos meios legais?

— Então, aceitarei o fato — Elend falou. — E, de qualquer forma, farei o melhor para ajudar o reino.

Tudo isso para acabar fugindo, Vin pensou. No entanto, ela não conseguiu evitar o sorriso. Parte daquilo que ela amava em Elend era sua sinceridade. Seu amor puro pelo povo de Luthadel — sua determinação em fazer o que era correto para ele — era o que o diferenciava de Kelsier. Mesmo no martírio, Kelsier mostrara uma pontada de arrogância. Sacrificou-se com a certeza de que seria lembrado como poucos homens sobre a terra conseguiram.

Mas, para Elend, governar o Domínio Central não era uma questão de fama ou glória. Pela primeira vez, de forma plena e honesta, ela decidiu uma coisa. Elend era um rei muito melhor do que Kelsier jamais seria.

— Não... não sei ao certo o que pensar sobre essa experiência, senhora — uma voz sussurrou ao lado dela. Vin fez uma pausa, olhando para baixo quando percebeu que havia começado a acariciar levemente as orelhas de OreSeur.

Assustada, ela encolheu a mão de uma vez.

— Desculpe — ela disse.

OreSeur deu de ombros, descansando a cabeça nas patas.

— Então, você disse que há uma maneira legal de reaver o trono — Ham confirmou. — Como faremos isso?

— A Assembleia tem um mês para escolher um novo rei — Elend disse. — Nada na lei diz que o novo rei não pode ser o mesmo que era. E se eles não puderem chegar a uma decisão majoritária até o prazo, o trono se reverte para mim por no mínimo um ano.

— Complicado — Ham falou, coçando o queixo.

— O que esperava? — Brisa falou. — É a lei.

— Não quis dizer a lei em si — Ham falou. — Quis dizer que levar a Assembleia a escolher Elend ou não escolher ninguém. Em primeiro lugar, eles não o teriam deposto se não tivessem outra pessoa em mente para o trono.

— Não necessariamente — Dockson falou. — Talvez simplesmente quisessem dar um alerta.

— Talvez — Elend falou. — Senhores, acho que isso é um sinal. Estive ignorando a Assembleia... pensamos que já estava bemencaminhada, pois a fiz assinar a proposta que me deu o direito de negociação. No entanto, nunca percebemos que uma maneira fácil para eles contornarem a proposta era escolher um novo rei, em seguida *obrigá-lo* a fazer o que desejassem.

Ele suspirou, balançando a cabeça.

— Tenho que admitir, nunca fui muito bom em lidar com a Assembleia. Eles não me veem como um rei, mas como um colega e, por isso, podem facilmente se ver tomando o meu lugar. Aposto que um dos membros da Assembleia convenceu os outros a colocá-lo no trono.

— Então, temos que simplesmente fazê-lo desaparecer — Ham disse. — Tenho certeza de que Vin poderia...

Elend franziu o cenho.

— Estou brincando, El — Ham desconversou.

— Sabe, Ham — Brisa observou. — A única coisa engraçada em suas piadas é a forma como elas conseguem não ter graça nenhuma.

— Você diz isso apenas porque em geral elas são sobre você.

Brisa revirou os olhos.

— Sabe — OreSeur murmurou baixinho, obviamente contando com o estanho de Vin para ouvi-lo —, parece que essas reuniões seriam mais produtivas se alguém se esquecesse de convidar esses dois.

Vin sorriu.

— Eles não são *tão* maus assim — ela sussurrou.

OreSeur olhou para ela.

— Tudo bem — Vin concordou. — Eles nos distraem um pouco.

— Eu poderia comer um deles, se desejasse — OreSeur disse. — Talvez acelerasse as coisas.

Vin ergueu uma sobrancelha.

OreSeur tinha um estranho sorriso nos lábios.

— Humor kandra, senhora. Desculpe. Podemos ser um pouco sinistros.

Vin sorriu.

— De qualquer forma, o gosto deles provavelmente não seria muito bom. A gordura de Ham é fibrosa demais, e você não gostaria de saber o tipo de coisa que Brisa passa o tempo comendo.

— Não sei — OreSeur disse. — Não à toa, Ham significa presunto. Quanto ao outro... — Ele acenou com a cabeça para a taça de vinho na mão de Brisa. — Ele parece gostar bastante de se marinar.

Elend estava fuçando as pilhas de livros, puxando vários volumes pertinentes sobre legislação — inclusive o livro da lei de Luthadel que ele mesmo havia escrito.

— Vossa Majestade — Tindwyl falou, enfatizando o termo. — Você tem dois exércitos na soleira da porta e um grupo de koloss a caminho do Domínio Central. Acredita honestamente que temos tempo para uma batalha legal prolongada agora?

Elend baixou os livros e puxou sua cadeira para a mesa.

— Tindwyl — ele começou —, temos dois exércitos na minha soleira, koloss a caminho para pressioná-los, e eu sou o principal obstáculo que impede os líderes desta cidade de entregarem o reino para um dos invasores. Pensa honestamente que é uma coincidência essa minha deposição *agora*?

Vários membros da equipe ficaram interessados na conversa, e Vin inclinou a cabeça.

— Acha que um dos invasores pode estar por trás disso? — Ham perguntou, coçando o queixo.

— O que você faria se fosse eles? — Elend falou, abrindo um livro. — Não pode atacar a cidade, porque isso lhe custaria muitas tropas. O cerco já dura semanas, suas tropas estão ficando com frio, e os homens que Dockson contratou já estão atacando suas barcaças de suprimento nos canais, ameaçando seu estoque de comida. Além disso, você sabe que uma grande tropa de koloss está marchando para cá... e, bem, isso faz sentido. Se os espiões de Straff e Cett são tão bons assim, eles saberão que a Assembleia estava prestes a capitular e entregar a cidade quando aquele primeiro exército chegou. Assassinos falharam em me matar, mas se houvesse outra maneira de me retirar do trono...

— Sim — Brisa falou. — Isso parece algo que Cett faria. Voltar a Assembleia contra você, botar um simpatizante no trono e fazer com que ele abra os portões.

Elend assentiu.

— E meu pai pareceu hesitante em se unir a mim nesta noite, como se sentisse que tinha outra maneira de tomar a cidade. Não posso saber se outro monarca está atrás desse movimento, Tindwyl, mas certamente não podemos ignorar a possibilidade. Isso não é uma distração, faz parte da mesma tática de cerco contra as quais estamos lutando desde que aqueles exércitos chegaram. Se eu puder voltar ao trono, Straff e Cett saberão que sou o único com quem eles podem trabalhar, e isso, espero, os deixará mais propensos a se juntar a mim em desespero, especialmente quando aqueles koloss se aproximarem.

Com isso, Elend começou a procurar numa pilha de livros. Sua depressão parecia estar diminuindo diante desse novo problema acadêmico.

— Deve haver algumas outras cláusulas pertinentes na lei — ele murmurou. — Preciso estudar um pouco. Fantasma, convidou Sazed para esta reunião?

Fantasma deu de ombros.

— Não consegui acordá-lo.

— Ele está se recuperando da viagem — Tindwyl falou, deixando de observar os estudos de Elend e seus livros. — É um problema dos Guardadores.

— Precisa preencher uma das mentes de metal? — Ham perguntou.

Tindwyl fez uma pausa, sua expressão obscurecida.

— Ele explicou isso para vocês, então?

Ham e Brisa assentiram.

— Entendo — Tindwyl falou. — Mesmo assim, ele não poderia ajudar com este problema, Vossa Majestade. Eu lhe dou alguma ajuda na área governamental porque minha obrigação é ensinar os líderes sobre conhecimento do passado. No entanto, Guardadores viajantes como Sazed não tomam partido em questões políticas.

— Questões políticas? — Brisa perguntou baixinho. — Quer dizer, talvez, a derrubada do Império Final?

Tindwyl fechou a boca, os lábios mais finos.

— Não deviam encorajá-lo a quebrar seus votos — ela disse, por fim. — Se fossem seus amigos, veriam que isso é real, acredito eu.

— Ah? — Brisa disse, apontando para ela com sua taça de vinho. — Pessoalmente acho que vocês estão apenas constrangidos pelo fato de ele tê-los desobedecido e, no fim das contas, ter libertado o seu povo.

Tindwyl lançou um olhar indiferente para Brisa, seus olhos apertados, a postura rígida. Eles ficaram assim por um bom momento.

— Mexa com as minhas emoções o quanto quiser, Abrandador — Tindwyl falou. — Meus sentimentos são apenas meus. Não terá sucesso por aqui.

Brisa finalmente se voltou à sua bebida, murmurando algo sobre "malditos terrisanos".

Elend, no entanto, não estava prestando atenção à querela, tinha quatro livros abertos na mesa diante dele, e folheava um quinto. Vin sorriu, lembrando-se dos dias — não tão distantes — quando seu cortejo a ela frequentemente envolvia ficar sentado em uma poltrona próxima e abrir um livro.

Ele é o mesmo homem, ela pensou. *E essa alma, esse homem, é quem amei antes de saber que eu era uma Nascida da Bruma. Ele me amou mesmo depois de ter descoberto que eu era uma ladra e pensou que eu estava tentando roubá-lo. Preciso me lembrar disso.*

— Vamos — ela sussurrou para OreSeur, erguendo-se enquanto Brisa e Ham entravam em outra discussão. Ela precisava de tempo para pensar, e as brumas ainda estavam frescas.

SERIA MUITO MAIS FÁCIL SE *eu não fosse tão habilidoso*, Elend pensou, divertindo-se, fuçando nos livros. *Eu montei essa lei bem demais.*

Ele seguiu uma passagem específica com o dedo, relendo enquanto o grupo afastava-se lentamente. Não conseguia lembrar se os havia dispensado ou não. Tindwyl provavelmente o censuraria por aquilo.

Aqui, ele pensou, batendo na página. *Eu poderia ter razões para reivindicar uma nova votação se algum dos membros da Assembleia chegasse tarde à reunião, ou fizessem sua votação à revelia.* O voto para depô-lo precisava ser unânime — exceto, claro, pelo rei sendo deposto.

Ele fez uma pausa, observando a movimentação. Tindwyl era a única que ainda permanecia na sala com ele. Ele ergueu os olhos dos livros com resignação. É provável que eu mereça o que vem...

— Peço perdão por tratá-lo com desrespeito, Vossa Majestade — ela disse.

Elend franziu a testa. *Não esperava por essa.*

— Tenho o hábito de tratar as pessoas como crianças — Tindwyl confessou. — É algo de que eu não deveria me orgulhar, creio eu.

— Isso é... — Elend fez uma pausa. Tindwyl o ensinara a nunca justificar as falhas alheias. Ele podia aceitar as falhas das pessoas, até mesmo perdoá-

-las, mas se amenizasse os problemas, elas nunca mudariam. — Aceito suas desculpas — ele disse.

— Aprendeu rápido, Vossa Majestade.

— Não tive muita escolha — Elend respondeu com um sorriso. — Claro, não mudei rápido o bastante para a Assembleia.

— Como deixou isso acontecer? — ela perguntou em voz baixa. — Mesmo considerando nossa desavença sobre como um governo deve ser conduzido, pensei que esses membros da Assembleia seriam seus apoiadores. Você lhes deu poderes.

— Eu os ignorei, Tindwyl. Homens poderosos, amigos ou não, nunca gostam de ser ignorados.

Ela assentiu com a cabeça.

— Mas talvez devêssemos parar para destacar seus sucessos em vez de simplesmente nos concentrarmos nas falhas. Vin me disse que sua reunião com seu pai correu bem.

Elend sorriu.

— Deixamos meu pai assustado a ponto de se submeter. Foi muito bom fazer algo assim com Straff. Mas acho que devo ter ofendido Vin de alguma forma.

Tindwyl ergueu uma sobrancelha.

Elend baixou o livro, inclinando-se para a frente com os braços na mesa.

— Estava com um humor estranho na volta. Mal consegui fazê-la falar comigo. Não tenho certeza do que aconteceu.

— Talvez ela apenas estivesse cansada.

— Não estou convencido de que Vin *fique* cansada — Elend falou. — Ela sempre está em movimento, sempre fazendo alguma coisa. Às vezes, fico preocupado que ela me ache preguiçoso. Talvez seja por isso... — Ele parou de falar, em seguida balançou a cabeça.

— Ela não acha que você é preguiçoso, Vossa Majestade — Tindwyl confirmou. — Ela se recusou a casar com você porque não acha que é digna de Vossa Majestade.

— Que bobagem — Elend falou. — Vin é uma Nascida da Bruma, Tindwyl. Ela sabe que vale mais que dez homens como eu.

Tindwyl ergueu uma sobrancelha.

— Entende muito pouco sobre as mulheres, Elend Venture, especialmente sobre mulheres jovens. Para elas, sua competência tem pouquíssimo a ver, por mais que pareça surpreendente, com a maneira que elas se sentem sobre si mesmas. Vin é insegura. Não acredita que mereça estar com você. Não é tanto por achar que não mereça você pessoalmente, é mais por não estar convencida de que mereça ser feliz. Ela teve uma vida muito confusa, difícil.

— Como tem tanta certeza?

— Criei uma boa quantidade de filhas, Vossa Majestade — Tindwyl revelou. — Sei muito bem do que estou falando.

— Filhas? — Elend perguntou. — Você tem filhos?

— Claro.

— Eu pensei... — Os terrisanos que ele conhecera eram eunucos, como Sazed. O mesmo não poderia ser verdade para uma mulher como Tindwyl, claro, mas supôs que os programas de procriação do Senhor Soberano a teriam afetado de alguma forma.

— Independentemente disso — Tindwyl falou, breve —, precisa tomar algumas decisões, Vossa Majestade. Seu relacionamento com Vin será difícil. Ela tem algumas questões que trarão mais problemas do que o senhor encontraria numa mulher mais convencional.

— Já discutimos isso — Elend retrucou. — Não estou buscando uma mulher mais "convencional". Amo Vin.

— Não estou insinuando que não deva — Tindwyl falou com calma. — Apenas estou dando instruções, conforme solicitado. Precisa decidir o quanto deixará que a garota e seu relacionamento com ela o distraiam.

— O que a faz pensar que estou distraído?

Tindwyl franziu a testa.

— Perguntei sobre o acontecido com o Lorde Venture nesta noite, e tudo que você quis falar foi sobre como Vin estava durante a volta para casa.

Elend hesitou.

— O que é mais importante para você, Vossa Majestade? — Tindwyl perguntou. — O amor da garota ou o bem do seu povo?

— Não vou responder a uma pergunta como essa — Elend disse.

— No fim das contas, talvez não tenha escolha — Tindwyl falou. — É uma questão que, mais cedo ou mais tarde, a maioria dos reis enfrenta, temo eu.

— Não — Elend disse. — Não há motivo para eu não poder amar Vin e proteger meu povo. Estudei muitos dilemas hipotéticos para ficar preso numa armadilha como essa.

Tindwyl deu de ombros, erguendo-se.

— Acredite no que quiser, Vossa Majestade. No entanto, eu já vejo um dilema, e acho que não é tão hipotético assim.

Ela curvou a cabeça levemente, em reverência, e retirou-se em seguida do gabinete, deixando-o com seus livros.

Havia outras provas que ligavam Alendi ao Herói das Eras. Coisas menores, que apenas alguém treinado nas histórias da Antecipação teria percebido. A marca de nascença no braço. A maneira como seu cabelo ficou grisalho quando mal tinha 25 anos de idade. O jeito de falar, o jeito como ele tratava as pessoas, o jeito de governar. Ele simplesmente parecia se encaixar.

29

— DIGA-ME, SENHORA — ORESEUR disse, deitando preguiçosamente a cabeça nas patas. — Estou convivendo com humanos há alguns anos. Tinha a impressão de que precisavam regularmente de sono. Acho que eu estava errado.

Vin sentou-se numa saliência de pedra no alto da muralha, uma perna contra o peito, a outra balançando ao lado da muralha. As torres da Fortaleza Hasting eram sombras escuras nas brumas à direita e à esquerda.

— Eu durmo — ela disse.

— Às vezes. — OreSeur deu um bocejo longo, esticando a língua para fora. Estaria ele adotando maneiras mais caninas?

Vin deu as costas para o kandra, olhando para leste, para a adormecida cidade de Luthadel. Havia uma fogueira à distância, uma luz crescente que era grande demais para ser feita por mãos humanas. A alvorada havia chegado. Outra noite havia passado, e quase uma semana antes ela e Elend visitavam o exército de Straff. Zane ainda não havia aparecido.

— Está queimando peltre, não é? — OreSeur perguntou. — Para se manter acordada?

Vin assentiu. Sob um queimar leve de peltre, sua fadiga era apenas uma chateação mínima. Conseguia senti-la lá no fundo, se procurasse bastante, mas ela não a dominava. Seus sentidos estavam aguçados; seu corpo, forte. Nem mesmo o frio da noite lhe incomodava. Porém, no momento em que extinguisse o peltre, sentiria a exaustão com toda a força.

— Isso não pode ser saudável, senhora — OreSeur constatou. — A senhora mal dorme três ou quatro horas por dia. Ninguém, Nascido da Bruma, humano ou kandra, consegue sobreviver com uma rotina dessas por muito tempo.

Vin baixou a cabeça. Como poderia explicar aquela estranha insônia? Já deveria ter superado aquilo; não precisava mais temer os outros membros do grupo ao seu redor. E, ainda assim, não importava o quanto estivesse exausta, ficava cada vez mais difícil pegar no sono. Como poderia dormir com aquelas batidas baixas ao longe?

Por algum motivo, pareciam ter ficado mais próximas. Ou simplesmente mais fortes? *Ouço os batimentos lá de cima, os pulsares das montanhas...* Palavras do diário.

Como poderia dormir, sabendo que o espírito a observava das brumas, sinistro e odioso? Como poderia dormir quando exércitos ameaçavam matar seus amigos, quando o reino de Elend havia sido tomado dele, quando tudo que ela pensava conhecer e amar estava ficando confuso e obscuro?

...quando finalmente me deito, perco o sono. Os mesmos pensamentos que me perturbam durante o dia apenas aumentam com o silêncio da noite...

OreSeur bocejou de novo.

— Ele não vem, senhora.

Vin virou-se, franzindo o cenho.

— Como assim?

— Este é o último lugar onde lutou com Zane — OreSeur disse. — Está esperando que ele venha.

Vin fez uma pausa.

— Um treino não seria nada mau — ela disse, por fim.

A luz continuou a aumentar no leste, lentamente fazendo as brumas reluzirem. Elas persistiam, no entanto, hesitantes em esvanecer diante do sol.

— A senhora não deveria deixar que este homem a influenciasse tanto, senhora — OreSeur comentou. — Não acho que ele seja a pessoa que a senhora acredita que é.

Vin fez uma careta.

— Ele é meu inimigo. No que mais eu acreditaria?

— A senhora não o trata como inimigo, senhora.

— Bem, ele não atacou Elend — Vin falou. — Talvez Zane não esteja totalmente sob o controle de Straff.

OreSeur deitou-se em silêncio, a cabeça nas patas. Em seguida, ele tirou os olhos dela.

— O que foi? — Vin perguntou.

— Nada, senhora. Acreditarei, conforme fui instruído.

— Ah, não — Vin falou, tirando os olhos do diário para olhá-lo. — Essa desculpa de novo, não. No que estava pensando?

OreSeur suspirou.

— Eu estava pensando, senhora, que sua fixação por esse Zane é desconcertante.

— Fixação? — Vin perguntou. — Estou apenas de olho nele. Não gosto de ter outro Nascido da Bruma, inimigo ou não, vagando pela minha cidade. Quem sabe o que ele poderia aprontar?

OreSeur franziu a testa, mas não disse nada.

— OreSeur — Vin falou —, se você tem coisas a dizer, diga!

— Desculpe, senhora — OreSeur falou. — Não estou acostumado a conversar com meus mestres, muito menos de forma honesta.

— Tudo bem. Apenas diga o que está pensando.

— Bem, senhora — OreSeur falou, erguendo a cabeça da pata. — Não gosto desse Zane.

— O que sabe sobre ele?

— Nada mais que a senhora — OreSeur admitiu. — No entanto, a maioria dos kandras é boa em julgar caráter. Quando se pratica a imitação por tanto tempo quanto eu, aprende-se a enxergar o coração dos homens. Não gosto do que vi em Zane. Parece prepotente demais. Parece deliberado demais na maneira que fez amizade com a senhora. Ele me deixa desconfortável.

Vin sentou-se na saliência, pernas separadas, mãos diante dela com as palmas abertas, descansando na pedra fria. *Ele pode estar certo.*

Mas OreSeur não voou com Zane, não lutou nas brumas. Embora não fosse culpa sua, OreSeur era como Elend. Não era um alomântico. Nenhum deles poderia entender o que era planar com um *empurrão* de aço, queimar estanho e vivenciar o choque repentino de cinco sentidos aguçados. Não poderiam saber. Não conseguiriam entender.

Vin recostou-se. Em seguida, observou o cão de caça contra a luz cada vez maior. Havia uma coisa que queria dizer, e agora parecia um bom momento.

— OreSeur, você pode trocar de corpo, se quiser.

O cão de guarda ergueu uma sobrancelha.

— Temos aqueles ossos que encontramos no palácio — Vin falou. — Pode usar aqueles, se estiver cansado de ser cachorro.

— Não posso usá-los — OreSeur falou. — Não digeri seu corpo... não conheço o arranjo correto de músculos e órgãos para dar uma aparência decente à pessoa.

— Bem, então — Vin falou —, poderíamos conseguir um criminoso para você.

— Pensei que gostasse destes ossos em mim — OreSeur disse.

— E gosto — Vin respondeu. — Mas não quero que fique num corpo que o deixa infeliz.

OreSeur bufou.

— Minha felicidade não é um problema.

— Para mim, sim — Vin disse. — Poderíamos...

— Senhora — OreSeur interrompeu.

— Sim?

— Eu ficarei com estes ossos. Me acostumei com eles. É muito frustrante mudar de forma o tempo todo.

Vin hesitou.

— Tudo bem — ela disse, por fim.

OreSeur assentiu.

— Então — ele continuou —, por falar em corpos, senhora, tem algum plano de voltarmos ao palácio? Nem todos têm a constituição de um Nascido da Bruma... algumas pessoas precisam dormir e comer de vez em quando.

Com certeza, ele reclama muito mais agora, Vin pensou. No entanto, achou a atitude um bom sinal; significava que OreSeur estava ficando cada vez mais à vontade com ela. À vontade o bastante para dizer quando achava que ela estava sendo estúpida.

Por que me incomodo com Zane afinal?, ela pensou, levantando-se e se voltando para o norte. A bruma ainda estava razoavelmente forte, e ela mal conseguia divisar o exército de Straff, ainda parado no canal do norte, mantendo o cerco. Parecia uma aranha, esperando o momento certo para dar o bote.

Elend, ela pensou. *Deveria estar mais concentrada em Elend.* Suas jogadas para descartar a decisão da Assembleia ou forçar uma nova votação, todas falharam. E, seguindo teimosamente as leis, Elend continuava a aceitar seus fracassos. Mas ele ainda pensava ter uma chance de persuadir a Assembleia a escolhê-lo como rei — ou, ao menos, não votar em mais ninguém para o posto.

Então, trabalhou em discursos e fez planos com Brisa e Dockson, e isso fazia sobrar pouco tempo para Vin, e justificadamente. A última coisa de que ele precisava era dela o distraindo. Era algo com o que ela não podia ajudá-lo — algo que ela não poderia combater ou espantar.

Seu mundo é o dos papéis, livros, leis e filosofias, ela pensou. *Ele passeia pelas palavras de suas teorias como eu passeio pelas brumas. Sempre me preocupo se ele conseguirá me entender... mas eu consigo realmente compreendê-lo?*

OreSeur levantou-se, espreguiçou-se e encaixou suas patas dianteiras na amurada para se erguer e olhar para norte, como Vin.

Vin balançou a cabeça.

— Às vezes, queria que Elend não fosse tão... bem, tão nobre. A cidade não precisa desta confusão logo agora.

— Ele fez a coisa certa, senhora.

— Acha mesmo?

— Claro — OreSeur afirmou. — Fez um contrato. É sua obrigação mantê-lo, não importa o que aconteça. Deve servir seu mestre, que no caso dele seria a cidade, mesmo que esse mestre o obrigue a fazer algo muito repugnante.

— É um jeito muito kandra de ver as coisas — Vin comentou.

OreSeur levantou os olhos para ela, erguendo uma sobrancelha canina, como se perguntasse a Vin, *O que a senhora esperava*? Ela sorriu; precisava segurar o riso toda vez que via aquela expressão no rosto de cachorro dele.

— Vamos — Vin falou. — Vamos voltar ao palácio.

— Excelente — OreSeur disse, ficando sobre as quatro patas. — Aquela carne que separei deve estar perfeita agora.

— A menos que as camareiras a tenham encontrado novamente — Vin falou, sorrindo.

A expressão de OreSeur ficou sombria.

— Pensei que a senhora ia avisá-las.

— O que eu diria? — Vin perguntou, divertindo-se. — Por favor, não jogue fora a carne rançosa, meu cão gosta de comê-la?

— Por que não? — OreSeur perguntou. — Quando imito humano, quase nunca consigo ter uma refeição decente, mas cães comem carne envelhecida às vezes, não comem?

— Honestamente, não sei — Vin respondeu.

— Carne maturada é deliciosa.

— Você quer dizer carne podre.

— Maturada — OreSeur insistiu quando ela o pegou no colo, preparando-se para descê-lo da muralha. O topo da Fortaleza Hasting tinha uns bons trinta metros de altura — alto demais para OreSeur pular, e o único caminho para descer seria por dentro da fortaleza abandonada. Era melhor carregá-lo.

— Carne maturada é como vinho ou queijo envelhecido — OreSeur continuou. — O sabor melhora quando já tem algumas semanas.

Suponho que seja um dos efeitos colaterais de ter relação com necrófagos, Vin pensou. Ela saltou na beirada da muralha, soltando algumas moedas. Contudo, quando se preparou para pular — OreSeur sendo um grande volume nos braços —, ela hesitou. Virou-se uma última vez, olhando para o exército de Straff. Estava totalmente visível agora, o sol erguera-se por completo no horizonte. Ainda assim, algumas espirais insistentes de bruma pairavam no ar, como se tentassem desafiar o sol, continuar a cobrir a cidade, impedir a luz do dia...

Senhor Soberano!, Vin pensou, acometida por uma ideia repentina. Havia tanto tempo que trabalhava nesse problema que já estava ficando frustrada. E agora, quando ela o ignorava, a resposta veio até ela. Como se seu subconsciente continuasse analisando-o.

— Senhora? — OreSeur perguntou. — Está tudo bem?

Vin abriu a boca levemente, inclinando a cabeça.

— Acho que acabei de entender o que eram as Profundezas.

Mas eu preciso continuar com detalhes esparsos. O espaço é limitado. Os outros Portadores do Mundo devem ter pensado que eram humildes quando vieram até mim, admitindo que estavam errados sobre Alendi. Mesmo naquela época, eu já começava a duvidar da minha declaração original.
Mas eu era orgulhoso.

30

ESCREVO ESTE RELATO AGORA, SAZED leu,

gravando-o numa placa de metal, porque eu temo.

Temo por mim mesmo, sim — admito que sou humano. Se Alendi retornar do Poço da Ascensão, tenho certeza de que minha morte será um dos seus primeiros objetivos. Ele não é um homem mau, mas é impiedoso. O que, creio eu, é um produto daquilo pelo que passou.

Porém, também temo que tudo que sei — a minha história — seja esquecido. Temo pelo mundo que virá. Temo que Alendi falhe.

Temo um destino trazido pelas Profundezas.

Tudo recai sobre o pobre Alendi. Sinto-me mal por ele e por todas as coisas que ele tem sido forçado a suportar. Por aquilo que ele foi forçado a se tornar.

Mas deixe-me começar do começo. Conheci Alendi em Khlennium; era um jovem rapaz na época, e não havia sido deformado por uma década liderando exércitos.

O tamanho de Alendi impressionou-me na primeira vez que o vi. Era um homem que tinha estatura baixa, mas que parecia ultrapassar os outros, um homem que exigia respeito.

Foi a simples ingenuidade de Alendi que me levou a simpatizar com ele. Empreguei-o como assistente durante seus primeiros meses na cidade grande.

Foi só anos mais tarde que me convenci de que Alendi era o Herói das Eras. Herói das Eras: aquele chamado Rabzeen, em Khlennium, o Anamnéstico.

O Salvador.

Quando finalmente tive a compreensão — finalmente conectei todos os sinais da Antecipação a Alendi —, fiquei muito entusiasmado. No entanto, quando anunciei minha descoberta aos outros Portadores do Mundo, fui recebido com escárnio.

Ah, como eu queria tê-los ouvido.

E, ainda assim, qualquer um que me conhecer perceberá que não havia chance de eu desistir tão facilmente. Quando encontro algo para investigar, agarro-me à busca como um cão ao osso. Concluí que Alendi era o Herói das Eras e eu pretendia provar isso. Eu deveria ter me curvado diante da vontade alheia; não deveria ter insistido em viajar com Alendi para testemunhar suas jornadas.

Era inevitável que o próprio Alendi descobrisse o que eu acreditava que ele era.

Sim, foi ele quem alimentou os rumores depois disso. Eu nunca poderia ter feito o que ele fez, convencer e persuadir o mundo de que ele era, de fato, o Herói. Não sei se ele acreditava naquilo, mas fez os outros pensarem que ele devia sê-lo.

Se ao menos a religião de Terris e a crença na Antecipação não tivessem se disseminado para além do nosso povo. Se ao menos as Profundezas não tivessem vindo quando vieram, trazendo uma ameaça que levou homens ao desespero, tanto em atos quanto em crenças. Se ao menos eu tivesse descartado Alendi quando buscava um assistente, tantos anos atrás.

Sazed recostou-se, afastando-se do trabalho de transcrever a cópia por fricção. Ainda havia muito a se fazer — era incrível o quanto de escrita o tal Kwaan conseguira espremer num pedaço relativamente pequeno de aço.

Sazed olhou para o seu trabalho. Passou a viagem inteira para o norte ansiando pelo momento em que poderia finalmente começar a trabalhar na cópia. Uma parte dele estava preocupada. As palavras do falecido pareceriam tão importantes numa sala bem-iluminada como pareceram na masmorra do Convento de Seran?

Ele examinou outra parte do documento, lendo alguns parágrafos selecionados. Aqueles de particular importância para ele.

No entanto, como aquele que encontrou Alendi, tornei-me alguém importante. Principalmente entre os Portadores do Mundo.

Havia um lugar para mim nas histórias da Antecipação — achei que eu fosse o Anunciador, o profeta proclamado para descobrir o Herói das Eras. Renunciar a Alendi na época teria sido renunciar à minha nova posição, à minha aceitação pelos outros.

E, por isso, não o fiz.

Mas o faço agora. Saibam que eu, Kwaan, o Portador do Mundo de Terris, sou uma fraude.

Sazed fechou os olhos. *Portador do Mundo*. O termo era conhecido por ele; a ordem dos Guardadores foi fundada a partir de memórias e esperanças de lendas terrisanas. Os Portadores do Mundo eram professores, feruquemistas que viajavam pelos territórios levando conhecimento. Foram uma inspiração fundamental para a ordem secreta dos Guardadores.

E agora ele tinha um documento feito pelas próprias mãos de um Portador do Mundo.

Tindwyl ficará muito aborrecida comigo, Sazed pensou, abrindo os olhos. Leu a cópia inteira, mas precisaria de mais tempo examinando-a. Memorizando-a. Fazendo referências cruzadas com outros documentos. Esse pequeno documento escrito — com um total de vinte páginas, talvez — poderia facilmente mantê-lo ocupado por meses, até anos.

Os postigos das janelas rangeram. Sazed ergueu os olhos. Estava nos seus aposentos palacianos — um conjunto elegante de quartos bem-decorados, luxuoso demais para quem passara a vida como um serviçal. Ele se levantou, caminhou até a janela, descerrou a tranca e a abriu. Sorriu quando encontrou Vin agachada no parapeito.

— Hum... oi — Vin falou. Usava sua capa de bruma sobre a camisa cinza e as calças pretas. Apesar de ser início da manhã, estava claro que não havia dormido após sua ronda noturna. — Deveria deixar sua janela destrancada. Não consigo entrar se estiver travada. Elend ficou bravo comigo por quebrar tantos trincos.

— Tentarei me lembrar disso, Lady Vin — Sazed disse e gesticulou para que ela entrasse.

Vin saltou, enérgica, pela janela, a capa de bruma farfalhante.

— *Tentar* lembrar? — ela perguntou. — Você nunca esquece nada. Nem mesmo as coisas que não enfia em uma mente de metal.

Ela ficou muito mais ousada, ele pensou, enquanto ela caminhava até sua escrivaninha, espreitando seu trabalho. *Mesmo nos meses em que estive fora.*

— O que é isso? — Vin perguntou, ainda olhando para a mesa.

— Encontrei no Convento de Seran, Lady Vin — Sazed falou, avançando. Parecia tão bom vestir túnicas limpas novamente, ter um lugar calmo e confortável onde estudar. Era um homem ruim ao preferir isso a viajar?

Um mês, ele pensou. *Darei a mim mesmo um mês de estudo. Em seguida, entregarei o projeto a outra pessoa.*

— O que é? — Vin perguntou, erguendo a cópia.

— Por favor, Lady Vin — Sazed disse, apreensivo. — É muito frágil. A cópia por fricção pode borrar...

Vin assentiu, baixando-a e examinando sua transcrição. Houve uma época em que ela teria evitado qualquer coisa que lembrasse a chatice da escrita, mas agora ela parecia intrigada.

— Isso aqui menciona as Profundezas! — ela disse, empolgada.

— Entre outras coisas — Sazed comentou, juntando-se a ela na escrivaninha. Ele se sentou e Vin foi até uma das poltronas de veludo de encosto baixo da saleta. No entanto, não se sentou como uma pessoa comum faria; em vez disso, saltou e acomodou-se no alto do encosto da poltrona, os pés descansando na almofada do assento.

— Que foi? — ela perguntou, aparentemente notando o sorriso de Sazed.

— Apenas me divirto com as inclinações dos Nascidos da Bruma, Lady Vin — ele falou. — Sua espécie tem problemas em simplesmente sentar-se... parece que sempre querem estar encarapitados. Isso deve vir de um incrível senso de equilíbrio, creio eu.

Vin franziu a testa, mas ignorou o comentário.

— Sazed — ela começou —, o que eram as Profundezas?

Ele cruzou os dedos diante de si, encarando a jovem como se refletisse.

— As Profundezas, Lady Vin? Esse é um assunto de muito debate, creio eu. Supostamente era algo grande e poderoso, embora alguns eruditos tenham descartado a lenda inteira como uma invenção tramada pelo Senhor Soberano. Existe alguma razão para acreditar nessa teoria, acho, pois os únicos relatos reais daqueles tempos são aqueles sancionados pelo Ministério do Aço.

— Mas o diário menciona as Profundezas — Vin falou. — E agora essa coisa que você está traduzindo.

— De fato, Lady Vin — Sazed concordou. — Mas, mesmo entre aqueles que supõem que as Profundezas eram reais, existe um grande debate em torno delas. Alguns mantêm a história oficial do Senhor Soberano, a de que as Profundezas eram uma fera horrível, sobrenatural — um deus sombrio, se preferir. Outros discordam dessa interpretação extrema. Acham que as Profundezas eram algo mais mundano — um exército de alguma espécie, talvez invasores de outra terra. O Domínio Longínquo, durante o período pré-Ascensão, era aparentemente povoado por várias raças de homens que eram muito primitivos e belicosos.

Vin estava sorrindo. Ele olhou, questionador, e ela deu de ombros.

— Fiz a mesma pergunta para Elend — ela explicou —, e mal consegui uma frase inteira como resposta.

— Sua Majestade tem áreas diferentes de especialidade; histórias pré-Ascensão devem ser um tema muito tedioso, até mesmo para ele. Além disso, qualquer um que perguntar a um Guardador sobre o passado deve estar preparado para uma conversa prolongada, creio eu.

— Não foi uma reclamação — Vin falou. — Continue.

— Não há muito mais a dizer, ou melhor, há muito mais a dizer, mas duvido que seja relevante. As Profundezas eram um exército? Foram, talvez, o primeiro ataque de koloss, como alguns teorizam? Isso explicaria muitas coisas; a maioria das histórias concorda que o Senhor Soberano ganhou algum poder ao derrotar as Profundezas no Poço da Ascensão. Talvez tenha conseguido o apoio dos koloss, e então os usado como exército.

— Sazed — Vin falou. — Não acho que as Profundezas eram os koloss.

— Hein?

— Acho que eram as brumas.

— Essa teoria foi proposta — Sazed confirmou, meneando a cabeça.

— Foi? — Vin perguntou, soando um pouco decepcionada.

— Claro, Lady Vin. Durante o reinado de mil anos do Império Final, houve poucas possibilidades que *não* foram discutidas, creio eu. A teoria das brumas já avançou antes, mas havia vários grandes problemas com ela.

— Por exemplo?

— Bem — Sazed falou —, por um lado, dizem que o Senhor Soberano derrotou as Profundezas. No entanto, as brumas estão obviamente aí. Além disso, se as Profundezas eram simplesmente as brumas, por que dar a elas um nome tão obscuro? Claro, outros enfatizam que muito do que sabemos ou ouvimos sobre as Profundezas vem da tradição oral, e algo muito comum pode assumir propriedades míticas quando transferido verbalmente por gerações. Portanto, as "Profundezas" poderiam não significar apenas a bruma, mas o evento de sua vinda ou alteração.

"O maior problema com a teoria das brumas, no entanto, é o de sua malignidade. Se confiarmos nos relatos, e temos pouco mais a nos fiarmos, as Profundezas eram terríveis e destrutivas. As brumas parecem não apresentar nenhum perigo."

— Mas estão matando pessoas agora.

Sazed fez uma pausa.

— Sim, Lady Vin. Aparentemente, sim.

— E se elas faziam isso antes, mas o Senhor Soberano a impedia de alguma forma? Você mesmo disse que acha que fizemos algo, algo que mudou as brumas, quando matamos o Senhor Soberano.

Sazed concordou com a cabeça.

— Os problemas que estive investigando são muito terríveis, para ser sincero. No entanto, não vejo que possam ser uma ameaça no mesmo nível que as Profundezas. Algumas pessoas foram mortas pelas brumas, mas muitos são idosos ou de constituição fraca. Elas deixam muita gente em paz.

Ele uniu os dedões.

— Mas seria negligência se não admitisse algum mérito à sugestão, Lady Vin. Talvez mesmo essas poucas mortes sejam o bastante para causar pânico. O risco talvez tenha sido exagerado no relato, e talvez as mortes fossem mais disseminadas antes. Não fui capaz de reunir informações suficientes para ter certeza de nada ainda.

Vin não respondeu. *Nossa*, Sazed pensou, suspirando. *Eu a entediei. Preciso realmente ser mais cuidadoso, ter cuidado com meu vocabulário e linguagem. Era de pensar que, após todas as minhas viagens entre os skaa, eu teria aprendido a...*

— Sazed? — Vin falou, soando pensativa. — E se estivermos olhando isso pelo ponto de vista errado? E se essas mortes aleatórias nas brumas não forem o problema?

— O que quer dizer, Lady Vin?

Ela ficou em silêncio por um instante, um pé batendo devagar contra o estofado do encosto da poltrona. Finalmente ela ergueu os olhos, encontrando os dele.

— O que aconteceria se as brumas viessem permanentemente durante o dia?

Sazed refletiu sobre a pergunta por um instante.

— Não haveria luz — Vin continuou. — As plantas morreriam, as pessoas definhariam de fome. Haveria morte... caos.

— Suponho que sim — Sazed comentou. — Talvez essa teoria tenha seu mérito.

— Não é teoria — Vin falou, saltando da poltrona. — Foi o que aconteceu.

— Já tem tanta certeza? — Sazed perguntou, divertindo-se.

Vin assentiu rápido, aproximando-se dele na escrivaninha.

— Estou certa — ela falou com sua franqueza característica. — Sei disso. — Ela puxou algo do bolso da calça, em seguida puxou um banquinho para sentar-se ao lado dele. Desdobrou a folha amassada e alisou-a na escrivaninha.

— Aqui estão citações do diário — Vin explicou. Apontou para um parágrafo. — Aqui o Senhor Soberano fala sobre como exércitos eram inúteis contra as Profundezas. Primeiro pensei que significava que os exércitos não conseguiam derrotá-las, mas olhe o que estava escrito. Ele diz: "As espadas do meu exército são inúteis." O que é mais inútil que tentar cortar a bruma com uma espada?

Ela apontou outro parágrafo.

— Deixou a destruição no seu rastro, certo? Milhares morreram por causa delas. Mas ele nunca diz que as Profundezas de fato os atacaram. Diz que simplesmente "morreram por causa delas". Talvez estejamos olhando para o problema desde o início de forma errada. Essas pessoas não foram esmagadas ou engolidas. Morreram de fome porque sua terra foi sendo lentamente engolida pelas brumas.

Sazed observou o papel dela. Parecia tão convencida. Ela não sabia nada de técnicas adequadas de pesquisa? De questionamento, estudo, postulado e concepção de respostas?

Claro que não, Sazed repreendeu-se. *Ela cresceu nas ruas, ela não usa técnicas de pesquisa.*

Apenas usa o instinto. E, em geral, está certa.

Ele alisou o papel novamente, lendo as passagens.

— Lady Vin? A senhora mesma que escreveu estas coisas?

Ela corou.

— Por que todo mundo fica surpreso com isso?

— É que não parece de sua natureza, Lady Vin.

— Vocês me corromperam — ela retrucou. — Veja, não há um único comentário nesta página que contradiga a ideia de que as Profundezas eram a bruma.

— Não contradizer um ponto e prová-lo são coisas diferentes, Lady Vin.

Ela fez um aceno, indiferente.

— Eu estou certa, Sazed. Eu *sei* que estou.

— E que tal este ponto aqui? — Sazed perguntou, apontando uma linha. — O Herói insinua que pode sentir uma consciência das Profundezas. A bruma não é um ser vivo.

— Bem, ela gira em torno de quem usa a Alomancia.

— Não é a mesma coisa, eu acho — Sazed rebateu. — Ele diz que as Profundezas eram malvadas... enlouquecidamente insanas. Más.

Vin hesitou.

— Tem alguma coisa, Sazed — ela admitiu. Ele franziu a testa. Ela apontou para outra seção de anotações. — Reconhece estes parágrafos?

Não é uma sombra.

Esta coisa escura que me segue, a coisa que apenas eu consigo ver — não é uma sombra de verdade. É preta e translúcida, mas não tem a silhueta sólida como a de uma sombra. Não tem substância — é nebulosa e disforme. Como se feita de névoa preta.

Ou, talvez, brumas.

— Sim, Lady Vin — Sazed confirmou. — O Herói viu uma criatura que o seguia. Ela atacou um dos seus companheiros, eu acho. — Vin olhou para os seus olhos.

— Eu a vi, Sazed.

Ele sentiu um calafrio.

— Está lá fora — ela disse. — Toda noite, nas brumas. Ela me observa. Posso *senti-la* com a Alomancia. E, se chego perto o bastante, consigo vê-la. Como se formada da própria bruma. Não tem substância, mas ainda assim está lá.

Sazed ficou em silêncio por um momento, sem saber o que pensar.

— Você acha que estou louca — Vin acusou.

— Não, Lady Vin — ele disse em voz baixa. — Não acho que qualquer um de nós está em posição de chamar essas coisas de loucura, sem considerar o que está acontecendo. Só que... tem certeza? — Ela assentiu com firmeza. — Mas, ainda que seja verdade, isso não responde à minha pergunta. O autor do diário viu essa mesma criatura, e não se referiu como sendo as Profundezas. Não eram as Profundezas, então. As Profundezas eram outra coisa... algo perigoso, algo que ele conseguia perceber como maléfico.

— Esse é o segredo, então — Vin emendou. — Temos que descobrir por que ele falava das brumas daquele jeito. Assim, saberemos...

— O quê, Lady Vin? — Sazed perguntou.

Vin fez uma pausa, em seguida desviou o olhar. Ela não respondeu, em vez disso mudou de assunto.

— Sazed, o Herói nunca fez o que deveria. Rashek matou-o. E, quando Rashek assumiu o poder no Poço, não desistiu dele como deveria... manteve o poder para si.

— Verdade — Sazed falou.

Vin hesitou novamente.

— E as brumas começaram a matar pessoas. Começaram a vir durante o dia. É... como se as coisas estivessem se repetindo. Então... talvez isso signifique que o Herói das Eras terá de retornar.

Ela olhou de volta para ele, parecendo um pouco... envergonhada? *Ah...* Sazed pensou, sentindo sua dedução. Via coisas nas brumas. O antigo Herói viu as mesmas coisas.

— Não tenho certeza de que essa seja uma afirmação válida, Lady Vin.

Ela bufou.

— Por que você não consegue simplesmente dizer "você está errada", como as pessoas normais?

— Desculpe, Lady Vin. Tive muito treinamento como serviçal, e somos ensinados a não confrontar. No entanto, não acho que esteja errada. Todavia, também acho que, talvez, não tenha considerado totalmente sua posição.

Vin deu de ombros.

— O que faz você pensar que o Herói das Eras voltará?

— Não sei. Coisas que acontecem; coisas que sinto. As brumas estão vindo novamente, e alguém precisa pará-las.

Sazed correu os dedos pela parte traduzida da cópia por fricção, olhando as palavras.

— Você não acredita em mim — Vin afirmou.

— Não é isso, Lady Vin — Sazed disse. — É que não costumo tirar conclusões apressadas.

— Mas você pensou sobre o Herói das Eras, não pensou? — Vin quis saber. — Ele era parte da sua religião, a religião perdida de Terris, motivo pelo qual foi fundada a sua ordem, dos Guardadores, para tentar descobrir.

— Isso é verdade — Sazed admitiu. — Contudo, não sabemos muito sobre as profecias que nossos ancestrais usaram para encontrar seu Herói. Além disso, a leitura que tenho feito nos últimos tempos sugere que havia algo de errado com as interpretações. Se os maiores teólogos da Terris pré-Ascensão não conseguiram identificar o Herói de forma adequada, como nós poderíamos fazê-lo?

Vin sentou-se, em silêncio.

— Eu não devia ter levantado esse assunto.

— Não, Lady Vin, por favor, não pense assim. Peço desculpas, suas teorias têm um grande mérito. Mas eu tenho uma mente de erudito, e preciso questionar e considerar as informações quando as recebo. Tenho prazer demais em discutir, creio eu.

Vin ergueu os olhos, sorrindo levemente.

— Outro motivo pelo qual você nunca foi um bom mordomo terrisano?

— Sem dúvida — ele disse com um suspiro. — Minha postura sempre tende a causar conflitos com outros da minha ordem.

— Como Tindwyl? — Vin questionou. — Ela não pareceu muito feliz quando soube que você nos contou sobre a Feruquemia.

Sazed assentiu.

— Para um grupo dedicado ao conhecimento, os Guardadores podem ser bem parcimoniosos com as informações relativas aos seus poderes. Quando o Senhor Soberano ainda estava vivo, quando os Guardadores eram caçados, o cuidado era justificado, creio eu. Mas agora que estamos livres disso, meus irmãos e irmãs parecem ver o hábito do sigilo como algo difícil de romper.

Vin assentiu.

— Tindwyl não parece muito com você. Diz que veio por sugestão sua, mas, todas as vezes que alguém o menciona, ela parece ficar... fria.

Sazed suspirou. Tindwyl não gostava dele? Ele pensou, talvez, que sua incapacidade de gostar era grande parte do problema.

— Ela está simplesmente decepcionada comigo, Lady Vin. Não sei ao certo o quanto você sabe da minha história, mas eu vinha trabalhando contra o Senhor Soberano havia dez anos antes de Kelsier me recrutar. Os outros Guardadores pensaram que eu estava pondo em risco minhas mentes de cobre e a própria ordem. Acreditavam que os Guardadores deviam permanecer quietos — esperando pelo dia em que o Senhor Soberano caísse, mas sem trabalhar para que isso acontecesse.

— Para mim parece um pouco covarde — Vin falou.

— Ah, mas era um rumo muito prudente. Veja, Lady Vin, caso eu fosse capturado, havia muitas coisas que eu poderia ter revelado. O nome de outros Guardadores, a localização de nossas casas seguras, os meios pelos quais conseguimos nos esconder na cultura de Terris. Meus irmãos trabalharam por muitas décadas para fazer o Senhor Soberano pensar que a Feruquemia finalmente tinha sido exterminada. Ao me revelar, eu poderia ter arruinado tudo isso.

— Só teria sido ruim se tivéssemos falhado — Vin falou. — E não falhamos.

— Poderíamos ter falhado.

— Não falhamos.

Sazed hesitou, então sorriu. Às vezes, num mundo de debates, questionamentos e insegurança, a franqueza simples de Vin era revigorante.

— Independentemente disso — ele continuou —, Tindwyl faz parte do Sínodo, um grupo de Guardadores mais velhos que guia nossa seita. Estive em rebelião contra o Sínodo algumas vezes no meu passado. E, ao retornar para Luthadel, eu os estou desafiando novamente. Ela tem bons motivos para estar descontente comigo.

— Bem, *eu* acho que você está fazendo a coisa certa — Vin comentou. — Precisamos de você.

— Obrigado, Lady Vin.

— Não acho que você deva dar ouvidos a Tindwyl — ela disse. — É o tipo que age como se soubesse mais do que realmente sabe.

— Ela é muito sábia.

— Ela é dura com Elend.

— Provavelmente porque é o melhor para ele — Sazed afirmou. — Não a julgue tão rigidamente, menina. Se ela parece irritante, é apenas porque teve uma vida muito difícil.

— Vida difícil? — Vin perguntou, devolvendo suas notas para o bolso.

— Sim, Lady Vin — Sazed respondeu. — Sabe, Tindwyl passou a maior parte da vida como uma mãe terrisana.

Vin hesitou, mão no bolso, com um ar surpreso.

— Você quer dizer... que ela era uma Procriadora?

Sazed confirmou. O programa de procriação do Senhor Soberano incluía a seleção de poucos indivíduos especiais para procriar, com o objetivo de extirpar a Feruquemia da população.

— Tindwyl, na última contagem, dera à luz mais de vinte filhos — ele disse. — Cada um com um pai diferente. Ela teve o primeiro filho com 14, e passou a vida inteira sendo possuída continuamente por desconhecidos até ficar grávida. E, por conta das drogas de fertilidade que os Mestres de Procriação lhe davam, não raro tinha gêmeos ou trigêmeos.

— Eu... entendo — Vin disse suavemente.

— Você não é a única que teve uma infância terrível, Lady Vin. Tindwyl talvez seja a mulher mais forte que conheço.

— Como ela aguentou isso? — Vin perguntou baixinho. — Acho... acho que provavelmente eu teria me matado.

— Ela é uma Guardadora — Sazed comentou. — Ela suportou o ultraje porque sabia que prestava um grande serviço para seu povo. Sabe, a Feruquemia é hereditária. A posição de Tindwyl, como mãe, garantia futuras gerações de feruquemistas entre nosso povo. Ironicamente, ela é exatamente o tipo de pessoa que os Mestres de Procriadores não deveriam deixar se reproduzir.

— Mas como isso aconteceu?

— Os procriadores pensaram que já haviam limado a Feruquemia da população — Sazed explicou. — Começaram a procurar criar outros traços nos terrisanos: docilidade, temperança. Eles nos cruzavam como cavalos de raça, e foi um grande golpe quando o Sínodo conseguiu fazer Tindwyl ser escolhida para o programa.

"Claro, Tindwyl tinha muito pouco treinamento em Feruquemia. Felizmente, ela recebera algumas das mentes de cobre que nós, Guardadores, carregamos. Então, durante tantos anos trancada, foi capaz de estudar e ler biografias. Foi apenas durante a última década, depois que seus anos férteis terminaram, que foi capaz de se juntar e se associar a outros Guardadores."

Sazed fez uma pausa, em seguida balançou a cabeça.

— Em comparação, o restante de nós teve uma vida de liberdade, creio eu.

— Ótimo — Vin murmurou, erguendo-se e bocejando. — Outro motivo para você se sentir culpado.

— Você deveria dormir, Lady Vin — Sazed observou.

— Por poucas horas — Vin falou, caminhando na direção da porta, deixando-o sozinho novamente com seus estudos.

No final, meu orgulho pode ter condenado a todos nós.

31

PHILEN FRANDEU NÃO ERA SKAA. Ele *nunca* foi skaa. Skaa faziam coisas ou plantavam coisas. Philen vendia. Havia uma enorme diferença entre essas atividades.

Ah, algumas pessoas chamavam-no de skaa. Mesmo agora, ele conseguia ver a palavra nos olhos de alguns dos outros membros da Assembleia. Encaravam Philen e seus camaradas mercadores com o mesmo desdém que lançavam aos oito trabalhadores skaa na Assembleia. Não conseguiam ver que os dois grupos eram totalmente diferentes?

Philen mexeu-se um pouco no banco. O salão da Assembleia não deveria, ao menos, ter assentos confortáveis? Estavam esperando apenas poucos membros; o relógio alto no canto dizia que ainda faltavam 15 minutos até o início da reunião. Estranhamente, um daqueles que ainda não haviam chegado era o próprio Venture. O rei Elend em geral era o primeiro a chegar.

Não é mais rei, Philen pensou com um sorriso. *Apenas o simples e velho Elend Venture*. Era um nome infeliz — não tão bom quanto Philen.

Claro, ele era apenas "Lin" até um ano e meio antes. Philen Frandeu foi o nome que ele se dera após o Colapso. Deliciava-o infinitamente que os outros tivessem começado a chamá-lo por esse nome sem parar. Mas por que ele não deveria ter um nome grandioso? Um nome de lorde? Philen não era tão bom quanto os "nobres" que estavam sentados, indiferentes, nos seus lugares?

Ah, ele era tão bom quanto. Melhor, até. Sim, eles o chamavam de skaa, mas, durante aqueles anos, tinham vindo até ele por necessidade, e assim suas expressões arrogantes não tinham poder. Ele viu a insegurança deles. Haviam precisado dele. Um homem que chamavam de skaa. Mas que também era um mercador. Um mercador que não era nobre. Algo que não devia existir no pequeno império perfeito do Senhor Soberano.

Porém, mercadores nobres tinham de trabalhar com os obrigadores. E, onde havia obrigadores, nada ilegal poderia acontecer. Por isso, Philen. Ele era um tipo de... intermediário. Um homem capaz de arranjar acordos entre partes interessadas que, por diversas razões, queriam evitar os olhos vigilantes dos obrigadores do Senhor Soberano.

Philen não fazia parte de uma gangue de ladrões; não, isso era perigoso demais. E mundano demais. Ele nascera com um tino para finanças e negociações. Se recebesse duas rochas, teria uma pedreira no fim da semana. Se recebesse um eixo de roda, trocaria logo por uma fina carruagem puxada a cavalo. Dois pedaços de milho, e no fim teria um imenso carregamento de grãos viajando para os mercados do Domínio Longínquo. Verdadeiros nobres tinham feito as negociações, claro, mas Philen estava por trás de tudo. Um vasto império próprio.

E, ainda assim, eles não conseguiam ver. Vestia um terno tão refinado quanto o deles; agora que podia comercializar abertamente, tinha se tornado um dos homens mais ricos de Luthadel. Ainda assim, os nobres o ignoravam, apenas porque lhe faltava um pedigree válido.

Bem, eles veriam. Depois da reunião de hoje... sim, eles veriam. Philen olhou para os nobres da Assembleia, que estavam sentados, conversando, a uma curta distância. Um dos últimos membros — Lorde Ferson Penrod — havia acabado de chegar. O mais velho foi até o púlpito da Assembleia, passando pelos membros, cumprimentando um por um.

— Philen — Penrod falou, observando-o. — Um terno novo pelo visto. O colete vermelho fica bem em você.

— Lorde Penrod! Ora, o senhor parece bem. Melhorou do pequeno mal-estar da outra noite, então?

— Sim, passou bem rápido — o lorde respondeu, assentindo com a cabeça grisalha. — Apenas um desarranjo estomacal.

Pena, Philen pensou, sorrindo.

— Bem, melhor nos sentarmos. Vejo que o jovem Venture ainda não chegou...

— Não — Penrod falou, franzindo o cenho. Havia sido muito difícil convencê-lo a votar contra Venture; sentia uma espécie de afeição pelo garoto. Tinha mudado de opinião no fim. Todos tinham.

Penrod seguiu em frente, juntando-se aos outros nobres. O velho tolo provavelmente pensou que terminaria sendo rei. Bem, Philen tinha outros planos para aquele trono. Não era o próprio traseiro de Philen que se sentaria nele, claro; não tinha interesse em governar um país. Parecia uma maneira terrível de fazer dinheiro. Vender coisas. Essa era uma maneira muito melhor. Mais estável, menos provável de perder a cabeça.

Ah, mas Philen tinha planos. Sempre tivera. Precisava segurar-se para não olhar novamente para o público.

Philen virou-se, em vez disso, para estudar a Assembleia. Todos haviam chegado, exceto Venture. Sete nobres, oito mercadores e oito trabalhadores skaa: 24 homens, com Venture. A divisão tripla era pensada para dar mais poder àqueles do povo, pois aparentemente eram mais numerosos que os nobres. Até mesmo Venture não entendia que os mercadores não eram skaa.

Philen torceu o nariz. Embora os membros skaa da Assembleia em geral se banhassem antes de ir às reuniões, ele conseguia sentir o fedor de forjas, engenhos e oficinas neles. Homens que faziam coisas. Philen precisaria se certificar de que seriam postos em seu devido lugar assim que tudo estivesse acabado. Uma Assembleia era uma ideia interessante, mas deveria ser preenchida com aqueles que mereciam o posto. Homens como Philen.

Lorde Philen, ele pensou. *Em breve*.

Felizmente, Elend estava atrasado. Então, talvez pudessem evitar seu discurso. De qualquer forma, Philen conseguia imaginar como ele seria.

Hum... agora, vejam, isso não é justo. Eu deveria ser rei. Aqui, deixe-me ler um livro para vocês com os motivos. Agora, hum, podem, por favor, dar um pouco mais de dinheiro aos skaa?

Philen sorriu.

O homem ao lado dele, Getrue, cutucou-o.

— Acha que ele vai aparecer? — ele sussurrou.

— Provavelmente, não. Deve saber que não o queremos. Nós o chutamos para fora do trono, não foi?

Getrue deu de ombros. Havia engordado desde o Colapso, e bastante.

— Não sei, Lin. Digo... não queríamos... Ele foi apenas... os exércitos... Precisamos de um rei forte, certo? Alguém que impeça a queda da cidade?

— Claro — Philen respondeu. — E meu nome não é Lin.

Getrue enrubesceu.

— Desculpe.

— Fizemos a coisa certa — Philen continuou. — Venture é um fraco. Um tolo.

— Eu não diria isso — Getrue falou. — Ele tem boas ideias... — Getrue baixou o olhar, desconfortável.

Philen bufou, olhando o relógio. Já era hora, embora não pudesse ouvir o carrilhão por sobre a multidão. As reuniões da Assembleia ficaram cheias após a queda de Venture. Os bancos espalhavam-se diante do palco, bancos cheios de gente, a maioria skaa. Philen não sabia por que tinham autorização para participar. Não podiam votar, nem nada.

Mais uma bobagem de Venture, ele pensou, sacudindo a cabeça. Ao fundo do salão — atrás da multidão, de frente para o palco — ficavam duas portas grandes, amplas, que deixavam a luz vermelha do sol entrar. Philen meneou a cabeça para alguns homens, e eles fecharam as portas. As multidões acalmaram-se.

Philen ergueu-se para falar com a Assembleia.

— Bem, como...

As portas do salão da Assembleia abriram-se de uma vez. Um homem de branco estava lá com uma pequena multidão, iluminado pela luz vermelha do sol. Elend Venture. Philen inclinou a cabeça, franzindo o cenho.

O ex-rei avançou a passos largos, a capa branca sacudindo atrás dele. Sua Nascida da Bruma estava ao lado, como de costume, mas trajava um vestido. Pelas poucas vezes que Philen falara com ela, teria esperado que ficaria desajeitada num traje de nobre. E, ainda assim, parecia que lhe caía bem, caminhava com graça. Na verdade, parecia bem atraente.

Ao menos até Philen encontrar seus olhos. Seu olhar para os membros da Assembleia não foi afetuoso, e Philen desviou os olhos. Venture trouxera todos os seus alomânticos consigo — os antigos Brutamontes da gangue do Sobrevivente. Elend aparentemente queria lembrar a todos quem eram seus amigos. Homens poderosos. Homens assustadores.

Homens que matavam deuses.

E Elend tinha não um, mas dois terrisanos com ele. Uma era mulher — Philen nunca tinha visto uma terrisana antes —, mas ainda assim era impressionante. Todos tinham ouvido como os mordomos haviam abandonado seus mestres depois do Colapso; recusaram-se a continuar trabalhando como servos. Onde Venture havia encontrado não um, mas dois mordomos de túnicas coloridas para servi-lo?

A multidão ficou em silêncio, observando Venture. Alguns pareciam desconfortáveis. Como tratariam aquele homem? Outros pareciam... admirados? Era isso mesmo? Quem ficaria admirado com Elend Venture, mesmo se o Elend Venture em questão estivesse barbeado, com os cabelos penteados, usando novas roupas e...? Philen franziu a testa. O rei trazia um bastão de duelo? E um cão de guarda ao lado?

Ele não é mais rei!, Philen disse a si mesmo, recordando de novo.

Venture caminhou com firmeza até o palco da Assembleia. Virou-se, acenando para o seu pessoal — todos os oito — se sentar com os guardas. Venture, então, voltou-se e olhou para Philen.

— Philen, queria dizer alguma coisa?

Philen percebeu que ainda estava em pé.

— Eu... estava apenas...

— Você é o chanceler da Assembleia? — Elend perguntou.

Philen fez uma pausa.

— Chanceler?

— O rei preside as reuniões da Assembleia — Elend falou. — Não temos um rei e, portanto, segundo a lei, a Assembleia deveria ter elegido um chanceler para convocar os oradores, decidir sobre a distribuição de tempo e desempatar votações. — Ele fez uma pausa, encarando Philen. — Alguém precisa liderar. Senão, vira caos.

Mesmo sem querer, Philen começou a ficar nervoso. Venture sabia que Philen organizara a votação contra ele? Não, não sabia, não tinha como saber. Ele olhou para cada membro da Assembleia, encontrando seus olhos.

Não havia nada do garoto jovial e relaxado que comparecia às reuniões antes. Em pé, em seu traje militarista, firme em vez de hesitante... ele quase parecia uma pessoa diferente.

Parece que você encontrou um mentor, Philen pensou. *Um pouco tarde demais. Espere só...*

PHILEN SENTOU-SE.

— Na verdade, não tivemos a oportunidade de escolher um chanceler — ele disse. — Estávamos prestes a fazê-lo.

Elend assentiu, uma dezena de instruções diferentes girando na cabeça. Mantenha o contato visual. Use expressões sutis mas firmes. Nunca pareça apressado, mas não demonstre hesitação. Sente-se sem se balançar, não arraste os pés, mantenha uma postura ereta, não feche as mãos quando estiver nervoso...

Lançou um rápido olhar para Tindwyl. Ela lhe lançou um meneio de cabeça.

Volte à posição, El, ele disse a si mesmo. *Deixe que sintam as diferenças em você.*

Ele seguiu para tomar assento, cumprimentando os outros sete nobres da Assembleia com a cabeça.

— Muito bem — ele disse, tomando a dianteira. — Então, posso nomear um chanceler?

— Você mesmo? — perguntou Dridel, um dos nobres; sua expressão desdenhosa parecia permanente, pelo que Elend sabia. Era uma expressão razoavelmente adequada para alguém com rosto tão fino e cabelos escuros.

— Não — Elend respondeu. — Dificilmente serei uma parte imparcial nos trabalhos de hoje. Portanto, nomeio Lorde Penrod. É um dos homens mais honrados que poderíamos encontrar, e acredito que ele possa ser confiável para mediar nossas discussões.

O grupo ficou quieto por um momento.

— Parece lógico — Hettel, um trabalhador de forja, finalmente disse.

— Todos a favor? — Elend falou, erguendo a mão. Conseguiu 16 mãos erguidas — todos os skaa, a maior parte da nobreza, apenas um dos mercadores. No entanto, era uma maioria.

Elend virou-se para Lorde Penrod.

— Acredito que isso signifique que você é responsável, Ferson.

O homem soberbo assentiu, agradecido, em seguida se ergueu para formalmente abrir a reunião, algo que Elend fazia no passado. Os maneirismos de Penrod eram educados, sua postura forte quando se levantou em seus trajes bem-cortados. Elend não conseguiu evitar e sentiu um pouco de inveja, observando Penrod agir com tanta naturalidade nas coisas que ele mesmo estava penando para aprender.

Talvez ele fosse um rei melhor que eu, Elend pensou. *Talvez...*

Não, ele pensou com firmeza. *Tenho que ser confiante. Penrod é um homem decente e um nobre impecável, mas essas coisas não constroem um líder. Não leu o que li e não entende de teoria legislativa como entendo. É um bom homem, mas ainda é um produto de sua sociedade — ele não considera os skaa animais, mas nunca será capaz de vê-los como iguais.*

Penrod terminou as introduções, em seguida voltou-se a Elend.

— Lorde Venture, você convocou esta reunião. Acredito que a lei lhe conceda oportunidade de falar primeiro com a Assembleia.

Elend meneou a cabeça, agradecendo, e se ergueu.

— Vinte minutos são tempo suficiente? — Penrod perguntou.

— Devem ser — Elend respondeu, passando por Penrod quando trocaram de lugar. Elend empertigou-se no púlpito. À direita, a plateia do salão estava cheia de pessoas que se mexiam, tossiam, sussurravam. Havia uma tensão no ambiente — era a primeira vez que Elend confrontava o grupo que o traíra.

— Como muitos de vocês sabem — Elend falou aos 23 membros da Assembleia —, voltei há pouco de uma reunião com Straff Venture, o senhor da guerra que, infelizmente, é meu pai. Gostaria de fazer um relato desse encontro. Percebam que, como esta é uma reunião pública, ajustarei meu relato para evitar a menção de questões confidenciais da segurança do reino.

Ele fez uma pequena pausa e viu os olhares de confusão que esperava. Finalmente, Philen, o mercador, pigarreou.

— Sim, Philen? — Elend perguntou.

— Tudo isso é ótimo, Elend — Philen disse. — Mas você não abordará a questão que nos trouxe aqui?

— Estamos reunidos, Philen, para que possamos discutir como manter Luthadel segura e próspera. Acredito que as pessoas estejam mais preocupadas com os exércitos, e deveríamos, em primeiro lugar, buscar esclarecer suas preocupações. Questões de liderança na Assembleia podem esperar.

— Eu... entendo — Philen disse, obviamente confuso.

— O tempo é seu, Lorde Venture — Penrod disse. — Proceda como desejar.

— Obrigado, chanceler — Elend falou. — Desejo deixar bem claro que meu pai *não* atacará a cidade. Posso entender por que as pessoas ficaram preocupadas, especialmente por conta do ataque preliminar da última semana às nossas muralhas. Aquilo, no entanto, foi simplesmente um teste... Straff está receoso quanto a fazer um grande ataque e comprometer todos os seus recursos.

"Durante nossa reunião, Straff me disse que fizera uma aliança com Cett. No entanto, acredito que tenha sido um blefe... mesmo que, infelizmente, um blefe em partes. Suspeito que, de fato, ele planejava arriscar um ataque contra nós, apesar da presença de Cett. Esse ataque foi protelado."

— Por quê? — perguntou um dos representantes dos trabalhadores. — Porque você é filho dele?

— Na verdade, não — Elend respondeu. — Straff não é de permitir que os relacionamentos familiares diminuam sua determinação. — Elend fez uma pausa, olhando para Vin. Estava começando a perceber que ela não gostava de ter sido aquela que segurou a faca contra o pescoço de Straff, mas ela dera a permissão para falar dela em seu discurso.

Mesmo assim...

Ela disse que estava tudo bem, ele disse a si mesmo. *Não estou escolhendo o dever em detrimento dela!*

— Vamos lá, Elend — Philen disse. — Pare com o drama. O que você prometeu para Straff para manter seus exércitos longe da cidade?

— Eu o ameacei — Elend respondeu. — Meus colegas, membros da Assembleia, quando encarei meu pai na negociação, percebi que nós, como um grupo, em geral ignoramos um de nossos maiores recursos. Pensamos em nós mesmos como um corpo honorável, criado por determinação do povo. No entanto, não estamos aqui por qualquer coisa que nós fizemos. Há uma única razão pela qual temos as posições que temos... e a razão é o Sobrevivente de Hathsin.

Elend fitou os olhos dos membros da Assembleia e continuou.

— Algumas vezes me senti como acredito que muitos de vocês se sentem. O Sobrevivente já é uma lenda, alguém que não podemos esperar emular. Ele tem poder sobre este povo, um poder maior do que o nosso, embora esteja morto. Ficamos com inveja. Até mesmo inseguros. São sentimentos naturais, humanos. Líderes sentem de forma tão aguda quanto outras pessoas, talvez até mais.

"Senhores, não podemos nos dar ao luxo de continuar pensando assim. O legado do Sobrevivente não pertence a um grupo, ou mesmo apenas a esta cidade. Ele é nosso progenitor, o pai de todos que estão livres nesta terra. Aceitem vocês ou não sua autoridade religiosa, precisam admitir que, sem sua bravura e sacrifício, não gozaríamos de nossa atual liberdade."

— E o que isso tem a ver com Straff? — Philen disse, irritado.

— Tudo — Elend disse. — Pois, apesar de o Sobrevivente ter morrido, seu legado permanece. Especificamente na forma de sua aprendiz. — Elend acenou com a cabeça na direção de Vin. — Ela é a mais poderosa Nascida da Bruma viva, algo que Straff agora sabe pessoalmente. Senhores, conheço o temperamento do meu pai. Ele não atacará a cidade enquanto temer uma retaliação de uma fonte que não pode impedir. Agora percebe que, se atacar, provará da fúria da herdeira do Sobrevivente — uma fúria que nem mesmo o Senhor Soberano pôde suportar.

Elend ficou em silêncio, ouvindo as conversas sussurradas pela multidão. As notícias do que ele acabara de dizer chegariam às camadas mais baixas da população e lhes traria força. Talvez as notícias chegassem até mesmo ao exército de Straff por meio dos espiões que Elend desconfiava que estivessem na plateia. Notou o alomântico do seu pai sentado na multidão, aquele chamado Zane.

E quando as notícias chegassem ao exército de Straff, os homens lá talvez pensassem duas vezes antes de obedecer a qualquer ordem de atacar. Quem gostaria de enfrentar a mesma força que destruiu o Senhor Soberano? Era uma esperança fraca — os homens do exército de Straff provavelmente não acreditavam em todas as histórias que vinham de Luthadel —, mas qualquer tantinho de moral enfraquecido ajudaria.

Também não faria mal para Elend associar-se de forma um pouco mais enfática ao Sobrevivente. Ele simplesmente precisava superar sua insegurança; Kelsier fora um grande homem, mas estava morto. Elend teria de fazer o seu melhor para garantir que o legado do Sobrevivente continuasse.

Pois isso era o melhor para o seu povo.

VIN ESTAVA SENTADA COM O estômago embrulhado, ouvindo o discurso de Elend.

— Tudo bem por você? — Ham sussurrou, inclinando-se enquanto Elend apresentava um relato mais detalhado da visita a Straff.

Vin deu de ombros.

— Tudo o que for necessário para ajudar o reino.

— Você nunca ficou confortável com a maneira como Kell se fiava nos skaa... nenhum de nós ficava.

— É o que Elend precisa — Vin falou.

Tindwyl, que estava sentada bem diante deles, virou-se e lançou para ela um olhar de reprimenda. Vin esperava alguma recriminação por sussurrar durante os trabalhos da Assembleia, mas aparentemente a terrisana tinha um tipo diferente de castigo em mente.

— O rei — ela ainda se referia a Elend daquela forma — precisa desta relação com o Sobrevivente. Elend tem muito pouco de sua autoridade em que confiar, e Kelsier atualmente é o homem mais amado, mais celebrado no Domínio Central. Ao insinuar que o governo foi fundado pelo Sobrevivente, o rei fará as pessoas pensarem duas vezes antes de se intrometer.

Ham assentiu, pensativo. Porém, Vin baixou os olhos. *Qual é o problema? Hoje mais cedo, eu estava começando a me perguntar se eu era o Herói das Eras, e agora estou preocupada com a notoriedade que Elend está me dando?*

Ela ficou desconfortável, queimando bronze, sentindo o pulsar à distância. Estava ficando cada vez mais alto...

Pare com isso!, ela disse a si mesma. *Sazed não acha que o Herói retornaria, e ele conhece essas histórias melhor que ninguém. Foi idiota, de qualquer jeito. Preciso me concentrar no que está acontecendo aqui.*

Afinal, Zane estava na plateia.

Vin procurou o rosto dele perto do fundo da sala, um leve queimar de estanho — não o suficiente para cegá-la — que a deixava examinar suas feições. Ele não olhava para ela, mas assistia à Assembleia. Estaria trabalhando sob as ordens de Straff ou a visita era por conta própria? Straff e Cett, sem dúvida, tinham espiões na plateia — e, claro, Ham também tinha guardas misturados ao povo. Porém, Zane a inquietava. Por que ele não se virava para ela? Não era...

Zane encontrou os olhos dela. Sorriu levemente, em seguida voltou a atenção para Elend.

Vin não conseguiu segurar um arrepio. Então, significava que ele não a estava evitando? *Concentração!*, ela disse a si mesma. *Precisa prestar atenção ao que Elend está dizendo.*

No entanto, ele já quase havia terminado. Encerrou seu discurso com alguns comentários sobre como ele pensava que poderiam manter Straff desconcertado. Novamente, ele não poderia apresentar muitos detalhes, não sem revelar segredos. Olhou para o grande relógio no canto. Três minutos antes de terminar o tempo, ele se moveu para deixar o púlpito.

Lorde Penrod pigarreou.

— Elend, não está se esquecendo de algo?

Elend hesitou, em seguida olhou de volta para a Assembleia.

— O que é isso que todos querem que eu diga?

— Não vai reagir? — um dos trabalhadores skaa perguntou. — Ao... ao que aconteceu na última reunião?

— Vocês receberam minha missiva — Elend respondeu. — Sabem como eu me sinto sobre a questão. Contudo, este fórum público não é lugar para acusações ou denúncias. A Assembleia é um órgão nobre demais para esse tipo de coisa. Gostaria que a Assembleia não tivesse escolhido um tempo de perigos para expressar suas preocupações, mas não podemos alterar o que aconteceu.

Ele se moveu novamente para tomar assento.

— É isso? — perguntou um dos skaa. — Não vai nem mesmo argumentar em benefício próprio, tentar nos persuadir a reinstalá-lo?

Elend fez uma nova pausa.

— Não — ele disse. — Não, não acredito que eu vá fazê-lo. Vocês me informaram sobre sua opinião, e eu fiquei decepcionado. No entanto, vocês são representantes do povo. Acredito no poder que lhes foi concedido.

"Se tiverem perguntas ou contestações, ficarei feliz em me defender. No entanto, não estou aqui para tomar a palavra e pregar minhas virtudes.

Todos vocês me conhecem. Sabem o que posso fazer e o que pretendo fazer por esta cidade e o povo dos arredores. Deixemos que isso sirva como meu argumento."

Ele voltou ao seu assento. Vin podia ver traços de um franzir de cenho no rosto de Tindwyl. Elend não fizera o discurso que ela e ele haviam preparado, um discurso que dava os argumentos que a Assembleia obviamente esperava.

Por que a mudança?, Vin perguntou-se. Tindwyl obviamente não achou que fora uma boa ideia. E, ainda assim, por estranho que parecesse, Vin se viu confiando nos instintos de Elend mais do que nos de Tindwyl.

— Bem — Lorde Penrod falou, aproximando-se do púlpito. — Obrigado pelo relato, Lorde Venture. Não estou certo se temos outros assuntos a tratar...

— Lorde Penrod? — Elend chamou.

— Sim?

— Talvez o senhor devesse apresentar as nomeações.

Lorde Penrod franziu a testa.

— As nomeações a rei, Penrod — Philen disse rudemente.

Vin parou, encarando o mercador. *Certamente ele parece informado das coisas*, ela observou.

— Sim — Elend disse, também encarando Philen. — Para a Assembleia escolher um novo rei, as nomeações devem ser apresentadas no mínimo três dias antes da votação. Sugiro que apresentemos as candidaturas agora para que possamos votar o mais rápido possível. A cidade sofre a cada dia que fica sem um líder.

Elend fez uma pausa, em seguida sorriu.

— A menos, claro, que pretendam deixar o mês transcorrer sem escolher um novo rei...

Bom para confirmar que ele ainda quer a coroa, Vin pensou.

— Obrigado, Lorde Venture — Penrod disse. — Faremos isso agora, então... E como procederemos exatamente?

— Cada membro da Assembleia poderá fazer uma nomeação, se desejar — Elend explicou. — Para que não fiquemos sobrecarregados com opções, eu recomendo que todos pratiquemos a moderação... escolhendo apenas alguém que considere realmente bom para o posto. Se tiver uma nomeação a fazer, pode se levantar e anunciá-la ao restante do grupo.

Penrod assentiu, voltando ao seu assento. Quase ao mesmo tempo, um dos skaa levantou-se.

— Nomeio Lorde Penrod.

Elend deveria ter contado com isso, Vin pensou. *Após nomear Penrod chanceler. Por que dar essa autoridade ao homem que sabia ser seu maior concorrente ao trono?*

A resposta era simples. Porque Elend sabia que Lorde Penrod era a melhor escolha para ser chanceler. *Às vezes ele é um pouco justo demais,* Vin pensou, não pela primeira vez. Ela se voltou para examinar o skaa membro da Assembleia que nomeou Penrod. Por que os skaa eram tão rápidos para se unificar por trás de um nobre?

Ela suspeitava que ainda era cedo demais. Os skaa eram acostumados a ser liderados pelos nobres e, mesmo com sua liberdade, eram seres tradicionais — até mais tradicionais que os nobres. Um lorde como Penrod — calmo, imponente — parecia inerentemente mais adequado ao título de rei que um skaa.

Cedo ou tarde, eles terão de superar isso, Vin pensou. *Ao menos, superarão se algum dia forem o povo que Elend quer que sejam.*

O salão permaneceu em silêncio, sem mais nomeações feitas. Algumas pessoas tossiram na plateia, até mesmo os sussurros haviam desaparecido. Por fim, o próprio Lorde Penrod levantou-se.

— Eu nomeio Elend Venture — ele disse.

— Ah... — alguém sussurrou atrás dele.

Vin virou-se, olhando para Brisa.

— Quê? — ela sussurrou.

— Brilhante — Brisa comentou. — Não percebe? Penrod é um homem justo. Ou, ao menos, tão justo quanto um nobre consegue ser... o que significa que ele insiste em ser *visto* como um homem justo. Elend nomeou Penrod para chanceler...

Esperando, por sua vez, que Penrod se sentisse obrigado a nomear Elend para rei, Vin percebeu. Ela olhou para Elend, notando um leve sorriso nos lábios dele. Tinha mesmo tramado essa troca? Parecia um movimento sutil o bastante até mesmo para Brisa.

Brisa balançou a cabeça, reconhecendo a artimanha.

— Não apenas Elend não precisou nomear a si mesmo, o que o teria feito parecer desesperado, mas agora todos na Assembleia pensam que o homem que respeitam, o homem que provavelmente escolheriam para ser rei, prefere ter Elend no cargo. Brilhante.

Penrod sentou-se, e o salão permaneceu quieto. Vin suspeitava que ele também fizera a nomeação para que não fosse incontestado para o trono. A Assembleia inteira provavelmente pensou que Elend merecia uma chance de reaver seu posto; Penrod era apenas aquele honrado o bastante para expressar esse sentimento.

Mas e os mercadores?, Vin pensou. *Eles deveriam ter um plano.* Elend pensava que provavelmente tinha sido Philen quem organizou a votação contra ele. Queria colocar um dos seus no trono, um que pudesse abrir os portões da cidade para qualquer dos reis que os estava manipulando — ou para qualquer um que melhor pagasse.

Ela examinou o grupo de oito homens, em seus trajes que pareciam — de alguma forma — ainda mais finos do que os dos nobres. Todos pareciam estar acompanhando os caprichos de um único homem. O que Philen estava planejando?

Um dos mercadores se mexeu, como se fosse levantar, mas Philen lançou-lhe um olhar duro. O mercador não se levantou. Philen ficou sentado, em silêncio, com um bastão de duelo de nobre no colo. Finalmente, quando a maior parte da sala percebera o foco do mercador nele, ele lentamente se levantou.

— Tenho uma nomeação — ele disse.

Houve um bufar da seção dos skaa.

— Quem está sendo melodramático agora, Philen? — um dos membros da Assembleia disse. — Vá em frente e fale, nomeie a si mesmo.

Philen ergueu uma sobrancelha.

— Na verdade, *não* vou me nomear.

Vin franziu o cenho e viu a confusão nos olhos de Elend.

— Embora eu aprecie a opinião — Philen continuou —, sou apenas um mercador. Não, acho que o título de rei deveria ir para alguém cujas capacidades sejam um pouco mais especializadas. Diga-me, Lorde Venture, nossas nomeações precisam ser os membros da Assembleia?

— Não — Elend respondeu. — O rei não precisa ser um membro da Assembleia; aceitei esta posição após os fatos. O principal dever do rei é de criar e, então, executar a lei. A Assembleia é apenas um conselho consultivo com alguma medida de poder de contrapeso. O rei pode ser qualquer um; de fato, o título fora pensado para ser hereditário. Não esperava... que certas cláusulas fossem invocadas com tanta celeridade.

— Ah, sim — Philen falou. — Muito bem. Acho que o título deveria ir para alguém que tivesse um pouco de prática. Alguém que tenha demonstrado habilidade com liderança. Portanto, nomeio Lorde Ashweather Cett para ser nosso rei!

Quê? Vin pensou, em choque, quando Philen virou-se, gesticulando na direção da plateia. Um homem sentado lá removeu a capa de skaa, puxando o capuz para trás, revelando um traje nobre e um rosto com barba crespa.

— Minha nossa... — Brisa falou.

— É ele mesmo? — Vin perguntou, incrédula, quando os sussurros começaram na plateia.

Brisa concordou com a cabeça.

— Ah, é ele. O Lorde Cett em pessoa. — Ele hesitou, em seguida a encarou. — Acho que estamos enrascados.

Nunca recebi muita atenção por parte dos meus irmãos; eles pensavam que meu trabalho e meus interesses não eram adequados para um Portador do Mundo. Não conseguiam ver como meus estudos, voltados para a natureza em vez da religião, beneficiavam as pessoas das catorze terras.

32

VIN ESTAVA SENTADA QUIETA, TENSA, observando a multidão. *Cett não viria sozinho*, ela pensou.

E, em seguida, ela os viu, agora que sabia o que estava buscando. Soldados na multidão, vestidos como skaa, formando uma pequena barreira de proteção ao redor do assento de Cett. O rei não se levantou, embora um jovem ao seu lado tivesse se erguido.

Talvez uns trinta guardas, Vin pensou. *Ele pode não ser tolo o bastante para vir sozinho... mas entrar na própria cidade que você está sitiando?* Era um movimento ousado, que beirava a estupidez. Claro, muitos disseram o mesmo da visita de Elend ao exército de Straff.

Contudo, Cett não estava na mesma posição que Elend. Não estava desesperado, não estava sob o risco de perder tudo. Exceto... que tivesse um exército menor que o de Straff, e os koloss estavam a caminho. E se Straff garantisse o suposto estoque de atium, os dias de Cett como líder no Ocidente certamente estariam contados. Entrar em Luthadel talvez não fosse um ato de desespero, mas também não era o ato de um homem que estava no controle da situação. Cett estava apostando.

E ele parecia estar gostando daquilo.

Cett sorriu enquanto o recinto aguardou em silêncio, membros da Assembleia e plateia chocados demais para falar. Finalmente, Cett acenou para alguns de seus soldados disfarçados, e os homens pegaram a cadeira dele e levaram-na até o palco. Os membros da Assembleia sussurravam e comentavam, virando-se para assistentes ou companheiros, buscando confirmar a identidade de Cett. A maioria dos nobres estava sentada em silêncio — o que devia ter sido confirmação o bastante, na opinião de Vin.

— Ele não é como eu esperava — Vin sussurrou para Brisa quando os soldados subiram no palco.

— Ninguém lhe disse que ele era aleijado? — Brisa perguntou.

— Não apenas isso — Vin falou. — Ele não está em trajes adequados. — Estava de calças e camisa, mas em vez de um manto do traje de um nobre, vestia uma jaqueta preta surrada. — Além do mais, aquela barba. Não pode ter deixado crescer um negócio daquele em um ano, devia tê-la desde antes do Colapso.

— Você só conheceu os nobres de Luthadel, Vin — Ham falou. — O Império Final era um lugar imenso, com várias sociedades diferentes. Nem todos se vestem como aqui.

Brisa assentiu.

— Cett era o nobre mais poderoso na sua área, então não precisava se preocupar com tradição e propriedade. Fazia o que queria, e a nobreza local o aceitava. Existiam centenas de cortes diferentes com centenas de pequenos "Senhores Soberanos" no império, cada região com sua própria dinâmica política.

Vin voltou a olhar para o palco. Cett, sentado em sua cadeira, ainda não falara. Finalmente, Lorde Penrod levantou-se.

— Isso é mais que inesperado, Lorde Cett.

— Que bom! — Cett falou. — No fim das contas, esse era o objetivo!

— Deseja falar com a Assembleia?

— Pensei que eu já estivesse falando.

Penrod pigarreou, e os ouvidos aguçados pelo estanho de Vin ouviram um murmúrio depreciativo da parte dos nobres com relação aos "nobres ocidentais".

— O senhor tem dez minutos, Lorde Cett — Penrod disse, sentando-se.

— Que bom — Cett falou. — Porque, diferente do garoto ali, pretendo dizer aos senhores exatamente *por que* deveriam me eleger rei.

— E por que seria? — um dos membros mercadores da Assembleia perguntou.

— Porque eu estou com um exército na porcaria da sua soleira! — Cett falou com uma gargalhada.

A Assembleia parecia surpresa.

— Uma ameaça, Cett? — Elend perguntou calmamente.

— Não, Venture — Cett respondeu. — Apenas honestidade, algo que os nobres do Domínio Central parecem evitar a todo custo. Uma ameaça é apenas uma promessa virada do avesso. O que foi isso que você disse para essas pessoas? Que sua concubina tinha a faca contra o pescoço de Straff? Então, você está insinuando que se você *não for* eleito, você se retiraria com sua Nascida da Bruma e deixaria a cidade ser destruída?

Elend corou.

— Claro que não.

— Claro que não — Cett repetiu. Tinha uma voz alta, contumaz, contundente. — Bem, eu não finjo, nem me escondo. Meu exército está aqui e minha intenção é tomar a cidade. Contudo, eu gostaria muito mais que vocês a entregassem para mim.

— O senhor é um tirano — Penrod disse sem rodeios.

— E daí? — Cett perguntou. — Sou um tirano com quarenta mil soldados. *Duas vezes* o que vocês têm guardando essas muralhas.

— O que nos impede de simplesmente tomá-lo como refém? — perguntou outro nobre. — O senhor parece ter se entregado para nós de forma impecável.

Cett soltou outra gargalhada.

— Se eu não voltar ao meu acampamento nesta noite, meu exército tem ordens de atacar e arrasar a cidade imediatamente, haja o que houver! Provavelmente ele será destruído por Venture em seguida, mas isso não me importa, nem a vocês, se acontecer! Estaremos todos mortos.

A sala caiu em silêncio.

— Viu, Venture? — Cett perguntou. — Ameaças fazem maravilhas.

— Honestamente espera que botemos você no trono? — Elend questionou.

— Na verdade, sim — Cett respondeu. — Olhe, com seus vinte mil soldados e meus quarenta mil, poderíamos facilmente nos proteger contra Straff... poderíamos até mesmo parar aquele exército de koloss.

Sussurros começaram imediatamente, e Cett ergueu uma sobrancelha espessa, virando-se para Elend.

— Você não falou para eles sobre os koloss, falou?

Elend não respondeu.

— Bem, eles saberão mais cedo ou mais tarde — Cett falou. — Independentemente disso, não vejo outra opção além de me eleger.

— Você não é um homem honrado — Elend disse, simplesmente. — As pessoas esperam mais de seus líderes.

— Não sou um homem honrado? — Cett perguntou, divertido. — E você é? Deixe-me fazer uma pergunta direta, Venture. Durante os trabalhos desta reunião, estava com algum dos seus alomânticos por aí abrandando os membros da Assembleia?

Elend fez uma pausa. Seus olhos voltaram-se para a lateral, encontrando Brisa. Vin fechou os olhos. *Não, Elend, não...*

— Sim, eles estavam abrandando — Elend admitiu.

Vin ouviu Tindwyl grunhir baixinho.

— E — Cett continuou — pode honestamente dizer que você nunca duvidou de si mesmo? Nunca se perguntou se era um bom rei?

— Acredito que todo líder se pergunta esse tipo de coisa — Elend respondeu.

— Bem, eu não — Cett falou. — Sempre soube que meu lugar era na liderança, e sempre fiz o melhor para garantir que ficasse no poder. Sei como me tornar forte, e isso significa que também sei como fortalecer aqueles que se associam a mim.

"Então, o acordo é o seguinte: você me dá a coroa, e eu tomo a liderança. Vocês todos manterão seus títulos, e aqueles da Assembleia que não têm títulos receberão alguns. Além disso, também manterão suas cabeças, que é um acordo muito melhor do que Straff ofereceria, isso eu garanto.

"O povo continuará a trabalhar, e eu providenciarei para que sejam alimentados neste inverno. Tudo volta ao normal, do jeito que era antes de essa insanidade começar um ano atrás. Os skaa trabalham, a nobreza administra."

— Você acha que eles voltariam para isso? — Elend perguntou. — Depois de tudo que lutamos, acha que simplesmente deixarei que você force as pessoas a voltarem para a escravidão?

Cett sorriu por trás de sua barba imensa.

— Eu tive a impressão de que a decisão não é sua, Elend Venture.

Elend silenciou.

— Quero me reunir com cada um de vocês — Cett falou aos membros da Assembleia. — Se permitirem, eu gostaria de me mudar para Luthadel com alguns dos meus homens. Digamos, uma força de cinco mil, o suficiente para me deixar confortável, mas sem ser um perigo real para vocês. Fixarei residência em uma das fortalezas abandonadas e esperarei até sua decisão na próxima semana. Durante esse período, encontrarei com cada um de vocês e explicarei os... benefícios que adviriam de vocês me escolherem como seu rei.

— Subornos — Elend disse, furioso.

— Claro — Cett falou. — Subornos para todas as pessoas da cidade, o suborno maior sendo a paz! Você gosta tanto de dar nome às coisas, Venture. "Escravos", "ameaça", "honrado". "Suborno" é apenas uma palavra. Visto de outra forma, um "suborno" é apenas uma promessa do avesso. — Cett sorriu.

O grupo de membros da Assembleia ficou em silêncio.

— Então, votaremos se vamos deixar ou não que ele entre na cidade? — Penrod perguntou.

— Cinco mil são muitos — um dos membros skaa da Assembleia disse.

— Concordo — Elend falou. — Não há como deixarmos tantos soldados estrangeiros entrarem em Luthadel.

— Não gosto nada disso — outro falou.

— O quê? — Philen disse. — Um monarca dentro de nossa cidade será menos perigoso do que fora dela, não acham? E, além disso, Cett prometeu títulos a todos.

Aquilo deu ao grupo algo a pensar.

— Por que não me dão simplesmente a coroa agora? — Cett falou. — Abram seus portões para o meu exército.

— Vocês não podem — Elend disse de pronto. — Não até haver um rei, ou a menos que possam conseguir um voto unânime agora.

Vin sorriu. Naquele caso não haveria unanimidade, enquanto Elend estivesse na Assembleia.

— Bah — Cett falou, mas obviamente foi suave o bastante para não insultar mais o corpo legislativo. — Deixe-me fixar residência na cidade, então.

Penrod assentiu.

— Todos a favor de permitir que Lorde Cett fixe residência na cidade com... digamos... uma tropa de mil soldados?

Dezenove membros da Assembleia ergueram suas mãos. Elend não estava entre eles.

— Está decidido, então — Penrod falou. — A reunião será retomada daqui a duas semanas.

ISSO NÃO PODE ESTAR ACONTECENDO, Elend pensou. *Pensei que talvez Penrod fosse um desafio, Philen, em menor medida. Mas... um dos tiranos que está ameaçando a cidade? Como eles puderam? Como puderam sequer considerar sua sugestão?*

Elend levantou-se, pegando o braço de Penrod quando ele se virou para sair do palco.

— Ferson — Elend disse em voz baixa —, isso é loucura.

— Temos de considerar a opção, Elend.

— Considerar vender o povo desta cidade para um tirano?

O rosto de Penrod lançou um olhar frio e soltou seu braço das mãos de Elend.

— Escute, rapaz — ele disse, baixo. — Você é um bom homem, mas sempre foi um idealista. Gastou tempo com livros e com filosofia; eu passei minha vida na luta política com os membros da corte. Você conhece teorias, eu conheço o povo.

Ele se virou, acenando com a cabeça para a plateia.

— Olhe para eles, rapaz. Estão *aterrorizados*. Que bem farão seus sonhos quando essas pessoas estiverem morrendo de fome? Você fala de liberdade e justiça quando dois exércitos estão se preparando para massacrar suas famílias.

Penrod voltou-se para Elend, fitando seus olhos.

— O sistema do Senhor Soberano não era perfeito, mas mantinha essas pessoas em segurança. Não temos isso mais. Seus ideais não podem enfrentar dois exércitos. Cett pode ser um tirano, mas se a escolha for entre ele e Straff, eu escolheria Cett. Provavelmente teríamos lhe entregado a cidade semanas atrás, se você não tivesse nos impedido.

Penrod meneou a cabeça para Elend, em seguida saiu para juntar-se aos outros nobres que estavam indo embora. Elend ficou parado, quieto, por um momento, rememorando uma passagem do livro de Ytves, *Estudos sobre revolução.*

Vimos um fenômeno curioso associado aos grupos rebeldes que romperam com o Império Final e tentaram buscar autonomia. Em quase todos os casos, o Senhor Soberano não precisou enviar exércitos para reconquistar os rebeldes. No momento em que seus agentes chegaram, os grupos já haviam sido demovidos por eles mesmos.

Parece que os rebeldes consideravam o caos da transição mais difícil de aceitar que a tirania que conheciam antes. Recebiam de volta a autoridade — mesmo uma autoridade opressora — com alegria, pois era menos doloroso para eles que a incerteza.

Vin e os outros juntaram-se a ele no palco, e ele pousou o braço sobre os ombros dela, em pé silenciosamente, enquanto observou as pessoas saírem do prédio. Cett estava sentado ao redor de um pequeno grupo de membros da Assembleia, marcando reuniões com eles.

— Bem — Vin disse em voz baixa. — Sabemos que *ele é* um Nascido da Bruma.

Elend virou-se para ela.

— Você sentiu a Alomancia dele?

Vin sacudiu a cabeça.

— Não.

— Então, como sabe? — Elend perguntou.

— Bem, olhe para ele — Vin falou com um aceno de mão. — Ele age como se não pudesse andar, isso *tem* que ser para encobrir algo. O que seria mais inocente que um aleijado? Pode imaginar uma maneira melhor de esconder o fato de que você é um Nascido da Bruma?

— Vin, minha cara — Brisa falou. — Ele é aleijado desde a infância, quando uma doença inutilizou suas pernas. Ele não é um Nascido da Bruma.

Vin ergueu uma sobrancelha.

— É uma das melhores mentiras que já ouvi.

Brisa revirou os olhos, mas Elend apenas sorriu.

— E agora, Elend? — Ham perguntou. — Obviamente não poderemos lidar com as coisas da mesma forma agora que Cett entrou na cidade.

Elend assentiu.

— Temos de planejar. Vamos... — Ele interrompeu quando um jovem se destacou do grupo de Cett, caminhando na direção de Elend. Era o mesmo homem que antes estava sentado ao lado de Cett.

— É o filho de Cett — Brisa sussurrou. — Gneorndin.

— Lorde Venture — Gneorndin disse, fazendo uma leve mesura. Tinha, talvez, a idade de Fantasma. — Meu pai deseja saber quando o senhor gostaria de encontrá-lo.

Elend levantou uma sobrancelha.

— Não tenho intenção de me juntar à fila de membros da Assembleia que espera as propinas de Cett, rapaz. Diga ao seu pai que ele e eu não temos nada a discutir.

— Não? — Gneorndin perguntou. — E a minha irmã? Aquela que vocês sequestraram?

Elend franziu o cenho.

— Sabe que isso não é verdade.

— Meu pai gostaria de discutir essa questão mesmo assim — Gneorndin falou, lançando um olhar hostil para Brisa. — Além disso, ele acredita que uma conversa entre vocês dois poderia ser excelente para a cidade. O senhor reuniu-se com Straff em seu acampamento... não me diga que não está disposto a fazer o mesmo por Cett dentro de sua própria cidade?

Elend fez uma pausa. *Deixe seu preconceito de lado*, ele disse a si mesmo. *Precisa falar com esse homem, mesmo que seja apenas pelas informações que a reunião poderia fornecer.*

— Está certo — Elend falou. — Eu me reunirei com ele.

— Jantar, daqui uma semana? — Gneorndin perguntou.

Elend assentiu brevemente com a cabeça.

No entanto, como aquele que encontrou Alendi, tornei-me alguém importante. Principalmente entre os Portadores do Mundo.

33

VIN DEITOU DE BRUÇOS, SEUS braços cruzados e a cabeça descansando neles enquanto estudava uma folha de papel no chão diante dela. Considerando os últimos dias de caos, era surpreendente para ela descobrir que voltar aos estudos era um alívio.

Pequeno, no entanto, pois seus estudos continham problemas próprios. *As Profundezas* haviam *retornado*, ela pensou. *Mesmo que as brumas só matassem com pouca frequência, começaram novamente a ficar hostis. Isso significa que o Herói das Eras também precisa voltar, não é?*

Ela pensava honestamente que poderia ser ela? Soava ridículo quando considerava a questão. Ainda assim, ela ouvia o pulsar na cabeça, via o espírito nas brumas...

E aquela noite, mais de um ano antes, quando enfrentou o Senhor Soberano? Aquela noite quando, de alguma forma, ela atraiu as brumas para dentro de si, queimando-as como se fossem metal?

Não é o bastante, ela disse a si mesma. *Um acontecimento bizarro, que nunca consegui reproduzir, não significa que sou uma salvadora mitológica.*

Ela nem mesmo conhecia grande parte das profecias sobre o Herói. O diário mencionava que ele devia vir de origens humildes, mas aquilo quase descrevia todos os skaa no Império Final. Devia possuir linhagens reais ocultas, o que tornava todos os mestiços da cidade candidatos. De fato, ela poderia até apostar que a maioria dos skaa tinha um ou outro progenitor nobre escondido.

Ela suspirou, balançando a cabeça.

— Senhora? — OreSeur chamou, virando-se. Ele estava em pé numa cadeira, suas patas dianteiras apoiadas na janela enquanto olhava para a cidade.

— Profecias, lendas, previsões — Vin falou, batendo a mão na sua folha de anotações. — Qual o sentido? Por que os terrisanos acreditam nessas coisas? A religião não deveria ensinar algo prático?

OreSeur sentou-se na cadeira.

— O que seria mais prático que poder conhecer o futuro?

— Se dissesse realmente algo de útil, eu concordaria. Mas mesmo o diário reconhece que as profecias de Terris poderiam ser entendidas de várias maneiras diferentes. O que há de bom em promessas que podem ser interpretadas tão livremente?

— Não despreze as crenças de alguém por não as entender, senhora.

Vin bufou.

— Você parece o Sazed. Uma parte de mim fica tentada a achar que todas essas profecias e lendas foram criadas por sacerdotes que queriam ganhar dinheiro com elas.

— Apenas uma parte? — OreSeur perguntou como se estivesse se divertindo.

Vin hesitou para, em seguida, assentir.

— A parte que cresceu nas ruas, a parte que sempre espera uma fraude. — Essa parte não queria admitir as outras coisas que sentia.

As batidas estavam ficando cada vez mais fortes.

— Profecias não precisam ser uma fraude, senhora — OreSeur afirmou. — Nem realmente uma promessa para o futuro. Podem ser apenas uma expressão de esperança.

— O que sabe sobre essas coisas? — Vin falou com desdém, deixando sua folha de lado.

Houve um momento de silêncio.

— Nada, claro, senhora. — OreSeur acabou dizendo.

Vin virou-se para o cão.

— Desculpe, OreSeur. Não quis... Bem, eu só estou me sentindo meio distraída nos últimos tempos.

Tum. Tum. Tum...

— Não precisa se desculpar, senhora — OreSeur falou. — Sou apenas um kandra.

— Ainda é uma pessoa — Vin falou. — Mesmo que com bafo de cachorro.

OreSeur sorriu.

— A senhora escolheu estes ossos para mim. Deve arcar com as consequências.

— Os ossos podem ter algo a ver com isso — Vin falou, erguendo-se. — Mas não acho que a carniça que você come esteja ajudando. De verdade, precisamos arranjar umas folhas de hortelã para você mascar.

OreSeur levantou uma sobrancelha canina.

— E não acha que um cachorro de hálito suave atrairia a atenção?

— Apenas se você beijar alguém no futuro próximo — Vin falou, voltando às pilhas de papel na escrivaninha.

OreSeur deu uma risadinha suave de um jeito canino, voltando-se para observar a cidade.

— A procissão já acabou? — Vin perguntou.

— Sim, senhora — OreSeur respondeu. — É difícil ver, mesmo daqui de cima. Mas parece que Lorde Cett terminou sua mudança. Certamente trouxe muitas carroças.

— Ele é pai de Allrianne — Vin afirmou. — Apesar do tanto que a garota reclama sobre acomodações no exército, aposto que Cett gosta de viajar com conforto.

OreSeur assentiu. Vin virou-se, recostando-se na escrivaninha, observando-o e pensando no que ele disse um pouco antes. *Expressão de esperança...*

— Os kandras têm uma religião, não é? — Vin questionou.

OreSeur virou-se de uma vez. Era o bastante para confirmar.

— Os Guardadores a conhecem? — Vin quis saber.

OreSeur ficou em pé nas patas traseiras, as dianteiras encostadas no parapeito.

— Eu não deveria ter falado.

— Não precisa ter medo — Vin falou. — Não revelarei seu segredo. Mas não vejo por que ainda precisa ser segredo.

— É uma questão dos kandras, senhora — OreSeur disse. — Não seria do interesse de mais ninguém.

— Claro que seria — Vin falou. — Não vê, OreSeur? Os Guardadores acreditam que a última religião independente foi destruída pelo Senhor Soberano séculos atrás. Se os kandras conseguiram manter uma, isso sugere que o controle teológico do Senhor Soberano no Império Final não era *absoluto*. Isso tem que significar alguma coisa.

OreSeur hesitou, inclinando a cabeça, como se não considerasse esse tipo de coisa.

Seu controle teológico não era absoluto?, Vin pensou, um pouco surpresa com suas palavras. *Senhor Soberano... estou começando a falar como Sazed e Elend. Estou estudando demais nos últimos tempos.*

— Mesmo assim, senhora — OreSeur continuou —, eu preferiria que a senhora não comentasse com seus amigos Guardadores. Provavelmente começariam a fazer perguntas desconfortáveis.

— Eles são assim — Vin falou com um meneio de cabeça. — E seu povo tem alguma profecia, afinal?

— Não acho que você queira saber, senhora.

Vin sorriu.

— Eles falam sobre nos derrubar, não é?

OreSeur sentou-se, e ela podia quase sentir sua cara canina ruborizar.

— Meu... povo tem lidado com o Contrato há muito tempo, senhora. Sei que é difícil para a senhora entender por que vivemos sob este fardo, mas acreditamos ser necessário. Ainda assim, sonhamos com o dia em que não seja mais.

— Quando todos os humanos forem subjugados por vocês? — Vin perguntou.

OreSeur desviou o olhar.

— Na verdade, quando todos estiverem mortos.

— Uau.

— As profecias não são literais, senhora — OreSeur disse. — São metáforas, expressões de esperança. Ou, ao menos, é como sempre as vi. Talvez suas profecias terrisanas sejam iguais. Expressões de uma crença de que, se as pessoas estiverem em perigo, seus deuses enviarão um Herói para protegê-las. Nesse caso, a incerteza seria intencional e racional. As profecias nunca foram feitas para dizer nada específico, mas para falar de um sentimento geral. Uma esperança geral.

Se as profecias não eram específicas, por que só ela conseguia sentir as batidas de tambor?

Pare com isso, ela disse a si mesma. *Está tirando conclusões precipitadas.*

— Todos os seres humanos mortos — ela disse. — Como morreríamos? Os kandras vão nos matar?

— Claro que não — OreSeur falou. — Honramos nosso Contrato, mesmo em religião. As histórias dizem que vocês se matarão. Vocês são da Ruína, no fim das contas, enquanto os kandras são da Preservação. Vocês... na verdade devem destruir o mundo, creio eu. Usando os koloss como suas marionetes.

— Você parece ter pena deles — Vin observou, divertindo-se.

— Os kandras na verdade tendem a pensar bem dos koloss, senhora — OreSeur disse. — Há um laço entre nós, entendemos o que é ser escravo, somos alheios à cultura do Império Final, somos...

Ele hesitou.

— O quê? — Vin quis saber.

— Não posso continuar a falar — OreSeur acrescentou. — Eu falei demais. A senhora me desconcerta.

Vin deu de ombros.

— Todos nós precisamos de segredos. — Ele olhou para a porta. — Embora haja um que ainda preciso entender.

OreSeur pulou de sua cadeira, juntando-se a ela quando andou a passos largos até a porta.

Ainda havia um espião no palácio. Ela tinha sido forçada a ignorar aquele fato por tempo demais.

ELEND OLHOU INTENSAMENTE PARA O poço. O fosso escuro, com a entrada alargada para acomodar as idas e vindas de numerosos skaa, parecia uma grande boca se abrindo, lábios de pedra estendidos e preparando-se para engoli-lo. Elend olhou para o lado, onde Ham estava em pé falando com um grupo de curandeiros.

— Notamos apenas quando muitas pessoas vieram reclamar de diarreia e dores abdominais — o curandeiro disse. — Os sintomas eram estranhamente fortes, milorde. Já... perdemos muitos para a doença.

Ham olhou para Elend, franzindo o cenho.

— Todos que ficaram doentes viviam nesta área — o curandeiro continuou — e tiravam sua água deste poço ou de outro, na próxima praça.

— Vocês levaram isso à atenção de Lorde Penrod e da Assembleia? — Elend perguntou.

— Hum, não, meu lorde. Achamos que o senhor...

Não sou mais rei, Elend pensou. No entanto, não podia dizer essas palavras. Não para este homem, que buscava ajuda.

— Eu cuidarei disso — Elend falou, suspirando. — Pode voltar aos seus pacientes.

— Eles estão enchendo a nossa clínica, milorde — ele comentou.

— Então, aproprie-se de uma das mansões nobres vazias — Elend falou. — Existem muitas. Ham, mande-o com alguém da minha guarda para ajudar a levar os doentes e preparar o prédio.

Ham assentiu, acenando para um soldado, dizendo a ele para juntar vinte homens de serviço do palácio para se encontrar com o curandeiro. O curandeiro sorriu, parecendo aliviado, e curvou-se para Elend enquanto saía.

Ham caminhou até Elend ao lado do poço.

— Coincidência?

— Dificilmente — Elend falou, agarrando-se à lateral do poço com dedos frustrados. — A questão é, qual deles o envenenou?

— Cett acabou de chegar à cidade — Ham falou, coçando o queixo. — Teria sido fácil enviar alguns soldados para jogar veneno aí às escondidas.

— Parece mais com algo que meu pai faria — Elend disse. — Algo para aumentar nossa tensão, nos punir por fazê-lo de tolo no seu acampamento. Além disso, ele tem aquele Nascido da Bruma que poderia ter facilmente despejado o veneno.

Claro, Cett havia passado pela mesma coisa — Brisa envenenou seu abastecimento de água antes de chegar à cidade. Elend cerrou os dentes. Não havia realmente como saber qual dos dois estava por trás do ataque.

De qualquer forma, os poços envenenados significavam problema. Havia outros na cidade, claro, mas eles eram tão vulneráveis quanto. As pessoas poderiam ter que começar a contar com o rio para sua água, e era muito menos saudável, suas águas barrentas e poluídas pelos dejetos dos dois acampamentos militares e da própria cidade.

— Ponha guardas ao redor desses poços — Elend falou, acenando. — Feche com tábuas, pregue avisos e, em seguida, diga aos curandeiros para observar com muito cuidado outros surtos.

Estamos ficando cada vez mais cercados, ele pensou enquanto Ham assentia. *Nesse ritmo, explodiremos muito antes do final do inverno.*

APÓS UM DESVIO PARA UM jantar tardio — durante o qual uma conversa sobre servos ficando doentes a deixou preocupada —, Vin entrou e verificou Elend, que tinha acabado de voltar da caminhada pela cidade com Ham. Depois disso, Vin e OreSeur continuaram sua busca original: encontrar Dockson.

Localizaram-no na biblioteca do palácio. Aquele salão fora o escritório pessoal de Straff no passado. Elend parecia achar a nova serventia do salão divertida por algum motivo.

Pessoalmente, Vin não achava a localização da biblioteca tão divertida quanto seu conteúdo. Ou, melhor, a falta dele. Embora o quarto estivesse cheio de estantes, quase todas mostravam sinais de ter sido pilhadas por Elend. As fileiras de livros jaziam marcadas por espaços vazios, seus companheiros levados um a um, como se Elend fosse um predador, lentamente reduzindo um rebanho.

Vin sorriu. Provavelmente não demoraria muito antes de Elend roubar todos os livros da pequena biblioteca, carregando os tomos para o seu escritório, em seguida deixando-os em uma das suas pilhas, distraído — planejando devolvê-los depois. Ainda assim, restava ainda ali um grande número de volumes — registros contábeis, livros de imagens e cadernos com notas sobre finanças; coisas nas quais Elend em geral tinha pouco interesse.

Dockson estava sentado na escrivaninha da biblioteca, escrevendo em um livro contábil. Percebeu a chegada de Vin e ergueu os olhos com um sorriso, mas em seguida voltou a suas anotações — aparentemente sem querer perder o fio da meada. Vin esperou-o terminar, OreSeur ao seu lado.

De todos os membros do grupo, Dockson parecia o mais mudado durante o último ano. Ela lembrou-se de suas primeiras impressões, no covil de Camon. Dockson era o braço direito de Kelsier, e o mais "realista" da dupla. E, ainda assim, sempre houve uma ponta de humor em Dockson, uma sensação de que ele gostava de seu papel de comparsa. Não contrastava com Kelsier tanto quanto o complementava.

Kelsier estava morto. O que esse fato significava para Dockson? Trajava vestes de nobre, como sempre fizera — e de todos os membros do grupo, era nele que essas vestes pareciam se ajustar melhor. Se tirasse a barba por fazer, poderia se passar por nobre — não um cortesão muito rico, mas um lorde no início da meia-idade que vivera negociando mercadorias sob um grande mestre.

Ele escrevia em seus registros, mas sempre fizera aquilo. Ainda fazia o papel do responsável no grupo. Então, o que havia de diferente? Era a mesma pessoa, fazia as mesmas coisas. Apenas *parecia* diferente. Os risos haviam desaparecido; o prazer com a excentricidade naqueles que o cercavam. Sem Kelsier, Dockson tinha, de alguma forma, mudado de comedido para... chato.

E era aquilo que a deixava desconfiada.

Isso precisa ser feito, ela pensou, sorrindo para Dockson enquanto ele baixava sua pena e acenava para ela tomar um lugar.

Vin sentou-se e OreSeur ficou ao lado da cadeira dela. Dockson encarou o cachorro, balançando sua cabeça levemente.

— É um animal incrivelmente bem-treinado, Vin — ele disse. — Não acredito já ter visto um assim antes...

Será que ele sabe?, Vin perguntou-se, alarmada. *Um kandra seria capaz de reconhecer outro num corpo de cachorro?* Não, não podia ser. Senão, OreSeur poderia encontrar o impostor para ela. Então, ela simplesmente sorriu de volta, acarinhando a cabeça de OreSeur.

— Há um treinador no mercado. Ele ensina os cães de caça a serem protetores para ficarem com crianças pequenas e mantê-las fora de perigo.

Dockson assentiu.

— Então, a que devo sua visita?

Vin deu de ombros.

— Nunca mais conversamos, Dox.

Dockson recostou-se na cadeira.

— Talvez não seja o melhor momento para conversas. Preciso fazer as finanças do reino para entregar a outra pessoa, caso a votação derrube Elend.

Um kandra seria capaz de elaborar livros contábeis?, Vin perguntou. *Sim. Eles saberiam, teriam sido preparados.*

— Desculpe — Vin falou. — Não quis incomodar, mas Elend tem ficado tão ocupado nos últimos tempos, e Sazed tem seu projeto...

— Tudo bem — Dockson falou. — Tenho alguns minutos. Sobre o que quer conversar?

— Bem, você se lembra daquela conversa que tivemos antes do Colapso?

Dockson franziu o cenho.

— Qual?

— Você sabe... Aquela sobre sua infância.

— Ah — Dockson falou, meneando com a cabeça. — Sim, o que tem a conversa?

— Bem, ainda pensa da mesma forma?

Dockson fez uma pausa, pensativo, dedos lentamente batendo no tampo da mesa. Vin esperou, tentando não mostrar a tensão. A conversa em questão tinha ocorrido apenas entre os dois, e, no decorrer dela, Dockson lhe falou pela primeira vez sobre o quanto ele odiava a nobreza.

— Acho que não — Dockson falou. — Não mais. Kell sempre dizia que você dava muito crédito à nobreza, Vin. Mas você começou a mudar até mesmo ele no final. Não, não acho que a sociedade nobre precise ser totalmente destruída. Não são todos monstros como eu acreditava no passado.

Vin relaxou. Não se lembrava apenas da conversa, mas conhecia os detalhes das digressões que discutiram. Ela era a única lá com ele. Não havia maneira de ele ser um kandra, certo?

— É sobre Elend, não é? — Dockson perguntou.

Vin ergueu os ombros.

— Acho que sim.

— Sei que você gostaria que ele e eu pudéssemos nos dar melhor, Vin. Mas, considerando todas as coisas, acho que estamos indo muito bem. Ele é um homem decente, sou capaz de reconhecer isso. Tem algumas falhas como líder: falta ousadia, falta presença.

Não é como Kelsier.

— Mas — Dockson continuou —, não quero vê-lo perder seu trono. Para um nobre, ele tratou os skaa com justiça.

— Ele é uma boa pessoa, Dox — Vin disse em voz baixa.

Dockson desviou o olhar.

— Eu sei disso. Mas... bem, todas as vezes que falo com ele, vejo Kelsier em pé sobre seu ombro, balançando a cabeça para mim. Sabe quanto tempo Kell e eu sonhamos em derrubar o Senhor Soberano? Os outros membros da equipe, eles pensam que o plano de Kelsier era uma paixão recente... algo que veio para ele nos Fossos. Mas era mais velho que isso, Vin. Muito mais velho.

"Sempre odiamos a nobreza, Kell e eu. Quando éramos jovens, pensando em nossos primeiros empregos, queríamos ser ricos, mas também queríamos machucá-los. Machucá-los por tomar de nós coisas a que não tinham direito: meu amor, a mãe de Kelsier... Cada moeda que roubamos, cada nobre que deixamos mortos num beco, essa era nossa maneira de declarar guerra. Nossa maneira de puni-los."

Vin ficou sentada, em silêncio. Era esse tipo de história, essas lembranças de um passado assombrado que sempre a deixavam um pouco desconfortável com Kelsier — e com a pessoa que ele a estava treinando para se tornar. Foi esse sentimento que a fez hesitar, mesmo quando seus instintos sussurravam que ela deveria ir e dar o troco em Straff e Cett com facas no meio da noite.

Dockson mantinha um pouco da mesma dureza. Kell e Dox não eram homens ruins, mas havia uma ponta de desejo de vingança neles. A opressão mudou-os de um jeito que nenhuma paz, reforma ou recompensa poderia redimir.

Dockson abanou a cabeça.

— E colocamos um deles no trono. Não consigo deixar de pensar que Kell ficaria furioso comigo por deixar Elend governar, não importa o quanto ele seja um bom homem.

— Kelsier mudou no final — Vin falou, tímida. — Você mesmo disse isso, Dox. Sabia que ele salvou a vida de Elend?

Dockson virou-se, franzindo a testa.

— Quando?

— No último dia — Vin falou. — Durante a luta com o Inquisidor. Kell protegeu Elend, que tinha ido atrás de mim.

— Deve ter pensado que era um dos prisioneiros.

Vin sacudiu a cabeça.

— Ele sabia quem Elend era, e sabia que eu o amava. No final, Kelsier começou a admitir que valia a pena proteger um bom homem, independentemente de quem seus pais fossem.

— Acho isso difícil de aceitar, Vin.

— Por quê?

Dockson fitou-a nos olhos.

— Porque se eu aceitar que Elend não carrega culpa pelo que seu povo fez ao meu, então preciso admitir que fui um monstro pelas coisas que fiz a eles.

Vin estremeceu. Naqueles olhos, ela viu a verdade por trás da transformação de Dockson. Viu a morte de sua risada. Viu a culpa. Os assassinatos.

Este homem não é um impostor.

— Tenho pouca alegria com este governo, Vin — Dockson disse em voz baixa. — Porque sei o que fizemos para criá-lo. O fato é que eu faria de novo. Eu digo a mim mesmo que é porque acredito na liberdade dos skaa. Mas ainda fico acordado à noite, intimamente satisfeito pelo que fizemos a nossos ex-governantes. A sociedade deles derrotada, seu deus morto. Agora eles sabem.

Vin assentiu. Dockson baixou os olhos, como se estivesse envergonhado, uma emoção que ela raramente vira nele. Não parecia haver nada mais a dizer. Dockson ficou em silêncio quando ela se retirou, a pena e o caderno esquecidos na escrivaninha.

— NÃO É ELE — Vin falou, caminhando por um corredor vazio do palácio, tentando afastar o som assustador da voz de Dockson de sua mente.

— Tem certeza, senhora? — OreSeur perguntou.

Vin assentiu.

— Ele sabia sobre uma conversa particular que Dockson e eu tivemos antes do Colapso.

OreSeur ficou em silêncio por um momento.

— Senhora — ele disse, por fim —, meus irmãos podem ser *muito* perfeitos.

— Sim, mas como ele poderia saber sobre uma conversa dessas?

— Sempre entrevistamos as pessoas antes de tomarmos seus corpos, senhora — OreSeur explicou. — Encontramos com elas várias vezes, em cenários diferentes, e encontramos maneiras de falar sobre sua vida. Também conversamos sobre amigos e conhecidos. Alguma vez comentou com alguém sobre esta conversa que a senhora teve com Dockson?

Vin parou para se recostar na lateral do corredor de pedra.

— Talvez Elend — ela admitiu. — Acho que falei com Sazed também, logo depois do acontecido. Faz quase dois anos.

— Poderia ter sido o bastante, senhora — OreSeur disse. — Não conseguimos aprender tudo sobre uma pessoa, mas fazemos nosso melhor para descobrir itens como este... conversas particulares, segredos, informações confidenciais... para que possamos mencioná-los em momentos adequados e reforçar nossa ilusão.

Vin franziu o cenho.

— Há... outras coisas também, senhora — OreSeur disse. — Hesito porque não quero fazê-la imaginar seus amigos sofrendo. No entanto, é comum para nosso mestre, aquele que realmente realiza o assassinato, torturar sua vítima para obter informações.

Vin fechou os olhos. Dockson parecia tão real... sua culpa, suas reações... era impossível fingir aquilo, não era?

— Inferno — ela sussurrou entredentes, abrindo os olhos. Virou-se, suspirando, ao abrir as folhas de uma janela do corredor. Estava escuro lá fora, e as brumas rodopiaram diante dela quando Vin se recostou no parapeito de pedra e olhou para o pátio, dois andares abaixo.

— Dox não é um alomântico — ela disse. — Como posso ter certeza de que ele é ou não o impostor?

— Não sei, senhora — OreSeur admitiu. — Nunca é uma tarefa fácil.

Vin ficou em silêncio. Distraída, tirou o brinco de bronze — o brinco de sua mãe — e brincou com ele entre os dedos, observando-o refletir a luz. No passado, era banhado a prata, mas estava quase todo desgastado.

— Odeio isso — ela sussurrou por fim.

— O que, senhora?

— Essa... desconfiança — ela respondeu. — Odeio suspeitar dos meus amigos. Pensei que não precisava mais desconfiar daqueles ao meu redor.

Eu sinto como se houvesse uma faca revirando dentro de mim, e ela corta mais fundo cada vez que confronto alguém do grupo.

OreSeur sentou-se ao lado dela e inclinou a cabeça.

— Mas a senhora conseguiu eliminar vários da lista de impostores.

— Sim — Vin falou. — Mas isso apenas diminui o campo, me deixa mais próxima de saber qual deles está morto.

— E esse conhecimento não é uma coisa boa?

Vin abanou a cabeça.

— Não quero que seja nenhum deles, OreSeur. Não quero desconfiar deles, não quero descobrir que estávamos certos...

OreSeur não reagiu de pronto, deixando-a encarar a janela, as brumas lentamente entrando no andar ao redor dela.

— A senhora é sincera — OreSeur finalmente disse.

Ela se virou.

— Claro que sou.

— Desculpe, senhora — OreSeur disse. — Não quis insultá-la. Eu apenas... Bem, eu fui kandra para muitos mestres. Tantos deles desconfiavam e odiavam todos ao seu redor que comecei a pensar que faltava à sua espécie a capacidade de confiar.

— Que bobagem — Vin falou, virando-se para a janela.

— Sei que é — OreSeur continuou. — Mas as pessoas acreditam com frequência em coisas bobas, se receberem provas o suficiente. De qualquer forma, eu peço desculpas. Não sei qual de seus amigos está morto, mas sinto muito que um da minha espécie tenha lhe trazido dor.

— Seja quem for, está apenas cumprindo seu Contrato.

— Sim, senhora — OreSeur confirmou. — O Contrato.

Vin franziu a testa.

— Tem algum jeito de você descobrir quais kandras em Luthadel têm um Contrato?

— Desculpe, senhora — OreSeur falou. — Não é possível.

— Eu imaginei — ela disse. — É provável que você o conheça, seja quem for?

— Os kandras são um grupo coeso, senhora — OreSeur falou. — E nossos números são pequenos. Há uma boa chance de que eu o conheça muito bem.

Vin tamborilou com o dedo no parapeito, franzindo a testa enquanto tentava decidir se as informações eram úteis.

— Ainda não acho que seja Dockson — ela disse por fim, recolocando o brinco. — Vamos ignorá-lo por ora. Se eu não conseguir outras pistas, voltaremos... — Ela parou de falar quando algo prendeu sua atenção. Uma figura caminhando no pátio, sem carregar luz.

Ham, ela pensou. Mas o caminhar era diferente.

Ela *empurrou* a cúpula da luminária que pendia no muro, a uma curta distância. Ela se fechou, a luminária sacudindo-se enquanto o corredor escurecia.

— Senhora? — OreSeur perguntou quando Vin subiu na janela, avivando estanho enquanto apertava os olhos para enxergar melhor noite adentro.

Definitivamente, não é Ham, ela pensou.

Seu primeiro pensamento foi em Elend — um terror repentino que assassinos viessem enquanto ela estava conversando com Dockson. Mas era início de noite, e Elend ainda estaria conversando com os conselheiros. Era um momento improvável para assassinatos.

E apenas um homem? Não era Zane, a julgar pela altura.

Provavelmente apenas um guarda, Vin pensou. *Por que eu preciso ser tão paranoica o tempo todo?*

E, ainda assim... ela observou a figura caminhar no pátio, e seus instintos ficaram aguçados. Ele parecia se mover com desconfiança, como se estivesse desconfortável — como se não quisesse ser visto.

— Nos meus braços — ela disse a OreSeur, jogando uma moeda revestida pela janela.

Ele saltou gentilmente, e ela pulou pela janela, caindo sete metros e aterrissando com a moeda. Soltou OreSeur e acenou para as brumas. Ele seguiu de perto enquanto ela se movia para dentro da escuridão, inclinando-se e se escondendo, tentando dar uma boa olhada na figura solitária. O homem caminhava com rapidez, movendo-se na direção lateral do palácio, onde ficava a entrada dos servos. Quando ele passou, finalmente viu seu rosto.

Capitão Demoux?, ela pensou.

Ela se sentou, agachando-se com OreSeur ao lado de uma pequena pilha de caixas de madeira. O que ela realmente sabia sobre Demoux? Foi um dos rebeldes skaa recrutados por Kelsier quase dois anos antes. Foi trazido para o comando e promovido rapidamente. Era um dos homens leais que ficara para trás quando o restante do exército seguira Yeden para o seu destino.

Após o Colapso, ele ficou com o grupo, e acabou tornando-se o subcomandante de Ham. Não tinha recebido pouco treinamento de Ham — o que poderia explicar por que ele saía à noite sem tocha ou lampião. Mas, mesmo assim...

Se eu fosse substituir alguém no grupo, Vin pensou, *eu não pegaria um alomântico — isso tornaria o impostor um alvo fácil demais de identificar. Pegaria alguém comum, alguém que não teria de tomar decisões ou chamar atenção.*

Alguém próximo do grupo, mas não necessariamente nele. Alguém que sempre esteja próximo das reuniões importantes, mas que os outros realmente não conheçam tanto...

Ela sentiu um pequeno arrepio. Se o impostor fosse Demoux, significaria que um dos seus bons amigos *não havia sido* morto. E significaria que o mestre do kandra era ainda mais esperto do que ela pensara.

Ele deu a volta na fortaleza, e ela o seguiu em silêncio. Contudo, fosse o que ele estivesse a fazer naquela noite, já estava terminado — pois ele caminhou para uma das entradas na lateral do prédio, cumprimentando os guardas de vigia.

Vin recuou para as sombras. Ele falou com os guardas, então não havia se esgueirado para fora do palácio. E, ainda assim... ela reconhecia a postura encolhida, os movimentos nervosos. Ele estava nervoso com alguma coisa.

É ele, ela pensou. *O espião.*

Mas, agora, o que ela deveria fazer sobre isso?

Havia um lugar para mim nas histórias da Antecipação — achei que eu fosse o Anunciador, o profeta proclamado para descobrir o Herói das Eras. Renunciar a Alendi na época teria sido renunciar à minha nova posição, à minha aceitação pelos outros.
E, por isso, não o fiz.

34

— ISTO NÃO VAI FUNCIONAR — Elend disse, abanando a cabeça. — Precisamos de uma decisão unânime, com exceção da pessoa sendo expulsa, claro, para depor um membro da Assembleia. Nunca conseguiríamos vencer todos os oitos mercadores.

Ham parecia um pouco oprimido. Elend sabia que Ham gostava de se considerar um filósofo; de fato, Ham tinha uma mente boa para o pensamento abstrato. No entanto, não era um erudito. Gostava de criar perguntas e respostas, mas não tinha experiência em estudar um texto em detalhes, procurando seu significado e implicações.

Elend olhou para Sazed, que estava sentado com um livro aberto na mesa diante de si. O Guardador tinha ao menos uma dúzia de volumes empilhados ao redor dele, embora, por mais engraçado que fosse, suas pilhas estivessem impecavelmente arranjadas, com as lombadas apontando na mesma direção, as capas retas. As pilhas de Elend eram caracteristicamente bagunçadas, páginas e notas saindo em ângulos estranhos.

Era incrível quantos livros alguém podia enfiar numa sala, supondo que não se quisesse se mover muito por ela. Ham sentou-se no chão, uma pequena pilha de livros ao lado dele, embora passasse a maior parte do tempo expressando uma ou outra ideia aleatória. Tindwyl tinha uma cadeira e não estudava. A terrisana achava perfeitamente aceitável treinar Elend como rei; no entanto, recusava-se a pesquisar e dar sugestões sobre como manter seu trono. Aquilo parecia, aos olhos dela, cruzar alguma linha invisível entre ser uma educadora e uma força política.

Ainda bem que Sazed não é assim, Elend pensou. *Se fosse, o Senhor Soberano poderia ainda estar no comando. De fato, Vin e eu provavelmente estaríamos mortos — Sazed foi quem de fato a resgatou quando estava aprisionada pelos Inquisidores. Não eu.*

Ele não gostava de pensar naquele acontecimento. Sua tentativa fracassada de resgatar Vin parecia uma metáfora de tudo que tinha feito de errado na sua vida. Ele sempre foi bem-intencionado, mas raramente capaz de ir até o fim em suas intenções. Aquilo mudaria.

— Que acha disso, Vossa Majestade? — Aquele que falou era a única outra pessoa na sala, um erudito chamado Noorden. Elend tentou ignorar as tatuagens intrincadas ao redor dos olhos do homem, indicações da vida pregressa de Noorden como obrigador. Usava óculos grandes para tentar esconder as tatuagens, mas no passado havia detido um alto cargo no Ministério do Aço. Podia renunciar às crenças, mas as tatuagens permaneceriam para sempre.

— O que você encontrou? — Elend quis saber.

— Algumas informações sobre Lorde Cett, Vossa Majestade — Noorden respondeu. — Descobri num dos diários que o senhor trouxe do palácio do Senhor Soberano. Parece que Cett não é indiferente às políticas de Luthadel como ele gostaria que pensássemos. — Noorden deu uma risadinha ao pensar nisso.

Elend nunca havia encontrado um obrigador alegre antes. Talvez tenha sido por isso que Noorden não abandonara a cidade como a maioria dos seus; certamente não se encaixava em suas fileiras. Era apenas um dos vários homens que Elend foi capaz de encontrar para servir como escribas e burocratas no seu novo reino.

Elend examinou a página de Noorden. Embora a página estivesse cheia de números em vez de palavras, sua mente erudita facilmente separou as informações. Cett fizera muito negócios com Luthadel. A maior parte do trabalho fora feito usando casas menores como fachadas. Aquilo talvez enganasse nobres, mas não obrigadores, que precisavam ser informados dos termos de qualquer negócio.

Noorden passou o livro contábil para Sazed, que observou os números.

— Então — Noorden disse —, Lorde Cett quis parecer desconectado de Luthadel... a barba e a atitude servindo apenas para reforçar essa impressão. Ainda assim, ele sempre teve um dedo disfarçado nos assuntos daqui.

Elend assentiu.

— Talvez ele tenha percebido que você não pode evitar a política fingindo não ser parte dela. Não há maneira de ele ter sido capaz de ficar tão poderoso sem algumas relações políticas sólidas.

— Então, o que isso nos diz? — Sazed perguntou.

— Que Cett é muito mais habilidoso no jogo do que ele quer que as pessoas acreditem — Elend disse, levantando-se e pisando sobre uma pilha de livros enquanto voltava até sua cadeira. — Mas acho que ficou muito óbvio pelo jeito que ele manipulou a mim e à Assembleia ontem.

Noorden riu.

— Os senhores deveriam ter visto o jeito como ficaram, Vossa Majestade. Quando Cett se revelou, alguns nobres da Assembleia pularam nos assentos! Acho que o restante dos senhores estava chocado demais para...

— Noorden? — Elend interrompeu.

— Sim, Vossa Majestade?

— Por favor, concentre-se na tarefa.

— Hum, claro, Vossa Majestade.

— Sazed? — Elend disse. — O que você acha?

Sazed tirou os olhos do livro — uma versão codificada e anotada da constituição da cidade, escrita pelo próprio Elend. O terrisano abanou a cabeça.

— Fez um trabalho muito bom com isso aqui, creio eu. Pude encontrar poucos métodos para impedir a nomeação de Lorde Cett, caso a Assembleia o escolha.

— Competente demais para o seu próprio bem? — Noorden perguntou.

— Um problema que, infelizmente, eu raramente tive — Elend falou, sentando-se e esfregando os olhos.

É assim que Vin se sente todo o tempo?, ele se perguntou. Ela dormia menos que ele, e estava sempre se movimentando, correndo, lutando, espionando. Ainda assim, sempre parecia alerta. Elend estava começando a se curvar depois de poucos dias de estudos intensos.

Foco, ele disse a si mesmo. *Precisa conhecer seus inimigos para poder combatê-los. Deve haver uma maneira de sair disso.*

Dockson ainda estava redigindo cartas aos outros membros da Assembleia. Elend queria se encontrar com aqueles que estivessem dispostos. Infelizmente, tinha a sensação de que esse número seria pequeno. Eles haviam votado na sua saída, e agora tinham uma opção que parecia uma maneira fácil de livrar-se dos problemas.

— Vossa Majestade... — Noorden disse, lentamente. — O senhor acha, talvez, que deveríamos simplesmente deixar Cett tomar o trono? Digo, o quão ruim ele pode ser?

Elend hesitou. Um dos motivos pelos quais ele empregara o ex-obrigador fora pelo ponto de vista diferente de Noorden. Não era um skaa, tampouco era da alta nobreza. Não era um ladrão. Era apenas um homenzinho culto que ingressara no Ministério porque este oferecera uma opção que não fosse a de se tornar um mercador.

Para ele, a morte do Senhor Soberano fora uma catástrofe que destruíra todo o seu estilo de vida. Não era um homem ruim, mas não tinha real compreensão dos sofrimentos dos skaa.

— O que você acha das leis que fiz, Noorden? — Elend perguntou.

— São brilhantes, Vossa Majestade — Noorden respondeu. — Representações perspicazes dos ideais exaltados por antigos filósofos, junto com um elemento forte de realismo moderno.

— Cett respeitará essas leis? — Elend perguntou.

— Não sei. Nem mesmo me encontrei com o homem.

— O que seus instintos dizem?

Noorden hesitou.

— Não — ele finalmente disse. — Ele não é o tipo de homem que governa com leis. Simplesmente faz o que deseja.

— Ele traria apenas o caos — Elend afirmou. — Olhe as informações que temos de sua terra natal e dos locais que conquistou. Todos estão em tumulto. Deixou uma colcha de retalhos de alianças e promessas pela metade, ameaças de invasão servindo como fios que mal seguram tudo isso junto. Dar-lhe o comando de Luthadel apenas prepararia o caminho para outro colapso.

Noorden coçou a bochecha, em seguida assentiu, pensativo, e voltou à sua leitura.

Consigo convencê-lo, Elend pensou. *Se eu pudesse fazer o mesmo com os membros da Assembleia...*

Mas Noorden era um erudito; ele pensava como Elend. Fatos lógicos eram suficientes para ele, e uma promessa de estabilidade era mais poderosa que uma de riqueza. A Assembleia era um bicho totalmente diferente. Os nobres queriam um retorno àquilo que conheceram antes; os mercadores viam uma oportunidade de agarrar títulos que sempre invejaram; e os skaa simplesmente estavam preocupados com um massacre brutal.

E, ainda assim, mesmo essas eram generalizações. Lorde Penrod viu-se como o patriarca da cidade — o nobre de posição, aquele que precisava apresentar uma medida de temperança conservadora aos problemas. Kinaler, um dos ferreiros, estava preocupado porque o Domínio Central precisava de uma ligação com os reinos ao redor dele, e via uma aliança com Cett como a melhor maneira de proteger Luthadel em longo prazo.

Cada qual dos vinte e três membros da Assembleia tinha pensamentos, objetivos e problemas próprios. Era isso que Elend pretendia; ideias proliferavam num ambiente assim. Ele apenas não esperava que muitas dessas ideias contradissessem as suas.

— Você estava certo, Ham — Elend falou, virando-se.

Ham olhou para cima, erguendo uma sobrancelha.

— No início disso tudo, você e os outros queriam fazer uma aliança com um dos exércitos, entregar-lhes a cidade em troca de mantê-la segura contra outros exércitos.

— Eu lembro — Ham concordou.

— Bem, é isso o que o povo quer — Elend falou. — Com ou sem meu consentimento, parece que vão entregar a cidade para Cett. Deveríamos simplesmente ter cumprido seu plano.

— Vossa Majestade? — Sazed chamou em voz baixa.

— Sim?

— Perdão, mas não é sua obrigação fazer o que o povo quer.

Elend piscou.

— Parece Tindwyl falando.

— Eu conheço poucas pessoas mais sábias que ela, Vossa Majestade — Sazed falou, olhando para ela.

— Bem, discordo de vocês dois — Elend falou. — Um governante deveria liderar apenas com consentimento do povo que ele governa.

— Não discordo disso, Vossa Majestade — Sazed falou. — Ou, ao menos, acredito nisso, em teoria. De qualquer forma, ainda assim não acredito que sua obrigação seja fazer o que o povo deseja. Sua obrigação é liderar o melhor que puder, segundo os ditames de sua consciência. Deve ser fiel, Vossa Majestade, ao homem que deseja se tornar. Se esse homem não é quem o povo deseja ter como líder, eles escolherão outra pessoa.

Elend fez uma pausa. *Bem, claro. Se não devo ser uma exceção às minhas próprias leis, também não deveria ser uma exceção à minha ética.* As palavras de Sazed eram realmente apenas uma reformulação das coisas que Tindwyl disse sobre confiar em si mesmo, mas a explicação de Sazed parecia melhor. Mais honesta.

— Tentar imaginar o que o povo deseja do senhor apenas levará ao caos, creio eu — Sazed disse. — Não pode agradar a todos, Elend Venture.

A pequena janela de ventilação do gabinete abriu-se, e Vin apertou-se para entrar, atraindo uma trilha de brumas atrás de si. Fechou a janela, em seguida observou a sala.

— Mais? — ela perguntou, incrédula. — Encontrou mais livros?

— Claro — Elend falou.

— Quantas dessas coisas as pessoas escreveram? — ela perguntou, exasperada.

Elend abriu a boca, em seguida parou quando viu o lampejo no olho de Vin. Por fim, ele apenas suspirou.

— Você é incorrigível — ele falou, voltando às cartas.

Ouviu um farfalhar atrás dele e, um momento depois, Vin aterrissou em uma das pilhas de livros, conseguindo de alguma forma equilibrar-se sobre ela. As franjas da capa de bruma pendiam ao redor dela, manchando a tinta na sua carta.

Elend suspirou.

— Ops — Vin falou, puxando a capa de bruma para trás. — Desculpe.

— É mesmo necessário pular para lá e para cá todo o tempo, Vin? — Elend perguntou.

Vin pulou para o chão.

— Desculpe — ela repetiu, mordendo o lábio. — Sazed diz que é porque os Nascidos da Bruma gostam de estar no alto para poder ver tudo que está acontecendo.

Elend meneou a cabeça, continuando a carta. Ele preferia que elas fossem de próprio punho, mas precisaria que um escriba reescrevesse aquela. Abanou a cabeça. *Tanta coisa a fazer...*

VIN OBSERVOU ELEND ESCREVER. SAZED estava lendo, bem como um dos escribas de Elend, o obrigador. Ela encarou o homem, e ele afundou um pouco na poltrona. Sabia que ela nunca confiara nele. Sacerdotes não deviam ser alegres.

Ela estava tão empolgada para contar a Elend o que havia descoberto sobre Demoux, mas hesitou. Havia muita gente por ali, e ela não tinha nenhuma prova, apenas seus instintos. Então se refreou, olhando sobre as pilhas de livros.

Havia um silêncio embotado na sala. Tindwyl estava sentada com os olhos levemente vidrados; provavelmente estava estudando alguma biografia antiga na mente. Até Ham estava lendo, embora folheasse um livro após o outro, pulando tópicos. Vin sentiu como se devesse estar estudando algo também. Pensou nas notas que estava fazendo sobre as Profundezas e o Herói das Eras, mas não conseguia se obrigar a pegá-las.

Ainda não conseguiria falar com ele sobre Demoux, porém *havia* algo mais que descobrira.

— Elend — ela disse, baixinho. — Tenho uma coisa para contar.

— Hum?

— Ouvi os servos falando quando OreSeur e eu estávamos jantando mais cedo — Vin falou. — Algumas pessoas que conhecem ficaram doentes nos últimos tempos... muitas delas. Acho que alguém poderia estar mexendo em nossos suprimentos.

— Sim — Elend disse, ainda escrevendo. — Eu sei. Vários poços da cidade foram envenenados.

— Foram?

Ele assentiu.

— Eu não disse quando você foi me ver mais cedo? Foi onde Ham e eu estivemos.

— Você não me disse.

— Pensei que tinha dito — Elend falou, franzindo a testa.

Vin sacudiu a cabeça.

— Desculpe — ele falou, erguendo o corpo para beijá-la, em seguida voltou a escrever.

Um beijo para consertar tudo, é isso?, ela pensou com tristeza, sentando-se numa pilha de livros.

Era estúpido; não havia motivo real para Elend contar aquilo para ela com *tanta rapidez*. E, ainda assim, a conversa a deixou estranha. Antes, ele teria pedido a ela para fazer algo sobre o problema. Agora, ele aparentemente cuidava de tudo sozinho.

Sazed suspirou, fechando seu tomo.

— Vossa Majestade, não consegui encontrar falhas. Li suas leis mais de seis vezes.

Elend concordou.

— Era o que temia. A única vantagem que poderíamos ganhar com a lei é interpretá-la intencionalmente de modo incorreto, o que eu não farei.

— Você é um bom homem, Vossa Majestade — Sazed falou. — Se você tivesse visto uma falha na lei, teria arrumado. Mesmo se não encontrasse as falhas, um de nós encontraria, quando você perguntasse nossa opinião.

Ele deixa que o chamem de "Vossa Majestade", Vin pensou. *Tentou fazê-los parar com isso. Por que ele deixa que usem o título agora?*

Estranho, Elend tinha finalmente começado a pensar em si como rei após o trono ter sido tomado dele.

— Esperem — Tindwyl disse, seus olhos ficando vivos. — Você leu esta lei antes de ela ser ratificada, Sazed?

Sazed enrubesceu.

— Ele leu — Elend respondeu. — Na verdade, as sugestões e ideias de Sazed foram providenciais para me ajudar no código atual.

— Entendo — Tindwyl falou com os lábios apertados.

Elend franziu o cenho.

— Tindwyl, você não foi convidada para esta reunião, está sendo tolerada aqui. Seus conselhos têm sido bem-vindos, mas não permitirei que insulte um amigo e convidado meu, mesmo se esses insultos forem indiretos.

— Desculpe, Vossa Majestade.

— Não se desculpe comigo — Elend falou. — Desculpe-se com Sazed ou deixará esta conferência.

Tindwyl ficou sentada por um instante; em seguida levantou-se e saiu da sala. Elend não parecia ofendido. Simplesmente voltou a escrever suas cartas.

— Não precisava fazer aquilo, Vossa Majestade — Sazed comentou. — As opiniões que Tindwyl tem sobre mim são bem fundamentadas, creio eu.

— Farei o que considerar adequado, Sazed — Elend disse, ainda escrevendo. — Sem ofensa, meu amigo, mas você tem um histórico de deixar as pessoas te maltratarem. Não vou tolerar isso na minha casa, pois, ao insultar sua ajuda com as minhas leis, ela me insultou também.

Sazed assentiu, em seguida esticou a mão para pegar outro volume.

Vin estava em silêncio. *Ele está mudando tão rápido. Quanto tempo desde que Tindwyl chegara? Dois meses?* Nenhuma das coisas que Elend disse eram diferentes do que ele teria dito antes, mas a maneira de dizer era totalmente diferente. Estava firme, exigente, de uma maneira que implicava que ele esperava respeito.

É o colapso do seu trono, o perigo dos exércitos, Vin pensou. *As pressões estão forçando-o a mudar, a adiantar-se e liderar ou ser esmagado.* Ele sabia sobre os poços. Que outras coisas ele descobrira e não lhe disse?

— Elend? — Vin perguntou. — Pensei mais um pouco sobre as Profundezas.

— Isso é maravilhoso, Vin — Elend falou, sorrindo para ela. — Mas eu realmente não tenho tempo agora...

Vin assentiu e sorriu para ele. No entanto, seus pensamentos estavam mais perturbados. *Ele não está inseguro, como ficava no passado. Não precisa confiar nas pessoas para apoiá-lo.*

Não precisa mais de mim.

Era um pensamento tolo. Elend a amava, ela sabia disso. Sua aptidão não tiraria o valor dela para ele. E, ainda assim, ela não conseguia reprimir suas preocupações. Ele a deixara uma vez no passado, quando estava tentando equilibrar as necessidades de sua casa e seu amor por ela, e essa atitude quase acabou com ela.

O que aconteceria se ele a abandonasse agora?

Ele não te abandonará, ela disse a si mesma. *É um homem melhor que isso.*

Mas até bons homens falhavam nos relacionamentos, não é? As pessoas se afastavam, especialmente pessoas que eram tão diferentes, para começar. Mesmo que não quisesse, apesar de sua autoconfiança, ela ouviu uma vozinha surgir no fundo da mente. *Deixe-o primeiro*, Reen, seu irmão, parecia sussurrar na sua cabeça. *Vai doer menos*.

Vin ouviu um farfalhar lá fora. Ela mostrou um leve interesse, mas fora suave demais para os outros ouvirem. Ela se levantou e foi até a janela de ventilação.

— Vai voltar para a patrulha? — Elend perguntou.

Ela se virou, em seguida assentiu.

— Talvez queira sondar as defesas de Cett na Fortaleza Hasting — Elend falou.

Ela concordou de novo. Elend sorriu para ela, em seguida voltou para as cartas. Vin abriu a janela e lançou-se para a noite. Zane estava em pé, nas brumas, os pés mal tocando o parapeito de pedra embaixo da janela. Estava num ângulo inclinado, pés contra a parede, corpo projetado na noite.

Vin olhou para o lado, observando o pedaço de metal que Zane estava *puxando* para manter-se parado. Outra proeza. Ele sorriu para ela.

— Zane? — ela sussurrou.

Zane olhou para cima, e Vin assentiu. Um segundo depois, os dois aterrissaram no telhado de metal da Fortaleza Venture.

Vin voltou-se para Zane.

— Por onde você andou?

Ele atacou.

Vin saltou para trás, surpresa, quando Zane girou para a frente, como uma forma rodopiante na escuridão, as facas reluzindo. Ela pousou com metade dos pés do telhado, tensa. *Uma luta, então?*, ela pensou.

Zane golpeou, a faca chegando perigosamente perto do pescoço de Vin quando ela se esquivou. Havia algo diferente em seu ataque desta vez. Algo mais perigoso.

Vin xingou e sacou suas adagas, recuando para evitar outro ataque. Enquanto se movia, Zane fatiava o ar, cortando a ponta de uma de suas franjas da capa de bruma.

Ela se virou para encará-lo. Ele caminhava para a frente, mas não mantinha a postura de combate. Parecia confiante, despreocupado, como se estivesse caminhando até um velho amigo, não entrando num combate.

Tudo bem, ela pensou, saltando para a frente, golpeando com suas adagas.

Zane deu um passo adiante, casualmente, virando-se apenas de leve para o lado, desviando-se facilmente de uma das facas. Esticou o braço, agarrando sua outra mão sem esforço, parando o golpe.

Vin ficou paralisada. Ninguém era tão bom. Zane baixou os olhos escuros para ela. Despreocupados. Indiferentes.

Ele estava queimando atium.

Vin soltou-se, saltando para trás. Ele a deixou ir, observando enquanto ela caía agachada, o suor brotando de sua testa. Sentiu uma pontada repentina, aguda, de terror — um sentimento gutural, primevo. Temia aquele dia desde o momento em que soubera da existência do atium. Era o terror de saber que estava impotente apesar de todas as suas habilidades e capacidades.

Era o terror de saber que morreria.

Ela se virou para saltar para longe, mas Zane saltou para a frente antes que ela começasse a se mover. Ele sabia de antemão o que ela faria. Agarrou seu ombro por trás, puxando-a, derrubando-a no telhado.

Vin bateu contra o telhado de metal, arfando de dor. Zane estava sobre ela, olhando para baixo, como se esperasse.

Não serei vencida dessa forma!, Vin pensou, em desespero. *Não serei morta como um rato na ratoeira!*

Ela esticou o braço e golpeou a perna dele, mas foi inútil. Ele puxou a perna para trás um pouco, apenas o bastante para que o golpe não atingisse sequer o tecido de sua calça. Ela era como uma criança, sendo mantida à distância por um inimigo muito maior, mais poderoso. Era o que uma pessoa normal devia sentir tentando brigar com ela.

Zane estava em pé, na escuridão.

— O que foi? — ela finalmente perguntou.

— Vocês realmente não têm — ele disse em voz baixa — o estoque de atium do Senhor Soberano.

— Não — ela retrucou.

— Vocês não têm nenhum — ele continuou, sem rodeios.

— Usei a última conta no dia em que lutei contra os assassinos de Cett.

Ele permaneceu parado por um momento; em seguida virou-se, afastando-se dela. Vin sentou-se, o coração em disparada, mãos um pouco trêmulas. Ela se forçou a ficar em pé, em seguida curvou-se e pegou as adagas caídas. Uma delas rachara contra o telhado de cobre.

Zane virou-se para ela novamente, em silêncio nas brumas.

ZANE OBSERVOU-A NA ESCURIDÃO; VIU seu medo, mas também sua determinação.

— Meu pai quer que eu te mate — Zane falou.

Ela se ergueu, observando-o, os olhos ainda temerosos. Ela era forte, e reprimia bem o medo. As notícias do seu espião, as palavras que Vin falara enquanto visitava a tenda de Straff, tudo era verdade. Não havia atium naquela cidade.

— Por isso ficou distante? — ela questionou.

Ele assentiu, desviando o olhar.

— Então? — ela perguntou. — Por que me deixar viva?

— Não sei — ele admitiu. — Eu ainda posso matá-la. Mas... não preciso. Não para cumprir a ordem dele. Poderia apenas levá-la comigo, teria o mesmo efeito.

Ele voltou a olhá-la. Ela estava com o cenho franzido, uma figura pequena e silenciosa nas brumas.

— Venha comigo — ele disse. — Nós dois poderíamos ir embora. Straff perderia seu Nascido da Bruma, e Elend perderia a sua. Poderíamos nos recusar a ser as ferramentas *deles*. E poderíamos ser livres.

Ela não respondeu de pronto. Finalmente, abanou a cabeça.

— Esse... lance entre nós, Zane. Não é o que você está pensando.

— O que quer dizer? — ele disse, avançando.

Ela ergueu os olhos para ele.

— Eu amo Elend, Zane. De verdade.

E acha que isso significa que não pode sentir nada por mim?, Zane pensou. *E esse olhar que vejo em seu semblante, esse desejo? Não, não é tão fácil quanto você diz, não é?*

Nunca é.

E, ainda assim, o que mais ele esperava? Ele ficou de costas.

— Faz sentido. É como sempre foi.

— O que isso quer dizer? — ela questionou.

Elend...

"Mate-o", Deus sussurrou.

Zane estreitou os olhos. Ela não seria enganada; não uma mulher que crescera nas ruas, uma mulher que era amiga de ladrões e trambiqueiros. Essa era a parte difícil. Ela precisava ver as coisas que aterrorizavam Zane.

Precisava ver a verdade.

— Zane? — Vin perguntou. Ela ainda parecia um pouco trêmula pelo ataque dele, mas era do tipo que se recuperava rapidamente.

— Não consegue ver a semelhança? — Zane perguntou, virando-se. — O mesmo nariz, a mesma curva do rosto? Corto meu cabelo mais curto que o dele, mas temos os mesmos cachos. É tão difícil assim de ver?

Vin sentiu o fôlego preso na garganta.

— Em quem mais Straff Venture confiaria para ser seu Nascido da Bruma? — Zane perguntou. — Por qual outra razão ele me deixaria ficar tão próximo, por que mais ele se sentiria tão confortável em me incluir em seus planos?

— Você é filho dele — Vin sussurrou. — Irmão de Elend.

Zane confirmou.

— Elend...

— Ele não sabe sobre mim — Zane falou. — Pergunte a ele sobre os hábitos sexuais do nosso pai.

— Ele me disse — Vin falou. — Straff gosta de concubinas.

— Por mais de um motivo — Zane revelou. — Mais mulheres significa mais filhos. Mais filhos significa mais alomânticos. Mais alomânticos significa mais chances de ter um filho Nascido da Bruma para ser seu assassino.

A bruma soprada pela brisa passou por eles. À distância, uma armadura de soldado estalou enquanto ele patrulhava.

— Enquanto o Senhor Soberano estava vivo, eu nunca poderia ter direito à herança — Zane disse. — Sabe como os obrigadores eram rígidos. Cresci nas sombras, ignorado. Você viveu nas ruas, suponho que tenha sido terrível. Mas pense em como seria viver como carniceiro em seu próprio lar, não reconhecido por seu pai, tratado como um pedinte. Pense como foi ver seu irmão, um garoto da mesma idade, crescendo privilegiado. Pense como é observar seu desdém pelas coisas que você ansiava ter. Conforto, ócio, amor...

— Você deve odiá-lo — Vin sussurrou.

— Odiar? — Zane perguntou. — Não. Por que odiar um homem pelo que ele é? Elend não fez nada contra mim, não diretamente. Além disso, Straff encontrou um motivo para precisar de mim, no fim das contas... depois que tive o *Estalo*, finalmente ele conseguiu o que estava apostando para obter nos últimos vinte anos. Não, não odeio Elend. Mas, às vezes, eu o invejo. Ele tem tudo. E ainda assim... parece que não dá valor.

Vin ficou em silêncio.

— Sinto muito.

Zane sacudiu a cabeça com força.

— Não tenha pena de mim, mulher. Se eu fosse Elend, não seria um Nascido da Bruma. Não entenderia as brumas, nem saberia o que é crescer sozinho e odiado. — Ele se virou, fitando os olhos de Vin. — Não acha que um homem aprecia melhor o amor quando foi forçado durante tanto tempo a seguir sem ele?

— Eu...

Zane se virou para olhar para as brumas.

— Não importa — ele falou —, não vim aqui lamentar minha infância. Vim com um aviso.

Vin ficou tensa.

— Pouco tempo atrás — Zane começou —, meu pai permitiu que várias centenas de refugiados atravessassem suas barricadas para aproximarem-se da cidade. Sabe sobre o exército dos koloss?

Vin assentiu.

— Ele atacou e pilhou a cidade de Suisna mais cedo.

Vin teve um estalo de pavor. Suisna ficava apenas a um dia de Luthadel. Os koloss estavam próximos.

— Os refugiados vieram pedir ajuda ao meu pai — Zane continuou. — Ele os enviou para vocês.

— Para deixar as pessoas da cidade com mais medo — Vin concluiu. — E drenar ainda mais nossos recursos.

Zane meneou a cabeça.

— Queria lhe dar esse aviso. Sobre os refugiados e as minhas ordens. Pense na minha oferta, Vin. Pense sobre esse homem que diz te amar. Sabe que ele não te entende. Se você partir, será melhor para os dois.

Vin franziu o cenho. Zane fez uma pequena reverência para ela e, em seguida, saltou noite adentro, empurrando o telhado de metal. Ela ainda não acreditava no que ele dizia sobre Elend. Ele podia ver nos olhos dela.

Bem, a prova estava a caminho. Logo ela veria. Logo entenderia o que Elend Venture realmente pensava sobre ela.

Mas o faço agora.
Saibam que eu, Kwaan, o Portador do Mundo de Terris, sou uma fraude.

35

PARECIA QUE ELA IRIA A um baile novamente.

O belo vestido castanho-avermelhado teria ficado perfeito em uma das festas das quais ela participara durante os meses antes do Colapso. O traje não era tradicional, mas não estava fora de moda. As mudanças simplesmente faziam o vestido parecer singular.

As alterações a deixavam mais livre para se mover, seu caminhar ficava mais gracioso; os giros, mais naturais. Por sua vez, aquilo fazia com que ela se sentisse mais bonita. Em pé, diante do espelho, Vin pensou em como poderia ter sido usar o vestido num baile de verdade. Ser ela mesma, não Valette, a nobre desconfortável do interior. Nem mesmo Vin, a ladra skaa. Ser ela mesma.

Ou, ao menos, como ela conseguia se imaginar. Confiante porque aceitava seu lugar como uma Nascida da Bruma. Confiante porque aceitava seu lugar como aquela que havia derrubado o Senhor Soberano. Confiante porque sabia que o rei a amava.

Talvez eu pudesse ser as duas coisas, Vin pensou, correndo as mãos nas laterais do vestido, sentindo a seda suave.

— Você está linda, menina — Tindwyl falou.

Vin virou-se, sorrindo com hesitação.

— Não tenho joia nenhuma. Dei a última a Elend para ajudar a alimentar os refugiados. De qualquer forma, a cor não combinava com esse vestido.

— Muitas mulheres usam joias para tentar esconder sua falta de atrativos — Tindwyl falou. — Você não precisa disso.

A terrisana estava em sua postura habitual, mãos postas diante do corpo, anéis e brincos reluzindo. No entanto, nenhuma de suas joias tinha pedras; de fato, a maioria delas era feita de materiais simples. Ferro, cobre, peltre. Metais feruquêmicos.

— Você não tem aparecido para ver Elend nos últimos tempos — Vin falou, virando-se para o espelho de novo e usando algumas presilhas de madeira para segurar os cabelos para trás.

— O rei está chegando rapidamente ao ponto no qual não precisará mais das minhas instruções.

— Está tão perto assim? — Vin perguntou. — De ser como os homens de suas biografias?

Tindwyl riu.

— Ah, não, minha menina. Ele está muito longe disso.

— Mas...

— Eu disse que ele não precisaria mais das minhas instruções — Tindwyl falou. — Está aprendendo que pode confiar nas palavras alheias apenas em certa medida, e chegou ao ponto no qual terá de aprender mais sozinho. Você ficaria surpresa, menina, com o quanto sobre ser um bom líder simplesmente vem com a experiência.

— Para mim ele parece muito diferente — Vin falou em voz baixa.

— Ele está — Tindwyl falou, avançando para pousar a mão no ombro de Vin. — Ele está se tornando o homem que sempre soube que precisaria ser... apenas não sabia o caminho. Embora eu seja dura com ele, acho que ele teria encontrado seu caminho, mesmo que eu não tivesse vindo. Um homem pode cambalear apenas por certo tempo antes de cair ou erguer-se de vez.

Vin olhou para o espelho, linda em suas vestes castanho-avermelhadas.

— Isto é o que *eu* preciso me tornar. Por ele.

— Por ele — Tindwyl concordou. — E por você mesma. Isso é para onde *você* estava caminhando antes de se distrair.

Vin virou-se.

— Virá conosco nesta noite?

Tindwyl balançou a cabeça.

— Não é o meu lugar. Agora vá encontrar seu rei.

DAQUELA VEZ, ELEND NÃO PRETENDIA entrar no covil do inimigo sem uma escolta adequada. Duzentos soldados estavam no pátio, esperando para acompanhá-lo ao jantar de Cett, e Ham — totalmente armado — serviria de guarda-costas. Fantasma bancaria o cocheiro de Elend. Restava apenas Brisa que, como era de se entender, estava um pouco nervoso com a ideia de ir ao jantar.

— Não precisa ir — Elend disse ao homem corpulento quando se reuniram no pátio de Venture.

— Não? — Brisa falou. — Bem, então, permanecerei aqui. Aproveitem o jantar!

Elend fez uma pausa, franzindo o cenho.

Ham deu um tapa no ombro de Elend.

— Você já devia saber que não pode dar trela para aquele ali, Elend!

— Bem, eu falei sério — Elend disse. — Poderíamos precisar mesmo de um Abrandador, mas ele não precisa vir se não quiser.

Brisa parecia aliviado.

— Você não se sente nem um pouco culpado, não é? — Ham perguntou.

— Culpado? — Brisa disse, descansando a mão em seu bastão. — Meu querido Hammond, você já me viu expressar uma emoção tão triste e sem inspiração? Além disso, eu tenho a sensação de que Cett será mais amigável sem mim por perto.

Ele provavelmente tem razão, Elend pensou quando sua carruagem chegou.

— Elend, não acha que levar duzentos soldados conosco é... bem, um pouco óbvio?

— Foi Cett quem disse que deveríamos ser honestos com nossas ameaças — Elend disse. — Bem, eu diria que duzentos homens fazem parte do meu lado conservador, de quanto eu confio nele. Ele ainda nos bate em número, cinco para um.

— Mas você terá uma Nascida da Bruma a poucos assentos dele — uma voz suave veio de trás deles.

Elend virou-se, sorrindo para Vin.

— Como você consegue se mover com tanto silêncio num vestido como esse?

— Prática — ela disse, tomando o braço dele.

O fato é que provavelmente ela praticou mesmo, ele pensou, inalando seu perfume, imaginando Vin se esgueirando pelos corredores do palácio num imenso vestido de baile.

— Bem, temos que ir — Ham falou. Fez um gesto para Vin e Elend entrarem na carruagem, e eles deixaram Brisa para trás nos degraus do palácio.

DEPOIS DE UM ANO PASSANDO pela Fortaleza Hasting à noite com suas janelas escurecidas, parecia certo vê-las brilhando novamente.

— Sabe — Elend disse ao lado dela —, nunca conseguimos ir a um baile juntos.

Vin desviou-se da contemplação da fortaleza que se aproximava. Ao seu redor, a carruagem balançava junto com o som de várias centenas de pés batendo, a noite apenas começando a escurecer.

— Nos encontramos várias vezes nos bailes — Elend continuou —, mas nunca participamos oficialmente de um juntos. Nunca tive a chance de levá-la na minha carruagem.

— Isso é mesmo tão importante? — Vin perguntou.

Elend deu de ombros.

— É tudo parte da experiência. Ou era. Havia uma formalidade confortável nisso tudo; o cavalheiro chegando para acompanhar a senhora, então todos observando você entrar e avaliando a aparência dos dois juntos. Fiz isso dezenas de vezes com dezenas de mulheres, mas nunca com aquela que teria tornado a experiência especial.

Vin sorriu.

— Acha que teremos bailes de novo?

— Não sei, Vin. Mesmo se sobrevivermos a tudo isso... bem, você conseguiria dançar enquanto tantas pessoas morrem de fome? — Ele provavelmente estava pensando nas centenas de refugiados, fatigados pelas viagens, despojados de toda comida e equipamentos pelos soldados de Straff, apinhados no armazém que Elend encontrou para eles.

Você dançava antes, ela pensou. *As pessoas morriam de fome na época também*. Mas eram outros tempos; Elend não era rei na época. De fato, quando ela pensou sobre isso, ele nunca dançava de verdade naqueles bailes. Estudava e encontrava os amigos, planejando como poderia tornar o Império Final um lugar melhor.

— Deve haver uma maneira de ter os dois — Vin falou. — Talvez pudéssemos fazer bailes e pedir à nobreza comparecer para doar dinheiro e ajudar a alimentar o povo.

Elend sorriu.

— Provavelmente gastaríamos duas vezes mais na festa do que as doações que conseguiríamos.

— E o dinheiro que gastássemos iria para os mercadores skaa.

Elend fez uma pausa, pensativo, e Vin sorriu para si mesma. *Estranho que eu acabei ficando com o único nobre frugal da cidade*. Que casal eles formavam — uma Nascida da Bruma que se sentia culpada por gastar moedas para saltar e um nobre que pensava que bailes eram caros demais. Era um feito que Dockson conseguisse arrancar deles dinheiro suficiente para manter a cidade funcionando.

— Pensaremos nisso depois — Elend falou quando os portões de Hasting se abriram, revelando um mundo de soldados em posição de sentido.

Pode trazer seus soldados se quiser, a exibição parecia dizer. *Eu tenho mais*. Na verdade, eles estavam entrando numa alegoria estranha da própria Luthadel. Os duzentos de Elend estavam agora cercados pelos mil de Cett — que, por sua vez, estavam cercados por vinte mil de Luthadel. A cidade, claro, estava cercada por uma tropa de quase cem mil do lado de fora. Camada após camada de soldados, todos tensos, esperando por uma batalha. Pensamentos sobre bailes e festas fugiram da mente dela.

Cett não os recebeu na porta. A função foi executada por um soldado num uniforme simples.

— Seus soldados podem permanecer aqui — o homem disse quando chegaram à entrada principal. No passado, o salão grande com pilares era adornado com tapetes finos e tapeçarias nas paredes, mas Elend os tomara para financiar seu governo. Cett, obviamente, não trouxera nada para substituir, e aquilo deixava o interior da fortaleza austero. Como uma fortaleza de *front*, em vez de uma mansão.

Elend virou-se, acenando para Demoux, e o capitão ordenou que seus homens esperassem no lado de dentro. Vin hesitou por um momento, evitando conscientemente lançar um olhar raivoso para Demoux. Se ele *fosse mesmo* o kandra, como seus instintos alertavam, então era perigoso tê-lo tão perto. Parte dela ansiava simplesmente por jogá-lo numa masmorra.

E, mesmo assim, um kandra não podia ferir humanos, então ele não era uma ameaça direta. Estava lá simplesmente para entregar informações. Além disso, ele já sabia seus segredos mais confidenciais; havia poucos motivos para atacar naquele momento e revelar sua descoberta tão rápido. Se ela aguardasse, veria para onde ia quando saía em segredo da cidade, então talvez pudesse descobrir para qual exército — ou seita na cidade — ele estava atuando como informante. Saber quais informações ele entregara.

E, assim, ela se conteve, esperando. O tempo de atacar viria.

Ham e Demoux arranjaram seus homens e, então, uma guarda de honra menor — incluindo Ham, Fantasma e Demoux — foi reunida para ficar com Vin e Elend. Elend acenou com a cabeça para o homem de Cett, e o soldado levou-os por uma passagem lateral.

Não estamos seguindo para os elevadores, Vin pensou. O salão de baile de Hasting ficava no alto da torre central da fortaleza; nas vezes em que ela participou dos bailes ali, teve de ser levada até lá por um dos quatro elevadores acionados por força humana. Ou Cett não queria gastar com mão de obra ou...

Ele escolheu a fortaleza mais alta da cidade, Vin pensou. *Aquela com menos janelas também*. Se Cett puxasse todos os elevadores para o alto, seria muito difícil para uma força invasora reivindicar a fortaleza.

Felizmente, não parecia que teriam de subir até o topo naquela noite. Depois que subiram dois lances de uma escadaria de pedra serpenteante — Vin precisou puxar seu vestido para os lados para impedir que ele arrastasse nas pedras —, seu guia os levou até uma sala grande, circular, com janelas de vitrais correndo todo o perímetro, interrompidas apenas por colunas que seguravam o teto. O salão único era quase tão amplo quanto a própria torre.

Um salão de baile secundário, talvez?, Vin perguntou-se, assimilando a beleza. O vidro não estava iluminado, embora ela suspeitasse que houvesse fendas para luzes do lado de fora. Cett não parecia se importar com essas coisas. Mandou montar uma grande mesa no centro do salão e estava sentado na cabeceira. Já estava comendo.

— Vocês estão atrasados — ele gritou para Elend —, então comecei sem vocês.

Elend franziu a testa, o que fez Cett soltar uma gargalhada alta, segurando uma coxa de galinha.

— Você parece mais horrorizado com minha quebra de etiqueta do que com o fato de eu ter trazido um exército para conquistá-lo, garoto! Mas suponho que seja assim em Luthadel. Sente-se antes que eu coma tudo sozinho.

Elend estendeu um braço para Vin, levando-a até a mesa. Fantasma tomou posição perto da escadaria, seus ouvidos de Olho de Estanho espreitando o perigo. Ham levou seus dez homens para uma posição da qual pudessem vigiar as únicas entradas do salão — a entrada das escadas e a porta que os serviçais usavam.

Cett ignorou os soldados. Tinha um grupo de guarda-costas em pé próximo à parede do outro lado do salão, mas pareciam despreocupados que a tropa de Ham fosse um pouco maior que a deles. Seu filho — o jovem que o abordara na reunião da Assembleia — estava ao lado dele, esperando em silêncio.

Um dos dois deve ser Nascido da Bruma, Vin pensou. *E eu ainda acho que é Cett.*

Elend sentou-a, em seguida tomou uma cadeira ao lado dela, os dois sentados diretamente à frente de Cett. Ele mal parou de comer quando os serviçais trouxeram os pratos de Vin e Elend.

Coxas de galinha, Vin pensou, *e legumes ao molho. Ele quer que essa refeição faça sujeira; quer deixar Elend desconfortável.*

Elend não começou a comer de imediato. Sentou-se, observando Cett, com uma expressão pensativa.

— Maldição — Cett disse. — Esta comida é boa. Não tem ideia como é difícil ter refeições decentes durante viagens!

— Por que quer falar comigo? — Elend perguntou. — Sabe que não me convencerá a votar em você.

Cett deu de ombros.

— Achei que seria interessante.

— É sobre sua filha? — Elend perguntou.

— Senhor Soberano, não! — Cett falou, rindo. — Fique com aquela coisinha estúpida se quiser. O dia em que ela fugiu foi um dos poucos alegres que tive no último mês.

— E se eu ameaçar fazer mal a ela? — Elend perguntou.

— Você não fará isso — Cett retrucou.

— Tem certeza?

Cett sorriu sob sua barba espessa, inclinando-se na direção de Elend.

— Conheço você, Venture. Venho observando, estudando você há meses. E, então, você foi gentil o bastante para me enviar um dos seus amigos para me espionar. Aprendi muito sobre você com ele!

Elend pareceu perturbado.

Cett riu.

— Honestamente, você não achou que eu reconheceria um dos membros da gangue do Sobrevivente? Seus nobres de Luthadel devem achar que todo mundo fora da cidade é idiota!

— E, mesmo assim, você ouviu Brisa — Elend disse. — Você deixou que entrasse no seu acampamento, ouviu seus conselhos. Então, enxotou-o apenas quando descobriu que ele estava íntimo de sua filha, aquela pela qual você afirma não ter afeição.

— Ele disse que saiu do acampamento *por isso*? — Cett perguntou, gargalhando. — Porque eu o flagrei com Allrianne? Meu Deus, de que me importa se a garota o seduziu?

— Acha que *ela* o seduziu? — Vin perguntou.

— Claro — Cett falou. — Honestamente, eu passei apenas algumas semanas com ele, e até eu *sei* como ele é imprestável com as mulheres.

Elend estava tolerando tudo aquilo. Observava Cett com olhos estreitos, perspicazes.

— Então, porque o mandou embora?

Cett recostou-se na cadeira.

— Eu tentei trazê-lo para o meu lado. Ele se recusou. Imaginei que matá-lo seria melhor que deixar que voltasse para você. Mas ele tem uma agilidade impressionante para um homem do tamanho dele.

Se Cett realmente é um Nascido da Bruma, Brisa não fugiria sem sua permissão de jeito nenhum, Vin pensou.

— Então, veja, Venture — Cett falou. — Eu conheço você. Talvez até melhor que você mesmo, pois sei o que seus amigos pensam de você. Precisa ser um homem muito extraordinário para ganhar a lealdade de um rato como Brisa.

— Então, acha que eu não faria mal à sua filha — Elend disse.

— *Sei* que não fará — Cett falou. — Você é honesto, eu até gosto disso em você. Infelizmente, a honestidade é muito fácil de explorar... sei, por exemplo, que você admitiria que Brisa estava *abrandando* aquele pessoal. — Cett balançou a cabeça. — Homens honestos não servem para ser reis, rapaz. É uma vergonha, mas é verdade. Por isso que tenho que tomar seu trono.

Elend ficou em silêncio por um momento. Finalmente, olhou para Vin. Ela pegou o prato dele, farejando-o com seus sentidos alomânticos.

Cett riu.

— Acha que eu te envenenaria?

— Na verdade, não — Elend disse quando Vin pousou o prato na mesa. Ela não era tão boa quanto alguns, mas aprendera os cheiros óbvios. — Não usaria veneno — Elend falou. — Não é do seu feitio. Parece ser um homem honesto também.

— Sou apenas franco — Cett falou. — Aí está a diferença.

— Não ouvi você dizer uma mentira até agora.

— É porque você não me conhece bem o suficiente para discernir as mentiras — Cett falou. Ele ergueu vários dedos sujos de gordura. — Já contei três mentiras nesta noite, rapaz. Boa sorte em adivinhar quais foram.

Elend hesitou, examinando Cett.

— Você está brincando comigo.

— Claro que estou! — Cett falou. — Não vê, garoto? É por isso que você não deve ser rei. Deixe o trabalho para homens que compreendam sua própria corrupção. Não deixe que isso o destrua.

— Por que se importa? — Elend quis saber.

— Porque preferiria não te matar — Cett falou.

— Então, não mate.

Cett balançou a cabeça.

— Não é assim que tudo isso funciona, meu jovem. Se houver uma oportunidade de estabilizar seu poder, ou conseguir mais poder, droga, você aproveitaria muito bem. E eu aproveitarei.

A mesa ficou em silêncio novamente. Cett encarou Vin.

— Sem comentários da Nascida da Bruma?

— O senhor xinga demais — Vin falou. — Não deveria fazer isso na frente de senhoras.

Cett riu.

— Isso que é engraçado em Luthadel, moça. Todos estão tão preocupados em fazer o que é "adequado" quando as pessoas podem ver, mas, ao mesmo tempo, não veem nenhum problema em ir estuprar algumas skaa quando a festa acaba. Ao menos *eu* xingo na sua frente.

Elend ainda não havia tocado na comida.

— O que acontecerá se você ganhar a votação do trono?

Cett ergueu os ombros.

— Resposta honesta?

— Sempre.

— Primeira coisa, vou te assassinar — Cett falou. — Não dá para ter antigos reis soltos por aí.

— E se eu renunciar? — Elend quis saber. — Retirar-me da votação?

— Renuncie — Cett falou —, vote em mim e, em seguida, saia da cidade, e eu deixarei você viver.

— E a Assembleia? — Elend perguntou.

— Dissolvida — Cett falou. — Eles são um risco. Toda vez que dá poder a um comitê, isso acaba terminando em confusão.

— A Assembleia dá poder ao povo — Elend falou. — É o que qualquer governo deveria oferecer.

Surpreendentemente, Cett não riu do comentário. Em vez disso, ele se recostou de novo, pousou um braço na mesa, descartando uma coxa de galinha pela metade.

— Esse é o problema, garoto. Deixar o povo governar a si mesmo é bom quando tudo está radiante e feliz, mas e quando você tem dois exércitos na sua porta? E quando há um bando de koloss insanos destruindo vilarejos na sua fronteira? Em tempos como esse, você pode se dar ao luxo de ter uma Assembleia para depô-lo — Cett sacudiu a cabeça. — O preço é alto demais. Quando você não pode ter liberdade e segurança ao mesmo tempo, garoto, qual deles você escolhe?

Elend ficou em silêncio.

— Eu faço minha própria escolha — ele disse, por fim. — E também deixo os outros fazerem as deles.

Cett sorriu, como se esperasse uma resposta assim. Começou a comer outra coxa de galinha.

— Digamos que eu vá embora — Elend falou. — E digamos que você consiga o trono, proteja a cidade e dissolva a Assembleia. E depois?

— Por que se importa?

— Precisa perguntar? Pensei que me "entendesse".

Cett sorriu.

— Vou botar os skaa para trabalharem de novo, como o Senhor Soberano fazia. Sem pagamento, sem classe camponesa emancipada.

— Não posso aceitar isso — Elend retorquiu.

— Por que não? — Cett perguntou. — É o que eles querem. Você deu uma chance a eles, e eles escolheram mandar você embora. Agora eles vão escolher me botar no trono. Sabem que o sistema do Senhor Soberano era o melhor. Um grupo deve governar, o outro deve servir. Alguém precisa plantar os alimentos e trabalhar nas ferrarias, garoto.

— Talvez — Elend disse. — Mas você está errado numa coisa.

— Em quê?

— Eles não vão votar em você — Elend disse, erguendo-se. — Vão me escolher. Confrontados com a escolha entre a liberdade e a escravidão, escolherão a liberdade. Os homens da Assembleia são os mais admiráveis desta cidade, e farão a melhor escolha para o seu povo.

Cett fez uma pausa, então gargalhou.

— A melhor coisa em você, rapaz, é que consegue dizer isso e fazer soar sério!

— Vou me retirar, Cett — Elend falou, acenando com a cabeça para Vin.

— Ah, sente-se, Venture — Cett falou, acenando para a cadeira de Elend. — Não se faça de indignado porque estou sendo honesto com você. Ainda temos coisas para discutir.

— Por exemplo? — Elend perguntou.

— Atium — Cett falou.

Elend parou por um momento, aparentemente contendo seu aborrecimento. Como Cett não falou de pronto, Elend finalmente sentou-se e começou a comer. Vin beliscou a comida em silêncio. No entanto, enquanto o fazia, estudava o rosto dos soldados e serviçais de Cett. Certamente havia alomânticos misturados a eles — descobrir quantos poderia dar a Elend uma vantagem.

— Seu povo está morrendo de fome — Cett falou — E, se meus espiões valem o que ganham, acabou de receber outra leva de bocas. Não pode resistir muito tempo mais a este cerco.

— E? — Elend perguntou.

— Tenho comida — Cett falou. — Muita, mais do que meu exército precisa. Produtos enlatados, embalados com o novo método que o Senhor Soberano desenvolveu. Duradouros, não estragam. Uma tecnologia realmente maravilhosa. Eu estaria disposto a vender um pouco para você...

Elend fez uma pausa, o garfo a meio do caminho dos lábios. Então, ele baixou o talher e riu.

— Ainda acha que estou com o atium do Senhor Soberano?

— Claro que está — Cett falou, franzindo a testa. — Onde mais estaria?

Elend sacudiu a cabeça, dando uma garfada na batata encharcada de molho.

— Não aqui, com certeza.

— Mas... os rumores — Cett gaguejou.

— Brisa espalhou esses rumores — Elend disse. — Pensei que você tivesse descoberto porque ele se juntou ao seu grupo. Ele queria que você viesse a Luthadel para impedir que Straff tomasse a cidade.

— Mas Brisa fez tudo que pôde para *impedir* que eu viesse para cá — Cett falou. — Ele fez pouco dos rumores, tentou me dissuadir, ele... — Cett calou-se, em seguida gargalhou. — Pensei que ele estivesse lá apenas para espionar! Parece que ambos nos subestimamos.

— Meu povo ainda poderia precisar dessa comida — Elend falou.

— E ele terá... desde que eu seja rei.

— Eles estão com fome agora — Elend falou.

— E o sofrimento deles será seu fardo — Cett falou, seu rosto ficando sério. — Posso ver que você me julgou, Elend Venture. Pensa que sou um bom homem. Está errado. A honestidade não torna alguém menos tirano. Eu massacrei milhares para garantir meu governo. Impingi aflições aos skaa que fariam até mesmo a mão do Senhor Soberano parecer agradável. Garanti que ficaria no poder. Farei o mesmo aqui.

Os homens ficaram em silêncio. Elend comia, mas Vin apenas revirava a comida. Caso ela não tivesse percebido um veneno, queria que um deles permanecesse alerta. Ainda queria encontrar os alomânticos, e havia apenas uma maneira de ter certeza. Extinguiu o cobre, em seguida avivou o bronze.

Não havia nuvem de cobre queimando; Cett aparentemente não se importava se alguém reconhecesse seus homens como alomânticos. Dois dos seus homens estavam queimando peltre. No entanto, nenhum deles era soldado, mas fingiam ser parte dos serviçais que traziam as refeições. Também havia um Olho de Estanho pulsando na outra sala, ouvindo.

Por que esconder Brutamontes como serviçais, e então não usar cobre para esconder seus pulsos? Além disso, não havia Abrandadores ou Tumultuadores. Ninguém estava tentando influenciar as emoções de Elend. Nem Cett, tampouco seu jovem criado, estavam queimando metais. Ou não eram alomânticos de verdade ou tinham medo de se expor. Apenas para ter certeza, Vin queimou bronze, buscando perfurar quaisquer nuvens de cobre escondidas que poderiam estar por perto. Ela podia imaginar Cett expondo alguns alomânticos óbvios como distração, então escondendo outros dentro de uma nuvem.

Não encontrou nada. Finalmente satisfeita, ela voltou a brincar com sua refeição. *Quantas vezes essa minha capacidade — a capacidade de perfurar nuvens de cobre — se provou útil?* Ela esquecera o que era ser bloqueada de sentir pulsos alomânticos. Essa pequena capacidade — apesar de parecer muito simples — oferecia uma vantagem enorme. E o Senhor Soberano e seus Inquisidores provavelmente conseguiam fazer isso desde o início. Que outros truques ela não estava vendo, quais outros segredos morreram com o Senhor Soberano?

Ele sabia a verdade sobre as Profundezas, Vin pensou. *Devia saber. Tentou nos alertar, no final...*

Elend e Cett estavam conversando novamente. Por que ela não conseguia se concentrar nos problemas da cidade?

— Então, vocês não têm nenhum atium? — Cett perguntou.

— Não que estejamos dispostos a vender — Elend disse.

— Vocês procuraram pela cidade?

— Dezenas de vezes.

— As estátuas — Cett falou. — Talvez o Senhor Soberano tenha escondido o metal derretendo-o e construindo coisas com eles.

Elend sacudiu a cabeça.

— Pensamos nisso. As estátuas não são de atium, nem são ocas... teria sido um bom lugar para esconder metal de olhos alomânticos. Pensamos que talvez estivesse escondido no palácio, em algum lugar, mas mesmo os pináculos são de ferro simples.

— Cavernas, túneis...

— Não conseguimos encontrar nada disso — Elend falou. — Fizemos patrulhas de alomânticos buscando por grandes fontes de metal. Fizemos tudo que você possa imaginar, Cett, exceto abrir buracos no chão. Acredite em mim. Estamos trabalhando nessa questão faz um tempo.

Cett assentiu, suspirando.

— Então, acredito que reter você por um resgate seria inútil?

Elend sorriu.

— Não sou nem rei, Cett. A única coisa que faria é piorar as chances de a Assembleia votar em você.

Cett riu.

— Acho que terei que deixá-lo ir embora.

Alendi nunca foi o Herói das Eras. Na melhor das hipóteses, eu ampliei suas virtudes, criando um Herói onde não havia nenhum. Na pior, temo que tudo em que acreditamos possa ter sido corrompido.

36

NO PASSADO, AQUELE ARMAZÉM HAVIA guardado espadas e armaduras, que ficavam espalhadas em seu assoalho aos montes, como algum tesouro mítico. Sazed lembrava-se de caminhar por ele, admirado pelos preparativos que Kelsier fizera sem alertar qualquer dos membros da gangue. Aquelas armas tinham equipado a rebelião na noite da morte do Sobrevivente, permitindo que ela tomasse a cidade.

Aquelas armas agora estavam guardadas em armários e arsenais. No lugar delas, um povo desesperado, abatido, amontoava-se nos cobertores que puderam encontrar. Havia poucos homens, nenhum apto para batalhas; Straff obrigara os capazes a juntar-se ao seu exército. Os outros — os fracos, adoentados, feridos — ele permitiu que seguissem para Luthadel, sabendo que Elend não os rejeitaria.

Sazed moveu-se entre eles, oferecendo o conforto que podia. Não tinham móveis, e mesmo as mudas de roupas estavam ficando escassas na cidade. Os mercadores, percebendo que o calor seria valioso para o inverno vindouro, haviam começado a aumentar os preços de todas as suas mercadorias, não apenas dos alimentos.

Sazed ajoelhou-se ao lado de uma mulher aos prantos.

— Fique em paz, Genedere — ele disse, sua mente de cobre lembrando-o do nome dela.

Ela sacudiu a cabeça. Havia perdido três filhos no ataque dos koloss, mais dois na fuga para Luthadel. Agora, o único que restava — o bebê que ela carregara o caminho todo — estava doente. Sazed tomou a criança dos braços dela, examinando cuidadosamente os sintomas. Pouco havia mudado desde o dia anterior.

— Há alguma esperança, mestre terrisano? — Genedere perguntou.

Sazed baixou os olhos para o bebê magro, de olhos baços. As perspectivas não eram boas. Como ele conseguiria dizer tal coisa a ela?

— Enquanto ele respirar, há esperança, minha cara — Sazed falou. — Pedirei que o rei aumente sua porção de comida; precisa de força para amamentar. *Precisa* mantê-lo aquecido. Fique perto das fogueiras e use um pano úmido para pingar água em sua boca, mesmo quando ele não estiver comendo. Ele precisa muito de líquido.

Genedere assentiu com vagar, pegando o bebê de volta. Como Sazed desejava poder lhe dar mais. Uma dúzia de religiões diferentes passaram por sua mente. Passou a vida inteira tentando encorajar as pessoas a acreditarem em algo além do Senhor Soberano. Ainda assim, por algum motivo, ele achou difícil naquele momento oferecer uma dessas pregações para Genedere.

Antes do Colapso era diferente. Cada vez que ele falava de uma religião, Sazed sentia uma sensação sutil de rebeldia. Mesmo que as pessoas não aceitassem o que ele ensinava — e raramente aceitavam —, suas palavras lembravam-nos de que houvera, no passado, crenças diferentes das doutrinas do Ministério do Aço.

Agora, não havia nada contra o que se rebelar. Diante da dor terrível que vira nos olhos de Genedere, ele achava difícil falar de religiões mortas há muito tempo, deuses há muito esquecidos. Assuntos esotéricos não aliviariam a dor daquela mulher.

Sazed levantou-se, movendo-se para o próximo grupo de pessoas.

— Sazed?

Ele se virou. Não havia notado que Tindwyl entrara no armazém. As portas da imensa estrutura foram fechadas, pois a noite se aproximava, e as fogueiras lançavam uma luz fraca. Buracos haviam sido feitos no teto para deixar a fumaça sair; ao se olhar para cima, trilhas de bruma podiam ser vistas esgueirando-se para dentro do quarto, embora elas evaporassem antes de chegar no meio do caminho até o chão.

Os refugiados não erguiam os olhos com frequência.

— Você ficou aqui quase o dia todo — Tindwyl falou. O espaço estava notavelmente quieto, considerando o quanto estava cheio. Fogueiras estalavam, e as pessoas jaziam silenciosas em sua dor ou embotamento.

— Há muitos feridos aqui — Sazed comentou. — Sou o melhor para cuidar deles, creio eu. Não estou sozinho, o rei enviou outros e Lorde Brisa está aqui. *Abrandando* o desespero das pessoas.

Sazed acenou com a cabeça para o lado, onde Brisa estava sentado numa cadeira, lendo um livro de forma ostensiva. Parecia terrivelmente deslocado naquele lugar, vestindo um traje fino de três peças. Ainda assim, sua mera presença dizia algo extraordinário, na avaliação de Sazed.

Essas pobres pessoas, Sazed pensou. *Suas vidas eram terríveis sob o jugo do Senhor Soberano. Agora, mesmo o pouco que tinham foi tirado delas*. E eram apenas um número pequeno — quatrocentos em comparação com os centenas de milhares que ainda viviam em Luthadel.

O que aconteceria quando os últimos estoques de comida terminassem? Rumores já haviam se espalhado sobre os poços envenenados, e Sazed tinha ouvido que um pouco da comida estocada também fora sabotada. O que aconteceria com essas pessoas? Quanto tempo o cerco poderia continuar?

De fato, o que aconteceria quando o cerco terminasse? O que aconteceria quando os exércitos finalmente atacassem e saqueassem? Que destruição, que sofrimento os soldados causariam ao procurar o atium escondido?

— Você se importa com eles — Tindwyl falou em voz baixa, aproximando-se.

Sazed virou-se para ela. Em seguida, abaixou a cabeça.

— Não tanto quanto deveria, talvez.

— Não — Tindwyl falou. — Eu consigo ver. Você me confunde, Sazed.

— Parece que tenho um talento nessa área.

— Você parece cansado. Onde está sua mente de bronze?

De repente, Sazed sentiu-se fatigado. Ele vinha ignorando o cansaço, mas as palavras pareceram trazê-lo como uma onda que batia contra ele.

Ele suspirou.

— Usei a maioria da minha reserva de vigília na corrida até Luthadel. Eu estava tão ansioso para chegar aqui...

Seu estudos haviam definhado recentemente. Com os problemas da cidade e a chegada dos refugiados, ele não tivera muito tempo. Além disso, já havia transcrito a cópia por fricção. O trabalho a seguir exigiria referência cruzada detalhada com outras obras, buscando pistas. Provavelmente ele não teria tempo nem para...

Ele franziu o cenho, observando o olhar estranho nos olhos de Tindwyl.

— Tudo bem — ela disse, suspirando. — Mostre-me.

— Mostrar?

— O que você descobriu — ela disse. — A descoberta que motivou você a correr por dois domínios. Mostre-me.

De repente, tudo pareceu ficar mais leve. Sua fadiga, sua preocupação, até mesmo sua tristeza.

— Eu adoraria — ele disse em voz baixa.

OUTRO TRABALHO BEM-FEITO, BRISA PENSOU, congratulando-se enquanto observava os dois terrisanos saírem do armazém.

A maioria das pessoas, mesmos os nobres, mal entendia o *abrandamento*. Pensavam que era algum tipo de controle mental, e mesmo aqueles que sabiam mais pressupunham que o *abrandamento* era uma coisa invasiva, terrível.

Brisa nunca tinha visto dessa forma. O *abrandamento* não era invasivo. Se fosse, então a interação comum com outra pessoa era comparativamente invasiva. *Abrandamento*, quando feito de maneira correta, não era uma violação maior do que uma mulher vestir um vestido decotado ou falar numa voz autoritária. Todos os três produziriam reações comuns, compreensíveis e — mais importante — naturais nas pessoas.

Sazed, por exemplo. Era "invasivo" deixar o homem menos cansado para que ele pudesse fazer melhor seus atendimentos? Era errado *abran-*

dar sua dor — apenas um pouco —, deixando-o assim mais capaz de lidar com o sofrimento?

Tindwyl era um exemplo ainda melhor. Talvez alguns chamassem Brisa de intrometido por abrandar sua noção de responsabilidade, e sua decepção, quando ela viu Sazed. Porém, Brisa não criou as emoções que a decepção estava ofuscando. Emoções como curiosidade. Respeito. Amor.

Não, se o *abrandamento* fosse um simples "controle mental", Tindwyl teria se afastado de Sazed assim que os dois deixassem a área de influência de Brisa. Mas Brisa sabia que ela não o faria. Uma decisão crucial fora tomada, e Brisa não tinha tomado essa decisão por ela. O momento fora construído durante semanas; teria ocorrido com ou sem Brisa.

Ele apenas ajudou para que acontecesse antes.

Sorrindo para si mesmo, Brisa verificou seu relógio de bolso. Ainda tinha alguns minutos, então se recostou na poltrona, emitindo uma onda de *abrandamento* geral, diminuindo a dor e o sofrimento das pessoas. Concentrando-se em tantas de uma vez, não conseguia ser muito específico; alguns se veriam um pouco atordoados emocionalmente enquanto *empurrava-os* com força maior. Mas seria bom para o grupo como um todo.

Ele não estava lendo aquele livro; na verdade, não conseguia entender como Elend e o restante passavam tanto tempo entre as páginas. Extremamente tedioso. Brisa apenas conseguia se ver lendo se não houvesse mais ninguém ao redor. Em vez disso, ele voltou àquilo que estava fazendo antes de Sazed ter atraído sua atenção. Ele observou os refugiados, tentando discernir o que cada um deles estava sentindo.

Esse era o outro grande mal-entendido sobre o *abrandamento*. A Alomancia não era nem de longe tão importante quanto o talento da observação. Verdade, ter um toque sutil certamente ajudava. No entanto, o *abrandamento* não dava a um alomântico a capacidade de conhecer os sentimentos de alguém. Esses, Brisa precisava adivinhar sozinho.

Tudo voltava ao que era natural. Até mesmo os skaa mais inexperientes perceberiam que estavam sendo *abrandados* se emoções inesperadas começassem a ricochetear dentro deles. A sutileza verdadeira no *abrandamento* era incentivar as emoções naturais, tudo feito ao deixar cuidadosamente as outras emoções menos poderosas. As pessoas eram uma colcha de retalhos de sentimentos; em geral, o que eles pensavam que era "sentimento" no momento apenas relacionava-se àquelas emoções que eram as mais dominantes dentro delas.

O Abrandador cuidadoso via o que estava sob a superfície. Entendia o que um homem sentia, mesmo quando o próprio homem não entendia — ou reconhecia — essas emoções. Era o caso de Sazed e Tindwyl.

Casal estranho esse, Brisa pensou consigo, *abrandando* indolentemente um dos skaa para deixá-lo mais relaxado enquanto tentava dormir. *O resto da gangue está convencido de que aqueles dois são inimigos. Mas o ódio raramente cria essa quantidade de amargura e frustração. Não, essas duas emoções vêm de um conjunto totalmente diferente de problemas.*

Claro, Sazed não era um eunuco? Eu me pergunto como isso tudo aconteceu...

Suas especulações pararam quando as portas do armazém se abriram. Elend entrou — Ham, infelizmente, o acompanhava. Elend estava vestindo um dos seus uniformes brancos, completo com luvas brancas e uma espada. O branco era um símbolo importante; com toda a cinza e a fuligem na cidade, um homem de branco era bem impactante. Os uniformes de Elend tinham de ser feitos com tecidos especiais criados para serem resistentes às cinzas, e eles ainda precisavam ser escovados todos os dias. O efeito valia o esforço.

Brisa imediatamente encontrou as emoções de Elend, deixando o homem menos cansado, menos inseguro — embora o segundo abrandamento estivesse se tornando quase desnecessário. Aquilo era, em parte, um feito da terrisana; Brisa ficou impressionado com a capacidade de Tindwyl mudar o estado de espírito das pessoas, considerando sua falta de Alomancia.

Brisa deixou as emoções de nojo e pena de Elend; as duas eram adequadas, considerando o ambiente. No entanto, ele deu a Ham um cutucão para deixá-lo menos briguento; Brisa não estava com vontade de lidar com as tagarelices do homem no momento.

Ele se levantou quando os dois se aproximaram. As pessoas se animaram quando viram Elend, sua presença de alguma forma trazia uma esperança que Brisa não conseguia emular com Alomancia. Eles sussurravam, chamando-o de rei Elend.

— Brisa — Elend disse, meneando com a cabeça. — Sazed está aqui?

— Acabou de sair — Brisa respondeu.

Elend parecia distraído.

— Ah, bem — ele falou. — Encontro com ele mais tarde. — Elend olhou ao redor, os cantos dos lábios apontando para baixo. — Ham, amanhã quero que você reúna os comerciantes de roupas da Rua Kenton e traga-os aqui para ver isto.

— Eles podem não gostar, Elend — Ham comentou.

— Espero que não gostem — Elend falou. — Mas veremos como eles se sentirão sobre seus preços assim que visitarem este lugar. Posso entender a despesa com comida, considerando a escassez. No entanto, não há motivo além da avareza para se negar roupas às pessoas.

Ham assentiu, mas Brisa conseguiu ver a reticência em sua postura. Os outros percebiam como Ham era estranhamente avesso a confrontos? Gostava de discutir com amigos, mas raramente chegava a qualquer conclusão de fato em sua filosofia. Além disso, ele definitivamente odiava confrontar estranhos; Brisa sempre achou que era um atributo estranho para alguém que fora contratado, essencialmente, para bater em pessoas. Ele deu a Ham um pouco de *abrandamento* para deixá-lo menos preocupado com o confronto aos mercadores.

— Vai ficar a noite toda aqui, não vai, Brisa? — Elend perguntou.

— Senhor Soberano, não! — Brisa falou. — Meu caro, você tem sorte de ter conseguido me fazer vir até aqui. Honestamente, não é lugar para um cavalheiro. A sujeira, a atmosfera deprimente... e sem mencionar o cheiro!

Ham franziu o cenho.

— Brisa, algum dia você vai precisar aprender a pensar nos outros.

— Contanto que eu possa pensar neles à distância, Hammond, ficarei feliz em me esforçar para tanto.

Ham sacudiu a cabeça.

— Você é incorrigível.

— Vai voltar ao palácio, então? — Elend quis saber.

— Sim, vou — Brisa disse, olhando para o relógio de bolso.

— Precisa de uma carona?

— Trouxe a minha carruagem — Brisa respondeu.

Elend assentiu, em seguida se virou para Ham, e os dois retiraram-se pelo caminho que tinham vindo, falando sobre a próxima reunião de Elend com um dos outros membros da Assembleia.

BRISA SEGUIU PARA O PALÁCIO pouco tempo depois. Meneou a cabeça para os vigias na porta, *abrandando* sua fadiga mental. Em resposta, eles se mostraram enérgicos, observando as brumas com vigilância renovada. Não duraria muito, mas alguns toques como esse eram parte da natureza de Brisa.

Estava ficando tarde, e havia poucas pessoas nos corredores. Ele foi até a cozinha, *tocando* as moças da copa para deixá-las mais comunicativas. Isso faria com que a limpeza passasse mais rapidamente. Além da cozinha, ele encontrou uma pequena alcova de pedra, iluminada por um par de lampiões simples, arrumada com uma pequena mesa. Era uma das salas de jantar individuais do palácio, semelhantes a uma cabine.

Trevo estava sentado em um canto da cabine, a perna manca esticada sobre um banco. Fez uma cara feia para Brisa.

— Você está atrasado.

— Você está adiantado — Brisa falou, deslizando para o banco diante de Trevo.

— Dá no mesmo — Trevo grunhiu.

Havia um segundo copo na mesa junto com uma garrafa de vinho. Brisa desabotoou o colete, suspirou baixinho e serviu-se um copo enquanto se recostava com as pernas sobre o banco.

Trevo bebericou seu vinho.

— Você está com sua nuvem? — Brisa perguntou.

— Ao redor de você? — Trevo disse. — Sempre.

Brisa sorriu, tomando um gole, e relaxou. Embora ele raramente tivesse oportunidade de usar seus poderes, Trevo era um Esfumaçador. Quando queimava cobre, as capacidades de qualquer alomântico ficavam invisíveis para aqueles que queimavam bronze. Mas, o mais importante — ao menos para Brisa —, queimar cobre deixava Trevo imune a qualquer forma de Alomancia emocional.

— Não vejo por que isso deixa você tão feliz — Trevo disse. — Pensei que gostasse de brincar com emoções.

— Eu gosto — Brisa confessou.

— Então, por que vem beber comigo toda noite? — Trevo questionou.

— Se importa com a companhia?

Trevo não respondeu. Era bem o jeito de dizer que não se importava. Brisa encarou o general resmungão. A maior parte dos outros membros da gangue ficava longe de Trevo; Kelsier o trouxera no último momento, já que o Nuvem de Cobre que em geral usavam morrera.

— Sabe como é isso, Trevo? — Brisa perguntou. — Ser um Abrandador?

— Não.

— Isso dá um controle notável. É um sentimento maravilhoso ser capaz de influenciar as pessoas ao seu redor, sempre sentindo como se tivesse uma compreensão sobre como as pessoas vão reagir.

— Parece prazeroso — Trevo disse, indiferente.

— E, ainda assim, mexe com você. Passo a maior parte do tempo observando as pessoas, ajustando, cutucando, *abrandando*. Isso me mudou. Eu não... olho para as pessoas da mesma forma. É difícil ser amigo das pessoas quando você as vê como algo a ser influenciado e alterado.

Trevo grunhiu.

— Então é por isso que nunca vemos você com mulheres.

Brisa assentiu.

— Não consigo mais evitar. Sempre toco as emoções de todos ao meu redor. E, assim, quando uma mulher se apaixona por mim... — Ele gostava de pensar que não era invasivo. Ainda assim, como poderia confiar em alguém que dizia amá-lo? Era a ele ou à sua Alomancia que elas reagiam?

Trevo encheu seu copo.

— Você é muito mais tonto do que parece.

Brisa sorriu. Trevo era uma das poucas pessoas totalmente imunes ao seu toque. A Alomancia emocional não funcionava nele, e ele sempre era muito acessível com suas emoções: tudo o deixava irritado. Manipulá-lo usando meios não alomânticos se provara ser uma infrutífera perda de tempo.

Brisa observou seu vinho.

— O engraçado é que você quase não entrou na gangue por minha causa.

— Malditos Abrandadores — Trevo murmurou.

— Mas você é imune a nós.

— À sua Alomancia, talvez — Trevo disse. — Mas essa não é a única forma que vocês funcionam. Sempre é necessário estar de olho em vocês, Abrandadores.

— Então, por que permite que eu me junte a você toda noite para tomar vinho?

Trevo ficou em silêncio por um momento, e Brisa quase pensou que ele não responderia. Por fim, Trevo murmurou:

— Você não é tão mal quanto a maioria.

Brisa deu um gole no vinho.

— Esse foi o elogio mais honesto que acredito já ter recebido.

— Não deixe que ele o arruíne — Trevo comentou.

— Ah, eu acho que é tarde demais para me arruinar — Brisa falou, enchendo seu copo. — Essa gangue... o plano de Kell... já fez o serviço completo.

Trevo concordou com a cabeça.

— O que aconteceu conosco, Trevo? — Brisa perguntou. — Eu me juntei a Kell pelo desafio. Nunca soube por que você veio.

— Por dinheiro.

Brisa meneou a cabeça.

— O plano dele fracassou, o exército foi destruído e nós ficamos. Então, ele morreu, e nós *ainda assim* ficamos. Este maldito reino de Elend está condenado, você sabe.

— Não vamos durar mais um mês — Trevo comentou. Não era puro pessimismo; Brisa conhecia bem demais as pessoas para dizer quando estavam falando sério.

— E, ainda assim, aqui estamos — Brisa disse. — Passei o dia todo fazendo os skaa se sentirem melhor, apesar de suas famílias terem sido massacradas. Você passou o dia todo treinando soldados que, com ou sem sua ajuda, mal irão durar algumas batidas de coração contra um inimigo determinado. Seguimos um rei garoto que não parece ter a mínima ideia de como sua situação é ruim. Por quê?

Trevo sacudiu a cabeça.

— Kelsier. Nos deu uma cidade, nos fez pensar que éramos responsáveis por protegê-la.

— Mas não somos esse tipo de gente — Brisa falou. — Somos ladrões e trambiqueiros. Não deveríamos nos importar. Digo... eu cheguei a tal ponto que estou abrandando as moças da copa para que elas fiquem mais felizes no trabalho! Poderia também começar a vestir rosa e carregar flores por aí. Talvez eu pudesse fazer um belo pé de meia em casamentos.

Trevo bufou. Em seguida, ele ergueu o copo.

— Ao Sobrevivente — ele falou. — Maldito seja por nos conhecer melhor do que nós mesmos.

Brisa ergueu seu copo.

— Maldito seja — ele concordou em voz baixa.

Os dois ficaram em silêncio. Falar com Trevo tendia a virar uma... bem, uma não conversa. No entanto, Brisa sentia um contentamento simples. *Abrandar* era maravilhoso; fez dele quem era. Mas também era trabalho. Nem mesmo os pássaros podiam voar o tempo todo.

— *Aí* está você.

Brisa arregalou os olho. Allrianne estava em pé, na entrada da alcova, bem na ponta da mesa. Vestia azul-claro; onde conseguira tantos vestidos? Sua maquiagem, claro, era impecável — e havia um laço no cabelo. Aqueles longos cabelos loiros — comuns no Ocidente, mas quase impossíveis no Domínio Central — e aquela figura atrevida, sedutora.

O desejo imediatamente brotou dentro dele. *Não!*, Brisa pensou. *Ela tem metade da sua idade. Você é um velho sujo. Sujo!*

— Allrianne — ele disse, desconfortável —, você não deveria estar na cama ou algo assim?

Ela revirou os olhos, tirando as pernas dele do caminho para que pudesse sentar no banco ao seu lado. Ele sabia que precisava ser mais forte, não devia deixar a garota chegar perto dele, mas não fez nada quando ela deslizou até ele e tomou um gole do seu copo.

Ele suspirou, passando o braço sobre os ombros dela. Trevo apenas sacudiu a cabeça, um vislumbre de sorriso nos lábios.

— BEM — VIN FALOU, baixinho —, isso responde a uma pergunta.

— Senhora? — OreSeur disse, sentando-se diante dela na mesa do quarto escuro. Com seus ouvidos alomânticos, ela conseguia ouvir exatamente o que estava acontecendo na alcova ao lado dela.

— Allrianne é alomântica — Vin falou.

— Sério?

Vin assentiu.

— Ela está *tumultuando* as emoções de Brisa desde que chegou, deixando-o mais atraído por ela.

— Era de se imaginar que ele perceberia — OreSeur disse.

— Você acha? — Vin falou. Ela provavelmente não deveria se divertir tanto com isso. A garota poderia ser uma Nascida da Bruma, embora a ideia daquela coisa bufante voando nas brumas parecesse ridícula.

Que é provavelmente o que ela quer que eu pense, Vin considerou. *Preciso me lembrar de Kliss e Shan — nenhum deles se revelou a pessoa que pensei que eram.*

— Brisa provavelmente não pensa que suas emoções são estranhas — Vin falou. — Ele já deve estar atraído por ela.

OreSeur fechou a boca e inclinou a cabeça — sua versão canina do franzir de cenho.

— Eu sei — Vin concordou. — Mas ao menos sabemos que ele não está usando a Alomancia para seduzi-la. De qualquer forma, isso é irrelevante. Trevo também não é o kandra.

— Como pode ter certeza, senhora?

Vin fez uma pausa. Trevo sempre avivava seu cobre quando estava perto de Brisa; era uma das poucas vezes que usava o metal. No entanto, era difícil dizer se alguém estava queimando cobre. No fim das contas, quando queimavam seu metal, era praxe se esconderem.

Mas Vin podia perfurar nuvens de cobre. Conseguia sentir o *tumultuar* de Allrianne; conseguia até mesmo sentir um leve pulsar vindo do próprio Trevo, o pulso alomântico próprio do cobre, algo que Vin suspeitava que poucas pessoas além dela e do Senhor Soberano tinham ouvido falar.

— Simplesmente sei — Vin falou.

— Se a senhora diz. Mas... a senhora já não havia concluído que Demoux era o espião?

— Queria verificar Trevo de qualquer forma — ela falou. — Antes de tomar qualquer medida drástica.

— Drástica?

Vin ficou em silêncio por um momento. Não tinha muitas provas, mas tinha seus instintos — e aqueles instintos lhe diziam que Demoux era o espião. Aquele jeito de se esgueirar quando saíra na outra noite... a lógica óbvia de escolhê-lo... tudo se encaixava.

Ela se levantou. As coisas estavam ficando perigosas demais, delicadas demais. Não podia mais ignorá-lo.

— Venha — ela disse, saindo da cabine. — É hora de colocar Demoux na prisão.

— O QUE QUER DIZER com o *perdeu*? — Vin perguntou, em pé diante da porta do quarto de Demoux.

O serviçal enrubesceu.

— Milady, desculpe. Eu o vigiei, como a senhora me pediu, mas ele saiu em patrulha. Eu deveria tê-lo seguido? Digo, não acha que teria parecido suspeito?

Vin xingou em voz baixa, para si mesma. Porém, sabia que não tinha muito direito de ficar brava. *Devia ter falado com Ham imediatamente*, ela pensou, frustrada.

— Milady, ele saiu há poucos minutos — o serviçal disse.

Vin olhou para OreSeur, em seguida partiu pelo corredor. Assim que chegaram a uma janela, Vin saltou para dentro da escuridão, OreSeur seguindo-a, caindo a uma curta distância no pátio.

Da última vez, eu o vi voltar pelos portões para o terreno do palácio, ela pensou, correndo através das brumas. Encontrou um par de soldados lá, em guarda.

— O capitão Demoux passou por aqui? — ela questionou, entrando na área iluminada pelas tochas.

Eles se empertigaram, primeiro chocados, em seguida confusos.

— Lady Herdeira? — um deles disse. — Sim, ele acabou de sair em patrulha, um minuto ou dois atrás.

— Sozinho?

Eles assentiram.

— Não é um pouco estranho?

Eles deram de ombros.

— Às vezes, ele vai sozinho — um deles disse. — Não questionamos. Afinal, é nosso superior.

— Para onde foi? — Vin perguntou.

Um apontou, e Vin partiu, OreSeur ao seu lado. *Eu devia tê-lo vigiado melhor. Devia ter contratado espiões de verdade para ficar de olho nele. Devia ter...*

Ela ficou paralisada. Logo à frente, caminhando nas brumas por uma rua quieta, havia uma figura andando pela cidade. Demoux.

Vin deixou cair uma moeda e lançou-se no ar, passando bem longe de sua cabeça e aterrissando no topo de um prédio. Ele continuou, distraído. Demoux ou kandra, nenhum dos dois tinha poderes alomânticos.

Vin fez uma pausa, adagas a postos, pronta para saltar. Mas... ela ainda não tinha nenhuma prova real. A parte dela que Kelsier havia transformado, a parte que começou a confiar, pensou no Demoux que ela conhecia.

Eu acredito mesmo que ele seja o kandra?, ela pensou. *Ou apenas* quero *que ele seja o kandra para que não precise mais suspeitar dos meus amigos de verdade?*

Ele continuou a caminhar lá embaixo, seus ouvidos aguçados pelo estanho facilmente seguindo os passos do homem. Atrás dela, OreSeur subiu no topo do telhado, caminhou até ela e sentou-se.

Não posso simplesmente atacar, ela pensou. *Preciso ao menos observar, ver para onde está indo. Obter provas.* Talvez aprender alguma coisa no processo.

Ela acenou para OreSeur, e eles caminharam em silêncio pelos telhados, seguindo Demoux. Logo, Vin percebeu algo estranho — um brilho de fogo iluminando as brumas algumas ruas adiante, lançando sombras assustadoras dos prédios. Vin olhou para Demoux, seguindo-o com os olhos enquanto ele perambulava até um beco, movendo-se na direção da iluminação.

O quê...?

Vin jogou-se do telhado. Levou apenas três saltos para chegar à fonte da luz. Uma fogueira modesta crepitava no centro de uma pequena praça. Skaa amontoavam-se ao redor dela para se aquecer, parecendo um pouco assustados nas brumas. Vin estava surpresa em vê-los. Não via skaa saírem nas brumas desde a noite do Colapso.

Demoux aproximou-se de uma rua lateral, cumprimentando os outros. À luz da fogueira ela conseguiu confirmar que era ele — ou, ao menos, um kandra com seu rosto.

Havia, talvez, duzentas pessoas na praça. Demoux moveu-se como se fosse sentar nos paralelepípedos, mas alguém rapidamente aproximou-se com uma cadeira. Uma jovem trouxe para ele uma caneca com algo fumegando, que ele recebeu, agradecendo.

Vin saltou para um telhado, ficando abaixada para impedir que a luz do fogo a revelasse. Mais skaa chegaram, a maioria em grupos, mas alguns indivíduos corajosos vinham sozinhos.

Um som veio de trás dela, e Vin virou-se quando OreSeur — aparentemente mal tendo saltado — se esfalfou para galgar os poucos metros na ponta do telhado. Olhou para a rua lá embaixo, sacudiu a cabeça e, em seguida, juntou-se a ela. Ela levou um dedo aos lábios, acenando com a cabeça para o grupo crescente de pessoas. OreSeur inclinou a cabeça para a visão, mas não disse nada.

Por fim, Demoux levantou-se, segurando a caneca ainda fumegante nas mãos. As pessoas reuniram-se ao redor dele, sentando-se nas pedras frias, encolhidas embaixo de cobertores ou capas.

— Não devemos temer as brumas, meus amigos — Demoux falou. Não era a voz de um líder forte ou de um comandante autoritário de batalhas; era a voz da juventude fortalecida, um pouco hesitante, mas sem dúvida convincente. — Foi o que o Sobrevivente nos ensinou — ele continuou. — Sei que é muito difícil pensar nas brumas sem lembrar as histórias de espectros das brumas e outros horrores. Mas o Sobrevivente nos deu as brumas. Com elas, deveríamos tentar nos lembrar dele.

Senhor Soberano... Vin pensou, chocada. *Ele é um deles, um membro da Igreja do Sobrevivente!* Ela estremeceu, sem saber o que pensar. Ele era ou não o kandra? Por que o kandra encontraria um grupo de pessoas como este? Mas... por que o próprio Demoux faria isso?

— Sei que é difícil — Demoux falou lá embaixo — sem o Sobrevivente. Sei que vocês temem os exércitos. Acreditem em mim, eu sei. Eu também os vejo. Sei que vocês sofrem com este cerco. Eu... não sei se posso dizer a vocês para não se preocuparem. O próprio Sobrevivente conheceu grandes infortúnios, a morte de sua mulher, sua prisão nos Fossos de Hathsin. Mas ele sobreviveu. Esse é o ponto, não é? Temos de continuar vivendo, não importa o quanto tudo fique difícil. No final, venceremos. Assim como ele venceu.

Ele se ergueu com a caneca nas mãos, sem parecer com os pregadores skaa que Vin conhecia. Kelsier escolhera um homem apaixonado para fundar sua religião — ou, mais precisamente, fundar a revolução da qual a religião tinha vindo. Kelsier precisava de líderes que pudessem inflamar fiéis, incitá-los a um levante destrutivo.

Demoux era um pouco diferente. Não gritava, mas falava com calma. Ainda assim, as pessoas prestavam atenção. Sentavam-se nas pedras ao redor dele, encarando-o com olhos esperançosos, até mesmo adoradores.

— E a Lady Herdeira — um deles sussurrou. — O que diz sobre ela?

— Lady Vin carrega uma grande responsabilidade — Demoux falou. — É possível ver o peso curvando-a, e como ela fica frustrada com os problemas da cidade. É uma mulher direta e não acho que ela goste da politicagem da Assembleia.

— Mas ela vai nos proteger, certo? — alguém perguntou.

— Sim — Demoux falou. — Sim, acredito que protegerá. Às vezes, acho que ela é até mais poderosa que o Sobrevivente. Sabiam que ele teve apenas dois anos de prática como Nascido da Bruma? Ela mesma não teve tanto tempo assim.

Vin afastou-se. *De novo*, ela pensou. *Eles parecem racionais até falarem sobre mim, e então...*

— Ela nos trará a paz algum dia — Demoux falou. — A herdeira trará de volta o sol, impedirá que as cinzas caiam. Mas precisamos sobreviver até lá. E precisamos lutar. Todo o trabalho do Sobrevivente foi para exterminar o Senhor Soberano e nos libertar. Que gratidão mostraríamos se corrêssemos agora, quando os exércitos chegaram?

— Vão e digam aos seus membros da Assembleia que não querem Lorde Cett, ou mesmo Lorde Penrod, como seu rei. A votação acontecerá em um dia, e *precisamos* garantir que o homem certo seja rei. O Sobrevivente escolheu Elend Venture, e é ele quem devemos seguir.

Essa é nova, Vin pensou.

— Lorde Elend é fraco — alguém do povo disse. — Ele não nos defenderá.

— Lady Vin o ama — Demoux falou. — Ela não amaria um fraco. Penrod e Cett tratarão vocês como os skaa *eram tratados* antes, e é por isso que vocês pensam que eles são fortes. Mas isso não é força, é opressão. Precisamos ser melhores que isso! Precisamos confiar no julgamento do Sobrevivente!

Vin relaxou contra a mureta do telhado, a tensão aliviando-se um pouco. Se Demoux era mesmo espião, não estava dando qualquer prova naquela noite. Portanto, ela guardou as adagas e descansou os braços cruzados sobre a beirada do telhado. A fogueira estalava na noite fria de inverno, mandando ondas de fumaça para se misturarem às brumas, e Demoux continuou a falar em sua voz baixa, tranquilizadora, ensinando as pessoas sobre Kelsier.

Não é nem uma religião de verdade, Vin pensou enquanto ouvia. *A teologia é tão simples, nada parecida com as crenças complexas das quais Sazed fala.*

Demoux ensinava conceitos básicos. Ele apresentava Kelsier como modelo, falando sobre como sobreviver e resistir a adversidades. Vin podia ver por que as palavras diretas agradavam os skaa. As pessoas só tinham de fato duas escolhas: continuar lutando ou desistir. Os ensinamentos de Demoux lhes davam uma desculpa para continuar vivendo.

Os skaa não precisavam de rituais, orações ou códigos. Não ainda. Eram inexperientes demais com religiões em geral, temiam-nas demais para querer algo assim. Mas, quanto mais ouvia, mais Vin entendia a Igreja do Sobrevivente. Era o que eles precisavam, pois pegava o que os skaa já conheciam — uma vida cheia de adversidade — e elevava a outro patamar, mais otimista.

E os ensinamentos ainda estavam evoluindo. A deificação de Kelsier ela já esperava; mesmo a reverência a ela era compreensível. Mas de onde Demoux tirou as promessas de que Vin pararia as cinzas e traria de volta o sol? Como ele sabia pregar sobre grama verde e céus azuis, descrevendo o mundo como era conhecido apenas nos textos mais obscuros do mundo?

Ele descreveu um mundo estranho de cores e beleza — um lugar alheio e difícil de conceber, mas de alguma forma maravilhoso. Flores e plantas verdes eram estranhas, coisas desconhecidas a essas pessoas; mesmo Vin tinha dificuldade para imaginá-las, e ela ouvira as descrições de Sazed.

Demoux estava dando um paraíso aos skaa. Devia ser algo totalmente distante da experiência normal, pois o mundo comum não era um lugar de esperança. Não com um inverno se aproximando sem alimentos, não com exércitos ameaçadores e o governo em meio ao caos.

Vin recuou quando Demoux finalmente terminou o encontro. Ela ficou deitada por um momento, tentando decidir como se sentia. Estava quase certa sobre Demoux, mas agora suas suspeitas pareciam infundadas. Ele saía à noite, verdade, mas agora ela viu o que ele estava fazendo. Além disso, ele agia de forma tão suspeita quando se esgueirava. Para ela parecia, quando refletiu, que um kandra saberia como fazer as coisas de uma maneira muito mais natural.

Não é ele, ela pensou. *Ou, se for, não será tão fácil desmascará-lo como pensei*. Franziu a testa, frustrada. Finalmente suspirou, levantou-se e foi para o outro lado do telhado. OreSeur a seguiu, e Vin olhou para ele.

— Quando Kelsier lhe disse para tomar seu corpo — ela disse —, o que ele queria que você pregasse para essas pessoas?

— Senhora? — OreSeur perguntou.

— Ele fez você aparecer, como se você fosse ele voltando do túmulo.

— Sim.

— Bem, o que ele ordenou que você dissesse?

OreSeur encolheu os ombros.

— Coisas muito simples, senhora. Eu dizia a eles que o momento da rebelião havia chegado. Dizia que eu, Kelsier, tinha voltado para lhes dar esperança para a vitória.

Represento o que você nunca foi capaz de matar, não importa o quanto tente. Essas foram as últimas palavras de Kelsier, faladas frente a frente com o Senhor Soberano. *Eu sou a esperança*.

Eu sou a esperança.

Era de surpreender que esse conceito se tornasse fundamental para a igreja que surgiu ao redor dele?

— Ele queria que você ensinasse coisas como as que acabamos de ouvir Demoux dizer? — Vin perguntou. — Sobre as cinzas não mais caírem e o sol ficar amarelo?

— Não, senhora.

— Foi o que pensei — Vin falou quando ouviu o farfalhar sobre as pedras lá embaixo. Olhou pela lateral do prédio e viu Demoux voltando ao palácio.

Vin desceu para o beco atrás dele. Para crédito do homem, ele a ouviu e girou com o bastão de duelo na mão.

— Paz, capitão — ela disse, erguendo-se.

— Lady Vin? — ele perguntou, surpreso.

Ela assentiu, aproximando-se de forma que ele pudesse vê-la melhor à noite. A luz esmaecida ainda iluminava o ar atrás deles, os rodopios de brumas brincando com as sombras.

— Não sabia que você era membro da Igreja do Sobrevivente — ela disse suavemente.

Ele baixou os olhos. Embora fosse facilmente dois palmos mais alto, parecia diminuir um pouco diante dela.

— Eu... sei que isso deixa a senhora desconfortável. Desculpe.

— Tudo bem — ela disse. — Você faz bem para as pessoas. Elend vai gostar de saber de sua lealdade.

Demoux ergueu os olhos.

— A senhora contará para ele?

— Ele precisa saber no que as pessoas acreditam, capitão. Por que o senhor iria querer manter segredo?

Demoux suspirou.

— Eu só... eu não quero que o grupo pense que estou aqui fora estimulando o povo. Ham acha que pregar sobre o Sobrevivente é estúpido, e Lorde Brisa diz que o único motivo para encorajar a igreja é tornar as pessoas mais dóceis.

Vin encarou-o na escuridão.

— Você acredita mesmo, não é?

— Sim, milady.

— Mas você conheceu Kelsier — ela falou. — Estava conosco desde quase o início. Sabe que ele não é nenhum deus.

Demoux levantou a cabeça, os olhos um pouco desafiadores.

— Ele morreu para derrubar o Senhor Soberano.

— Isso não faz dele um ser divino.

— Ele nos ensinou como sobreviver, ter esperança.

— Você sobrevivia antes — Vin falou. — As pessoas tinham esperança antes de Kelsier ser jogado naqueles fossos.

— Não como fazemos agora — Demoux disse. — Além disso... ele tinha poder, milady. Eu sentia isso.

Vin fez uma pausa. Ela sabia da história; Kelsier usou Demoux como exemplo para o restante do exército em uma luta com um descrente, direcionando seus golpes com Alomancia, fazendo Demoux parecer ter poderes sobrenaturais.

— Ah, eu sei sobre a Alomancia agora — Demoux disse. — Mas... eu o senti *empurrar* minha espada naquele dia. Senti como me usou, fazendo de mim mais do que eu era. Acho que posso senti-lo ainda, às vezes. Fortalecendo meu braço, guiando minha lâmina...

Vin franziu a testa.

— Lembra-se da primeira vez que nos encontramos?

Demoux assentiu.

— Sim. A senhora veio até as cavernas onde estávamos escondidos no dia em que o exército foi destruído. Eu estava de guarda. A senhora sabe, milady, mesmo naquela época, eu sabia que Kelsier viria por nós. Sabia que ele viria e escolheria aqueles de nós que tinham sido fiéis e nos guiaria de volta para Luthadel.

Ele foi para aquelas cavernas porque eu o forcei. Ele queria se matar combatendo um exército sozinho.

— A destruição do exército foi um teste — Demoux disse, olhando para as brumas. — Aqueles exércitos... o cerco... são apenas testes. Para ver se sobreviveremos ou não.

— E as cinzas? — Vin perguntou. — Onde ouviu que elas parariam de cair?

Demoux voltou-se para ela.

— O Sobrevivente ensinou isso, não?

Vin sacudiu a cabeça.

— Muitas pessoas estão dizendo isso — Demoux disse. — Deve ser verdade. Encaixa-se com todo o resto: o sol amarelo, o céu azul, as plantas...

— Sim, mas onde você ouviu essas coisas?

— Não tenho certeza, milady.

Onde você ouviu que eu seria aquela que traria essas coisas?, ela pensou, mas de alguma forma não conseguiu dar voz à questão. Mesmo assim, sabia a resposta: Demoux não saberia. Os rumores estavam se propagando. Seria mesmo difícil rastreá-los até chegar à sua fonte.

— Volte ao palácio — Vin falou. — Preciso contar a Elend o que vi, mas pedirei a ele que não diga ao restante do grupo.

— Obrigado, milady — Demoux disse, curvando-se. Virou-se e saiu às pressas. Um segundo depois, Vin ouviu um baque atrás de si: OreSeur, saltando para a rua.

Ela se virou.

— Eu tinha certeza de que era ele.

— Senhora?

— O kandra — Vin falou, virando-se na direção do Demoux, que desaparecia. — Pensei que o havia descoberto.

— E?

Ela sacudiu a cabeça.

— É como Dockson, acho que Demoux sabe demais para ser falso. Ele parece... real para mim.

— Meus irmãos...

— São muito habilidosos — Vin disse com um suspiro. — Sim, eu sei. Mas não vamos prendê-lo. Não hoje pelo menos. Ficaremos de olho nele, mas eu não acho mais que seja ele.

OreSeur assentiu com a cabeça.

— Venha — ela disse. — Quero ver Elend.

E, assim, eu chego ao cerne do meu argumento. Peço desculpas. Mesmo forçando minhas palavras no aço, sentado e talhando nesta caverna congelante, tendo a divagar.

37

SAZED OLHOU PELAS FOLHAS DA janela, notando os raios de luz hesitantes que começavam a brilhar através das frestas. *Já é de manhã?*, ele se perguntou. *Estudamos a noite toda?* Mal parecia possível. Não acionara a vivacidade, ainda assim se sentia mais alerta — mais vivo — do que há muitos dias.

Tindwyl estava sentada na cadeira ao lado dele. A escrivaninha de Sazed estava cheia de papéis avulsos, dois conjuntos de tinta e pena esperando para serem usados. Não havia livros: Guardadores não precisavam deles.

— Ah! — Tindwyl disse, pegando uma pena e começando a escrever. Também não parecia cansada, mas provavelmente havia usado sua mente de bronze, acionando a vivacidade armazenada nela.

Sazed observou-a escrever. Quase parecia jovem de novo; ele não via tanto entusiasmo nela desde que fora abandonada pelos Procriadores, dez anos antes. Naquele dia, com sua grande obra terminada, ela finalmente se juntou aos colegas Guardadores. Sazed foi quem a presenteou com o conhecimento coletado que fora descoberto durante seus trinta anos de gravidezes e partos enclausurados.

Levou bastante tempo para ela alcançar um lugar no Sínodo. Na época, entretanto, Sazed havia sido expulso de suas fileiras.

Tindwyl terminou de escrever.

— A passagem é da biografia do rei Wednegon — ela disse. — Foi um dos últimos líderes que resistiu ao Senhor Soberano em um tipo de combate significativo.

— Sei quem ele foi — Sazed disse, sorrindo.

Ela silenciou por um instante.

— Claro.

Obviamente não estava acostumada a estudar com alguém que tinha acesso a tantas informações quanto ela. Empurrou a passagem escrita para Sazed; mesmo com seus índices e notas mentais, seria mais rápido para ela anotar a passagem do que seria para ele tentar encontrá-la dentro de suas próprias mentes de cobre.

Passei muito tempo com o rei durante suas semanas finais. Ele parecia frustrado, como se poderia imaginar. Seus soldados não conseguiam resistir aos koloss do Conquistador, e seus homens foram repelidos repetidamente desde FellSpire. No entanto, o rei não culpou seus soldados. Pensava que seus problemas vinham de outra fonte: a comida.

Mencionou essa ideia várias vezes durante aqueles últimos dias. Achava que, se tivesse mais comida, poderia ter resistido. Nisso, Wednegon culpava as Profundezas. Pois, embora as Profundezas tivessem sido derrotadas — ou ao menos enfraquecidas —, seu toque havia exaurido os estoques de comida de Darrelnai.

Seu povo não poderia plantar e resistir aos exércitos demoníacos do Conquistador ao mesmo tempo. No final, foi por isso que caíram.

Sazed assentiu com a cabeça, lentamente.

— Quanto desse texto nós temos?

— Não muito — Tindwyl respondeu. — Seis ou sete páginas. Esta é a única seção que menciona as Profundezas.

Sazed ficou em silêncio por um momento, relendo a passagem. Por fim, ergueu os olhos para Tindwyl.

— Acha que Lady Vin está certa, não acha? Acha que as Profundezas eram as brumas.

Tindwyl assentiu.

— Eu concordo — Sazed falou. — Pelo menos, o que hoje chamamos de "as Profundezas" foi algum tipo de mudança na bruma.

— E seus argumentos de antes?

— Provaram-se errôneos — Sazed respondeu, deitando o papel na mesa. — Por suas palavras e meus próprios estudos. Não queria que isso fosse verdade, Tindwyl.

Tindwyl ergueu uma sobrancelha.

— Você desafiou o Sínodo de novo para procurar algo em que nem mesmo queria acreditar?

Ele fitou os olhos dela.

— Há uma diferença entre temer algo e desejá-lo. O retorno das Profundezas poderia nos destruir. Não queria essa informação, mas também não podia perder a oportunidade de descobri-la.

Tindwyl desviou o olhar.

— Não acredito que vá nos destruir, Sazed. Você fez uma descoberta grandiosa, isso eu admito. Os escritos do tal Kwaan nos dizem muito. De fato, se as Profundezas eram as brumas, então nossa compreensão da Ascensão do Senhor Soberano foi aumentada enormemente.

— E se as brumas estiverem ficando mais fortes? — Sazed perguntou. — Se, ao assassinar o Senhor Soberano, também destruímos a força que mantinha as brumas aprisionadas?

— Não temos prova de que as brumas estão vindo durante o dia — Tindwyl falou. — E, sobre a possibilidade de elas matarem pessoas, temos apenas suas teorias hesitantes.

Sazed virou o rosto. Sobre a mesa, seus dedos manchavam as palavras escritas apressadamente por Tindwyl.

— Isso é verdade — ele disse.

Tindwyl suspirou com suavidade no aposento mal iluminado.

— Por que você nunca se defende, Sazed?

— Que defesa pode existir aí?

— Deve haver alguma. Você se desculpa e pede perdão, mas sua culpa aparente parece nunca mudar seu comportamento! Você nunca pensa que, se fosse mais franco, talvez estivesse liderando o Sínodo? Eles o expulsaram porque você se recusou a oferecer argumentos a seu favor. Você é o rebelde mais contrito que conheço.

Sazed não respondeu. Olhou para o lado, vendo os olhos preocupados de Tindwyl. Olhos belos. *Pensamentos tolos,* ele disse a si mesmo, desviando o olhar. *Você sempre soube disso. Algumas coisas foram destinadas a outros, mas nunca a você.*

— Você estava certo sobre o Senhor Soberano, Sazed — Tindwyl disse. — Talvez os outros o tivessem seguido se você fosse apenas um pouco mais... insistente.

Sazed balançou a cabeça.

— Não sou um dos homens de suas biografias, Tindwyl. Nem mesmo sou um homem de verdade.

— Você é um homem melhor que eles, Sazed — Tindwyl disse em voz baixa. — A parte frustrante é que nunca fui capaz de entender por quê.

Eles ficaram em silêncio. Sazed levantou-se e caminhou até a janela, abrindo as folhas, deixando a luz entrar. Em seguida, apagou o lampião do quarto.

— Partirei hoje — Tindwyl falou.

— Partirá? — Sazed perguntou. — Os exércitos podem não deixar você passar.

— Não vou passar por eles, Sazed. Planejo visitá-los. Dei conhecimento ao jovem Lorde Venture, preciso oferecer o mesmo auxílio aos seus oponentes.

— Ah — Sazed disse. — Entendo. Deveria ter imaginado.

— Duvido que me ouçam como ele ouviu — Tindwyl falou, um vestígio de carinho deslizando na sua voz. — Venture é um bom homem.

— Um bom rei — Sazed disse.

Tindwyl não respondeu. Olhou para a mesa, com suas anotações espalhadas, cada uma extraída de uma ou outra de suas mentes de cobre, escrevinhadas às pressas, então exibidas e relidas.

O que havia sido esta noite, então? Esta noite de estudos, compartilhando pensamentos e descobertas?

Ela ainda era bonita. Cabelos castanho-avermelhados ficando grisalhos, mas ainda longos e retos. Rosto marcado por uma vida inteira de adversidades que não a dobraram. E os olhos... olhos astutos, com o conhecimento e o amor pela aprendizagem que apenas uma Guardadora podia apresentar.

Eu não deveria refletir sobre essas coisas, Sazed pensou novamente. *Não há motivo para elas. Nunca houve.*

— Você precisa ir, então — ele disse, virando-se.

— De novo se recusando a discutir — ela disse.

— Qual seria o objetivo da discussão? Você é uma pessoa sábia e determinada. Deve ser guiada por sua consciência.

— Às vezes, as pessoas apenas parecem estar determinadas numa direção porque não lhes ofereceram outras opções.

Sazed virou-se para ela. O quarto estava quieto, os únicos sons vinham do pátio lá embaixo. Tindwyl estava sentada, metade dela sob a luz solar, sua túnica brilhante lentamente ficando mais iluminada enquanto as sombras recuavam. Ela parecia insinuar algo que ele não esperava nunca ouvir dela.

— Estou confuso — ele disse, recostando-se devagar. — E a sua obrigação como Guardadora?

— É importante — ela admitiu. — Mas... algumas exceções ocasionais devem ser consideradas. Este texto que você encontrou... bem, talvez merecesse mais estudos antes de eu partir.

Sazed observou-a, tentando ler seus olhos. *O que estou sentindo?*, ele se perguntou. Confusão? Perplexidade?

Medo?

— Não posso ser o que você deseja, Tindwyl — ele disse. — Não sou um homem.

Ela acenou a mão, indiferente.

— Tive mais que o suficiente de "homens" e partos nos últimos anos, Sazed. Já cumpri minha obrigação com o povo de Terris. Eu gostaria de ficar longe deles por um tempo, creio eu. Uma parte de mim se ressente deles pelo que fizeram comigo.

Ele abriu a boca para falar, mas ela ergueu a mão.

— Eu sei, Sazed. Eu assumi essa tarefa e fico feliz pelos meus serviços. Mas... durante os anos que passei sozinha, encontrando os Guardadores apenas ocasionalmente, achei frustrante que todo o planejamento deles parecia direcionado a manter sua situação de povo conquistado. Vi apenas um homem empurrando o Sínodo na direção de medidas ativas. Enquanto eles planejavam maneiras de se manterem escondidos, um homem quis atacar. Enquanto decidiam as melhores maneiras de prejudicar os Procriadores, um homem queria escrever a queda do Império Final. Quando voltei ao meu povo, descobri que esse homem ainda estava lutando. Sozinho. Condenado por fraternizar com ladrões e rebeldes, ele aceitava sua punição em silêncio.

Ela sorriu.

— Esse homem seguiu em frente para libertar a nós todos.

Ela tomou a mão dele. Sazed sentou-se, surpreso.

— Os homens sobre os quais eu leio, Sazed — Tindwyl falou, baixinho —, não foram homens que ficavam sentados e planejavam as melhores maneiras de se esconder. Eles lutavam, buscavam a vitória. Às vezes, foram impulsivos, e outros homens os chamavam de tolos. Ainda assim, quando os dados eram lançados e os corpos contados, eram esses homens que *mudavam* as coisas.

A luz do sol entrou no quarto totalmente, e ela se sentou, tomando a mão dele entre as dela. Ela parecia... ansiosa. Nunca vira aquela emoção nela? Era forte, a mulher mais forte que conhecia. Aquilo que ele via nos seus olhos não podia ser apreensão.

— Me dê uma desculpa, Sazed — ela sussurrou.

— Eu gostaria... muito mesmo que você ficasse — Sazed disse, uma das mãos nas dela, a outra descansando sobre o tampo da escrivaninha, os dedos tremendo levemente.

Tindwyl ergueu uma sobrancelha.

— Fique — Sazed falou. — Por favor.

Tindwyl sorriu.

— Muito bem... você me persuadiu. Vamos voltar aos estudos, então.

ELEND SEGUIU ATÉ O TOPO da muralha da cidade à luz da manhã, a espada no cinto estalando contra a lateral de pedra a cada passo.

— Quase parece um rei — uma voz observou.

Elend virou-se enquanto Ham subia os últimos degraus até o adarve. O ar era fresco, a geada ainda cristalina permanecia nas sombras da pedra.

O inverno estava se aproximando. Talvez tivesse chegado. Ainda assim, Ham não vestia capa, apenas seu colete habitual, calças e sandálias.

Será que ele sabe o que é ter frio, Elend pensou. *Peltre. Que talento incrível.*

— Você diz que eu quase pareço um rei — Elend disse, virando-se para continuar a caminhada pelo muro quando Ham juntou-se a ele. — Acho que a roupa de Tindwyl fez maravilhas para a minha imagem.

— Não falava sobre as roupas — Ham falou. — Estava falando sobre a expressão em seu rosto. Quanto tempo está aqui em cima?

— Há horas — Elend falou. — Como me encontrou?

— Os soldados — Ham falou. — Estão começando a vê-lo como um comandante, Elend. Eles observam onde você está; ficam um pouco mais empertigados quando você está por perto, limpam as armas se sabem que você vai passar.

— Pensei que você não passasse muito tempo com eles — Elend disse.

— Ah, eu nunca disse isso — Ham falou. — Passo muito tempo com os soldados, apenas não consigo ser ameaçador o bastante para ser seu comandante. Kelsier sempre quis que eu fosse um general... acredito que, lá no fundo, ele pensava que ajudar as pessoas era inferior a liderá-las. Talvez estivesse certo; homens precisam de líderes. Apenas não quero ser um deles.

— Eu quero — Elend disse, surpreso em se ouvir dizendo aquilo.

Ham deu de ombros.

— Isso provavelmente é bom. Afinal, você é o rei.

— Mais ou menos — Elend disse.

— Você ainda está usando a coroa.

Elend assentiu.

— É estranho sair sem ela. Parece estúpido, eu sei... estou usando apenas há pouco tempo. Mas as pessoas precisam saber que alguém ainda está no comando. Ao menos por alguns dias.

Eles continuaram a caminhar. À distância, Elend conseguia ver uma sombra na terra: o terceiro exército finalmente chegara no rastro dos refugiados que enviara. Seus batedores não sabiam ao certo por que a força dos koloss levara tanto tempo para chegar a Luthadel. A triste história dos aldeões, no entanto, deu algumas pistas.

Os koloss não atacaram Straff ou Cett. Eles aguardaram. Aparentemente, Jastes tinha controle o bastante para mantê-los domados. E, assim, eles se juntaram ao cerco, outra fera aguardando a oportunidade para dar o bote em Luthadel.

Se você não pudesse ter liberdade e segurança ao mesmo tempo, qual você escolheria...?

— Você parece surpreso por perceber que deseja estar no comando — Ham falou.

— Eu nunca havia expressado esse desejo antes — Elend falou. — Soa tão arrogante quando eu digo de fato. Quero ser rei. Não quero que outro homem tome o meu lugar. Nem Penrod, nem Cett... nem ninguém. O posto é meu. Esta cidade é minha.

— Não sei se "arrogante" é a palavra certa, El — Ham comentou. — Por que você quer ser rei?

— Para proteger este povo — Elend falou. — Para zelar por sua segurança, por seus direitos. Mas também para garantir que os nobres não acabem no lado errado de outra rebelião.

— Isso não é arrogância.

— É, sim, Ham — Elend retrucou. — Mas é uma arrogância compreensível. Não acho que um homem consiga liderar sem ela. De fato, acho que foi o que me faltou em grande parte do meu reinado. Arrogância.

— Autoconfiança.

— Uma palavra mais bonita para o mesmo conceito — Elend disse. — Posso fazer um trabalho melhor pelo povo do que outro homem poderia. Preciso apenas encontrar uma maneira de provar esse fato para eles.

— E vai.

— Você é um otimista, Ham — Elend falou.

— Você também — Ham respondeu.

Elend sorriu.

— É verdade. Mas este trabalho está me mudando.

— Bem, se você não quiser perder o trabalho, deveríamos voltar aos estudos. Temos apenas mais um dia.

Elend sacudiu a cabeça.

— Já li tudo que posso, Ham. Não vou tirar vantagem da lei, então não há motivo para procurar brechas, e estudar outros livros para buscar inspiração não está funcionando. Preciso de tempo para pensar. Tempo para caminhar...

Eles continuaram a fazê-lo. Enquanto faziam, Elend percebeu algo à distância. Um grupo de soldados inimigos fazendo algo que ele não conseguia distinguir. Ele acenou para um de seus homens.

— O que é aquilo? — ele perguntou.

O soldado protegeu os olhos do sol para enxergar.

— Parece outra briga entre os homens de Cett e Straff, Vossa Majestade.

Elend ergueu uma sobrancelha.

— Isso acontece com frequência?

O soldado ergueu os ombros.

— Cada vez mais nos últimos tempos. Em geral, as patrulhas de batedores se estranham e entram em conflito. Deixam alguns corpos para trás quando se retiram. Nada grande, Vossa Majestade.

Elend assentiu com a cabeça, dispensando o homem. *Grande o bastante*, ele pensou. *Aqueles exércitos devem estar tão tensos como nós. Os soldados não devem gostar de ficar tanto tempo num cerco, especialmente no inverno.*

Estavam próximos. A chegada dos koloss apenas causaria mais caos. Se ele empurrasse do jeito certo, Straff e Cett seriam levados a lutar frente a frente. *Só preciso de um pouco mais de tempo!*, ele pensou, continuando sua caminhada com Ham ao lado.

Ainda assim, primeiro ele precisava retomar seu trono. Sem essa autoridade, ele não era nada, e nada podia fazer.

O problema era ruminado em sua mente. Enquanto a caminhada continuava, no entanto, algo o distraiu — desta vez, algo dentro das muralhas, em vez de fora delas. Ham estava certo — os soldados *ficavam* um pouco mais direitos quando Elend se aproximava de seus postos. Saudavam-no, e ele meneava com a cabeça para eles, caminhando com a mão no cabo da espada, como Tindwyl havia instruído.

Se eu mantiver meu trono, devo-o a essa mulher, ele pensou. Claro, ela zombaria dele por esse pensamento. Ela diria que ele manteve o trono porque mereceu, porque era o rei. Ao mudar, ele simplesmente usou recursos à mão para sobrepujar suas dificuldades.

Ele não estava seguro se algum dia seria capaz de ver as coisas desse jeito. Mas a última lição dela para ele no dia anterior — ele, de alguma forma, sabia que era a última — ensinou-lhe apenas um novo conceito: que não havia um molde para a majestade. Ele não seria como os reis do passado, da mesma forma que não seria como Kelsier.

Ele seria Elend Venture. Suas raízes estavam fincadas na filosofia, então seria lembrado como erudito. Melhor usar isso em sua vantagem, ou não seria sequer lembrado. Nenhum rei podia admitir suas fraquezas, mas certamente eram sábios ao admitir suas forças.

E quais são as minhas forças?, ele pensou. *Por que eu deveria ser aquele que governa esta cidade e aquelas ao redor?*

Sim, ele era um erudito — e um otimista, conforme Ham observou. Não era um duelista magistral, embora estivesse melhorando. Não era um diplomata excelente, embora suas reuniões com Straff e Cett provassem que ele poderia se garantir.

O que ele era?

Um nobre que amava os skaa. Eles sempre o fascinaram, mesmo antes do Colapso — antes de ele ter conhecido Vin e os outros. Era um de seus enigmas filosóficos preferidos tentar provar que não eram diferentes dos homens de berço nobre. Soava idealista, até mesmo um pouco puritano, quando ele pensava sobre isso — e, se fosse honesto, muito do seu interesse nos skaa antes do Colapso era acadêmico. Eles eram desconhecidos, e assim pareciam exóticos e interessantes.

Ele sorriu. *Imagino o que os trabalhadores das plantações teriam pensado, caso alguém lhes dissesse que eram "exóticos".*

Mas, então, o Colapso chegou — a rebelião prevista em seus livros e teorias tomando vida. Suas crenças não puderam continuar como meras abstrações acadêmicas. E ele veio a conhecer os skaa — não apenas Vin e o grupo, mas os trabalhadores e serviçais. Ele viu a esperança começando a crescer dentro deles. Viu o despertar do respeito próprio e da autoestima no povo da cidade, e isso o entusiasmou.

Ele não os abandonaria.

É o que sou, Elend pensou, parando enquanto caminhava pela muralha. *Um idealista. Um idealista melodramático que, apesar de seus livros e aprendizado, nunca foi um nobre muito bom.*

— O quê? — Ham perguntou, parando perto dele.

Elend virou-se para o amigo.

— Tive uma ideia — ele falou.

Este é o problema. Embora eu acreditasse em Alendi no início, mais tarde fiquei desconfiado. Parecia que se encaixava com os sinais, verdade. Mas como posso explicar? Seria possível que ele se encaixasse bem demais?

38

COMO É POSSÍVEL QUE ELE *parça tão confiante quando eu me sinto tão nervosa?*, Vin pensou, ao lado de Elend, enquanto o Salão da Assembleia começava a se encher. Chegaram cedo; daquela vez, Elend disse que queria parecer no controle, cumprimentando cada membro da Assembleia quando chegasse.

Era o dia da votação para rei.

Vin e Elend estavam em pé no palco, acenando com a cabeça para os membros da Assembleia quando eles entravam pela porta lateral do salão. Diante do palco, os bancos já estavam ficando cheios. As primeiras poucas fileiras, como sempre, acomodavam os guardas.

— Você está linda hoje — Elend disse, olhando para Vin.

Ela encolheu os ombros. Estava com seu vestido branco, um traje solto com algumas camadas diáfanas por cima. Como os outros, era desenhado para dar mobilidade e combinava com os novos trajes de Elend — especialmente com o bordado escuro nas mangas. Ela havia dado suas joias, mas tinha algumas presilhas brancas de madeira para os cabelos.

— É estranho — ela comentou — a velocidade com a qual esses vestidos voltaram a ser naturais para mim.

— Fico feliz que tenha feito essa troca — Elend falou. — As calças e a camisa são você... mas isso é você também. A parte de você que me lembra dos bailes, quando mal nos conhecíamos.

Vin sorriu, nostálgica, olhando para ele, e a multidão que crescia ficou um pouco mais distante.

— Você nunca dançou comigo.

— Desculpe — ele disse, segurando seu braço com um toque leve. — Não temos tido muito tempo um para o outro recentemente, não é?

Vin abanou a cabeça.

— Vou resolver isso — Elend falou. — Assim que esta confusão estiver terminada, assim que o trono estiver seguro, poderemos voltar um para o outro.

Vin assentiu, em seguida virou-se com tudo quando percebeu um movimento atrás de si. Um membro da Assembleia atravessou o palco.

— Você está nervosa — Elend falou, franzindo levemente o cenho. — Mais que o normal. O que eu perdi?

Vin balançou a cabeça.

— Não sei.

Elend cumprimentou o membro da Assembleia — um dos representantes dos skaa — com um firme aperto de mão. Vin ficou ao lado dele, sua nostalgia evaporando-se como a bruma quando sua mente voltou ao momento. *O que está me incomodando?*

O salão estava cheio — todo mundo queria testemunhar os acontecimentos do dia. Elend foi forçado a colocar guardas nas portas para manter a ordem. Mas não era apenas o número de pessoas que a deixava ansiosa. Era a sensação de que... o acontecimento estava errado. As pessoas estavam se juntando como abutres sobre uma carcaça podre.

— Isto não está certo — Vin falou, segurando o braço de Elend quando o membro da Assembleia se afastou. — Governos não deviam mudar de mãos com base em argumentos expressados de cima de um púlpito.

— Apenas porque não aconteceu desse jeito no passado não significa que *não deveria* acontecer — Elend falou.

Vin balançou a cabeça.

— Algo está muito errado, Elend. Cett surpreenderá você e talvez Penrod também. Homens como eles não ficam quietos, sentados, e deixam uma votação decidir seu futuro.

— Eu sei — Elend falou. — Mas não são os únicos que podem oferecer surpresas.

Vin olhou para ele com um olhar questionador.

— Está planejando alguma coisa?

Ele fez uma pausa, em seguida olhou para ela.

— Eu... bem, Ham e eu pensamos em algo na noite passada. Uma manobra. Eu estava tentando encontrar uma maneira de falar com você sobre isso, mas não houve tempo. Precisávamos nos mexer rapidamente.

Vin franziu o cenho, sentindo a apreensão dele. Começou a dizer algo, mas em seguida parou, examinando os olhos de Elend. Ele parecia um pouco envergonhado.

— O quê? — ela perguntou.

— Bem... isso meio que envolve você e sua reputação. Eu ia pedir sua permissão, mas...

Vin sentiu um leve tremor. Atrás dele, o último membro da Assembleia tomava assento, e Penrod levantou-se para conduzir a reunião. Ele olhou para Elend, limpando a garganta.

Elend xingou baixinho.

— Olhe, não tenho tempo para explicar — ele disse. — Mas não é grande coisa, talvez nem me traga tantos votos. Mas, bem, precisava tentar. E não vai mudar nada. Entre nós, eu digo.

— Quê?

— Lorde Venture? — Penrod falou. — Está pronto para começar a reunião?

O salão ficou em silêncio. Vin e Elend ainda estavam em pé no centro do palco, entre o púlpito e os assentos dos membros da Assembleia. Ela olhou para ele, assolada por uma sensação de temor, confusão e um leve sentimento de traição.

Por que não me disse?, ela pensou. *Como posso estar preparada se não me diz o que está planejando? E... por que você está me olhando desse jeito?*

— Desculpe — Elend falou, movendo-se para se sentar.

Vin permaneceu em pé, sozinha, diante do público. No passado, tanta atenção a teria aterrorizado. Ainda a deixava desconfortável. Ela baixou a cabeça levemente, caminhando na direção dos bancos ao fundo, no seu lugar vago.

Ham não estava lá. Vin franziu a testa, virando-se quando Penrod abriu os trabalhos. *Lá*, ela pensou, encontrando Ham na plateia, sentando calmamente com um grupo de skaa. O grupo obviamente conversava baixinho, mas mesmo com estanho Vin não era capaz de reconhecer as vozes na grande multidão. Brisa estava com alguns dos soldados de Ham no fundo do salão. Não importava se ele sabia sobre o plano de Elend — estavam longe demais para questioná-los.

Irritada, ela arrumou as saias, em seguida sentou-se. Não se sentia tão cega desde...

Desde aquela noite, um ano atrás, ela pensou, *naquele momento pouco antes de eu entender o verdadeiro plano de Kelsier, aquele momento quando pensei que tudo estava desmoronando ao meu redor.*

Talvez aquilo fosse um bom sinal. Teria Elend tramado algum lampejo repentino de brilhantismo político? Não importava realmente que ele não tivesse compartilhado com ela; Vin provavelmente não entenderia mesmo a base jurídica.

Mas... ele sempre compartilhou seus planos comigo antes.

Penrod continuou a cantilena, provavelmente aproveitando seu tempo diante da Assembleia. Cett estava no primeiro banco da plateia, cercado por uns vinte soldados, sentado com cara de satisfação. Bem como ele devia. Pelos relatos que ela ouvira, Cett levaria a votação com facilidade.

Mas o que Elend estava planejando?

Penrod votará em si mesmo, Vin pensou. *Elend também. Restam vinte e dois votos. Os mercadores estão apoiando Cett, e os skaa também. Estão assustados demais com aquele exército para votar em outra pessoa.*

Resta apenas a nobreza. Alguns deles votarão em Penrod — ele é o nobre mais forte da cidade; muitos dos membros da Assembleia são seus aliados políticos de longa data. Mas, ainda que ele consiga metade da nobreza — o que provavelmente não conseguirá —, Cett vencerá. Cett precisa apenas de dois terços da maioria para levar o trono.

Oito mercadores, oito skaa. Dezesseis homens do lado de Cett. Ele venceria. O que Elend poderia fazer?

Penrod finalmente terminou seu discurso de abertura.

— Mas, antes de votarmos — ele disse —, gostaria de oferecer tempo aos candidatos para os discursos finais que desejarem. Lorde Cett, se importaria de ser o primeiro?

Do público, Cett negou com a cabeça.

— Já fiz minhas ofertas e ameaças, Penrod. Todos vocês sabem que precisam votar em mim.

Vin franziu o cenho. Ele parecia tão seguro de si, e ainda assim... Ela observou a multidão, os olhos recaindo sobre Ham. Ele estava falando com o capitão Demoux. E, sentado ao lado deles, estava um dos homens que a seguiram no mercado. Um sacerdote do Sobrevivente.

Vin virou-se, observando a Assembleia. Os representantes dos skaa pareciam desconfortáveis. Ela olhou para Elend, que estava em pé para tomar a palavra no púlpito. Sua confiança havia voltado, e ele parecia majestoso em seu uniforme branco impecável. Ainda usava a coroa.

Não vai mudar nada, ele disse. *Entre nós...*

Desculpe.

Algo que usasse sua reputação para ganhar votos. Sua reputação era a reputação de Kelsier, e apenas os skaa realmente se importavam com aquilo. E havia uma maneira fácil de ganhar a influência deles...

— Você entrou para a Igreja do Sobrevivente, não foi? — ela sussurrou.

As reações dos membros skaa da Assembleia, a lógica do momento, as palavras de Elend para ela antes, tudo isso de repente fez sentido. Se Elend se unisse à Igreja, os membros skaa da Assembleia talvez temessem votar contra ele. E Elend não precisava de dezesseis votos para ganhar o trono; se a Assembleia empatasse, ele venceria. Com oito skaa e seu próprio voto, os outros nunca seriam capazes de expulsá-lo.

— Muito inteligente — ela sussurrou.

O estratagema talvez não funcionasse. Dependeria de quanta influência a Igreja do Sobrevivente tinha sobre os membros skaa da Assembleia. Ainda assim, mesmo que alguns skaa votassem contra Elend, ainda havia os nobres que provavelmente votariam em Penrod. Se nobres suficientes votassem, Elend ainda empataria a Assembleia e manteria o trono.

Tudo que custaria era sua integridade.

Isso é injusto, Vin disse a si mesma. Se Elend tivesse se juntado à Igreja do Sobrevivente, ele se ateria a quaisquer promessa que fizera. E, se a Igreja do Sobrevivente ganhasse apoio oficial, poderia se tornar tão poderosa em Luthadel quanto o Ministério do Aço fora no passado. E... como aquilo mudaria a maneira que Elend a via?

Não vai mudar nada, ele prometera.

De forma desinteressada, ela o ouviu começar a falar, e suas referências a Kelsier pareciam óbvias para ela agora. Ainda assim, a única coisa que conseguia sentir era um pouco de ansiedade. Era como Zane dissera. Ela era a faca — um tipo diferente de faca, mas ainda uma ferramenta. O meio pelo qual Elend protegia a cidade.

Ela deveria estar furiosa, ou ao menos aborrecida. Por que seus olhos continuavam a mover-se para a multidão? Por que não conseguia se concentrar no que Elend estava dizendo, em como ele a elevava? Por que de repente ela ficou tão inquieta?

Por que aqueles homens estavam se movendo sutilmente para os cantos do salão?

— ENTÃO — ELEND DISSE —, com a bênção do próprio Sobrevivente, peço que votem em mim.

Ele esperou em silêncio. Era uma jogada drástica; juntar-se à Igreja do Sobrevivente deixava Elend sob a autoridade espiritual de um grupo externo. Mas Ham e Demoux também acharam que era uma boa ideia. Elend passara grande parte do dia anterior espalhando o boato aos cidadãos skaa sobre sua decisão.

Parecia um bom movimento. A única coisa que o preocupava era Vin. Olhou para ela, que não parecia gostar do seu lugar na Igreja do Sobrevivente, e ter Elend unindo-se a ela significava que — tecnicamente — ele a aceitava como parte da mitologia. Tentou encontrar o olhar dela e sorrir, mas ela não olhava para ele. Estava olhando para o público.

Elend franziu o cenho. Vin levantou-se.

Um homem do público de repente empurrou para o lado dois soldados na fileira da frente, em seguida saltou, de forma sobrenatural, para aterrissar no palco. O homem puxou um bastão de duelo.

Quê?, Elend pensou, em choque. Felizmente, os meses de treinamento por ordem de Tindwyl haviam lhe despertado instintos que ele não sabia que tinha. Quando o Brutamontes atacou, Elend agachou-se e rolou.

Chocou-se contra o assoalho, cambaleando, e virou-se para ver o homem troncudo avançando sobre ele com o bastão de duelo em riste.

Um farfalhar de rendas brancas e saias flutuaram no ar sobre Elend. Vin atingiu o Brutamontes com o pé, lançando-o para trás enquanto ela girava, as saias esvoaçando.

O homem grunhiu. Vin aterrissou com um baque bem na frente de Elend. O Salão da Assembleia ecoou com gritos e berros repentinos.

Vin chutou o púlpito do caminho.

— Fique atrás de mim — ela sussurrou, e uma adaga de obsidiana reluziu em sua mão direita.

Elend assentiu, hesitante, desembainhando a espada na cintura enquanto se erguia. O Brutamontes não estava sozinho; três pequenos grupos de homens armados moviam-se pelo recinto. Um atacou a fileira da frente, distraindo os guardas que estavam ali. Outro grupo estava subindo no palco. O terceiro grupo parecia ocupado com algo em meio à multidão. Os soldados de Cett.

O Brutamontes conseguiu ficar em pé. Não parecia ter sofrido muito com o chute de Vin.

Assassinos, Elend pensou. *Mas quem os enviou?*

O homem sorriu quando um grupo de cinco amigos se juntou a ele. O caos tomou o salão e os membros da Assembleia se espalharam, com seus guarda-costas correndo ao redor deles. Ainda assim, a luta na frente do palco impedia qualquer um de correr naquela direção. Os membros da Assembleia apinharam-se na saída lateral do palco. Os agressores, no entanto, não pareciam preocupados com ele.

Apenas com Elend.

Vin permaneceu agachada, esperando os homens atacarem, sua postura ameaçadora apesar do vestido cheio de tufos. Elend realmente pensou tê-la ouvido rosnar baixinho.

Os homens atacaram.

VIN AVANÇOU, GOLPEANDO O BRUTAMONTES líder com uma adaga, mas o braço dele era muito grande e facilmente defendeu-se com um giro de bastão. Havia seis homens no total; três eram obviamente Brutamontes, deixando os outros três parecerem Lançamoedas ou Atraidores. Um componente poderoso de controladores de metais. Alguém não queria que ela terminasse essa luta rapidamente com moedas.

Eles não entendiam que ela nunca usaria moedas nesta situação. Não com Elend tão próximo e com tantas pessoas no salão. Moedas não poderiam ser desviadas em segurança. Se ela atirasse um punhado nos inimigos, pessoas aleatórias morreriam.

Ela precisava matar esses homens rapidamente. Já estavam se espalhando, cercando Elend e Vin. Eles se moviam aos pares — um Brutamontes e um Lançamoedas em cada grupo. Atacariam pelas laterais, tentando passar por ela e atingir Elend.

Vin estendeu o braço para trás queimando ferro, *puxando* a espada de Elend da bainha com um retinido. Pegou-a pelo punho, lançando-a num dos pares. O Lançamoedas *empurrou-a* de volta, e ela, por sua vez, *empurrou* para a lateral, fazendo a espada girar na direção de um segundo par de alomânticos.

Um deles *empurrou-a* de volta para ela de novo. Vin *puxou* de trás, atraindo o porta-espada com adornos de metal das mãos dele e atirando-o no ar pelo fecho. O porta-espada passou a espada no ar. Desta vez, o Lançamoedas *empurrou* as duas peças para fora do caminho, defletindo-os na direção do público em fuga.

Homens gritavam em desespero enquanto pisoteavam e tentavam abrir caminho para fora do salão. Vin cerrou os dentes. Precisava de uma arma melhor.

Ela lançou uma adaga de pedra num par de assassinos, em seguida pulou na direção de outro, girando por baixo da arma do Brutamontes agressor. O Lançamoedas não tinha qualquer metal nele que ela pudesse sentir; estava lá apenas para impedir que ela matasse o Brutamontes com moedas. Provavelmente achavam que Vin seria fácil de vencer se fosse privada da capacidade de lançar moedas.

O Brutamontes girou o bastão para trás, tentando acertá-la com a ponta. Ela agarrou a arma, sacudindo-a para a frente e saltando enquanto *empurrava* as bancadas da Assembleia atrás de si. Seus pés atingiram o Brutamontes no peito, e ela chutou forte com o peltre avivado. Quando ele grunhiu, Vin *puxou-se* para trás na direção dos pregos dos bancos com o máximo de força que conseguiu.

O Brutamontes conseguiu ficar em pé. Contudo, parecia totalmente surpreso ao ver Vin afastando-se dele, segurando seu bastão nas mãos.

Ela aterrissou e girou na direção de Elend. Ele havia encontrado uma arma — um bastão de duelo — e teve o bom senso de encostar-se numa das paredes. À direita dela, alguns dos membros da Assembleia estavam amontoados, cercados por seus guardas. O salão estava muito cheio, as saídas eram pequenas demais e muito apinhadas para todos escaparem.

Os membros da Assembleia não fizeram movimento algum para ajudar Elend.

Um dos assassinos gritou, apontando quando Vin *empurrava* os bancos e atirava na direção deles, colocando-se na frente de Elend. Dois Brutamontes ergueram as armas quando Vin girou no ar, *puxando* levemente contra as dobradiças da porta para virar. Seu vestido revoou quando ela aterrissou.

Preciso mesmo agradecer ao modista, ela pensou enquanto erguia o bastão. Ela considerou por um instante se livrar do vestido, mas os Brutamontes foram para cima dela rápido demais. Ela bloqueou os dois golpes de uma vez, em seguida jogou-se entre os homens, queimando peltre, movendo-se mais rápido do que eles.

Um deles xingou, tentando girar seu bastão. Vin quebrou a perna dele antes que ele pudesse fazer isso. Ele caiu com um uivo, e Vin saltou atrás dele, forçando-o a cair enquanto golpeava o segundo Brutamontes no ar. Ele bloqueou o golpe, em seguida empurrou sua arma contra ela para tirá-la de cima do companheiro.

Elend atacou, mas os movimentos do rei pareciam lentos demais comparados aos dos homens avivando peltre. O Brutamontes virou-se quase indiferente, esmagando a arma de Elend com um único golpe.

Vin gritou quando caiu. Ela arremessou o bastão no Brutamontes, forçando-o a se afastar de Elend. Ele mal havia se esquivado quando Vin chegou ao solo, equilibrando-se e golpeando com uma segunda adaga. Ela avançou antes que o Brutamontes pudesse voltar-se para Elend.

Uma chuva de moedas voou na direção dela. Ela não podia *empurrá-las* de volta, não na direção da multidão. Ela berrou, jogando-se entre as moedas e Elend — em seguida *empurrou* para os lados, dividindo-as o melhor que pôde para que elas espirrassem contra a parede. Mesmo assim, sentiu um estalo de dor no ombro.

De onde ele tirou essas moedas?, ela pensou, frustrada. No entanto, quando olhou para o lado, viu o Lançamoedas em pé ao lado de um membro da Assembleia encolhido, que tinha sido forçado a entregar sua bolsa de moedas.

Vin apertou os dentes. Seu braço ainda funcionava, isso era o que importava. Gritou e lançou-se sobre o Brutamontes mais próximo. Porém, o terceiro Brutamontes recuperou sua arma — aquela que Vin lançara — e agora estava circulando com seu Lançamoedas para tentar chegar por trás de Vin.

Um de cada vez, Vin pensou.

O Brutamontes mais próximo golpeou com sua arma. Ela precisava surpreendê-lo. Então, ela não desviou ou bloqueou. Simplesmente recebeu o golpe na lateral, queimando duralumínio e peltre para resistir. Algo se rompeu dentro dela quando foi atingida, mas com duralumínio ela estava forte o bastante para ficar em pé. A madeira se despedaçou, e ela continuou avançando, enfiando a adaga no pescoço do Brutamontes.

Ele caiu, revelando um Lançamoedas surpreso atrás dele. O peltre de Vin evaporou com o duralumínio, e a dor apareceu com tudo na sua lateral. Mesmo assim, ela arrancou a adaga quando o Brutamontes caiu, ainda se movendo rápido o bastante para derrubar o Lançamoedas desferindo um golpe em seu peito.

Então ela tombou, arfando em silêncio, tocando suas costelas enquanto os dois homens morriam aos seus pés.

Resta um Brutamontes, ela pensou em desespero. *E dois Lançamoedas.*

Elend precisa de mim. Ao lado, ela viu um dos Lançamoedas disparar um punhado de moedas roubadas na direção de Elend. Ela gritou, *empurrando-as* para longe, e ouviu o Lançamoedas xingar.

Ela se virou, contando com as linhas azuis do aço para alertá-la se os Lançamoedas tentassem atirar qualquer coisa em Elend — e puxou da manga seu frasco de reposição, que ela havia prendido bem para impedir que fosse *puxado*. No entanto, quando ela abriu a tampa, o frasco foi retirado de sua mão agora desajeitada. O segundo Lançamoedas arreganhou os dentes quando *empurrou* o frasco para longe, tombando-o e espalhando seu conteúdo no chão.

Vin rosnou, mas sua mente ficava cada vez mais confusa. Precisava de peltre. Sem ele, o grande ferimento da moeda no seu ombro — seu sangue tornando vermelha sua manga rendada — e a dor excruciante na lateral seriam demais. Ela quase não conseguia pensar.

Um bastão girou na direção dela. Ela se jogou para o lado, rolando. No entanto, não tinha mais a graça ou a velocidade do peltre. Ela poderia ter se desviado do golpe de um homem normal, mas o ataque de um alomântico era outra história.

Eu não deveria ter queimado duralumínio!, ela pensou. Foi uma aposta que permitiu que ela matasse dois assassinos, mas a havia deixado muito exposta. O bastão desceu na direção dela.

Algo grande atingiu o Brutamontes, lançando-o ao chão numa agitação de garras e rosnados. Vin saiu de sua esquiva enquanto o Brutamontes socava OreSeur na cabeça, rachando seu crânio. Ainda assim, o Brutamontes sangrava e xingava, e seu bastão rolara para longe. Vin agarrou-o, cambaleando e apertando os dentes enquanto lançava a outra ponta do bastão no rosto do homem. Ele recebeu o golpe com um praguejo, passando uma rasteira nela.

Ela caiu ao lado de OreSeur. O cão de caça, estranhamente, estava sorrindo. Havia um ferimento em seu ombro.

Não, não era um ferimento. Uma abertura na carne — e um frasco de metal escondido dentro dela. Vin pegou-o, rolou, mantendo-o escondido enquanto o Brutamontes ficava em pé. Ela virou o conteúdo, os flocos de metal, na boca. No chão ao lado dela, pôde ver a sombra do Brutamontes erguendo a arma para uma pancada poderosa.

O peltre avivou-se dentro dela, e suas feridas tornaram-se meros zumbidos irritantes. Ela se lançou para o lado quando o golpe foi desferido, atingindo o assoalho, fazendo voar lascas de madeira. Vin saltou em pé, acertando o punho no braço do oponente surpreso.

Não foi o bastante para quebrar os ossos, mas obviamente havia doído. O Brutamontes — agora sem dois dentes — grunhiu de dor. De esguelha, Vin viu OreSeur em pé, a mandíbula do cão pendurada de forma estranha. Ele assentiu para ela; o Brutamontes pensaria que ele havia morrido com o crânio rachado.

Mais moedas voaram na direção de Elend. Ela as *empurrou* sem nem olhar. Na frente dela, OreSeur atingiu o Brutamontes por trás, fazendo-o girar surpreso no instante em que Vin atacou. O bastão do Brutamontes passou a um dedo de distância da cabeça dela quando despencou nas costas de OreSeur, mas a mão dela atingiu o rosto do homem. Porém, ela não deu um murro; aquilo não adiantaria muito contra um Brutamontes.

Ela estava com um dedo estendido e sua mira era incrível. O olho do Brutamontes estalou quando ela golpeou com o dedo para dentro da órbita ocular.

Ela saltou para trás enquanto ele gritava, erguendo a mão para o rosto. Ela socou o peito dele, jogando-o ao chão, em seguida saltou sobre a forma caída de OreSeur no chão e apanhou a adaga caída.

O Brutamontes morreu, agarrando o rosto em agonia, a adaga cravada no peito.

Vin girou, procurando Elend desesperadamente. Ele havia tomado as armas de um dos Brutamontes caídos e estava se defendendo dos dois Lançamoedas restantes, que tinham se frustrado, pelo que parecia, quando ela afastara todos os seus ataques com moedas. Em vez disso, sacaram bastões de duelo para atacá-lo diretamente. O treinamento de Elend fora o bastante para mantê-lo vivo, mas apenas porque seus oponentes estavam de olho em Vin para garantir que ela não tentaria usar moedas.

Vin chutou para cima o bastão do homem que acabara de matar, agarrando-o. Um Lançamoedas gritou quando ela rosnou e lançou-se na direção deles, girando sua arma. Um deles teve a presença de espírito de *empurrar* os bancos e fugir. A arma de Vin ainda o alcançou no ar, jogando-o para o lado. O próximo golpe derrubou seu companheiro, que tentara correr.

Elend ficou parado, ofegante, seus trajes desgrenhados.

Ele se saiu melhor do que eu pensava, Vin admitiu, curvando-se e tentando avaliar o dano na lateral. Precisaria de uma bandagem para o ombro. A moeda não atingira o osso, mas o sangramento...

— Vin! — Elend gritou.

Algo muito forte de repente agarrou-a por trás. Vin engasgou quando foi lançada para trás e jogada ao solo.

O primeiro Brutamontes. Ela quebrou sua perna, em seguida se esqueceu dele...

Ele estava com as mãos ao redor do pescoço de Vin, apertando-o assim que se ajoelhou sobre ela, as pernas pressionadas contra o peito, um ódio selvagem no rosto. Seus olhos estavam esbugalhados, adrenalina misturada ao peltre.

Vin buscou fôlego. Foi arrastada para anos antes, para as surras dadas pelos homens que partiam para cima dela. Camon, Reen, e uma dúzia de outros.

Não!, ela pensou, avivando peltre e lutando. No entanto, ele a segurava, e era muito maior que ela. Muito mais forte. Elend golpeou as costas do homem com seu bastão, mas o Brutamontes mal se encolheu.

Vin não conseguia respirar. Sentia a garganta sendo esmagada. Tentou separar as mãos do Brutamontes, mas era como Ham sempre dizia. Seu tamanho pequeno era uma grande vantagem na maioria das situações, mas quando se chegava ao ponto da força bruta, ela não era páreo para um homem corpulento e musculoso. Tentou puxar-se para o lado, mas a pegada do homem era forte demais, seu pouco peso se comparado ao dele.

Ela lutava em vão. Ainda tinha duralumínio — queimá-lo apenas fazia os outros metais desaparecerem, não o próprio duralumínio —, mas da última vez ela quase morrera. Se não derrubasse logo o Brutamontes, ficaria sem peltre novamente.

Elend golpeava, gritando por ajuda, mas sua voz parecia distante. O Brutamontes apertou o rosto quase contra o de Vin, e ela conseguia ver sua fúria. Naquele momento, incrivelmente, um pensamento lhe ocorreu.

Onde eu vi este homem antes?

Sua visão escureceu. Porém, enquanto o Brutamontes apertava as mãos, ele chegava cada vez mais perto, mais perto, mais perto...

Ela não tinha escolha. Vin queimou duralumínio e avivou o peltre. Ela abriu as mãos do oponente para os lados e deu uma cabeçada no rosto dele.

A cabeça do homem explodiu tão facilmente como o globo ocular do outro.

Vin tomou fôlego e empurrou o cadáver sem cabeça de cima dela. Elend cambaleou para trás, seu traje e rosto salpicados de vermelho. Vin ficou em pé, com dificuldade. Sua visão escureceu quando o peltre se dissipou, mas mesmo assim conseguiu ver uma emoção no rosto de Elend, forte como o sangue em seu uniforme branco e brilhante.

Horror.

Não, ela pensou, sua mente empalidecendo. *Por favor, Elend, não é...*

Ela caiu para a frente, incapaz de manter a consciência.

ELEND ESTAVA SENTADO COM SEU traje arruinado, mãos contra a testa, a destruição do Salão da Assembleia assustadoramente vazio ao redor dele.

— Ela viverá — Ham falou. — Na verdade, não se feriu muito. Ou... bem, nada de muito grave para Vin. Apenas precisa de bastante peltre e de algum cuidado de Sazed. Ele diz que nem quebrou as costelas, apenas trincou.

Elend assentiu, distraído. Alguns soldados estavam levando os cadáveres embora, entre eles os seis homens que Vin assassinou, inclusive aquele no final...

Elend apertou os olhos.

— O que foi? — Ham perguntou.

Elend abriu os olhos, fechando o punho para evitar tremer.

— Eu sei que você viu muitas batalhas, Ham — ele falou. — Mas eu não estou acostumado com elas. Não estou acostumado com... — Ele se afastou quando os soldados arrastaram para fora o corpo decapitado.

Ham observou o cadáver ser levado.

— Eu a vi lutando uma vez só antes, sabe — Elend falou em voz baixa. — No palácio, um ano atrás. Ela apenas lançou alguns homens contra as paredes. Nada parecido com isso.

Ham sentou-se ao lado de Elend nos bancos.

— Ela é uma Nascida da Bruma, El. O que esperava? Um único Brutamontes pode facilmente derrubar dez homens, dezenas se tiver um Lança-moedas para ajudá-lo. Uma Nascida da Bruma... bem, eles são como um exército numa pessoa só.

Elend assentiu.

— Eu sei, Ham. Eu sei que ela matou o Senhor Soberano... ela até me contou como enfrentou vários Inquisidores de Aço. Mas... eu nunca tinha visto...

Ele fechou os olhos outra vez. A imagem de Vin tombando na direção dele no final, seu lindo vestido branco de baile coberto com o sangue do homem que ela acabara de matar com a testa...

Ela fez isso para me proteger, ele pensou. *O que não faz com que seja menos perturbador.*

Talvez isso deixe tudo ainda um pouco mais perturbador.

Ele forçou os olhos a se abrir. Não podia se dar ao luxo de se distrair; precisava ser forte. Era o rei.

— Acha que Straff os mandou? — Elend perguntou.

Ham assentiu.

— Quem mais? Os alvos eram você e Cett. Acho que sua ameaça de matar Straff não foi tão conclusiva quanto presumimos.

— Como está Cett?

— Ele quase não escapou vivo. Nessas circunstâncias, eles massacraram metade dos soldados dele. Na briga, Demoux e eu não conseguimos nem ver o que estava acontecendo no palco com você e Vin.

Elend assentiu. Quando Ham chegou, Vin já havia cuidado dos assassinos. Levou apenas poucos minutos para exterminar seis deles.

Ham ficou em silêncio por um momento, Finalmente, ele se virou para Elend.

— Eu admito, El — ele disse num murmúrio. — Estou impressionado. Não vi a luta, mas vi o resultado. Uma coisa é lutar com seis alomânticos, outra é fazê-lo enquanto tenta proteger uma pessoa normal, e manter todos os presentes ilesos. E aquele último homem...

— Você se lembra de quando ela salvou Brisa? — Elend perguntou. — Foi tão distante, mas eu juro que a vi jogando cavalos para o alto com a Alomancia. Já ouviu falar de alguma coisa assim?

Ham sacudiu a cabeça.

Elend sentou-se em silêncio por um instante.

— Acho que precisamos fazer alguns planos. Com os acontecimentos de hoje, não podemos...

Ham ergueu os olhos quando Elend parou de falar.

— O quê?

— Mensageiro — Elend disse, acenando com a cabeça na direção da entrada.

De fato, o homem apresentou-se aos soldados, em seguida foi escoltado até o palco. Elend levantou-se, caminhando para encontrar-se com o baixote, que tinha o escudo de Penrod em seu casaco.

— Milorde — o homem disse, curvando-se. — Fui enviado para informá-lo que a votação continuará na mansão de Lorde Penrod.

— A votação? — Ham perguntou. — Que bobagem é essa? Vossa Majestade quase foi assassinada hoje!

— Desculpe, milorde — o mensageiro disse. — Eu vim apenas entregar a mensagem.

Elend suspirou. Ele esperava que, na confusão, Penrod não se lembrasse do prazo.

— Se eles não escolherem um novo líder hoje, Ham, então eu mantenho a coroa. Eles já desperdiçaram o período de tolerância.

Ham bufou.

— E se houver mais assassinos? — ele perguntou em voz baixa. — Vin ficará de cama por alguns dias, no mínimo.

— Não posso contar com ela para me proteger o tempo todo — Elend falou. — Vamos.

— EU VOTO EM MIM mesmo — Lorde Penrod disse.

Sem surpresas, Elend pensou. Sentava-se na confortável sala de estar de Penrod, acompanhado por um grupo trêmulo de membros da Assembleia — nenhum deles, felizmente, havia se ferido no ataque. Vários seguravam bebidas, e havia um verdadeiro exército de guardas aguardando ao redor do perímetro, olhando-se com desconfiança. Também estavam na sala cheia Noorden e outros três escribas, que testemunhavam a votação segundo a lei.

— Voto em Lorde Penrod também — disse o Lorde Dukaler.

Também já esperado, Elend pensou. *Imagino quanto isso custará a Penrod.*

A mansão de Penrod não era uma fortaleza, mas era luxuosamente decorada. A maciez da poltrona de Elend era um alívio bem-vindo para as tensões do dia. Ainda assim, Elend temia que fosse reconfortante demais. Seria muito fácil pegar no sono...

— Voto em Cett — disse Lorde Habren.

Elend mostrou interesse. Era o segundo para Cett, o que o deixava atrás de Penrod em três.

Todos voltaram-se para Elend.

— Eu voto em mim mesmo — ele disse, tentando projetar uma firmeza que era difícil de manter depois de tudo que acontecera. Os mercadores eram os próximos. Elend recostou-se, preparado para a sequência esperada de votos em Cett.

— Voto em Penrod — Philen falou.

Elend ajeitou-se na poltrona, alerta. *Quê?!?*

O próximo mercador votou também em Penrod. Como fez o seguinte e o outro. Elend ficou surpreso, ouvindo. *O que perdi?*, ele pensou. Olhou para Ham, que deu de ombros, confuso.

Philen olhou para Elend, sorrindo amigavelmente. Contudo, Elend não conseguia dizer se havia amargura ou satisfação naquele olhar. *Eles trocaram seu apoio? Com tanta rapidez?* Philen tinha sido quem contrabandeara Cett para dentro da cidade em primeiro lugar.

Elend olhou para a fileira de mercadores, tentando avaliar as reações, com pouco sucesso. O próprio Cett não estava na reunião; ele havia se retirado para a Fortaleza Hasting para cuidar de seu ferimento.

— Voto em Lorde Venture — disse Haws, o primeiro da facção skaa. Isso também causou uma agitação na sala. Haws encontrou o olhar de Elend e assentiu. Era um seguidor fervoroso da Igreja do Sobrevivente, e, embora os diversos pregadores da religião estivessem começando a discordar sobre como organizar seus seguidores, todos concordavam que um seguidor no trono seria melhor para eles do que entregar a cidade para Cett.

Haverá um preço a pagar por esse apoio, Elend pensou quando os skaa votaram. Conheciam a reputação de honestidade de Elend, e ele não trairia a confiança deles.

Ele dissera a eles que se tornaria um membro notório da seita. Não lhes havia prometido crença, mas prometera devoção. Ainda não tinha certeza do que entregaria, mas ambos sabiam que precisariam um do outro.

— Voto em Penrod — disse Jasten, um trabalhador do canal.

— Eu também — disse Thurts, seu irmão.

Elend cerrou os dentes. Sabia que os dois seriam um problema; nunca gostaram da Igreja do Sobrevivente. Mas quatro dos skaa já tinham dado seus votos. Com apenas dois remanescentes, ele tinha uma boa chance de ter um empate.

— Voto em Venture — disse o próximo homem.

— Eu também — disse o último skaa. Elend lançou um sorriso de agradecimento para Vet, o eleitor.

Isso perfazia quinze votos para Penrod, dois para Cett e sete para Elend. Impasse. Elend reclinou-se levemente, sua cabeça repousando contra o encosto almofadado da poltrona, suspirando com suavidade.

Você fez seu trabalho, Vin, ele pensou. *Eu fiz o meu. Agora precisamos apenas manter este país unido.*

— Hum — uma voz disse —, tenho o direito de mudar meu voto?

Elend abriu os olhos. Era Lorde Habren, um dos votos de Cett.

— Digo, é óbvio agora que Cett não vencerá — Habren falou, corando levemente. O jovem era um primo distante da família Elariel, o que provavelmente lhe dava seu assento na assembleia hoje. Nomes ainda significavam poder em Luthadel.

— Não tenho certeza se você pode ou não mudar — Lorde Penrod disse.

— Bem, preferiria que meu voto valesse alguma coisa — Habren falou. — Há apenas dois votos para Cett, no fim das contas.

A sala ficou em silêncio. Um a um, os membros da Assembleia viraram-se para Elend. Noorden, o escriba, fitou os olhos de Elend. Havia uma cláusula que permitia que os homens mudassem seus votos, desde que o chanceler não tivesse oficialmente encerrado a votação — o que, de fato, ele não havia feito.

A cláusula era bastante oblíqua; Noorden provavelmente era o único na sala, além de Elend, que conhecia a lei o bastante para interpretá-la. Ele assentiu levemente, ainda fitando os olhos de Elend. Ele seguraria a língua.

Elend estava sentado, em silêncio, numa sala cheia de homens que confiavam nele, mesmo que o houvessem rejeitado. Podia fazer como Noorden fez. Poderia não dizer nada, ou poderia dizer que não sabia.

— Sim — Elend falou suavemente. — A lei permite que você mude seu voto, Lorde Habren. Pode fazê-lo apenas uma vez, e precisa fazê-lo antes que o vencedor seja declarado. Todos têm a mesma oportunidade.

— Então, voto em Lorde Penrod — Habren falou.

— Eu também — disse Lorde Hue, o outro que havia votado em Cett.

Elend fechou os olhos.

— Há alguma outra alteração? — Lorde Penrod perguntou.

Ninguém se pronunciou.

— Então — Penrod disse —, vejo dezessete votos para mim, sete votos para Lorde Venture. Oficialmente encerro a votação e, humildemente, aceito a nomeação como rei. Servirei com este título da melhor forma que puder.

Elend levantou-se, retirando lentamente a coroa.

— Aqui — ele disse, pousando-a na prateleira da lareira. — Vai precisar dela.

Ele assentiu para Ham, em seguida saiu sem olhar para trás, para os homens que o dispensaram.

FIM DA TERCEIRA PARTE

QUARTA PARTE

FACAS

Conheço seu argumento. Falamos da Antecipação, daquilo que foi previsto, das promessas feitas por nossos grandes profetas do passado. É claro que o Herói das Eras se encaixará nas profecias. Se encaixará perfeitamente. Essa é a ideia.

39

STRAFF VENTURE CAVALGAVA EM SILÊNCIO em meio ao ar brumoso do crepúsculo. Embora ele tivesse preferido uma carruagem, considerava importante viajar no lombo do cavalo e transmitir uma imagem convincente para as tropas. Zane escolheu caminhar, o que não era estranho. Ele perambulava ao lado do cavalo de Straff, os dois liderando um grupo de cinquenta soldados.

Mesmo com as tropas, Straff sentia-se exposto. Não eram apenas as brumas, não era apenas a escuridão. Ele ainda conseguia se lembrar do toque dela em suas emoções.

— Você falhou comigo, Zane — Straff comentou.

O Nascido da Bruma ergueu os olhos e, queimando estanho, Straff conseguiu ver um franzir de cenho no rosto dele.

— Falhei?

— Venture e Cett ainda estão vivos. Além disso, você mandou um lote dos meus melhores alomânticos para a morte.

— Eu alertei que talvez morressem — Zane falou.

— Por um bom motivo, Zane — Straff falou, sério. — Por que você precisava de um grupo de alomânticos secretos se os mandaria para uma missão suicida no meio de uma reunião pública? Talvez ache que nossos recursos são ilimitados, mas posso lhe garantir uma coisa: aqueles seis homens *não* poderão ser substituídos.

Custara a Straff décadas de trabalho com as concubinas para reunir tantos alomânticos ocultos. Foi um trabalho prazeroso, mas trabalho de qualquer forma. Numa aposta imprudente, Zane havia destruído um bom terço dos filhos alomânticos de Straff.

Meus filhos mortos, nosso jogo exposto e aquela... criatura de Elend ainda está viva!

— Desculpe, pai — Zane disse. — Pensei que o caos e o salão lotado manteriam a garota isolada e a forçariam a não usar moedas. Eu realmente pensei que funcionaria.

Straff franziu a testa. Ele sabia bem que Zane pensava que era mais competente que seu pai; qual Nascido da Bruma não pensaria algo assim? Apenas uma mistura delicada de suborno, ameaças e manipulação mantinham Zane sob controle.

Ainda assim, a despeito do que Zane achasse, Straff não era tolo. Sabia, naquele momento, que Zane escondia algo. *Por que enviar aqueles homens para a morte?*, Straff se perguntou. *Talvez ele tivesse a intenção de que eles falhassem... do contrário, teria ajudado a lutar contra a garota.*

— Não — Zane disse suavemente, falando consigo mesmo, como às vezes fazia. — Ele é meu pai... — Ele se calou, em seguida sacudiu a cabeça com vigor. — Não. Eles também não.

Senhor Soberano, Straff pensou, abaixando o olhar para o maluco murmurante ao lado dele. *Em que fui me meter?* Zane estava ficando cada vez mais imprevisível. Teria ele enviado aqueles homens para a morte por ciúme, desejo de violência ou simplesmente ficou entediado? Straff não *achava* que Zane havia se voltado contra ele, mas era difícil dizer. De qualquer forma, Straff não gostava de ter que confiar em Zane para seus planos funcionarem. Ele não gostava de ter que confiar em Zane para *nada*, na verdade.

Zane ergueu os olhos para Straff e parou de falar. Fazia um bom trabalho escondendo sua insanidade, na maior parte do tempo. Um trabalho tão bom que Straff às vezes esquecia. Ainda assim, a loucura estava à espreita, sob a superfície. Zane era a ferramenta mais perigosa que Straff já usara. A proteção fornecida por um Nascido da Bruma superava o perigo da insanidade de Zane.

Por pouco.

— Não precisa se preocupar, pai — Zane disse. — A cidade ainda será sua.

— Nunca será minha enquanto aquela mulher viver — Straff disse. E estremeceu. *Talvez seja esse o motivo de tudo isso. O ataque de Zane foi tão óbvio que todos da cidade sabem que estou por trás dele, e, quando aquele demônio de Nascida da Bruma acordar, virá atrás de mim, em retaliação.*

Mas, se esse fosse o objetivo de Zane, então por que ele simplesmente não me mata? Zane não fazia sentido. Não precisava. Talvez fosse uma das vantagens de ser insano.

Zane sacudiu a cabeça.

— Acho que você se surpreenderá, pai. De um jeito ou de outro, logo não terá nada a temer de Vin.

— Ela acha que eu tentei assassinar seu amado rei.

Zane sorriu.

— Não, não acho que ela pensa assim. Ela é esperta demais para isso.

Esperta demais para ver a verdade?, Straff pensou. No entanto, seus ouvidos aguçados pelo estanho ouviram passos nas brumas. Ele ergueu a mão, fazendo sua comitiva parar. À distância, mal podia divisar as manchas tremeluzentes das tochas no alto da muralha. Estavam próximos da cidade — a ponto de causar desconforto.

A comitiva de Straff aguardou em silêncio. Então, das brumas diante deles, um homem a cavalo apareceu, acompanhado por cinquenta soldados. Ferson Penrod.

— Straff — Penrod disse, meneando com a cabeça.

— Ferson.

— Seus homens fizeram bem — Penrod disse. — Fiquei feliz por seu filho não ter precisado morrer. É um bom rapaz. Um rei ruim, mas um homem dos mais honestos.

Vários dos meus filhos morreram hoje, Ferson, Straff pensou. *O fato de Elend ainda viver não é um êxito, é irônico.*

— Está pronto para entregar a cidade? — Straff perguntou.

Penrod assentiu.

— Philen e seus mercadores querem garantias de que terão títulos que se equiparem àqueles prometidos por Cett.

Straff acenou com mão desdenhosa.

— Você me conhece, Ferson. — *Você costumava praticamente rastejar perante mim nas festas, toda semana.* — Sempre honro meus negócios. Seria um idiota se não apaziguasse esses mercadores, os únicos que me trarão receitas de impostos deste domínio.

Penrod assentiu.

— Fico feliz por chegarmos a um entendimento, Straff. Não confio em Cett.

— Duvido que confie em mim — Straff retrucou.

Penrod sorriu.

— Mas eu o conheço, Straff. Você é um dos nossos, um nobre de Luthadel. Além disso, você criou o reino mais estável dos domínios. É tudo que estamos procurando agora. Um pouco de estabilidade para este povo.

— Você quase soa como o tolo do meu filho.

Penrod hesitou, em seguida sacudiu a cabeça.

— Seu garoto não é tolo, Straff. Ele é apenas um idealista. Na verdade, fico triste em ver a pequena utopia dele ruir.

— Se está triste por ele, Ferson, então você é um idiota também.

Penrod enrijeceu. Straff fitou os olhos orgulhosos do homem, sustentando aquele olhar até Penrod baixar os olhos. Aquela conversa foi simples, em grande parte sem importância, mas serviu como um lembrete muito importante.

Straff riu.

— Você terá de se acostumar a ser um peixe pequeno de novo, Ferson.

— Eu sei.

— Alegre-se — Straff falou. — Supondo que essa transferência de poder aconteça conforme você prometeu, ninguém acabará morto. Quem sabe, talvez eu permita que você mantenha essa coroa.

Penrod ergueu o olhar.

— Por um bom tempo, esta terra não teve reis — Straff disse em voz baixa. — Teve algo maior. Bem, não sou o Senhor Soberano, mas posso ser um imperador. Você quer manter sua coroa e governar como um rei sujeito a mim?

— Depende do custo disso, Straff — Penrod disse, cuidadoso.

Não está totalmente domado, então. Penrod sempre fora inteligente; era o nobre mais importante que ficou para trás em Luthadel, e sua aposta certamente funcionou.

— O custo é exorbitante — Straff falou. — Ridiculamente exorbitante.

— O atium — Penrod adivinhou.

Straff concordou.

— Elend não encontrou, mas está aqui, em algum lugar. Fui eu quem minou aquelas jazidas; meus homens passaram décadas minando-as e trazendo o metal para Luthadel. Sei quanto dele foi extraído e sei que nada que se aproximasse àquela quantidade retornou em pagamento à nobreza. O resto está naquela cidade, em algum lugar.

Penrod meneou a cabeça.

— Verei o que posso encontrar, Straff.

Straff ergueu uma sobrancelha.

— Você precisa voltar a praticar, Ferson.

Penrod hesitou, em seguida curvou a cabeça.

— Verei o que posso encontrar, *milorde*.

— Bom. Agora, quais notícias você me trouxe da concubina de Elend?

— Ela teve um colapso depois da luta — Penrod falou. — Tenho uma espiã na equipe de cozinha, e ela disse que entregou uma tigela de sopa nos aposentos de Lady Vin. E ela voltou fria.

Straff franziu a testa.

— Essa espiã sua poderia dar alguma coisa à Nascida da Bruma?

Penrod empalideceu levemente.

— Não acho... que seria inteligente, milorde. Além disso, o senhor conhece a constituição de um Nascido da Bruma.

Talvez ela realmente esteja incapacitada, Straff pensou. *Se entrássemos...* O calafrio do toque da mulher voltou. Entorpecimento. Vazio.

— Não precisa temê-la tanto, milorde — Penrod falou.

Straff ergueu uma sobrancelha.

— Não estou com medo, estou desconfiado. Não entrarei na cidade até minha segurança estar garantida e, até que eu me mova aí para dentro, sua cidade está sob o perigo de Cett. Ou pior. O que aconteceria se aqueles koloss decidissem atacar a cidade, Ferson? Estou em negociações com o líder deles, e ele parece capaz de controlá-los. Por ora. Você já viu o que resta depois de um massacre koloss?

Provavelmente não; Straff mesmo não tinha visto até recentemente. Penrod apenas sacudiu a cabeça.

— Vin não o atacará. Não se a Assembleia votar para colocá-lo no comando da cidade. A transferência será perfeitamente legal.

— Duvido que ela se importe com legalidade.

— Talvez não — Penrod respondeu. — Mas Elend se importa. E o que ele diz, a garota obedece.

A menos que ele tenha tão pouco controle sobre ela como eu tenho sobre Zane, Straff pensou, estremecendo. Não importava o que Penrod dissesse, Straff não tomaria a cidade até a criatura horrível ter sido liquidada. Nesse aspecto, poderia contar com Zane.

E esse pensamento o apavorava quase tanto quanto Vin.

Sem mais discussão, Straff acenou para Penrod, dispensando-o. Penrod deu meia-volta e retirou-se para dentro das brumas com sua comitiva. Mesmo com seu estanho, Straff mal ouviu Zane aterrissar no chão ao lado dele. Straff virou-se, olhando para o Nascido da Bruma.

— Você acha mesmo que ele entregaria o atium para você se encontrasse? — Zane perguntou, baixo.

— Talvez — Straff respondeu. — Ele deve saber que nunca será capaz de mantê-lo, não tem poderio militar para proteger um tesouro como esse. E, se não me entregar... bem, provavelmente seria mais fácil tomar o atium dele do que encontrá-lo sozinho.

Zane parecia achar a resposta satisfatória. Esperou alguns momentos, encarando as brumas. Em seguida, olhou para Straff, uma expressão curiosa no rosto.

— Que horas são?

Straff verificou o relógio de bolso, algo que nenhum Nascido da Bruma carregava. Metal demais.

— Onze e dezessete — ele disse.

Zane assentiu, virando-se de volta para a cidade.

— Já devia ter surtido efeito a essa hora.

Straff franziu a testa. Em seguida, começou a suar. Queimou estanho, arregalando os olhos. *Aqui!*, ele pensou, observando uma fraqueza dentro de si.

— Mais veneno? — ele perguntou, mantendo o medo afastado da voz, forçando-se a ficar calmo.

— Como consegue, pai? — Zane perguntou. — Eu tinha certeza de que você não perceberia. Mas aí está você, ótimo.

Straff estava começando a se sentir fraco.

— Não é preciso ser um Nascido da Bruma para ser capaz, Zane — ele disse, irritado.

Zane ergueu os ombros, sorrindo da maneira mais assombrosa que podia — extremamente inteligente, mas misteriosamente instável. Em seguida, sacudiu a cabeça.

— Você venceu de novo — ele disse, em seguida partiu para o alto, na direção do céu, revolvendo as brumas com sua passagem.

Straff virou seu cavalo de imediato, tentando manter o decoro enquanto corria na direção do acampamento. Conseguia sentir o veneno. Sentia-o roubando sua vida. Sentia como ele o ameaçava, o sobrepujava...

Talvez ele tenha ido rápido demais. Era difícil manter um ar de força quando se estava morrendo. Finalmente, começou a galopar. Deixou os guardas assustados para trás, e eles chamaram, surpresos, começando a trotar para manter o passo.

Straff ignorou suas lamúrias. Fez o cavalo correr mais rápido. Conseguia sentir o veneno deixar suas reações mais lentas? Qual deles Zane usara? Espectrina? Não, precisaria de uma injeção. Tomphero, talvez? Ou... talvez ele tivesse descoberto um do qual Straff nunca ouvira falar.

Podia apenas torcer para que não fosse o caso. Pois, se Straff não conhecesse o veneno, então Amaranta provavelmente não conheceria também, e não seria capaz de incluir o antídoto em sua poção de cura genérica.

As luzes do acampamento iluminavam as brumas. Soldados gritaram quando Straff se aproximou, e ele quase foi empalado quando um dos seus homens ergueu uma lança para o cavalo apressado. Felizmente, o homem o reconheceu a tempo. Straff derrubou o homem na cavalgada, mesmo que tivesse afastado a lança.

Straff foi direto para sua tenda. Naquele momento, seus homens estavam espalhados, preparando-se para uma invasão, ou algum outro ataque. Não havia maneira de ele poder esconder isso de Zane.

Não seria capaz de esconder minha morte, também.

— Milorde! — um capitão disse, correndo até ele.

— Vá buscar Amaranta — Straff falou, tombando do seu cavalo.

O soldado fez uma pausa.

— Sua concubina, milorde? — o homem falou, franzindo o cenho. — Por que...

— *Agora!* — Straff ordenou, lançando a porta da tenda para trás e entrando. Ele parou, suas pernas trêmulas quando a aba da tenda se fechou. Limpou a testa com uma mão hesitante. Suor demais.

Maldito!, ele pensou, frustrado. *Preciso matá-lo, prendê-lo... tenho que fazer algo. Não posso governar deste jeito!*

Mas, o quê? Ele virou noites, gastou dias tentando decidir o que fazer com Zane. O atium que ele usava para subornar o homem não parecia mais um bom motivador. Os atos de Zane naquele dia — o massacre dos filhos de Straff numa tentativa obviamente vã de matar a concubina de Elend — provavam que ele não era mais digno de confiança, nem mesmo mínima.

Amaranta chegou com velocidade surpreendente, e de imediato começou a misturar o antídoto. No fim das contas, enquanto engolia o preparado de gosto horrendo — sentindo imediatamente seus efeitos curativos —, chegou a uma conclusão inquietante.

Zane precisava morrer.

E, ainda assim... alguma coisa nisso tudo parecia tão conveniente. Era quase como se tivéssemos construído um herói que se encaixasse em nossas profecias, em vez de deixar que um herói surgisse naturalmente. Essa era a preocupação que eu tinha, aquilo que deveria ter me feito parar para pensar quando meus irmãos vieram até mim, finalmente dispostos a acreditar.

40

ELEND ESTAVA SENTADO AO LADO do seu leito.

Aquilo a confortava. Embora dormisse como uma pedra, uma parte dela sabia que ele estava lá, vigiando-a. Parecia estranho estar sob os cuidados dele, pois ela era aquela que em geral servia de guarda.

Então, quando finalmente acordou, não ficou surpresa ao encontrá-lo na poltrona ao lado do seu leito, lendo em silêncio sob a luz suave de uma vela. Quando ela acordou totalmente, não se levantou de pronto ou olhou o quarto com apreensão. Em vez disso, sentou-se lentamente, puxando o cobertor por baixo dos braços, em seguida tomou um gole da água que havia sido deixada ao lado da cama.

Elend fechou o livro e virou-se para ela, sorrindo. Vin buscou aqueles olhos suaves, sondando por vestígios do horror que ela vira antes. O nojo, o terror, o choque.

Ele sabia que ela era um monstro. Como conseguia sorrir com tanta gentileza?

— Por quê? — ela perguntou baixinho.

— O quê? — ele devolveu a pergunta.

— Por que me espera aqui? — ela questionou. — Não estou morrendo... ao menos disso eu me lembro.

Elend deu de ombros.

— Eu só queria estar perto de você.

Ela não disse palavra. Uma estufa a carvão ardia no canto, embora precisasse de mais combustível. O inverno estava próximo e parecia vir bem forte. Ela vestia apenas uma camisola; havia pedido para que as camareiras não a vestissem assim, mas então a solução preparada por Sazed — para ajudá-la a dormir — já estava começando a fazer efeito, e ela não teve energia para discutir.

Ela puxou o cobertor para mais perto. Apenas então percebeu algo que não havia percebido antes.

— Elend! Você não está vestindo seu uniforme.

Ele olhou para suas roupas — um traje de nobre de seu antigo guarda-roupa, com um colete marrom desabotoado. O casaco era grande demais para ele. Ele ergueu os ombros.

— Não preciso continuar a farsa, Vin.

— Cett é o novo rei? — ela perguntou com um sentimento de derrota.

Elend negou com a cabeça.

— Penrod.

— Não faz sentido.

— Eu sei — ele falou. — Não sabemos por que os mercadores traíram Cett, mas não importa. De qualquer forma, Penrod é uma escolha muito melhor. Melhor que Cett, ou eu.

— Sabe que não é verdade.

Elend recostou-se, pensativo.

— Não sei, Vin. Pensei que eu fosse o melhor. Ainda assim, enquanto criava todos os tipos de esquemas para impedir que Cett tomasse o trono, nunca considerei de verdade um plano que teria sido certeiro para derrotá-lo, dar meu apoio a Penrod, combinando nossos votos. E se minha arrogância nos tivesse entregado a Cett? Eu não estava pensando no povo.

— Elend... — ela disse, pousando a mão no braço dele.

E ele se encolheu.

Leve, quase imperceptível, e ele disfarçou rapidamente. Mas o dano já estava feito. Dano que ela causara, o dano dentro dele. Finalmente ele vira — de verdade — o que ela era. Ele se apaixonara por uma mentira.

— O quê? — ele disse, olhando para o rosto dela.

— Nada — Vin falou. Ela retirou a mão. Dentro dela, algo se quebrou. *Eu o amo tanto. Por quê? Por que eu o deixei ver aquilo? Se eu tivesse escolha!*

Ele está traindo você, a voz de Reen sussurrou no fundo de sua mente. *No fim, todos te abandonarão, Vin.*

Elend suspirou, olhando para os estores do quarto. Estavam fechados, mantendo as brumas lá fora, embora Vin pudesse ver a escuridão além deles.

— O fato, Vin — ele disse em voz baixa —, é que eu nunca pensei que terminaria dessa forma. Confiei neles até o fim. As pessoas, os membros escolhidos da Assembleia, acreditei que eles fariam a coisa certa. Quando não me escolheram, fiquei mesmo surpreso. Não deveria. Nós *sabíamos* que era uma aposta arriscada. Digo, eles já tinham votado pela minha saída uma vez. Mas eu havia me convencido de que era apenas uma aviso. Dentro de mim, no meu coração, pensei que me receberiam de volta.

Ele sacudiu a cabeça.

— Agora, preciso admitir que minha fé neles estava errada, ou confiar na decisão deles.

Aquilo era o que ela amava: sua bondade, sua honestidade simples. Coisas tão estranhas e exóticas para uma menina skaa quanto sua natureza de Nascida da Bruma devia ser para a maioria das pessoas. Mesmo entre todos os homens da gangue de Kelsier, mesmo em meio ao melhor da nobreza, ela nunca encontrara outro homem como Elend Venture. Um homem que acreditava que o povo que o destronara estava apenas tentando fazer a coisa certa.

Às vezes, ela se sentia uma tola por se apaixonar pelo primeiro nobre que conhecera melhor. Porém, ela percebeu naquele momento que seu amor por Elend não surgira por simples conveniência ou proximidade. Surgira por quem Elend era. O fato de que ela o encontrara primeiro foi um acontecimento incrivelmente afortunado.

E agora... havia acabado. Ao menos na forma que fora no passado. Mas ela sabia desde o princípio que acabaria assim. Por isso recusara a proposta de casamento, agora já havia mais de um ano. Não podia se casar com ele. Ou, melhor, ela não podia deixá-lo se casar com ela.

— Conheço essa dor nos seus olhos, Vin — Elend falou com suavidade.

Ela olhou para ele em choque.

— Podemos superar isso — ele falou. — O trono não era tudo. Talvez tenha sido melhor desse jeito, na verdade. Fizemos o nosso melhor. Agora é a vez de outra pessoa tentar.

Ela sorriu, exausta. *Ele não sabe.* Nunca *deve saber o quanto dói. Ele é um bom homem — ele iria tentar forçar-se a manter seu amor por mim.*

— Mas — ele disse — você precisa descansar mais.

— Estou bem — Vin falou, espreguiçando-se um pouco. Suas costelas e o pescoço doíam, mas o peltre queimava dentro dela e nenhum dos ferimentos era debilitante. — Eu preciso...

Ela se interrompeu quando uma lembrança a atingiu. Ela se sentou de uma vez, o movimento repentino deixando-a tensa com a dor. O dia anterior era um borrão, mas...

— OreSeur! — ela disse, empurrando o cobertor para o lado.

— Ele está bem, Vin — Elend falou. — Ele é um kandra. Ossos quebrados não significam nada para ele.

Ela fez uma pausa, já meio fora da cama, de repente sentindo-se estúpida.

— Onde ele está?

— Digerindo um novo corpo — Elend falou, sorrindo.

— Por que o sorriso? — ela perguntou.

— Eu nunca ouvi alguém expressar tanta preocupação por um kandra antes.

— Bem, não vejo por que não — Vin falou, subindo na cama. — OreSeur arriscou a vida por mim.

— Ele é um kandra, Vin — Elend repetiu. — Não acho que aqueles homens poderiam tê-lo matado; duvido até mesmo que um Nascido da Bruma pudesse.

Vin hesitou. *Duvido que um Nascido da Bruma pudesse...* O que a incomodava naquela afirmação?

— Mesmo assim — ela disse —, ele sente dor. Ele levou dois golpes fortes por mim.

— Apenas cumprindo seu Contrato.

Seu Contrato... OreSeur atacou um humano. Ele *rompeu* seu Contrato. Por ela.

— Quê? — Elend perguntou.

— Nada — Vin respondeu rapidamente. — Me conte sobre os exércitos.

Elend a encarou, mas deixou a conversa mudar de rumo.

— Cett ainda está escondido na Fortaleza Hasting. Não sabemos qual será sua reação. A Assembleia não o escolheu, o que pode não ser bom. E, ainda assim, ele não contestou. Deve ter percebido que está preso aqui, agora.

— Deve ter realmente acreditado que o escolheríamos — Vin falou, franzindo a testa. Por que mais ele viria para dentro da cidade?

Elend balançou a cabeça.

— Foi um movimento estranho, para início de conversa. De qualquer forma, aconselhei a Assembleia a tentar fazer um acordo com ele. Acho que ele pensa que o atium não está na cidade, então não há motivo para ele querer Luthadel.

— Exceto pelo prestígio.

— Que não valeria a pena se ele perdesse o exército — Elend disse. — Ou sua vida.

Vin assentiu.

— E seu pai?

— Calado — Elend falou. — É estranho, Vin. Não é do feitio dele... aqueles assassinos foram tão escancarados. Não sei o que pensar deles.

— Os assassinos — Vin falou, sentando-se novamente na cama. — Você os identificou?

Elend sacudiu a cabeça.

— Ninguém os reconhece.

Vin franziu o cenho.

— Talvez não estejamos tão familiarizados com os nobres no Domínio do Norte quanto pensávamos que éramos.

Não, Vin pensou. *Não, se fossem de uma cidade tão próxima como Urteau, o lar de Straff, alguns deles seriam conhecidos, não?*

— Pensei ter reconhecido um deles — Vin disse, por fim.

— Qual?

— O... último.

Elend fez uma pausa.

— Ah. Bem, acho que não vamos identificá-lo mais.

— Elend, desculpe-me por você ter presenciado aquilo.

— O quê? — Elend perguntou. — Vin, eu vi mortes antes. Fui forçado a participar das execuções do Senhor Soberano, lembra? — ele hesitou. — Não que o que você fez fosse parecido, claro.

Claro.

— Você foi incrível — Elend falou. — Eu estaria morto se você não tivesse parado aqueles alomânticos, e provavelmente Penrod e os outros membros da Assembleia teriam o mesmo destino. Você salvou o Domínio Central.

Sempre precisamos ser as facas...

Elend sorriu, erguendo-se.

— Aqui — ele disse, caminhando para o lado do quarto. — Está fria, mas Sazed disse que você deveria comer quando acordasse. — Ele voltou com uma tigela de sopa.

— Sazed mandou? — Vin perguntou, desconfiada. — Tem drogas, então?

Elend sorriu.

— Ele me alertou para não provar, disse que tinha sedativos o bastante para me derrubar por um mês. Precisa de muito para afetar vocês, queimadores de peltre.

Ele deixou a tigela na mesinha de cabeceira. Vin encarou-o com olhos estreitos. Sazed provavelmente estava preocupado que, apesar dos ferimentos, ela saísse à espreita na cidade se fosse deixada sozinha. Provavelmente estava certo. Com um suspiro, Vin aceitou a tigela e começou a tomar a sopa.

Elend sorriu.

— Vou mandar alguém trazer mais carvão para a estufa — ele falou. — Preciso fazer algumas coisas.

Vin assentiu, e ele saiu do quarto, fechando a porta atrás de si.

QUANDO VIN ACORDOU NOVAMENTE, VIU que Elend ainda estava lá. Ele estava na penumbra, observando-a. Ainda estava escuro lá fora. As folhas das janelas estavam abertas, e a bruma cobria o chão do quarto.

As janelas estavam *abertas*.

Vin sentou-se e se voltou para a figura no canto. Não era Elend.

— Zane — ela disse sem rodeios.

Ele avançou. Era tão fácil ver semelhanças entre ele e Elend, agora que ela sabia o que procurar. Tinham o mesmo queixo, o mesmo cabelo escuro ondulado. Tinham até uma constituição similar, agora que Elend estava se exercitando.

— Você dorme muito profundamente — Zane falou.

— Mesmo o corpo de um Nascido da Bruma precisa dormir para descansar.

— Você não deveria ter se machucado, em primeiro lugar — Zane afirmou. — Deveria ter sido capaz de matar aqueles homens facilmente, mas ficou distraída com meu irmão e tentando manter ileso o povo que estava no salão. *Isso* é o que ele te fez, ele te mudou para que você não visse mais o que precisa ser feito, para que você veja apenas o que ele quer que você faça.

Vin ergueu uma sobrancelha, tateando em silêncio embaixo do travesseiro. Sua adaga estava lá, felizmente. *Ele não me matou enquanto eu dormia*, ela pensou. *Deve ser um bom sinal.*

Ele deu outro passo para a frente. Ela ficou tensa.

— Qual é o seu jogo, Zane? — ela quis saber. — Primeiro você me diz que decidiu não me matar, em seguida manda um grupo de assassinos. E agora? Veio terminar o trabalho?

— Não enviamos aqueles assassinos, Vin — Zane falou, baixinho.

Vin bufou.

— Acredite se quiser — Zane falou, dando outro passo adiante, de forma que ficou bem ao lado da cama, uma figura alta toda vestida de preto e de solenidade. — Mas meu pai ainda está aterrorizado com você. Por que ele arriscaria uma retaliação tentando matar Elend?

— É uma aposta — Vin falou. — Ele torcia para que aqueles assassinos me matassem.

— Por que usá-los? — Zane perguntou. — Ele tem a mim, por que usar um punhado de Brumosos para atacá-la no meio de um salão cheio, quando poderia me mandar usando atium à noite e matá-la?

Vin hesitou.

— Vin — ele falou —, eu vi os cadáveres sendo levados para fora do Salão da Assembleia, e reconheci alguns deles do séquito de Cett.

É isso!, Vin pensou. *Foi onde eu vi aquele Brutamontes cujo rosto eu arrebentei! Estava na Fortaleza Hasting, olhando da cozinha enquanto jantávamos com Cett, fingindo ser um servo.*

— Mas os assassinos atacaram Cett também... — Vin parou. Era uma estratégia básica dos ladrões: se você tem uma fachada e quer livrar de suspeitas quando rouba as lojas ao redor, precisa garantir que se "roube" de você também.

— Os assassinos que atacaram Cett eram todos normais — Vin falou. — Não alomânticos. Imagino o que ele disse a eles, que eles poderiam se "render" assim que a batalha virasse? Mas por que fingir um ataque em primeiro lugar? Ele era o favorito para o trono.

Zane balançou a cabeça.

— Penrod fez um acordo com o meu pai, Vin. Straff ofereceu à Assembleia riquezas além de qualquer coisa que Cett poderia dar. É por isso que os mercadores mudaram seus votos. Cett devia ter se inteirado da traição. Ele tem espiões o bastante na cidade.

Vin sentou-se, atônita. *Claro!*

— E a única maneira que Cett poderia providenciar a vitória...

— Era enviando assassinos — Zane disse com um meneio de cabeça. — Deviam atacar todos os três candidatos, matando Penrod e Elend, mas deixando Cett vivo. A Assembleia acreditaria que foram traídos por Straff, e Cett se tornaria rei.

Vin pegou sua faca com a mão trêmula. Já estava cansada de jogos. Elend quase morrera. Ela quase falhara.

Parte dela, uma parte borbulhante, queria seguir com o que estava inclinada a fazer desde o começo. Sair e matar Cett e Straff, remover o perigo da forma mais eficiente possível.

Não, ela disse a si mesma, forçosamente. *Não, esse era o jeito de Kelsier. Não o meu. Não... o de Elend.*

Zane virou-se, olhando para a janela, encarando o fluxo de brumas, parecido com uma pequena queda d'água, entrando no quarto.

— Eu deveria ter chegado mais cedo para a luta. Eu estava lá fora, com as multidões que chegaram tarde demais para conseguir um assento. Eu nem sabia o que estava acontecendo até o povo começar a sair às pressas.

Vin ergueu uma sobrancelha.

— Você quase soa sincero, Zane.

— Eu não tenho o desejo de vê-la morta — ele disse, virando-se. — E, certamente, não quero ver uma desgraça se abater sobre Elend.

— É? — Vin perguntou. — Mesmo que ele tenha tido todos os privilégios, enquanto você foi desprezado e mantido afastado?

Zane sacudiu a cabeça.

— Não é assim. Elend é... puro. Às vezes, quando eu o ouço falar, imagino se eu não teria ficado como ele se minha infância fosse diferente.

Ele encontrou os olhos dela no quarto escuro.

— Sou... corrompido, Vin. Enlouquecido. Nunca poderei ser como Elend. Mas matá-lo não me mudaria. Provavelmente foi melhor que ele e eu tenhamos crescido separados... é muito melhor que ele não saiba de mim. Melhor que ele permaneça como está. Intacto.

— Eu... — Vin ficou em maus lençóis. O que poderia dizer? Ela conseguia ver sinceridade real nos olhos de Zane.

— Não sou Elend — Zane falou. — Nunca serei... não sou parte do mundo dele. Mas não acho que eu *deveria* ser. Nem você. Depois de a luta acabar, eu finalmente entrei no Salão da Assembleia. Vi Elend em pé ao seu lado no final. Vi o olhar no rosto dele.

Ela desviou o olhar.

— Não é culpa dele que ele seja assim — Zane falou. — Como eu disse, ele é puro. Mas isso o diferencia de nós. Tentei lhe explicar isso. Queria que você pudesse ter visto aquele olhar nele...

Eu vi, Vin pensou. Ela não queria lembrar, mas *tinha* visto. Aquele olhar abjeto de horror, uma reação a algo terrível e alheio, algo além da compreensão.

— Eu não posso ser Elend — Zane falou em voz baixa —, mas você não quer que eu seja. — Ele estendeu o braço e soltou algo na mesa de cabeceira. — Da próxima vez, esteja preparada.

Vin pegou o objeto quando Zane começou a caminhar na direção da janela. A bolinha de metal rolou na palma de sua mão. A forma era irregular, mas a textura era suave, como um lingote de ouro. Sabia o que era sem precisar engolir.

— *Atium*?

— Cett pode enviar outros assassinos — Zane disse, saltando no parapeito.

— Você está *dando* isto para mim? — ela perguntou. — Há o suficiente aqui para bons dois minutos de avivamento! — Era uma pequena fortuna, facilmente valeria vinte mil boxes antes do Colapso. Agora, então, com a escassez do atium...

Zane virou-se para ela outra vez.

— Apenas mantenha-se em segurança — ele disse, em seguida lançou-se para dentro das brumas.

VIN NÃO GOSTAVA DE ESTAR ferida. Claro, ela sabia que outras pessoas também sentiam o mesmo; no fim das contas, quem gostava de dor e debilitação? Ainda assim, quando outros ficavam doentes, ela sentia frustração neles. Não terror.

Quando ficava doente, Elend passava o dia na cama, lendo livros. Trevo havia tomado um bom golpe durante uma prática vários meses antes, resmungara sobre a dor, mas ficou em repouso por conta da perna alguns dias sem muito resmungar.

Vin estava ficando cada vez mais parecida com eles. Podia ficar deitada na cama como estava fazendo, sabendo que ninguém tentaria rasgar sua garganta enquanto estivesse fraca demais para pedir ajuda. Ainda assim, queria muito levantar-se, mostrar que não estava tão ferida assim. Para que ninguém pensasse diferente e tentasse tirar vantagem.

Não é mais assim!, ela disse a si mesma. Havia luz lá fora e, embora Elend tivesse voltado para visitá-la várias vezes, naquele momento não estava lá. Sazed tinha ido ver os ferimentos e implorara para ela ficar na cama "ao menos por mais um dia". Em seguida, voltou para os seus estudos. Com Tindwyl.

O que aconteceu com o ódio que esses dois sentiam?, ela pensou, incomodada. *Eu quase não o vejo mais.*

A porta abriu. Vin ficou feliz que seus instintos ainda estivessem aguçados o bastante para ela se retesar de imediato e buscar as adagas. Seu lado dolorido sentiu uma pontada com o movimento repentino.

Ninguém entrou.

Vin franziu o cenho, ainda tensa, até uma cabeça canina aparecer sobre os pés da cama.

— Senhora? — disse uma voz familiar, quase um rosnado.

— OreSeur? — Vin perguntou. — Está usando outro corpo de cachorro!

— Claro, senhora — OreSeur disse, pulando para a cama. — O que mais seria?

— Não sei — Vin respondeu, abaixando as adagas. — Quando Elend disse que havia conseguido um corpo para você, imaginei que você tivesse pedido um humano. Digo, todos viram meu "cão" morrer.

— Sim — OreSeur falou —, mas será simples explicar que pegou um novo animal. Esperam que a senhora tenha um cachorro consigo, e então *não* o ter chamaria atenção.

Vin ficou em silêncio. Havia se trocado, vestia calças e camisa, apesar dos protestos de Sazed. Os vestidos estavam pendurados no outro quarto, com uma ausência gritante. Às vezes, quando ela olhava para eles, pensava que via o lindo vestido branco pendurado lá, manchado de sangue. Tindwyl estava errada: Vin não podia ser Nascida da Bruma e uma lady. O horror que vira nos olhos dos membros da Assembleia foi o bastante para prová-lo.

— Não precisava ter pegado um corpo de cachorro, OreSeur — Vin falou, baixinho. — Eu preferia que você estivesse feliz.

— Tudo bem, senhora — OreSeur falou. — Eu comecei... a gostar desse tipo de ossos. Talvez eu goste de explorar suas vantagens um pouco mais antes de voltar aos humanos.

Vin sorriu. Ele escolhera outro cão de caça — um animal grande e bruto. As cores eram diferentes: mais preto que cinzento, sem nenhuma mancha branca. Ela aprovou.

— OreSeur... — Vin falou, desviando o olhar. — Obrigada pelo que você fez por mim.

— Eu cumpri meu Contrato.

— Estive em outras lutas — Vin falou. — Você nunca interveio.

OreSeur não respondeu de imediato.

— Não mesmo.

— Por que desta vez?

— Eu fiz o que achei correto, senhora — OreSeur disse.

— Mesmo que isso tenha quebrado o Contrato?

OreSeur sentou-se orgulhosamente sobre os quadris.

— *Não* quebrei meu Contrato — ele disse com firmeza.

— Mas atacou um ser humano.

— Eu não o matei — OreSeur disse. — Somos avisados para ficar fora de combate para não causar uma morte humana acidental. De fato, a maioria dos meus irmãos acha que ajudar alguém a matar é o mesmo que matar, e consideram uma quebra do Contrato. Porém, as palavras são distintas. Não fiz nada de errado.

— E se aquele homem que você derrubou tivesse quebrado o pescoço?

— Então, eu teria voltado para minha espécie para execução — OreSeur disse.

Vin sorriu.

— Você *arriscou* a vida por mim.

— De certa forma, creio que sim — OreSeur disse. — As chances de minhas ações diretamente causarem a morte daquele homem eram mínimas.

— Obrigada, de qualquer forma.

OreSeur abaixou a cabeça, aceitando o agradecimento.

— Executado — Vin falou. — Então, você pode ser morto?

— Claro, senhora — OreSeur disse. — Não somos imortais.

Vin encarou-o.

— Não direi nada específico, senhora — OreSeur falou. — Como talvez possa imaginar, eu preferiria não revelar as fraquezas da minha espécie. Contente-se com saber que elas existem.

Vin concordou, mas franziu o cenho, pensativa, encolhendo as pernas para encostar os joelhos no peito. Algo ainda a incomodava, algo sobre o que Elend dissera mais cedo, algo sobre os atos de OreSeur...

— Mas — ela disse, lentamente — você não poderia ter sido morto com espadas ou bastões, não é?

— Correto — OreSeur falou. — Embora nossa carne pareça com a de vocês, e embora sintamos dor, os golpes em nós não têm efeito permanente.

— Então, por que você teme? — Vin falou, finalmente iluminando o que a incomodava.

— Senhora?

— Por que seu povo faz o Contrato? — Vin perguntou. — Por que se subjuga à humanidade? Se nossos soldados não podiam machucá-lo, então por que se preocupa conosco?

— Vocês têm Alomancia — OreSeur disse.

— Então a Alomancia pode matar vocês?

— Não — OreSeur falou, sacudindo a cabeça canina. — Não pode. Mas talvez devêssemos mudar de assunto. Desculpe, senhora. É um assunto muito perigoso para mim.

— Entendo — Vin falou, suspirando. — É tão frustrante. Há tanta coisa que não sei, sobre as Profundezas, sobre a legislação política... até mesmo sobre meus amigos! — Ela se recostou, olhando para o teto. *E ainda há um espião no palácio. Demoux ou Dockson, provavelmente. Talvez eu devesse apenas ordenar que eles fossem capturados e detidos por algum tempo? Elend faria uma coisa dessas?*

OreSeur a observava, aparentemente notando sua frustração. Finalmente, ele suspirou.

— Talvez haja algumas coisas que eu possa falar, senhora, se eu for cuidadoso. O que a senhora sabe sobre a origem dos kandras?

Vin interessou-se.

— Nada.

— Nós não existíamos antes da Ascensão — ele disse.

— Quer dizer que o Senhor Soberano criou vocês?

— Isso é o que nossa tradição ensina — OreSeur respondeu. — Não temos certeza sobre o nosso objetivo. Talvez tenhamos sido pensados para sermos espiões do Pai.

— Pai? — Vin perguntou. — Parece estranho ouvir falar dele desse jeito.

— O Senhor Soberano nos criou, Senhora — OreSeur disse. — Somos seus filhos.

— E eu o matei — Vin comentou. — Eu... acho que deveria pedir perdão.

— Só porque ele é nosso Pai não significa que aceitamos tudo que ele fez, senhora — OreSeur falou. — Um ser humano não pode amar seu pai, ainda que acredite que ele não é uma boa pessoa?

— Acho que sim.

— A teologia kandra em torno do Pai é complexa — OreSeur disse. — Mesmo para nós é difícil entendê-la às vezes.

Vin franziu o cenho.

— OreSeur? Quantos anos você tem?

— Muitos — ele disse, simplesmente.

— Mais que Kelsier?

— Muito mais — OreSeur respondeu. — Mas não tão velho quanto a senhora está pensando. Não me lembro da Ascensão.

Vin assentiu com a cabeça.

— Por que me contou tudo isso?

— Por causa de sua pergunta original, senhora. Por que cumprimos o Contrato? Bem, me diga... se a senhora fosse o Senhor Soberano e tivesse o poder dele, teria criado serviçais sem incutir neles uma maneira de conseguir controlá-los?

Vin meneou a cabeça lentamente, compreendendo.

— O Pai deu pouca importância aos kandras a partir do segundo século após sua Ascensão — OreSeur explicou. — Tentamos ser independentes por um tempo, mas foi como expliquei, a humanidade se ressentia de nós. Nos temia. E alguns deles conheciam nossas fraquezas. Quando meus ancestrais consideraram suas opções, acabaram escolhendo a servidão voluntária em vez da escravidão.

Ele os criou, Vin pensou. Sempre havia compartilhado um pouco da visão de Kelsier com relação ao Senhor Soberano — que ele era mais homem que deidade. Mas se ele realmente criou uma espécie completamente nova, então devia haver nele algum poder divino.

O poder do Poço da Ascensão, ela pensou. *Ele o tomou para si, mas não durou. Deve ter se esgotado, e rapidamente. Do contrário, por que ele teria necessidade de exércitos para suas conquistas?*

Uma explosão inicial de poder, a capacidade de criar, mudar, talvez até de salvar. Ele repeliu as brumas e, no processo, de alguma forma fez as cinzas começarem a cair e o céu ficar vermelho. Criou os kandras para servi-lo — e provavelmente os koloss também. Talvez tenha até mesmo criado os alomânticos.

E, depois disso, voltou a ser um homem normal. Em grande parte. O Senhor Soberano ainda mantivera uma quantidade desmedida de poder para um alomântico, e conseguira manter controle de suas criações — e de alguma forma impedir as brumas de matar.

Até Vin assassiná-lo. Então os koloss começaram a se agitar, e as brumas voltaram. Os kandras não estavam sob seu controle naquela época, então eles permaneceram como estavam. Mas ele incutiu neles um método de controle, caso precisasse. Uma maneira de fazer com que os kandras o servissem...

Vin cerrou os olhos e fez uma sondagem leve com seus sentidos alomânticos. OreSeur havia dito que os kandras não podiam ser afetados pela Alomancia, mas ela sabia algo mais sobre o Senhor Soberano, algo que o diferenciava de outros alomânticos. Seu poder desenfreado permitira que ele fizesse coisas que ele não deveria ser capaz de realizar.

Coisas como perfurar nuvens de cobre e afetar metais dentro do corpo de uma pessoa. Talvez fosse *assim* que ele controlasse os kandras, a coisa que OreSeur falava. O motivo pelo qual eles temiam os Nascidos da Bruma.

Não porque os Nascidos da Bruma pudessem matá-los, mas porque eles podiam fazer algo mais. Escravizá-los de alguma forma. Por um momento, testando o que ele dissera antes, Vin estendeu seu poder Abrandador e tocou as emoções de OreSeur. Nada aconteceu.

Posso fazer algumas das coisas que o Senhor Soberano fazia, ela pensou. *Posso perfurar nuvens de cobre. Talvez, se eu* empurrar *um pouco mais...*

Ela se concentrou e *empurrou* as emoções dele com um abrandamento poderoso. Novamente, nada aconteceu. Bem como ele lhe dissera. Fez uma pausa momentânea. E, então, por impulso, queimou duralumínio e tentou um *empurrão* final, gigantesco.

OreSeur soltou um uivo tão bestial e inesperado que Vin pulou no chão em choque, queimando peltre.

OreSeur caiu na cama, tremendo.

— OreSeur! — ela disse, caindo de joelhos e agarrando sua cabeça. — Desculpe!

— Eu falei demais — ele murmurou, ainda trêmulo. — Sabia que havia falado demais.

— Não quis machucá-lo — Vin sussurrou.

O tremor diminuiu, e OreSeur ficou caído, parado por um instante, respirando em silêncio. Finalmente, ele tirou a cabeça dos braços dela.

— O que a senhora quis fazer é irrelevante, senhora — ele disse sem rodeios. — O erro foi meu. Por favor, nunca faça isso de novo.

— Prometo — ela disse. — Me desculpe.

Ele sacudiu a cabeça, rastejando para fora da cama.

— A senhora nem deveria ser capaz de fazer isso. Há coisas estranhas na senhora... é como os alomânticos do passado, antes de a passagem das gerações embotar seus poderes.

— Desculpe — Vin repetiu, sentindo-se arrasada. *Ele salvou minha vida, quase quebrou seu Contrato, e faço isso com ele...*

OreSeur ergueu os ombros.

— Está feito. Preciso descansar. Sugiro que a senhora faça o mesmo.

Depois disso, comecei a ver outros problemas.

41

— ESCREVO ESTE RELATO AGORA — Sazed leu em voz alta —, gravando-o numa placa de metal, pois tenho medo. Temo por mim mesmo, sim, admito que sou humano. Se Alendi retornar do Poço da Ascensão, tenho certeza de que minha morte será um dos seus primeiros objetivos. Ele não é um homem mau, mas é impiedoso. O que, creio eu, é um produto daquilo pelo que passou.

— Condiz com o que sabemos sobre Alendi do diário — Tindwyl disse. — Supondo que Alendi seja o autor daquele diário.

Sazed olhou para sua pilha de notas, repassando o básico na mente. Kwaan foi um antigo erudito de Terris. Descobrira Alendi, um homem que ele começou a acreditar — por meio de seus estudos — que podia ser o Herói das Eras, um personagem da profecia terrisana. Alendi o ouviu e tornou-se um líder político. Conquistou grande parte do mundo, em seguida viajou para norte, até o Poço da Ascensão. Na época, contudo, Kwaan aparentemente mudara sua opinião sobre Alendi — e tentara impedi-lo de chegar ao Poço.

Fazia sentido. Embora o autor do diário nunca tivesse mencionado seu nome, era óbvio que era Alendi.

— É uma suposição muito segura, creio eu — Sazed disse. — O diário fala até mesmo de Kwaan e da desavença que tiveram.

Estavam sentados lado a lado nos aposentos de Sazed. Ele havia pedido, e recebido, uma mesa maior para manter suas numerosas notas e teorias escritas. Ao lado da porta estavam os restos da sua refeição vespertina, uma sopa que eles engoliram às pressas. Sazed estava agoniado para levar os pratos até a cozinha, mas não fora capaz de se afastar do trabalho.

— Continue — Tindwyl pediu, recostando-se na cadeira, parecendo mais relaxada do que Sazed jamais a vira. Os brincos que pendiam ao lado de suas orelhas alternavam-se em cores: um ouro ou cobre seguido por um estanho ou ferro. Era simples, mas havia uma beleza neles. — Sazed?

Sazed assustou-se.

— Desculpe — ele disse, voltando para a leitura em seguida. — Porém, também temo que tudo que sei — a minha história — seja esquecido. Temo pelo mundo que virá. Temo porque meus planos falharam. Temo um destino trazido pelas Profundezas.

— Espere — Tindwyl falou. — Por que ele teme?

— Por que não temeria? — Sazed perguntou. — As Profundezas, que achamos ser a bruma, estavam matando seu povo. Sem a luz do sol, suas plantações não cresciam e seus animais não podiam pastar.

— Mas, se Kwaan temia as Profundezas, então não deveria ter se oposto a Alendi — Tindwyl concluiu. — Ele estava subindo para o Poço da Ascensão para *derrotar* as Profundezas.

— Sim — Sazed falou. — Mas, na época, Kwaan estava convencido de que Alendi não era o Herói das Eras.

— Mas por que isso importaria? — Tindwyl perguntou. — Não era necessário haver uma pessoa específica para parar as brumas, o sucesso de Rashek prova isso. Aqui, pule para o final. Leia aquela passagem sobre Rashek.

— Tenho um sobrinho jovem, Rashek — Sazed leu. — Ele odeia todos de Khlennium com a paixão da juventude invejosa. Odeia Alendi de forma ainda mais aguda, embora os dois nunca tenham se encontrado, pois Rashek se sente traído pelo fato de um de nossos opressores ter sido escolhido como Herói das Eras.

"Alendi precisará de guias pelas Montanhas de Terris. Incumbi Rashek de garantir que ele e seus amigos de confiança sejam escolhidos para tal. Rashek deve tentar levar Alendi na direção errada, desencorajá-lo ou, de alguma outra maneira, frustrar sua busca. Alendi não saberá que foi enganado.

"Se Rashek falhar em tirar Alendi do caminho certo, eu instruí o rapaz a assassinar meu antigo amigo. É uma esperança distante. Alendi sobreviveu a assassinos, guerras e catástrofes. E, ainda assim, espero que, nas montanhas gélidas de Terris, ele possa finalmente ser exposto. Espero por um milagre.

"Alendi não pode chegar ao Poço da Ascensão. Ele não pode tomar o poder para si."

Tindwyl ajeitou-se na cadeira, franzindo a testa.

— O que foi?

— Tem algo errado, eu acho — ela disse. — Mas não consigo dizer exatamente o quê.

Sazed percorreu o texto com os olhos outra vez.

— Então, vamos dividir em afirmações simples. Rashek, o homem que se tornou o Senhor Soberano, era sobrinho de Kwaan.

— Sim — Tindwyl concordou.

— Kwaan enviou Rashek para enganar, ou até mesmo matar, seu antigo amigo Alendi, o Conquistador, um homem que estava escalando as Montanhas de Terris em busca do Poço da Ascensão.

Tindwyl assentiu com a cabeça.

— Kwaan fez isso porque temia o que aconteceria se Alendi tomasse para si o poder do Poço.

Tindwyl ergueu um dedo.

— Por que ele temia isso?

— Parece um medo racional, creio eu — Sazed respondeu.

— Racional demais — Tindwyl retrucou. — Ou, melhor, perfeitamente racional. Mas, Sazed, me diga uma coisa. Quando você leu o diário de Alendi, teve a impressão de que ele era do tipo que tomaria o poder para si?

Sazed negou com um abano de cabeça.

— Na verdade, pelo contrário. Essa é a parte que deixa o diário tão confuso... não conseguimos entender por que o homem representado nele teria feito o que supomos que ele fez. Acho que é parte daquilo que, no fim das contas, levou Vin a pensar que o Senhor Soberano não era Alendi mesmo, mas Rashek, seu carregador.

— E Kwaan diz que conhecia bem Alendi — Tindwyl falou. — De fato, nessa cópia, ele elogia o homem em várias ocasiões. Diz que é uma boa pessoa, acredito eu.

— Sim — Sazed confirmou, encontrando a passagem. — Ele é um bom homem apesar de tudo, ele é um bom homem. Um homem que se sacrifica. Na verdade, todos os seus atos — todas as mortes, a destruição e as dores que ele causou — feriram-no profundamente.

— Então, Kwaan conhecia bem Alendi — Tindwyl falou. — E tinha o outro em alta conta. Também, possivelmente, conhecia bem seu sobrinho, Rashek. Entende a minha questão?

Sazed meneou a cabeça lentamente.

— Por que enviar um homem de temperamento violento, cujas motivações se baseiam na inveja e no ódio, para matar um homem que você pensa ser bom e ter caráter digno? Parece uma estranha escolha.

— Exatamente — Tindwyl disse, descansando os braços na mesa.

— Mas — Sazed falou — Kwaan diz bem aqui que "duvida que, se Alendi chegar ao Poço da Ascensão, ele tomará o poder e, em seguida, em nome do bem maior, abrirá mão dele".

Tindwyl sacudiu a cabeça.

— Isso não faz sentido, Sazed. Kwaan escreveu várias vezes sobre como temia as Profundezas, mas então tentou frustrar a esperança de pará-la enviando um jovem odiento para matar um líder respeitado e, supostamente, sábio. Kwaan praticamente *preparou* Rashek para tomar o poder... se deixar que Alendi tomasse o poder fosse uma preocupação tão grande, não teria temido que Rashek pudesse fazer o mesmo?

— Talvez simplesmente vejamos as coisas com a clareza daqueles que observam acontecimentos já passados — Sazed disse.

Tindwyl novamente negou com a cabeça.

— Tem algo que não estamos vendo, Sazed. Kwaan é um homem muito racional, até mesmo calculista. Pode-se ver isso na sua narrativa. Foi quem descobriu Alendi e primeiro o anunciou como o Herói das Eras. Por que se voltaria contra ele como fez?

Sazed assentiu, folheando a tradução da cópia por fricção. Kwaan ganhou muita notoriedade ao descobrir o Herói. Descobriu o lugar que procurava.

Havia um lugar para mim nas histórias da Antecipação — achei que eu fosse o Anunciador, o profeta proclamado para descobrir o Herói das Eras. Renunciar a Alendi na época teria sido renunciar à minha nova posição, à minha aceitação pelos outros.

— Algo drástico deve ter acontecido — Tindwyl disse. — Algo que o fez se voltar contra o amigo, a fonte de sua própria fama. Algo que incomodou sua consciência de forma tão aguda que ele se dispôs a arriscar uma oposição ao monarca mais poderoso do território. Algo tão aterrorizante que ele assumiu um risco ridículo, enviando esse Rashek para uma missão assassina.

Sazed folheou suas notas.

— Ele teme as Profundezas e o que aconteceria se Alendi tomasse o poder. Ainda assim, parece não conseguir decidir qual ameaça é maior, e nenhuma delas parece mais presente na narrativa que a outra. Sim, consigo enxergar o problema aqui. Você acha que, talvez, pela incoerência de seus argumentos, Kwaan estivesse tentando insinuar algo?

— Talvez — Tindwyl confirmou. — As informações são tão insuficientes. Não consigo julgar um homem sem conhecer o contexto de sua vida!

Sazed ergueu os olhos, encarando-a.

— Talvez estejamos estudando demais — ele falou. — Podemos fazer uma pausa.

Tindwyl voltou a negar com a cabeça.

— Não temos tempo, Sazed.

Ele encontrou o olhar dela. E Tindwyl tinha razão.

— Você sente isso também, não é? — ela perguntou.

Ele concordou com a cabeça.

— A cidade cairá em breve. As forças que a oprimem... os exércitos, os koloss, a confusão civil...

— Temo que será mais violento do que seus amigos esperam, Sazed — Tindwyl comentou em voz baixa. — Parecem acreditar que podem simplesmente continuar a equilibrar seus problemas.

— São um grupo otimista — ele disse, sorrindo. — Não são acostumados com a derrota.

— Será pior que a revolução — Tindwyl falou. — Eu estudo essas coisas, Sazed. Sei o que acontece quando um conquistador toma a cidade. Pessoas vão morrer. Muitas pessoas.

Sazed sentiu um calafrio com as palavras da mulher. Havia uma tensão em Luthadel; a guerra estava chegando à cidade. Talvez um exército ou outro entrasse com as bênçãos da Assembleia, mas o outro ainda atacaria. As muralhas de Luthadel seriam tingidas de vermelho quando o cerco finalmente terminasse.

E ele temia que o fim estivesse muito, muito próximo.

— Você tem razão — ele falou, voltando às notas em sua escrivaninha. — Precisamos continuar a estudar. Devemos reunir mais daquilo que pudermos encontrar sobre o território antes da Ascensão para que você possa ter o contexto que busca.

Ela assentiu, mostrando uma determinação fatalista. Não era uma tarefa que poderiam terminar no tempo que tinham. Decifrar o significado da cópia, compará-lo ao diário e relacioná-lo ao contexto do período era um empreendimento erudito que exigiria um trabalho empenhado de anos.

Os Guardadores tinham muito conhecimento, mas, nesse caso, era quase demais. Vinham reunindo e transmitindo registros, histórias, mitos e lendas por tanto tempo que levava anos para um Guardador recitar as obras coletadas a um novo iniciado.

Felizmente, junto com a quantidade de informações, havia índices e sumários criados pelos Guardadores. Além disso, vinham as notas e os índices pessoais que cada Guardador individualmente fazia. E, ainda assim, eles apenas ajudavam o Guardador a saber quanta informação tinha. O próprio Sazed passara a vida lendo, memorizando e indexando religiões. Cada noite, antes de dormir, ele lia alguma parte de uma nota ou história. Provavelmente era o principal estudioso do mundo em religiões pré-Ascensão, e ainda assim sentia que sabia tão pouco.

Para complicar, havia a falibilidade inerente de suas informações. Grande parte delas vinham da boca de pessoas simples que faziam o máximo para lembrar o que fora sua vida no passado — ou, com mais frequência, que vida seus avós teriam tido no passado. Os Guardadores não foram fundados até o final do segundo século do reinado do Senhor Soberano. Na época, muitas religiões já haviam sido dizimadas em suas formas puras.

Sazed fechou os olhos, passou outro índice de uma mente de cobre para a cabeça, e começou a pesquisá-lo. Não havia muito tempo, claro, mas Tindwyl e ele eram Guardadores. Estavam acostumados a iniciar tarefas que outros precisariam terminar.

ELEND VENTURE, OUTRORA REI DO Domínio Central, estava na sacada de sua fortaleza, observando de cima a vasta cidade de Luthadel. Apesar das primeiras neves ainda não terem caído, o tempo havia ficado mais frio. Vestia uma capa comprida, amarrada na frente, mas que não protegia o rosto. O frio fez suas bochechas formigarem quando o vento soprou, chicoteando sua capa. A fumaça subia das chaminés, juntando-se como uma sombra nefasta sobre a cidade antes de se erguer para misturar-se ao céu vermelho acinzentado.

Para cada casa que produzia fumaça, havia duas que não o faziam. Muitas delas provavelmente estavam desertas; a cidade não tinha, nem de longe, a população que exibira no passado. No entanto, ele sabia que muitas das casas sem fumaça ainda estavam habitadas. Habitadas e congelando.

Eu deveria ter sido capaz de fazer mais por eles, Elend pensou, seus olhos abertos para o vento gelado perfurante. *Deveria ter encontrado uma maneira de conseguir mais carvão; deveria ter conseguido abastecer a todos.*

Era humilhante, até mesmo deprimente, admitir que o Senhor Soberano se saíra melhor que Elend. Apesar de ser um tirano cruel, o Senhor Soberano ao menos impedia que uma parte significativa da população morresse de fome ou congelasse. Mantivera os exércitos sob controle e a criminalidade em um nível administrável.

A nordeste, o exército koloss esperava. Não enviara emissários para a cidade, mas era mais apavorante que os exércitos de Cett ou Straff. O frio não afastava seus integrantes; apesar de sua pele nua, aparentemente percebiam pouco as mudanças de tempo. Esse último exército era o mais perturbador dos três — mais perigoso, mais imprevisível e com o qual era impossível negociar. Koloss não barganhavam.

Não prestamos atenção o suficiente àquela ameaça, ele pensou enquanto estava na sacada. *Havia simplesmente muito a se fazer, tanto a se preocupar que não conseguimos nos concentrar em um exército que talvez seja tão perigoso para nossos inimigos quanto para nós.*

Parecia cada vez menos provável que os koloss atacassem Cett ou Straff. Aparentemente, Jastes tinha controle o bastante para mantê-los esperando dar o bote em Luthadel.

— Milorde — disse uma voz atrás dele. — Por favor, venha para dentro. Esse vento é mortal. Não use o frio para se matar.

Elend virou-se. Capitão Demoux estava de pé, em posição de sentido, no aposento, junto com outro guarda-costas. Na esteira da tentativa de assassinato, Ham insistiu que Elend andasse protegido. Elend não reclamara, embora soubesse que havia pouco motivo para precaução. Straff não iria querer matá-lo agora que não era mais rei.

Tão sério, Elend pensou, examinando o rosto de Demoux. *Por que acho que ele é jovem? Somos quase da mesma idade.*

— Muito bem — Elend falou, virando-se e atravessando a sala a passos largos. Quando Demoux fechou as portas da sacada, Elend tirou a capa. Os trajes embaixo dela pareciam estranhos nele. Mal-ajambrados, embora tivesse mandado limpar e passar. O colete estava apertado demais — sua prática com a espada estava modificando lentamente seu corpo —, embora o casaco ficasse folgado.

— Demoux — Elend falou. — Quando é sua próxima reunião do Sobrevivente?

— Hoje à noite, milorde.

Elend assentiu. Ele ficou com medo; seria uma noite fria.

— Milorde, o senhor ainda pretende vir? — Demoux perguntou.

— Claro — Elend falou. — Dei minha palavra que me juntaria à sua causa.

— Isso foi antes de perder a votação, milorde.

— É irrelevante — Elend falou. — Estou me juntando ao seu movimento porque é importante para os skaa, Demoux, e eu quero entender a vontade do meu... do povo. Prometi a vocês dedicação, e vocês a terão.

Demoux parecia um pouco confuso, mas não falou mais palavra. Elend olhou sua escrivaninha, pensando em estudar um pouco, mas achou difícil motivar-se no gabinete frio. Em vez disso, abriu a porta e saiu pelo corredor. Seus guardas o seguiram.

Ele se segurou para não virar para os aposentos de Vin. Ela precisava descansar, e não fazia bem para ela tê-lo espiando a cada meia hora para ver como estava. Então, em vez disso, ele se virou para caminhar por uma passagem diferente.

Os corredores ao fundo da Fortaleza Venture eram construções de pedra estreitas e escuras, com uma complexidade labiríntica. Talvez fosse porque ele crescera nessas passagens, mas sentia-se em casa no confinamento escuro, isolado. Eram o lugar perfeito para um jovem que não queria ser encontrado. Agora ele os usava por outra razão; os corredores eram um lugar perfeito para longas caminhadas. Ele não seguia para qualquer direção específica, apenas se movia, resolvendo sua frustração ao som do estalar dos próprios passos.

Não posso resolver os problemas da cidade, ele disse a si mesmo. *Tenho que deixar Penrod cuidar disso, é ele quem o povo quer.*

Aquilo deveria ter deixado as coisas mais fáceis para Elend. Permitia que ele se concentrasse em sua sobrevivência, sem mencionar o tempo que isso abria para revitalizar seu relacionamento com Vin. Entretanto, ela parecia diferente nos últimos tempos. Elend tentou dizer a si mesmo que eram apenas seus ferimentos, porém sentia algo mais profundo. Algo na forma como ela o olhava, algo na maneira com que reagia à sua afeição. E, mesmo sem querer, ele só podia pensar em uma coisa que havia mudado.

Ele não era mais rei.

Vin não era fútil. Não lhe mostrara nada além de devoção e amor durante seus dois anos juntos. E, ainda assim, como ela poderia não reagir — mesmo que de forma inconsciente — ao seu fracasso colossal? Durante a tentativa de assassinato, ele a viu lutar. *Realmente* a viu lutar, pela primeira vez. Até aquele dia, ele não havia percebido o quanto ela era incrível. Não era apenas uma guerreira, e não era apenas uma alomântica. Era uma força, como o trovão ou os ventos. A maneira como ela matara aquele último homem, esmagando a cabeça dele com a dela...

Como ela poderia amar um homem como eu?, ele pensou. *Eu nem mesmo consegui manter meu trono. Escrevi as próprias leis que me depuseram.*

Ele suspirou e continuou a andar. Sentia-se como se devesse estar lutando, tentando imaginar uma maneira de convencer Vin de que era digno dela. Mas aquilo apenas o faria parecer mais incompetente. Não havia como corrigir erros passados, especialmente por não poder ver nenhum "erro" real que tivesse cometido. Fizera o melhor que podia, e aquilo se provou insuficiente.

Ele parou num cruzamento. Antes, um mergulho relaxante num livro teria sido o suficiente para acalmá-lo. Agora, ele se sentia nervoso. Tenso. Um pouco... como ele achava que Vin se sentia normalmente.

Talvez eu devesse aprender com ela, ele pensou. *O que Vin faria na minha situação?* Certamente ela não estaria andando a esmo, taciturna e sentindo pena de si mesma. Elend franziu o cenho, olhou para um corredor iluminado por lamparinas a óleo tremeluzentes, apenas metade delas acesas. Em seguida partiu, caminhando a passos largos e determinados na direção de um conjunto de aposentos específico.

Bateu à porta com suavidade e não teve resposta. Por fim, enfiou a cabeça no vão da porta. Sazed e Tindwyl estavam sentados, em silêncio, diante de uma mesa com altas pilhas de papéis e livros. Os dois olhavam o vazio, como se para o nada, seus olhos tinham o olhar vidrado de alguém que estava chocado. A mão de Sazed descansava na mesa. A de Tindwyl estava pousada sobre ela.

Sazed ficou alerta de repente, virando-se para olhar Elend.

— Lorde Venture! Desculpe. Não ouvi o senhor entrar.

— Tudo bem, Sazed — Elend falou, entrando no aposento. Quando entrou, Tindwyl também despertou, e ela tirou sua mão de cima da de Sazed. Elend meneou a cabeça para Demoux e seu companheiro — que ainda o seguiam —, indicando que eles deveriam permanecer do lado de fora, e fechou a porta.

— Elend — Tindwyl disse, sua voz recoberta com sua típica tensão de desprazer. — Por que nos incomoda? Já provou sua incompetência de modo bastante evidente. Não vejo motivo para mais discussões.

— Aqui ainda é minha casa, Tindwyl — Elend retrucou. — Insulte-me de novo e vai se ver expulsa daqui.

Tindwyl ergueu uma sobrancelha.

Sazed empalideceu.

— Lorde Venture — ele disse, rapidamente —, não acho que Tindwyl quis...

— Tudo bem, Sazed — Elend disse, erguendo a mão. — Ela só estava testando para ver se eu havia voltado ao meu antigo estado de "insultabilidade".

Tindwyl deu de ombros.

— Ouvi relatos de você choramingando pelos corredores do palácio como uma criança perdida.

— Esses relatos são verdadeiros — Elend falou. — Mas não significam que meu orgulho desapareceu por completo.

— Bom — Tindwyl falou, acenando com a cabeça para uma poltrona. — Sente-se, se desejar.

Elend assentiu, puxando a poltrona para a frente dos dois e sentando-se.

— Preciso de um conselho.

— Já dei os que podia — Tindwyl advertiu. — Na verdade, dei muito mais para você. Minha presença contínua aqui faz parecer que estou tomando partido.

— Não sou mais rei — Elend falou. — Portanto, não há partido. Sou apenas um homem buscando a verdade.

Tindwyl sorriu.

— Faça suas perguntas, então.

Sazed observou a conversa com interesse óbvio.

Eu sei, Elend pensou, *também não tenho certeza se entendo nosso relacionamento.*

— Aqui está o meu problema — ele disse. — Perdi o trono essencialmente porque não estava disposto a mentir.

— Explique — Tindwyl pediu.

— Eu tinha uma chance de obscurecer uma parte da lei — Elend falou. — No último momento, poderia ter feito a Assembleia me assumir como rei. Em vez disso, dei uma informação que era verdadeira, mas que terminou por me custar o trono.

— Não me surpreendo — Tindwyl comentou.

— Duvidei que se surpreenderia — Elend retrucou. — Agora, acham que fui tolo em fazer o que fiz?

— Sim.

Elend assentiu.

— Mas — Tindwyl falou —, não foi aquele momento que custou a você o trono, Elend Venture. Esse momento foi uma coisa pequena, simples demais para atribuir ao seu imenso fracasso. Perdeu o trono porque não mandou seus exércitos tomarem a cidade, porque insistiu em dar à Assembleia liberdade demais, e porque não faz uso de assassinos ou outras formas de pressão. Em suma, Elend Venture, perdeu o trono porque é um bom homem.

Elend sacudiu a cabeça.

— Então, não posso ser um homem que segue sua consciência *e* um bom rei?

Tindwyl franziu o cenho, pensativa.

— Essa é uma pergunta milenar, Elend — Sazed disse em voz baixa. — Uma questão que monarcas, sacerdotes e homens humildes destinados à grandeza sempre fizeram. Não sei se há uma resposta.

— Sazed, eu deveria ter contado uma mentira? — Elend perguntou.

— Não — Sazed disse, sorrindo. — Talvez outro homem tivesse feito isso, na mesma posição. Mas um homem deve ser coerente consigo mesmo. Você tomou decisões na vida, e mudá-las no último momento, contando essa mentira, teria ido contra quem você é. É melhor para você ter feito o que fez e perdido o trono, creio eu.

Tindwyl franziu a testa.

— Os ideais dele são excelentes, Sazed. Mas e o povo? E se eles morrerem porque Elend não foi capaz de controlar sua consciência?

— Não quero discutir com você, Tindwyl — Sazed falou. — Simplesmente opino que ele escolheu bem. Tem o direito de seguir sua consciência, e então confiar na providência para preencher as lacunas causadas pelo conflito entre moralidade e lógica.

Providência.

— Você quer dizer Deus — Elend disse.

— Sim.

Elend sacudiu a cabeça.

— O que é Deus, Sazed, além de um instrumento usado pelos Obrigadores?

— Por que você toma as decisões que toma, Elend Venture?

— Porque estão corretas — Elend respondeu.

— E por que essas coisas estão corretas?

— Não sei — Elend falou com um suspiro, recostando-se na poltrona. Flagrou um olhar de desaprovação de Tindwyl quanto à sua postura, mas ignorou-a. Ele não era rei; podia relaxar se quisesse. — Você fala de Deus, Sazed, mas não prega uma centena de religiões diferentes?

— Trezentas, na verdade — Sazed corrigiu.

— Bem, em qual delas *você* acredita? — Elend perguntou.

— Acredito em todas.

Elend balançou a cabeça.

— Não faz sentido. Você me apresentou apenas meia dúzia delas, e eu já consigo ver que são incompatíveis.

— Não estou em posição de julgar a verdade, Lorde Venture — Sazed disse, sorrindo. — Eu simplesmente a carrego.

Elend suspirou. *Sacerdotes*... ele pensou. Às vezes, falar com Sazed é como falar com um Obrigador.

— Elend — Tindwyl falou com um tom mais ameno. — Acho que você lidou com essa situação de maneira errada. No entanto, Sazed tem razão. Você foi fiel às suas convicções, e esse é um atributo régio, creio eu.

— E o que devo fazer agora? — ele quis saber.

— O que desejar — Tindwyl respondeu. — Nunca foi minha tarefa dizer a você o que fazer. Simplesmente dei conhecimento do que homens no seu lugar fizeram no passado.

— E o que eles teriam feito? — Elend perguntou. — Esses seus grandes líderes, como eles teriam reagido à minha situação?

— É uma pergunta sem sentido — ela falou. — Eles não teriam chegado à mesma situação, pois eles não teriam perdido seu título, em primeiro lugar.

— É a isso que se resume, então? — Elend perguntou — Ao título?

— Não é o que estávamos discutindo? — Tindwyl devolveu a pergunta.

Elend não respondeu. *O que você acha que faz de um homem um bom rei?*, ele perguntou certa vez a Tindwyl. *Confiança*, ela respondera. *Um bom rei é aquele que tem a confiança de um povo, e aquele que merece essa confiança.*

Elend levantou-se.

— Obrigado, Tindwyl — ele disse.

Tindwyl franziu o cenho, confusa, em seguida virou-se para Sazed. Ele ergueu os olhos e encontrou os de Elend, inclinando levemente a cabeça. Em seguida, sorriu.

— Venha, Tindwyl — ele disse. — Precisamos voltar aos nossos estudos. Vossa Majestade tem trabalho a fazer, eu acho.

Tindwyl continuou com a testa franzida quando Elend saiu da sala. Os guardas seguiram-no enquanto ele rapidamente percorria o corredor.

Não voltarei a ser como eu era, Elend pensou. *Não continuarei a me queixar e me preocupar. Tindwyl me ensinou a ser melhor que isso, mesmo que ela nunca tenha realmente me entendido.*

Elend chegou aos seus aposentos poucos momentos depois. Entrou altivamente, em seguida abriu o armário. As roupas que Tindwyl escolhera para ele — as roupas de um rei — esperavam lá dentro.

Alguns de vocês talvez conheçam minha memória lendária. É verdade. Não preciso de uma mente de metal feruquemista para memorizar uma página de palavras num instante.

42

— MUITO BEM — ELEND disse, usando um pedaço de carvão para circular outra seção no mapa da cidade diante dele. — E aqui?

Demoux coçou o queixo.

— Campogrão? É uma vizinhança nobre, milorde.

— Costumava ser — Elend falou. — Campogrão era cheia de casas aparentadas dos Venture. Quando meu pai se retirou da cidade, a maioria deles o seguiu.

— Então, diria que provavelmente encontraremos casas cheias de skaa em caráter provisório.

Elend assentiu.

— Tire-os de lá.

— Desculpe, milorde? — Demoux falou. Os dois estavam no grande patamar de embarque de carruagens da Fortaleza Venture. Soldados moviam-se agitados através do amplo espaço. Muitos deles não usavam uniforme; não estavam em serviço oficial da cidade. Elend não era mais rei, mas ainda tinham vindo, atendendo ao seu pedido.

Ao menos, aquilo dizia alguma coisa.

— Precisamos tirar os skaa dessas casas — Elend continuou. — As casas de nobres são, em sua maioria, mansões de pedra com vários quartos pequenos. São extremamente difíceis de aquecer, exigem uma lareira separada ou uma estufa para cada quarto. Os prédios dos skaa são deprimentes, mas têm lareiras imensas e quartos abertos.

Demoux assentiu lentamente.

— O Senhor Soberano não podia ter seus trabalhadores congelando — Elend falou. — Aqueles prédios são a melhor maneira de cuidar de forma eficiente de uma grande população com recursos limitados.

— Entendo, milorde — Demoux falou.

— Não os force, Demoux — Elend falou. — Minha guarda pessoal, mesmo aumentada com voluntários do exército, não tem autoridade oficial na cidade. Se as famílias quiserem ficar nas casas aristocráticas ocupadas, deixe-as. Apenas garanta que saibam que existe uma alternativa ao congelamento.

Demoux concordou com a cabeça e saiu para passar as ordens adiante. Elend virou-se quando um mensageiro chegou. O homem precisou abrir caminho através de um emaranhado de soldados organizados que recebiam ordens e faziam planos.

Elend meneou a cabeça para o recém-chegado.

— Você está no grupo que acompanha as demolições, correto?

O homem assentiu e curvou-se. Não estava de uniforme; era um soldado, não um dos guardas de Elend. Era um homem mais jovem, de queixo quadrado, careca e com sorriso honesto.

— Eu não o conheço? — Elend perguntou.

— Ajudei o senhor um ano atrás, milorde — o homem disse. — Levei o senhor para dentro do palácio do Senhor Soberano para ajudar a resgatar a Lady Vin...

— Goradel — Elend falou, lembrando. — Você fazia parte da guarda pessoal do Senhor Soberano.

O homem assentiu.

— Juntei-me ao seu exército no dia seguinte. Parecia a coisa certa a fazer.

Elend sorriu.

— Não é mais o meu exército, Goradel, mas fico feliz que tenha vindo nos ajudar hoje. O que você me conta?

— O senhor estava certo, milorde — Goradel disse —, os skaa já haviam roubado a mobília das casas vazias. Mas muitos não pensaram nas paredes. Metade das mansões abandonadas tem paredes de madeira, e muitos dos edifícios foram feitos de madeira. A maioria deles tem telhados de madeira.

— Bom — Elend disse. Ele pesquisou a massa de homens que se reunia. Não havia contado seus planos para eles; simplesmente pedira voluntários para ajudá-lo com um pouco de trabalho pesado. Não esperava que centenas viriam.

— Parece que estamos reunindo um bom grupo, milorde — Demoux disse, voltando à companhia de Elend.

Elend concordou com a cabeça, dispensando Goradel.

— Poderemos tentar um plano ainda mais ambicioso do que eu havia planejado.

— Milorde — Demoux disse. — O senhor tem certeza de que quer começar a derrubar a cidade ao nosso redor?

— Ou perdemos prédios, ou perdemos pessoas, Demoux — Elend falou. — Prefiro os prédios.

— E se o rei tentar nos parar?

— Então, obedeceremos — Elend falou. — Mas não acho que Lorde Penrod fará objeção. Está ocupado demais tentando aprovar uma lei através da Assembleia que entregue a cidade ao meu pai. Além disso, provavelmente é melhor para ele ter esses homens aqui, trabalhando, do que tê-los sentados e preocupados nas casernas.

Demoux ficou em silêncio. Elend também; os dois sabiam como sua posição era precária. Havia passado pouco tempo desde a tentativa de assassinato e a transferência de poder, e a cidade estava em choque. Cett ainda estava escondido na Fortaleza Hasting, e seus exércitos tinham se movido para posição de ataque à cidade. Luthadel era como um homem com uma faca apertada bem rente ao pescoço. Cada suspiro cortava a pele.

Não posso fazer muito com relação a isso agora, Elend pensou. *Tenho que garantir que as pessoas não congelem nas próximas noites.* Ele conseguia sentir o frio feroz, apesar da luz do dia, de seu manto e do abrigo. Havia muita gente em Luthadel, mas se ele conseguisse homens suficientes derrubando os prédios, poderia ser capaz de fazer algum bem.

— Milorde!

Elend virou-se quando um homenzinho com bigode descaído se aproximou.

— Ah, Felt — ele disse. — Tem notícias?

O homem estava trabalhando na questão da comida envenenada — especificamente em como a cidade estava sendo invadida.

O espião assentiu.

— De fato, tenho, milorde. Interrogamos os refugiados com um Tumultuador, e não tivemos sucesso. Mas, então, comecei a pensar. Os refugiados pareciam óbvios demais para mim. Estrangeiros na cidade? Claro que eles seriam os primeiros de quem desconfiaríamos. Imaginei, com o tamanho do estrago nos poços, nos alimentos e coisa assim, que alguém *deveria* estar entrando e saindo da cidade às escondidas.

Elend concordou com a cabeça. Eles estavam vigiando os soldados de Cett dentro da Fortaleza Hasting com muito cuidado, e nenhum deles era o responsável. O Nascido da Bruma de Straff ainda era uma possibilidade, mas Vin nunca acreditara que ele estivesse por trás do envenenamento. Elend esperava que o rastro — se pudesse ser encontrado — os levasse até alguém em seu próprio palácio, revelando, se possível, quem em sua equipe de serviçais fora substituído por um kandra.

— Então? — Elend perguntou.

— Interroguei as pessoas que cuidam dos passa-muralhas — Felt continuou. — Não acho que são as culpadas.

— Passa-muralhas?

Felt confirmou com a cabeça.

— Passagens secretas para fora da cidade. Túneis e coisa assim.

— Isso existe? — Elend perguntou, surpreso.

— Claro, milorde — Felt respondeu. — Mover-se entre cidades era muito difícil para os ladrões skaa durante o reinado do Senhor Soberano. Todos que entravam em Luthadel passavam por entrevista e interrogatório. Então, os jeitos de entrar na cidade secretamente eram muito comuns. A maioria deles fechou — aqueles usados para baixar e subir pessoas por cordas sobre as muralhas. Alguns ainda estão abertos, mas não acho que deixem entrar espiões. Quando o primeiro poço foi envenenado, todos os passa-muralhas ficaram paranoicos que o senhor fosse atrás deles. Desde então, eles deixam apenas as pessoas *saírem* da cidade — aqueles que querem fugir da cidade sitiada e coisa assim.

Elend franziu o cenho. Não tinha certeza do que pensava sobre as pessoas desobedecerem a sua ordem de manter os portões fechados, sem passagem para fora.

— Em seguida — Felt falou —, tentei o rio.

— Pensamos nisso — Elend falou. — As grades que cobrem a água são todas seguras.

Felt sorriu.

— E como são. Mandei alguns homens para baixo d'água investigar, e encontramos lá embaixo várias trancas que mantinham as grades do rio no lugar.

— O quê?

— Alguém arrombou as grades, milorde — Felt respondeu —, então as colocou de volta no lugar para que não parecesse suspeito. Dessa forma, poderiam nadar para dentro e para fora a seu bel-prazer.

Elend ergueu uma sobrancelha.

— Quer que a gente substitua as grades? — Felt perguntou.

— Não — Elend disse. — Não, apenas substitua as trancas por novas e coloque homens para vigiar. Da próxima vez que os prisioneiros tentarem entrar na cidade, quero que eles caiam na armadilha.

Felt assentiu, retirando-se com um sorriso feliz no rosto. Seus talentos como espião não estavam sendo muito usados ultimamente, e ele parecia gostar das tarefas que Elend lhe dava. Elend fez uma nota mental para pensar sobre incumbir Felt da busca do espião kandra — supondo, claro, que o próprio Felt não fosse o espião.

— Milorde — Demoux disse, aproximando-se. — Acho que eu poderia oferecer uma segunda opinião sobre como os envenenamentos estão ocorrendo.

Elend virou-se.

— É mesmo?

Demoux assentiu, acenando para um homem aproximar-se da lateral do lugar. Era mais jovem, talvez tivesse dezoito anos, e tinha o rosto e as roupas sujos de um trabalhador skaa.

— Este é Larn — Demoux falou. — Um membro da minha congregação.

O jovem curvou-se diante de Elend, com uma postura nervosa.

— Pode falar, Larn — Demoux falou. — Diga ao Lorde Venture o que você viu.

— Bem, milorde — o jovem começou. — Tentei dizer isso ao rei. Digo, ao novo rei. — Ele corou, envergonhado.

— Tudo bem — Elend falou. — Continue.

— Bem, os homens lá me enxotaram. Disseram que o rei não tinha tempo para mim. Então, procurei Lorde Demoux. Imaginei que ele talvez acreditasse em mim.

— Em quê? — Elend quis saber.

— Um Inquisidor, milorde — o homem confessou em voz baixa. — Vi um deles na cidade.

Elend sentiu um calafrio.

— Tem certeza?

O jovem assentiu.

— Vivi em Luthadel minha vida toda, milorde. Assisti a execuções várias vezes. Reconheceria um daqueles monstros, com certeza que reconheceria. Eu o vi. As estacas nos olhos, alto com túnica, esgueirando-se à noite. Perto das praças centrais da cidade. Eu juro.

Elend trocou um olhar com Demoux.

— Ele não é o único, milorde — Demoux disse baixinho. — Alguns outros membros da minha congregação disseram ter visto um Inquisidor em Kredik Shaw. Ignorei os primeiros, mas Larn é confiável. Se ele disse que viu algo, ele viu. Aquele ali tem olhos quase tão bons quanto os de um Olho de Estanho.

Elend concordou lentamente e ordenou que uma patrulha de sua guarda pessoal vigiasse a área indicada. Depois disso, voltou para o esforço de coleta de madeira. Deu ordens, organizando os homens em equipes, enviando alguns para iniciar os trabalhos, outros para reunir recrutas. Sem combustível, muitas das forjas da cidade haviam fechado, e os trabalhadores estavam ociosos. Poderiam usar algo para ocupar o tempo.

Elend viu energia nos olhos dos homens quando começaram a se dividir. Elend conhecia aquela determinação, aquela firmeza de olhos e braços. Vinha da satisfação de fazer algo, e não apenas sentar e esperar que o destino — ou o rei — agisse.

Elend voltou ao mapa, fazendo algumas anotações. De canto de olho, viu Ham se aproximar.

— Então foi para cá que todos vieram! — Ham falou. — Os campos de treinamento estão vazios.

Elend ergueu os olhos, sorrindo.

— Está de novo com o uniforme, então? — Ham perguntou.

Elend baixou os olhos para os trajes. Desenhado para destacar-se, para diferenciá-lo de uma cidade manchada pelas cinzas.

— Sim.

— Que pena — Ham disse com um suspiro. — Ninguém devia precisar usar uniformes.

Elend ergueu uma sobrancelha. Diante do inverno inegável, Ham teve de finalmente usar uma camisa por baixo do colete. Contudo, não vestia manto ou casaco.

Elend voltou para o mapa.

— Os trajes caem bem em mim — ele disse. — Parecem adequados. De qualquer forma, esse seu colete é tão uniforme quanto isto aqui.

— Não é, não.

— Não é? — Elend perguntou. — Nada grita mais a palavra Brutamontes que um homem que sai em pleno inverno sem um casaco, Ham. Você usou suas roupas para mudar a maneira como as pessoas reagem a você, para deixá-las saber quem você é e o que representa... o que é essencialmente a função de um uniforme.

Ham fez uma pausa.

— É uma maneira interessante de olhar as coisas.

— Quê? — Elend falou. — Você nunca discutiu sobre algo assim com Brisa?

Ham sacudiu a cabeça enquanto se virava para olhar os grupos de homens, ouvindo os homens que Elend nomeara para dar ordens.

Ele mudou, Elend pensou. *Cuidar desta cidade, lidar com tudo isto, isso o mudou mesmo.* O Brutamontes estava mais solene agora, mais concentrado. Claro, tinha mais responsabilidade pela segurança da cidade do que o restante do grupo. Às vezes era difícil se lembrar que aquele Brutamontes de espírito livre era um pai de família. Ham tendia a não falar muito sobre Mardra ou seus dois filhos. Elend suspeitava que fosse um hábito; Ham passara grande parte do casamento vivendo separado da família para mantê-la em segurança.

Esta cidade inteira é minha família, Elend pensou, observando os soldados saírem para o trabalho. Alguns deles talvez pensassem que algo tão simples quanto juntar lenha fosse uma tarefa banal, de pouca importância para uma cidade ameaçada por três exércitos. No entanto, Elend sabia que o povo skaa que congelava receberia a lenha com tanta alegria quanto a salvação dos exércitos.

A verdade era que Elend se sentia um pouco como aqueles soldados. Ele sentia uma satisfação — uma empolgação até — por fazer alguma coisa, *qualquer coisa*, para ajudar.

— E se o ataque de Cett vier? — Ham perguntou, ainda olhando os soldados. — Boa parte do exército estará espalhada pela cidade.

— Mesmo se tivermos mil homens nos meus grupos, não significa uma grande redução em nossas forças. Além disso, Trevo acha que haverá muito tempo para reuni-los. Estamos com mensageiros a postos.

Elend olhou de novo para o mapa.

— De qualquer forma, não acho que Cett atacará agora. Está bem seguro na fortaleza. Nunca vamos tirá-lo; precisaríamos destacar homens demais das defesas da cidade, deixando-nos expostos. A única coisa com que ele realmente precisa se preocupar é com o meu pai...

Elend interrompeu sua fala.

— O quê? — Ham quis saber.

— É por isso que Cett está aqui — Elend falou, piscando, surpreso. — Não vê? Ele se deixou intencionalmente sem opções. Se Straff atacar, os exércitos de Cett terminarão lutando junto com os nossos. Ele amarrou seu destino ao nosso.

Ham franziu o cenho.

— Parece um movimento bem desesperado.

Elend assentiu, pensando em sua reunião com Cett.

— Desesperado — ele repetiu. — É uma boa palavra. Cett está desesperado por algum motivo, que não consegui entender. De qualquer forma, ao instalar-se aqui dentro, ele está do nosso lado contra Straff, queira ele uma aliança ou não.

— Mas, e se a Assembleia der a cidade para Straff? Se nossos homens se unirem a ele e atacarem Cett?

— É o risco que ele assumiu — Elend falou. *Cett nunca pretendeu poder escapar do confronto aqui em Luthadel. Ele pretende tomar a cidade ou ser destruído.*

Está aguardando, esperando que Straff ataque, preocupado com a ideia de que vamos simplesmente ceder a ele. Mas nada disso pode acontecer, en-

quanto Straff tiver medo de Vin. Um impasse triplo. Com os koloss como um quarto elemento que ninguém pode prever.

Alguém precisava fazer algo para desempatar.

— Demoux — Elend disse. — Está pronto para assumir aqui?

Capitão Demoux olhou para eles, assentindo.

Elend virou-se para Ham.

— Tenho uma pergunta para você, Ham. — Ham ergueu uma sobrancelha. — O quanto você está se sentindo insano no momento?

ELEND LEVOU SEU CAVALO PARA fora do túnel até uma paisagem confusa fora de Luthadel. Virou-se, esticando o pescoço para olhar para cima da muralha. Felizmente, os soldados haviam recebido sua mensagem e não o confundiriam com um espião ou um batedor de um dos exércitos inimigos. Ele preferiria não terminar nas histórias de Tindwyl como o ex-rei que morreu com uma flecha dos próprios soldados.

Ham conduziu uma mulher pequena e grisalha pelo túnel. Como Elend imaginara, Ham encontrou facilmente uma passa-muralha adequada para levá-los para fora da cidade.

— Bem, chegamos — disse a anciã, descansando sobre seu cajado.

— Obrigado, boa mulher — Elend falou. — Você serviu bem seu domínio neste dia.

A mulher bufou, erguendo uma sobrancelha — embora ela fosse quase cega, pelo que Elend podia dizer. Elend sorriu, puxando uma bolsinha e entregando para ela. Ela enfiou a mão ali com seus dedos atrofiados, ainda que surpreendentemente habilidosos, e contou as moedas.

— Três a mais?

— Para a senhora deixar um espião aqui — Elend falou. — Para cuidar da nossa volta.

— Volta? — a mulher questionou. — Vocês não estão fugindo?

— Não — Elend disse. — Tenho apenas alguns negócios com um dos exércitos.

A mulher ergueu outra vez a sobrancelha.

— Bem, não é da conta da vovó — ela murmurou, virando-se para o túnel com seu cajado batendo. — Por três clipes, posso encontrar um neto para sentar aqui por algumas horas. O Senhor Soberano sabe que tenho netos o suficiente.

Ham observou-a ir embora com uma centelha de ternura nos olhos.

— Há quanto tempo conhece esse lugar? — Elend perguntou, vendo um par de homens corpulentos fecharem a seção escondida de pedra. Meio escavado, meio cortado nas próprias pedras da muralha, o túnel era um feito notável. Mesmo depois de ouvir sobre a existência dessas coisas por meio de Felt, ainda era um choque viajar através de um dos esconderijos que ficava a poucos minutos de cavalgada da própria Fortaleza Venture.

Ham virou-se para ele quando a falsa muralha fechou-se num estalo.

— Ah, conheço isso aqui há muitos, muitos anos — ele comentou. — A vovó Hilde costumava me dar doces quando eu era criança. Claro, era realmente uma maneira barata de conseguir publicidade discreta — ainda que bem direcionada — para o seu passa-muralha. Quando cresci, costumava usá-lo para fazer Mardra e as crianças entrarem e saírem da cidade quando vinham me visitar.

— Espere aí — Elend falou. — Você cresceu em Luthadel?

— Claro.

— Nas nossas ruas, como Vin?

Ham balançou a cabeça.

— Na verdade, não como Vin — ele falou numa voz fraca, observando a muralha. — Não acho que alguém tenha crescido como Vin. Meus pais eram skaa, meu avô era nobre. Eu me envolvi com o submundo, mas tive meus pais por boa parte da infância. Além disso, eu era um garoto, e um garoto grande. — Ele se virou para Elend. — Acho que isso faz uma boa diferença.

Elend assentiu.

— Você não vai fechar esse lugar, vai? — Ham perguntou.

Elend virou-se, chocado.

— Por que eu fecharia?

Ham deu de ombros.

— Não parece exatamente o tipo de empreendimento honesto que você aprovaria. Provavelmente há pessoas fugindo da cidade toda noite por esta caverna. Vovó Hilde é conhecida por receber moedas e não fazer perguntas, mesmo que resmungue um pouco.

Ham tinha razão. *Provavelmente por isso não me contou sobre o lugar até eu perguntar de forma específica.* Seus amigos caminhavam numa linha tênue, próximos aos seus antigos laços do submundo, porém trabalhando duro para ampliar o governo pelo qual se sacrificaram tanto para criar.

— Não sou rei — Elend falou, levando seu cavalo para longe da cidade. — O que a vovó Hilde faz não é da minha conta.

Ham avançou até ficar ao lado dele, parecendo aliviado. No entanto, ele pôde ver aquele alívio se dissipando quando a realidade do que estavam fazendo se apresentou.

— Não gosto disso, El.

Eles pararam de caminhar quando Elend montou.

— Nem eu.

Ham deu um suspiro profundo, então assentiu.

Meus velhos amigos nobres teriam tentado me dissuadir, Elend pensou, achando divertido. *Por que eu me cerquei de pessoas que eram leais ao Sobrevivente? Eles* esperam *que seus líderes assumam riscos irracionais.*

— Eu vou com você — Ham disse.

— Não — Elend disse. — Não vai fazer diferença. Fique aqui, espere para ver se eu volto. Se eu não voltar, conte para Vin o que aconteceu.

— Claro, eu conto — Ham falou com ironia. — Em seguida, retirarei as adagas dela do meu peito. Faça de tudo para voltar, está bem?

Elend concordou com a cabeça, mal prestando atenção. Seus olhos estavam concentrados no exército à distância. Um exército sem tendas, carruagens, carroças de comida ou serviçais. Um exército que havia comido até a folhagem do chão numa área imensa ao redor deles. Koloss.

O suor deixava as rédeas escorregadias nas mãos de Elend. Era diferente de antes, quando foi até o exército de Straff e à fortaleza de Cett. Desta vez, ele estava sozinho. Vin não poderia tirá-lo de lá se as coisas degringolassem; ainda estava se recuperando dos ferimentos, e ninguém sabia o que Elend estava fazendo, exceto Ham.

O que eu devo ao povo desta cidade?, Elend se perguntou. *Eles me rejeitaram. Por que ainda insisto em tentar protegê-los?*

— Eu conheço esse olhar, El — Ham falou. — Vamos voltar.

Elend fechou os olhos, deixando escapar um suspiro silencioso. Em seguida, abriu os olhos e atiçou o cavalo para galopar.

Fazia anos desde que vira os koloss, e essa experiência acontecera apenas por insistência do seu pai. Straff não confiava nas criaturas, e nunca gostava de ter guarnições deles no Domínio do Norte, apenas uma a poucos dias de marcha de sua cidade natal, Urteau. Aqueles koloss tinham sido um lembrete, um alerta, do Senhor Soberano.

Elend cavalgava com empenho, como se usasse o impulso para motivar sua vontade. Além de uma breve visita à guarnição de koloss em Urteau, tudo que sabia das criaturas vinha dos livros, mas as instruções de Tindwyl haviam enfraquecido sua confiança nesse aprendizado, que no passado tinha sido absoluta e levemente ingênua.

Vai ter que bastar, Elend pensou quando se aproximou do acampamento. Ele cerrou os dentes, reduzindo a velocidade do cavalo enquanto se aproximava de um esquadrão de koloss a pé.

Era como ele lembrava. Uma criatura grande — sua pele fendida e rachada de um jeito nojento por marcas de tensão — liderava algumas feras de tamanho médio, cujos rasgos sangrando estavam começando a aparecer nos cantos da boca e dos olhos. Uma turma de criaturas menores — com a pele enrugada solta e pendente ao redor dos olhos e braços — acompanhava os maiores.

Elend puxou as rédeas do cavalo, trotando até o animal maior.

— Leve-me a Jastes.

— Desça do seu cavalo — o koloss retrucou.

Elend olhou a criatura direto nos olhos. Montado, tinha quase a mesma altura.

— Leve-me a Jastes.

O koloss encarou-o com um par de olhos pequenos, indecifráveis. Tinha um rasgo de um olho ao outro sobre o nariz, uma outra fenda curvando-se para baixo até uma das narinas. O nariz estava tão esticado que era torto e chato, colado ao osso a poucos centímetros fora do centro do rosto.

Era o momento. Os livros diziam que as criaturas fariam o que era ordenado ou simplesmente atacariam. Elend esperou, tenso.

— Venha — o koloss disse, ríspido, virando-se para caminhar de volta ao campo. O restante das criaturas cercou o cavalo de Elend, e o animal arrastou as patas, nervoso. Elend mantinha as mãos firmes nas rédeas e conduzia o animal adiante. Ele respondia, agitado.

Ele deveria se sentir bem com sua pequena vitória, mas sua tensão só ficou maior. Avançaram para dentro do acampamento koloss. Foi como ser engolido. Como deixar uma avalanche de pedra cair ao seu redor. Os koloss erguiam os olhos quando ele passava, observando-o com seus olhos vermelhos, indiferentes. Muitos outros apenas ficavam em silêncio ao redor das fogueiras, impassíveis, como homens nascidos com a mente vazia e abobada.

Outros lutavam. Matavam-se uns aos outros, combatendo no chão diante dos companheiros indiferentes. Nenhum filósofo, cientista ou estudioso foi capaz de determinar exatamente o que enfurecia um koloss. Cobiça parecia uma boa motivação. Ainda assim, às vezes atacavam quando havia comida abundante, matando seu companheiro pelo pedaço de carne *dele*. A dor era outro bom motivador, aparentemente, bem como um desafio à autoridade. Razões carnais, viscerais. E, mesmo assim, parecia haver momentos em que atacavam sem qualquer motivo ou razão.

E, depois de lutar, eles se explicavam em tons calmos, como se as ações fossem perfeitamente racionais. Elend estremecia ao ouvir gritos, dizendo a si mesmo que ele provavelmente ficaria bem até chegar a Jastes. Koloss em geral atacavam apenas uns aos outros.

A menos que entrassem num frenesi sangrento.

Ele afastou aquele pensamento, concentrando-se nas coisas que Sazed mencionara sobre sua viagem pelo acampamento dos koloss. As criaturas usavam as espadas grandes e brutas de ferro que Sazed havia descrito. Quanto maior o koloss, maior a arma. Quando um koloss chegava ao tamanho no qual julgava precisar de uma espada maior, tinha apenas duas escolhas: encontrar uma que fora descartada ou matar alguém para tomar a dele. Uma população de koloss podia ser brutalmente controlada aumentando ou diminuindo o número de espadas disponíveis no grupo.

Nenhum dos estudiosos sabia como as criaturas procriavam.

Como Sazed explicara, esses koloss também tinham pequenas e estranhas bolsinhas atadas às amarras de sua espada. *O que são elas?*, Elend pensou. *Sazed disse que viu o koloss maior carregar três ou quatro. Mas aquele que lidera meu grupo tem quase vinte.* Mesmo os koloss pequenos no grupo de Elend tinham três bolsas.

Essa é a diferença, ele pensou. *Seja o que houver nessas bolsas, seria essa a maneira pela qual Jastes controla as criaturas?*

Não havia como saber, exceto pedindo uma das bolsas a um koloss — e ele duvidava que eles fossem abrir mão delas.

Enquanto avançava, percebeu outra peculiaridade: alguns dos koloss estavam vestidos. Antes, ele os vira apenas de tanga, como Sazed havia relatado. Ainda assim, muitos desses koloss vestiam calças, camisas ou saias presas ao corpo. Vestiam roupas sem se preocupar com o tamanho, e a maioria das peças ficavam tão apertadas que haviam rasgado. Outras eram tão largas que precisavam ser amarradas. Elend viu alguns poucos dos koloss maiores usando apetrechos, como bandanas amarradas ao redor de braços ou cabeça.

— Não somos koloss — o líder koloss disse de repente, virando-se para Elend enquanto caminhavam.

Elend franziu a testa.

— Explique.

— Vocês acham que somos koloss — ele falou através de lábios esticados demais para funcionar direito. — Somos humanos. Viveremos na sua cidade. Vamos matar vocês e tomá-la depois.

Elend estremeceu, percebendo a fonte das roupas descombinadas. Elas tinham vindo da vila que os koloss atacaram, aquela da qual refugiados buscaram asilo em Luthadel. Parecia ser um novo desenvolvimento do pensamento koloss. Ou sempre esteve lá, reprimido pelo Senhor Soberano? O lado estudioso de Elend estava fascinado. O restante, simplesmente horrorizado.

Seu guia koloss parou diante de um pequeno grupo de tendas, as únicas estruturas daquele tipo no acampamento. Em seguida, o líder koloss virou-se e berrou, assustando o cavalo de Elend, que lutou para impedir que o animal o jogasse longe quando o koloss saltou e atacou um dos companheiros, avançando para espancá-lo com um punho gigante.

Elend venceu sua luta. Mas o líder koloss não venceu.

Elend desceu do cavalo, dando tapinhas no pescoço do cavalo enquanto o koloss atacado puxava sua espada do peito do ex-líder. O sobrevivente — que agora carregava vários cortes na pele que não tinham vindo do estiramento — curvou-se para pegar as bolsinhas amarradas às costas do cadáver. Elend observou com uma fascinação muda enquanto o koloss se erguia e falava.

— Ele nunca foi um bom líder — ele disse numa voz arrastada.

Não posso deixar esses monstros atacarem minha cidade, Elend pensou. *Tenho que fazer alguma coisa*. Ele avançou com o cavalo, virando as costas para os koloss quando entrou na parte separada do acampamento, observado por um grupo de jovens nervosos de uniforme. Elend entregou as rédeas para um deles.

— Cuide disso para mim — Elend disse, avançando a passos largos.

— Espere! — um dos soldados disse. — Pare!

Elend virou-se de uma vez, encarando o homem menor que ele que tentava apontar sua lança para Elend e manter um olho nos koloss. Elend não tentou ser ríspido: queria apenas manter sua ansiedade sob controle e continuar caminhando. De qualquer forma, a encarada resultante disso provavelmente teria impressionado até mesmo Tindwyl.

O soldado parou, estremecendo.

— Sou Elend Venture — Elend falou. — Conhece esse nome?

O homem assentiu.

— Você pode me anunciar ao Lorde Lekal — Elend disse. — É só chegar à tenda antes de mim.

O jovem partiu às pressas. Elend seguiu-o, caminhando até a tenda, onde outros soldados aguardavam, hesitantes.

O que isto deve ter feito com eles, Elend imaginou, *viver cercados por koloss, em número tão menor?* Sentindo uma pontada de pena, ele não tentou forçar sua passagem. Aguardou com falsa paciência até uma voz chamar lá de dentro.

— Deixe-o entrar.

Elend passou pelos guardas e abriu de uma vez a porta da tenda.

Os meses não haviam sido bons com Jastes Lekal. De alguma forma, os poucos fios de cabelo pareciam ainda mais patéticos do que uma careca completa seria. Seus trajes eram desleixados e manchados, e ele tinha grandes bolsas embaixo dos olhos. Estava andando e sobressaltou-se de leve quando Elend entrou.

Em seguida, ficou paralisado por um momento, com olhos arregalados. Finalmente, ele ergueu a mão trêmula para empurrar para trás o cabelo que não tinha.

— Elend? — ele perguntou. — O que, em nome do Senhor Soberano, aconteceu com você?

— Responsabilidades, Jastes — Elend falou em voz baixa. — Parece que nenhum de nós estava pronto para elas.

— Fora — Jastes falou, acenando para os guardas. Eles passaram por Elend arrastando os pés, fechando a porta da tenda ao sair.

— Faz tempo, Elend — Jastes falou, dando uma risadinha fraca.

Elend concordou com um aceno de cabeça.

— Eu me lembro daqueles dias — Jastes disse —, sentado na sua cave ou na minha, bebendo com Telden. Éramos tão inocentes, não éramos?

— Inocentes — Elend respondeu —, mas esperançosos.

— Quer tomar alguma coisa? — Jastes perguntou, virando-se para uma mesa. Elend encarou garrafas e frascos que estavam no canto da sala. Estavam todos vazios. Jastes tirou uma garrafa cheia da mesa e serviu um copo pequeno para Elend — o tamanho e a cor clara indicavam que não era um simples vinho de mesa.

Elend aceitou o copinho, mas não bebeu.

— O que aconteceu, Jastes? Como o filósofo inteligente e ponderado que conheci transformou-se num tirano?

— Tirano? — Jastes disse, irritado, tomando seu copo num único gole. — Não sou tirano. Seu pai é o tirano. Sou apenas realista.

— Para mim, sentar-se no meio de um exército de koloss não parece ser uma posição muito realista.

— Eu posso controlá-los.

— E Suisna? — Elend perguntou. — A vila que eles massacraram?

Jastes vacilou.

— Aquilo foi um acidente infeliz.

Elend baixou os olhos para a bebida em sua mão, em seguida jogou-a para o lado, o líquido lavando o chão poeirento da tenda.

— Este não é o covil do meu pai, e não somos mais amigos. Não chamarei de amigo quem lidera algo como *aquilo* contra a minha cidade. O que aconteceu com sua honra, Jastes Lekal?

Jastes bufou, olhando para o líquido espalhado.

— Esse sempre foi seu problema, Elend. Tão seguro, tão otimista, tão virtuoso.

— Era *nosso* otimismo — Elend falou, dando um passo adiante. — Nós queríamos mudar as coisas, Jastes, não as destruir!

— É mesmo? — Jastes retrucou, mostrando um gênio ruim que Elend nunca tinha visto no amigo. — Você quer saber por que estou aqui, Elend? Será que já *reparou* no que estava acontecendo no Domínio Sul enquanto você brincava em Luthadel?

— Sinto muito pelo que aconteceu com sua família, Jastes.

— Sente muito? — Jastes perguntou, agarrando a garrafa de sua mesa. — Sente? Eu executei seus planos, Elend. Fiz tudo sobre o que conversamos, liberdade, honestidade política. Confiei em meus aliados em vez de esmagá-los até se submeterem. E sabe o que aconteceu?

Elend cerrou os olhos.

— Eles mataram todo mundo, Elend — Jastes disse. — Isso é o que você faz quando assume o controle. Você mata os rivais e suas famílias, mesmo as garotinhas, até os bebês. E deixa os corpos como um aviso. É a boa política. É assim que se mantém no poder!

— É fácil acreditar em algo quando você vence o tempo todo, Jastes — Elend falou, abrindo os olhos. — As perdas são o que define a fé de um homem.

— Perdas? — Jastes questionou. — Minha irmã foi uma *perda*?

— Não, eu quero dizer que...

— Chega! — Jastes interrompeu, batendo a garrafa na mesa. — Guardas!

Dois homens jogaram a porta da tenda para trás e entraram.

— Prendam Sua Majestade — Jastes falou, com um aceno instável de mão. — Mande um mensageiro para a cidade, diga a eles que queremos negociar.

— Não sou mais rei, Jastes — Elend falou.

Jastes parou.

— Você acha que viria aqui e me deixaria capturar se eu fosse rei? — Elend perguntou. — Eles me depuseram. A Assembleia invocou uma cláusula de desconfiança e escolheu um novo rei.

— Seu idiota — Jastes disse.

— Perdas, Jastes — Elend disse. — Não foi tão difícil para mim como foi para você, mas eu acho que entendo.

— Então — Jastes falou, passando a mão pelos "cabelos" —, essa roupa bela e o corte de cabelo sofisticado não salvaram você, hein?

— Pegue seus koloss e vá embora, Jastes.

— Isso soou como uma ameaça, Elend — Jastes disse. — Você não é rei, não tem um exército e não vejo sua Nascida da Bruma por perto. Sobre quais bases você pode fazer ameaças?

— Eles são *koloss* — Elend disse. — Você realmente quer que eles entrem na cidade? É seu lar, Jastes, ou foi, no passado. Há milhares de pessoas lá dentro!

— Eu consigo... controlar meu exército — Jastes retrucou.

— Não, eu duvido que consiga — Elend falou. — O que aconteceu, Jastes? Eles decidiram que precisavam de um rei? Concluíram que esse é o jeito que os "seres humanos" faziam, então deveriam fazê-lo também? O que é aquilo que carregam naquelas bolsas?

Jastes não respondeu.

Elend suspirou.

— O que acontecerá se um deles simplesmente enlouquecer e te atacar?

Jastes sacudiu a cabeça.

— Desculpe, Elend — ele disse, baixinho. — Não posso deixar Straff pegar aquele atium.

— E o meu povo?

Jastes fez uma pausa breve, em seguida baixou os olhos e fez um sinal para os guardas. Um pousou a mão no ombro de Elend.

A reação de Elend surpreendeu até ele mesmo. Ele golpeou o rosto do homem com o cotovelo, estourando o nariz, em seguida derrubou o segundo com um chute na perna. Antes que Jastes pudesse fazer mais do que gritar, Elend saltou. Tirou da bota uma faca de obsidiana — que Vin lhe dera — e agarrou Jastes pelo ombro. Elend arrastou o homem que choramingava, empurrando-o para trás até a mesa e, sem nem pensar em suas ações, enfiou a faca no ombro do antigo amigo.

Jastes soltou um grito alto, patético.

— Se matá-lo fosse de alguma serventia, Jastes — Elend grunhiu —, eu faria isso agora mesmo. Mas não sei como controlar aquelas coisas e não quero enfurecê-las.

Os soldados encheram a tenda. Elend não ergueu os olhos. Estapeou Jastes, fazendo os gritos de dor pararem.

— Ouça — Elend falou. — Não me importo se você foi magoado, não me importo se não acredita mais nas filosofias e não me importo nem um pouco se você vai se matar fazendo política com Straff e Cett. Mas eu me importo se você ameaçar o meu povo. Quero que você conduza seu exército para fora do meu domínio. Vá atacar a terra natal de Straff, ou talvez a de Cett. As duas estão indefesas. Prometo que não deixarei seus inimigos pegarem o atium.

"E, como amigo, vou lhe dar um conselho. Pense nessa ferida em seu braço por algum tempo, Jastes. Eu era seu melhor amigo e quase matei você. Que *diabos* você está fazendo plantado no meio de um exército inteiro de koloss dementes?"

Os soldados o cercaram. Elend levantou-se, arrancando a faca do corpo de Jastes e virando o homem, colocando a arma contra sua garganta.

Os guardas ficaram paralisados.

— Estou indo embora — Elend falou, empurrando o confuso Jastes diante de si, movendo-se para fora da tenda. Percebeu com alguma preocupação que mal havia uma dúzia de guardas humanos. Sazed havia contado mais. Onde Jastes os perdera?

Não havia sinal do cavalo de Elend. Então, ele manteve um olhar desconfiado nos soldados, avançando com Jastes para a linha invisível entre o acampamento humano e o dos koloss. Elend virou-se quando chegou ao perímetro, em seguida empurrou Jastes de volta para seus homens. Eles o pegaram, um deles trazendo uma bandagem para o braço. Outros fizeram movimentos, como se para caçar Elend, mas fizeram uma pausa, hesitantes.

Elend cruzou a linha do acampamento koloss. Ficou em pé, quieto, observando o grupo patético de jovens soldados com Jastes no centro. Mesmo enquanto cuidavam dele, Elend conseguia ver a expressão nos olhos de Jastes. Ódio. Ele não se retiraria. O homem que Elend conhecera estava morto, substituído por esse produto de um novo mundo que não considerava com gentileza filósofos e idealistas.

Elend afastou-se, caminhando entre os koloss. Um grupo deles aproximou-se rapidamente. Os mesmos de antes? Ele não podia dizer ao certo.

— Levem-me para fora daqui — Elend ordenou, encontrando os olhos do maior koloss do grupo. Ou Elend parecia mais autoritário agora, ou aquele koloss foi intimidado com mais facilidade, pois não houve discussão. A criatura simplesmente assentiu e começou a caminhar arrastando os pés para fora do acampamento, seu grupo cercando Elend.

Esta viagem foi uma perda de tempo, Elend pensou, frustrado. *Tudo que fiz foi contrariar Jastes. Arrisquei minha vida para nada.*

Se ao menos eu pudesse descobrir o que há nessas bolsas!

Ele observou o grupo de koloss ao redor dele. Era um grupo típico, com variação no tamanho de 1,5 metro até uma monstruosidade de três metros. Eles caminhavam com posturas curvadas, desleixadas...

Elend ainda estava com a faca na mão.

Isso é estúpido, ele pensou. Por algum motivo, aquilo não o impediu de escolher o menor koloss do grupo, tomando fôlego e atacando.

O restante dos koloss parou para observar. A criatura que Elend escolhera girou, mas na direção errada. Ele ficou de frente com seu companheiro koloss, um mais próximo em tamanho, quando Elend o derrubou, enterrando a faca em suas costas.

Mesmo com um metro e meio e uma constituição pequena, o koloss era incrivelmente forte. Lançou Elend para longe, rugindo de dor. Elend, no entanto, conseguiu ficar com sua adaga.

Não posso deixá-lo pegar a espada, ele pensou, cambaleando para ficar em pé e fincando a faca na coxa da criatura. O koloss caiu novamente, dando um soco em Elend com um dos braços, os dedos do outro alcançando a espada. Elend recebeu o golpe no peito e caiu para trás no chão fuliginoso.

Ele grunhiu, arfando. O koloss puxou sua espada, mas não conseguia ficar em pé. As feridas de faca sangravam muito; o líquido vermelho parecia mais brilhante, refletia mais que sangue humano, mas aquilo talvez fosse apenas um contraste com a pele azul escura.

O koloss finalmente conseguiu erguer-se, e Elend percebeu seu erro. Deixou a adrenalina do seu confronto com Jastes — sua frustração pela incapacidade de impedir os exércitos — impulsioná-lo. Ele havia treinado muito nos últimos tempos, mas não estava em condições de enfrentar um koloss.

Mas era tarde demais para se preocupar com aquilo agora.

Elend rolou para fora do caminho quando uma espada grosseira, como um tacape, bateu no chão ao lado dele. Os instintos sobrepujaram o terror, e ele quase conseguiu evitar por completo o contragolpe. Acertou-o de lado, espirrando uma mancha de sangue em seu uniforme, antes branco, mas ele mal sentiu o corte.

A única maneira de vencer uma luta de faca contra espada... Elend pensou, agarrando a adaga. O pensamento, estranhamente, não tinha vindo de seus treinadores, nem mesmo de Vin. Ele não sabia ao certo de onde tinha vindo, mas confiou nele.

Aproxime-se o mais rápido possível e mate logo.

E Elend atacou. O koloss também golpeou. Elend conseguiu ver o ataque, mas não podia fazer nada para impedi-lo.

Só pôde lançar-se para a frente, faca erguida, dentes cerrados.

Ele enfiou a faca no olho do koloss, mal conseguindo se aproximar da criatura. Mesmo assim, o punho da espada atingiu-o na barriga.

Os dois caíram.

Elend grunhiu baixo, lentamente tomando ciência da terra dura, cheia de cinzas e do mato comido até as raízes. Um galho caído arranhava sua bochecha. Estranho que percebesse aquilo, considerando a dor no peito. Ele cambaleou até ficar em pé. O koloss atacado não se levantou. Seus companheiros continuavam parados, olhando despreocupados, embora os olhos estivessem concentrados nele. Pareciam querer algo.

— Ele comeu meu cavalo — Elend disse, falando a primeira coisa que veio à sua mente turva.

O grupo de koloss assentiu. Elend avançou aos tropeços, limpando as cinzas do rosto com a mão trêmula enquanto se ajoelhava ao lado da criatura morta. Ele arrancou a faca, deslizando-a de volta para a bota. Em seguida, desamarrou as bolsas; aquele koloss tinha duas.

Finalmente, sem saber por quê, ele agarrou a grande espada da criatura e levou-a ao ombro. Era tão pesada que mal conseguia carregá-la, e certamente não seria capaz de golpear com ela. *Como uma criatura tão pequena usa algo assim?*

Os koloss observavam-no trabalhar sem comentar; em seguida, levaram-no para fora do acampamento. Assim que eles se retiraram, Elend abriu uma das bolsinhas e olhou dentro dela.

Ele não deveria ter se surpreendido pelo que encontrou lá dentro. Jastes decidiu controlar seu exército à moda antiga.

Ele os pagava.

Os outros me chamam de louco. Como eu disse, talvez seja verdade.

43

A BRUMA DESPEJAVA-SE NO QUARTO escuro, caindo ao redor de Vin como uma cachoeira enquanto ela estava em pé na entrada da varanda aberta. Elend era um amontoado imóvel, dormindo na cama a uma curta distância.

Aparentemente, senhora, OreSeur explicara, *ele foi até o acampamento koloss sozinho. A senhora estava dormindo, e nenhum de nós sabia o que ele estava fazendo. Não acho que ele tenha conseguido persuadir as criaturas a não atacarem, mas voltou com algumas informações muito úteis.*

OreSeur estava sentado ao lado dela. Não perguntara por que Vin viera até os aposentos de Elend, nem por que ela estava em silêncio, observando o ex-rei dormir.

Ela não conseguia protegê-lo. Tentava com afinco, mas a impossibilidade de manter até mesmo *uma* pessoa segura, de repente, pareceu tão real, tão tangível para ela que a deixou nauseada.

Elend estava correto em se arriscar. Tinha esse direito, era independente, competente, régio. O que ele fizera, no entanto, apenas colocou-o mais ainda em perigo. O medo tinha sido o companheiro de Vin por tanto tempo que ela se acostumara a ele, e raramente lhe causava uma reação física. Ainda assim, observando-o dormir em silêncio, ela viu suas mãos trêmulas, entregando-a.

Eu o salvei dos assassinos. Eu o protegi. Sou uma alomântica poderosa. Por que, então, sinto-me tão indefesa?

Tão sozinha.

Ela caminhou com pés descalços e silenciosos até a cama de Elend. Ele não acordou. Ficou por um longo tempo ali, apenas olhando-o em paz no seu sono.

OreSeur rosnou baixo.

Vin girou. Uma figura estava na sacada, costas eretas e de preto, quase uma silhueta até mesmo para seus olhos aguçados pelo estanho. As brumas caíam diante dele, empoçadas no chão, espalhando-se como um musgo etéreo.

— Zane — ela sussurrou.

— Ele não está seguro, Vin — ele disse, entrando lentamente no quarto, empurrando uma onda de bruma diante de si.

Ela olhou para Elend.

— Ele nunca estará.

— Vim lhe contar que há um traidor entre vocês.

Vin ergueu os olhos.

— Quem? — ela perguntou.

— O homem, Demoux — Zane falou. — Entrou em contato com meu pai pouco antes da tentativa de assassinato, oferecendo-se para abrir os portões e entregar a cidade.

Vin franziu o cenho. *Isso não faz sentido.*

Zane avançou.

— Trabalho de Cett, Vin. Ele é uma cobra, mesmo entre os altos lordes. Não sei como ele subornou um de seus homens, mas sei que Demoux tentou provocar meu pai a atacar a cidade durante a votação.

Vin fez uma pausa. Se Straff tivesse atacado naquele momento, teria reforçado a impressão de que ele enviara os assassinos em primeiro lugar.

— Elend e Penrod deviam ter morrido — Zane disse. — Com a Assembleia no caos, Cett poderia ter assumido o controle. Poderia ter liderado suas forças, junto com as de vocês, contra o exército de Straff em meio ao ataque. Teria se tornado o salvador que protegera Luthadel contra a tirania de um invasor...

Vin ficou em silêncio. Apenas porque Zane dissera aquilo não significava que era verdade. Ainda assim, suas próprias investigações sussurravam que Demoux era o traidor.

Ela reconhecera o assassino na assembleia, e ele *estava* no séquito de Cett, então sabia que Zane estava dizendo a verdade ao menos sobre um fato. Além disso, Cett tinha antecedentes, pois enviara assassinos alomânticos meses antes, quando Vin usara sua última conta de atium. Zane salvou a vida dela durante aquela batalha.

Ela cerrou os punhos, a frustração incômoda no peito. *Se ele estiver correto, então Demoux está morto, e um kandra inimigo está no palácio, passando o dia a poucos passos de Elend. Mesmo que Zane esteja mentindo, ainda temos um tirano dentro da cidade, outro fora dela. Um exército de koloss salivando sobre o povo. E Elend não precisa de mim.*

Porque não há nada que eu possa fazer.

— Vejo sua frustração — Zane sussurrou, caminhando até a lateral da cama de Elend, olhando para seu irmão que dormia. — Você continua ouvindo Elend. Quer protegê-lo, mas ele não deixa. — Zane ergueu os olhos, encontrando os dela. Ela viu uma insinuação neles.

Havia *algo* que ela poderia fazer — uma coisa que parte dela queria fazer desde o início. Aquilo para o que fora treinada.

— Cett quase matou o homem que você ama — Zane falou. — Seu Elend faz o que ele quer. Bem, vamos fazer o que *você* deseja. — Ele a fitou nos olhos. — Fomos a faca de outra pessoa por tempo demais. Vamos mostrar a Cett por que ele deveria nos temer.

Sua fúria, sua frustração pelo cerco, ansiava por fazer o que Zane sugeria. Ainda assim, ela hesitou, com os pensamentos caóticos. Ela havia matado — e matado bem — havia pouco tempo, e isso a aterrorizou. Mesmo assim... Elend podia assumir riscos, riscos insanos, como viajar para dentro de um exército de koloss sozinho. Parecia quase uma traição. Ela havia trabalhado tanto para protegê-lo, extenuando-se, expondo-se. Para poucos dias depois ele entrar sozinho num acampamento cheio de monstros.

Ela cerrou os dentes. Parte dela sussurrava que, se Elend não fosse razoável e ficasse fora de perigo, ela precisava simplesmente sair e *garantir* que as ameaças contra ele fossem eliminadas.

— Vamos — ela sussurrou.

Zane assentiu.

— Preste atenção — ele disse. — Não podemos simplesmente assassiná-lo. Outro senhor da guerra tomaria o seu lugar e assumiria seus exércitos. Temos de atacar *pesado*. Temos que atingir aquele exército com tanta força que, seja lá quem assuma no lugar de Cett, ficará tão assustado que baterá em retirada.

Vin fez uma pausa, desviando os olhos dele, as unhas enterradas nas palmas das mãos.

— Me diga — ele pediu, aproximando-se. — O que seu Kelsier diria para você fazer?

A resposta era simples. Kelsier nunca teria deixado a situação chegar a este ponto. Ele era um homem forte, um homem que não tolerava qualquer um que ameaçasse aqueles que amava. Cett e Straff não teriam durado uma noite em Luthadel sem sentir a faca de Kelsier.

Havia uma parte dela que sempre ficava assustada com aquela brutalidade poderosa, utilitária, dele.

Há duas maneiras de ficar em segurança, a voz de Reen sussurrou para ela. *Ser tão quieta e inofensiva que as pessoas a ignoram ou ser tão perigosa que eles ficam aterrorizados com você.*

Ela buscou os olhos de Zane e assentiu. Ele sorriu, em seguida caminhou e saltou pela janela.

— OreSeur — ela sussurrou assim que ele se foi. — Meu atium.

O cão fez uma pausa, em seguida caminhou até ela, a pele de seu ombro abrindo.

— Senhora... — ele disse devagar. — Não faça isso.

Ela olhou para Elend. Ela não podia protegê-lo de tudo. Mas podia fazer alguma coisa.

Pegou o atium de OreSeur. Suas mãos não tremiam mais. Ela sentia frio.

— Cett ameaçou tudo que amo — ela sussurrou. — Logo ele saberá que existe algo neste mundo mais mortal que seus assassinos. Algo mais poderoso que seu exército. Algo mais aterrorizante que o próprio Senhor Soberano. E eu estou indo buscá-lo.

O TURNO DA BRUMA, ASSIM o chamavam.

Todo soldado tinha que fazer um turno desse, em pé na escuridão com uma tocha fumegante. Alguém precisava vigiar. Precisava encarar aquelas brumas móveis, ilusórias, e imaginar se alguma coisa estava lá fora. À espreita.

Wellen sabia que havia.

Sabia, mas nunca falava. Os soldados riam dessas superstições. Precisavam sair nas brumas. Estavam acostumados. Já estavam calejados para temê-la.

Supostamente.

— Ei — Jarloux disse, caminhando até a beirada da muralha. — Wells, está vendo algo lá fora?

Claro que não. Estava com dezenas de outros no perímetro da Fortaleza Hasting, observando da muralha mais externa da fortaleza — uma fortificação baixa, talvez com quatro metros e meio, que cercava o terreno. Seu trabalho era identificar qualquer coisa suspeita nas brumas.

"Suspeito." Essa era a palavra que usavam. *Tudo* era suspeito. Era bruma. Aquela escuridão em movimento, aquele vazio que se tornava caos e ódio. Wellen nunca confiara nela. Eles estavam lá. Ele sabia.

Algo se moveu na escuridão. Wellen recuou, encarando o vazio, seu coração começou a palpitar, as mãos suando quando ele ergueu a lança.

— Sim — Jarloux disse, apertando os olhos. — Eu juro, estou vendo...

Aquilo veio, como Wellen sempre soubera que viria. Como mil mosquitos num dia quente, como uma chuva de flechas atiradas por um exército inteiro. Moedas espalhadas sobre as ameias. Uma muralha de morte reluzente, centenas de riscos zunindo através das brumas. O metal retinindo contra a pedra, e homens berrando de dor.

Wellen retrocedeu, erguendo a lança, quando Jarloux soou o alarme com tudo. Jarloux morreu no meio do alerta, com uma moeda voando para dentro de sua boca, arrancando uma lasca de dente e continuando até atravessar pela parte de trás da cabeça. O soldado caiu, e Wellen cambaleou para longe do cadáver, sabendo que era tarde demais para correr.

As moedas pararam. Silêncio no ar. Os homens jaziam à beira da morte ou grunhiam aos pés dele.

Então, eles vieram. Duas sombras escuras de morte no meio da noite. Corvos nas brumas. Voaram sobre Wellen com um farfalhar de roupas pretas.

E deixaram-no para trás, sozinho em meio a cadáveres que haviam sido um esquadrão de quarenta homens.

VIN ATERRISSOU AGACHADA, PÉS DESCALÇOS nas pedras frias do pátio de Hasting. Zane desceu em pé, como sempre, com seu ar imponente de autoconfiança.

O peltre queimava dentro dela, dando aos seus músculos a energia ágil de mil momentos de excitação. Ignorava com facilidade a dor nas costelas. Sua única conta de atium descansava em seu estômago, mas ela não a usou. Ainda não. Não a menos que estivesse certa, e Cett provasse ser um Nascido da Bruma.

— Iremos de baixo para cima — Zane falou.

Vin assentiu com a cabeça. A torre central da Fortaleza Hasting tinha muitos andares, e eles não poderiam saber em qual deles estava Cett. Se começassem por baixo, ele não conseguiria escapar.

Além do mais, subir seria mais difícil. A energia nos membros de Vin clamava por ser liberada. Ela tinha esperado e permanecido encolhida por tempo demais. Estava cansada de fraqueza, cansada de ser tolhida. Passara meses como uma faca erguida, imóvel, no pescoço de alguém.

Era hora de cortar.

Os dois avançaram. As tochas começaram a se acender ao redor deles quando os homens de Cett — aqueles que acampavam no pátio — acordaram com o alarme. Tendas abriam-se e despencavam, homens gritavam, surpresos, procurando pelo exército que os assolava. Jamais poderiam imaginar ter tanta sorte.

Vin saltou direto para o ar, e Zane girou, lançando uma bolsa de moedas ao redor. Centenas de pedacinhos de cobre cintilaram no ar diante dela — uma fortuna para um camponês. Vin aterrissou com um sussurro, e os dois *empurraram*, seu poder lançando as moedas para a frente. Os projéteis iluminados pelas tochas varreram o acampamento, derrubando homens surpresos, sonolentos.

Vin e Zane continuaram até a torre central. Um esquadrão de soldados havia se posto em formação diante da torre. Ainda pareciam desorientados, confusos e sonolentos, mas estavam armados. Equipados com armaduras de metal e armas de aço — uma escolha que teria sido sábia, caso estivessem realmente enfrentando um exército inimigo.

Zane e Vin deslizaram em meio aos soldados. Zane lançou apenas uma moeda no ar entre eles. Vin estendeu seu poder e *empurrou-a*, sentindo que o peso de Zane também a *empurrava*.

Escorados um no outro, os dois *empurraram* em direções opostas, lançando seu peso contra os peitorais dos soldados em cada lado. Com peltre avivado — mantendo um ao outro equilibrados — o *empurrão* deles espalhou os soldados como se eles tivessem sido estapeados por mãos enormes. Lanças e espadas giraram na noite, chocando-se contra os paralelepípedos. Os peitorais arrastaram corpos para longe.

Vin extinguiu seu aço quando sentiu o peso de Zane sair da moeda. O pedaço brilhante de metal ricocheteou no chão entre eles, e Zane virou-se, lançando a mão na direção do único soldado que ainda estava em pé diretamente entre Zane e as portas da fortaleza.

Um esquadrão de soldados correu atrás de Zane, mas pararam de repente quando ele os *empurrou* — em seguida, transferiu o peso diretamente para o soldado solitário. O infeliz chocou-se de costas nas portas da fortaleza.

Ossos estalaram. As portas abriram-se de uma vez enquanto o soldado voava para a sala além delas. Zane passou pela entrada, e Vin moveu-se suavemente atrás dele, seus pés descalços saindo das pedras rústicas para pisar no mármore liso.

Soldados esperavam lá dentro. Não usavam armadura, e carregavam escudos de madeira grandes para bloquear as moedas. Estavam armados com bastões ou espadas de obsidiana. Matabrumas — homens treinados especificamente para combater alomânticos. Havia, talvez, uns cinquenta deles.

Agora a coisa ficou mais séria, Vin pensou, saltando no ar e *empurrando* as dobradiças das portas.

Zane começou *empurrando* o mesmo homem que usou para abrir as portas, jogando o cadáver na direção de um grupo de matabrumas. Quando o soldado bateu neles, Vin aterrissou no meio de um segundo grupo. Ela girou no chão, estendendo as pernas e, queimando peltre, derrubando uns quatro homens. Quando os outros tentaram atacar, ela se *empurrou* contra uma moeda na sua bolsa, jogando-a e lançando-se para cima. Ela girou no ar, agarrando um bastão em queda que fora largado por um soldado caído.

A obsidiana estalou contra o mármore branco onde ela tinha estado. Vin desceu com sua própria arma em punho e golpeou, atacando mais rápido que qualquer um deveria ser capaz, atingindo orelhas, queixos e gargantas. Crânios rachavam. Ossos quebravam. Quando viu todos os dez adversários no chão, ela mal ofegava.

Dez homens... Kelsier não me dissera uma vez que tivera problemas com meia dúzia de matabrumas?

Não havia tempo para pensar. Um grande grupo de soldados partira para cima dela. Ela gritou e saltou na direção deles, batendo com o bastão no rosto do primeiro homem que encontrara. Os outros ergueram os escudos, surpresos, mas Vin sacou um par de adagas de obsidiana quando aterrissou. Enterrou-as nas coxas de dois homens diante dela, passou por eles com um giro, lacerando a carne onde a via.

Ela percebeu um ataque com um olhar de soslaio, e ergueu o braço, bloqueando o bastão de madeira quando ele desceu na direção da sua cabeça. A madeira rachou, e ela derrubou o homem com um movimento amplo da adaga, quase o decapitando. Saltou para trás quando outros avançaram, apoiou-se, em seguida *puxou* na sua direção o cadáver de armadura que Zane usara antes.

De pouco adiantavam escudos contra um projétil tão grande. Vin lançou o cadáver sobre seus adversários, varrendo-os de sua frente. Na lateral, ela conseguiu ver os matabrumas restantes que atacaram Zane. Ele estava entre eles, como um pilar preto diante dos caídos, com braços estendidos. Ele encontrou os olhos dela, em seguida acenou com a cabeça para o fundo da câmara.

Vin ignorou os poucos matabrumas que restavam. Ela *empurrou* contra o cadáver e deslizou pelo chão. Zane saltou, *empurrando* para trás, abrindo caminho por meio de uma janela e para dentro das brumas. Vin rapidamente verificou os quartos do fundo: nada de Cett. Ela virou-se e derrubou um matabrumas disperso quando entrou no fosso do elevador.

Ela não precisava de elevador. Lançou-se de uma vez para o alto sobre uma moeda *empurrada*, irrompendo no terceiro andar. Zane ficaria com o segundo.

Vin aterrissou em silêncio no chão de mármore, ouvindo passos descendo uma escada ao lado dela. Reconheceu aquele salão grande, aberto: era a câmara onde ela e Elend se reuniram com Cett para o jantar. Agora estava vazia, até mesmo a mesa havia sido tirada, mas ela reconheceu o perímetro circular de janelas com vitrais.

Os matabrumas vieram às pressas da cozinha. Dezenas. *Deve haver outra escada lá atrás*, Vin pensou quando partiu para a escadaria ao seu lado. Porém, mais dezenas vinham de lá, e os dois grupos se moveram para cercá-la.

Cinquenta contra um parecia uma boa vantagem para os homens, e eles atacaram, confiantes. Ela olhou para as portas abertas da cozinha e não viu Cett lá. Este andar estava limpo.

Cett certamente trouxe muitos matabrumas, ela pensou, voltando em silêncio para o centro do salão. Exceto por escadarias, cozinha e pilares, o salão era cercado em grande parte por janelas arqueadas de vitrais.

Ele se planejou para o meu ataque. Ou tentou.

Vin abaixou-se quando as ondas de homens a cercaram. Ela ergueu a cabeça, seus olhos fechados, e queimou duralumínio.

Em seguida, *puxou*.

As janelas com vitrais — encaixadas em esquadrias de metal dentro dos arcos — explodiram ao redor da sala. Ela sentiu as esquadrias estourarem para dentro, retorcendo-se diante do seu poder inacreditável. Ela imaginou as lascas brilhantes de vidro multicolorido no ar. Ouviu homens gritarem quando o vidro e o metal os atingiram, cravando-se em sua carne.

Apenas o círculo mais externo de homens morreu com a explosão. Vin abriu os olhos e saltou quando uma dúzia de bastões de duelo caíram ao seu redor. Ela passou pela chuva de ataques. Alguns a atingiram. Não importava. Não podia sentir dor naquele momento.

Ela *empurrou* contra uma esquadria de metal quebrada, lançando-se sobre a cabeça dos soldados, aterrissando fora do grande círculo de agressores. Vin ergueu a mão e curvou a cabeça.

Duralumínio e aço. Ela *empurrou*. O mundo sacudiu-se.

Vin partiu para as brumas por meio de uma janela quebrada quando *empurrou* contra a linha de cadáveres atravessados pelos pedaços de metal. Os corpos foram lançados para longe dela, chocando-se contra os homens que ainda estavam vivos, no centro.

Mortos, agonizantes e ilesos foram varridos da sala, empurrados para fora da janela diante de Vin. Corpos giravam nas brumas, cinquenta homens lançados noite adentro, deixando o salão vazio, exceto pelos rastros de sangue e cacos de vidro.

Vin engoliu um frasco de metais quando as brumas correram ao seu redor; em seguida, ela se *puxou* de volta para a fortaleza, usando uma janela no quarto andar. Quando se aproximou, um cadáver bateu na janela vindo da escuridão da noite. Teve um vislumbre de Zane desaparecendo em outra janela no lado oposto. Aquele andar estava limpo.

As luzes queimavam no quinto andar. Provavelmente poderiam ter ido até lá primeiro, mas aquele não era o plano. Zane estava certo. Não precisavam matar Cett. Precisavam aterrorizar seu exército inteiro.

Vin *empurrou* contra o mesmo cadáver que Zane lançara pela janela, usando sua armadura de metal como uma âncora. Ele caiu em um ângulo, atravessando uma janela quebrada, e Vin subiu num ângulo distante do edifício. Um *puxão* rápido a levou de volta ao prédio assim que alcançou a elevação que precisava. Aterrissou em uma janela no quinto andar.

Vin agarrou o peitoril de pedra, com o coração palpitando e o fôlego vindo em arfadas profundas. O suor deixava seu rosto frio na brisa invernal, apesar do calor que queimava dentro dela. Ela engoliu seco, de olhos arregalados, e queimou peltre.

Nascida da Bruma.

Ela estilhaçou a janela com um tapa. Os soldados que esperavam do outro lado saltaram para trás, girando. Um deles usava um cinto com fivela de metal. Foi o primeiro a morrer. Os outros vinte mal souberam como reagir quando a fivela zuniu por suas fileiras, girando entre os *puxões* e *empurrões* de Vin. Eles haviam sido treinados, instruídos e, talvez, até mesmo testados contra alomânticos.

Mas nunca tinham lutado com Vin.

Homens gritavam e caíam. Vin atravessava suas fileiras com apenas uma fivela como arma. Diante da força de seu peltre, estanho, aço e ferro, o possível uso do atium parecia um desperdício incrível. Mesmo sem ele, ela era uma arma terrível — uma arma que, até aquele momento, nem mesmo ela havia entendido.

Nascida da Bruma.

O último homem caiu. Vin estava em pé entre eles com uma sensação inebriante de satisfação. Fez a fivela deslizar dos seus dedos e atingir o carpete. Ela estava num salão que não era pelado como o restante do prédio; havia mobília ali e alguns itens menores de decoração. Talvez os grupos de limpeza de Elend não houvessem chegado tão longe antes da chegada de Cett, ou talvez ele simplesmente tivesse trazido algo de seu próprio mobiliário.

Atrás dela havia a escadaria. Diante dela havia uma parede de madeira bonita com uma porta — os apartamentos internos. Vin avançou em silêncio, com a capa de bruma farfalhando enquanto ela *puxava* quatro lampiões dos suportes atrás dela. Eles voaram para a frente, e ela afastou-se, deixando-os arrebentar contra a parede. O fogo surgiu no óleo espalhado, subindo pela parede, a força das lâmpadas estourando as portas nas dobradiças. Ela ergueu a mão, *empurrando-a* para abrir totalmente.

O fogo crepitava ao redor dela quando entrou no aposento. A câmara ricamente decorada estava quieta, e assustadoramente vazia, exceto por duas figuras. Cett estava sentado numa cadeira simples de madeira, barbado, vestido com desleixo e parecendo muito, muito cansado. O jovem filho de Cett avançou para ficar entre Cett e Vin. O rapaz segurava um bastão de duelo.

Então, qual dos dois é o Nascido da Bruma?

O garoto atacou. Vin agarrou a arma, em seguida lançou o garoto para o lado. Ele bateu na parede de madeira e deslizou até despencar no chão. Vin o encarou.

— Deixe Gneorndin em paz, mulher — Cett falou. — Faça o que veio fazer aqui.

Vin voltou-se para o nobre. Ela se lembrou da frustração, da ira, do ódio frio, gélido. Ela avançou e agarrou Cett pela gola do traje.

— Lute comigo — ela disse e jogou-o para trás.

Ele bateu de costas contra a parede ao fundo, e despencou no chão. Vin preparou o atium, mas ele não se ergueu. Simplesmente rolou para o lado, tossindo.

Vin foi até ele, puxando-o por um braço. Ele fechou o punho, tentando golpeá-la, mas era patético de tão fraco. Ela deixou os socos atingirem-na de lado.

— *Lute comigo* — ela ordenou, jogando-o para o lado. Ele caiu no chão, batendo a cabeça com força, ficando caído contra a parede em chamas, o sangue gotejando da sobrancelha. Ele não se ergueu.

Vin cerrou os dentes, avançando a passos largos.

— Deixe-o em paz! — O garoto, Gneorndin, cambaleou para a frente de Cett, erguendo seu bastão de duelo com a mão trêmula.

Vin parou, inclinando a cabeça. A testa do rapaz gotejava de suor, e ele mal parava em pé. Ela encarou seus olhos e viu o terror absoluto neles. Aquele rapaz não era um Nascido da Bruma. Ainda assim, ele estava em pé. Patético, desesperado, ele se ergueu diante do corpo caído de Cett.

— Saia, filho — Cett falou com voz cansada. — Não há nada que você possa fazer aqui.

O garoto começou a tremer, em seguida chorou.

Lágrimas, Vin pensou, sentindo uma sensação estranhamente surreal turvar sua mente. Ela ergueu a mão, surpresa em sentir fios úmidos escorrendo em seu próprio rosto.

— Você não tem nenhum Nascido da Bruma — ela sussurrou.

Cett lutou para ficar numa posição meio reclinada, e encarou-a.

— Nenhum alomântico nos enfrentou hoje à noite — ela disse. — Você usou todos na tentativa de assassinato do Salão da Assembleia?

— Os únicos alomânticos que eu tinha enviei contra vocês dois meses atrás — Cett disse com um suspiro. — Eram todos que eu já tive, minha única esperança de te matar. Eles nem eram da minha família. Minha linhagem toda foi corrompida por sangue skaa — Allrianne é a única alomântica a nascer da nossa família em séculos.

— Você veio para Luthadel...

— Porque Straff viria atrás de mim no fim das contas — Cett falou. — Minha melhor oportunidade, moça, era ter matado *você* antes. É por isso que enviei todos contra você. Com essa falha, sabia que precisava tentar tomar esta maldita cidade e seu atium para que pudesse comprar mais alomânticos para mim. Não funcionou.

— Você poderia ter simplesmente nos oferecido uma aliança.

Cett riu, erguendo-se para se sentar.

— Não funciona desse jeito na política real. Você toma ou é tomado. Além disso, sempre fui um homem de assumir riscos. — Ele ergueu o rosto para ela, encontrando os olhos de Vin. — Termine o que veio fazer — ele repetiu.

Vin estremeceu. Não conseguia sentir as lágrimas nos olhos. Mal conseguia sentir qualquer coisa.

Por quê? Por que eu não consigo que nada faça sentido mais?

A sala começou a tremer. Vin girou, olhando na direção da parede ao fundo. A madeira tremeu e se contraiu como um animal agonizante.

Os pregos começaram a estalar, voando para trás do painel; em seguida, a parede inteira voou para longe de Vin. Placas em chamas, lascas, pregos e ripas espalharam-se no ar, voando ao redor de um homem de preto. Zane estava em pé na lateral da sala, a morte esparramada aos seus pés, as mãos ao lado do corpo.

O vermelho corria das pontas dos dedos, caindo num gotejar contínuo. Ele olhou através dos restos da parede em chamas, sorrindo. Em seguida, caminhou para dentro do quarto de Cett.

— Não! — Vin falou, partindo para cima dele.

Zane hesitou, surpreso. Ele se afastou para o lado, esquivando-se facilmente, caminhando na direção de Cett e o garoto.

— Zane, deixe-os! — Vin falou, virando-se para ele, *empurrando-se* para deslizar pela sala. Ela esticou a mão para agarrar o braço dele. O tecido preto brilhava úmido com o sangue dele.

Zane desviou-se, virou-se para ela, curioso. Ela tentou atingi-lo, mas ele se moveu do caminho com facilidade sobrenatural, ultrapassando-a como um mestre espadachim encarando um jovenzinho.

Atium, Vin pensou. *Provavelmente ele queimou o tempo todo. Mas ele não precisava disso para combater aqueles homens... eles não tinham chance contra nós de qualquer forma.*

— Por favor — ela pediu. — Deixe-os.

Zane virou-se para Cett, que estava sentado, esperando. O garoto estava ao lado, tentando afastar seu pai.

Zane olhou para ela com a cabeça inclinada.

— Por favor — Vin repetiu.

Zane franziu a testa.

— Então, ele ainda te controla — ele falou, soando decepcionado. — Pensei, talvez, que se você pudesse lutar e ver o quanto era poderosa, se livraria do jugo de Elend. Acho que me enganei.

Em seguida, virou-se novamente para Cett e saiu pelo buraco que havia feito. Vin seguiu-o em silêncio, os pés esmagando os estilhaços de madeira enquanto se retirava lentamente, deixando uma fortaleza arruinada, um exército destruído e um lorde humilhado para trás.

Mas será que nem mesmo um insano deve confiar na sua própria mente, na sua própria experiência, em vez de nas dos outros?

44

NA CALMA FRIA DA MANHÃ, Brisa observou uma visão muito desalentadora: o exército de Cett batendo em retirada.

Brisa estremeceu, sua respiração soltando fumaça quando se virou para Trevo. A maioria das pessoas não teria sido capaz de ler além do desprezo no rosto gorducho do general. Mas Brisa viu mais: viu tensão na pele esticada ao redor dos olhos de Trevo, observou a maneira que ele batia o dedo contra a muralha de pedra congelada. Trevo não era um homem nervoso. Os movimentos tinham significado.

— É isto, então? — Brisa perguntou em voz baixa.

Trevo assentiu.

Brisa não conseguia ver. Ainda havia dois exércitos lá fora; ainda era um impasse. Ainda assim, confiava na avaliação de Trevo. Ou, melhor, confiava no que sabia das pessoas o bastante para confiar em sua avaliação a respeito de Trevo.

O general sabia algo de que ele não tinha conhecimento.

— Poderia fazer a gentileza de explicar? — Brisa pediu.

— Vai terminar quando Straff descobrir — Trevo disse.

— Descobrir o quê?

— Que aqueles koloss farão o trabalho por ele, se ele deixar.

Brisa hesitou. *Straff não se importa de verdade com o povo na cidade, ele deseja apenas tomá-la pelo atium. E pela vitória simbólica.*

— Se Straff recuar... — Brisa disse.

— Os koloss atacarão — Trevo continuou com um aceno de cabeça. — Massacrarão a todos que encontrarem e, de modo geral, deixarão a cidade em ruínas. Então, Straff poderá voltar e encontrar o atium assim que os koloss tiverem terminado.

— Presumindo que eles partam, meu caro.

Trevo deu de ombros.

— De qualquer forma, ele estará numa situação melhor. Straff encontrará um inimigo enfraquecido em vez de dois fortes.

Brisa sentiu um calafrio e fechou mais seu manto.

— Você diz isso de forma tão... direta.

— Morremos no momento em que o primeiro exército chegou aqui, Brisa — Trevo concluiu. — Apenas somos bons em protelar as coisas.

Por quê, em nome do Senhor Soberano, eu passo meu tempo com este homem?, Brisa pensou. *Ele não passa de um catastrofista pessimista.* E, ainda assim, Brisa conhecia as pessoas. Desta vez, Trevo não estava exagerando.

— Que inferno — Brisa murmurou.

Trevo apenas concordou com a cabeça, recostando-se contra o muro e olhando para o exército que desaparecia.

— TREZENTOS HOMENS — HAM falou, em pé no gabinete de Elend. — Ou, ao menos, foi o que nossos batedores disseram.

— Não é tão mau quanto eu temia — Elend falou. Eles estavam no gabinete de Elend, o único outro ocupante era Fantasma, que estava sentado, descansando ao lado da mesa.

— El — Ham falou —, Cett tinha apenas mil homens com ele aqui, em Luthadel. Isso significa que, durante o ataque de Vin, Cett teve trinta por cento de baixas em *menos de dez minutos*. Mesmo num campo de batalha, a maioria dos exércitos quebraria se tivesse trinta ou quarenta por cento de baixas no curso de um *dia inteiro* de batalha.

— Hum — Elend disse, franzindo a testa.

Ham sacudiu a cabeça, sentando-se e servindo algo para beber.

— Não entendo, El. Por que ela o atacou?

— Ela é maluca — Fantasma disse.

Elend abriu a boca para conter aquele comentário, mas achou difícil explicar seus sentimentos.

— Não sei ao certo por que ela fez isso — ele finalmente admitiu. — Ela mencionou que não acreditava que aqueles assassinos na Assembleia tinham vindo do meu pai.

Ham encolheu os ombros. Parecia... cansado. Não ficava à vontade lidando com exércitos e se preocupando com o destino de reinos. Preferia preocupar-se com esferas menores.

Claro, Elend pensou, *eu preferiria estar na minha poltrona, lendo em silêncio. Fazemos o que precisamos fazer.*

— Alguma notícia dela? — Elend perguntou.

Fantasma sacudiu a cabeça.

— O Tio Ranzinza está com espiões procurando pela cidade, mas até agora nada.

— Se Vin não quiser ser encontrada... — Ham falou.

Elend começou a caminhar. Não conseguia ficar parado; estava começando a pensar que devia estar parecendo Jastes, andando em círculos passando os dedos pelos cabelos.

Seja firme, ele disse a si mesmo. *Você pode se dar ao luxo de parecer preocupado, mas nunca deve parecer inseguro.*

Continuou a caminhar, embora a passos reduzidos, e não expressou em voz alta suas preocupações a Ham e Fantasma. E se Vin estivesse ferida? E se Cett a matara? Os espiões tinham visto muito pouco do ataque da noite anterior. Vin certamente esteve envolvida, e havia relatos conflitantes que diziam que ela estava lutando com outro Nascido da Bruma. Saiu da fortaleza com um dos andares superiores em chamas — e, por algum motivo, deixou Cett vivo.

Desde então, ninguém a vira.

Elend fechou os olhos, parando para encostar a mão contra a parede de pedra. *Eu a ignorei nos últimos tempos. Eu ajudei a cidade... mas do que adiantará salvar Luthadel se eu a perder? É quase como se eu não a conhecesse mais.*

Será que algum dia cheguei a conhecê-la?

Era estranho não a ter consigo. Ele confiava em seu jeito simples e direto. Precisava de seu realismo genuíno — sua noção pura de concretude — para mantê-lo com os pés no chão. Precisava abraçá-la para poder saber que havia algo mais importante que teorias e conceitos.

Ele a amava.

— Eu não sei, El — Ham disse por fim. — Nunca pensei que Vin seria um risco, mas ela teve uma juventude difícil. Lembro uma vez que ela explodiu com a gangue por pouco, gritando e berrando sobre sua infância. Eu... não sei se ela é totalmente estável.

Elend abriu os olhos.

— Ela é estável, Ham — ele disse com firmeza. — E é mais capaz que qualquer um de nós.

Ham franziu a testa.

— Mas...

— Ela teve um bom motivo para atacar Cett — Elend falou. — Eu confio nela.

Ham e Fantasma trocaram olhares, e Fantasma apenas deu de ombros.

— Não é só a noite passada, El — Ham falou. — Algo não está certo com aquela garota... e não apenas mentalmente...

— Como assim? — Elend perguntou.

— Você se lembra do ataque na Assembleia? — Ham disse. — Você me disse que a viu ser atingida em cheio por um bastão de Brutamontes.

— E? — Elend questionou. — Isso a deixou de cama por três dias inteiros.

Ham balançou a cabeça.

— A coleção completa de ferimentos, ser atingida nas costelas, o ferimento no ombro, quase ser esganada até a morte... tudo isso junto a deixou de cama por alguns dias. Mas se ela tivesse sido realmente atingida com força por um Brutamontes, ela não ficaria de cama por alguns dias, Elend. Teria ficado assim por semanas. Talvez mais. Certamente não teria escapado sem costelas quebradas.

— Ela estava queimando peltre — Elend retrucou.

— Provavelmente, o Brutamontes também estava.

Elend hesitou.

— Viu? — Ham falou. — Se os dois estavam avivando peltre, então deveriam ter empatado. Isso faria Vin, uma garota que não pesa mais de 45 quilos, ser esmagada por um soldado treinado com três vezes o seu peso. Ela deixou isso para trás com poucos dias de descanso.

— Vin é especial — Elend disse, por fim.

— Não vou discutir isso — Ham falou. — Mas ela também esconde algumas coisas de nós. Quem era aquele outro Nascido da Bruma? Alguns dos relatos fazem parecer que eles estavam trabalhando juntos.

Ela disse que havia outro Nascido da Bruma na cidade, Elend pensou. *Zane, o mensageiro de Straff. Faz muito tempo que ela não fala dele.*

Ham coçou a testa.

— Isso tudo está desmoronando ao nosso redor, El.

— Kelsier poderia manter tudo em pé — Fantasma murmurou. — Quando ele estava aqui, até nossas falhas eram parte do plano dele.

— O Sobrevivente está morto — Elend falou. — Eu nunca o conheci, mas ouvi o bastante sobre ele para saber de uma coisa. Ele não cedia ao desespero.

Ham sorriu.

— Isso é bem verdade. Ele estava rindo e fazendo piadas um dia depois de perdermos nosso exército inteiro por um erro de cálculo. Desgraçado arrogante.

— Insensível — Fantasma falou.

— Não — Ham falou, pegando seu copo. — Eu costumava pensar assim. Agora... eu só acho que ele era determinado. Kell sempre olhou para o amanhã, não importavam quais as consequências.

— Bem, temos de fazer o mesmo — Elend disse. — Cett se foi... Penrod o deixou partir. Não podemos mudar esse fato. Mas temos informações sobre o exército koloss.

— Ah, sobre isso — Fantasma falou, tirando algo do bolso e jogando na mesa. — Você tem razão, são as mesmas.

A moeda rolou até parar, e Elend pegou-a. Conseguiu ver onde Fantasma havia raspado com uma faca, descascando a pintura dourada para revelar a madeira maciça por baixo. Era uma imitação barata de um boxe; não era de se surpreender que as falsas fossem tão fáceis de diferenciar. Apenas um tolo tentaria repassá-las como verdadeiras. Um tolo ou um koloss.

Ninguém sabia como alguns dos boxes falsos de Jastes tinham chegado até Luthadel; talvez ele tivesse tentado dá-los aos camponeses ou pedintes de seu domínio natal. De qualquer forma, era razoavelmente óbvio o que ele estava fazendo. Precisava de um exército e de dinheiro. Fabricou um para conseguir o outro. Apenas koloss cairiam num engodo assim.

— Não entendi — Ham falou quando Elend passou a moeda para ele. — Como os koloss de repente decidiram aceitar dinheiro? O Senhor Soberano nunca os pagava.

Elend fez uma pausa, pensando em sua experiência no acampamento. *Nós somos humanos. Viveremos na sua cidade...*

— Os koloss estão mudando, Ham — Elend disse. — Ou, talvez, nunca os tenhamos entendido. De qualquer forma, precisamos ser fortes. Isso ainda não acabou.

— Seria mais fácil ser forte se eu soubesse que nossa Nascida da Bruma não é insana. Ela nem discutiu a questão conosco!

— Eu sei — Elend concordou.

Ham levantou-se, sacudindo a cabeça.

— Havia um motivo para as Grandes Casas sempre relutarem em usar seus Nascidos da Bruma uns contra os outros. Isso só tornava a coisa toda muito mais perigosa. Se Cett tiver um Nascido da Bruma e decidir retaliar...

— Eu sei — Elend repetiu, pedindo para os dois se retirarem.

Ham acenou para Fantasma, e os dois saíram para encontrar Brisa e Trevo.

Eles estão todos tão taciturnos, Elend pensou, deixando seus aposentos para buscar algo para comer. *É como se eles pensassem que estamos condenados por um único revés. Mas a retirada de Cett é uma coisa boa. Um de nossos inimigos está batendo em retirada — e ainda há dois exércitos lá fora. Jastes não atacará se isso o expuser a Straff, e o próprio Straff está assustado demais com Vin para fazer qualquer coisa. Na verdade, seu ataque a Cett deixará meu pai apenas mais assustado. Talvez seja por isso que ela o fez.*

— Vossa Majestade? — uma voz sussurrou.

Elend virou-se, procurando pelo corredor.

— Vossa Majestade — disse uma figura pequena nas sombras. OreSeur. — Acho que eu a encontrei.

ELEND NÃO LEVOU NINGUÉM COM ele, exceto alguns poucos guardas. Não queria explicar a Ham e aos outros como conseguira a informação; Vin ainda insistia em manter segredo quanto a OreSeur.

Ham tem razão num ponto, Elend pensou quando a carruagem parou. *Ela está escondendo coisas. Faz isso o tempo todo.*

Mas isso não o impedia de confiar nela. Meneou a cabeça para OreSeur e eles saíram da carruagem. Elend acenou para os guardas pararem quando se aproximou do prédio dilapidado. No passado, provavelmente havia sido uma loja de um mercador pobre — um lugar administrado pela extrema baixa nobreza, vendendo necessidades miseráveis aos trabalhadores skaa em troca de cotas de comida, que podiam, por sua vez, ser trocadas por dinheiro do Senhor Soberano.

O prédio ficava num setor em que as equipes de coleta de combustível de Elend ainda não haviam chegado. Era óbvio, contudo, que não tivera muito uso nos últimos tempos. Fora saqueado havia muito, e as cinzas que cobriam o assoalho já chegavam a dez centímetros de altura. Uma pequena trilha de pegadas levava a uma escada ao fundo.

— Que lugar é este? — Elend perguntou com um franzir de cenho.

OreSeur ergueu os ombros caninos.

— Então, como sabia que ela estava aqui?

— Eu a segui na noite passada, Vossa Majestade — OreSeur disse. — Vi em qual direção partiu. Depois disso, foi um simples processo de busca atenta.

Elend franziu a testa.

— Ainda assim, deve ter precisado de capacidades de busca bem apuradas, kandra.

— Estes ossos têm sentidos incrivelmente aguçados.

Elend meneou a cabeça. A escadaria levava até um longo corredor com vários aposentos nas pontas. Elend começou a percorrer o corredor, em seguida parou. De um lado, um painel na parede havia sido retirado, revelando um cubículo. Pôde ouvir movimentos lá dentro.

— Vin? — ele perguntou, enfiando a cabeça no cubículo.

Havia um pequeno recinto escondido atrás da parede, e Vin estava sentada no canto. O quarto — mais um refúgio — tinha apenas alguns metros, e mesmo Vin não conseguia ficar em pé nele. Não reagiu a ele.

Simplesmente estava sentada, recostada na parede ao fundo, com a cabeça virada para não o olhar.

Elend rastejou para dentro da pequena câmara, ficando com os joelhos cheios de cinzas. O lugar era tão pequeno que ele não conseguia entrar sem tocar nela.

— Vin? Você está bem?

Ela ficou lá, torcendo algo entre os dedos. E olhava a parede — espiando através de um buraquinho. Elend conseguia ver a luz do sol atravessando-o.

É um buraco para espiar, ele percebeu. *Para observar a rua lá embaixo. Não é uma loja, é um esconderijo de bandidos. Ou era.*

— Eu costumava pensar que Camon era um homem terrível — Vin disse em voz baixa.

Elend esperou, abaixado, de quatro. Finalmente, sentou-se encolhido. Ao menos, Vin não parecia ferida.

— Camon? — ele perguntou. — Seu antigo líder de gangue, antes de Kelsier?

Vin assentiu. Virou-se do orifício, sentando-se com os braços ao redor dos joelhos.

— Ele batia nas pessoas, matava aqueles que discordavam dele. Mesmo entre os rufiões das ruas, ele era brutal.

Elend franziu a testa.

— Mas — ela continuou, baixinho — duvido que tenha matado tantas pessoas durante sua vida inteira quanto eu matei na noite passada.

Elend fechou os olhos. Em seguida, abriu-os e se aproximou um pouco mais, pousando a mão no ombro de Vin.

— Eram soldados inimigos, Vin.

— Eu agi como uma criança num quarto cheio de insetos — Vin sussurrou. Finalmente conseguiu ver o que estava nos dedos. Era seu brinco, o simples pino de bronze que ela sempre usara. Ela o encarava, torcendo-o entre os dedos.

— Eu já te contei como consegui isto aqui? — ela perguntou. Ele negou com a cabeça. — Minha mãe me deu. Não lembro quando isso aconteceu, Reen me contou. Minha mãe... ouvia vozes às vezes. Matou minha irmãzinha, a trucidou. E naquele mesmo dia me deu isto, um dos seus brincos. Como se... como se me escolhesse em vez da minha irmã. Punição para uma, um presente deturpado para outra.

Vin sacudiu a cabeça.

— Minha vida inteira tem sido de mortes, Elend. A morte da minha irmã, a de Reen. Membros das gangues mortos ao meu redor, Kelsier caindo pelo Senhor Soberano, minha própria lança no peito do Senhor Soberano. Tento proteger e digo a mim mesma que estou escapando disso tudo. E então... faço algo como o que fiz na noite passada.

Sem saber mais o que fazer, Elend puxou-a para mais perto. No entanto, o corpo dela estava rígido.

— Você teve um bom motivo para fazer o que fez — ele disse.

— Não, não tive — Vin falou. — Só queria machucá-los. Queria assustá-los e fazer com que deixassem você em paz. Parece infantil, mas foi como eu me senti.

— Não é infantil, Vin — Elend comentou. — Foi uma boa estratégia. Deu aos nossos inimigos uma amostra de força. Espantou um dos nossos maiores oponentes, e agora meu pai ficará ainda mais temeroso em atacar. Você nos conseguiu mais tempo!

— Consegui à custa da vida de centenas de homens.

— Soldados inimigos que invadiram a nossa cidade — Elend falou. — Homens que estavam protegendo um tirano que oprime seu povo.

— Essa é a mesma justificativa que Kelsier usava — Vin comentou num murmúrio — quando matava nobres e seus guardas. Dizia que eles defendiam o Império Final, então mereciam morrer. Ele me assustava.

Elend não sabia o que dizer.

— Era como se ele se julgasse um deus — Vin sussurrou. — Tirando a vida, dando a vida conforme achasse adequado. Não quero ser como ele, Elend. Mas tudo parece me empurrar nessa direção.

— Eu... — *Você não é como ele*, ele quis dizer. Era verdade, mas as palavras não saíram. Soaram vazias para ele.

Em vez disso, ele puxou Vin para perto, seu ombro encostado no peito, a cabeça embaixo do queixo.

— Queria saber as coisas certas a dizer, Vin — ele sussurrou. — Ver você assim faz todo o instinto protetor dentro de mim se contorcer. Quero melhorar as coisas, quero consertar tudo, mas não sei como. Me diga o que fazer. Apenas me diga como eu posso ajudar!

No início, ela resistiu um pouco ao abraço, mas em seguida suspirou e deslizou os braços ao redor dele, abraçando-o com força.

— Não pode ajudar com isso — ela disse suavemente. — Tenho de fazer sozinha. Há... decisões que preciso tomar.

Ele assentiu.

— Você tomará as decisões certas, Vin.

— Você nem sabe o que estou decidindo.

— Não importa — ele disse. — Sei que não posso ajudar, não consegui nem mesmo manter meu trono. Você é dez vezes mais capaz do que eu.

Ela apertou o braço dele.

— Não diga essas coisas. Por favor?

Ele franziu a testa com a tensão na voz de Vin, então meneou a cabeça.

— Tudo bem. Mas, de qualquer forma, eu confio em você, Vin. Tome suas decisões, eu vou te apoiar.

Ela assentiu, relaxando um pouco sob os braços dele.

— Eu acho... — ela falou. — Acho que preciso ir embora de Luthadel.

— Embora? E ir para onde?

— Para o norte — ela falou. — Para Terris.

Elend recostou-se na parede de madeira. *Ir embora?*, ele pensou com uma sensação de desconforto. É isso que *mereço por ter sido tão distraído nos últimos tempos?*

Eu a perdi?

E, ainda assim, ele tinha acabado de dizer a ela que apoiaria suas decisões.

— Se você sente que precisa ir, Vin — ele se viu dizendo —, então deve ir.

— Se eu fosse, você viria comigo?

— Agora?

Vin assentiu, a cabeça resvalando no peito dele.

— Não — ele disse, por fim. — Não posso deixar Luthadel, não com aqueles exércitos lá fora.

— Mas a cidade te rejeitou.

— Eu sei — ele concordou com um suspiro. — Mas... não posso deixá-los, Vin. Eles me rejeitaram, mas não vou abandoná-los.

Vin meneou a cabeça, e algo lhe disse que essa era a resposta que ela esperava.

Elend sorriu.

— Somos uma bagunça, não?

— Incorrigíveis — ela falou com suavidade, suspirando quando finalmente se afastou dele. Parecia tão cansada. Fora do quarto, Elend pôde ouvir passos. OreSeur apareceu um momento depois, enfiando a cabeça na entrada da câmara escondida.

— Seus guardas estão ficando impacientes, Vossa Majestade — ele disse a Elend. — Logo virão procurá-lo.

Elend assentiu, aproximando-se da saída. Assim que chegou ao corredor, ofereceu a mão para ajudar Vin a sair. Ela tomou a mão, rastejou para fora, ergueu-se e limpou a roupa — as habituais camisa e calça.

Será que ela algum dia voltará aos vestidos agora?, ele se perguntou.

— Elend — ela falou, enfiando a mão no bolso. — Aqui, você pode passar isso aqui adiante, se quiser.

Ela abriu a mão, soltando uma bolinha na dele.

— Atium? — ele perguntou, incrédulo. — Onde você arranjou?

— Com um amigo — ela disse.

— E você não o queimou na noite passada? — Elend perguntou. — Quando lutou contra todos aqueles soldados?

— Não — Vin disse. — Eu engoli, mas terminei não precisando dele, então forcei para colocá-lo para fora.

Senhor Soberano!, Elend pensou. *Nem considerei que ela não tivesse atium. O que teria feito se queimasse esse pouquinho?* Ele ergueu os olhos para ela.

— Alguns relatos dizem que há outro Nascido da Bruma na cidade.

— E há. Zane.

Elend devolveu a conta de atium para ela.

— Então, fique com isso. Talvez você precise para combatê-lo.

— Duvido — Vin disse em voz baixa.

— Fique com ela de qualquer forma — Elend falou. — Vale uma pequena fortuna, mas precisamos de uma fortuna *bem grande* para mudar alguma coisa aqui. Além disso, quem compraria? Se eu usasse para subornar Straff ou Cett, eles apenas teriam mais certeza de que estou escondendo atium deles.

Vin assentiu, em seguida olhou para OreSeur.

— Fique com ele — ela falou, estendendo a conta para o cão. — É grande o bastante para que outro alomântico possa arrancá-lo de mim se quiser.

— Guardarei com a minha vida, senhora — OreSeur disse com o ombro se abrindo para dar lugar ao pedacinho de metal.

Vin juntou-se a Elend para descer os degraus, caminhando para encontrar os guardas lá embaixo.

Sei o que memorizei. Sei o que é repetido agora pelos outros Portadores do Mundo.

45

— O HERÓI DAS ERAS não será terrisano — Tindwyl disse, escrevendo uma nota no fim de sua lista.

— Já sabíamos disso — Sazed falou. — Do diário.

— Sim — Tindwyl confirmou —, mas o relato de Alendi era apenas uma referência... uma menção de terceiros dos efeitos de uma profecia. Encontrei alguém mencionando a própria profecia.

— Verdade? — Sazed perguntou, entusiasmado. — Onde?

— A biografia de Helenntion — Tindwyl falou. — Um dos últimos sobreviventes do Conselho de Khlennium.

— Anote para mim — Sazed falou, arrastando a cadeira para um pouco mais perto da de Tindwyl. Teve de piscar algumas vezes enquanto ela anotava, sua cabeça turva por um momento pela fadiga.

Fique alerta!, ele disse a si mesmo. *Não resta muito tempo. Não mesmo...*

Tindwyl estava se saindo um pouco melhor que ele, mas sua prontidão obviamente estava começando a arrefecer, pois ela já dava sinais de cansaço. Ele tirou uma soneca rápida durante a noite, encolhido no assoalho dos aposentos dela, mas ela continuou. Pelo que ele podia dizer, ela estava acordada direto há mais de uma semana.

Muito se falou sobre Rabzeen durante aqueles dias, Tindwyl escreveu. *Alguns diziam que ele viria combater o Conquistador. Outros diziam que ele era o Conquistador. Helenntion não compartilhou comigo suas ideias sobre a questão. Diziam que Rabzeen era "aquele que não é do seu povo, mas ainda assim cumpre todos os seus desejos". Se esse for o caso, então talvez o Conquistador seja o tal. Dizem que ele tem que ser de Khlennium.*

Ela parou ali. Sazed franziu a testa, lendo as palavras de novo. O último testemunho de Kwaan — a cópia por fricção de Sazed que foi feita no Convento de Seran — provara-se útil em vários sentidos. Ela havia fornecido a chave.

Foi só anos mais tarde que me convenci de que Alendi era o Herói das Eras. Herói das Eras: aquele chamado Rabzeen, em Khlennium, o Anamnéstico...

A cópia era um meio de tradução — não entre idiomas, mas entre sinônimos. Fazia sentido que houvesse outros nomes para o Herói das Eras; uma figura tão importante, tão cercada de mitos, teria muitos títulos. Ainda assim, muitos haviam se perdido com o passar do tempo. O Rabzeen e o Anamnéstico eram figuras mitológicas vagamente familiares para Sazed, mas eram apenas dois entre os anfitriões. Até a descoberta da cópia, não havia maneira de ligar seus nomes ao Herói das Eras.

Agora, Tindwyl e ele podiam pesquisar suas mentes de metal de olhos abertos. Talvez, no passado, Sazed tivesse lido essa mesma passagem da biografia de Helenntion; havia ao menos dado uma passada por muitos dos registros mais antigos, buscando referências religiosas. Ainda assim, nunca teria sido capaz de perceber que a passagem se referia ao Herói das Eras, uma figura da mitologia terrisana que o povo khlenni renomeara no seu idioma.

— Sim... — ele disse lentamente. — Isso é bom, Tindwyl. Muito bom. — Ele pousou a mão sobre a dela.

— Talvez — ela respondeu —, embora não nos diga nada de novo.

— Ah, mas as palavras talvez sejam importantes, creio eu. Religiões em geral são muito cuidadosas com seus escritos.

— Especialmente em profecias — Tindwyl comentou, franzindo um pouco a testa. Não gostava de nada que soasse como superstição ou adivinhação.

— Pensei que você não tivesse mais esse preconceito, considerando nossa missão atual.

— Eu reúno informações, Sazed — ela falou. — Pelo que isso diz do povo e pelo que o passado pode nos ensinar. No entanto, há uma razão pela qual quis estudar história, e não teologia. Não aprovo a perpetuação de mentiras.

— É isso que você pensa que faço quando ensino sobre as religiões? — ele perguntou, sorridente.

Tindwyl olhou para ele.

— Um pouco — ela admitiu. — Como você pode ensinar as pessoas a olharem para os deuses dos mortos, Sazed? Essas religiões não ajudaram esse povo, e suas profecias agora são pó.

— Religiões são uma expressão de esperança — Sazed comentou. — Essa esperança dá força às pessoas.

— Então, você não acredita? — Tindwyl questionou. — Apenas dá às pessoas algo para que confiem, para que se iludam?

— Não diria isso.

— Então, acha que os deuses sobre os quais você ensina *realmente* existem?

— Eu... acho que merecem ser lembrados.

— E suas profecias? — Tindwyl perguntou. — Vejo valor acadêmico no que fazemos: trazer luz aos fatos do passado poderia nos dar informações sobre nossos problemas atuais. Ainda assim, essa previsão do futuro é, no fundo, bobagem.

— Não diria isso — Sazed falou. — Religiões são promessas, promessas de que há algo que nos observa, nos guia. Portanto, profecias são extensões naturais das esperanças e dos desejos das pessoas. Não são tolices, de forma alguma.

— Então, seu interesse é puramente acadêmico? — Tindwyl quis saber.

— Eu não diria isso.

Tindwyl examinou-o, olhando-o nos olhos. Ela franziu o cenho levemente.

— Você acredita nisso, não é? — ela perguntou. — Acredita que aquela garota é o Herói das Eras.

— Não decidi ainda — Sazed respondeu.

— Como pode sequer considerar tal coisa, Sazed? — Tindwyl perguntou. — Não enxerga? A esperança é uma coisa boa, maravilhosa, mas você precisa ter esperança em algo adequado. Se perpetuar os sonhos do passado, conterá seus sonhos do futuro.

— E se os sonhos do passado forem dignos de serem lembrados?

Tindwyl sacudiu a cabeça.

— Olhe as probabilidades, Sazed. Quais são as chances de terminarmos onde estamos, estudando essa cópia, na mesma residência que o Herói das Eras?

— Probabilidades são irrelevantes quando uma profecia está envolvida.

Tindwyl fechou os olhos.

— Sazed... Eu acho que a religião é algo bom, e a fé é algo bom, mas é tolice buscar orientação em poucas frases vagas. Olhe o que aconteceu da última vez que alguém acreditou ter encontrado esse Herói. O Senhor Soberano, o Império Final, esses foram os resultados.

— Mesmo assim, eu tenho esperança. Se você não acredita nas profecias, então por que trabalhou tão duro para descobrir informações sobre as Profundezas e o Herói?

— É simples — Tindwyl disse. — Estamos obviamente enfrentando o mesmo perigo que veio antes, um problema recorrente, como uma praga que se extingue apenas para voltar outra vez, séculos mais tarde. O povo antigo sabia desse perigo, tinha informações sobre ele. Essas informações, naturalmente, fragmentaram-se e se transformaram em lendas, profecias e, até mesmo, em religiões. Então, haverá pistas para nossa situação escondidas no passado. Não é uma questão de profecia, mas de pesquisa.

Sazed pousou a mão sobre a dela.

— Creio, talvez, que seja uma questão sobre a qual não conseguiremos concordar. Venha, vamos voltar aos nossos estudos. Precisamos usar o tempo que nos resta.

— Vai ficar tudo bem — Tindwyl falou, suspirando e erguendo a mão para arrumar uma mecha de cabelo de volta ao coque. — Ao que parece, sua Heroína enxotou Lorde Cett na noite passada. A serviçal que trouxe o café da manhã estava falando disso.

— Soube do acontecimento — Sazed comentou.

— As coisas estão melhorando para Luthadel.

— Sim — Sazed concordou. — Talvez.

Ela franziu a testa.

— Você parece hesitante.

— Não sei — ele falou, baixando os olhos. — Não sinto que a partida de Cett seja uma boa coisa, Tindwyl. Algo está muito errado. Precisamos terminar esses estudos.

Tindwyl inclinou a cabeça.

— Até quando?

— Devemos tentar terminar até hoje à noite, creio eu — Sazed disse, olhando para a pilha de folhas soltas que tinham colocado sobre a mesa. Essa pilha continha todas as notas, ideias e conexões que tinham feito durante sua jornada furiosa de estudos. Era como um livro, um guia que contava sobre o Herói das Eras e as Profundezas. Era um bom documento, incrível até, considerando o tempo que tiveram. Não era completo. No entanto, provavelmente era a coisa mais importante que ele havia escrito.

Mesmo que não soubesse ao certo por quê.

— Sazed? — Tindwyl perguntou, fazendo uma careta. — O que é isto?

Ela alcançou a pilha de papéis, puxando uma folha que estava levemente torta. Quando ela a ergueu, Sazed ficou chocado em ver que um pedaço do canto inferior direito havia sido rasgado.

— Você fez isto? — ela questionou.

— Não — Sazed respondeu. Ele pegou o papel. Era uma das transcrições da cópia por fricção; o rasgo tinha removido a última frase. Não havia sinal da parte que faltava.

Sazed levantou o rosto e encontrou o olhar confuso de Tindwyl. Ela se virou, folheando uma pilha de papéis ao lado. Puxou outra cópia da transcrição e a ergueu.

Sazed sentiu um calafrio. O canto estava faltando.

— Eu consultei isto ontem — Tindwyl falou em voz baixa. — Não saí do quarto, apenas por poucos minutos, e você ficou aqui o tempo todo.

— Você saiu ontem à noite? — Sazed perguntou. — Para ir ao banheiro enquanto eu dormia?

— Talvez. Não lembro.

Sazed fez uma pausa, encarando a página. O formato do corte era sinistramente semelhante ao da pilha principal. Tindwyl, aparentemente pensando a mesma coisa, deitou-a sobre o par. Encaixavam-se com perfeição; mesmo nos menores detalhes os cortes eram idênticos. Se tivessem sido rasgados um sobre o outro, a duplicação do formato não teria sido tão perfeita.

Os dois ficaram parados, olhando. Em seguida, começaram a se mover, procurando nas pilhas de páginas. Sazed tinha quatro cópias da transcrição; em todas faltava o mesmo pedaço.

— Sazed... — Tindwyl disse, com a voz um pouco trêmula.

Ela ergueu uma folha de papel — a única que tinha apenas metade da transcrição nela, terminando quase no meio da página. Um furo havia sido rasgado diretamente no meio da página, retirando exatamente a mesma frase.

— A cópia! — Tindwyl falou, mas Sazed já estava se movendo. Saiu da cadeira, correndo até a arca onde ele armazenava suas mentes de metal. Ele se atrapalhou com a chave no pescoço, puxando-a e destrancando a arca. Abriu-a com tudo, retirou a cópia por fricção, em seguida desdobrou-a delicadamente no chão. Ele retirou os dedos num repente, sentindo quase como se tivesse sido mordido quando viu o corte no final. A mesma frase, removida.

— Como é possível? — Tindwyl sussurrou. — Como alguém poderia saber tanto do nosso trabalho, tanto de nós?

— E, mesmo assim — Sazed disse —, como poderiam saber tão pouco de nossas capacidades? Tenho a transcrição inteira armazenada na minha mente de metal. Posso lembrá-la agora mesmo.

— O que diz a frase perdida?

— "Alendi não pode chegar ao Poço da Ascensão. Ele não pode tomar o poder para si."

— Por que remover essa parte? — Tindwyl perguntou.

Sazed encarou a cópia. *Isso parece impossível...*

Um ruído soou na janela. Sazed girou, tocando por reflexo em sua mente de peltre e aumentando sua força. Os músculos incharam, a túnica ficando justa.

As folhas da janela abriram-se. Vin estava agachada no parapeito. Ela parou quando viu Sazed e Tindwyl — que também aparentemente havia acionado a força, crescendo até quase ficar com uma constituição masculina.

— Fiz algo de errado? — Vin perguntou.

Sazed sorriu, desativando sua mente de peltre.

— Não, mocinha — ele falou. — Apenas nos assustou. — Ele olhou para Tindwyl, e ela começou a recolher os pedaços rasgados de papel. Sazed enrolou a cópia; discutiriam a questão mais tarde.

— Viu alguém passando tempo demais perto dos meus aposentos, Lady Vin? — Sazed perguntou ao guardar a cópia. — Algum estranho... ou mesmo algum guarda em particular?

— Não — Vin falou, entrando no quarto. Ela estava descalça, como de costume, e não usava sua capa de bruma; raramente a usava durante o dia. Se lutara na noite anterior, trocara de roupa, pois não havia manchas de sangue — ou mesmo de suor — em seus trajes. — Quer que eu fique de olho em alguém suspeito? — ela perguntou.

— Sim, por favor — Sazed pediu, trancando a arca. — Tememos que alguém andou mexendo em nosso trabalho, embora o motivo pelo qual quis fazê-lo seja estranho.

Vin meneou a cabeça, permanecendo onde estava enquanto Sazed voltava ao assento. Ela olhou para ele e para Tindwyl por um momento.

— Preciso falar com você, Sazed — Vin disse.

— Posso parar por uns momentos, creio eu — Sazed falou. — Mas devo alertar que meus estudos são muito urgentes.

Vin concordou, em seguida olhou para Tindwyl. Por fim, ela suspirou, levantando-se.

— Acho que vou providenciar o almoço, então.

Vin relaxou um pouco quando a porta se fechou; em seguida, foi até a mesa, sentando-se na cadeira de Tindwyl, puxando as pernas junto ao peito, pondo os pés no assento de madeira.

— Sazed — ela perguntou —, como você sabe se está apaixonado?

Sazed piscou.

— Eu... não acho que sou a pessoa *mais indicada* para falar desse assunto, Lady Vin. Sei muito pouco sobre a questão.

— Você sempre diz coisas assim — Vin falou. — Mas, na verdade, você é um especialista em quase tudo.

Sazed riu.

— Nesse caso, garanto a você que minha insegurança é genuína, Lady Vin.

— Ainda assim, você deve saber alguma coisa.

— Um pouco, talvez — Sazed disse. — Me diga, como se sente quando está com o jovem Lorde Venture?

— Quero que ele me abrace — Vin falou, baixinho, virando-se de lado para olhar a janela. — Quero que fale comigo, mesmo que eu não entenda o que ele está dizendo. Qualquer coisa para mantê-lo lá, comigo. Quero ser melhor por causa dele.

— Isso me parece um sinal muito bom, Lady Vin.

— Mas... — Vin baixou os olhos. — Não sou boa para ele, Sazed. Ele tem medo de mim.

— Medo?

— Bem, ele fica, no mínimo, desconfortável ao meu lado. Vi a expressão nos olhos dele quando me viu lutar no dia do ataque à Assembleia. Ele se afastou de mim, Sazed, horrorizado.

— Ele tinha acabado de ver um homem assassinado — Sazed disse. — Lorde Venture é um pouco inocente nessas questões, Lady Vin. Não foi você, creio eu... foi simplesmente uma reação natural ao horror da morte.

— De qualquer forma — Vin retrucou, olhando novamente para a janela. — Não quero que ele me veja dessa forma. Quero ser a garota de quem ele precisa, a garota que pode apoiar seus planos políticos. A garota que pode ser bela quando ele precisar dela nos braços e que poderá confortá-lo quando estiver frustrado. Só que essa não sou eu. Você me treinou para agir como uma mulher da corte, Saze, mas nós dois sabemos que eu não era tão boa nisso.

— E Lorde Venture se apaixonou por você — Sazed relembrou —, porque você *não* agia como as outras mulheres. Apesar da interferência de Lorde Kelsier, apesar de ter consciência de que todos os nobres eram nossos inimigos, Elend se apaixonou por você.

— Eu não deveria ter deixado — Vin afirmou em voz baixa. — Preciso ficar longe dele, Saze, para o bem dele. Assim, ele poderá se apaixonar por outra pessoa. Alguém que seja um par melhor para ele. Alguém que não mate centenas de pessoas quando fica frustrada. Alguém que mereça seu amor.

Sazed ergueu-se, a túnica farfalhando ao caminhar até a cadeira de Vin. Ele se inclinou, deixando a cabeça alinhada com a dela, pousando a mão no ombro.

— Ah, menina. Quando vai parar de se preocupar e simplesmente se permitir ser amada?

Vin balançou a cabeça.

— Não é tão fácil.

— Poucas coisas são. Ainda assim, eu lhe digo, Lady Vin. O amor precisa poder fluir de ambos os lados... do contrário, não é amor verdadeiro, creio eu. É outra coisa. Paixão, talvez? Bem, existem alguns de nós que conseguem se colocar como mártires com uma rapidez impressionante. Ficamos à margem, observando, pensando que fazemos a coisa certa ao não agir. Tememos a dor, a nossa ou a de outros.

Ele apertou o ombro dela.

— Mas... isso é amor? É amor achar que Elend não pode ficar ao seu lado? Ou é amor deixar que ele tome uma decisão sobre o assunto?

— E se eu for a mulher errada para ele? — Vin perguntou.

— Você deve amá-lo o bastante para confiar nos desejos dele, mesmo que discorde. Deve respeitá-lo, não importa o quanto você pense que ele possa estar errado, não importa o quanto você ache as decisões dele ruins, deve respeitar o desejo dele de tomá-las. Mesmo que uma delas inclua amá-la.

Vin abriu um leve sorriso, mas ainda parecia perturbada.

— E... — ela disse, lentamente — ... se houver outra pessoa? Para mim?

Ah...

Ela ficou tensa de imediato.

— Não pode dizer a Elend que eu disse isso.

— Não vou — Sazed prometeu. — Quem é o outro homem?

Vin deu de ombros.

— Apenas... alguém mais parecido comigo. O tipo de homem com quem eu *deveria* estar.

— Você o ama?

— Ele é forte — Vin disse. — Me faz pensar em Kelsier.

Então, há outro Nascido da Bruma, Sazed pensou. Nessa questão, ele sabia que deveria ser imparcial. Não sabia o bastante desse outro homem para ter uma opinião — e os Guardadores deviam dar informações, mas evitar aconselhamentos específicos.

Sazed, no entanto, nunca fora muito bom em seguir aquela regra. Não conhecia esse outro Nascido da Bruma, verdade, mas *conhecia* Elend Venture.

— Menina — ele disse —, Elend é o melhor dos homens, e você tem sido tão mais feliz desde que começou a se relacionar com ele.

— Mas ele é realmente o primeiro homem que amei — Vin falou baixinho. — Como posso saber se é o certo? Não deveria prestar mais atenção ao homem que é um par melhor para mim?

— Não sei, Lady Vin. Honestamente, não sei. Alertei sobre minha ignorância nessa área. Entretanto, você acha realmente que conseguirá encontrar uma pessoa melhor que Lorde Elend?

Ela suspirou.

— É tudo tão frustrante. Eu deveria estar me preocupando com a cidade e com as Profundezas, não com qual homem passar minhas noites!

— É difícil defender os outros quando nossa vida está um caos — Sazed falou.

— Eu preciso decidir — Vin falou, levantando-se e caminhando até a janela. — Obrigada, Sazed. Obrigada por ouvir... obrigada por voltar à cidade.

Sazed assentiu, sorrindo. Vin lançou-se para trás pela janela aberta, empurrando-se contra algum pedaço de metal. Sazed suspirou, esfregando os olhos enquanto caminhava até a porta da sala e a abria.

Tindwyl estava em pé, do lado de fora, com os braços cruzados.

— Acho que eu me sentiria mais confortável nesta cidade se não soubesse que nossa Nascida da Bruma tem as emoções voláteis de uma adolescente.

— Lady Vin é mais estável do que você pensa — Sazed afirmou.

— Sazed, eu criei quinze filhas — Tindwyl falou, entrando na sala. — *Nenhuma* adolescente é estável. Algumas apenas são melhores em esconder a instabilidade que as outras.

— Então, fique feliz por ela não ter percebido que você estava ouvindo — Sazed falou. — Em geral ela é bem paranoica com essas coisas.

— Vin tem um ponto fraco com relação aos terrisanos — Tindwyl falou com um aceno de mão. — É provável que possamos agradecer a você por isso. Ela parece dar grande valor aos seus conselhos.

— Mesmo não sendo os melhores.

— Achei o que você disse muito sábio, Sazed — Tindwyl falou, sentando-se. — Você teria sido um pai excelente.

Sazed abaixou a cabeça, embaraçado, em seguida foi se sentar.

— Deveríamos...

Uma batida na porta.

— O quê, agora? — Tindwyl perguntou.

— Você não pediu almoço?

Tindwyl sacudiu a cabeça.

— Eu nem saí do corredor.

Um segundo depois, Elend pôs a cabeça na fresta da porta.

— Sazed? Posso falar com você por um momento?

— Claro, Lorde Elend — Sazed falou, erguendo-se.

— Ótimo — Elend falou, entrando na sala. — Tindwyl, você está dispensada.

Ela revirou os olhos, lançando um olhar exasperado para Sazed, mas levantou-se e saiu do aposento.

— Obrigado — Elend disse quando ela fechou a porta. — Por favor, sente-se — ele disse, acenando para Sazed.

Sazed sentou-se, e Elend deu um suspiro profundo, andando com as mãos entrelaçadas nas costas. Tinha voltado aos uniformes brancos, e tinha uma postura imponente, apesar de sua óbvia frustração.

Alguém roubou meu amigo estudioso, Sazed pensou, *e deixou um rei no lugar.*

— Suponho que seja sobre a Lady Vin, Lorde Elend?

— Sim — Elend respondeu, começando a caminhar e gesticulando com uma das mãos enquanto falava. — Ela não faz sentido algum, Sazed. Eu espero isso... inferno, eu conto com isso. Ela não é apenas uma mulher, ela é a *Vin*. Mas agora fiquei inseguro em como reagir. Um minuto ela parece me querer, como éramos antes da confusão atingir a cidade, e no minuto seguinte ela parece distante, fria.

— Talvez ela esteja apenas confusa.

— Talvez — Elend concordou. — Mas ao menos *um* de nós não deveria saber o que está acontecendo em nosso relacionamento? Honestamente, Sazed, às vezes eu acho que somos diferentes demais para estarmos juntos.

Sazed sorriu.

— Ah, não sei nada sobre isso, Lorde Elend. Você ficaria surpreso com o quanto é semelhante o pensamento de vocês.

— Duvido — Elend falou, continuando a caminhar. — Ela é uma Nascida da Bruma, eu sou um homem comum. Ela cresceu nas ruas, eu cresci numa mansão. Ela é astuta e esperta, eu sou dos livros.

— Ela é extremamente competente, você também — Sazed disse. — Ela foi oprimida pelo irmão, você por seu pai. Os dois odiavam o Império Final e derrubaram-no. E os dois pensam demais sobre o que *deveria ser*, em vez de pensar no que é.

Elend hesitou, olhando para Sazed.

— O que isso significa?

— Significa que eu acho que vocês dois são perfeitos um para o outro — Sazed comentou. — Não devo fazer esses julgamentos e, de verdade, essa é apenas a opinião de um homem que não viu muito vocês dois nos últimos meses. Mas eu acredito que seja assim.

— E nossas diferenças? — Elend perguntou.

— À primeira vista, a chave e a fechadura na qual ela se encaixa podem parecer muito diferentes — Sazed falou. — Diferente em forma, diferente em função, desenhos diferentes. O homem que olha para elas sem conhecimento de sua verdadeira natureza poderia pensar que são opostas, pois uma serve para abrir, e a outra para manter fechado. Ainda assim, examinando melhor, ele talvez veja que, sem uma, a outra é inútil. O homem sábio então vê que ambas, fechadura e chave, foram criadas para o mesmo objetivo.

Elend sorriu.

— Você precisa escrever um livro um dia desses, Sazed. Isso é mais profundo que qualquer coisa que já li.

Sazed corou, mas olhou para a pilha de papéis na mesa. Seriam o seu legado? Não sabia se eram profundos, mas representavam a tentativa mais coesa que ele já fizera de escrever algo original. Verdade, a maioria das páginas continha citações e referências, mas um bom pedaço do texto também incluía seus pensamentos e anotações.

— Então, que devo fazer? — Elend perguntou.

— Sobre Lady Vin? Eu sugiro que simplesmente dê a ela, e a si mesmo, um pouco mais de tempo.

— O tempo é um artigo escasso nesses dias, Sazed.

— Quando não é?

— Quando sua cidade não está cercada por dois exércitos — Elend falou —, um deles liderado por um tirano megalomaníaco, o outro por um tolo inconsequente.

— Sim — Sazed falou, lentamente. — Sim, acho que você pode estar certo. Preciso voltar aos meus estudos.

Elend franziu o cenho.

— Por falar nisso, no que está trabalhando?

— Algo de pouca importância para o seu problema atual, temo eu — Sazed falou. — Tindwyl e eu estamos coletando e compilando referências sobre as Profundezas e o Herói das Eras.

— As Profundezas... Vin mencionou isso também. Acha mesmo que elas podem voltar?

— Acho que voltaram, Lorde Elend — Sazed falou. — Nunca desapareceram, na verdade. Acredito que as Profundezas eram... são... as brumas.

— Mas, por que... — Elend disse, em seguida ergueu a mão. — Lerei suas conclusões quando tiver terminado. Não posso me dar ao luxo de me desviar agora. Obrigado, Sazed, por seu conselho.

Sim, é mesmo um rei, Sazed pensou.

— Tindwyl — Elend falou —, você pode voltar agora. Sazed, tenha um bom dia. — Elend virou-se para a porta, e ela se abriu lentamente. Tindwyl entrou, escondendo seu embaraço.

— Como sabia que eu estava lá fora? — ela perguntou.

— Imaginei — Elend falou. — Você é tão ruim quanto Vin. De qualquer forma, um bom dia para vocês dois.

Tindwyl franziu a testa quando ele saiu; em seguida, olhou para Sazed.

— Você realmente fez um bom trabalho com ele — Sazed disse.

— Bom demais — Tindwyl falou, sentando-se. — Na verdade, eu acho que, se as pessoas o deixassem permanecer no comando, ele talvez encontrasse uma maneira de salvar a cidade. Venha, precisamos voltar ao trabalho... desta vez eu pedi para alguém trazer nosso almoço, então deveríamos fazer o máximo que pudermos antes que chegue.

Sazed assentiu, sentando-se e tomando a pena. Porém, encontrou dificuldades em se concentrar no trabalho. Sua mente voltava para Vin e Elend. Ele não tinha certeza por que lhe era tão importante fazer aquele relacionamento funcionar. Talvez fosse simplesmente porque eram seus amigos, e ele desejava vê-los felizes.

Ou, talvez, houvesse algo mais. Aqueles dois eram o melhor que Luthadel tinha a oferecer. A Nascida da Bruma mais poderosa do submundo skaa e o líder mais nobre da cultura aristocrática. Precisavam um do outro, e o Império Final precisava de ambos.

Além disso, havia o trabalho que estava fazendo. O pronome específico usado em grande parte da linguagem profética de Terris era de gênero neutro. A palavra real significava "aquilo", embora fosse traduzido normalmente nas línguas modernas por "ele". Ainda assim, cada "ele" em seu livro também podia ser escrito como "ela". Se Vin realmente fosse o Herói das Eras...

Preciso encontrar uma maneira de tirá-los da cidade, Sazed pensou, com uma percepção repentina assolando-o. *Esses dois não podem estar aqui quando Luthadel cair.*

Ele deixou de lado suas anotações e imediatamente começou a escrever uma série rápida de cartas.

Os dois não são a mesma coisa.

46

BRISA PODIA SENTIR O CHEIRO de intriga a duas ruas de distância. Ao contrário de muitos de seus camaradas ladrões, não havia crescido pobre, nem fora forçado a viver no submundo. Crescera num lugar muito mais brutal: uma corte aristocrática. Felizmente, os outros membros da equipe não o tratavam de modo diferente por ele ter origens nobres.

Isso porque, é claro, eles não conheciam esse fato.

Sua criação lhe dava certos entendimentos. Coisas que ele duvidava que qualquer ladrão skaa, por mais competente que fosse, soubesse. A intriga skaa tinha uma noção mais brutal, era uma questão de vida e morte crua. A pessoa traía seus aliados para obter dinheiro, poder ou para se proteger.

Nas cortes nobres, a intriga era mais abstrata. Traições nem sempre terminavam com uma das partes morta, mas as ramificações podiam estender-se por gerações. Era um jogo, ao ponto de o jovem Brisa achar a brutalidade escancarada do submundo skaa revigorante.

Ele bebericou sua caneca morna de vinho, encarando o bilhete em seus dedos. Chegara a acreditar que não haveria por que se preocupar mais com conspirações dentro da gangue: a equipe de Kelsier era um grupo quase doentio de tão coeso, e Brisa fazia tudo dentro de seus poderes alomânticos para mantê-lo assim. Ele sabia o que rivalidades internas podiam fazer a uma família.

Foi por isso que ele ficou tão surpreso ao receber aquela carta. Apesar de sua inocência falsa, facilmente conseguia perceber os sinais. O ritmo apressado dos escritos, borrado em alguns pontos, mas sem ser reescritos. Frases como "Não precisa dizer aos outros" e "não quero causar alarde". Os pingos extras de cera para selar, espalhados gratuitamente na ponta da carta, como se para dar mais proteção contra olhos curiosos.

Não havia engano quanto ao tom da missiva. Brisa fora convidado para uma conferência conspiratória. Mas por que, em nome do Senhor Soberano, *Sazed*, entre todas as pessoas, desejaria se reunir em segredo?

Brisa suspirou, puxando seu bastão de duelo e usando-o para se equilibrar. Quando se levantava, às vezes ficava zonzo; era uma enfermidade menor que sempre tivera, embora parecesse ter piorado durante os últimos anos. Olhou por sobre o ombro quando sua visão clareou, para onde Allrianne dormia em sua cama.

Provavelmente, eu deveria me sentir mais culpado por ela, ele pensou, sorrindo sem querer e erguendo os braços para vestir colete e jaqueta sobre calças e camisa. *Mas... bem, estaremos todos mortos mesmo em alguns dias.* Uma tarde conversando com Trevo certamente colocava a vida em perspectiva.

Brisa saiu no corredor, caminhando através dos corredores soturnos e mal iluminados de Venture. *Honestamente*, ele pensou, *entendo o valor de economizar óleo de lamparina, mas as coisas já estão deprimentes o bastante sem os corredores escuros.*

O local da reunião era apenas poucas curvas adiante. Brisa localizou-o facilmente, por causa dos dois soldados em pé, cuidando da porta. Homens de Demoux, soldados subordinados ao capitão no âmbito religioso, bem como vocacional.

Interessante, Brisa pensou, permanecendo escondido no corredor lateral. Ele ampliou seus poderes alomânticos e *abrandou* os homens, tirando seu relaxamento e certeza, deixando para trás ansiedade e nervosismo. Os guardas começaram a ficar cada vez mais agitados, arrastando os pés. Finalmente, um virou-se e abriu a porta, verificando o quarto. O movimento deu a Brisa uma visão completa da sala. Apenas um homem estava sentado lá dentro. Sazed.

Brisa ficou em silêncio, tentando decidir o próximo ato. Não havia nada de incriminador na carta; podia ser simplesmente uma armadilha da parte de Elend, não poderia? Uma tentativa obscura para descobrir quais membros do grupo o trairiam e quais não trairiam? Parecia um movimento muito desconfiado para o rapaz de boa índole. Além disso, se fosse o caso, Sazed teria tentado fazer Brisa ir além de simplesmente encontrar-se com ele num local clandestino.

A porta foi fechada, e o soldado voltou ao seu lugar. *Posso confiar em Sazed, não posso?*, Brisa pensou. Mas se esse foi o caso, por que a reunião sigilosa? Brisa estava exagerando na reação?

Não, os guardas provavam que Sazed temia que essa reunião fosse descoberta. Era suspeito. Se fosse outra pessoa, Brisa teria ido direto até Elend. Mas Sazed...

Brisa suspirou, em seguida caminhou pelo corredor, o bastão de duelo estalando no chão. *Poderia também ver o que ele tem a dizer. Além disso, se está planejando algo tortuoso, quase valeria o risco de vê-lo.* Apesar da carta, apesar das circunstâncias estranhas, Brisa não conseguia imaginar um terrisano envolvido em algo que não fosse totalmente honesto.

Talvez o Senhor Soberano tivesse o mesmo problema.

Brisa meneou a cabeça para os soldados, *abrandando* sua ansiedade e restaurando um humor mais moderado. Havia outro motivo pelo qual ele estava disposto a arriscar a reunião. Brisa estava apenas começando a descobrir o quanto sua situação era perigosa. Luthadel logo cairia. Todo instinto que ele alimentara durante trinta anos no submundo lhe dizia para fugir.

Aquela sensação o deixava mais propenso a assumir riscos. O Brisa de alguns anos antes já teria abandonado a cidade. *Maldito seja, Kelsier*, ele pensou quando abriu a porta.

Da mesa, Sazed ergueu os olhos com surpresa. A sala era pouco mobiliada, com várias cadeiras e apenas duas lamparinas.

— Está adiantado, Lorde Brisa — Sazed falou, erguendo-se rapidamente.

— Claro que estou — Brisa falou, ríspido. — Tinha que garantir que não era nenhum tipo de armadilha. — Ele fez uma pausa. — Não é um tipo de armadilha, né?

— Armadilha? — Sazed perguntou. — Do que está falando?

— Ah, não finja estar chocado — Brisa falou. — Isso não é uma simples reunião.

Sazed esmoreceu um pouco.

— É... muito óbvio, não é?

Brisa sentou-se, pousando o bastão no colo, e olhou para Sazed de forma reveladora, abrandando o homem para fazê-lo se sentir um pouco mais envergonhado.

— Você pode ter nos ajudado a derrubar o Senhor Soberano, meu caro, mas tem muito a aprender sobre como ser sorrateiro.

— Peço desculpas — Sazed disse, sentando-se. — Eu apenas queria fazer uma rápida reunião para discutir certas questões... sigilosas.

— Bem, eu recomendaria se livrar desses guardas — Brisa falou. — Eles fazem o quarto se destacar. Então, acenda mais algumas lamparinas e traga algo para comer ou beber. Se Elend entrar... suponho que estejamos nos escondendo de Elend, não?

— Sim.

— Bem, se ele entrar e nos vir sentados aqui, no escuro, olhando um para o outro insidiosamente, saberá que algo está acontecendo. Quanto menos natural a ocasião, mais natural deve parecer.

— Ah, entendo — Sazed falou. — Obrigado.

A porta se abriu, e Trevo entrou, mancando. Olhou para Brisa, em seguida para Sazed, e caminhou até uma cadeira. Brisa olhou para Sazed: nenhuma surpresa. Trevo obviamente também fora convidado.

— Mande esses guardas embora — Trevo disse, irritado.

— Agora mesmo, Lorde Cladent — Sazed disse, erguendo-se e caminhando até a porta. Falou rapidamente com os guardas, então voltou. Quando Sazed estava se sentando, Ham enfiou a cabeça na fresta da porta, parecendo desconfiado.

— Espere um minuto — Brisa falou. — Quantas pessoas estão vindo para esta reunião secreta?

Sazed fez um gestou para Ham sentar-se.

— Todos os membros mais... experientes da equipe.

— Você diz todo mundo, menos Elend e Vin — Brisa retrucou.

— Não convidei Lorde Lestibournes também — Sazed comentou.

Sim, mas não é do Fantasma que estamos nos escondendo.

Ham sentou-se, hesitante, lançando um olhar questionador para Brisa.

— Então... por que exatamente estamos nos reunindo escondidos de nossa Nascida da Bruma e do nosso rei?

— Não é mais rei — uma voz observou da porta. Dockson entrou e sentou-se. — De fato, poderia ser dito que Elend não é mais líder deste grupo. Ele recebeu essa posição por acaso... exatamente como recebeu o trono.

Ham ficou vermelho.

— Sei que não gosta dele, Dox, mas não estou aqui para armar um motim.

— Não há motim se não há trono para trair — Dockson falou, sentando-se. — O que vamos fazer... ficar aqui e sermos servos desta casa? Elend não precisa de nós. Talvez seja hora de transferirmos nossos serviços para Lorde Penrod.

— Penrod é um nobre também — Ham falou. — Não pode me dizer que você gosta mais dele que de Elend.

Dockson bateu na mesa com o punho.

— Não é sobre quem eu *gosto*, Ham. É sobre garantir que esse maldito reino que Kelsier jogou no nosso colo permaneça em pé! Passamos um ano e meio arrumando a bagunça dele. Quer ver esse trabalho desperdiçado?

— Por favor, senhores — Sazed falou, tentando, sem sucesso, interromper a conversa.

— Trabalho, Dox? — Ham falou, enrubescendo. — Que trabalho você fez? Não tenho visto você fazer muito mais do que ficar sentado reclamando toda vez que alguém apresenta um plano.

— Reclamar? — Dockson falou, ríspido. — Tem alguma ideia de quanto trabalho administrativo precisa ser feito para esta cidade não desmoronar? O que você tem feito, Ham? Recusou-se a assumir o comando do exército. Tudo que faz é beber e treinar com seus amigos!

Já chega, Brisa pensou, *abrandando* os homens. *Nesse ritmo, vamos estrangular uns aos outros antes que Straff possa nos executar.*

Dockson recostou-se na cadeira e acenou, ignorando Ham, que ainda estava com o rosto vermelho. Sazed aguardou, obviamente decepcionado com a briga. Brisa *abrandou* sua insegurança. *Você está no comando aqui, Sazed. Diga o que está havendo.*

— Por favor — Sazed falou. — Não nos reuni para que pudéssemos brigar. Entendo que todos estão tensos, isso é compreensível, considerando as circunstâncias.

— Penrod vai entregar nossa cidade para Straff — Ham falou.

— É melhor que deixá-lo nos massacrar — Dockson retrucou.

— Na verdade — Brisa falou —, não acho que precisamos nos preocupar com Straff nos massacrar.

— Não? — Dockson perguntou, franzindo a testa. — Tem alguma informação que não compartilhou conosco, Brisa?

— Ah, deixe de pretensão, Dox — Ham soltou. — Nunca gostou de não ter terminado no comando quando Kell morreu. Esse é o motivo pelo qual nunca gostou de Elend, não é?

Dockson corou, e Brisa suspirou, cobrindo os dois com uma onda poderosa de *abrandamento*. Os dois tiveram um leve sobressalto, como se tivessem sido agulhados, embora a sensação fosse exatamente oposta. Suas emoções, antes voláteis, de repente ficaram entorpecidas e indiferentes.

Os dois olharam para Brisa.

— Sim — ele falou —, claro que estou *abrandando* vocês. Honestamente, sei que Hammond é um pouco imaturo, mas você, Dockson?

Dockson ajeitou-se na cadeira, esfregando a testa.

— Pode deixar, Brisa — ele falou após um momento. — Vou segurar minha língua.

Ham apenas grunhiu, pousando a mão na mesa. Sazed observava a contenda um pouco chocado.

É assim que reagem homens acuados, meu caro terrisano, Brisa pensou. *Isso é o que acontece quando perdem a esperança. Talvez sejam capazes de manter as aparências na frente dos soldados, mas coloque-os sozinhos com seus amigos...*

Sazed era um terrisano; sua vida inteira fora de opressão e perda. Mas esses homens, inclusive Brisa, estavam acostumados ao sucesso. Mesmo contra perspectivas assoladoras, ficavam confiantes. Eram o tipo de homens que poderiam enfrentar um deus e esperar vencer. Não lidavam bem com a perda. Claro, quando a perda significava morte, quem conseguia?

— Os exércitos de Straff estão se aprontando para levantar acampamento — Trevo disse por fim. — Estão fazendo de forma sutil, mas os sinais estão lá.

— Então, ele está vindo para a cidade — Dockson falou. — Meus homens no palácio de Penrod dizem que a Assembleia tem enviado missiva atrás de missiva para Straff, quase implorando para ele vir tomar Luthadel.

— Ele não vai tomar a cidade — Trevo disse. — Ao menos não se ele for esperto.

— Vin ainda é uma ameaça — Brisa concordou. — E não parece que Straff tenha um Nascido da Bruma para protegê-lo. Se viesse para Luthadel, duvido que haja alguma coisa que possa impedi-la de cortar a garganta dele. Então, ele fará outra coisa.

Dockson franziu o cenho e olhou para Ham, que ergueu os ombros.

— É realmente muito simples — Brisa disse, batendo na mesa com seu bastão. — Ora, até eu percebi. — Trevo bufou com isso. — Se Straff fizer parecer que está batendo em retirada, os koloss provavelmente atacarão Luthadel por ele. São toscos demais para entender a ameaça de um exército escondido.

— Se Straff se retirar — Trevo falou —, Jastes não será capaz de mantê-los fora da cidade.

Dockson piscou.

— Mas eles fariam...

— Um massacre? — Trevo perguntou. — Sim. Pilhariam os setores mais ricos da cidade, provavelmente acabariam matando a maioria dos nobres daqui.

— Eliminando os homens com quem Straff foi forçado a trabalhar — contra sua vontade, se conheço o orgulho daquele homem — Brisa acrescentou. — De fato, há uma boa chance de que as criaturas queiram matar Vin. Pode imaginá-la longe da luta se os koloss atacarem?

O recinto ficou silencioso.

— Mas isso não ajudará Straff a tomar a cidade — Dockson afirmou. — Ainda terá de combater os koloss.

— Sim — Trevo respondeu, olhando feio. — Mas provavelmente derrubarão alguns dos portões da cidade, isso sem mencionar que assolarão muitas casas. Deixará Straff com um campo limpo para atacar um inimigo enfraquecido. Além disso, os koloss não montam estratégias... para eles, as muralhas da cidade não serão de muita ajuda. Straff não podia esperar um cenário melhor.

— Ele seria visto como um libertador — Brisa falou em voz baixa. — Se voltar no momento certo, após os koloss terem invadido a cidade e derrubado os soldados, mas antes de terem causado danos sérios ao bairro skaa... ele poderia libertar o povo e se estabelecer como seu protetor, não seu conquistador. Sabendo como o povo se sente, acho que ele seria recebido de braços abertos. Agora mesmo, um líder forte significaria mais para eles do que as moedas nos seus bolsos e os direitos na Assembleia.

Enquanto o grupo pensava naquilo, Brisa encarou Sazed, que ainda estava em silêncio. Falara tão pouco, qual era o seu jogo? Por que reunir a gangue? Era sutil o bastante para saber que eles simplesmente precisavam ter uma discussão honesta como aquela, sem a moral de Elend para atrapalhar as coisas?

— Poderíamos simplesmente deixar Straff tomá-la — Dockson disse por fim. — Digo, a cidade. Poderíamos prometer refrear Vin. Se é para onde isso aqui está indo, de qualquer forma...

— Dox — Ham falou baixinho —, o que Kell pensaria ouvindo você falar desse jeito?

— Poderíamos entregar a cidade a Jastes Lekal — Brisa falou. — Talvez ele possa ser persuadido a tratar os skaa com dignidade.

— E deixar vinte mil koloss entrarem na cidade? — Ham perguntou. — Brisa, você já *viu* o que aquelas coisas podem fazer?

Dockson bateu na mesa.

— Estou apenas dando opções, Ham. O que mais faremos?

— Lutar — Trevo disse. — E morrer.

O recinto ficou em silêncio outra vez.

— Você sabe mesmo como encerrar uma conversa, meu amigo — Brisa disse por fim.

— Era preciso dizer — Trevo murmurou. — Não vale de nada vocês se enganarem. Não podemos ganhar uma batalha, isso sempre esteve se encaminhando para uma batalha. A cidade vai ser atacada. Vamos defendê-la. E vamos perder. E você se pergunta se deveríamos simplesmente nos render. Bem, não vamos fazer isso. Kell nunca deixaria, e então não vamos nos deixar fazer isso. Vamos lutar e morrer com dignidade. Então, a cidade vai queimar, mas teremos dado o nosso recado. O Senhor Soberano abusou de nós durante mil anos, mas agora nós, skaa, temos orgulho. Lutaremos. Resistiremos. E morreremos.

— De que valeu tudo isso, então? — Ham falou com frustração. — Por que derrubar o Império Final? Por que matar o Senhor Soberano? Por que fazer qualquer coisa, se isso vai terminar desse jeito? Tiranos governando cada domínio. Luthadel destruída, nossa gangue morta?

— Porque — Sazed disse suavemente — alguém precisava começar. Enquanto o Senhor Soberano governou, a sociedade não conseguiu progredir. Ele mantinha a mão estabilizadora sobre o império, mas essa mão era opressiva também. A moda permaneceu notavelmente inalterada por mil anos, os nobres sempre tentando se adequar aos ideais do Senhor Soberano. A arquitetura e as ciências não avançaram, pois o Senhor Soberano franzia o cenho para mudanças e invenções.

"E os skaa não podiam ser livres, pois ele não permitia. No entanto, matá-lo não libertou nossos povos, meus amigos. Apenas o tempo fará isso. Levará séculos, talvez... séculos de luta, aprendizado e crescimento. No início, infeliz e inevitavelmente, as coisas serão muito difíceis. Piores até que foram sob o jugo do Senhor Soberano."

— E morreremos por nada — Ham disse com uma expressão triste.

— Não — Sazed falou. — Não por nada, Lorde Hammond. Morreremos para mostrar que existem skaa que não serão forçados, que não vão recuar. Isso abre um precedente muito importante, creio eu. Nas histórias e lendas, esse é o tipo de acontecimento que inspira. Para que os skaa possam um dia governar a si mesmos, deverá haver sacrifícios que possam servir de motivação. Sacrifícios como aquele do próprio Sobrevivente.

Os homens ficaram em silêncio.

— Brisa — Ham disse —, talvez eu precise de um pouco mais de confiança agora.

— Claro — Brisa falou, *abrandando* cuidadosamente a ansiedade e o medo do homem. Seu rosto perdeu um pouco de sua palidez, e ele se sentou um pouco mais ereto. Apenas por via das dúvidas, Brisa deu ao resto do grupo um pouco do mesmo tratamento.

— Há quanto tempo você sabe disso? — Dockson perguntou a Sazed.

— Há algum tempo, Lorde Dockson — Sazed respondeu.

— Mas você não poderia saber que Straff recuaria e nos entregaria aos koloss. Apenas Trevo viu isso.

— Meu conhecimento era geral, Lorde Brisa — Sazed falou com sua voz monótona. — Não tem relação com koloss em especial. Tenho pensado há algum tempo que esta cidade cairia. Com toda a honestidade, estou profundamente impressionado com seus esforços. Este povo já deveria ter sido derrotado há tempos, creio eu. Vocês fizeram algo grandioso, algo que será lembrado por séculos.

— Desde que alguém sobreviva para contar a história — Trevo observou.

Sazed assentiu.

— Na verdade, por isso convoquei esta reunião. Há pouca chance de que nós, que permanecermos na cidade, sobrevivamos... seremos necessários para ajudar com defesas e, se sobrevivermos ao ataque dos koloss, Straff tentará nos executar. No entanto, não é necessário que *todos* nós permaneçamos em Luthadel para sua queda... alguém, talvez, devesse ser enviado para organizar a resistência contra os senhores da guerra.

— Não deixarei os meus homens — Trevo grunhiu.

— Nem eu — Ham acompanhou. — Embora eu *tenha mandado* minha família para longe ontem. — A simples frase significava que ele os havia deixado partir, talvez para se esconder no subsolo da cidade, talvez para escapar através de um dos passa-muralhas. Ham não sabia — e dessa forma não poderia revelar sua localização. Antigos hábitos eram difíceis de abandonar.

— Se esta cidade cair — Dockson afirmou —, estarei aqui com ela. Isso que Kell esperaria. Não vou embora.

— Eu vou — Brisa falou, olhando para Sazed. — É cedo demais para se voluntariar?

— Hum, na verdade, Lorde Brisa — Sazed falou —, eu não...

Brisa ergueu a mão.

— Tudo bem, Sazed. Acredito ser óbvio quem você acha que deveria ir embora. Você não os convidou para a reunião.

Dockson franziu a testa.

— Vamos defender Luthadel até a morte, e você quer mandar embora nossa única Nascida da Bruma?

Sazed assentiu com a cabeça.

— Milordes — ele disse com suavidade —, os homens desta cidade precisarão de nossa liderança. Demos a eles esta cidade e os colocamos nesta situação perigosa. Não podemos abandoná-los agora. Mas... há coisas grandes em movimento neste mundo. Coisas maiores que nós, creio eu. Estou convencido de que a senhora Vin é parte delas.

"Mesmo se essas coisas forem ilusões da minha parte, ainda assim não se deve deixar que Lady Vin *morra* nesta cidade. Ela é a ligação mais pessoal e poderosa do povo com o Sobrevivente. Tornou-se um símbolo para eles, e suas capacidades de Nascida da Bruma lhe dão a melhor chance de conseguir escapar, sobreviver aos ataques que Straff sem dúvida empreenderá. Ela será de grande valia na luta vindoura, pode se mover rápida e sorrateiramente, e consegue lutar sozinha, causando muitos danos, como provou na noite passada."

Sazed curvou a cabeça.

— Milordes, chamei-os aqui hoje de forma que possamos decidir como convencê-la a fugir, enquanto o restante de nós fica para lutar. Não será uma tarefa fácil, creio eu.

— Ela não deixará Elend — Ham falou. — Ele terá que ir também.

— É o que penso também, Lorde Hammond — Sazed confirmou.

Trevo mordeu os lábios, pensativo.

— Não será fácil convencer o garoto a fugir. Ele ainda pensa que podemos vencer a batalha.

— E talvez vençamos — Sazed falou. — Milordes, meu objetivo não é deixá-los sem esperança alguma. Mas, as circunstâncias terríveis, a probabilidade de sucesso...

— Sabemos disso, Sazed — Brisa falou. — Entendemos.

— Deveria haver outros da gangue que possam ir — Ham falou, baixando os olhos. — Mais do que só os dois.

— Eu enviaria Tindwyl com eles — Sazed comentou. — Ela levará para o meu povo muitas descobertas de grande importância. Também planejo enviar Lorde Lestibournes. Ele seria de pouco proveito numa batalha, e suas capacidades como espião poderiam ser de grande ajuda para Lady Vin e Lorde Elend quando tentarem arregimentar a resistência entre os skaa. No entanto, esses quatro não serão os únicos a sobreviver. A maioria dos skaa talvez esteja segura... Jastes parece de alguma forma capaz de controlar seus koloss. Mesmo se não puder, Straff deve chegar a tempo para proteger o povo da cidade.

— Presumindo que Straff esteja planejando o que Trevo acha que ele está — Ham falou. — Ele poderia estar de fato batendo em retirada, reduzindo suas perdas e deixando Luthadel para trás.

— Não importa — Trevo disse. — Não serão muitos que poderão sair. Nem Straff, nem Jastes permitirão grandes grupos de pessoas fugindo da cidade. Agora mesmo, a confusão e o medo nas ruas servirão aos seus objetivos muito melhor que uma evacuação. Poderíamos conseguir despachar uns poucos a cavalo, especialmente se um desses for Vin. O restante das pessoas terá de se arriscar com os koloss.

Brisa sentiu o estômago revirar. Trevo falava de forma tão direta... tão fria. Mas aquele era Trevo. Nem era um pessimista de verdade; apenas dizia o que achava que os outros não queriam reconhecer.

Alguns dos skaa sobreviverão para se tornar escravos de Straff Venture, Brisa pensou. *Mas aqueles que lutarem — e aqueles que lideraram a cidade neste último ano — estão condenados. Isso me inclui.*

É verdade. Desta vez, não há mesmo saída.

— Bem? — Sazed perguntou, com as mãos estendidas diante de si. — Estamos de acordo que esses quatro deveriam ir?

Os membros do grupo assentiram.

— Então, vamos discutir — Sazed falou — e criar um plano para mandá-los embora.

— Poderíamos fazer Elend pensar que o perigo não é tão grande — Dockson opinou. — Se ele acreditar que a cidade permanecerá mais tempo sob o cerco, talvez fique disposto a partir com Vin numa missão em outro lugar. Eles não perceberiam o que está acontecendo até ser tarde demais.

— Boa sugestão, Lorde Dockson — Sazed comentou. — Também acho que poderíamos trabalhar com o conceito de Vin sobre o Poço da Ascensão.

A discussão continuou, e Brisa recostou-se, satisfeito. *Vin, Elend e Fantasma sobreviverão*, ele pensou. *Terei de convencer Sazed a deixar Allrianne ir com eles.* Ele olhou ao redor da sala, percebendo um alívio na tensão da postura dos outros. Dockson e Ham pareciam em paz, e até mesmo Trevo assentia em silêncio para si mesmo, parecendo satisfeito enquanto eles conversavam sobre sugestões.

O desastre ainda estava a caminho. Mas, de alguma forma, a possibilidade de que alguns escapassem — os membros mais jovens da gangue, aqueles ainda inexperientes demais para perder a esperança — deixava tudo um pouco mais fácil de aceitar.

VIN ESTAVA EM PÉ, EM silêncio, nas brumas, olhando para os pináculos, as colunas e as torres escuras de Kredik Shaw. Na sua cabeça, dois sons ecoavam. O espectro das brumas e o som maior, mais vasto.

Estava ficando cada vez mais exigente.

Ela avançou, ignorando as pulsações quando se aproximou de Kredik Shaw. A Colina das Mil Torres, no passado lar do Senhor Soberano. Ficou abandonada por mais de um ano, mas nenhum errante fizera dela seu lar. Era nefasto demais. Terrível demais. Uma lembrança muito forte *dele*.

O Senhor Soberano fora um monstro. Vin lembrava-se bem daquela noite, um ano antes, quando chegou àquele palácio com a intenção de matá-lo. Fazer o trabalho para o qual Kelsier a havia treinado sem saber. Caminhara por aquele mesmo pátio, passara pelos guardas nas portas diante dela.

E ela os deixou viver. Kelsier teria simplesmente lutado para entrar. Mas Vin conversou com eles para que partissem, se juntassem à rebelião. Aquele ato salvou sua vida quando um daqueles homens, Goradel, levara Elend às masmorras do palácio para ajudar no resgate de Vin.

De certa forma, o Império Final fora derrubado porque ela *não* agiu como Kelsier.

E, ainda assim, ela podia basear suas decisões futuras numa coincidência como essa? Olhando para trás, parecia de uma perfeição alegórica exagerada. Como uma história bonitinha contada a crianças, com a intenção de ensinar uma lição.

Vin nunca ouvira aqueles contos quando criança. E havia sobrevivido quando muitos outros morreram. Para cada lição como aquela de Goradel, parecia haver uma dúzia que terminava em tragédia.

E, então, havia Kelsier. No fim, ele estava certo. Sua lição era muito diferente daquelas ensinadas pelos contos infantis. Kelsier ficava ousado, até mesmo entusiasmado, quando executava aqueles que ficavam no seu caminho. Implacável. Ele olhava na direção de um bem maior; sempre tinha os olhos concentrados na queda do império, e a consequente ascensão de um reino como o de Elend.

Ele fora bem-sucedido. Por que ela não podia matar como ele, sabendo que estava cumprindo sua obrigação, sem se sentir culpada? Sempre ficara apavorada com a disposição ao perigo que Kelsier demonstrava. Ainda assim, não fora essa mesma disposição que o levou a ter sucesso?

Ela passou nos corredores do palácio, que mais pareciam túneis, os pés e as franjas da capa de bruma deixando rastros no pó. As brumas, como sempre, ficavam para trás. Não entravam nos prédios — ou, se entravam, em geral não permaneciam por muito tempo. Com elas, ela deixou para trás o espírito das brumas.

Precisava tomar uma decisão. Não gostava da escolha, mas já estava acostumada a fazer coisas de que não gostava. Era a vida. Não queria lutar com o Senhor Soberano, mas lutou.

Logo ficou escuro demais, até mesmo para olhos de Nascidos da Bruma, e ela precisou acender um lampião. Quando o fez, surpreendeu-se ao ver que seus passos não eram os únicos no pó do chão. Aparentemente, alguém mais estivera rondando os corredores. No entanto, quem quer que fosse, ela não o encontrou durante a caminhada pelos corredores.

Entrou na câmara poucos momentos depois. Ela não tinha certeza do que a levara a Kredik Shaw, muito menos à câmara escondida no seu centro. Porém, parecia que estava sentindo uma afinidade com o Senhor Soberano nos últimos tempos. Suas caminhadas a levavam até ali, a um lugar que ela não visitava desde aquela noite, quando havia assassinado o único Deus que já conhecera.

Ele passava muito tempo naquela câmara escondida, um lugar que ele aparentemente construíra para lembrá-lo de sua terra natal. A câmara tinha um teto abaulado que se arqueava. As paredes eram cheias de murais prateados e o chão exibia vários ornamentos metálicos. Ela os ignorou, avançando até a atração no centro da sala — um pequeno prédio de pedra que fora construído dentro da câmara maior.

Era lá que Kelsier e sua esposa haviam sido capturados muitos anos antes, durante a primeira tentativa de roubar o Senhor Soberano. Mare fora assassinada nos Fossos. Mas Kelsier sobrevivera.

Fora aqui, nesta mesma câmara, que Vin encarara pela primeira vez um Inquisidor, e quase foi morta. Também foi ali que tinha vindo meses depois, na sua primeira tentativa de matar o Senhor Soberano. Dessa vez, também foi derrotada.

Ela caminhou para dentro do pequeno edifício dentro de um edifício. Tinha apenas uma sala. O chão fora quebrado pelos grupos de Elend na busca por atium. As paredes ainda estavam em pé, no entanto, com os enfeites que o Senhor Soberano deixara para trás. Ela ergueu o lampião olhando para eles.

Tapetes. Peles. Uma pequena flauta de madeira. As coisas do povo dele, a cultura terrisana de mil anos antes. Por que ele construíra sua nova cidade de Luthadel aqui, no sul, quando sua terra natal — e o próprio Poço da Ascensão — ficava a norte? Na verdade, Vin nunca entendera aquilo.

Talvez tenha sido uma decisão deliberada. Rashek, o Senhor Soberano, também tinha sido forçado a tomar uma decisão. Poderia ter continuado como era, um aldeão pastoril. Provavelmente teria uma vida feliz com seu povo.

Mas ele decidiu se transformar em algo mais. Ao fazê-lo, cometera atrocidades terríveis. Ainda assim, ela podia culpá-lo pela decisão? Ele havia se transformado naquilo que pensou precisar ser.

A decisão dela parecia mais mundana, mas sabia que outras coisas — o Poço da Ascensão, a proteção de Luthadel — não poderiam ser consideradas até ela estar certa do que queria e de quem era. E, ainda assim, em pé naquele quarto onde Rashek passou grande parte do seu tempo, pensando sobre o Poço, as pulsações exigentes soavam mais altas do que nunca em sua cabeça.

Ela precisava decidir. Era com Elend que ela queria estar. Ele representava a paz. A felicidade. Zane, no entanto, representava o que ela sentia que precisava se transformar. Para o bem de todos os envolvidos.

O palácio do Senhor Soberano não tinha pistas ou respostas para ela. Momentos depois, frustrada e confusa sobre por que ela viera, deixou-o para trás, caminhando de volta para dentro das brumas.

ZANE ACORDOU COM O SOM de uma estaca de tenda sendo batida num ritmo específico. Sua reação foi imediata.

Ele queimou aço e peltre. Sempre engolia um pedacinho de cada antes de dormir. Sabia que o hábito provavelmente o mataria um dia; metais eram venenosos se fossem deixados parados. Morrer algum dia era melhor, na opinião de Zane, que morrer naquele dia.

Ele pulou de seu catre, jogando seu cobertor na direção da porta da tenda. Mal conseguia ver na escuridão da noite. Mesmo quando pulou, ouviu algo ser rasgado. As paredes da tenda sendo rasgadas.

— Mate-os! — Deus gritou.

Zane bateu no chão e agarrou um punhado de moedas do pote ao lado da cama. Ouviu gritos de surpresa quando girou, lançando moedas ao seu redor.

Ele *empurrou*. Pequenos sons de impacto soaram ao redor quando as moedas atingiram a lona, em seguida continuaram.

E homens começaram a gritar.

Zane agachou-se, esperando em silêncio enquanto a tenda desabava ao seu redor. Alguém estava rasgando a lona à sua direita. Ele atirou poucas moedas, e ouviu um grunhido satisfatório de dor. No silêncio, as lonas pousando sobre ele como um cobertor, ele ouviu passos de fuga.

Suspirou, relaxando, e usou uma adaga para rasgar o topo da tenda. Emergiu na noite brumosa. Tinha ido dormir mais tarde do que em geral fazia; provavelmente já era quase meia-noite. De qualquer forma, hora de acordar.

Ele partiu a passos largos sobre o topo caído de sua tenda — movendo-se sobre a forma agora oculta de seu catre — e fez um buraco para poder enfiar a mão e retirar o frasco de metal que armazenava num bolso embaixo dela. Tomou os metais, e o estanho trouxe a luz ao seu redor. Quatro homens estavam agonizantes ou mortos ao lado da tenda. Eram soldados, claro — soldados de Straff. O ataque veio mais tarde que Zane esperava.

Straff confia em mim mais do que eu presumia. Zane passou por cima de um dos assassinos mortos e cortou caminho até uma arca, em seguida tirou a roupa. Trocou-se em silêncio, em seguida tirou uma bolsinha de moedas da arca. *Deve ter sido o ataque na fortaleza de Cett*, ele pensou. *Finalmente convenci Straff de que eu sou perigoso demais para permanecer vivo.*

Zane encontrou seu homem trabalhando em silêncio ao lado de uma tenda a uma curta distância, ostensivamente testando a força de uma corda. Ele vigiava toda noite, pago para martelar uma estaca, caso alguém se aproximasse da tenda de Zane. O Nascido da Bruma jogou uma bolsa de moedas para o homem, em seguida desapareceu na escuridão, passando pelas águas do canal com suas barcaças de suprimentos no seu caminho até a tenda de Straff.

Seu pai tinha algumas limitações. Straff era ótimo em planejamento de larga escala, mas os detalhes — as sutilezas — com frequência lhe escapavam. Conseguia organizar um exército e esmagar seus inimigos. No entanto, gostava de brincar com ferramentas perigosas. Como as jazidas de atium nos Fossos de Hathsin. Como Zane.

Essas ferramentas não raro terminavam por queimá-lo.

Zane caminhou até a lateral da tenda de Straff, em seguida abriu um buraco na lona e entrou a passos largos. Straff esperava por ele. Zane deu crédito ao homem: Straff assistia à morte se aproximar com desafio nos olhos. Zane parou no meio do aposento, na frente de Straff, que estava sentado em sua cadeira de madeira maciça.

— Mate-o — Deus ordenou.

As luminárias queimavam nos cantos, iluminando as lonas. As almofadas e os cobertores no canto estavam embolados; Straff havia se deitado uma última vez com suas concubinas favoritas antes de enviar os assassinos. O rei mostrava seu ar característico de força e desafio, mas Zane viu mais do que isso. Viu um rosto brilhante demais com o suor, e as mãos trêmulas, como se fosse de uma doença.

— Eu tenho atium para você — Straff falou. — Enterrado num lugar que apenas eu conheço.

Zane estava em silêncio, encarando seu pai.

— Eu assumo você publicamente — Straff disse. — Nomeio você meu herdeiro. Amanhã, se desejar.

Zane não respondeu. Straff continuou a suar.

— A cidade é sua — Zane finalmente disse, virando-se.

Ele foi recompensado com um arfar assustado vindo de suas costas.

Zane olhou para trás. Nunca tinha visto aquele olhar de choque no rosto do seu pai. Apenas aquilo valia quase tudo.

— Recue com seus homens, como está planejando — Zane falou —, mas não volte ao Domínio do Norte. Espere aqueles koloss invadirem a cidade, deixe-os derrubarem e matar os defensores. Em seguida, pode correr e resgatar Luthadel.

— Mas a Nascida da Bruma de Elend...

— Ela irá embora — Zane falou. — Vai partir comigo hoje à noite. Adeus, pai. — Ele virou e saiu pela fenda que havia feito.

— Zane? — Straff chamou de dentro da tenda.

Zane parou novamente.

— Por quê? — Straff perguntou, olhando através da fenda. — Eu enviei assassinos para te matar. Por que está me deixando viver?

— Porque você é meu pai — Zane falou. Ele virou as costas, olhando para as brumas. — Um homem não pode matar seu pai.

Com isso, Zane deu o último adeus ao homem que o criara. Um homem que Zane — apesar de sua insanidade, apesar do abuso que conhecera por anos — amava.

Nas brumas escuras, ele lançou uma moeda e disparou para fora do acampamento. Fora de seu confinamento, aterrissou e facilmente localizou a curva no canal que ele usava como referência. Do oco de uma pequena árvore ali, puxou um pacote de pano. Uma capa de bruma, o primeiro presente que Straff lhe dera, anos antes, quando Zane teve o *Estalo*. Para ele, era precioso demais para vesti-lo por aí, usar e sujá-lo.

Ele sabia que era um tolo. No entanto, não podia evitar sentir aquilo. Ninguém podia usar Alomancia emocional em si mesmo.

Ele desembalou a capa de bruma e tirou as coisas que ela protegia — vários frascos de metal e uma bolsa cheia de contas. De atium.

Ajoelhou-se lá por um bom tempo. Em seguida, pousou a mão sobre o peito, sentindo o espaço logo acima das costelas. Onde o coração pulsava.

Havia uma grande protuberância ali. Sempre houvera. Ele não pensava nela com frequência; sua mente parecia se distrair quando o fazia. No entanto, era o motivo real pelo qual nunca usava capas.

Não gostava do jeito como as capas esfregavam-se contra o pequeno ponto da estaca que saía de suas costas, entre as omoplatas. A cabeça ficava contra seu esterno, e não podia ser vista embaixo da roupa.

— É hora de ir — Deus disse.

Zane levantou-se, deixando a capa de bruma para trás. Ele deu as costas ao acampamento do pai, deixando para trás aquilo que conhecia, em vez disso indo buscar a mulher que o salvaria.

Alendi acredita no que eles dizem.

47

UMA PARTE DE VIN NEM mesmo se incomodava com quantas pessoas havia matado. No entanto, era aquela indiferença que a aterrorizava.

Ela se sentou na sacada por um curto período após a visita ao palácio, a cidade de Luthadel perdida na escuridão diante dela. Sentou-se nas brumas, mas sabia muito bem que não encontraria conforto nos padrões rodopiantes. Nada mais era tão simples assim.

O espectro das brumas a observava, como sempre. Estava muito longe para ver, mas conseguia senti-lo. E, ainda mais forte do que o espectro das brumas, conseguia sentir algo mais. Aquele pulsar poderoso, ficando cada vez mais alto. No passado, parecia distante, mas não mais.

O Poço da Ascensão.

Era o que devia ser. Ela conseguia *sentir* o poder retornando, fluindo de volta para o mundo, exigindo ser tomado e usado. Ela se flagrava o tempo todo olhando para o norte, para Terris, esperando ver algo no horizonte. Uma explosão de luz, labaredas de fogo, uma tempestade de ventos. Alguma coisa. Mas havia apenas bruma.

Parecia que ela não conseguia ter sucesso em nada nos últimos tempos. Amor, proteção, obrigações. *Eu me deixei esticar até quase estourar*, ela pensou.

Havia tantas coisas que exigiam sua atenção, e ela tentara prestar atenção a todas elas. Como resultado, não havia conseguido nada. Sua pesquisa sobre as Profundezas e o Herói das Eras permanecia intocada há dias, ainda arrumada em pilhas espalhadas no chão dos seus aposentos. Não sabia quase nada sobre o espectro das brumas — apenas que ele a observava, e que o autor do diário pensava ser perigoso. Não havia cuidado do espião na gangue; não sabia se as afirmações de Zane com relação a Demoux eram verdadeiras.

E Cett ainda estava vivo. Ela não conseguia nem mesmo executar um massacre adequado sem tropeçar na metade do caminho. Era culpa de Kelsier. Ele a treinara para tomar seu lugar, mas será que alguém conseguiria realmente fazer isso?

Por que sempre precisamos ser a faca de alguém?, a voz de Zane sussurrava na sua cabeça.

Suas palavras pareciam fazer sentido algumas vezes, mas tinham uma falha. Elend. Vin não era sua faca — não de verdade. Ele não queria que ela assassinasse, matasse. Mas seus ideais o deixaram sem trono e sua cidade, cercada de inimigos. Se ela realmente amasse Elend, se realmente amasse o povo de Luthadel, não teria feito mais?

As pulsações vibravam contra ela, como as batidas de um tambor do tamanho do sol. Ela queimava bronze quase constantemente agora, ouvindo o ritmo, deixando que ele a levasse para longe...

— Senhora? — OreSeur perguntou de trás dela. — No que a senhora está pensando?

— No fim — Vin disse em silêncio, olhando para fora.

Silêncio.

— No fim de quê, senhora?

— Não sei.

OreSeur caminhou até a sacada, entrando nas brumas e sentando-se ao lado dela. Ela o conhecia bem o bastante para ver a preocupação em seus olhos caninos.

Ela suspirou, balançando a cabeça.

— Eu tenho decisões a tomar. E, não importa qual escolha eu faça, significará um fim.

OreSeur hesitou por um momento com a cabeça inclinada.

— Senhora — ele disse, finalmente —, isso parece excessivamente dramático para mim.

Vin ergueu os ombros.

— Não tem um conselho para mim, então?

— Apenas tome a decisão — OreSeur respondeu.

Vin silenciou por um instante, em seguida sorriu.

— Sazed teria dito algo sábio e reconfortante.

OreSeur franziu a testa.

— Não consigo entender por que ele deve fazer parte desta conversa, senhora.

— Ele era meu mordomo — Vin falou. — Antes de ele ir embora, e antes de Kelsier passar seu Contrato para mim.

— Ah — OreSeur disse. — Bem, eu nunca gostei muito dos terrisanos, senhora. Sua noção arrogante de subserviência é muito difícil de imitar, sem mencionar que os músculos são fibrosos demais para serem gostosos.

Vin ergueu uma sobrancelha.

— Você já imitou terrisanos? Não achei que haveria muito motivo para isso... eles não eram um povo muito influente na época do Senhor Soberano.

— Ah — OreSeur disse. — Mas sempre estavam *perto* de pessoas influentes.

Vin assentiu, erguendo-se. Ela caminhou de volta para o aposento vazio e acendeu um lampião, extinguindo o estanho. A bruma forrava o quarto, fluindo sobre as pilhas de papel, os pés erguendo a fumaça enquanto ela caminhava para o quarto de dormir.

Ela hesitou. Era um pouco estranho. A bruma raramente permanecia muito tempo quando estava no lado de dentro. Elend dizia que tinha a ver com o calor e os espaços fechados. Vin sempre atribuía a algo mais místico. Ela franziu a testa, observando.

Mesmo sem estanho, ela ouviu o estalo.

Vin girou. Zane estava em pé na sacada, sua silhueta preta nas brumas. Ele avançou, a bruma seguindo ao redor dele, como fazia com qualquer um que queimava metais. E, ainda assim... ela também parecia estar se *afastando* levemente dele.

OreSeur rosnou baixinho.

— Chegou a hora — Zane falou.

— Hora de quê? — Vin perguntou, desligando a lamparina.

— De ir — Zane falou. — Deixar esses homens e seus exércitos. Deixar as brigas. Sermos livres.

Livres.

— Eu... não sei, Zane — Vin falou, virando o rosto.

Ela o ouviu avançar.

— O que você deve a ele, Vin? Ele não a conhece. Ele a teme. A verdade é que nunca a mereceu.

— Não — Vin falou, sacudindo a cabeça. — Não é isso, Zane. Você não entende. Eu nunca o mereci. Elend merece alguém melhor. Ele merece... alguém que compartilhe seus ideais. Alguém que pense que ele agiu corretamente entregando o trono. Alguém que veja mais honra, e menos tolice, nisso.

— De qualquer forma — Zane falou, aproximando-se dela —, ele não pode te entender. Nos entender.

Vin não respondeu.

— Para onde você iria, Vin? — Zane perguntou. — Se não estivesse ligada a este lugar, ligada a ele? Se fosse livre e pudesse fazer o que quisesse, para onde iria?

As batidas pareciam mais altas. Ela olhou para OreSeur, que estava sentado em silêncio na parede lateral, na escuridão. Por que se sentir culpada? O que tinha a provar para ele?

Ela voltou a olhar para Zane.

— Para o norte — ela disse. — Para Terris.

— Podemos ir para lá. Para onde quiser. O local é irrelevante para mim, contanto que não seja aqui.

— Não posso abandoná-los — Vin falou.

— Mesmo que, ao fazer isso, você afastasse o único Nascido da Bruma de Straff? — Zane perguntou. — É um bom negócio. Meu pai saberá que desapareci, mas não perceberá que você não está mais em Luthadel. Ficará ainda mais temeroso em atacar. Ao se dar a liberdade, você também estará deixando seus aliados com um presente precioso.

Zane pegou a mão dela, forçando-a a olhar para ele. Parecia com Elend, como uma versão endurecida do irmão. Zane sofrera muito na vida, assim como ela, mas os dois tinham se reerguido. A reconstrução os deixara mais fortes ou mais frágeis?

— Venha — Zane sussurrou. — Você pode me salvar, Vin.

Uma guerra está vindo para a cidade, Vin pensou com um estremecimento. *Se eu ficar, terei de matar outra vez.*

E, lentamente, ela deixou que ele a tirasse de sua escrivaninha, na direção das brumas e da escuridão reconfortante além dela. Ela ergueu as mãos, puxando um frasco de metal para a jornada, e o movimento fez com que Zane girasse, desconfiado.

Ele tem bons instintos, Vin pensou. *Instintos como os meus. Instintos que não permitirão que ele confie, mas que o mantêm vivo.*

Ele relaxou quando viu o que ela estava fazendo, sorriu e virou-se outra vez. Vin o seguiu, voltando a caminhar, mas sentiu uma pontada repentina de medo. *É isso*, ela pensou. *Depois disso, tudo mudará. O tempo de decisões terminou.*

E eu fiz a escolha errada.

Elend não teria saltado assim quando eu peguei o frasco de metal.

Ela ficou paralisada. Zane puxou seu pulso, mas ela não se moveu. Ele se virou para ela nas brumas, franzindo o cenho enquanto parava na ponta da sacada.

— Desculpe — Vin sussurrou, soltando sua mão. — Não posso ir com você.

— Quê? — Zane perguntou. — Por que não?

Vin balançou a cabeça, virando para voltar até o quarto.

— Me diga o que é! — Zane disse em um tom mais alto. — O que nele atrai você? Ele não é um grande líder. Não é um guerreiro. Não é um alomântico, ou um general. *O que há nele?*

A resposta chegou até ela de forma simples e fácil. *Tome suas decisões, eu apoiarei você nelas.*

— Ele confia em mim — ela sussurrou.

— O quê? — Zane perguntou, incrédulo.

— Quando ataquei Cett — Vin disse —, os outros pensaram que eu estava agindo de forma irracional, e estavam certos. Mas Elend disse a eles que eu tinha um bom motivo, mesmo sem saber qual era.

— Então, ele é um tolo — Zane retrucou.

— Quando conversamos mais tarde — Vin continuou, sem olhar para Zane —, fui fria com ele. Achei que ele sabia que eu estava tentando decidir se ficava com ele ou não. E... ele me disse que confiava no meu julgamento. Ele me apoiaria se eu escolhesse deixá-lo.

— Então, ele também é ingrato — Zane comentou.

Vin balançou a cabeça.

— Não. Ele simplesmente me ama.

— Eu te amo.

Vin fez uma pausa, olhando para Zane. Ele parecia furioso. Desesperado até.

— Acredito em você. Mesmo assim, não posso ir.

— Mas *por quê*?

— Porque eu teria que deixar Elend — ela respondeu. — Mesmo que eu não possa compartilhar dos ideais dele, posso respeitá-los. Mesmo que eu não o mereça, posso ficar perto dele. Vou ficar, Zane.

Zane ficou em silêncio por um instante, as brumas caindo ao redor dos ombros.

— Então, eu falhei.

Vin desviou o olhar.

— Não. Não é que você falhou. Você não falhou simplesmente porque eu...

Ele a empurrou, jogando-a no chão coberto de brumas. Vin virou a cabeça, chocada, quando bateu no assoalho de madeira, perdendo o fôlego.

Zane assomou sobre ela, seu rosto sombrio.

— Você devia me salvar — ele chiou.

Vin avivou todos os metais que tinha em um golpe repentino. Ela empurrou Zane para trás e *puxou-se* para as dobradiças da porta. Voou para trás e bateu com tudo na porta, a madeira estalando levemente, mas ela estava tensa demais — chocada demais — para sentir qualquer coisa além do baque.

Zane ergueu-se em silêncio, alto, obscuro. Vin rolou para a frente, agachando. Zane estava atacando. Atacando-a para valer.

Mas... ele...

— OreSeur! — Vin falou, ignorando as objeções de sua mente, sacando as adagas. — Fuja!

Comando dado, ela atacou, tentando distrair a atenção de Zane do cão de guarda. Zane desviou do seu ataque com uma graça natural. Vin golpeou com a adaga na direção do pescoço dele. Errou por pouco quando Zane tombou a cabeça para trás. Golpeou na lateral, no braço, no peito. Errou todos os ataques.

Ela sabia que ele estava queimando atium. Ela já esperava. Derrapou até parar, olhando para ele. Nem havia se dado ao trabalho de puxar as armas. Estava diante dela, o rosto soturno, a bruma um lago crescente aos seus pés.

— Por que não me ouviu, Vin? — ele perguntou. — Por que me força a continuar sendo a ferramenta de Straff? Nós dois sabemos aonde isso vai dar.

Vin o ignorou. Cerrando os dentes, ela partiu para o ataque. Zane estapeou-a com indiferença, e ela *empurrou* levemente contra os metais da escrivaninha atrás dele, lançando-se para trás, como se lançada pela força do seu golpe. Ela bateu na parede, em seguida caiu no chão.

Bem ao lado do assustado OreSeur.

Ele não havia aberto o ombro para lhe dar o atium. Ele não entendera o código?

— O atium que te dei — Vin chiou. — Preciso dele. *Agora*.

— Kandra — Zane falou. — Venha até mim.

OreSeur encontrou seus olhos, e ela viu algo dentro deles. Vergonha. Ele desviou o olhar, então atravessou o quarto, as brumas subindo pelos joelhos enquanto ele se juntava a Zane no centro do quarto.

— Não... — Vin sussurrou. — OreSeur...

— Não obedecerá mais aos comandos dela, TenSoon — Zane falou.

OreSeur abaixou a cabeça.

— O Contrato, OreSeur! — Vin falou, ficando de joelhos. — Você *tem* que obedecer às minhas ordens!

— Meu servo, Vin — disse Zane. — Meu Contrato. *Minhas* ordens.

Meu servo...

E, de repente, tudo se encaixou. Ela suspeitou de todos — Dockson, Brisa, até mesmo de Elend —, mas nunca ligou o espião à única pessoa que fazia mais sentido. *Havia* um kandra no palácio desde o início. E ele estava ao lado dela.

— Desculpe, senhora — OreSeur sussurrou.

— Há quanto tempo? — Vin perguntou, abaixando a cabeça.

— Desde que deu ao meu predecessor, o verdadeiro OreSeur, o corpo de cão — o kandra disse. — Eu o matei naquele dia e tomei seu lugar, usando o corpo de um cachorro. A senhora nunca o viu como cão de guarda.

Que maneira mais fácil de mascarar a transformação?, Vin pensou.

— Mas os ossos que descobrimos no palácio — ela disse. — Você estava comigo na muralha quando eles apareceram. Eles...

Ela aceitou a palavra dele sobre como os ossos estavam frescos; ela aceitou a palavra dele sobre quando foram produzidos. Presumiu desde o começo que a troca devia ter acontecido naquele dia, quando ela estava com Elend na muralha da cidade, mas o fez principalmente porque OreSeur havia dito.

Idiota!, ela pensou. OreSeur — ou TenSoon, como Zane o chamou — a levara a suspeitar de todos, exceto dele mesmo. O que havia de errado com ela? Em geral era tão boa em farejar traidores, perceber insinceridade. Como ela não conseguira identificar seu próprio kandra?

Zane avançou. Vin esperou, de joelhos. *Fraca*, ela disse a si mesma. *Pareça fraca. Faça com que ele a deixe em paz. Tente...*

— Me *abrandar* não vai adiantar — Zane falou em silêncio, agarrando-a pela frente da camisa, erguendo-a e, em seguida, jogando-a para trás. As brumas espalhavam-se embaixo dela, subindo numa onda quando ela bateu no assoalho. Vin reprimiu um grito de dor.

Tenho que ficar quieta. Se os guardas vierem, ele vai matá-los. Se Elend vier...

Ela tinha de ficar quieta, mesmo enquanto Zane a chutava no lado ferido. Ela grunhiu, olhos marejados.

— Você poderia ter me salvado — Zane disse, olhando para ela. — Eu estava disposto a ir com você. Agora, o que resta? Nada. Nada, além das ordens de Straff. — Ele enfatizou essa frase com um chute.

Mostre-se pequena, ela disse a si mesmo em meio à dor. *Em algum momento, ele a deixará em paz...*

Mas fazia anos que ela não se curvava diante de alguém. Seus dias de encolher-se diante de Camon e Reen eram quase sombras brumosas, esquecidos diante da luz oferecida por Elend e Kelsier. Quando Zane chutou novamente, Vin se viu cada vez mais furiosa.

Ele afastou o pé outra vez, mirando no rosto dela, quando Vin se moveu. Quando o pé de Zane desenhou um arco, ela se lançou para trás, empurrando as trancas da janela para escapar através das brumas. Ela queimou peltre, ficando em pé, deixando um rastro de bruma no chão. Então, ela começou a passar dos joelhos de Vin.

Ela lançou um olhar de ódio para Zane, que devolveu uma expressão sombria. Vin desviou-se para a frente, mas Zane se moveu mais rápido — moveu-se *primeiro* — ficando entre ela e a sacada. Não que chegar até lá melhorasse a situação dela; com atium, ele poderia caçá-la facilmente.

Foi como antes, quando ele a atacou com atium. Mas desta vez foi pior. Antes, ela ainda era capaz de acreditar — mesmo que um pouco — que ele ainda estava treinando. Ainda não eram inimigos, mesmo que não fossem amigos. Ela não acreditara realmente que ele quisesse matá-la.

Desta vez, não tinha ilusões. Os olhos de Zane estavam lúgubres, sua expressão apática — como naquela noite poucos dias antes, quando massacrou os homens de Cett.

Vin ia morrer.

Havia muito tempo que não sentia aquele medo. Mas agora ela o via, sentia, cheirava-o em si mesma enquanto se afastava de Zane, cada vez mais próximo. Sentia o que era encarar um Nascido da Bruma — o que devia ter parecido para aqueles soldados que ela matara. Não havia luta. Não havia chance.

Não, ela disse a si mesma com vigor, segurando as costelas. *Elend não recuou diante de Straff. Ele não tem Alomancia, mas marchou para dentro do acampamento koloss.*

Eu posso acabar com isso.

Com um grito, Vin partiu para cima de TenSoon. O cão se afastou em choque, mas ele não precisava se preocupar. Zane estava lá novamente. Golpeou Vin com o ombro, em seguida girou sua adaga e abriu uma ferida no rosto dela enquanto ela despencava para trás. O corte foi preciso. Perfeito. Combinava com a cicatriz da outra bochecha, feita durante sua primeira luta com um Nascido da Bruma, quase dois anos antes.

Vin cerrou os dentes, queimando ferro quando caiu. Ela *puxou* uma bolsa na mesa, atraindo moedas para sua mão.

Caiu de lado no chão, a outra mão para baixo, e lançou-se de volta em pé. Pegou uma porção de moedas da bolsa em sua mão, em seguida ergueu-as para Zane.

O sangue pingava de seu queixo. Ela lançou as moedas. Zane moveu-se para *empurrá-las* para longe.

Vin sorriu, então queimou duralumínio enquanto *empurrava*. As moedas zuniram para a frente, e o vento delas de repente abrindo a bruma no chão, revelando o chão embaixo deles.

A sala tremeu.

E, num piscar de olhos, Vin se viu voando para bater no fundo da parede. Ela arfou, surpresa, o ar arrancado dos pulmões, sua visão turva. Ela ergueu os olhos, desorientada, surpresa por ver-se outra vez no chão.

— Duralumínio — Zane falou, ainda em pé com a mão erguida diante dele. — TenSoon me falou sobre ele. Deduzimos que você devia ter um novo metal pela forma com que consegue me sentir quando meu cobre está avivado. Depois disso, buscando um pouco, ele encontrou aquela anotação do seu metalurgista, que dispunha das instruções para fazer duralumínio.

Sua mente confusa lutava para conectar as ideias. Zane tinha duralumínio. Ele havia usado o metal e *empurrado* uma das moedas que ela disparara nele. Deve ter se *empurrado* para trás também, para impedir ser forçado para trás quando seu peso encontrou o dela. E seu próprio *empurrão* aumentado pelo duralumínio a lançara contra a parede.

Zane caminhou para a frente. Ela ergueu os olhos, confusa, em seguida se afastou de quatro, engatinhando nas brumas. Elas estavam no nível do rosto, e suas narinas coçavam enquanto ela inalava o caos frio, silencioso.

Atium. Ela precisava de atium. Mas a conta estava no ombro de TenSoon; ela não conseguia *puxá-lo* para si. O motivo pelo qual ele a carregava lá era porque sua carne era protegida dos efeitos alomânticos. Como as estacas que perfuravam o corpo de um Inquisidor, como seu próprio brinco.

Mas ela o fizera uma vez. Quando lutou com o Senhor Soberano. Não fora seu próprio poder, ou mesmo duralumínio, que permitiu que ela conseguisse. Fora outra coisa. As brumas.

Ela recorreu a elas, e elas alimentaram sua Alomancia.

Algo a atingiu nas costas, derrubando-a. Ela rolou de costas, chutando para o alto, mas seu pé errou o rosto de Zane por alguns centímetros, auxiliado pelo atium. Zane afastou o pé de Vin com um tapa, em seguida abaixou-se, batendo-a contra o assoalho pelos ombros.

As brumas rodopiavam ao redor dele enquanto ele olhava para ela. Através do seu terror, ela buscou as brumas, implorando por sua ajuda.

E nada aconteceu.

Por favor...

Zane bateu-a no chão novamente. As brumas continuavam a ignorá-la.

Ela girou, *puxando* o caixilho da janela para se erguer, e empurrou Zane para o lado. Eles rolaram, Vin ficando sobre ele.

De repente, os dois despregaram-se do chão, rasgando as brumas e voando na direção do teto, lançados para cima quando Zane *empurrou* contra as moedas no chão. Eles bateram no teto, o corpo de Zane pressionado no dela, prendendo-a às tábuas. Ele estava por cima de novo — ou melhor, por baixo, mas aquele agora era o ponto de vantagem.

Vin ofegou. Ele era muito forte. Mais forte que ela. Seus dedos enterravam-se na carne dos seus braços, apesar do peltre, e sua lateral doía de suas feridas anteriores. Não tinha condições de lutar — não com outro Nascido da Bruma.

Muito menos com um queimando atium.

Zane continuava a *empurrá-los* contra o teto. Os cabelos de Vin caíam na direção dele, e as brumas rodopiavam no chão abaixo de ambos, como um vórtice de redemoinho que lentamente subia.

Zane soltou seu *empurrão*, e eles caíram. Ainda assim, ele continuou no controle. Ele a girou, lançando-a para baixo dele quando entraram outra vez nas brumas. Eles bateram no chão, a pancada arrancando o ar dos pulmões de Vin mais uma vez. Zane agigantava-se sobre ela, falando entredentes.

— Todo aquele esforço, desperdiçado — ele sibilou. — Esconder alomânticos entre os assassinos de Cett para que você suspeitasse dele atacando você na Assembleia. Forçar você a lutar na frente de Elend para que ele ficasse intimidado por você. Provocando-a para explorar seus poderes e matar para perceber o quanto você é realmente poderosa. Tudo desperdiçado!

Ele se inclinou para ela.

— Você. Devia. *Me salvar!* — ele disse, seu rosto a poucos centímetros do dela, ofegante. Ele prendeu um dos braços agitados dela ao chão com o joelho, e em seguida, num momento estranhamente surreal, ele a beijou.

E, ao mesmo tempo, deslizou uma adaga na lateral de um dos seios dela. Vin tentou gritar, mas sua boca estava coberta com a dele enquanto a adaga cortava a carne.

— Cuidado, mestre! — OreSeur-TenSoon — gritou de repente. — Ela sabe demais sobre os kandras!

Zane olhou para cima, com a mão parada. A voz e a dor trouxeram lucidez a Vin. Ela queimou estanho, usando a dor para despertá-la com o choque, limpando a mente.

— Quê? — Zane perguntou, olhando para o kandra.

— Ela sabe, mestre — TenSoon disse. — Ela conhece nosso segredo. O motivo pelo qual servimos o Senhor Soberano. O motivo pelo qual cumprimos o Contrato. Ela sabe *por que temos tanto medo de alomânticos.*

— Fique quieto — Zane ordenou. — E não fale mais.

TenSoon ficou em silêncio.

Nosso segredo... Vin pensou, olhando para o cão de guarda, sentindo a ansiedade em sua expressão canina. *Está tentando me dizer alguma coisa. Tentando me ajudar.*

Segredo. O segredo dos kandras. Da última vez que ela tentou *abrandá-lo*, ele uivou de dor. Ainda assim, ela via permissão na expressão dele. Era o bastante.

Ela assolou TenSoon com o *abrandamento*. Ele gritou, uivando, mas ela *empurrou* mais forte. Nada aconteceu. Cerrando os dentes, ela queimou duralumínio.

Algo se quebrou. Ela estava em dois lugares ao mesmo tempo. Conseguia sentir TenSoon em pé, ao lado da parede, e conseguia sentir seu corpo nos braços de Zane. TenSoon era dela, total e completamente. De alguma forma, sem saber bem como, ela ordenou que ele avançasse, controlando seu corpo.

O corpo imenso do cão de guarda chocou-se contra Zane, tirando-o de cima de Vin. A adaga foi ao chão, e Vin ficou de joelhos, agarrando o peito, sentindo o sangue quente lá. Zane rolou, obviamente chocado, mas ficou em pé e chutou TenSoon.

Ossos quebraram. O cão de guarda tombou no chão, bem diante de Vin. Ela agarrou a adaga do chão enquanto ele rolava aos pés dela, em seguida cravou-a no ombro do cão, cortando o ombro dele, seus dedos tateando o músculo e o tendão. Ela tirou com mãos sangrentas uma única conta de atium. Engoliu-a de uma vez, girando na direção de Zane.

— Agora, vamos ver como você se sai — ela sibilou, queimando atium. Dezenas de sombras de atium explodiram de Zane, mostrando a ela possíveis ações que ele poderia tomar — todas ambíguas. Ela estaria emitindo a mesma confusão para os olhos dele. Estavam nivelados.

Zane virou-se, fitando os olhos de Vin, e suas sombras de atium desapareceram.

Impossível!, ela pensou. TenSoon grunhiu aos pés dela quando ela percebeu que a reserva de atium havia desaparecido. Extinguido. Mas a conta era tão grande...

— Achou que eu daria justamente a arma que você precisava para me combater? — Zane perguntou em voz baixa. — Achou mesmo que eu iria abrir mão de atium?

— Mas...

— Uma bolinha de chumbo — Zane falou, avançando. — Banhada com uma fina camada de atium. Ah, Vin. Você precisa ser mais cuidadosa com quem você confia.

Vin cambaleou para trás, sentindo a confiança definhar. *Faça-o falar!*, ela pensou. *Tente fazer seu atium terminar.*

— Meu irmão dizia que eu não deveria confiar em ninguém... — ela murmurou. — Ele disse... que qualquer um me trairia.

— Ele era um homem sábio — Zane falou baixinho, com as brumas na altura do peito.

— Era um tolo paranoico — Vin falou. — Me manteve viva, mas me deixou em frangalhos.

— Então, ele te fez um favor.

Vin olhou para a forma mutilada e sangrenta de TenSoon. Estava com dor; conseguia ver nos olhos dele. À distância ela conseguia ouvir... pulsações. Ela voltou a queimar bronze. Ergueu os olhos devagar. Zane caminhava para cima dela. Confiante.

— Você estava jogando comigo — ela disse. — Você tentou me separar de Elend. Me fez pensar que ele me temia, me fez pensar que ele estava me usando.

— E estava — Zane falou.

— Sim, mas não importa... não do jeito que você fez parecer. Elend me usa. Kelsier me usou. Usamos uns aos outros por amor, por apoio, por confiança.

— A confiança vai te matar — ele retrucou.

— Então, é melhor morrer.

— Eu confiei em você — ele disse, parando diante dela. — E você me traiu.

— Não — Vin respondeu, erguendo a adaga. — Eu vou te salvar. Como você quer.

Ela saltou para a frente e atacou, mas sua esperança — de que ele houvesse exaurido o atium — foi em vão. Ele se esquivou, indiferente; deixou a adaga passar a poucos centímetros de acertá-lo, mas nunca correu perigo real.

Vin girou para atacar, mas sua lâmina cortou apenas o ar, limando as brumas que subiam.

Zane moveu-se antes que o próximo ataque viesse, desviando até mesmo antes de ela saber o que ia fazer. Sua adaga mergulhava no lugar onde ele estava.

É rápido demais, ela pensou, o peito ardendo, a mente pulsando. Ou era o Poço da Ascensão pulsando...

Zane parou bem diante de Vin.

Não posso acertá-lo, ela pensou, frustrada. *Não se ele souber onde vou bater antes de eu atacar!*

Vin hesitou.

Antes de eu atacar...

Zane caminhou até um ponto próximo do centro da sala, em seguida chutou para o ar a adaga caída e a agarrou. Ele se voltou para ela, a bruma deixando um rastro da arma na sua mão, dentes cerrados e olhos sombrios.

Ele sabe onde vou bater antes de eu atacar.

Vin ergueu a adaga, o sangue pingando do rosto e do seio, tambores ribombando na sua mente. A bruma estava quase no seu queixo.

Ela limpou a mente. Não planejou um ataque. Não reagiu a Zane quando ele correu na sua direção, a adaga erguida. Relaxou os músculos e fechou os olhos, ouvindo seus passos. Sentiu a bruma erguer-se ao seu redor, rodopiando com a vinda de Zane.

Ela abriu os olhos de uma vez. Ele estava com a adaga erguida; ela reluziu quando golpeou. Vin preparou o ataque, mas não pensou no golpe — simplesmente deixou o corpo reagir.

E observou Zane com muito, muito cuidado.

Ele desviou um pouco à esquerda, a mão aberta se erguendo, como se para agarrar alguma coisa.

Isso!, Vin pensou, imediatamente torcendo o corpo para o lado, forçando para seu ataque instintivo sair do trajeto natural. Ela girou o braço — e a adaga — no meio do golpe. Estava prestes a atacar à esquerda, como o atium de Zane antecipou.

Mas, ao reagir, Zane lhe mostrou o que ela faria. Deixou-a prever o futuro. E se ela podia vê-lo, podia mudá-lo.

Eles se encontraram. A arma de Zane acertou o ombro de Vin. Mas a adaga dela atingiu-o no pescoço. Sua mão esquerda fechou-se no ar vazio, agarrando uma sombra que devia ter lhe dito onde o braço dela estaria.

Zane tentou respirar, mas a faca havia perfurado sua traqueia. O ar foi sugado com sangue ao redor da lâmina, e Zane tombou para trás, com os olhos arregalados, em choque. Ele olhou para ela, em seguida despencou nas brumas, seu corpo causando um baque contra o assoalho de madeira.

ZANE ERGUEU OS OLHOS ATRAVÉS das brumas, fitando-a. *Estou morrendo*, ele pensou.

A sombra de atium dela *dividiu-se* no último momento. Duas sombras, duas possibilidades. Ele contra-atacou a errada. Ela o enganara, de alguma forma o derrotara. E agora ele estava morrendo.

Finalmente.

— Sabe por que pensei que você me salvaria? — ele tentou sussurrar para ela, embora soubesse que seus lábios não estavam formando palavras direito. — A voz. Você foi a primeira pessoa que eu já conheci que ela não disse para matar. A única pessoa.

— Claro que eu não disse para você *matá-la* — Deus falou.

Zane sentiu sua vida esvair-se.

— Sabe o que é realmente engraçado, Zane? — Deus perguntou. — A parte mais divertida nisso tudo? Você não é insano.

Nunca foi.

VIN OBSERVOU EM SILÊNCIO ENQUANTO Zane cuspia, o sangue vazando dos lábios. Observou com cuidado; uma faca na garganta deveria ter sido o bastante para matar até mesmo um Nascido da Bruma, mas às vezes o peltre podia fazer coisas incríveis.

Zane morreu. Ela verificou seu pulso, em seguida arrancou sua adaga. Depois disso, ficou parada por um momento, sentindo-se... entorpecida em corpo e mente. Ergueu a mão para o ombro ferido — e, ao fazê-lo, resvalou no seio machucado. Estava sangrando demais, e sua mente ficava cada vez mais turva de novo.

Eu o matei.

Ela avivou peltre, forçando a si mesma para continuar em movimento. Tombou sobre TenSoon, ajoelhando-se ao lado dele.

— Senhora — ele falou. — Me desculpe...

— Eu sei — ela falou, encarando a ferida terrível que ela fizera. As pernas dele não funcionavam mais, e o corpo jazia retorcido de forma anormal.

— Como posso ajudar?

— Ajudar? — TenSoon perguntou. — Senhora, eu quase causei sua morte!

— Eu sei — ela repetiu. — Como posso fazer a dor ir embora? Precisa de outro corpo?

TenSoon ficou em silêncio por um momento.

— Sim.

— Pegue o de Zane — Vin falou. — Ao menos por enquanto.

— Ele está morto? — TenSoon perguntou com surpresa.

Ele não conseguia ver, ela percebeu. *Seu pescoço está quebrado.*

— Sim — ela sussurrou.

— Como, senhora? — TenSoon perguntou. — Ele queimou todo o atium?

— Não — Vin respondeu.

— Então, como?

— O atium tem um fraqueza — ela disse. — Deixa você ver o futuro.

— Isso... não parece uma fraqueza, senhora.

Vin suspirou, vacilando um pouco. *Foco!*, ela pensou.

— Quando se queima atium, é possível ver alguns momentos no futuro e mudar o que acontecerá nesse futuro. Pode agarrar uma flecha que deveria continuar voando. Pode desviar de um golpe que deveria ter te matado. E pode mover-se para bloquear um ataque antes que ele aconteça.

TenSoon estava quieto, obviamente confuso.

— Ele me mostrou o que *eu* iria fazer — Vin falou. — Eu não podia mudar o futuro, mas Zane podia. Ao reagir ao meu ataque antes mesmo de eu saber o que eu faria, ele teve o descuido de me mostrar o futuro. Reagi contra ele, e ele tentou bloquear um golpe que nunca aconteceu. Isso me permitiu matá-lo.

— Senhora... — TenSoon sussurrou. — Isso é brilhante.

— Certamente não sou a primeira a pensar nisso — Vin falou, exausta. — Mas não é o tipo de segredo que se compartilha. De qualquer forma, tome o corpo dele.

— Eu... preferiria não pegar os ossos daquela criatura — TenSoon disse. — A senhora não sabe o quanto ele era quebrado, senhora.

Vin assentiu, cansada.

— Eu posso encontrar outro corpo de cachorro, se quiser.

— Não será necessário, senhora — TenSoon disse baixinho. — Ainda tenho os ossos do outro cão de guarda que a senhora me deu, e a maioria deles ainda está boa. Se eu substituir alguns deles por ossos bons deste corpo, devo ser capaz de formar um esqueleto completo para usar.

— Faça isso, então. Precisamos planejar o que fazer em seguida.

TenSoon ficou quieto por um momento. Finalmente, ele disse.

— Senhora, meu Contrato fica nulo agora que meu mestre está morto. Eu... preciso voltar ao meu povo para ser designado para uma nova incumbência.

— Ah — Vin falou, sentindo um aperto de tristeza. — Claro.

— Não quero ir — TenSoon falou. — Mas preciso ao menos prestar contas ao meu povo. Por favor, me perdoe.

— Não há nada para perdoar — Vin falou. — E, obrigada pela dica precisa no final.

TenSoon deixou-se ficar em silêncio. Ela podia ver a culpa em seus olhos caninos. *Ele não deveria ter me ajudado contra seu atual mestre.*

— Senhora — TenSoon disse. — A senhora sabe nosso segredo agora. Os Nascidos da Bruma podem controlar o corpo de um kandra com Alomancia. Não sei o que a senhora fará com isso, mas saiba que confiei à senhora um segredo que meu povo manteve guardado por milhares de anos. A maneira através da qual os alomânticos podiam controlar nossos corpos e nos escravizar.

— Eu... nem entendi direito o que aconteceu.

— Talvez seja melhor assim — TenSoon disse. — Por favor, me deixe sozinho. Estou com os ossos do outro cão no armário. Quando a senhora voltar, terei ido embora.

Vin levantou-se, meneando a cabeça. Ela saiu, abrindo caminho entre as brumas e buscando o corredor de saída. Seus ferimentos precisavam de cuidados. Ela sabia que deveria ir até Sazed, mas de alguma forma não conseguiu se forçar naquela direção. Caminhou mais rápido, seus pés levando-a pelo corredor, até ela estar correndo.

Tudo estava desabando ao redor dela. Não conseguia cuidar de tudo, não conseguia manter as coisas em ordem. Mas sabia o que queria.

E, portanto, correu até ele.

Ele é um bom homem — apesar de tudo, ele é um bom homem. Um homem que se sacrifica. Na verdade, todos os seus atos — todas as mortes, a destruição e as dores que ele causou — feriram-no profundamente. Todas essas coisas foram uma espécie de sacrifício para ele.

48

ELEND BOCEJOU, OLHANDO PARA A carta que redigira a Jastes. Talvez pudesse persuadir seu antigo amigo a enxergar a razão.

Se ele não conseguisse... bem, uma cópia da moeda de madeira que Jastes esteve usando para "pagar" os koloss estava sobre sua escrivaninha. Era uma cópia perfeita, talhada pelo próprio Trevo. Elend tinha absoluta certeza de que tinha acesso a mais madeira que Jastes. Se pudesse ajudar Penrod a protelar por mais algumas semanas, poderiam fazer "dinheiro" o bastante para subornar os koloss para irem embora.

Ele pousou sua pena na escrivaninha, esfregando os olhos. Era tarde. Hora de...

Sua porta abriu-se de uma vez. Elend girou e viu Vin sussurrando, correndo pela sala e jogando-se em seus braços. Ela estava chorando.

E sangrando.

— Vin! — ele disse. — O que houve?

— Eu o matei — ela disse, com a cabeça enterrada no peito de Elend.

— Quem?

— Seu irmão — ela disse. — Zane, o Nascido da Bruma de Straff. Eu o matei.

— Espere. O quê? Meu *irmão*?

Vin assentiu com a cabeça.

— Me desculpe.

— Esqueça isso, Vin! — Elend disse, gentilmente empurrando-a para trás e sentando-a na sua poltrona. Tinha um rasgo no rosto, e sua camisa estava colada de sangue. — Senhor Soberano! Vou buscar Sazed agora mesmo.

— Não me deixe — ela disse, segurando seu braço.

Elend fez uma pausa. Algo havia mudado. Ela parecia precisar dele de novo.

— Venha comigo, então. Vamos os dois vê-lo.

Vin concordou, erguendo-se. Ela cambaleou apenas um pouco, e Elend sentiu uma pontada de medo, mas a expressão determinada dela não era algo que ele quisesse desafiar. Passou o braço ao redor dela, deixando que se apoiasse nele enquanto caminhavam até os aposentos de Sazed. Elend parou para bater, mas Vin simplesmente abriu caminho para a sala escura, em seguida cambaleou e sentou-se no chão lá dentro.

— Vou... sentar aqui — ela disse.

Elend ficou ao lado dela, preocupado, em seguida ergueu seu lampião e gritou na direção do aposento:

— Sazed!

O terrisano apareceu num momento depois, parecendo exausto e vestindo uma túnica branca de dormir. Olhou para Vin, piscou algumas vezes, em seguida desapareceu em seus aposentos. Voltou logo depois com um bracelete mente de metal amarrado no antebraço e uma bolsa com equipamentos médicos.

— Agora, Lady Vin — Sazed falou, deitando a bolsa no chão. — O que o mestre Kelsier diria se visse você nestas condições? Desse jeito você arruína mais roupas, creio eu...

— Não é hora para frivolidades, Sazed — Elend disse.

— Desculpe, Vossa Majestade — Sazed disse, cuidadosamente cortando o tecido no ombro de Vin. — No entanto, se ela ainda está consciente, não está em perigo.

Ele olhou a ferida mais de perto, pegando distraidamente panos limpos da bolsa.

— Vê aqui? — Sazed perguntou. — Este corte é profundo, mas a lâmina foi desviada pelo osso, e não acertou os vasos principais. Segure isto aqui. — Ele apertou um tecido contra a ferida, e Elend pousou a mão nele. Vin estava sentada com os olhos fechados, descansando a cabeça contra a parede, o sangue pingando lentamente do queixo. Parecia mais exausta que dolorida.

Sazed pegou a faca e cortou a frente da camisa de Vin, expondo seu seio ferido.

Elend hesitou.

— Talvez eu devesse...

— Fique — Vin falou. Não era uma súplica, mas uma ordem. Ergueu a cabeça, abrindo os olhos quando Sazed estalou a língua baixinho ao ver a ferida, em seguida pegou um anestésico, uma agulha e linha.

— Elend — ela disse —, preciso te dizer uma coisa.

— Tudo bem.

— Eu entendi uma coisa sobre Kelsier — ela disse, baixinho. — Eu sempre me concentro nas coisas erradas quando penso nele. É difícil esquecer as horas que ele passou me treinando para ser uma alomântica. Mesmo assim, não foi sua capacidade de lutar que o fez grande, não foi sua crueldade ou sua brutalidade, nem mesmo a força ou os instintos.

Elend franziu a testa.

— Você sabe o que foi? — ela perguntou.

Ele sacudiu a cabeça, ainda pressionando o pano contra o ombro dela.

— A capacidade de confiar — ela disse. — Foi a maneira pela qual ele transformava pessoas boas em pessoas *melhores*, a maneira que ele as inspirava. Sua gangue funcionava porque ele confiava em seus homens, porque os respeitava. E, em troca, eles respeitavam-se uns aos outros. Homens como Brisa e Trevo se tornaram heróis porque Kelsier tinha fé neles.

Ela ergueu para ele olhos piscando de cansaço.

— E você é muito melhor nisso que Kelsier, Elend. Ele precisou trabalhar para desenvolver isso. Você faz por instinto, tratando mesmo ratos como Philen como se fossem bons e honrados. Não é ingenuidade, como alguns pensam. É o que Kelsier tinha, só que maior. Ele poderia ter aprendido com você.

— Você me dá mérito demais — ele disse.

Ela abanou a cabeça exausta. Em seguida, virou-se para Sazed.

— Sazed?

— Sim, menina?

— Você conhece alguma cerimônia de casamento?

Elend quase soltou o pano, estarrecido.

— Conheço várias — Sazed disse enquanto cuidava da ferida. — Umas duzentas, na verdade.

— Qual é a mais curta? — Vin perguntou.

Sazed puxou um ponto com firmeza.

— O povo de Larsta apenas exigia uma profissão de amor diante de um sacerdote local. A simplicidade era um princípio da sua estrutura de crença; uma reação, talvez, às tradições da terra da qual foram banidos, conhecida por seu sistema complexo de regras burocráticas. É uma boa religião, que se concentra na beleza simples encontrada na natureza.

Vin olhou para Elend. O rosto dela sangrava, seu cabelo estava desgrenhado.

— Agora, veja — ele disse. — Vin, não acha que talvez isso devesse esperar até, você sabe...

— Elend? — ela interrompeu. — Eu te amo.

Ele ficou paralisado.

— Você me ama? — ela perguntou.

Isso é insano.

— Sim — ele disse, baixinho.

Vin voltou-se para Sazed, que ainda estava trabalhando.

— Bem?

Sazed ergueu os olhos, seus dedos cheios de sangue.

— É um momento bem estranho para um acontecimento assim, creio eu.

Elend assentiu, concordando.

— É só um pouco de sangue — Vin falou, cansada. — Estou bem mesmo, agora que eu me sentei.

— Sim — Sazed falou —, mas você parece um pouco consternada, Lady Vin. Essa não é uma decisão a ser tomada de forma leviana, sob a influência de fortes emoções.

Vin sorriu.

— A decisão de se casar não deveria ser feita por conta de emoções fortes?

Sazed gaguejou.

— Não é exatamente o que eu quis dizer. Apenas não estou bem certo se você está em pleno controle de suas faculdades, Lady Vin.

Vin balançou a cabeça.

— Estou mais no controle do que estive durante meses. Está na hora de eu parar de hesitar, Sazed, hora de parar de me preocupar, hora de aceitar meu lugar nessa gangue. Agora, eu sei o que quero. Eu amo Elend. Não sei quanto tempo teremos juntos, mas eu quero *algum* tempo, ao menos.

Sazed recuou por um momento, em seguida voltou aos pontos.

— E você, Lorde Elend? O que acha?

O que *ele* achava? Ele se lembrou do dia anterior, quando Vin falara sobre partir, e a dor que ele sentiu. Pensou em quanto ele dependia da sabedoria dela, e de sua franqueza, e de sua devoção simples, mas não simplista, a ele. Sim, ele a amava.

O mundo havia ficado caótico nos últimos tempos. Ele cometera erros. Ainda assim, apesar de tudo o que havia acontecido, e apesar de suas frustrações, ele ainda sentia vigorosamente que queria estar com Vin. Não era a paixão idílica que sentira um ano e meio antes, nas festas. Mas seu sentimento era mais sólido.

— Sim, Sazed — ele disse. — Quero me casar com ela. Quero isso já há algum tempo. Eu... não sei o que vai acontecer com a cidade, ou com meu reino, mas quero estar com Vin quando acontecer.

Sazed continuou a trabalhar.

— Muito bem, então — ele disse, por fim. — Se vocês precisam do meu testemunho, então vocês o têm.

Elend ajoelhou-se, ainda apertando o pano no ombro de Vin, sentindo-se um pouco espantado.

— É isso, então?

Sazed assentiu com a cabeça.

— É tão válido quanto qualquer testemunho que os obrigadores poderiam lhes dar, creio eu. Mas, prestem atenção, o juramento de amor dos larsta é vinculativo. Eles não conheciam nenhuma forma de divórcio em sua cultura. Vocês aceitam meu testemunho deste acontecimento?

Vin assentiu. Elend flagrou-se fazendo o mesmo.

— Então, vocês estão casados — Sazed disse, amarrando a linha, em seguida estendendo uma toalha sobre o peito de Vin. — Segure isso por um momento, Lady Vin, e estanque o restante do sangramento. — Em seguida, ele concentrou-se no rosto.

— Eu pensava que haveria uma cerimônia ou algo assim — Elend falou.

— Eu poderia celebrar uma, se desejarem — Sazed respondeu —, mas não acho que precisem. Eu conheço os dois há um tempo e estou disposto a dar minhas bênçãos a esta união. Aqueles que assumem levianamente promessas feitas àqueles que amam são pessoas que encontram pouca satisfação duradoura na vida. Esta não é uma época fácil de se viver. O que não significa que deve ser um momento difícil para amar, mas sim que vocês encontrarão tensões atípicas em sua vida e no seu relacionamento.

"Não esqueçam a jura de amor que fizeram um ao outro nesta noite. Ela lhes dará muita força nos dias vindouros, creio eu."

Com isso, ele deu o último ponto no rosto de Vin, em seguida começou a trabalhar no ombro. O sangramento lá já havia quase estancado, e Sazed observou o ferimento por um instante antes de começar a trabalhar nele.

Vin ergueu os olhos para Elend, parecendo um pouco sonolenta. Ele se levantou e caminhou até a bacia de água do quarto, e voltou com uma toalha úmida para limpar o rosto dela.

— Desculpe — ela falou baixinho quando Sazed deu a volta e tomou o lugar onde Elend estava ajoelhado.

— Desculpe? — Elend perguntou. — Pelo Nascido da Bruma do meu pai?

Vin balançou a cabeça.

— Não. Por demorar tanto.

Elend sorriu.

— Você vale a espera. Além disso, eu acho que precisava entender algumas coisas também.

— Como ser rei, por exemplo?

— E como parar de ser.

Vin negou com a cabeça.

— Você nunca deixou de ser rei, Elend. Podem tirar sua coroa, mas não podem tirar sua honra.

Elend sorriu.

— Obrigado. Mas não sei quanto bem fiz para a cidade. Apenas por estar aqui, dividi as pessoas, e agora Straff acabará no controle.

— Vou matar Straff se ele puser um pé nesta cidade.

Elend apertou os dentes. *De volta aos velhos problemas*. Eles só poderiam segurar a faca de Vin contra o pescoço dele por algum tempo. Ele precisava descobrir uma maneira de se safar, e ainda havia Jastes e aqueles koloss...

— Vossa Majestade — Sazed disse, enquanto trabalhava —, talvez eu possa oferecer uma solução.

Elend baixou os olhos para o terrisano, erguendo a sobrancelha.

— O Poço da Ascensão — disse Sazed.

Vin abriu os olhos de pronto.

— Tindwyl e eu estivemos pesquisando o Herói das Eras — Sazed continuou. — Estamos convencidos de que Rashek nunca fez o que o Herói deveria fazer. Na verdade, não estamos nem convencidos de que o tal Alendi de mil anos atrás *era* o Herói. Há muitas discrepâncias, problemas e contradições demais. Além disso, as brumas, as Profundezas, ainda estão aqui. E agora elas estão matando as pessoas.

Elend franziu a testa.

— O que está dizendo?

Sazed puxou um ponto com firmeza.

— Algo ainda precisa ser feito, Vossa Majestade. Algo importante. Olhando de uma perspectiva menor, talvez pareça que os eventos em Luthadel e o ressurgimento do Poço da Ascensão não têm relação. Porém, numa visão mais ampla, um pode ser solução para o outro.

Elend sorriu.

— Como a fechadura e a chave.

— Sim, Majestade — Sazed respondeu, sorrindo. — Precisamente.

— Ele pulsa — Vin sussurrou, fechando os olhos. — Na minha cabeça. Eu posso *senti-lo*.

Sazed hesitou, em seguida enrolou uma bandagem no braço de Vin.

— Consegue sentir onde está?

Vin balançou a cabeça.

— Eu... Não parece existir uma direção para as pulsações. Pensei que estavam distantes, mas estão ficando mais altas.

— Deve ser o Poço recuperando o poder — Sazed comentou. — Felizmente eu sei onde encontrá-lo.

Elend virou-se, e Vin abriu os olhos de novo.

— Minha investigação revelou a localização, Lady Vin — Sazed disse. — Posso desenhar um mapa com minhas mentes de metais.

— Onde? — Vin sussurrou.

— No norte — Sazed respondeu. — Nas Montanhas de Terris. Sobre um dos picos mais baixos, conhecido como Derytatith. Viajar para lá será difícil nesta época do ano...

— Eu posso ir — Vin falou com firmeza, enquanto Sazed se virava para trabalhar no peito ferido. Elend corou novamente, em seguida fez uma pausa quando afastou os olhos.

Eu... estou casado.

— Você vai partir? — Elend perguntou, olhando para Vin. — Agora?

— Eu preciso — Vin sussurrou. — Eu *preciso* ir até lá, Elend.

— Deveria ir com ela, Vossa Majestade — Sazed comentou.

— Quê?

Sazed suspirou, erguendo os olhos.

— Temos de encarar os fatos, Majestade. Como disse há pouco, Straff logo tomará a cidade. Se estiver aqui, será executado. No entanto, Lady Vin sem dúvida precisará de ajuda para encontrar o Poço.

— Ele deve guardar um grande poder — Elend falou, coçando o queixo. — Acha que conseguiríamos destruir aqueles exércitos?

Vin balançou a cabeça.

— Não poderíamos usá-lo — ela sussurrou. — O poder é uma tentação. Foi o que deu errado da última vez. Rashek tomou o poder em vez de renunciar a ele.

— Renunciar a ele? — Elend perguntou. — Como assim?

— Deixá-lo partir, Vossa Majestade — Sazed respondeu. — Deixar que *ele* derrote as Profundezas sozinho.

— Confiança — Vin murmurou. — É sobre confiança.

— Porém, acredito que libertar esse poder poderia fazer grandes coisas por esta terra. Mudar as coisas e desfazer muito do dano que o Senhor Soberano impingiu. Tenho uma forte suspeita de que ele destruiria os koloss, pois eles foram criados com o mau uso do poder pelo Senhor Soberano — Sazed explicou.

— Mas Straff tomaria a cidade — Elend disse.

— Sim — Sazed concordou —, mas, se você partir, a transição será pacífica. A Assembleia praticamente decidiu aceitá-lo como imperador, e parece que ele permitirá que Penrod governe como rei submisso a ele. Não haverá derramamento de sangue, e você poderá organizar a resistência do lado de fora. Além disso, quem sabe o que a libertação do poder fará? Lady Vin poderia acabar mudada, como o Senhor Soberano foi. Com a gangue escondida dentro da cidade, não seria tão difícil expulsar seu pai, especialmente quando ele estiver mais complacente, em um ano mais ou menos.

Elend cerrou os dentes. *Outra revolução.* Ainda assim, o que Sazed dizia tinha sentido. *Até então, estivemos nos preocupando em pequena escala.* Ele olhou para Vin, sentindo uma onda de ternura e amor. *Talvez seja hora de eu começar a ouvir as coisas que ela vem tentando me dizer.*

— Sazed — Elend falou quando um pensamento repentino lhe ocorreu —, acha que eu poderia convencer os terrisanos a nos ajudar?

— Talvez, Majestade — Sazed respondeu. — Minha proibição de intervir, aquela que tenho ignorado, existe porque fui incumbido pelo Sínodo de uma missão diferente, não porque eles desejavam evitar toda a ação. Se conseguisse convencer o Sínodo de que o futuro do povo de Terris será beneficiado ao ter um aliado forte em Luthadel, poderá obter ajuda militar de Terris.

Elend assentiu, pensativo.

— Lembre-se da fechadura e da chave, Vossa Majestade — Sazed falou, terminando os pontos na segunda ferida de Vin. — Nesse caso, partir parecerá o oposto do que deveria fazer. No entanto, se olhar o cenário maior, verá que é precisamente o que *precisa* fazer.

Vin abriu os olhos, erguendo o rosto para ele e sorrindo.

— Podemos fazer isso, Elend. Venha comigo.

Elend hesitou por um momento. *Fechadura e chave...*

— Está certo — ele falou. — Partiremos assim que Vin estiver melhor.

— Ela deve estar boa para cavalgar amanhã — Sazed disse. — Você sabe o que o peltre pode fazer por um corpo.

Elend assentiu.

— Tudo bem. Eu deveria ter ouvido você antes, Vin. Além disso, sempre quis conhecer sua terra natal, Sazed. Você pode nos mostrá-la.

— Precisarei ficar aqui, temo eu — Sazed afirmou. — Devo partir logo para o sul, continuar meu trabalho lá. Tindwyl, no entanto, pode ir com vocês... ela tem informações importantes que precisam ser repassadas aos meus irmãos, os Guardadores.

— Será necessário um grupo pequeno — Vin falou. — Teremos que ser rápidos, ou talvez nos esgueirarmos, para passar pelos homens de Straff.

— Apenas vocês três, creio eu — Sazed disse. — Ou, talvez, uma outra pessoa para ajudar a vigiar enquanto vocês dormem, alguém com habilidades de perseguição e espionagem. Lorde Lestibournes, talvez?

— Fantasma seria perfeito — Elend confirmou, assentindo. — Tem certeza de que os outros membros do grupo estarão seguros na cidade?

— Claro que não — Vin falou, sorrindo. — Mas são especialistas. Esconderam-se do Senhor Soberano, serão capazes de se esconder de Straff. Especialmente se não tiverem que se preocupar em manter você em segurança.

— Então, está decidido — Sazed falou, erguendo-se. — Você dois devem tentar descansar bem esta noite, apesar da recente mudança no relacionamento. Consegue andar, Lady Vin?

— Não precisa — Elend falou, inclinando-se para erguê-la. Ela passou os braços ao redor dele, embora não estivessem muito firmes, e ele pôde ver que os olhos dela já estavam se fechando outra vez.

Ele sorriu. De repente, o mundo parecia um lugar muito mais simples. Ele reservaria algum tempo e o gastaria com o que realmente importava; então, assim que ele e Vin conseguissem ajuda no norte, poderiam voltar. De fato, ansiava pelo retorno e atacaria seus problemas com vigor renovado.

Ele abraçou Vin apertado, meneou a cabeça para dar boa noite a Sazed, em seguida caminhou para os seus aposentos. Parecia que tudo tinha se resolvido bem no fim das contas.

SAZED LEVANTOU-SE LENTAMENTE, OBSERVANDO OS dois saírem. Ele imaginou o que pensariam dele quando ouvissem sobre a queda de Luthadel. Ao menos teriam o apoio um do outro.

Sua bênção de casamento era o último presente que poderia lhes dar — a bênção e suas vidas. *Como a história me julgará por minhas mentiras?*, ele se perguntou. *O que pensará do terrisano que interferiu tanto na política, o terrisano que inventou uma mitologia para salvar a vida dos amigos?*

As coisas que ele dissera sobre o Poço eram, claro, mentiras. Se houvesse tal poder, ele não tinha ideia de onde estava, nem o que ele faria.

Como a história o julgaria dependeria provavelmente daquilo que Elend e Vin fariam com suas vidas. Sazed poderia apenas torcer para que tivesse feito a coisa certa. Ao vê-los sair, sabendo que seu amor jovial seria poupado, não conseguiu evitar um sorriso por sua decisão.

Com um suspiro, agachou-se e recolheu seus apetrechos médicos; em seguida, retirou-se aos seus aposentos para criar o mapa que prometera para Vin e Elend.

FIM DA QUARTA PARTE

QUINTA PARTE

NEVE E CINZAS

Ele está acostumado a renunciar à sua vontade em prol do bem maior, como ele o vê.

49

— VOCÊ É UM TOLO, Elend Venture — Tindwyl esbravejou, braços cruzados, olhos arregalados de desgosto.

Elend puxou com firmeza a correia de sua sela. Parte do guarda-roupa que Tindwyl fizera para ele incluía um uniforme de cavaleiro preto e cinza, e ele o usava agora, dedos confortáveis dentro das luvas justas de couro, e a capa escura para proteger das cinzas.

— Está me ouvindo? — Tindwyl questionou. — Não pode ir embora. Não agora! Não quando seu povo está correndo tanto perigo!

— Vou protegê-los de outra maneira — ele falou, verificando os cavalos de carga.

Estavam no pórtico da fortaleza, usada para chegadas e partidas. Vin estava sentada em seu próprio cavalo, quase totalmente coberta em sua capa, mãos tensas segurando as rédeas. Tinha pouca experiência em cavalgar, mas Elend recusou-se a permitir que fosse a pé. Com ou sem peltre, as feridas da luta na Assembleia ainda não estavam curadas, sem falar dos ferimentos da noite anterior.

— Outra maneira? — Tindwyl perguntou. — Você deveria ficar com eles. Você é o rei deles!

— Não, eu *não* sou — Elend respondeu, ríspido, virando-se para a terrisana. — Eles me rejeitaram, Tindwyl. Agora eu preciso me preocupar com acontecimentos mais importantes, de larga escala. Eles queriam um rei tradicional? Bem, que fiquem com o meu pai. Quando eu voltar de Terris, talvez eles percebam o que perderam.

Tindwyl balançou a cabeça e avançou, falando em voz baixa.

— Terris, Elend? Você vai para o norte. Por ela. Você sabe por que ela quer ir para lá, não sabe?

Ele fez uma pausa.

— Ah, então você sabe — Tindwyl disse. — O que você acha disso, Elend? Não me diga que acredita nessas ilusões. Ela acha que é o Herói das Eras. Ela acredita que encontrará alguma coisa lá em cima, nas montanhas... algum poder, ou talvez uma revelação que a transformará numa divindade.

Elend olhou para Vin de soslaio. Ela baixou os olhos, capuz enterrado na cabeça, ainda em silêncio no cavalo.

— Ela está tentando seguir o mestre, Elend — Tindwyl sussurrou. — O Sobrevivente transformou-se num deus para essas pessoas, então ela acha que precisa fazer o mesmo.

Elend virou-se para Tindwyl.

— Se é nisso que ela acredita, então vou apoiá-la.

— Você apoia a loucura dela? — Tindwyl inquiriu.

— Não fale assim da minha mulher — Elend retorquiu, fazendo com seu tom autoritário que Tindwyl recuasse. Ele saltou para cima da sela. — Confio nela, Tindwyl. Parte de confiar é acreditar.

Tindwyl bufou.

— Não é possível que você acredite que ela é algum tipo de salvadora profetizada, Elend. Eu conheço você, você é um erudito. Pode ter jurado lealdade à Igreja do Sobrevivente, mas não acredita no sobrenatural, assim como eu.

— Eu acredito — ele disse com firmeza — que Vin é minha mulher, e que eu a amo. Qualquer coisa importante para ela é importante para mim, e qualquer coisa em que ela acredite tem ao menos o mesmo peso da verdade para mim. Vamos para o norte. Voltaremos assim que liberarmos o poder lá.

— Ótimo — Tindwyl soltou. — Então você será lembrado como um covarde que abandonou seu povo.

— Deixe-nos em paz! — Elend ordenou, erguendo o dedo e apontando na direção da fortaleza.

Tindwyl girou, caminhando a passos largos até a entrada. Quando passou por ela, apontou para a mesa de suprimentos, onde ela havia deixado um pacote do tamanho de um livro enrolado em papel pardo, amarrado com um barbante grosso.

— Sazed pede que você entregue isto aqui para o Sínodo dos Guardadores. Você o encontrará na cidade de Tathingdwen. Aproveite seu exílio, Elend Venture.

Em seguida, ela saiu.

Elend suspirou, tocando seu cavalo até pareá-lo com o de Vin.

— Obrigada — ela disse, baixinho.

— Por quê?

— Pelo que disse.

— É verdade, Vin — Elend afirmou, estendendo o braço para pousar a mão no ombro dela.

— Talvez Tindwyl esteja certa, sabe — ela falou. — Apesar do que Sazed disse, eu posso estar louca. Lembra quando eu te disse que tinha visto um espírito nas brumas?

Elend assentiu com a cabeça lentamente.

— Bem, eu o vi de novo — Vin garantiu. — É como um fantasma, formado de padrões nas brumas. Vejo-o o tempo todo, me vigiando, me seguindo. E ouço esses ritmos na cabeça, pulsações majestosas, poderosas, como pulsos alomânticos. Só que não preciso mais de bronze para ouvi-los.

Elend apertou de leve o ombro de Vin.

— Eu acredito em você, Vin.

Ela ergueu os olhos, retraída.

— Acredita, Elend? Acredita mesmo?

— Não tenho certeza — ele admitiu. — Mas estou me esforçando muito. De qualquer forma, acho que ir para o norte é a coisa certa a se fazer.

Ela meneou a cabeça devagar.

— Isso basta, eu acho.

Ele sorriu, virando-se para a entrada.

— Onde está Fantasma?

Vin ergueu os ombros embaixo da capa.

— Então, acho que Tindwyl não virá conosco.

— Provavelmente, não — Elend falou, sorrindo.

— Como encontraremos o caminho até Terris?

— Não será difícil — Elend falou. — Seguiremos o canal imperial até Tathingdwen. — Ele silenciou, pensando no mapa que Sazed lhes dera. Levava direto para as Montanhas de Terris. Teriam que se abastecer em Tathingdwen, e a neve estaria alta, mas... bem, aquilo era um problema para outro momento.

Vin sorriu, e Elend caminhou para pegar o pacote que Tindwyl deixara. Parecia algum tipo de livro. Momentos depois, Fantasma chegou. Vestia seu uniforme de soldado, e seus alforjes pendiam sobre o ombro. Ele acenou com a cabeça para Elend, entregou para Vin uma bolsa grande, em seguida foi até seu cavalo.

Ele parece nervoso, Elend pensou, enquanto o garoto prendia os alforjes no cavalo.

— O que tem na bolsa? — ele perguntou, virando-se para Vin.

— Pó de peltre — ela respondeu. — Acho que talvez precisemos dele.

— Estamos prontos? — Fantasma perguntou, olhando para eles.

Elend lançou um olhar para Vin, que assentiu.

— Acho que nós...

— Não mesmo — uma nova voz disse. — Não estou *nada* pronta.

Elend virou-se quando Allrianne correu apressada pelo pórtico. Trajava um belo vestido de montaria marrom e vermelho, e tinha os cabelos presos para cima sob um véu. *Onde ela conseguiu essa roupa?*, Elend imaginou. Dois serviçais seguiam-na, carregando pacotes.

Allrianne parou, batendo com o dedo sobre os lábios com uma expressão pensativa.

— Acho que precisarei de um cavalo de carga.

— O que está fazendo? — Vin questionou.

— Vou com vocês — Allrianne respondeu. — Brisinha diz que preciso sair da cidade. É um homem muito tolo, às vezes, mas consegue ser bem teimoso. Passou a conversa inteira me *abrandando*, como se eu já não conseguisse reconhecer seu toque!

Allrianne acenou para um dos serviçais, que correu para buscar um estribeiro.

— Vamos cavalgar com muita velocidade — Elend falou. — Não sei se você conseguirá acompanhar.

Allrianne revirou os olhos.

— Cavalguei lá do Domínio Ocidental até aqui! Acho que consigo. Além disso, Vin está ferida, então provavelmente vocês não vão *tão* rápido assim.

— Não queremos que você venha — Vin falou. — Não confiamos em você... e não gostamos de você.

Elend fechou os olhos. *Vin, querida e franca.*

Allrianne apenas gorjeou uma risadinha quando o serviçal voltou com dois cavalos, então ela começou a carregar um.

— Vin, tolinha — ela disse. — Como pode dizer isso depois de tudo que compartilhamos?

— Compartilhamos? — Vin perguntou. — Allrianne, saímos para fazer compras juntas *uma vez*.

— E eu senti que nos demos muito bem — Allrianne disse. — Ora, somos praticamente irmãs!

Vin lançou um olhar furioso para a garota.

— Sim — Allrianne continuou —, e você é, *definitivamente*, a irmã mais velha, a chata. — Ela sorriu com doçura, em seguida saltou com facilidade sobre a sela, sugerindo uma habilidade considerável de montaria. Um dos servos aproximou seu cavalo de carga, em seguida prendeu as rédeas num lugar atrás da sela de Allrianne. — Agora sim, Elend querido. Estou pronta. Vamos.

Elend olhou para Vin, que balançou a cabeça com um olhar sombrio.

— Podem me deixar para trás se quiserem — Allrianne disse —, mas eu simplesmente vou segui-los e me meter em encrencas, então vocês terão que me salvar. E nem tentem fingir que não salvariam!

Elend suspirou.

— Muito bem — ele disse. — Vamos.

Começaram a viagem lentamente pela cidade, Elend e Vin na frente, Fantasma levando seus cavalos de carga, Allrianne cavalgando ao lado. Elend mantinha a cabeça erguida, mas aquilo apenas permitia que visse os rostos que apareciam nas janelas e portas enquanto passavam. Logo, uma pequena multidão os seguia — e, embora ele não conseguisse ouvir os sussurros, podia imaginar o que estavam dizendo.

O rei. O rei está nos abandonando...

Ele sabia que muitos deles ainda não haviam entendido que Lorde Penrod assumira o trono. Elend desviou o olhar de um beco, onde viu muitos olhos observando-o. Havia um medo assombrado naqueles olhos. Ele esperava ouvir acusações, mas de alguma forma a aceitação melancólica deles era ainda mais desalentadora. Esperavam que ele fugisse. Esperavam ser abandonados. Era um dos poucos ricos e poderosos o bastante para escapar. Claro que ele faria isso.

Ele apertou os olhos, tentando reprimir a culpa. Desejava ter podido sair à noite, esgueirando-se pelo passa-muralha, como a família de Ham havia feito. No entanto, era importante que Straff visse Elend e Vin partindo para que entendesse que poderia tomar a cidade sem violência.

Eu voltarei, Elend prometeu ao povo. *Salvarei vocês. Por ora, é melhor que eu parta.*

As portas largas do Portão de Estanho apareceram diante deles. Elend atiçou seu cavalo para diante, correndo à frente da sua onda silenciosa de seguidores. Os guardas no portão já tinham suas ordens. Elend lhes deu um aceno de cabeça, freando o cavalo, e os homens abriram os portões. Vin e os outros juntaram-se a ele diante do portal que se abria.

— Lady Herdeira — um dos guardas perguntou baixinho. — A senhora está indo também?

Vin olhou para o lado.

— Fique em paz — ela falou. — Não estamos abandonando vocês. Vamos buscar ajuda.

O soldado sorriu.

Como ele pode confiar nela com tanta facilidade?, Elend pensou. *Ou será que a esperança é tudo que lhe restou?*

Vin virou seu cavalo, encarando a multidão, e puxou seu capuz.

— Nós voltaremos — ela prometeu. Não parecia tão nervosa quanto ficou antes, quando lidou com as pessoas que a reverenciavam.

Depois de ontem à noite, algo mudou nela, Elend pensou.

Como um grupo, os soldados os saudaram. Elend saudou em resposta; em seguida, meneou a cabeça para Vin. Ele liderou, enquanto cavalgavam para fora dos portões, rumando para a estrada norte — um caminho que permitiria que contornassem a oeste do exército de Straff.

Eles não estavam muito longe quando um grupo de cavaleiros os interceptou. Elend reduziu a velocidade do seu animal, lançando um olhar para

Fantasma e os cavalos de carga. O que chamou a atenção de Elend, no entanto, foi Allrianne: ela cavalgava com uma destreza espantosa, um olhar de determinação no rosto. Não parecia nem um pouco nervosa.

Ao lado, Vin lançou a capa para trás, mostrando um punhado de moedas. Jogou-as no ar, e elas zuniram para a frente numa velocidade que Elend nunca vira, mesmo de outros alomânticos. *Senhor Soberano!*, ele pensou assustado, quando as moedas voaram para longe, desaparecendo mais rápido do que ele foi capaz de acompanhar.

Os soldados caíram, e Elend mal ouviu o tilintar do metal contra metal com o som do vento e das batidas de ferradura. Eles passaram direto pelo centro do grupo caótico de homens, muitos deles caídos, agonizando.

Flechas começaram a cair, mas Vin afastou-as sem mesmo agitar a mão. Abrira o saco de peltre, ele percebera, e estava espargindo o pó para trás enquanto cavalgava, *empurrando* um pouco dele para os lados.

As próximas flechas não terão pontas de metal, Elend pensou com nervosismo. Soldados estavam entrando em formação lá atrás, gritando.

— Eu alcanço vocês — Vin falou, em seguida saltou do cavalo.

— Vin! — Elend berrou, virando sua montaria. Allrianne e Fantasma passaram-no, cavalgando rápido. Vin aterrissou e, incrivelmente, nem mesmo cambaleou quando começou a correr. Tomou um frasco de metal, em seguida olhou para os arqueiros.

As flechas voaram. Elend praguejou, mas botou o cavalo em movimento. Havia pouco que pudesse fazer agora. Cavalgou abaixado, galopando enquanto as flechas caíam ao seu redor. Uma passou a centímetros de sua cabeça, fincando-se na estrada.

E, em seguida, pararam de cair. Ele olhou para trás com dentes cerrados. Vin estava em pé diante de uma nuvem crescente de poeira. *Pó de peltre*, ele pensou. *Ela está* empurrando-o, empurrando *os flocos no chão, erguendo pó e cinza.*

Uma onda imensa de poeira, metal e cinza arrebatou os arqueiros, cobrindo-os. Soprou ao redor dos soldados, fazendo-os gritar e proteger os olhos, e alguns foram ao chão, segurando o rosto.

Vin subiu no cavalo novamente, em seguida galopou para longe da massa ondeante de partículas carregadas pelo vento. Elend reduziu a velocidade para que ela o alcançasse. O exército estava caótico atrás deles, homens dando ordens, pessoas espalhadas.

— Mais rápido! — Vin falou quando se aproximou. — Estamos quase fora do alcance das flechas!

Logo eles se juntaram a Allrianne e Fantasma. *Não estamos fora de perigo, meu pai pode mandar nos perseguirem.*

Mas os soldados não poderiam ter confundido Vin. Se os instintos de Elend estavam corretos, Straff os deixaria partir. Seu alvo principal era Luthadel. Ele podia ir atrás de Elend mais tarde; por ora, simplesmente ficaria feliz com a partida de Vin.

— Obrigada por sua gentileza em ajudar-nos a escapar — Allrianne disse de repente, observando o exército. — Eu parto agora.

Com isso, ela desviou os dois cavalos, partindo na direção de um grupo de colinas baixas a oeste.

— Quê? — Elend perguntou, surpreso, parando perto de Fantasma.

— Deixe-a — Vin falou. — Não temos tempo.

Bem, isso resolve um problema, Elend pensou, virando seu cavalo para a estrada do norte. *Adeus, Luthadel. Volto para você mais tarde.*

— BEM, UM PROBLEMA A menos — Brisa observou, em pé sobre a muralha da cidade, observando o grupo de Elend desaparecer ao redor de uma colina. A leste, uma coluna grande — e ainda inexplicável — de fumaça erguia-se do acampamento koloss. A oeste, o exército de Straff estava agitado, tumultuado com a escapada.

Primeiro, Brisa ficou preocupado com a segurança de Allrianne, mas em seguida percebeu que, independentemente do exército inimigo, não havia lugar mais seguro para ela do que ao lado de Vin. Contanto que Allrianne não se afastasse demais dos outros, estaria segura.

Era um grupo silencioso que estava com ele sobre a muralha e, ao menos dessa vez, Brisa mal tocou suas emoções. Sua seriedade parecia adequada. O jovem capitão Demoux estava ao lado do velho Trevo, e o pacífico Sazed estava com Ham, o guerreiro. Juntos, observaram a semente de esperança que haviam lançado aos ventos.

— Espere — Brisa falou, franzindo a testa quando se deu conta. — Tindwyl não deveria estar com eles?

Sazed sacudiu a cabeça.

— Ela decidiu ficar.

— Por que fez isso? — Brisa perguntou. — Eu não a ouvi tagarelar sobre não interferir em disputas locais?

Sazed balançou a cabeça de novo.

— Não sei, Lorde Brisa. Ela é uma mulher difícil de entender.

— Todas são — Trevo murmurou.

Sazed sorriu.

— De qualquer forma, parece que nossos amigos escaparam.

— Que o Sobrevivente os proteja — Demoux disse, baixinho.

— Sim — Sazed falou. — Que os proteja mesmo.

Trevo bufou. Com um braço sobre as ameias, ele se virou para encarar Sazed com o rosto contorcido.

— Não o incentive.

Demoux enrubesceu e virou-se para se afastar.

— O que foi? — Brisa perguntou, curioso.

— O garoto estava pregando para os meus soldados — Trevo comentou. — Disse a ele que não queria essa bobagem confundindo a cabeça deles.

— Não é bobagem, Lorde Cladent — Sazed retrucou —, é fé.

— Acha mesmo — Trevo questionou — que *Kelsier* vai proteger este povo?

Sazed titubeou.

— Eles acreditam nisso, e é isso...

— Não — Trevo interrompeu, fechando a cara. — Não é o bastante, terrisano. Essas pessoas se enganam ao acreditar no Sobrevivente.

— Você acreditou nele — Sazed falou. Brisa ficou tentado a *abrandá-lo*, deixar a discussão menos tensa, mas Sazed já parecia totalmente calmo. — Você o seguiu. Acreditou no Sobrevivente o bastante para derrubar o Império Final.

Trevo fez uma careta.

— Não gosto dos seus princípios, terrisano... nunca gostei. Nossa gangue, a gangue de Kelsier, lutou para libertar o povo porque era o *correto*.

— Porque você acreditava que era o correto — Sazed confirmou.

— E o que você acredita ser correto, terrisano?

— Depende — Sazed disse. — Há muitos sistemas diferentes, com muitos valores diferentes.

Trevo meneou a cabeça, em seguida se virou, como se a discussão estivesse acabada.

— Espere aí, Trevo — Ham falou. — Não vai responder a isso?

— Ele já falou o bastante — Trevo falou. — A crença dele depende da situação. Para ele, até mesmo o Senhor Soberano era uma divindade porque as pessoas o veneravam... ou eram forçadas a venerá-lo. Certo, terrisano?

— De certa forma, Lorde Cladent — Sazed respondeu. — Embora o Senhor Soberano talvez fosse uma espécie de exceção.

— Mas você ainda mantém registros e memórias das práticas do Ministério do Aço, não é? — Ham perguntou.

— Sim — Sazed admitiu.

— Depende da situação — Trevo disse, cuspindo. — Ao menos aquele tolo do Demoux teve a decência de escolher *uma* coisa para acreditar.

— Não ridicularize a fé de alguém apenas porque não partilha dela, Lorde Cladent — Sazed retorquiu em voz baixa.

Trevo bufou de novo.

— É tudo muito fácil para você, não é? — ele perguntou. — Acredita em tudo, não precisa escolher?

— Eu diria — Sazed retrucou — que é mais difícil acreditar como eu acredito, pois deve-se aprender a ser inclusivo e tolerante.

Trevo acenou a mão com indiferença, virando-se para claudicar na direção da escada.

— Como preferir. Tenho que preparar meus garotos para a morte.

Sazed observou-o partir, franzindo o cenho. Brisa lhe aplicou um *abrandamento*, arrancando sua inibição, por precaução.

— Não ligue para ele, Saze — Ham falou. — Todos estamos um pouco à flor da pele nos últimos tempos.

Sazed assentiu.

— Ainda assim, ele fez boas observações, algumas que nunca precisei enfrentar antes. Até este ano, minha obrigação era coletar, estudar e relembrar. Ainda é muito difícil para mim dar mais valor a uma crença do que outra, mesmo que essa crença seja baseada em um homem que eu sei ter sido totalmente mortal.

Ham ergueu os ombros.

— Quem sabe? Talvez Kell *esteja* lá fora em algum lugar, nos observando.

Não, Brisa pensou. *Se ele estivesse, não estaríamos nesta situação, esperando a morte, trancados numa cidade que deveríamos ter salvado.*

— De qualquer forma — Ham falou —, eu ainda quero saber de onde aquela fumaça está vindo.

Brisa olhou para o acampamento koloss. A coluna escura era centralizada demais para vir de fogueiras.

— As tendas?

Ham balançou a cabeça.

— El disse que havia apenas algumas tendas, poucas demais para fazer tanta fumaça. Esse fogo está queimando há algum tempo.

Brisa balançou a cabeça. *Acho que, neste momento, não importa mesmo.*

STRAFF VENTURE TOSSIU DE NOVO, encolhendo-se na poltrona. Seus braços estavam melados de suor, e as mãos tremiam.

Ele não estava melhorando.

Primeiro, pensou que os calafrios fossem um efeito colateral do nervosismo. Tivera uma noite difícil, mandando assassinos atrás de Zane, em seguida, de alguma forma, escapando da morte pelas mãos do Nascido da Bruma insano. Ainda assim, durante a noite, os tremores de Straff não haviam melhorado. Pioraram. Não eram apenas nervosismo; devia estar com alguma doença.

— Vossa Majestade! — uma voz gritou lá de fora.

Straff empertigou-se, tentando parecer o mais apresentável possível. Mesmo assim, o mensageiro parou quando entrou na tenda, aparentemente notando a pele descorada e os olhos cansados do homem.

— Mi... lorde — o mensageiro disse.

— Fale, homem — Straff ordenou, tentando projetar a realeza que não sentia. — Desembuche.

— Cavaleiros, milorde — o homem contou. — Estão deixando a cidade!

— O *quê*? — Straff perguntou, jogando o cobertor longe e se erguendo. Conseguiu ficar em pé apesar da tontura. — Por que não fui informado?

— Passaram rapidamente, milorde — o mensageiro comentou. — Mal tivemos tempos de enviar um grupo de interceptação.

— Pegaram-nos, suponho — Straff disse, equilibrando-se na poltrona.

— Na verdade, eles escaparam, milorde — o mensageiro revelou, lentamente.

— *Como?* — Straff disse, girando de ódio. O movimento foi demais. A tontura voltou, a vista escureceu. Ele cambaleou, agarrando-se à poltrona, conseguindo despencar nela, e não no chão.

— Busque a curandeira! — ele ouviu o mensageiro gritar. — O rei está passando mal!

Não, Straff pensou, grogue. *Não, foi rápido demais. Não pode ser uma doença.*

As últimas palavras de Zane. Quais foram? *Um homem não pode matar seu pai...*

Mentiroso.

— Amaranta — Straff resmungou.

— Milorde? — uma voz perguntou. Bom. Alguém estava com ele.

— Amaranta — ele disse, de novo. — Busque-a.

— Sua concubina, milorde?

Straff forçou-se a permanecer consciente. Quando se sentou, a visão e o equilíbrio voltaram um pouco. Um dos guardas da porta estava ao seu lado. Qual era o nome do homem? Grent.

— Grent — Straff disse, tentando soar autoritário. — Você precisa trazer Amaranta até mim. Agora!

O soldado hesitou, em seguida correu para fora da tenda. Straff concentrou-se na respiração. Inspira, expira. Zane era uma víbora. Inspira, expira. Zane não queria usar a faca, não, aquilo era esperado. Inspira, expira. Mas quando o veneno tinha sido administrado? Straff se sentira adoentado durante todo o dia anterior.

— Milorde?

Amaranta estava na porta. Fora bela no passado, antes que a idade lhe atingisse — como atingia a todas. O parto destruía uma mulher. Tão suculenta ela fora, com seios firmes e pele macia, impecável...

Sua mente está divagando, Straff disse a si mesmo. Concentração.

— Preciso de um... antídoto — Straff falou com esforço, concentrando-se na Amaranta atual: a mulher com quase trinta anos, a coisa velha, ainda que útil, que o mantinha vivo frente aos venenos de Zane.

— Claro, milorde — Amaranta disse, caminhando até o gabinete de venenos, pegando os ingredientes necessários.

Straff recostou-se, concentrado na respiração. Amaranta deve ter sentido sua urgência, pois nem mesmo tentara levá-lo para a cama. Ele observou seu trabalho, como tirava o fogareiro e os ingredientes. Ele precisava... encontrar... Zane...

Ela não estava fazendo do jeito certo.

Straff queimou estanho. Uma explosão repentina de sensibilidade quase o cegou, mesmo à sombra de sua tenda, e suas dores e tremores ficaram agudos e excruciantes. Mas sua mente ficou clara, como se de repente se banhasse em água gelada.

Amaranta estava preparando os ingredientes errados. Straff não sabia muito sobre como se faziam antídotos. Foi forçado a delegar essa tarefa, em vez disso concentrando seus esforços em aprender a reconhecer os detalhes — os aromas, os gostos, as descolorações — dos venenos. Ainda assim, ele havia observado Amaranta preparar seu antídoto geral em várias ocasiões. E ela estava fazendo diferente desta vez.

Ele se esforçou para sair da poltrona, mantendo o estanho avivado, embora aquilo lhe trouxesse lágrimas aos olhos.

— O que está fazendo? — ele questionou, caminhando com passos incertos até ela.

Amaranta ergueu os olhos, chocada. A culpa que faiscou em seus olhos era confirmação suficiente.

— O que está fazendo? — Straff urrou, o medo lhe dando forças quando a agarrou pelos ombros e chacoalhou. Ele estava enfraquecido, mas ainda era muito mais forte que ela.

A mulher baixou os olhos.

— Seu antídoto, milorde...

— Está fazendo errado! — Straff falou.

— Pensei que o senhor parecia fatigado, então acrescentei algo para ajudá-lo a ficar acordado.

Straff hesitou. As palavras pareciam lógicas, embora ele estivesse com dificuldade para pensar. Em seguida, encarando a mulher envergonhada, percebeu algo. Com olhos aguçados além do detalhe natural, ele percebeu um leve vislumbre de um pedaço descoberto de pele embaixo do corpete.

Ele esticou o braço e rasgou a lateral do vestido, expondo a pele. Seu seio esquerdo — nojento para ele, pois estava um pouco caída — estava arranhado e cortado, como se por uma faca. Nenhuma das cicatrizes eram novas, mas mesmo em seu estado confuso, Straff reconheceu a mão de Zane.

— Você é amante dele? — Straff quis saber.

— É culpa sua — Amaranta chiou. — Você me abandonou assim que eu envelheci e te dei alguns filhos. Todos me disseram que faria isso, mas, ainda assim, eu esperei...

Straff sentia-se cada vez mais fraco. Tonto, ele descansou a mão no gabinete de venenos.

— Ainda assim — Amaranta falou com lágrimas escorrendo. — Por que você tinha que tirar Zane de mim também? O que você fez para mandá-lo embora? Para fazê-lo parar de vir até mim?

— Você deixou que ele me envenenasse — Straff falou, caindo de joelhos.

— Tolo — Amaranta disse, cuspindo. — Ele nunca envenenou você, nem uma única vez. Mas, ao meu pedido, ele deixava você pensar que tinha feito isso. E, então, a cada vez, você corria para mim. Você suspeitava de tudo que Zane fazia... e, mesmo assim, nunca parou uma vez para pensar o que havia no "antídoto" que eu lhe dava.

— Me fazia melhorar — Straff murmurou.

— Isso é o que acontece quando você se vicia numa droga, Straff — Amaranta sussurrou. — Quando você toma, se sente melhor. Quando você não toma... morre.

Straff fechou os olhos.

— Você é meu agora, Straff — ela falou. — Posso fazer você...

Straff urrou, reunindo as forças que restavam e lançando-se para cima da mulher. Ela gritou, surpresa, quando ele a derrubou, forçando-a para o chão.

Em seguida, não disse nada, pois as mãos de Straff esmagaram sua traqueia. Ela lutou um pouco, mas Straff pesava muito mais que ela. Ele pretendia exigir o antídoto, forçá-la a salvá-lo, mas não estava pensando com clareza. Sua visão começou a se embaralhar, sua mente escurecer.

Quando recobrou os sentidos, Amaranta estava azulada e morta no chão diante dele. Não tinha certeza de quanto tempo ficara estrangulando o cadáver. Rolou para o lado dela, na direção do gabinete aberto. De joelhos, pegou o fogareiro, mas suas mãos trêmulas o derrubaram de lado, espalhando o líquido quente no chão.

Praguejando, ele agarrou um jarro de água fria e começou a jogar punhados de ervas nele. Ficou longe das gavetas que tinham venenos, atendo-se àquelas que mantinham antídotos. Ainda assim, havia muitas ervas que serviam como os dois. Algumas coisas eram venenosas em grandes doses, mas podiam curar em quantidades menores. A maioria era viciante. Não tinha tempo de se preocupar com aquilo; conseguia sentir a fraqueza nos membros, e mal podia pegar punhados de ervas. Pedaços de marrom e vermelho caíam dos seus dedos quando ele jogava punhado após punhado na mistura.

Uma dessas era a erva na qual ela o viciara. Qualquer uma das outras coisas poderia matá-lo. Não sabia nem quais eram as probabilidades.

Bebeu a mistura mesmo assim, engolindo-a de uma vez entre engasgos para tomar ar, então deixou-se cair, inconsciente.

Não tenho dúvida de que, se Alendi chegar ao Poço da Ascensão, ele tomará o poder e, em seguida — em nome do suposto bem maior —, renunciará a ele.

50

— SÃO ESSES OS CAMARADAS que a senhora quer, Lady Cett?

Allrianne examinou o vale — e o exército que ele continha —, em seguida baixou os olhos para Hobart, o bandoleiro. Ele sorria ansioso, ou, bem, ele *meio* que sorria. Hobart tinha menos dentes que dedos, e destes também lhe faltavam alguns.

Allrianne sorriu de volta, de cima do cavalo. Sentou-se de lado na sela, segurando as rédeas levemente entre os dedos.

— Sim, acredito que sejam eles, mestre Hobart.

Hobart olhou para seu bando de brutamontes lá atrás, sorrindo. Allrianne *tumultuou-os* levemente, lembrando-os o quanto queriam a recompensa prometida. O exército do seu pai estendia-se diante deles à distância. Ela vagou por um dia inteiro, viajando para o oeste, procurando por ele. Mas estivera seguindo na direção errada. Se não tivesse trombado com a pequena e útil gangue de Hobart, teria sido forçada a dormir ao relento.

E aquilo teria sido bem desagradável.

— Venha, mestre Hobart — ela disse, avançando com o cavalo. — Vamos lá encontrar o meu pai.

O grupo seguiu alegremente, com um deles conduzindo o cavalo de carga. Havia um certo charme nos homens simples, como na gangue de Hobart. Eles realmente queriam apenas três coisas: dinheiro, comida e sexo. E podiam em geral usar o primeiro para conseguir os outros dois. Quando ela encontrou esse grupo, abençoou sua sorte — apesar do fato de eles terem descido a encosta da colina em emboscada, com a intenção de roubá-la e violentá-la. Outro charme de homens como esses era que tinham pouquíssima experiência com Alomancia.

Ela manteve controle sobre suas emoções quando eles cavalgaram na direção do acampamento. Ela não queria que chegassem a quaisquer conclusões decepcionantes — como "Resgates em geral são maiores que recompensas". Ela não conseguia controlá-los por completo, claro, podia apenas influenciá-los. No entanto, com homens tão rasteiros, era razoavelmente fácil ler o que se passava em sua cabeça. Era divertido como uma pequena promessa de riqueza podia transformar rapidamente brutos em quase cavalheiros.

Claro, não era grande desafio lidar com homens como Hobart. Não como teria sido com Brisinha. Agora, *aquilo* foi divertido. E recompensador, também. Ela duvidava que alguma vez encontraria um homem tão cioso de suas emoções, e tão consciente das emoções alheias, como Brisinha. Convencer um homem como ele — um homem tão experiente em Alomancia, tão certo de que sua idade o tornava inadequado para ela — a amá-la... bem, aquilo era uma verdadeira conquista.

Ah, Brisinha, ela pensou enquanto saíam da floresta e entravam na encosta diante do exército. *Será que algum dos seus amigos entende que homem nobre você é?*

Eles realmente não o tratavam bem o bastante. Claro, aquilo era esperado. Era o que Brisinha queria. As pessoas que o subestimavam eram as mais fáceis de manipular. Sim, Allrianne entendia esse conceito muito bem — pois havia poucas coisas mais rapidamente descartadas que uma garota jovem e tola.

— Parados! — um soldado disse, cavalgando com um guarda de honra. Haviam sacado as espadas. — Fiquem longe dela!

Ai, francamente, Allrianne pensou, revirando os olhos. Ela *tumultuou* o grupo de soldados, aumentando sua calma. Não queria nenhum acidente.

— Por favor, capitão — ela disse quando Hobart e sua gangue puxaram as armas, juntando-se a ela, incertos. — Esses homens me resgataram na natureza selvagem e me trouxeram em segurança para casa, com muito custo e correndo risco de vida.

Hobart meneou a cabeça com firmeza, um sentimento apenas um pouco reduzido quando ele limpou o nariz na manga. O capitão olhou para o grupo de bandoleiros com trajes manchados de cinzas e retalhados, então franziu o cenho.

— Providencie que esse homens tenham uma boa refeição, capitão — ela disse com leveza, avançando com o cavalo. — E dê a eles um lugar para pernoitar. Hobart, enviarei sua recompensa assim que encontrar meu pai.

Bandoleiros e soldados moveram-se atrás dela, e Allrianne *tumultuou-os* para garantir, aumentando sua sensação de confiança. Foi difícil com os soldados, especialmente quando o vento mudou, soprando todo o fedor da gangue bandoleira sobre eles. Ainda assim, todos chegaram ao acampamento sem incidentes.

Os grupos dividiram-se, Allrianne entregou os cavalos a um ajudante e chamou um pajem para avisar seu pai que ela havia voltado. Ela limpou seu vestido de montaria, em seguida caminhou a passos largos pelo acampamento, sorrindo amigavelmente e procurando uma banheira e outros confortos — os que haviam — que o exército poderia oferecer. No entanto, primeiro havia coisas que ela precisava resolver.

Seu pai gostava de passar as noites em seu pavilhão de planejamento com abertura lateral, e naquele momento estava sentado lá, discutindo com um mensageiro. Olhou quando Allrianne assobiou para entrar no pavilhão, sorrindo docemente para Lordes Galivan e Detor, os generais de seu pai.

Cett estava sentado numa cadeira de pernas altas para que pudesse ter uma boa visão da mesa e dos mapas.

— Ora, que inferno — ele disse. — Você voltou *mesmo*.

Allrianne sorriu, rodeando a mesa de planejamento, olhando o mapa. Detalhava as linhas de suprimento até o Domínio Oriental. O que ela viu não era nada bom.

— Rebeliões em casa, pai? — ela questionou.

— E rufiões atacando minhas carroças de suprimento — Cett falou. — O garoto Venture os subornou, aposto.

— Sim, é verdade — Allrianne disse. — Mas isso não importa agora. Sentiu minha falta? — Ela deu um *puxão* forte para garantir seu senso de devoção.

Cett bufou, puxando a barba.

— Garota tola — ele falou. — Devia ter te deixado em casa.

— Para que eu pudesse cair nas mãos dos seus inimigos quando eles levantassem a rebelião? — ela perguntou. — Nós dois sabemos que Lorde Yomen se mexeria assim que você arrastasse seus exércitos para fora do domínio.

— E eu deveria ter deixado aquele maldito obrigador te levar!

Allrianne ofegou.

— Pai! Yomen teria me feito de refém. Você sabe como sofro quando fico trancafiada.

Cett olhou para ela, e então — aparentemente sem querer — começou a rir.

— Você o faria servir comidas refinadas antes que o dia acabasse. Talvez eu *devesse* ter te deixado para trás. Assim, no mínimo, eu saberia onde você estava, em vez de me preocupar para onde você fugiu. Não trouxe aquele Brisa idiota com você, trouxe?

— Pai! — Allrianne soltou. — Brisinha é um bom homem.

— Bons homens morrem rápido neste mundo, Allrianne — Cett comentou. — Eu sei... matei um bom número deles.

— Ah, sim — Allrianne disse —, você é muito sábio. E tomar uma posição agressiva contra Luthadel teve um resultado *muito* positivo, não teve? Enxotado com o rabo entre as pernas? Estaria morto agora, se a querida Vin tivesse tão pouca consciência como você.

— Essa "consciência" não impediu que ela matasse uns trezentos dos meus homens — Cett disse.

— Ela é uma jovem lady muito confusa — Allrianne disse. — De qualquer forma, eu me sinto obrigada a lembrá-lo que eu tinha razão. Deveria ter feito uma aliança com o garoto Venture, em vez de ameaçá-lo. Isso significa que você me deve cinco novos vestidos!

Cett coçou a testa.

— Isso não é um maldito jogo, garota.

— Moda, pai, não é um *jogo* — Allrianne disse com firmeza. — Não posso seduzir tropas de bandoleiros para me trazer em segurança para casa se estiver parecendo uma ratazana de rua, posso?

— Mais bandoleiros, Allrianne? — Cett perguntou com um suspiro. — Você sabe quanto tempo nos custou para nos livrarmos do último grupo?

— Hobart é um homem maravilhoso — Allrianne disse, irritada. — Sem mencionar que tem boa relação com a comunidade bandida local. Dê a ele um pouco de dinheiro e algumas prostitutas, e talvez possa falar com ele para ajudá-lo com aqueles bandidos que estão atacando seus canais de suprimento.

Cett fez uma pausa, olhando para o mapa. Em seguida, começou a coçar a barba, pensativo.

— Bem, você está de volta — ele disse, por fim. — Acho que teremos que cuidar de você. Suponho que deseja alguém para carregar uma liteira para você enquanto seguimos para casa...

— Na verdade — Allrianne disse —, não vamos voltar ao domínio. Vamos voltar para Luthadel.

Cett não ignorou de pronto o comentário; em geral conseguia saber quando ela falava sério. Em vez disso, simplesmente balançou a cabeça.

— Luthadel não tem nada para nós, Allrianne.

— Também não podemos voltar ao domínio — Allrianne retrucou. — Nossos inimigos são muito fortes, e alguns deles têm alomânticos. É por isso que tivemos que vir para cá, em primeiro lugar. Não podemos sair da área até termos dinheiro ou aliados.

— Não há dinheiro em Luthadel — Cett falou. — Acredito em Venture quando ele diz que o atium não está lá.

— Concordo — Allrianne falou. — Revistei bem o palácio, nunca encontrei um pedacinho do material. Isso significa que precisamos sair daqui com amigos, em vez de dinheiro. Volte lá, espere uma batalha começar, em seguida ajude qualquer lado que pareça estar ganhando. Eles se sentirão em dívida conosco, podem até mesmo nos deixar vivos.

Cett ficou em silêncio por um instante.

— Isso não vai ajudar a salvar seu amigo Brisa, Allrianne. A facção dele é, de longe, a mais fraca, e mesmo junto com o garoto Venture duvido que poderíamos bater Straff ou aqueles koloss. Não sem acesso às muralhas da cidade e muito tempo para se preparar. Se voltarmos, será para ajudar os inimigos do seu Brisa.

Allrianne ergueu os ombros.

Você não poderá ajudá-lo se não estiver lá, pai, ela pensou. *Eles vão perder de qualquer forma, mas, se você* estiver *na área, então haverá uma chance de você acabar ajudando Luthadel.*

Uma chance muito pequena, Brisa. É o melhor que posso lhe dar. Perdoe-me.

ELEND VENTURE ACORDOU NO TERCEIRO dia fora de Luthadel, surpreso por se sentir tão descansado depois de uma noite passada numa tenda ao léu. Claro, parte disso podia ser pela companhia.

Vin estava deitada encolhida ao lado dele no saco de dormir, com a cabeça descansando sobre seu peito. Ele esperava que ela tivesse o sono leve, considerando como era tensa, mas parecia se sentir confortável dormindo ao lado dele. Ela pareceu até mesmo um pouco menos ansiosa quando ele a envolveu com os braços.

Ele olhou para ela com ternura, admirando o formato do rosto, a leve ondulação dos cabelos pretos. O corte no rosto era quase invisível agora, e ela já havia tirado os pontos. Um queimar lento e constante de peltre dava ao corpo força notável para recuperação. Ela nem mesmo protegia mais o braço direito — apesar do corte no ombro — e sua fraqueza da luta parecia totalmente passada.

Ela ainda não lhe dera muitas explicações sobre aquela noite. Havia lutado com Zane — que aparentemente era meio-irmão de Elend — e TenSoon, o kandra, partira. Ainda assim, nenhuma dessas coisas parecia poder ter causado a angústia que ele sentiu nela quando ela foi até os aposentos de Elend.

Ele não sabia se algum dia conseguiria as respostas que desejava. Mesmo assim, estava começando a perceber que poderia amá-la, ainda que não a entendesse totalmente. Ele se curvou e beijou o alto da cabeça de Vin.

De imediato, ela ficou tensa e abriu os olhos. Sentou-se, expondo o torso nu, em seguida olhou ao redor na pequena tenda. Era pouco iluminada com a luz da manhã. Finalmente, ela sacudiu a cabeça, olhando para ele.

— Você é uma má influência para mim.

— Hein? — ele perguntou, sorrindo enquanto se apoiava em um braço.

Vin assentiu, passando a mão nos cabelos.

— Está me deixando acostumada a dormir à noite — ela disse. — Além disso, não durmo mais vestida.

— Se dormisse, as coisas ficariam um pouco complicadas.

— Sim — ela falou —, mas e se formos atacados durante a noite? Vou ter que lutar nua com eles.

— Eu não me importaria em assistir.

Ela lançou um olhar sério para ele, em seguida pegou uma camisa.

— Você também está sendo má influência para mim, sabe — ele falou, enquanto observava Vin se vestir.

Ela ergueu uma sobrancelha.

— Está me fazendo relaxar — ele disse. — E parar de me preocupar. Estive tão envolvido com as coisas na cidade nos últimos tempos que havia esquecido como era ser um eremita indelicado. Infelizmente, durante a nossa viagem, eu tive tempo de ler não apenas um, mas todos os *três* volumes de *Artes da erudição*, de Troubeld.

Vin bufou, ajoelhando-se na tenda baixa enquanto prendia o cinto; em seguida, engatinhou até ele.

— Não sei como consegue ler enquanto cavalga — ela disse.

— Ah, é muito fácil, se você não tem medo de cavalos.

— Não tenho medo deles — Vin respondeu. — Só que eles não gostam de mim. Sabem que eu posso deixá-los para trás na corrida, e isso os deixa mal-humorados.

— Ah, então é isso? — Elend perguntou, sorrindo e puxando-a para que se ajoelhasse sobre ele.

Ela assentiu, em seguida inclinou-se para beijá-lo. Porém, terminou depois de um instante, levantando-se. Ela deu um tapa na mão dele quando Elend tentou puxá-la de volta.

— Depois de todo o esforço para me vestir? — ela perguntou. — Além disso, estou faminta.

Ele suspirou, recostando-se enquanto ela saía da tenda para a luz vermelha do sol da manhã. Ficou deitado por um momento, relembrando em silêncio para si mesmo sua sorte. Ainda não tinha certeza de como seu relacionamento havia se resolvido, ou mesmo por que ele o fazia tão feliz, mas estava mais do que disposto a aproveitar a experiência.

Por fim, ele olhou para suas roupas. Havia trazido apenas um dos belos uniformes — bem como o uniforme de montaria — e não queria vestir nenhum deles com tanta frequência. Não tinha mais serviçais para limpar as cinzas de seus trajes; de fato, apesar da porta dupla da tenda, um pouco de cinza havia conseguido entrar durante a noite. Agora que estavam fora da cidade, não havia trabalhadores para varrer as cinzas, e elas estavam impregnando tudo.

Então, ele se vestiu com um traje muito mais simples: calças de montaria parecidas com as que Vin vestia, com uma camisa cinza de botões e um casaco escuro. Nunca fora forçado a cavalgar longas distâncias antes — em geral, preferia carruagens —, mas Vin e ele estavam fazendo uma viagem relativamente lenta. Não tinham uma urgência real. Os batedores de Straff não os seguiram por muito tempo, e ninguém os esperava no seu destino. Tinham tempo de cavalgar com calma, fazendo paradas, às vezes caminhando para não ficarem muito doloridos de tanto montar.

Lá fora, ele encontrou Vin atiçando a fogueira matinal e Fantasma cuidando dos cavalos. O jovem já tinha feito algumas viagens longas, e sabia como cuidar dos animais — algo que Elend ficou envergonhado por nunca ter aprendido.

Elend juntou-se a Vin no fogareiro. Ficaram sentados por alguns momentos, enquanto Vin cutucava o carvão. Ela parecia pensativa.

— O que foi? — Elend perguntou.

Ela olhou para o sul.

— Eu... — Então, balançou a cabeça. — Não é nada. Vamos precisar de mais lenha.

Ela desviou o olhar para o lado, na direção onde um machado ficava ao lado da tenda. A arma ergueu-se no ar, disparando na direção dela com a lâmina adiante. Ela deu um passo para o lado, agarrando o cabo quando ele passou entre ela e Elend. Em seguida, caminhou até uma árvore caída. Deu dois golpes nela, depois com um chute facilmente quebrou-a em duas.

— Ela tem um jeito de fazer o restante de nós se sentir um pouco supérfluo, não é? — Fantasma falou, aproximando-se de Elend.

— Às vezes — Elend disse com um sorriso.

Fantasma sacudiu a cabeça.

— Pelo que eu vejo ou ouço, ela consegue sentir melhor, e consegue lutar com o que ela encontrar. Toda vez que volto a Luthadel, simplesmente me sinto... inútil.

— Imagine ser uma pessoa normal — Elend falou. — Ao menos você é alomântico.

— Talvez — Fantasma disse, ouvindo o som de Vin cortando a madeira vindo da lateral. — Mas as pessoas te respeitam, El. Elas simplesmente não me levam a sério.

— Eu te levo a sério, Fantasma.

— É mesmo? — o jovem perguntou. — Quando foi a última vez que fiz qualquer coisa importante para a equipe?

— Três dias atrás — Elend disse. — Quando concordou em vir comigo e com Vin. Você não está aqui apenas para cuidar de cavalos, Fantasma. Está aqui por suas capacidades de espião e Olho de Estanho. Você ainda acha que estamos sendo seguidos?

Fantasma fez uma pausa, então ergueu os ombros.

— Não consigo ter certeza. Acho que os batedores de Straff deram meia-volta, mas eu continuo vendo alguém lá atrás. Mas nunca consigo uma boa visão.

— É o espectro das brumas — Vin falou, aproximando-se e jogando uma braçada de lenha ao lado do fogareiro. — Está nos perseguindo.

Fantasma e Elend trocaram olhares. Em seguida, Elend assentiu, recusando-se a se deixar influenciar pelo olhar desconfortável de Fantasma.

— Bem, desde que ele fique fora do nosso caminho, não é um problema, certo?

Vin deu de ombros.

— Espero que não. Mas se o vir, me chame. Os registros dizem que pode ser perigoso.

— Tudo bem — Elend falou. — Faremos isso. Agora, vamos decidir o que comer no café da manhã.

STRAFF ACORDOU. AQUELA FOI SUA primeira surpresa.

Estava deitado na cama, dentro da tenda, sentindo-se como se alguém o tivesse erguido e jogado contra a parede algumas vezes. Ele grunhiu, sentando-se. Seu corpo não tinha escoriações, mas doía, e sua cabeça latejava. Um dos curandeiros do exército, um jovem com barba cheia e olhos esbugalhados, estava sentado na sua cama. O homem observou Straff por um momento.

— O senhor, milorde, deveria estar morto — o jovem falou.

— Pois não estou — Straff falou, sentando-se. — Dê-me um pouco de estanho.

Um soldado aproximou-se com um frasco do metal. Straff engoliu seu conteúdo, em seguida fez uma careta, pois sua garganta estava muito seca e dolorida. Queimou estanho apenas levemente; aquilo fazia os ferimentos parecerem piores, mas dependia daquela pequena vantagem que os sentidos aguçados lhe davam.

— Quanto tempo? — ele perguntou.

— Quase três dias, milorde — o curandeiro disse. — Não... não sabíamos ao certo o que o senhor havia comido, ou por quê. Pensamos em tentar fazê-lo vomitar, mas parecia que havia tomado a mistura por livre e espontânea vontade, então...

— Fizeram bem — Straff comentou, estendendo o braço diante de si. Ainda tremia um pouco, e ele não conseguia fazer parar. — Quem está à frente do exército?

— General Janarle — o curandeiro respondeu.

Straff assentiu com a cabeça.

— Por que ele não mandou me matar?

O curandeiro piscou, surpreso, olhando para os soldados.

— Milorde — Grent, o soldado, começou —, quem ousaria traí-lo? Qualquer homem que tentasse terminaria morto na sua tenda. General Janarle era o *mais* preocupado com sua segurança.

Claro, Straff percebeu, chocado. *Eles não sabem que Zane foi embora. Ora... se eu morresse, todos presumiriam que Zane assumiria o controle ou se vingaria daqueles que pensasse serem os responsáveis.* Straff gargalhou, deixando a todos que o observavam perplexos. Zane tentara matá-lo, mas por acidente havia salvado sua vida com a pura força da reputação.

Eu te venci, Straff percebeu. *Você foi embora, e eu estou vivo*. Claro que aquilo não significava que Zane não voltaria, por outro lado, talvez ele não pudesse. Talvez... apenas talvez... Straff houvesse se livrado dele para sempre.

— A Nascida da Bruma de Elend — Straff falou de repente.

— Nós a seguimos por um tempo, milorde — Grent falou. — Mas eles se afastaram demais do exército, e Lorde Janarle ordenou que os batedores voltassem. Parece que está seguindo na direção de Terris.

Ele franziu a testa.

— Quem mais estava com ela?

— Achamos que seu filho Elend fugiu também — o soldado disse. — Mas poderia se tratar de uma armadilha.

Zane conseguiu, Straff pensou, pasmado. *Ele se livrou mesmo dela.*

A menos que seja algum tipo de truque. Por outro lado...

— O exército koloss? — Straff perguntou.

— Houve muitas batalhas em suas fileiras nos últimos tempos, senhor — Grent falou. — As feras parecem mais inquietas.

— Ordene que nosso exército levante acampamento — Straff falou. — Imediatamente. Voltaremos ao Domínio do Norte.

— Milorde? — Grent perguntou, assustado. — Acho que Lorde Janarle está planejando um ataque, esperando apenas sua ordem. A cidade está fraca, e a Nascida da Bruma deles se foi.

— Vamos bater em retirada — Straff disse, sorrindo. — Por ora, ao menos.

Vamos ver se esse seu plano funciona, Zane.

SAZED ESTAVA SENTADO NUMA PEQUENA alcova da cozinha, com as mãos sobre a mesa diante dele, um anel metálico brilhando em cada dedo. Eram pequenos para mentes de metais, mas armazenar atributos feruquêmicos levava tempo. Levaria semanas para preencher um anel de metal — e ele mal dispunha de dias. De fato, Sazed estava surpreso que os koloss tivessem esperado tanto tempo.

Três dias. Não era muito, mas ele suspeitava que precisaria de qualquer vantagem imaginável para o conflito vindouro. Até então, ele fora capaz de armazenar uma pequena quantidade de cada atributo. O bastante para dar força numa emergência, quando as outras mentes de metal se esgotassem.

Trevo entrou na cozinha com seu caminhar claudicante. Ele parecia um borrão para Sazed. Mesmo usando seus óculos — para ajudar a compensar a visão que estava armazenando em uma mente de estanho — era difícil para ele enxergar.

— É isso — Trevo falou, sua voz abafada. Outra mente de metal estava tomando a audição de Sazed. — Eles finalmente partiram.

Sazed fez uma pausa por um momento, tentando decifrar o comentário. Seus pensamentos moviam-se como se estivessem numa sopa grossa, túrgida, e levou um momento para entender o que Trevo dizia.

Eles se foram. As tropas de Straff. Eles bateram em retirada. Ele tossiu baixo antes de responder.

— Ele respondeu a alguma das mensagens de Lorde Penrod?

— Não — Trevo respondeu. — Mas executou o último mensageiro.

Bem, isso não é um sinal muito bom, Sazed pensou, lentamente. Claro, não houve muitos bons sinais nos últimos dias. A cidade estava à beira da fome, e a breve trégua do frio havia acabado. Nevaria naquela noite, se Sazed pressentia corretamente. Aquilo trazia um sentimento de culpa por ele estar sentado na alcova da cozinha, ao lado de uma estufa quente, tomando um caldo enquanto as mentes de metais sugavam sua força, saúde, sentidos e força de pensamento. Raramente ele tentava preencher tantos ao mesmo tempo.

— Você não parece muito bem — Trevo observou, sentando-se.

Sazed piscou, pensando no comentário.

— Minha... mente de ouro — ele falou devagar. — Para preenchê-la, ela suga minha saúde. — Ele olhou para sua tigela de caldo. — Preciso comer para manter as forças — ele falou, mentalmente se preparando para tomar mais um gole.

Era um processo estranho. Seus pensamentos moviam-se tão devagar que levava um momento para decidir comer. Em seguida, seu corpo reagia devagar, o braço levando alguns segundos para se movimentar. Finalmente, ele era capaz de levar uma colherada aos lábios e tomá-la em silêncio. O caldo era insípido; ele estava preenchendo o olfato também e, sem ele, sua noção de gosto ficava gravemente prejudicada.

Ele deveria estar deitado, mas, se fizesse isso, corria o risco de dormir. E, enquanto estivesse dormindo, não poderia preencher as mentes de metais — ou, ao menos, poderia preencher apenas uma. A mente de bronze, o metal que armazenava a prontidão, o forçaria a dormir mais em troca de permitir que ficasse sem dormir mais tempo em outra ocasião.

Sazed suspirou, cuidadosamente abaixando a colher, em seguida tossiu. Ele havia feito o melhor que pôde para ajudar a evitar o conflito. Seu melhor plano fora enviar uma carta a Lorde Penrod, pedindo para informar Straff Venture que Vin partira da cidade. Ele esperava que, assim, Straff se mostrasse disposto a fazer um acordo. Aparentemente, a tática falhara.

Seu destino aproximava-se como o inevitável nascer do sol. Penrod permitira que três grupos separados de cidadãos — um deles composto pela nobreza — tentassem fugir de Luthadel. Os soldados de Straff, mais alertas depois da fuga de Elend, capturaram e massacraram cada grupo. Penrod enviara até mesmo um mensageiro a Lorde Jastes Lekal, esperando conseguir algum acordo com o líder do sul, mas o mensageiro não retornou do acampamento koloss.

— Bem — Trevo falou —, ao menos os mantivemos longe por alguns dias.

Sazed pensou por um momento.

— Foi simplesmente uma postergação do inevitável, temo eu.

— Claro que foi — Trevo disse. — Mas foi uma postergação importante. Elend e Vin estão quase a quatro dias de distância agora. Se a batalha tivesse começado cedo demais, pode apostar que a pequena Senhorita Nascida da Bruma teria voltado e se matado tentando nos salvar.

— Ah — Sazed falou com lentidão, forçando-se a levantar outra colherada de caldo. A colher era um peso morto em seus dedos dormentes; seu tato, claro, estava sendo desviado para uma mente de estanho. — Como estão as defesas da cidade? — ele perguntou enquanto se esforçava com a colher.

— Terríveis — Trevo falou. — Vinte mil soldados podem parecer muito, mas tente espalhá-los por uma cidade deste tamanho.

— Mas os koloss não terão nenhum equipamento de cerco — Sazed falou, concentrado na colher. — Nem arqueiros.

— Sim — Trevo disse. — Mas temos oito portões para proteger, e deles, cinco estão próximos dos koloss. Nenhum desses portões foi construído para resistir a um ataque. E, do jeito que estão as coisas, mal posso destacar dois mil guardas para cada portão, pois realmente não sei por qual caminho os koloss chegarão primeiro.

— Ah — Sazed disse, baixinho.

— O que esperava, terrisano? — Trevo perguntou. — Boas notícias? Os koloss são maiores, mais fortes e muito mais malucos que nós. E estão em vantagem numérica.

Sazed fechou os olhos, tremendo a colher a meio caminho dos lábios. De repente sentiu uma fraqueza que não estava relacionada às mentes de metal. *Por que ela não foi com eles? Por que não escapou?*

Quando Sazed abriu os olhos, viu Trevo acenando para uma serviçal trazer algo para comer. A jovem voltou com uma tigela de sopa. Trevo encarou-a com insatisfação por um momento, em seguida ergueu a mão calosa e começou a tomá-la. Lançou um olhar para Sazed.

— Está esperando um pedido de desculpas da minha parte, terrisano? — ele perguntou entre colheradas.

Sazed pareceu espantado por um momento.

— De forma alguma, Lorde Cladent — ele disse por fim.

— Bom — Trevo falou. — Você é uma pessoa bastante decente. Está apenas confuso.

Sazed bebericou de sua sopa, sorrindo.

— É reconfortante ouvir isso. Acho. — Ele pensou por um momento. — Lorde Cladent, eu tenho uma religião para você.

Trevo franziu a testa.

— Você não desiste, não é?

Sazed baixou os olhos. Levou um momento para reunir o que ele esteve pensando antes.

— O que você disse antes, Lorde Cladent. Sobre moralidade situacional. Me fez pensar em uma fé, conhecida como Dadradah. Seus praticantes estavam espalhados por muitos países e povos; acreditavam que havia apenas um Deus, e que havia apenas uma maneira correta de adoração.

Trevo bufou.

— Não estou nem um pouco interessado nas suas religiões mortas, terrisano. Eu acho que...

— Eles eram artistas — Sazed interrompeu, falando baixo.

Trevo hesitou.

— Pensavam que por meio da arte ficavam mais próximos de Deus — Sazed falou. — Eram bastante interessados em cores e tons, e gostavam de escrever poesias para descrever cores que viam no mundo ao redor.

Trevo ficou em silêncio.

— Por que está pregando essa religião para mim? — ele questionou. — Por que não escolher uma que seja direta, como eu? Ou uma que adorasse a guerra e os soldados?

— Porque, Lorde Cladent — Sazed falou. Ele piscou, relembrando com esforço através de sua mente confusa —, isso não é você. É o que deve fazer, mas não o que é. Os outros esquecem, creio eu, que o senhor é um carpinteiro. Um artista. Quando vivíamos em sua loja, eu sempre o via fazendo o acabamento de peças que seus aprendizes haviam esculpido. Via o cuidado que tinha. Aquela loja não era uma simples fachada para você. Você sente falta dela, eu sei disso.

Trevo não respondeu.

— Você precisa viver como soldado — Sazed falou, tirando algo de sua bolsa com a mão fraca. — Mas ainda pode sonhar como um artista. Aqui. Eu fiz isso para você. É um símbolo da fé Dadradah. Para o seu povo, ser artista era uma vocação das mais elevadas, até mesmo maior que ser um sacerdote.

Ele pousou o disco de madeira na mesa. Em seguida, com esforço, sorriu para Trevo. Fazia muito tempo que não pregava uma religião, e não tinha certeza do que fez com que oferecesse aquilo para Trevo. Talvez para provar a si mesmo que havia valor nelas. Talvez fosse teimosia, reagindo às coisas que Trevo dissera antes. De qualquer forma, ficou satisfeito com a maneira que Trevo encarou o simples disco de madeira com a imagem de um pincel esculpida nele.

Da última vez que preguei uma religião, ele pensou, *foi naquela vila ao sul, onde Marsh me encontrou.*

Aliás, o que aconteceu com ele? Por que não voltou à cidade?

— Sua mulher estava te procurando — Trevo finalmente disse, erguendo o olhar, deixando o disco na mesa.

— *Minha* mulher? — Sazed perguntou. — Ora, não somos... — Ele parou quando Trevo o encarou. O general ríspido era bem eficiente em olhares cheios de significado.

— Muito bem — Sazed falou, suspirando. Ele baixou os olhos para os dedos e os dez anéis brilhantes que eles ostentavam. Quatro deles eram de estanho: visão, audição, olfato e tato. Continuou a preenchê-los; eles não o prejudicariam muito. Porém, liberou a mente de peltre, bem como sua mente de aço e a mente de zinco.

De imediato, a força voltou ao corpo. Seus músculos deixaram de amolecer, revertendo-se de emaciados para saudáveis. A confusão saiu da mente, permitindo que ele pensasse com clareza, e a lentidão espessa, caudalosa evaporou. Ele se levantou, revigorado.

— Isso é fascinante — Trevo murmurou.

Sazed baixou os olhos.

— Eu consegui ver a mudança — Trevo continuou. — Seu corpo ficou mais forte, e seus olhos, concentrados. Seus braços pararam de tremer. Acho que você não quer encarar aquela mulher sem todas as faculdades, hein? Eu te entendo — Trevo grunhiu para si mesmo, em seguida continuou a comer.

Sazed despediu-se do homem, em seguida saiu apressado da cozinha. Seus pés e mãos ainda pareciam massas insensíveis. Ainda assim, ele sentia uma energia. Não havia nada como o simples contraste para acordar a sensação de invencibilidade de um homem.

E não havia nada para drenar aquela sensação mais rapidamente que a perspectiva de encontrar a mulher amada. Por que Tindwyl ficara ali? E, se estava determinada a não voltar a Terris, por que o evitara nestes últimos dias? Estava chateada por ele ter mandado Elend embora? Estava desapontada por ele insistir em ficar para ajudar?

Ele a encontrou no grande salão de baile da Fortaleza Venture. Parou por um instante, impressionado — como sempre — com a inquestionável grandiosidade do lugar. Liberou sua mente de estanho de visão por apenas um momento, tirando os óculos enquanto olhava ao redor do espaço incrível.

Janelas enormes e retangulares com vitrais iam até o teto ao longo das paredes do imenso salão. Em pé na lateral, Sazed ficava pequenino ao lado das colunas imensas que sustentavam uma pequena galeria que corria embaixo das janelas dos dois lados da câmara. Cada pedaço de pedra no espaço parecia esculpido — cada lajota era parte de um mosaico ou outro, cada pedaço de vitral colorido reluzia à luz do fim da tarde.

Faz tanto tempo... ele pensou. Na primeira vez que vira esta câmara, estava escoltando Vin em seu primeiro baile. Foi então, enquanto se passava por Valette Renoux, que encontrou Elend. Sazed a criticara por atrair de forma descuidada a atenção de um homem tão poderoso.

E, agora, ele mesmo havia celebrado o casamento dos dois. Sorriu, pondo os óculos e enchendo sua mente de estanho de visão outra vez. *Que os*

Deuses Esquecidos os guardem, crianças. Façam algo de nosso sacrifício, se puderem.

Tindwyl estava falando com Dockson e um pequeno grupo de funcionários no centro da sala. Estavam reunidos ao redor de uma grande mesa, e, quando Sazed se aproximou, conseguiu ver o que estava espalhado sobre ela.

O mapa de Marsh, ele pensou. Era uma representação extensa e detalhada de Luthadel, completa com anotações sobre a atividade do Ministério. Sazed tinha uma imagem do mapa, bem como uma descrição detalhada dele, em uma de suas mentes de cobre — e enviara uma cópia física para o Sínodo.

Tindwyl e os outros haviam enchido o grande mapa com suas anotações. Sazed aproximou-se devagar, e, assim que Tindwyl o viu, acenou para que ele se aproximasse.

— Ah, Sazed — Dockson disse, num tom decidido, com a voz abafada aos ouvidos fracos de Sazed. — Que bom. Por favor, venha até aqui.

Sazed caminhou até a área de dança mais baixa, juntando-se à mesa.

— Posicionamento de tropas? — ele perguntou.

— Penrod assumiu o comando de nossos exércitos — Dockson disse. — E colocou nobres a cargo de todos os vinte batalhões. Não sabemos se gostamos dessa situação.

Sazed olhou para os homens na mesa. Eram um grupo de escribas que o próprio Dockson treinara — todos skaa. *Deuses!*, Sazed pensou. *Ele não pode planejar uma rebelião justamente agora, pode?*

— Não fique tão assustado, Sazed — Dockson disse. — Não vamos fazer nada muito drástico. Penrod ainda permite que Trevo organize as defesas da cidade, e ele parece estar se aconselhando com os comandantes militares. Além disso, é tarde demais para tentarmos algo muito ambicioso.

Dockson quase parecia decepcionado.

— No entanto — Dockson falou, apontando para o mapa —, não confio nesses comandantes que ele botou à frente. Eles não sabem nada sobre guerra, ou mesmo sobre sobrevivência. Passaram a vida pedindo bebidas e fazendo festas.

Por que você os odeia tanto?, Sazed pensou. Ironicamente, Dockson era, da gangue, o que mais *parecia* um nobre. Ficava mais natural num terno que Brisa, era mais articulado que Trevo ou Fantasma. Apenas sua insistência em usar uma barba nada aristocrática o fazia se destacar.

— A nobreza pode não conhecer a guerra — Sazed falou —, mas tem experiência em comandar, creio eu.

— Verdade — Dockson concordou. — Mas nós também temos. Por isso quero um dos nossos perto de cada portão, apenas no caso de as coisas ficarem ruins e alguém realmente competente precisar assumir o comando.

Dockson apontou para a mesa, na direção de um dos portões — o Portão de Aço. Havia uma anotação sobre mil homens em uma formação defensiva.

— Este é o seu batalhão, Sazed. O Portão de Aço é o mais distante que os koloss alcançarão, e assim talvez você nem veja uma luta. No entanto, quando a batalha começar, quero você lá com um grupo de mensageiros para trazer a notícia para a Fortaleza Venture, caso seu portão seja atacado. Vamos organizar um posto de comando aqui, no salão de baile principal — é facilmente acessível com aquelas portas amplas, e pode acomodar bastante movimento.

E era um tapa não muito sutil na cara de Elend Venture, e da nobreza em geral, usar um espaço tão belo como um ambiente do qual se administraria uma guerra. *Não surpreende que ele tenha me apoiado a mandar Elend e Vin para longe. Com eles fora, ele ganhou controle incontestável da gangue de Kelsier.*

Não era ruim. Apesar de seus preconceitos, Dockson era um gênio organizador e um mestre no planejamento rápido.

— Sei que você não gosta de lutar, Saze — Dockson comentou, inclinando-se com as duas mãos sobre a mesa. — Mas precisamos de você.

— Acho que ele está preparado para a batalha, Lorde Dockson — Tindwyl falou, encarando Sazed. — Esses anéis nos dedos dele dão um bom indício de suas intenções.

Sazed olhou para ela do outro lado da mesa.

— E qual é o seu papel nisso, Tindwyl?

— Lorde Dockson veio até mim buscar aconselhamento — Tindwyl falou. — Ele mesmo tem pouca experiência em guerras, e quis saber das coisas que estudei sobre os generais do passado.

— Ah — Sazed falou. Ele se virou para Dockson, franzindo o cenho e pensando. No fim, ele meneou a cabeça. — Muito bem. Farei parte do seu projeto, mas preciso alertá-los sobre não se gerar discórdia. Por favor, diga aos homens para não romperem a cadeia de comando a menos que absolutamente necessário.

Dockson assentiu.

— Agora, Lady Tindwyl — Sazed disse —, poderíamos conversar um momento em particular?

Ela concordou, e eles pediram licença, caminhando até a galeria suspensa mais próxima. Às sombras, atrás de um dos pilares, Sazed virou-se para Tindwyl. Ela parecia tão impecável, tão equilibrada, tão calma, apesar da situação desesperadora. Como conseguia?

— Você está armazenando uma grande quantidade de atributos, Sazed — Tindwyl observou, olhando para os dedos dele de novo. — Certamente tem outras mentes de metal preparadas desde antes?

— Usei toda a minha prontidão e velocidade para vir até Luthadel — Sazed falou. — E não tenho nenhuma saúde armazenada, gastei a última para superar uma doença quando estava ensinando no sul. Tinha a intenção de preencher outra, mas estivemos ocupados demais. Tenho uma grande quantidade de força e peso armazenados, bem como uma boa seleção de mentes de estanho. Ainda assim, nunca se está bem-preparado *demais*, creio eu.

— Talvez — Tindwyl falou. Ela olhou para trás, para o grupo ao redor da mesa. — Se houver algo a fazer além de pensar no inevitável, então a preparação não foi um desperdício, eu acredito.

Sazed sentiu um arrepio.

— Tindwyl — ele disse em voz baixa. — Por que ficou? Não há lugar para você aqui.

— Não há lugar para você também, Sazed.

— Eles são meus amigos — ele falou. — Não os deixaria.

— Então, por que convenceu seus líderes a partir?

— Para que fugissem e vivessem — Sazed falou.

— Sobreviver não é um luxo dado com frequência a líderes — Tindwyl falou. — Quando aceitam a devoção de outros, precisam aceitar a responsabilidade que vem com ela. Essas pessoas vão morrer, mas não precisavam morrer sentindo-se traídas.

— Elas não foram...

— Elas esperam ser salvas, Sazed — Tindwyl sibilou. — Mesmo aqueles homens logo ali, até *Dockson*, o mais prático desta turma, acreditam que sobreviverão. E sabe por quê? Porque, lá no fundo, eles acreditam que algo os salvará. Algo que os salvou antes, a única parte do Sobrevivente que restou. Ela representa a esperança para eles agora. E você a mandou embora.

— Para ela viver, Tindwyl — Sazed repetiu. — Teria sido um desperdício perder Vin e Elend aqui.

— A esperança nunca é um desperdício — Tindwyl falou com olhos faiscantes. — Pensei que você, entre todas as pessoas, entenderia isso. Acredita que foi a teimosia que me manteve viva todos esses anos nas mãos dos Procriadores?

— E foi a teimosia ou a esperança que manteve você aqui, na cidade? — ele perguntou.

Ela ergueu os olhos para ele.

— Nenhuma das duas.

Sazed olhou para ela por um longo momento na alcova escurecida. Os planejadores conversavam no salão de baile, suas vozes ecoavam. Fragmentos de luz das janelas refletiam no piso de mármore, lançando feixes de luz pelas paredes. De forma lenta, desajeitada, Sazed envolveu Tindwyl com os braços. Ela suspirou, deixando-se abraçar.

Ele liberou suas mentes de estanho e deixou seus sentidos voltarem, inundando-o.

A suavidade da pele e o calor do corpo dela arrebataram-no enquanto ela se movia para mais perto do abraço, descansando a cabeço no peito de Sazed. O cheiro dos cabelos dela — sem perfume, mas limpos e frescos — preencheu suas narinas, e era a primeira coisa que cheirava em três dias. Com mão inábil, Sazed tirou os óculos para poder vê-la com nitidez. Quando os sons voltaram aos ouvidos por completo, ele conseguiu ouvir Tindwyl respirando diante dele.

— Sabe por que eu te amo, Sazed? — ela perguntou, baixinho.

— Não posso imaginar — ele respondeu, honestamente.

— Porque você nunca cede — ela disse. — Outros homens são fortes como tijolos, firmes, inflexíveis, mas se você bate neles o bastante, eles racham. Você... você é forte como o vento. Sempre lá, tão disposto a se curvar, mas nunca pede desculpas pelas vezes em que precisa ser firme. Não acredito que algum dos seus amigos entende o poder que eles tinham em você.

Tinham, ele pensou. *Ela já pensa em tudo isso no passado. E... parece certo que ela o faça.*

— Temo que nunca serei o bastante para salvá-los — Sazed sussurrou.

— Mas foi o bastante salvar três deles — Tindwyl disse. — Você errou em mandá-los embora... mas talvez tenha acertado também.

Sazed apenas fechou os olhos e abraçou-a, amaldiçoando-a por ficar, ainda assim amando-a por isso ao mesmo tempo.

Naquele momento, os tambores de alarme no topo da muralha começaram a rufar.

E, assim, fiz a aposta final.

51

A LUZ VERMELHA E BRUMOSA da manhã era uma coisa que não deveria existir. A bruma morria antes da luz do dia. O calor a fazia evaporar; mesmo trancá-la dentro de um quarto fechado fazia com que condensasse e desaparecesse. Não deveria ser capaz de suportar a luz do sol nascente.

Ainda assim, resistia. Quanto mais se afastavam de Luthadel, mais tempo as brumas duravam nas manhãs. A mudança era leve — eles ainda estavam a poucos dias de cavalgada de Luthadel —, mas Vin sabia. Via a diferença. Naquela manhã, as brumas pareciam ainda mais fortes do que previra — elas nem mesmo enfraqueceram quando o sol se ergueu. Elas obscureceram sua luz.

Bruma, ela pensou. *Profundezas.* Cada vez mais ela se convencia de que tinha razão sobre isso, embora não conseguisse saber ao certo. Ainda assim, parecia correto para ela por algum motivo. As Profundezas não eram um monstro ou tirano, mas uma força mais natural — e, portanto, mais assustadora. Uma criatura poderia ser assassinada. As brumas... eram muito mais intimidantes. As Profundezas não oprimiam com sacerdotes, mas usavam o terror supersticioso do povo. Não massacravam com exércitos, mas com a fome.

Como alguém combatia algo maior que um continente? Uma coisa que não podia sentir raiva, dor, ter esperança ou clemência?

Ainda assim, era tarefa de Vin fazer exatamente isso. Ela ficou sentada, em silêncio, em uma grande rocha ao lado da fogueira da noite, com suas pernas para cima e os joelhos colados ao peito. Elend ainda dormia; Fantasma estava lá fora, fazendo a ronda.

Ela não questionava mais seu papel. Ou estava louca ou era o Herói das Eras. Era sua tarefa derrotar as brumas. *Mesmo assim...* ela pensou, franzindo a testa. *As pulsações não deveriam ficar mais fortes, em vez de mais fracas?* Quanto mais viajavam, mais fracas as batidas pareciam ficar. Estava atrasada? Algo estava acontecendo no Poço para enfraquecer seu poder? Alguém já o tomara?

Temos que continuar.

Outra pessoa no lugar dela talvez tivesse perguntado por que fora escolhida. Vin conhecera muitos homens — na gangue de Camon e no governo de Elend — que reclamavam sempre que recebiam uma incumbência. "Por que eu?", eles perguntavam. Os inseguros achavam que não estavam prontos para a tarefa. Os preguiçosos queriam escapar do trabalho.

Vin não se considerava autoconfiante ou motivada. Ainda assim, não via sentido em perguntar por quê. A vida lhe ensinara que, às vezes, as coisas simplesmente aconteciam. Não raro, não havia um motivo específico para Reen lhe bater. E motivos eram confortos fracos, de qualquer forma. Os motivos pelos quais Kelsier precisara morrer eram claros para ela, mas isso não arrefecia a saudade que sentia dele.

Ela tinha um trabalho a fazer. O fato de não o entender não a impedia de reconhecer que precisava tentar cumpri-lo. Ela apenas torcia para saber o que fazer quando a hora chegasse. Apesar de as batidas soarem mais fracas, ainda estavam lá. Impulsionavam-na para a frente. Para o Poço da Ascensão.

Atrás de si, ela conseguia sentir a vibração menor do espectro das brumas. Nunca desaparecia até as próprias brumas sumirem. Estava lá a manhã inteira, em pé, bem atrás dela.

— Você conhece o segredo disso tudo? — ela perguntou em voz baixa, virando-se para o espírito nas brumas avermelhadas. — Você...

O pulso alomântico do espectro das brumas estava vindo diretamente de dentro da tenda que ela dividia com Elend.

Vin saltou da rocha, pousando no chão congelado, e saiu às pressas para a tenda. Ela abriu as portas com tudo. Elend dormia lá dentro, era quase impossível ver sua cabeça quando saiu dos cobertores. As brumas enchiam a pequena tenda, rodopiando, girando, e aquilo era bem estranho. Brumas em geral não entravam em tendas.

E lá, no meio das brumas, estava o espírito. Em pé, bem sobre Elend.

Não estava lá de verdade. Era apenas um contorno nas brumas, um padrão que se repetia causado por movimentos caóticos. E, ainda assim, era real. Ela conseguia senti-lo e vê-lo — ver como ele erguia a cabeça, encontrando o olhar dela com olhos invisíveis.

Olhos cheios de ódio.

Ergueu um braço insubstancial, e Vin viu algo reluzir. Reagiu de pronto, puxando uma adaga e irrompendo tenda adentro, atacando. Seu golpe atingiu algo tangível na mão do espectro das brumas. Um som metálico retiniu no ar calmo, e Vin sentiu um frio poderoso, entorpecedor em seu braço. Os pelos do corpo todo se arrepiaram.

E, em seguida, ele desapareceu, dissipando-se, como o ressoar de sua lâmina, que era de alguma forma substancial. Vin piscou, em seguida olhou através da porta agitada da tenda. As brumas lá fora haviam desaparecido; o dia finalmente vencera.

Não pareciam restar muitas vitórias.

— Vin? — Elend perguntou, bocejando e virando-se.

Vin acalmou sua respiração. O espírito fora embora. A luz do dia significava segurança, por ora. *No passado, eram as noites que eu achava seguras*, ela pensou. *Kelsier as deu para mim*.

— O que foi? — Elend perguntou. Como alguém, mesmo um nobre, podia ser tão lento para despertar, tão despreocupado com a vulnerabilidade que mostrava enquanto dormia?

Ela embainhou a adaga. *O que posso lhe dizer? Como posso protegê-lo de algo que mal posso ver?* Ela precisava pensar.

— Não foi nada — ela disse, baixo. — Apenas eu... nervosa outra vez.

Elend rolou, suspirando com satisfação.

— Fantasma está fazendo a ronda matutina?

— Sim.

— Me acorde quando ele voltar.

Vin assentiu, mas ele provavelmente não viu. Ela se ajoelhou, olhando para ele enquanto o sol se erguia atrás dela. Ela se entregou para ele, não apenas seu corpo, nem apenas seu coração. Ela havia abandonado suas racionalizações, aberto mão das reservas, tudo por ele. Não conseguia mais se dar ao luxo de pensar que não era digna dele, não mais se dava o falso alívio de acreditar que não poderiam jamais estar juntos.

Ela nunca confiara em ninguém dessa forma. Nem em Kelsier, nem em Sazed, tampouco em Reen. Elend tinha tudo. Aquilo a fazia tremer por dentro. Se ela o perdesse, perderia a si mesma.

Eu não devo pensar nisso!, disse a si mesma, erguendo-se. Ela saiu da tenda, fechando as abas em silêncio. À distância, as sombras se moviam. Fantasma apareceu um momento depois.

— Definitivamente tinha alguém lá atrás — ele disse em voz baixa. — Não eram espíritos. Cinco homens, num acampamento.

Vin franziu a testa.

— Estão nos seguindo?

— Devem estar.

Espiões de Straff, ela pensou.

— Vamos deixar que Elend decida o que fazer com eles.

Fantasma deu de ombros, caminhando até sentar-se na rocha de Vin.

— Vai acordá-lo?

Vin virou de costas.

— Deixe-o dormir um pouco mais.

Fantasma deu de ombros novamente. Observou como ela caminhou até a fogueira e descobriu a lenha que haviam coberto na noite anterior, em seguida começou a alimentar o fogo.

— Você mudou, Vin — Fantasma falou.

Ela continuou a trabalhar.

— Todo mundo muda — ela comentou. — Não sou mais uma ladra, e tenho amigos para me apoiar.

— Não quis dizer isso — Fantasma retrucou. — Digo, nos últimos tempos. Na última semana. Você está diferente do que era.

— Diferente como?

— Não sei. Não parece tão amedrontada o tempo todo.

Vin fez uma pausa.

— Tomei algumas decisões. Sobre quem sou e quem serei. Sobre o que quero.

Ela trabalhou em silêncio por um momento, e finalmente fez uma centelha pegar.

— Estou cansada de tolerar bobagens — ela disse por fim. — A tolice alheia, e a minha própria. Decidi agir em vez de ficar pensando. Talvez seja uma maneira mais imatura de ver as coisas. Mas, por ora, parece o correto a se fazer.

— Não é imaturo — Fantasma afirmou.

Vin sorriu, erguendo os olhos para ele. Com dezesseis anos e mirrado, era da mesma idade que ela quando Kelsier a recrutara. Ele apertava os olhos para a luz, embora o sol estivesse baixo.

— Diminua o seu estanho — Vin falou. — Não precisa mantê-lo tão forte.

Fantasma deu de ombros. Ela conseguia ver a incerteza nele. Ele queria tanto ser útil. E ela conhecia essa sensação.

— E você, Fantasma? — ela disse, virando-se para recolher os suprimentos para o café da manhã. Caldo e pães de novo. — Como você está?

Ele ergueu outra vez os ombros.

Eu quase esqueci como era tentar conversar com um adolescente, ela pensou, sorrindo.

— Fantasma... — ela falou, apenas provando o nome. — O que você acha desse apelido, hein? Lembro quando todo mundo te chamava pelo seu nome de verdade. — Lestibournes. Vin tentou soletrar uma vez. Parou quando chegou a cinco letras.

— Kelsier me deu meu nome — Fantasma falou, como se fosse o motivo suficiente para mantê-lo. E talvez fosse. Vin viu a expressão nos olhos de Fantasma quando mencionou Kelsier; Trevo podia ser o tio de Fantasma, mas era Kelsier quem ele venerava.

Claro, todos veneravam Kelsier.

— Eu queria ser poderoso, Vin — Fantasma falou, baixinho, seus braços dobrados sobre os joelhos enquanto estava sentado na rocha. — Como você.

— Você tem suas próprias habilidades.

— Estanho? — Fantasma perguntou. — Quase inútil. Se eu fosse Nascido da Bruma, poderia fazer grandes coisas. Ser alguém importante.

— Ser importante não é tão maravilhoso assim, Fantasma — Vin falou, ouvindo as batidas na cabeça. — Na maior parte do tempo, é apenas incômodo.

Fantasma sacudiu a cabeça.

— Se eu fosse um Nascido da Bruma, poderia salvar as pessoas... ajudar quem precisasse. Poderia impedir que as pessoas morressem. Mas... sou apenas o Fantasma. Fraco. Um covarde.

Vin olhou para ele, franzindo o cenho, mas a cabeça dele estava abaixada, e ele não a olhava nos olhos.

O que está acontecendo?, ela se perguntou.

SAZED USOU UM POUCO DE força para ajudá-lo a subir três degraus de uma vez. Saiu da escadaria logo atrás de Tindwyl, os dois juntando-se aos membros remanescentes do grupo no topo da muralha. Os tambores ainda soavam; cada um tinha um ritmo diferente quando soava na cidade. As batidas misturadas ecoavam caoticamente em prédios e becos.

O horizonte ao norte parecia vazio sem o exército de Straff. Se ao menos aquele mesmo vazio se estendesse para o nordeste, onde o acampamento koloss parecia em alvoroço...

— Alguém consegue entender o que está acontecendo? — Brisa perguntou.

Ham sacudiu a cabeça.

— Está muito longe.

— Um dos meus batedores é um Olho de Estanho — Trevo falou, aproximando-se com passos pesados. — Ele deu o alarme. Disse que os koloss estavam lutando.

— Meu bom homem — Brisa disse —, essas criaturas horrendas não estão *sempre* lutando?

— Mais do que de costume — Trevo falou. — Briga massiva.

Sazed sentiu um brilho fugaz de esperança.

— Estão brigando? — ele perguntou. — Talvez eles matem uns aos outros!

Trevo encarou-o com um daqueles olhares.

— Leia um dos seus livros, terrisano. O que dizem sobre as emoções dos koloss?

— São apenas duas — Sazed respondeu. — Tédio ou fúria. Mas...

— É como eles sempre começam uma batalha — Tindwyl falou, baixinho. — Começam a lutar entre eles, enfurecendo mais e mais seus membros, e então...

Ela parou de falar, e Sazed entendeu. A mancha escura a ficando cada vez mais leve. Dispersão. Decisão em membros individuais.

Ataque à cidade.

— Desgraça — Trevo praguejou, em seguida começou a caminhar às pressas até os degraus. — Mande mensageiros! — ele berrou. — Arqueiros, para a muralha! Tranquem as grades do rio! Batalhões, formar posição! Aprontem-se para lutar! Querem que essas coisas invadam a cidade e levem seus filhos?

O caos seguiu. Homens começaram a correr em todas as direções. Soldados subiam as escadarias aos tropeções, obstruindo a passagem, impedindo o grupo de se mover.

Está acontecendo, Sazed pensou, entorpecido.

— Assim que as escadarias estiverem livres — Dockson falou em voz baixa —, quero que cada um vá para o seu batalhão. Tindwyl, você vai para o Portão de Estanho, a norte da Fortaleza Venture. Talvez eu precise do seu aconselhamento, mas por ora fique com aqueles rapazes. Eles vão te ouvir, respeitam os terrisanos. Brisa, você está com um dos seus Abrandadores em cada um dos batalhões de quatro a doze?

Brisa assentiu.

— Não são muitos, mas...

— Apenas mantenha aqueles garotos lutando! — Dockson falou. — Não deixe nossos homens se dobrarem!

— Mil homens são demais para um Abrandador cuidar, meu amigo — Brisa comentou.

— Que façam o melhor que puderem — Dockson falou. — Você e Ham pegam o Portão de Peltre e o Portão de Zinco... parece que os koloss vão atingir aqui primeiro. Trevo deve trazer reforços.

Os dois homens assentiram; em seguida, Dockson olhou para Sazed.

— Sabe para onde ir?

— Sim... sim, creio que sim — Sazed disse, encostando-se na parede. No ar, flocos de cinzas começaram a cair do céu.

— Então, vá! — Dockson disse quando um esquadrão final de arqueiros estava saindo das escadarias.

— MILORDE VENTURE!

Straff virou-se. Com alguns estimulantes, era capaz de permanecer forte o bastante para ficar sobre a sela, embora não tivesse ousado lutar. Claro, ele não lutaria de qualquer forma. Não era do seu feitio. Levava o exército para isso.

Ele virou sua montaria quando o mensageiro se aproximou. O homem bufou, pousando as mãos nos joelhos quando ele parou ao lado da montaria de Straff, com pedaços de cinzas girando no chão aos seus pés.

— Milorde — o homem falou. — O exército koloss atacou Luthadel!

Exatamente como você disse, Zane, Straff pensou, espantado.

— Os koloss atacando? — Lorde Janarle perguntou, movendo seu cavalo até se aproximar de Straff. O belo lorde franziu a testa, em seguida encarou Straff. — Esperava isso, milorde?

— Claro — Straff falou, sorrindo.

Janarle parecia impressionado.

— Passe uma ordem para os homens, Janarle — Straff disse. — Quero que esta coluna volte na direção de Luthadel.

— Podemos chegar lá em uma hora, milorde! — Janarle comentou.

— Não — Straff disse. — Vamos tranquilos. Não queremos sobrecarregar nossas tropas, queremos?

Janarle sorriu.

— Claro que não, milorde.

FLECHAS PARECIAM SURTIR POUCO EFEITO sobre os koloss.

Sazed ficou petrificado e consternado em pé na torre de observação do portão. Ele não estava oficialmente a cargo dos soldados, então não tinha ordens para dar. Simplesmente estava em pé com os batedores e mensageiros, esperando para ver se era necessário ou não.

Aquilo o deixava com muito tempo para observar o horror se desvelando. Os koloss não estavam atacando sua seção da muralha ainda, felizmente, e seus homens observavam, tensos, enquanto as criaturas partiam em alta velocidade na direção do Portão de Estanho e do Portão de Peltre.

Mesmo de longe — a torre permitia que visse uma parte da cidade onde o Portão de Estanho ficava —, Sazed podia ver os koloss correndo direto através das chuvas de flechas. Alguns dos pequenos pareciam cair mortos ou feridos, mas a maioria continuava a avançar. Homens murmuravam na torre ao lado dele.

Não estamos prontos para isso, Sazed pensou. *Mesmo com meses para planejar e prever, não estamos prontos.*

É isso que conseguimos por termos sido governados por um deus durante mil anos. Mil anos de paz — *paz tirânica, mas de qualquer maneira paz. Não temos generais, temos homens que sabem como mandar prepararem um banho. Não temos táticos, temos burocratas. Não temos guerreiros, temos garotos com varetas.*

Mesmo ao observar o destino que se aproximava, sua mente de estudioso era analítica. Acionando a visão, conseguiu ver que muitas das criaturas distantes — especialmente as maiores — carregavam pequenas árvores arrancadas pela raiz. Estavam prontos, do seu jeito, para invadir a cidade. As árvores não seriam tão eficazes como aríetes reais — por outro lado, os portões da cidade não eram construídos para resistir a um aríete, em primeiro lugar.

Aqueles koloss são mais inteligentes do que pensamos, ele pensou. *Podem reconhecer o valor abstrato de moedas, mesmo que não tenham uma economia. Podem ver que precisam de ferramentas para derrubar nossos portões, mesmo que não saibam como fazer essas ferramentas.*

A primeira onda de koloss alcançou a muralha. Os homens começaram a lançar pedras e outros objetos para baixo. A seção de Sazed tinha pilhas semelhantes, uma bem ao lado do arco do portão, ao lado da que ele ficava. Mas se as flechas quase não tinham efeito, de que adiantariam algumas rochas? Os koloss agruparam-se ao redor da base da muralha, como a água de um rio represado. Batidas distantes soaram enquanto as criaturas começaram a bater contra os portões.

— Batalhão dezesseis! — um mensageiro gritou lá de baixo, cavalgando até o portão de Sazed. — Lorde Culee!

— Aqui! — o homem gritou do alto da muralha ao lado da torre de Sazed.

— O Portão de Peltre precisa de reforços imediatamente! Lorde Penrod ordena que o senhor traga seis companhias e me siga!

Lorde Culee começou a dar ordens. *Seis companhias*... Sazed pensou. *Seiscentos de nossos mil*. As palavras que Trevo falara mais cedo voltaram até ele: vinte mil soldados podem parecer muito, até alguém perceber o quanto precisavam se esfalfar.

As seis companhias marcharam para longe, deixando o pátio diante do portão de Sazed perturbadoramente vazio. Os quatrocentos homens restantes — trezentos no pátio, uma centena na muralha — aguardavam em silêncio agitado.

Sazed fechou os olhos e acionou sua mente de estanho auditiva. Conseguia ouvir... madeira batendo em madeira. Gritos. Gritos humanos. Liberou rapidamente a mente de estanho, em seguida acionou a visão outra vez, inclinando-se para olhar a seção da muralha onde a batalha estava sendo travada. Os koloss estavam jogando de volta as pedras lançadas — e eram muito mais precisos que os defensores. Sazed saltou quando viu o rosto de um jovem soldado estourar, seu corpo lançado do topo da muralha pela força de uma pedra. Sazed liberou a mente de estanho, ofegante.

— Sejam firmes, homens — um dos soldados na muralha gritou. Mal era um jovem — um nobre, mas não podia ter mais que dezesseis anos. Claro, muitos homens no exército tinham aquela idade.

— Aguentem firme... — o jovem comandante repetiu. Sua voz parecia insegura, e parou quando percebeu algo à distância. Sazed virou-se, seguindo o olhar do homem.

Os koloss haviam se cansado de ficar parados, amontoados num único portão. Estavam se movendo para cercar a cidade, grupos grandes deles se dividindo, cruzando o rio Channerel na direção de outros portões.

Portões como o de Sazed.

VIN ATERRISSOU DIRETAMENTE NO MEIO do acampamento. Lançou um punhado de pó de peltre na fogueira, em seguida empurrou, soprando brasas, fuligem e fumaça sobre alguns guardas surpresos, que estavam preparando o café da manhã. Ela estendeu a força e puxou as estacas das três pequenas tendas.

Todas as três despencaram. Uma estava desocupada, mas gritos vieram das outras duas. A lona divisava figuras confusas, que lutavam — uma dentro da tenda maior, duas dentro da menor.

Os guardas cambalearam para trás, erguendo os braços para proteger os olhos da fuligem e das centelhas, as mãos sobre as espadas. Vin ergueu um punho na direção deles — e, conforme piscavam para limpar os olhos, ela deixou uma moeda cair no chão.

Os guardas ficaram paralisados, em seguida tiraram a mão das espadas. Vin encarou as tendas. A pessoa no comando estaria dentro da maior — e era o homem com quem ela precisaria lidar. Provavelmente, um dos capitães de Straff, embora os guardas não usassem a heráldica dos Venture. Talvez...

Jastes Lekal esticou a cabeça para fora da tenda, praguejando enquanto se livrava da lona. Havia mudado muito no ano desde que Vin o vira pela última vez. No entanto, havia traços do que o homem se tornaria. Sua figura esbelta ficou esquálida; sua cabeça que ficava calva não deixou a desejar. Ainda assim, como seu rosto havia ficado tão emaciado... tão velho? Tinha a idade de Elend.

— Jastes — Elend falou, saindo de seu esconderijo na floresta. Caminhou até a clareira, com Fantasma ao seu lado. — O que está fazendo aqui?

Jastes conseguiu ficar em pé enquanto os outros dois soldados se desemaranhavam da tenda. Acenou para eles pararem.

— El — ele disse. — Eu... não sabia mais para onde ir. Meus batedores disseram que você estava fugindo, e me pareceu uma boa ideia. Onde quer que você vá, quero ir com você. Podemos nos esconder lá, talvez. Podemos...

— Jastes! — Elend estourou, caminhando a passos largos para ficar ao lado de Vin. — Onde estão os seus koloss? Você os mandou embora também?

— Eu tentei — Jastes falou, baixando o olhos. — Eles não quiseram ir... não depois que viram Luthadel. E então...

— O quê? — Elend questionou.

— Um incêndio — Jastes falou. — Em nossas... carroças de suprimento.

Vin franziu a testa.

— Suas carroças de suprimento? — Elend perguntou. — As carroças onde você carregava as moedas de madeira?

— Sim.

— Pelo Senhor Soberano, homem! — Elend disse, avançando. — E você simplesmente os *deixou* lá, sem liderança, às portas da nossa cidade?

— Eles iam me matar, El! — Jastes falou. — Estavam começando a brigar muito, exigindo mais moedas, exigindo que atacássemos a cidade. Se eu ficasse, eles teriam me matado! São feras, feras que apenas têm uma forma minimamente humana.

— E você partiu — Elend falou. — Deixou Luthadel abandonada para eles.

— Você a abandonou também — Jastes retrucou. Ele caminhou para a frente, mãos suplicantes quando se aproximou de Elend. — Olhe, El. Sei que errei. Pensei que poderia controlá-los. Não queria que isso acontecesse!

Elend ficou em silêncio, e Vin conseguiu ver uma frieza aumentando em seus olhos. Não uma frieza perigosa, como Kelsier. mas de uma... postura régia. A sensação de que ele era mais do que queria ser. Ele se empertigou, olhando de cima para o homem implorando à sua frente.

— Você reuniu um exército de monstros violentos e liderou-os num ataque tirânico, Jastes — Elend disse. — Você causou o massacre de aldeões inocentes. Em seguida, abandonou aquele exército sem liderança ou controle diante da cidade mais populosa em todo o Império Final.

— Perdoe-me — Jastes disse.

Elend olhou o homem nos olhos.

— Eu te perdoo — ele disse em voz baixa. Em seguida, num golpe fluido, ele sacou a espada e separou a cabeça de Jastes do pescoço. — Mas meu reino não.

Vin encarou, perplexa, quando o cadáver foi ao chão. Os soldados de Jastes berraram, sacando as armas. Elend virou-se, seu rosto sério, e ergueu a ponta de sua espada sangrenta para eles.

— Acham que essa execução foi um erro?

Os guardas pararam.

— Não, milorde — um deles finalmente disse, baixando os olhos.

Elend ajoelhou-se e limpou a espada na capa de Jastes.

— Considerando o que ele fez, teve uma melhor morte do que merecia. — Elend embainhou a espada outra vez. — Mas era meu amigo.

Enterrem-no. Assim que terminarem, serão bem-vindos para viajar comigo a Terris, ou podem voltar para casa. Escolham o que desejarem. — Com isso, ele voltou para a floresta.

Vin ficou parada, observando os guardas. Solenemente, avançaram para recolher o corpo. Ela acenou com a cabeça para Fantasma, em seguida partiu atrás de Elend floresta adentro. Ela não foi muito longe, pois o encontrou sentado numa pedra logo adiante, encarando o chão. Uma chuva de cinzas havia começado, mas a maioria dos flocos ficara presa nas árvores, cobrindo as folhas como musgo.

— Elend? — ela chamou.

Ele ergueu o rosto, encarando a floresta.

— Não sei bem por que fiz isso, Vin — ele falou, baixinho. — Por que eu precisei ser aquele a fazer justiça? Não sou nem rei. E, mesmo assim, precisava ser feito. Eu senti. Eu ainda sinto.

Ela pousou a mão no ombro dele.

— Ele é o primeiro homem que matei — Elend falou. — Ele e eu tínhamos tantos sonhos: aliar duas das casas imperiais mais poderosas, unindo Luthadel como nunca antes. Não teria sido um tratado de cobiça, mas uma aliança política verdadeira, pensada para ajudar a tornar a cidade um lugar melhor.

Ele olhou para ela.

— Acho que entendo agora, Vin, como é para você. De certa forma, somos os dois facas, ferramentas. Não um para o outro, mas para este reino. Para o povo.

Ela o envolveu nos braços, puxando sua cabeça para o peito.

— Sinto muito — ela sussurrou.

— Precisava ser feito — ele repetiu. — A parte mais triste é que ele estava certo. Eu os abandonei também. Deveria ter tirado minha vida com esta espada.

— Você partiu por um bom motivo, Elend — Vin falou. — Partiu para proteger Luthadel, para que Straff não atacasse.

— E se os koloss atacarem antes que Straff possa fazê-lo?

— Talvez não façam isso — Vin falou. — Não têm um líder. Talvez ataquem o exército de Straff, em vez disso.

— Não — a voz de Fantasma disse. Vin virou-se, vendo-o se aproximar através das árvores, com os olhos apertados contra a luz.

Esse garoto queima estanho demais, ela pensou.

— Como assim? — Elend perguntou, virando-se.

Fantasma baixou os olhos.

— Eles não vão atacar o exército de Straff, El. Ele não estará mais lá.

— Quê? — Vin quis saber.

— Eu... — Fantasma desviou o olhar, a vergonha estampada no rosto.

Sou um covarde. Suas palavras ecoaram nos ouvidos dela.

— Você sabia — Vin falou. — Você sabia que os koloss atacariam!

Fantasma assentiu.

— Isso é ridículo — Elend falou. — Não poderia saber que Jastes nos seguiria.

— Não sabia — Fantasma disse, enquanto um montinho de cinzas caía de uma árvore atrás dele, estourando com o vento e lançando uma centena de flocos diferentes ao chão. — Mas meu tio imaginou que Straff bateria em retirada e deixaria os koloss atacarem a cidade. Por isso Sazed decidiu nos mandar embora.

Vin sentiu um arrepio.

Achei a localização do Poço da Ascensão, Sazed disse. *A norte. Nas Montanhas de Terris...*

— Trevo te falou isso? — Elend disse.

Fantasma assentiu.

— E você não me contou? — Elend questionou, erguendo-se.

Ai, não...

Fantasma fez uma pausa, em seguida sacudiu a cabeça.

— Você ia querer voltar! Eu não queria morrer, El! Desculpe. Sou um covarde. — Ele se encolheu, olhando para a espada de Elend, afastando-se.

Elend parou, como se percebesse que estava avançando para cima do garoto.

— Não vou te machucar, Fantasma — ele falou. — Apenas estou com vergonha de você.

Fantasma baixou os olhos, em seguida despencou no chão, sentando-se com as costas apoiadas num álamo.

As batidas estão ficando mais suaves...

— Elend — Vin sussurrou.

Ele se virou.

— Sazed mentiu. O Poço não fica a norte.

— Quê?

— Fica em Luthadel.

— Vin, isso é ridículo. Não o encontramos.

— Não — ela disse com firmeza, erguendo-se e olhando para o sul. Concentrando-se, conseguiu sentir as batidas passando por ela. Atraindo-a.

Para o sul.

— O Poço não pode ser a sul — Elend falou. — As lendas *todas* dizem que fica a norte, nas Montanhas de Terris.

Vin sacudiu a cabeça, confusa.

— Está lá — ela falou. — Sei disso. Não sei como, mas ele *está* lá.

Elend olhou para ela, em seguida assentiu com a cabeça, confiando em seus instintos.

Ah, Sazed, ela pensou. *Provavelmente teve boas intenções, mas talvez tenha condenado a todos nós.* Se a cidade caísse nas mãos dos koloss...

— Em quanto tempo podemos voltar? — Elend perguntou.

— Depende — ela respondeu.

— Voltar? — Fantasma perguntou, erguendo os olhos. — El, eles estão todos *mortos*. Disseram para eu te falar a verdade assim que chegássemos em Tathingdwen, assim vocês não se matariam escalando as montanhas no inverno à toa. Mas quando Trevo me falou, era também um adeus. Dava para ver nos seus olhos. Ele sabia que nunca mais me veria.

Elend fez uma pausa, e Vin conseguiu enxergar um momento de incerteza nos seus olhos. Um lampejo de dor, de horror. Ela conhecia aquelas emoções, porque elas a atingiram ao mesmo tempo.

Sazed, Brisa, Ham...

Elend agarrou o braço dela.

— Você precisa ir, Vin — ele disse. — Talvez haja sobreviventes... refugiados. Eles precisam de sua ajuda.

Ela assentiu, a firmeza de sua mão, a determinação na voz, lhe deram forças.

— Fantasma e eu seguiremos — ele disse. — Vai nos custar apenas alguns dias de cavalgada forte. Mas uma alomântica com peltre pode ir mais rápido que qualquer cavalo em longas distâncias.

— Não quero deixar você — ela sussurrou.

— Eu sei.

Ainda era difícil. Como ela poderia partir e deixá-lo, quando tinha acabado de redescobri-lo? Ainda assim, podia sentir o Poço da Ascensão de forma ainda mais premente agora que sabia de sua localização. E se algum de seus amigos *tivesse sobrevivido* ao ataque...

Vin cerrou os dentes, em seguida abriu a bolsa e puxou o resto do pó de peltre. Engoliu-o com um gole de água de seu cantil. Raspou a garganta na descida. *Não é muito*, ela pensou. *Não vai me permitir usar o recurso de peltre por tanto tempo.*

— Eles estão todos mortos... — Fantasma murmurou novamente.

Vin virou-se. Os pulsos batiam, exigentes. Do sul.

Estou indo.

— Elend — ela disse. — Por favor, faça isso por mim. Não durma durante a noite quando as brumas estiverem lá fora. Viaje durante a noite, se puder, e mantenha-se atento. Fique de olho no espectro das brumas, acho que ele pode querer te machucar.

Ele franziu a testa, mas assentiu.

Vin avivou o peltre, em seguida partiu, correndo na direção da estrada.

Meus apelos, meus ensinamentos, minhas objeções e até mesmo minhas traições foram todas ineficazes. Alendi tem outros conselheiros agora, que falam o que ele quer ouvir.

52

BRISA DEU O SEU MELHOR para fingir que *não* estava no meio de uma guerra. Não funcionou muito bem.

Ele estava montado em seu cavalo, às margens do pátio do Portão de Zinco. Soldados caminhavam e tilintavam, em pé nas fileiras diante dos portões, esperando e observando seus companheiros sobre a muralha.

Os portões receberam pancadas. Brisa encolheu-se, mas continuou seu *abrandamento*.

— Sejam fortes — ele sussurrou. — Medo, incerteza... estou retirando tudo isso. A morte pode vir através daquelas portas, mas vocês podem combatê-la. Podem vencer. Sejam fortes...

O latão queimava como uma fogueira em seu estômago. Há muito acabara com seus frascos, e precisou engolir a seco punhados de pó de latão e goles de água, que ele recebia continuamente graças aos mensageiros montados de Dockson.

Quanto tempo isso pode durar?, ele pensou, limpando a testa e continuando a *abrandar*. A Alomancia felizmente era muito suave para o corpo; o poder alomântico vinha dos próprios metais, não de quem os queimava. Ainda assim, o *abrandamento* era muito mais complexo que outras habilidades alomânticas, e exigia atenção constante.

— Medo, terror, ansiedade... — ele murmurou. — O desejo de correr ou desistir. Estou mandando-os embora. — A fala não era necessária, claro, mas este sempre fora seu jeito. Ajudava a mantê-lo concentrado.

Após mais alguns minutos de *abrandamento*, ele verificou o relógio de bolso, em seguida virou o cavalo e trotou até o outro lado do pátio. Os portões continuavam a ribombar, e Brisa limpou outra vez a testa. Observou, insatisfeito, que seu lenço já estava quase úmido demais para ajudá-lo. Também havia começado a nevar. A umidade faria as cinzas grudarem nas roupas, e seu traje ficaria totalmente arruinado.

O traje ficará arruinado com seu sangue, Brisa, ele disse a si mesmo. *O tempo para futilidades acabou. Isto aqui é sério. Muito sério. Como você foi acabar justamente aqui?*

Ele redobrou os esforços, *abrandando* um novo grupo de soldados. Ele era um dos alomânticos mais poderosos do Império Final — especialmente quando se tratava de Alomancia emocional. Podia *abrandar* centenas de homens de uma vez, desde que estivessem bem juntos, e contanto que ele estivesse concentrado em emoções simples. Nem mesmo Kelsier conseguia lidar com aqueles números.

Ainda assim, o grupo inteiro de soldados estava além até da sua capacidade, e ele precisava fazê-lo em partes. Quando começou a trabalhar num novo grupo, viu aqueles que havia deixado começarem a esmorecer, sua ansiedade tomando conta.

Quando esses portões estourarem, esses homens vão sair correndo.

Os portões estrondavam. Homens juntavam-se nas muralhas, jogando pedras para baixo, atirando flechas, lutando com uma falta de disciplina frenética. Às vezes, um oficial abria caminho até eles, gritando ordens, tentando coordenar os esforços, mas Brisa estava longe demais para ouvir o que diziam. Conseguia ver apenas o caos de homens em movimento, gritando e disparando.

E, claro, podia ver o contrafogo. Pedras zuniam no ar vindas lá debaixo, algumas se chocando contra as defesas. Brisa tentou não pensar no que acontecia do outro lado das muralhas, com os milhares de feras koloss enraivecidas. De vez em quando, um soldado caía. O sangue pingava no pátio das várias seções dos baluartes.

— Medo, ansiedade, terror... — Brisa sussurrava.

Allrianne havia escapado. Vin, Elend e Fantasma estavam em segurança. Ele precisava manter o foco nesses sucessos. *Obrigado, Sazed, por nos fazer mandá-los para longe*, ele pensou.

Batidas de cascos soaram atrás dele. Brisa continuou a *abrandar*, mas virou-se para ver Trevo chegando. O general cavalgava com uma postura recurvada, vendo os soldados com um olho aberto e outro perpetuamente fechado, espremido.

— Estão se saindo bem — ele disse.

— Meu caro — Brisa falou. — Estão *apavorados*. Até aqueles sob meu *abrandamento* olham para aqueles portões como se um vácuo terrível estivesse lá, esperando para sugá-los.

Trevo encarou Brisa.

— Estamos poéticos hoje, não?

— A desgraça iminente tem esse efeito em mim — Brisa respondeu quando os portões sacudiram. — De qualquer forma, duvido que os homens estejam indo "bem".

Trevo grunhiu.

— Soldados sempre ficam nervosos antes de uma luta. Mas são bons rapazes. Vão aguentar.

Os portões balançaram e tremeram, lascas apareceram nas laterais. *Essas dobradiças estão sendo forçadas...* Brisa pensou.

— Será que não pode *abrandar* esses koloss? — Trevo perguntou. — Deixá-los menos ferozes?

Brisa sacudiu a cabeça.

— O *abrandamento* não tem efeito sobre as feras. Eu já tentei.

Ficaram em silêncio novamente, ouvindo os portões estrondeantes. No fim, Brisa olhou para Trevo, que estava montado no cavalo, imperturbável.

— Você já esteve em batalhas antes — Brisa disse. — Quantas vezes?

— Por vinte anos, durante a maior parte deles, quando eu era mais jovem — Trevo disse. — Combatendo rebeliões nos domínios distantes, guerreando contra nômades em desertos. O Senhor Soberano era muito bom em manter esses conflitos abafados.

— E... como vocês faziam? — Brisa quis saber. — Venciam com frequência?

— Sempre — Trevo respondeu.

Brisa deu um sorrisinho.

— Claro — Trevo continuou, olhando para Brisa —, nós tínhamos os koloss do nosso lado. É difícil demais matar essas feras.

Excelente, Brisa pensou.

VIN CORRIA.

Usara apenas uma vez o "recurso de peltre" antes — com Kelsier, mais de um antes. Ao queimar peltre em avivamento contínuo, era possível correr com velocidade incrível, como um velocista em sua arrancada mais rápida, sem nem sequer ficar cansado.

O processo tinha efeitos no corpo. O peltre a mantinha em movimento, mas também continha sua fadiga natural. A justaposição deixava sua mente confusa, levando-a a um estado de energia exaurida semelhante a um transe. Sua alma queria muito descansar, ainda assim o corpo apenas continuava correndo, correndo, correndo ao longo do caminho dos canais rumo ao sul. Rumo a Luthadel.

Vin estava preparada para os efeitos do uso de reserva de peltre dessa vez, e assim lidou melhor com eles. Lutou para não cair no transe, mantendo a mente concentrada no seu objetivo, não nos movimentos repetidos do corpo. No entanto, aquela concentração levou sua mente a pensamentos desconfortáveis.

Por que estou fazendo isso?, ela se perguntou. *Por que exigir tanto de mim mesma? Fantasma disse... Luthadel já caiu. Não é preciso urgência.*

E, mesmo assim, ela corria.

Via imagens de morte em sua mente. Ham, Brisa, Dockson, Trevo e o querido, querido Sazed. Os primeiros amigos de verdade que ela conhecera. Amava Elend, e parte dela bendizia os outros por tê-los enviado para longe do perigo. Entretanto, a outra parte estava furiosa por eles terem-na mandado para longe. Aquela fúria a guiava.

Eles fizeram com que eu os abandonasse. Eles me forçaram *a abandoná-los!*

Kelsier havia passado meses para ensiná-la como confiar. Suas últimas palavras para ela em vida foram acusatórias, e eram palavras das quais nunca fora capaz de escapar. *Ainda tem muito o que aprender sobre amizade, Vin.*

Ele seguira em frente para arriscar a vida e tirar Fantasma e OreSeur do perigo, combatendo — e, no fim das contas, matando — um Inquisidor de Aço. Tinha feito aquilo apesar dos protestos de Vin de que o risco era inútil.

Ela estava errada.

Como ousam!, ela pensou, sentindo as lágrimas no rosto enquanto avançava pelo caminho largo do canal. O peltre lhe dava um equilíbrio sobre-humano, e a velocidade — que teria sido perigosa para outras pessoas — lhe parecia natural. Ela não tropeçava, tampouco cambaleava, mas um observador pensaria que seu ritmo era imprudente.

As árvores passavam zunindo. Ela pulava rachaduras e depressões na terra. Corria como fizera apenas uma vez no passado, e forçava-se ainda mais do que naquele dia. No passado, ela correra simplesmente para acompanhar Kelsier. Agora corria por aqueles que amava.

Como ousam!, ela pensou outra vez. *Como ousam não me dar a mesma chance que Kelsier teve! Como ousam recusar minha proteção, recusar minha ajuda!*

Como ousam morrer...

Seu peltre estava acabando, e ela estava apenas há poucas horas na corrida. Na verdade, provavelmente havia coberto um dia todo de caminhada naquelas poucas horas. Ainda assim, de alguma forma, sabia que não bastaria. Eles já estavam mortos. Ela chegaria tarde demais, da mesma forma que aconteceu anos antes. Tarde demais para salvar o exército. Tarde demais para salvar os amigos.

Vin continuou a correr. E continuou a chorar.

— COMO CHEGAMOS AQUI, TREVO? — Brisa perguntou baixo, ainda no pátio diante do portão ribombante. Estava no cavalo, em meio a uma mistura turva de neve e cinzas caindo. O simples e silencioso revoar de branco e preto parecia camuflar os homens gritando, o portão quebrando e as pedras caindo.

Trevo olhou para ele, franzindo a testa. Brisa continuou a olhar para cima, para as cinzas e a neve. Preta e branca. Indolentes.

— Não somos homens de princípios — Brisa falou baixinho. — Somos ladrões. Cínicos. Você, um homem cansado de obedecer ao Senhor Soberano, um homem determinado a se ver progredir pelo menos uma vez. Eu, um homem de moral duvidosa que ama brincar com os outros, fazer das emoções deles meu joguete. Como terminamos bem aqui? Na cabeça de um exército, lutando por uma causa idealista? Homens como nós não deveriam ser líderes.

Trevo observava os homens no pátio.

— Acho que somos simplesmente idiotas — ele disse por fim.

Brisa fez uma pausa, em seguida observou aquele brilho nos olhos de Trevo. Aquela faísca de humor, a faísca que era difícil de reconhecer a menos que se conhecesse Trevo muito bem. Era aquela faísca que dizia a verdade — que mostrava que Trevo era um homem de inteligência rara.

Brisa sorriu.

— Acho que somos. Como dissemos antes, é culpa de Kelsier. Ele nos transformou em idiotas que ficariam à frente de um exército condenado.

— Aquele desgraçado — Trevo falou.

— De fato — Brisa disse.

As cinzas e a neve continuaram a cair. Homens gritavam, alarmados.

E os portões abriram-se de uma vez.

— O PORTÃO DE ZINCO foi derrubado, mestre terrisano! — o mensageiro de Dockson disse, ofegando levemente quando se agachou ao lado de Sazed. Os dois estavam sentados ao lado das ameias no alto da muralha, ouvindo os koloss darem pancadas no seu portão. Aquele que caíra era o mais a leste de Luthadel.

— O Portão de Zinco é o mais bem defendido — Sazed comentou em voz baixa. — Eles conseguirão segurá-lo, creio eu.

O mensageiro assentiu com a cabeça. As cinzas voavam pelo topo da muralha, acumulando-se em rachaduras e nichos nas pedras, os flocos pretos manchados pela ocasional neve, branca como osso.

— Tem algo que o senhor queira que eu diga ao Lorde Dockson? — o mensageiro perguntou.

Sazed fez uma pausa, olhando as defesas da muralha. Ele desceu da torre de observação, juntando-se às fileiras regulares de homens. Os soldados haviam ficado sem pedras, embora os arqueiros ainda estivessem trabalhando. Ele observou a lateral da muralha e viu os cadáveres dos koloss empilhando-se. No entanto, também viu a frente lascada do portão. *É incrível como conseguem manter tal fúria por tanto tempo*, ele pensou, recuando. As criaturas continuavam a uivar e gritar, como cães selvagens.

Ele se recostou contra a pedra úmida, estremecendo com o vento frio, seus dedos do pé ficando dormentes. Ele acionou a mente de latão, extraindo o calor armazenado nela, e seu corpo de repente foi inundado com uma sensação agradável de calor.

— Diga a Lorde Dockson que temo pelas defesas deste portão — Sazed disse, em voz baixa. — Os melhores homens foram levados para ajudar com os portões a leste, e tenho pouca confiança no nosso líder. Se Lorde Dockson pudesse enviar outra pessoa para ficar no comando, seria o melhor, creio eu.

O mensageiro fez uma pausa.

— O quê? — Sazed perguntou.

— Não foi para isso que ele enviou o senhor, mestre terrisano?

Sazed franziu a testa.

— Por favor, diga a ele que tenho ainda menos confiança na minha capacidade de liderar... ou lutar... do que tenho em nosso comandante.

O mensageiro assentiu e partiu, descendo a escadaria aos tropeções para chegar até seu cavalo. Sazed encolheu-se quando uma pedra atingiu a muralha bem acima dele. Lascas voaram sobre o merlão, espalhando-se sobre a ameia à sua frente. *Pelos Deuses Esquecidos*... Sazed pensou, retorcendo as mãos. *O que estou fazendo aqui?*

Ele viu o movimento na muralha ao lado dele, e virou-se quando o jovem capitão dos soldados — capitão Bedes — moveu-se até ele, com cuidado para manter a cabeça baixa. Alto, com cabelos grossos que caíam ao redor dos olhos, ele era esguio até mesmo embaixo da armadura. O jovem parecia que deveria estar dançando em bailes, não liderando soldados na batalha.

— O que o mensageiro disse? — perguntou Bedes com nervosismo.

— O Portão de Zinco caiu, milorde — Sazed respondeu.

O jovem capitão empalideceu.

— O que... o que devemos fazer?

— Por que me pergunta, milorde? — Sazed questionou. — O senhor está no comando.

— Por favor — o homem disse, agarrando o braço de Sazed. — Eu não... eu...

— Milorde — Sazed disse com seriedade, reprimindo o próprio nervosismo. — O senhor é um nobre, não é?

— Sim...

— Então está acostumado a dar ordens — Sazed disse. — Dê agora.

— Que ordens?

— Não importa — Sazed falou. — Faça os homens verem que o senhor está no comando.

O jovem acenou, em seguida gritou e desviou quando uma pedra atingiu um dos arqueiros próximos no ombro, lançando-o para trás até cair no pátio. Os homens lá embaixo abriram espaço para o cadáver, e Sazed percebeu algo estranho. Um grupo de pessoas estava reunido no fundo do pátio. Civis — skaa — em roupas manchadas de cinzas.

— O que eles estão fazendo aqui? — Sazed perguntou. — Deviam estar escondidos, não ali para tentar os koloss quando as criaturas invadirem!

— *Quando* eles invadirem? — capitão Bedes perguntou.

Sazed ignorou o homem. Com civis ele poderia lidar. Estava acostumado a liderar servos de um nobre.

— Vou falar com eles — Sazed disse.

— Sim... — Bedes concordou. — Parece uma boa ideia.

Sazed abriu caminho até a escadaria, que estava escorregadia e úmida com a mistura de cinza e neve, em seguida aproximou-se do grupo de pessoas. Havia mais deles do que pensara; estendiam-se para trás na rua a uma curta distância. Centenas de pessoas estavam juntas e encolhidas, observando os portões através da neve que caía; pareciam estar com frio, e Sazed sentiu-se um pouco culpado pelo calor de sua mente de latão.

Várias delas abaixaram a cabeça quando Sazed aproximou-se.

— Por que estão aqui? — Sazed perguntou. — Por favor, vocês precisam buscar abrigo. Se suas casas estiverem próximas do pátio, então se escondam no meio da cidade. Os koloss provavelmente vão começar a pilhagem assim que acabarem com o exército, portanto as margens da cidade são mais perigosas.

Ninguém se mexeu.

— Por favor! — Sazed pediu. — Vocês *precisam* ir. Se ficarem, morrerão!

— Não estamos aqui para morrer, Primeira Testemunha Sagrada — disse um idoso na frente. — Estamos aqui para assistir à queda dos koloss.

— Queda? — Sazed perguntou.

— A Lady Herdeira nos protegerá — disse outra mulher.

— A Lady Herdeira deixou a cidade — Sazed retrucou.

— Então, observaremos o senhor, Primeira Testemunha Sagrada — o homem falou, se apoiando com uma mão no ombro de um garoto.

— Primeira Testemunha Sagrada? — Sazed perguntou. — Por que me chamam assim?

— O senhor foi o primeiro que trouxe a notícia da morte do Senhor Soberano — o homem respondeu. — Deu à Lady Herdeira a lança que ela usou para matar o nosso senhor. Foi a testemunha de suas ações.

Sazed balançou a cabeça.

— Talvez seja verdade, mas não sou digno de reverência. Não sou um homem santo, sou apenas...

— Testemunha — o velho disse. — Se a Herdeira se juntar a esta batalha, ela aparecerá perto do senhor.

— Eu... sinto muito... — Sazed disse, enrubescendo. *Eu a mandei embora. Mandei sua deusa embora para ficar em segurança.*

As pessoas o observaram, seus olhos reverentes. Estava errado: eles não deveriam adorá-lo. Era simplesmente um observador.

Exceto que não era. Ele fizera parte daquilo tudo. Era como Tindwyl indiretamente havia lhe alertado. Agora que Sazed havia participado dos acontecimentos, tornara-se ele próprio, objeto de devoção.

— Vocês não deveriam me olhar assim — Sazed disse.

— A Lady Herdeira diz a mesma coisa — o velho dizia, sorrindo, soltando nuvens no ar frio.

— É diferente — Sazed falou. — Ela é... — Ele interrompeu, virando-se quando ouviu gritos lá de trás. Os arqueiros na muralha acenavam, alarmados, e o jovem capitão Bedes estava correndo na direção deles. *O que está...*

Uma criatura azul bestial de repente ergueu-se sobre a muralha, sua pele esticada e pingando sangue escarlate. Empurrou para o lado um arqueiro surpreso, em seguida agarrou o capitão Bedes pelo pescoço e jogou-o para trás. O rapaz desapareceu, caindo entre os koloss lá embaixo. Sazed ouviu os gritos mesmo à distância. Um segundo koloss subiu na muralha, então um terceiro. Arqueiros afastavam-se aos tropeções, em choque, largando as armas, alguns empurrando outros das defesas com a pressa.

Os koloss estão saltando, Sazed percebeu. *Devem ter empilhado corpos suficientes para isso lá embaixo. E, ainda assim, pular tão alto...*

Mais e mais criaturas subiam no topo da muralha. Eram os monstros maiores, aqueles com mais de quatro metros de altura, e aquilo tornava mais fácil para eles tirarem os arqueiros do caminho. Os homens caíam no pátio, e as batidas nos portões redobravam.

— Vão! — Sazed falou, acenando para as pessoas atrás dele. Alguns recuaram. Muitos ficaram firmes.

Sazed virou-se desesperadamente para os portões. As estruturas de madeira começaram a rachar, e lascas voavam pelo ar cheio de neve e cinzas. Os soldados afastaram-se, numa postura apavorada. Finalmente, num estalo, a barra quebrou e o portão direito abriu com tudo. A massa selvagem de koloss, sangrando e uivando, começou a correr pelas pedras úmidas.

Soldados largaram as armas e fugiram. Outros permaneceram, paralisados pelo terror. Sazed estava atrás deles, entre os soldados horrorizados e a massa de skaa.

Não sou um guerreiro, ele pensou, mãos trêmulas enquanto encarava os monstros. Havia sido difícil ficar calmo dentro do acampamento deles. Ao vê-los berrar — suas espadas imensas sacadas, sua pele rasgada e sangrenta enquanto caíam sobre os soldados humanos —, Sazed sentiu a coragem começar a falhar.

Mas se eu não fizer nada, ninguém fará.

Ele ativou o peltre.

Seus músculos cresceram. Ele puxou profundamente de sua mente de aço enquanto avançava, concentrando mais força do que jamais fizera antes. Passou anos armazenando força, raramente encontrando ocasião para usá-la, e agora ele acionou aquela reserva.

Seu corpo mudou, os braços fracos do erudito transformando-se em membros gigantescos, troncudos. Seu peito alargou-se, protuberante, e seus músculos esticaram-se com a força. Dias gastos com fragilidade e fraqueza se concentraram naquele único momento. Ele abriu caminho pelas fileiras de soldados, puxando a túnica pela cabeça quando ficou muito apertada, deixando-o apenas com uma tanga rudimentar.

O líder koloss virou-se para ficar cara a cara com uma criatura quase do seu tamanho. Apesar da fúria, apesar de sua desumanidade, a fera ficou paralisada, a surpresa estampada em seus olhos vermelhos e arredondados.

Sazed deu um murro no monstro. Ele não tinha prática de guerra, e não sabia quase nada sobre combate. Porém, naquele momento, sua falta de habilidade não importava. O rosto da criatura caiu sob o seu punho, o crânio estalou.

Sazed virou-se sobre as pernas grossas, olhando os soldados perplexos lá atrás. *Diga alguma coisa valente!*

— Lutem! — Sazed urrou, surpreso pela gravidade e força repentinas em sua voz.

E, surpreendentemente, eles obedeceram.

VIN CAIU DE JOELHOS, EXAUSTA, na estrada enlameada e cheia de cinzas. Seus dedos e joelhos enterraram-se no frio sujo, mas ela não se importou. Simplesmente se ajoelhou, ofegando. Não conseguiria correr mais. Seu peltre havia se esgotado. Os pulmões queimavam e as pernas doíam. Queria despencar e se enrodilhar, tossindo.

É apenas um efeito do peltre, ela se forçou a pensar. Ela havia exigido demais do corpo, mas até agora não precisara pagar por isso.

Um momento depois ela tossiu, gemeu, e estendeu a mão suja e pingando até o bolso para retirar seus últimos dois frascos. Tinham uma mistura de todos os oito metais base, mais duralumínio. Seu peltre a deixaria seguir mais um pouco...

Mas não o suficiente. Ainda estava a horas de distância de Luthadel. Mesmo com peltre, ela só chegaria bem depois de escurecer. Ela suspirou, substituindo os frascos, esforçando-se a ficar em pé.

O que eu faria se chegasse?, Vin pensou. *Por que se esforçar tanto? Estou tão ávida por lutar novamente? Por assassinar?*

Ela sabia que não chegaria a tempo para a batalha. De fato, era provável que os koloss já tivessem atacado dias antes. Ainda assim, aquilo a preocupava. Seu ataque à fortaleza de Cett ainda trazia imagens horrendas a sua cabeça. Coisas que fizera. Mortes que causara.

E, ainda assim, ela sentia algo diferente agora. Aceitara seu papel de faca. Mas o que era uma faca, senão outra ferramenta? Podia ser usada para o bem e para o mal; podia matar ou proteger.

Esse ponto era controverso, considerando o quanto se sentia fraca. Era difícil impedir que as pernas tremessem enquanto queimava estanho para clarear a mente. Levantou-se na estrada imperial, uma via molhada, esburacada, que parecia — em meio à neve que caía suave — serpentear por uma eternidade. Seguia diretamente até além do canal imperial, que era um corte sinuoso na terra, largo mas vazio, que se estendia além da estrada.

Antes, com Elend, essa estrada parecia brilhante e nova. Agora parecia escura e opressora. O Poço pulsava, suas batidas ficando cada vez mais poderosas a cada passo que ela dava na direção de Luthadel. Ainda assim, não estava acontecendo com rapidez o suficiente. Não o bastante para ela impedir que os koloss tomassem a cidade.

Não rápido o bastante para seus amigos.

Sinto muito... ela pensou, os dentes batendo quando fechou mais a capa, o peltre quase inútil frente ao frio. *Sinto muito por falhar com vocês.*

Ela viu uma linha de fumaça à distância. Olhou para leste, em seguida para oeste, mas não viu muita coisa. A paisagem imensa estava coberta por neve e cinzas.

Uma vila, ela pensou com sua mente ainda confusa. *Uma das muitas nessa área*. Luthadel era, de longe, a principal cidade do pequeno domínio, mas havia outras. Elend não fora capaz de manter as outras totalmente livres dos bandidos, mas elas iam muito melhor que as vilas em outras áreas do Império Final.

Vin seguiu aos tropeços, forçando-se a atravessar as poças pretas e enlameadas até o vilarejo. Depois de quinze minutos de caminhada, saiu da estrada principal e entrou numa vicinal até a vila. Era pequena, mesmo para os padrões skaa. Apenas algumas cabanas, junto com outras estruturas melhores.

Não é uma fazenda, Vin pensou. *No passado, isso foi uma vila de passagem, um lugar para nobres em viagem pararem à noite.* A pequena mansão

— que teria sido de um senhor de terras da pequena nobreza — estava escura. No entanto, duas cabanas skaa tinham luz brilhando por entre as frestas. O tempo sombrio deve ter convencido as pessoas a sair do trabalho mais cedo.

Vin estremeceu, caminhando até um dos prédios, seus ouvidos aguçados pelo estanho descobrindo sons de conversa dentro dele. Ela parou para ouvir. Crianças riam, e homens falavam com entusiasmo. Ela sentiu o cheiro do que devia ser o início da refeição noturna, um cozido simples de vegetais.

Skaa... rindo, ela pensou. Uma cabana como aquela teria sido um lugar de medo e tristeza durante os dias do Senhor Soberano. Skaa felizes eram considerados skaa mal-empregados.

De algo valeu. De algo, tudo isso valeu.

Mas valia a morte de seus amigos? A queda de Luthadel? Sem a proteção de Elend, mesmo este vilarejo logo seria tomado por um ou outro tirano.

Ela absorveu os sons de riso. Kelsier não desistira. Ele enfrentara o Senhor Soberano sozinho, e suas últimas palavras foram desafiadoras. Mesmo quando seus planos pareciam perdidos, com seu cadáver jazendo na rua, ele havia sido secretamente vitorioso.

Eu me recuso a desistir, ela pensou, fortalecida. *Eu me recuso a aceitar a morte deles até segurar seus corpos em meus braços.*

Ela ergueu a mão e bateu à porta. De imediato, os sons lá dentro pararam. Vin extinguiu o estanho quando a porta abriu um pouco. Skaa, especialmente skaa do interior, eram seres ariscos. Ela provavelmente teria que...

— Ah, pobrezinha! — a mulher exclamou, abrindo a porta inteira. — Entre, saia dessa neve. O que está fazendo aí fora?

Vin hesitou. A mulher vestia trajes simples, mas as roupas eram bem-feitas para passar o inverno. A fogueira no centro da sala brilhava com um calor agradável.

— Menina? — a mulher perguntou. Lá atrás, um homem parrudo, barbado, levantou-se para pousar a mão no ombro da mulher e observar Vin.

— Peltre — Vin falou em voz baixa. — Preciso de peltre.

O casal se olhou, franzindo o cenho. Provavelmente pensaram que a mente de Vin estava confusa. Afinal, como devia estar sua aparência, cabelos ensopados pela neve, roupas molhadas e cheias de cinzas? Ela estava apenas com roupas simples de montaria — calças e uma capa qualquer.

— Por que não entra, menina? — o homem sugeriu. — Temos algo para comer. Depois podemos conversar sobre de onde veio. Onde estão seus pais?

Senhor Soberano!, Vin pensou, incomodada. *Não pareço* tão *jovem, pareço?*

Ela lançou um *abrandamento* sobre o casal, suprimindo a preocupação e a suspeita. Em seguida, *tumultuou* a disposição de ajudar. Não era tão boa quanto Brisa, mas não era inexperiente. O casal relaxou de imediato.

— Não tenho muito tempo — Vin falou. — Peltre.

— O lorde tinha um aparelho de jantar fino na casa dele — o homem falou, lentamente. — Mas trocamos a maior parte das coisas por roupas e equipamentos agrícolas. Acho que restam algumas taças. Mestre Cled, nosso ancião, está com elas na outra cabana...

— Deve funcionar — Vin comentou. *Embora o metal provavelmente não esteja misturado nos percentuais alomânticos corretos.* Provavelmente teria muita prata ou não teria estanho o bastante, fazendo o peltre agir de forma mais fraca do que o normal.

O casal franziu o cenho, em seguida olhou para os outros na cabana.

Vin sentiu o desespero infiltrar-se de novo no peito. O que estava pensando? Mesmo que o peltre fosse da liga correta, levaria tempo para raspá-lo e produzir o suficiente para ser usado na corrida. Peltre queimava relativamente rápido. Precisava de muito. Prepará-lo levaria quase tanto tempo quanto simplesmente caminhar até Luthadel.

Ela se virou, olhando para o sul, através do céu escuro e nevado. Mesmo com peltre, levaria mais horas de corrida. O que ela precisava mesmo era um caminho de estacas — uma trilha marcada por estacas marteladas no chão nas quais um alomântico poderia empurrar, jogando-se pelo ar repetidamente. Num caminho organizado dessa forma, ela viajara certa vez de Luthadel a Fellise — uma hora de carruagem — em menos de dez minutos.

Mas não havia caminho de estacas dessa vila até Luthadel; não havia uma nem mesmo ao longo das rotas de canal principais. Eram difíceis demais de montar, específicas demais em sua utilidade para valer a pena estendê-las por longas distâncias...

Vin virou-se, causando um sobressalto no casal skaa. Talvez tivessem percebido as adagas no cinto, ou talvez fosse seu olhar, mas não pareciam tão amigáveis quanto tinham sido antes.

— Aquilo é um estábulo? — Vin perguntou, acenando a cabeça na direção de um dos prédios sombrios.

— Sim — o homem respondeu, hesitante. — Mas não temos cavalos. Apenas algumas cabras e vacas. Claro que você não vai querer...

— Ferraduras — Vin falou.

O homem franziu a testa.

— Preciso de ferraduras — ela disse. — Muitas delas.

— Venha comigo — o homem chamou, reagindo ao seu *abrandamento*. Ele a levou para fora, naquela tarde fria. Os outros seguiram-nos de perto, e Vin percebeu alguns dos homens casualmente carregando porretes. Talvez não fosse apenas a proteção de Elend que fizera essas pessoas não serem molestadas.

O homem parrudo jogou seu peso contra a porta do estábulo, empurrando-a para o lado. Apontou um barril lá dentro.

— Estão enferrujando mesmo — ele falou.

Vin caminhou até o barril e pegou uma ferradura, testando seu peso. Em seguida, jogou uma na sua frente e empurrou-a com um avivamento forte de aço. Ela voou, desenhando um arco no ar até cair numa poça algumas centenas de passos adiante.

Perfeito, ela pensou.

Os skaa observavam. Vin enfiou a mão no bolso e puxou um dos seus frascos de metal, engolindo seu conteúdo e restaurando o peltre. Não tinha muito dele sobrando pelos padrões do recurso de peltre, mas tinha muito aço e ferro. Os dois queimavam lentamente. Ainda poderia empurrar e puxar metais por horas.

— Prepare sua vila — ela disse, queimando peltre, em seguida contando dez ferraduras. — Luthadel está cercada, talvez já tenha caído. Se receberem a notícia de que caiu, sugiro que pegue seu pessoal e parta para Terris. Siga o canal imperial direto até o norte.

— Quem é você? — o homem perguntou.

— Ninguém importante.

Ele fez uma pausa.

— Você é *ela*, não é?

Ela não precisava perguntar o que ele queria dizer. Simplesmente soltou uma ferradura no chão atrás de si.

— Sou — ela disse, baixinho, em seguida *empurrou* a ferradura.

De imediato, ela disparou para o ar na diagonal. Quando começou a cair, soltou outra ferradura. No entanto, esperou até chegar perto do chão para *empurrar* essa outra; precisava avançar mais que subir.

Já havia feito isso antes. Não era tão diferente de usar moedas para saltar. O truque seria manter-se em movimento. Quando *empurrou* a segunda ferradura, impulsionando-se outra vez para dentro do ar nevado, ela estendeu a mão para trás e *puxou* com força a primeira ferradura.

A ferradura não estava ligada a nada, então saltou no ar atrás dela, cruzando a distância pelo céu enquanto Vin lançava a terceira ferradura no chão. Deixou cair a primeira ferradura, e seu impulso carregava-a através do ar acima da cabeça. O metal caiu no chão quando *empurrou* a terceira ferradura e *puxou* a segunda, que havia ficado bem para trás.

Vai ser difícil, Vin pensou, franzindo a testa com concentração enquanto passava sobre a primeira ferradura e a *empurrava*. No entanto, não acertou o ângulo, e caiu demais antes de *empurrar*. A ferradura disparou para trás dela, e não lhe deu impulso suficiente para mantê-la no ar. Ela bateu no chão com força, mas imediatamente *puxou* a ferradura para si e tentou de novo.

As primeiras tentativas foram lentas. O maior problema era conseguir cair no ângulo correto. Precisava atingir a ferradura com exatidão, imprimindo força para baixo o suficiente para mantê-la no lugar, mas com impulso o suficiente adiante para não deixar de avançar na direção correta. Na primeira meia hora, precisou pousar muitas vezes para buscar as ferraduras. No entanto, não teve muito tempo para experimentações, e sua determinação insistia que ela fizesse o processo corretamente.

No fim, ela percebeu que três ferraduras funcionavam muito bem; ajudava o fato de o chão estar úmido e de seu peso afundar as ferraduras na lama, dando-lhe uma âncora mais forte para usar quando se *empurrava* para a frente. Logo pôde acrescentar uma quarta ferradura. Quanto mais *empurrava* — quanto mais ferraduras tinha para *empurrar* —, mais rápido seguia.

Quando já havia saído da vila há mais de uma hora, ela acrescentou uma quinta ferradura. O resultado foi um fluxo contínuo de giros das peças de metal. Vin *puxava*, em seguida *empurrava*, então *puxava*, depois *empurrava*, movendo-se com determinação contínua, fazendo malabarismo consigo mesma pelo ar.

O chão passava rápido por baixo e as ferraduras voavam pelo ar por cima dela. O vento transformou-se num rugido enquanto ela se *empurrava* cada vez mais rápido, direcionando seu caminho para o sul. Era um turbilhão de metais em movimento — como Kelsier, próximo do fim, quando matou o Inquisidor.

A diferença era que nesse caso o metal não servia para assassinar, mas para salvar. *Talvez eu não chegue a tempo*, ela pensou, o ar correndo ao seu redor. *Mas não vou desistir no meio do caminho.*

Tenho um sobrinho jovem, Rashek. Ele odeia todos de Khlennium com a paixão da juventude invejosa. Odeia Alendi de forma ainda mais aguda, embora os dois nunca tenham se encontrado, pois Rashek se sente traído pelo fato de um de nossos opressores ter sido escolhido como Herói das Eras.

53

STRAFF ESTAVA COMEÇANDO A SE sentir bastante bem quando o exército escalou a última colina para avistar Luthadel. Havia experimentado, com discrição, algumas drogas do seu gabinete, e tinha certeza de que sabia qual Amaranta lhe dera: Rixa Preta. Uma droga repugnante, de fato. Ele precisava se desintoxicar dela lentamente, mas, por ora, engolir algumas folhas o deixava mais forte e mais alerta do que ele jamais estivera antes. De fato, sentia-se ótimo.

E tinha certeza de que não se podia dizer o mesmo para aqueles que estavam em Luthadel. Os koloss juntaram-se ao redor da muralha externa, ainda batendo contra vários dos portões nos lados norte e leste. Fumaça erguia-se de dentro da cidade.

— Nossos batedores dizem que as criaturas invadiram por quatro portões da cidade, milorde — disse Lorde Janarle. — Eles derrubaram o portão leste primeiro, e lá encontraram resistência pesada. O portão nordeste caiu em seguida, em seguida o noroeste, mas as tropas dos dois estão resistindo também. A principal queda aconteceu a norte. Os koloss aparentemente estão destruindo tudo a partir daquela direção, queimando e saqueando.

Straff assentiu. *O portão norte*, ele pensou. *O mais próximo da Fortaleza Venture.*

— Vamos atacar, milorde? — Janarle perguntou.

— Há quanto tempo o portão norte caiu?

— Há uma hora talvez, milorde.

Straff balançou a cabeça, sem pressa.

— Então, vamos esperar. As criaturas trabalharam tanto para invadir a cidade, deveríamos ao menos deixá-las se divertirem um pouco antes de as esmagarmos.

— Tem certeza, milorde?

Straff sorriu.

— Assim que perderem sua sede de sangue, em poucas horas, estarão cansados de toda a batalha e se acalmarão. *Este* será o melhor momento para atacar. Estarão dispersos pela cidade e enfraquecidos pela resistência. Desse jeito, poderemos pegá-los facilmente.

SAZED AGARROU O OPONENTE KOLOSS pelo pescoço, forçando para trás seu rosto confuso, distorcido. A pele da fera estava tão esticada que partiu no centro do rosto, revelando músculos sangrentos sobre os dentes, ao redor das narinas. Ele respirava com um ódio rouco, espalhando gotículas de saliva e sangue em Sazed a cada vez que expirava.

Força!, Sazed pensou, acionando sua mente de peltre para mais força. Seu corpo ficou tão imenso que ficou com medo de sua própria pele arrebentar. Felizmente, suas mentes de metal foram feitas para se expandir, os braceletes e anéis não eram fechados para que pudessem se curvar. Ainda assim, sua massa era assustadora. Provavelmente não teria sido capaz de andar ou esquivar-se com aquele tamanho, mas não importava, pois os koloss já haviam jogado seu corpo no chão. Tudo que precisava era alguma força extra na mão. A criatura agarrou seu braço com uma das mãos, estendendo a outra para trás e pegando a espada...

Os dedos de Sazed finalmente esmagaram o pescoço grosso da fera.

A criatura tentou grunhir, mas não conseguiu respirar, e em vez disso debateu-se, frustrada. Sazed forçou-se a ficar em pé, em seguida jogou a criatura na direção de seus companheiros. Com tanta força sobrenatural, mesmo um corpo de mais de três metros parecia leve em seus dedos. O monstro bateu num punhado de koloss agressores, forçando-os a recuar.

Sazed ficou ali, ofegante. *Estou esgotando minha força rápido demais*, ele pensou, liberando sua mente de peltre, seu corpo desinflando como um odre de vinho. Não podia continuar acionando tanto suas reservas. Já havia usado quase metade de sua força — força que levara décadas para armazenar. Ainda não havia usado os anéis, mas tinha apenas poucos minutos de cada atributo neles. Seriam usados numa emergência.

E talvez seja o que estou encarando agora, ele pensou com horror. Eles ainda mantinham a Praça do Portão de Ferro. Embora os koloss houvessem derrubado o portão, apenas alguns conseguiam passar por ele de cada vez — e apenas os maiores pareciam capazes de pular a muralha.

No entanto, a pequena tropa de soldados de Sazed estava gravemente pressionada. Corpos jaziam espalhados pelo pátio. Os fiéis skaa ao fundo haviam começado a puxar os feridos para lugares mais seguros. Sazed podia ouvi-los gemer atrás dele.

Os cadáveres koloss empilhavam-se na praça também e, apesar da carnificina, Sazed não conseguiu evitar uma sensação de orgulho pela dificuldade que as criaturas tinham em abrir caminho para dentro daquele portal. Luthadel não estava caindo com facilidade. Não mesmo.

Os koloss pareciam recuar por ora, e embora várias brigas ainda continuassem no pátio, um novo grupo de monstros se reunia fora dos portões.

Fora dos porões, Sazed pensou, olhando para o lado. As criaturas pensaram apenas em quebrar um dos lados do imenso portão, o direito. Havia cadáveres na praça — dezenas, talvez centenas —, mas os próprios koloss haviam tirado vários do caminho do portão para que pudessem entrar no pátio.

Talvez...

Sazed não teve tempo de pensar. Ele avançou, acionando novamente sua mente de peltre, reunindo a força de cinco homens. Ele pegou o corpo de um koloss menor e jogou-o para fora do portão. As criaturas lá fora rosnaram, espalhando-se. Ainda havia centenas esperando a oportunidade para entrar, mas eles tropeçavam sobre os mortos na sua pressa em sair do caminho do corpo lançado.

Sazed escorregou no sangue quando agarrou o segundo corpo, jogando--o para o lado.

— Venham comigo! — ele gritou, esperando que houvesse homens que pudessem ouvir, e que pudessem obedecer.

Os koloss perceberam tarde demais o que ele estava fazendo. Chutou outro corpo para fora do caminho, em seguida lançou com tudo seu corpo contra o lado aberto do portão e acionou sua mente de ferro, arrastando para a frente o peso que havia armazenado dentro dele. De imediato ele ficou mais pesado, e aquele peso bateu contra o portão, fechando-o com força.

Os koloss correram até a entrada do outro lado. Sazed escorava-se no portão, empurrando corpos para fora do caminho, forçando o portão a se fechar totalmente. Tocou outra vez sua mente de ferro, drenando sua preciosa reserva a uma taxa alarmante. Ficou tão pesado que sentiu seu próprio peso esmagando-o no chão, e apenas sua força aumentada conseguia mantê-lo em pé. Os koloss frustrados batiam no portão, mas ele resistia. Manteve-os longe, mãos e peito pressionados contra a madeira rústica, dedos do pé agarrados nos paralelepípedos irregulares. Com sua mente de latão, não sentia frio, embora a cinza, a neve e o sangue se misturassem a seus pés.

Homens gritavam. Alguns morreram. Outros jogavam seu peso contra o portão, e Sazed lançou um olhar para trás. O restante dos soldados formaram um perímetro, protegendo o portão dos koloss de dentro da cidade. Os homens lutavam bravamente, de costas para o portão, apenas o poder de Sazed impedindo que o portal se abrisse.

E, ainda assim, eles lutaram. Sazed gritou, desafiador, pés escorregando, segurando o portão enquanto os soldados matavam os koloss remanescentes no pátio. Em seguida, um grupo deles chegou às pressas da lateral, carregando uma madeira comprida. Sazed não sabia onde tinham conseguido aquilo, e também não se importou quando o deslizaram no lugar em que a barra do portão estivera.

Seu peso esgotou-se, a mente de ferro vazia. *Eu deveria ter armazenado ao longo dos anos*, ele pensou com um suspiro de exaustão, desabando diante do portão fechado. Parecia bastante, até ele ser forçado a usá-lo com tanta frequência, utilizando-o para empurrar koloss ou algo assim.

Em geral, eu só armazenei peso como efeito colateral de me deixar mais leve. Sempre me pareceu a maneira mais útil de usar o ferro.

Ele liberou o peltre, e sentiu o corpo desinchar. Felizmente, aumentar o corpo dessa maneira não deixava sua pele solta. Ele voltou ao seu normal, apenas carregando uma sensação apavorante de exaustão e uma leve dor. Os koloss continuavam a bater no portão. Sazed abriu os olhos cansados, deitando-se com o peito nu sobre a neve e as cinzas que caíam. Seus soldados ficaram em pé solenemente diante dele.

Tão poucos, ele pensou. Não haviam restado nem cinquenta dos quatrocentos originais. A praça em si estava vermelha — como se pintada — com o sangue brilhante dos koloss, e ele se misturava com o mais escuro dos seres humanos. Corpos azuis destroçados jaziam sozinhos ou em pilhas, intercalados com pedaços retorcidos e arrancados que, não raro, eram tudo que restava de corpos humanos, assim que foram atingidos pelas espadas brutais dos koloss.

As pancadas continuavam, como tambores baixos, do outro lado do portão. O bater acelerou a um ritmo frenético, o portão sacudindo, ao passo que os koloss ficavam mais frustrados. Provavelmente conseguiam sentir o cheiro de sangue, sentir a carne que quase fora deles.

— Aquela tábua não aguentará muito tempo — um dos soldados disse baixinho, um pouco de cinza flutuando diante do seu rosto. — E as dobradiças estão quebrando. Eles vão entrar de novo.

Sazed ergueu-se.

— E vamos lutar de novo.

— Milorde! — uma voz disse. Sazed virou-se para ver um dos mensageiros de Dockson cavalgar ao redor de uma pilha de cadáveres. — Lorde Dockson diz que... — Ele interrompeu a fala, percebendo que o portão de Sazed estava fechado. — Como... — o homem começou a falar.

— Entregue sua mensagem, jovem — Sazed interrompeu, cansado.

— Lorde Dockson diz que vocês não receberão nenhum reforço — o homem disse, apertando as rédeas do cavalo. — O Portão de Estanho caiu e...

— Portão de Estanho? — Sazed perguntou. *Tindwyl!* — Quando?

— Há mais de uma hora, milorde.

Uma hora?, ele pensou, em choque. *Há quanto tempo estamos lutando?*

— Vocês têm que resistir aqui, milorde! — o jovem disse, virando-se e galopando de volta pelo caminho por onde viera.

Sazed deu um passo para o leste. *Tindwyl*...

As batidas no seu portão ficaram mais altas, e a tábua começou a rachar. Os homens correram para buscar algo com que prender o portão, mas Sazed conseguia ver que as ferragens que mantinham a tábua no lugar estavam começando a se soltar. Assim que caíssem, não haveria como segurar o portão fechado.

Sazed fechou os olhos, sentindo o peso da fadiga, tocando em sua mente de peltre. Estava quase drenado. Depois que acabasse, teria apenas o pouquinho de força em um dos anéis.

Porém, o que mais poderia fazer?

Ele ouviu a tábua estalar, e os homens gritarem.

— RECUAR! — TREVO GRITOU. — Dividam-se pela cidade!

Os remanescentes do seu exército dispersaram, afastando-se do Portão de Zinco. Brisa observava com horror cada vez mais koloss espalharem-se pela praça, atropelando os poucos homens fracos demais ou feridos demais para recuar. As criaturas avançavam como uma grande onda azul, uma onda com espadas de aço e olhos injetados.

No céu, o sol — um brilho fraco por trás das nuvens tempestuosas — era uma cicatriz sangrenta que se arrastava para o horizonte.

— Brisa — Trevo gritou, puxando-o para trás. — Hora de ir.

Seus cavalos já haviam fugido havia tempo. Brisa saiu aos tropeços atrás do general, tentando não ouvir os rosnados lá atrás.

— Recuar para posições de destruição! — Trevo gritou para os homens que puderam ouvi-lo. — Primeiro esquadrão, apoio dentro da Fortaleza Lekal! Lorde Hammond deve estar lá agora, preparando as defesas! Esquadrão dois, comigo para a Fortaleza Hasting!

Brisa continuou a correr, sua mente tão entorpecida quanto os pés. Ele tinha sido praticamente inútil na batalha. Tentou arrancar o medo dos homens, mas seus esforços pareciam inapropriados. Como... segurar um pedaço de papel erguido para se proteger do sol.

Trevo ergueu a mão, e o esquadrão de duzentos homens parou. Brisa olhou ao redor. A rua estava quieta sob as cinzas e a neve que caíam. Tudo parecia... fosco. O céu era mortiço, as feições da cidade suavizadas pela cobertura de neve salpicada de preto. Parecia tão estranho ter fugido da cena horrível de escarlate e azul para encontrar a cidade parecendo tão indolente.

— Maldição! — Trevo estourou, empurrando Brisa para fora do caminho quando um grupo enraivecido de koloss irrompeu de uma rua lateral. Os soldados de Trevo formaram uma linha, mas outro grupo de koloss — as criaturas tinham acabado de atravessar o portão — veio por trás deles.

Brisa tropeçou, caindo na neve. *Aquele outro grupo... veio do norte. As criaturas já se infiltraram tão longe na cidade?*

— Trevo! — Brisa disse, virando-se. — Nós...

Brisa olhou bem a tempo de ver uma espada gigantesca de koloss descer sobre o braço erguido de Trevo, em seguida continuar até atingir o general nas costelas. Trevo grunhiu, jogado de lado, o braço da espada — com arma e tudo — voando para longe. Ele tombou sobre a perna ruim, e o koloss desceu sua espada com um golpe de duas mãos.

A neve suja finalmente cobriu-se de alguma cor. Uma mancha vermelha.

Brisa olhou, perplexo, para os restos do cadáver do amigo. Em seguida o koloss virou-se para Brisa, rosnando.

A possibilidade de sua morte iminente o atingiu, agitando-o como nem mesmo a neve fria tinha conseguido. Brisa cambaleou para trás, deslizando na neve, estendendo o poder como por instinto e *abrandando* a criatura. Claro, nada aconteceu. Brisa tentou ficar em pé, e o koloss — junto com vários outros — começou a avançar sobre ele. Naquele momento, contudo, outra tropa de soldados em fuga do portão apareceu num cruzamento, distraindo os koloss.

Brisa fez a única coisa que pareceu natural. Rastejou para dentro de um prédio e se escondeu.

— ISSO É TUDO CULPA de Kelsier — Dockson murmurou, fazendo outra anotação no seu mapa. De acordo com os mensageiros, Ham chegara à Fortaleza Lekal. Não duraria muito.

O grande salão dos Venture era um burburinho de movimento caótico, enquanto escribas apavorados corriam daqui para ali, percebendo finalmente que os koloss não diferenciavam skaa, eruditos, nobres ou mercadores. As criaturas simplesmente gostavam de matar.

— Ele deveria ter previsto que isso aconteceria — Dockson continuou. — Deixou-nos com essa bagunça, e supôs que encontraríamos uma maneira de consertar. Bem, não posso esconder uma cidade dos seus inimigos, não como escondia uma gangue. Apenas porque éramos excelentes ladrões não significa que seríamos bons em conduzir um reino!

Ninguém o ouvia. Seus mensageiros todos haviam fugido, e os guardas lutavam nos portões da fortaleza. Cada uma das fortalezas tinha suas próprias defesas, mas Trevo, corretamente, decidiu usá-las apenas como última opção. Não eram projetadas para repelir um ataque em grande escala, e eram muito separadas umas das outras. Recorrer a elas apenas rompia e isolava o exército humano.

— Nosso problema verdadeiro é a finalização — Dockson falou, fazendo uma anotação final no Portão de Estanho, explicando o que acontecia lá. Olhou para o mapa. Nunca esperaria que o portão de Sazed fosse o último a cair. — A finalização — ele continuou. — Achamos que poderíamos fazer um trabalho melhor que os nobres, mas assim que tivemos poder, os colocamos de volta no comando. Se tivéssemos matado todos, talvez pudéssemos ter recomeçado de verdade. Claro, isso implicaria invadir outros domínios, que também implicaria enviar Vin para cuidar dos nobres mais importantes, mais problemáticos. Haveria um massacre como o Império Final nunca viu antes. E, se fizéssemos isso...

Ele parou de falar, erguendo os olhos quando uma das janelas de vitral gigantescas e majestosas estourou. As outras começaram a explodir também, rompidas por pedras lançadas. Alguns grandes koloss pularam através das aberturas, aterrissando no chão de mármore cheio de estilhaços. Mesmo quebradas, as janelas eram bonitas, e as pontas afiadas dos vidros brilhavam à luz do fim de tarde. Através delas, Dockson conseguia ver que a tempestade estava cedendo, deixando a luz do sol passar.

— Se fizéssemos isso — Dockson falou em voz baixa —, não seríamos melhores que feras.

Os escribas gritaram, tentando fugir quando os koloss começaram o massacre. Dockson esperou em silêncio, ouvindo os ruídos lá atrás — grunhidos, respiração ofegante — enquanto os koloss aproximavam-se pelas galerias de trás. Ele pegou a espada na mesa quando os homens começaram a morrer.

Ele cerrou os olhos. *Sabe, Kell*, ele pensou. *Eu quase comecei a acreditar que eles estavam certos, que você estava olhando por nós. Que você era algum tipo de deus.*

Ele abriu os olhos e virou-se, desembainhando a espada. Em seguida ficou paralisado, encarando a fera imensa aproximando-se por trás. *Tão grande!*

Dockson cerrou os dentes, lançando uma maldição final a Kelsier, em seguida atacou, tomando impulso.

A criatura segurou a arma com a mão indiferente, ignorando o corte que ela causou. Em seguida, ela baixou sua própria arma, e sobreveio a escuridão.

— MILORDE — JANARLE DISSE. — A cidade caiu. Olhe, dá para vê-la queimar. Os koloss penetraram em todos os quatro portões, menos em um que está sob ataque, e estão varrendo a cidade. Não estão parando para saquear, apenas matam. Carnificina. Não sobraram muitos soldados para fazer oposição.

Straff estava em silêncio, observando Luthadel queimar. Parecia... um símbolo para ele. Um símbolo de justiça. Ele fugiu dessa cidade uma vez, deixando-a para os vermes skaa dentro dela, e, quando voltou para exigir que a devolvessem, as pessoas resistiram.

Foram rebeldes. Bem feito.

— Milorde — Janarle falou. — O exército koloss já está bastante enfraquecido. É difícil contar seu contingente, mas os cadáveres que deixaram para trás indicam que um terço de sua força tombou. Podemos pegá-los!

— Não — Straff falou, sacudindo a cabeça. — Ainda não.

— Milorde? — Janarle questionou.

— Deixe os koloss tomarem a maldita cidade — Straff sussurrou. — Deixe-os limpar, queimar tudo até as ruínas. Incêndios não podem ferir nosso atium — na verdade, é provável que facilitem na hora de encontrar o metal.

— Eu... — Janarle parecia em choque. Ele não continuou a questionar, mas seus olhos eram rebeldes.

Terei de cuidar dele mais tarde, Straff pensou. *Ele vai se voltar contra mim se descobrir que Zane foi embora.*

Aquilo não importava no momento. A cidade o rejeitara, e por isso morreria. Construiria uma melhor no seu lugar.

Uma dedicada a Straff, não ao Senhor Soberano.

— PAI! — ALLRIANNE DISSE, apressada.

Cett balançou a cabeça. Estava montado no cavalo, ao lado do da filha, numa colina a oeste de Luthadel. Conseguia ver o exército de Straff reunido a norte, observando — como ele fazia — os espasmos de morte de uma cidade condenada.

— Temos que ajudar! — Allrianne insistiu.

— Não — Cett falou em voz baixa, afastando os efeitos do *tumulto* dela em suas emoções. Ele se acostumara havia tempo com as manipulações da filha. — Nossa ajuda não importaria agora.

— Temos que fazer alguma coisa! — Allrianne disse, puxando o braço do pai.

— Não — Cett retrucou, mais autoritário.

— Mas você voltou! — ela disse. — Por que voltar, se não para ajudar?

— Ajudaremos — Cett respondeu, baixo. — Ajudaremos Straff a tomar a cidade quando ele quiser, em seguida vamos nos subjugar a ele e esperar que não nos mate.

Allrianne empalideceu.

— É isso? — ela sibilou. — É por isso que voltamos, para você entregar nosso reino àquele monstro?

— O que mais esperava? — Cett questionou. — Você me conhece, Allrianne. Sabe que essa é a escolha que eu preciso fazer.

— Eu pensei que te conhecia — ela respondeu, furiosa. — Pensei que, lá no fundo, você era um bom homem.

Cett balançou a cabeça.

— Os bons homens estão todos mortos, Allrianne. Morreram dentro daquela cidade.

SAZED CONTINUAVA A LUTAR. ELE não era guerreiro; não tinha instintos aguçados ou treinamento. Calculava que deveria ter morrido horas antes. E, ainda assim, de alguma forma, conseguira permanecer vivo.

Talvez fosse porque os koloss também não lutavam com habilidade. Eram toscos, como suas espadas gigantes, parecidas com cunhas — e simplesmente lançavam-se contra os oponentes quase sem considerar qualquer tática.

Aquilo deveria ter sido o bastante. Ainda assim, Sazed aguentava — e, onde ele aguentava, seus poucos homens aguentavam com ele. Os koloss tinham a fúria dentro de si, mas os homens de Sazed podiam ver os fracos e idosos em pé, esperando, bem às margens da praça. Os soldados sabiam por que lutavam. Lembrar disso parecia ser o bastante para mantê-los em pé, mesmo quando começaram a ser cercados, os koloss abrindo caminho até as beiradas da praça.

Sazed sabia, agora, que nenhum reforço chegaria. Ele esperava, talvez, que Straff decidisse tomar a cidade, como Trevo havia sugerido. Mas era tarde demais para aquilo; a noite se aproximava, o sol descia cada vez mais no horizonte.

O fim chegou, por fim, Sazed pensou quando o homem ao seu lado foi derrubado. Sazed deslizou no sangue, e o movimento salvou-o quando o koloss golpeou sobre sua cabeça.

Talvez Tindwyl tivesse encontrado um lugar seguro. Felizmente, Elend entregaria as coisas que ele e ela haviam estudado. Eram importantes, Sazed achava, mesmo sem saber por quê.

Sazed atacou, girando a espada que tomara de um koloss. Ele aumentou os músculos num golpe final quando atacou, dando-lhes a força certa quando a espada atingiu a carne do koloss.

Ele bateu. A resistência, o som úmido do impacto, o choque em seu braço — tudo isso lhe era familiar agora. O sangue brilhante do koloss espargido sobre ele, e outro dos monstros caiu.

E a força de Sazed esvaiu-se.

O peltre terminara, a espada koloss agora pesava em suas mãos. Tentou golpeá-la no próximo koloss da fila, mas a arma escorregou de seus dedos fracos, entorpecidos, cansados.

Este koloss era um dos grandes. Com quase quatro metros de altura, era o maior dos monstros que Sazed vira até então. Sazed tentou se afastar, mas tropeçou no corpo de um soldado recém-morto. Quando caiu, seus homens finalmente fraquejaram, a última dúzia fugindo em disparada. Eles aguentaram bem. Bem demais. Talvez, se ele os tivesse deixado bater em retirada...

Não, Sazed pensou, encarando sua morte. *Eu fiz bem, creio eu. Melhor do que qualquer simples erudito teria sido capaz de fazer.*

Ele pensou nos anéis em seus dedos. Poderiam, talvez, dar um pouco de vantagem para ele, permitir que corresse. Fugisse. Ainda assim, ele não conseguia reunir motivação. Por que resistir? Por que havia resistido tanto, em primeiro lugar? Ele sabia que estavam condenados.

Você estava errada sobre mim, Tindwyl, ele pensou. *Eu desisto, às vezes. Desisti desta cidade há tempos.*

O koloss assomou-se sobre Sazed, que ainda estava deitado, meio esparramado na lama sangrenta, e ergueu a espada. Sobre o ombro da criatura, Sazed podia ver o sol vermelho pairando bem sobre o topo da muralha. Concentrou-se nele, em vez de encarar a espada que caía. Ele podia ver os raios do sol, como... estilhaços de vidro no céu.

A luz do sol pareceu faiscar, cintilar, vir em sua direção. Como se o próprio sol estivesse dando as boas-vindas. Estendendo os braços para aceitar seu espírito.

E, assim, eu morro...

Uma gota brilhante de luz faiscou no raio de sol, em seguida bateu diretamente no crânio do koloss. A criatura grunhiu, endurecendo, largando a espada. Caiu de lado, e Sazed ficou deitado, estupefato por um momento. Em seguida, olhou para o topo da muralha.

Uma figura pequena era delineada pelo sol. Preta diante da luz vermelha, uma capa tremendo suavemente nas costas. Sazed piscou. O pedaço de luz cintilante que vira... era uma moeda. O koloss diante dele estava morto.

Vin estava de volta.

Ela saltou, como apenas um alomântico conseguiria, para erguer-se num arco gracioso sobre a praça. Ela aterrissou diretamente no meio dos koloss e girou. Lances de moeda como insetos furiosos atravessavam a carne azul. As criaturas não caíam tão facilmente como os humanos, mas o ataque chamou a atenção delas. Os koloss viraram as costas para os soldados em fuga e os cidadãos indefesos.

Os skaa ao fundo da praça começaram a cantar. Era um som bizarro de ouvir no meio de uma batalha. Sazed sentou-se, ignorando as dores e a exaustão, enquanto Vin saltava. O portão da cidade de repente foi sacudido, as dobradiças entortando. Os koloss já haviam batido tão forte nele...

O portão imenso de madeira separou-se de uma vez da muralha, puxado por Vin. *Esse poder*, Sazed pensou, entorpecido. *Ela deve estar* puxando *algo atrás de si, mas isso significaria que a pobre Vin está sendo puxada entre dois pesos tão grandes quanto o do portão.*

E, ainda assim, ela conseguiu, erguendo o lado do portão com uma elevação, *puxando-o* para si. O imenso portão de madeira maciça bateu nas fileiras de koloss, espalhando corpos. Vin girou habilmente no ar, *puxando--se* para o lado, jogando o portão para o lado como se ele estivesse preso a ela por uma corrente.

Os koloss voavam no ar, ossos estalando, espalhados como lascas diante de uma arma enorme. Num único golpe, Vin limpou o pátio inteiro.

O portão caiu. Vin aterrissou no meio de um grupo de corpos esmagados, chutando em silêncio o bastão de guerra de um soldado para suas mãos. O resto dos koloss do lado de lá do portão fizeram apenas uma pausa breve, em seguida atacaram. Vin começou um ataque rápido, mas preciso. Crânios estalavam, koloss caíam mortos na lama enquanto tentavam passar por ela. Ela girava, lançava alguns no chão, espalhando o lodo vermelho acinzentado diante daqueles que corriam atrás dela.

Eu... preciso fazer algo, Sazed pensou, livrando-se de sua estupefação. Ainda estava de peito nu, ignorando o frio graças à sua mente de latão — que estava quase vazia. Vin continuou a lutar, derrubando koloss atrás de koloss. *Mesmo sua força não durará para sempre. Ela não pode salvar a cidade.*

Sazed forçou-se a ficar em pé, em seguida foi para o fundo da praça. Agarrou o velho na frente da multidão de skaa, interrompendo sua cantoria.

— Vocês estavam certos — Sazed disse. — Ela voltou.

— Sim, Primeira Testemunha Sagrada.

— Ela vai nos dar algum tempo, creio eu — Sazed disse. — Os koloss entraram na cidade. Precisamos reunir o máximo de pessoas que pudermos e escapar.

O velho fez uma pausa, e por um momento Sazed pensou que ele contestaria — que ele alegaria que Vin iria protegê-los, derrotaria o exército inteiro. Em seguida, felizmente, ele assentiu.

— Correremos para o portão norte — Sazed disse, apressado. — É por onde os koloss entraram primeiro na cidade, então é provável que já tenham saído daquela área.

Assim espero, Sazed pensou, apressando-se em dar o alerta. As posições defensivas de emergência deveriam ser as fortalezas mais nobres. Talvez eles encontrassem sobreviventes lá.

ENTÃO, BRISA PENSOU, *NO FIM das contas sou um covarde.*

Não era uma revelação surpreendente. Ele sempre dissera que era importante para um homem entender a si mesmo, e sempre tivera ciência do seu egoísmo. Assim, não ficou tão chocado quando se flagrou encolhido contra os tijolos esboroados de uma antiga casa skaa, tampando os ouvidos para não ouvir os gritos lá fora.

Onde estava o homem orgulhoso agora? O diplomata cuidadoso, o Abrandador com seus trajes imaculados? Sumira, deixando para trás aquele montinho trêmulo e inútil. Tentou várias vezes queimar latão, *abrandar* os homens que combatiam lá fora. No entanto, não conseguia realizar a mais simples de todas as ações. Não conseguia sequer se mover.

A menos que alguém considerasse tremor como movimento.

Fascinante, Brisa pensou, como se olhasse para si mesmo lá de fora, vendo a criatura miserável nos trajes esfarrapados, manchados de sangue. *Então, é isso que acontece comigo quando o estresse aumenta muito? De certo modo, é irônico. Passei a vida controlando as emoções alheias. Agora estou com tanto medo que não consigo nem agir.*

A luta continuava lá fora. Estava sendo um tempo longo e terrível. Aqueles soldados não deveriam estar mortos?

— Brisa?

Ele não conseguiu se mover para ver quem era. *Parece Ham. Que engraçado. Ele deveria estar morto também.*

— Senhor Soberano! — Ham disse, entrando no campo de visão de Brisa. Usava uma tipoia suja de sangue num braço. Caiu apressado ao lado de Brisa. — Brisa, consegue me ouvir?

— Nós o vimos entrar aqui, milorde — outra voz disse. Um soldado? — Protegendo-se da luta. Mas conseguíamos senti-lo nos *abrandando*. Nos manteve na batalha, mesmo quando deveríamos ter desistido. Depois que Lorde Cladent morreu...

Sou um covarde.

Outra figura apareceu. Sazed, parecendo preocupado.

— Brisa — Ham falou, ajoelhando-se. — Minha fortaleza caiu, e o portão de Sazed já foi abaixo. Faz mais de uma hora que não temos notícia de Dockson, e encontramos o corpo de Trevo. Por favor. Os koloss estão destruindo a cidade. Precisamos saber o que fazer.

Bem, não me pergunte, Brisa disse... ou tentou dizer. Ele achou que a frase saiu como um murmúrio.

— Não posso carregá-lo, Brisa — Ham falou. — Meu braço está quase inutilizado.

Bem, está tudo certo, Brisa murmurou. *Veja, meu caro, não acho que sou mais de muita valia. Vocês devem partir. Vai ficar tudo bem se vocês simplesmente me deixarem aqui.*

Ham ergueu os olhos para Sazed, desesperado.

— Rápido, Lorde Hammond — Sazed disse. — Podemos fazer os soldados carregarem os feridos. Seguiremos para a Fortaleza Hasting. Talvez possamos encontrar abrigo lá. Ou... talvez os koloss se distraiam o bastante para nos deixar fugir da cidade.

Distrair?, Brisa murmurou. *Distrair-se matando outras pessoas, você quer dizer. Bem, é até reconfortante saber que* todos *somos covardes. Agora, se eu puder ficar aqui, deitado, um pouco mais. Talvez eu consiga cair no sono...*

E esquecer tudo isso.

Alendi precisará de guias pelas Montanhas de Terris. Incumbi Rashek de garantir que ele e seus amigos de confiança sejam escolhidos para tal.

54

O BASTÃO DE VIN QUEBROU quando ela golpeou um koloss no rosto.

De novo não, ela pensou, frustrada, girando e enterrando o pedaço farpado no peito de outra criatura. Virou-se para encarar um dos grandes, um bom metro e meio maior que ela.

Ele lançou sua espada na direção dela. Vin saltou, e a espada colidiu com os paralelepípedos quebrados embaixo dela. Ela se lançou para cima, sem precisar de moedas para ficar na altura do rosto retorcido da criatura.

Eles sempre pareciam surpresos. Mesmo após observá-la combatendo dezenas de seus companheiros, pareciam surpresos ao vê-la desviar de seus golpes. Suas mentes pareciam igualar tamanho a poder; um koloss maior sempre batia num menor. Um ser humano de um metro e meio não deveria ser problema para um monstro tão grande.

Vin queimou peltre enquanto socava a cabeça da fera. O crânio estalou embaixo dos nós dos dedos, e a fera caiu para trás quando ela chegou outra vez ao chão. Ainda assim, como sempre, havia outro para tomar o seu lugar.

Ela estava se cansando. Não, ela já *começara* a batalha cansada. Ela havia usado o recurso de peltre, em seguida usou ferraduras como um caminho de estacas para atravessar um domínio inteiro. Estava exausta. Apenas o peltre no seu último frasco de metal a mantinha em pé.

Deveria ter pedido a Sazed uma de suas mentes de peltre vazias!, ela pensou. Os metais feruquêmicos e alomânticos eram iguais. Podia tê-los queimado, embora provavelmente fosse uma braçadeira ou bracelete. Grande demais para engolir.

Ela desviou para o lado quando outro koloss atacou. As moedas não paravam essas coisas, e eram pesados demais para ela *empurrá-los* sem uma âncora. Além disso, suas reservas de aço e ferro estavam extremamente baixas.

Ela matava koloss após koloss, ganhando tempo para Sazed e o povo conseguirem se afastar. Algo estava diferente daquela vez, diferente de quando ela cometeu o massacre no palácio de Cett. Sentia-se bem. Não apenas porque matava monstros.

Era porque entendia seu objetivo. E concordava com ele. Ela *podia* lutar, *podia* matar, se isso significasse defender aqueles que não podiam se defender sozinhos. Kelsier talvez pudesse matar por choque ou retaliação, mas aquilo não era bom o bastante para Vin.

E ela nunca deixaria que voltasse a ser.

Aquela determinação alimentava seus ataques aos koloss. Ela usou uma espada roubada para cortar as pernas de um, em seguida lançou a arma em outro, *empurrando-a* para empalar o koloss no peito. Em seguida, *puxou* a espada de um soldado caído, atraindo-a para sua mão. Ela desviou para trás, mas quase tropeçou quando pisou em outro corpo.

Tão cansada, ela pensou.

Havia dezenas — talvez até centenas — de cadáveres no pátio. De fato, uma pilha estava se formando embaixo dela. Ela a escalou, recuando um pouco quando as criaturas a cercaram de novo. Eles rastejavam sobre os cadáveres dos seus irmãos caídos, o ódio vibrando em seus olhos manchados de sangue. Soldados humanos teriam desistido, procurado lutas mais fáceis. Os koloss, no entanto, pareciam se multiplicar enquanto ela os combatia, outros ouviam sons de batalha e vinham se juntar a ela.

Ela girou, o peltre aumentando sua força ao passo que ela cortava um braço de um koloss, a perna de outro, antes de finalmente decepar a cabeça de um terceiro. Ela desviava e se esquivava, saltando, ficando fora do seu alcance, matando o máximo que conseguia.

Mas por mais desesperada que fosse sua determinação, por mais forte que fosse sua resolução recente em defender, sabia que não conseguiria continuar lutando, não daquela forma. Era apenas uma. Não podia salvar Luthadel, não sozinha.

— LORDE PENROD! — SAZED berrou dos portões da Fortaleza Hasting. — O senhor *precisa* me ouvir.

Não houve resposta. Os soldados no topo da muralha baixa estavam em silêncio, embora Sazed conseguisse sentir seu desconforto. Não gostavam de ignorá-lo. À distância, a batalha ainda era travada. Koloss gritavam pela noite. Logo encontrariam o caminho até Sazed e o bando cada vez maior de Ham, vários milhares de pessoas, agora encolhidas em silêncio diante do portão da Fortaleza Hasting.

Um mensageiro exausto aproximou-se de Sazed. Era o mesmo que Dockson vinha enviando para o Portão de Aço. Ele perdera o cavalo em algum momento, e eles o encontraram com um grupo de refugiados na Praça do Sobrevivente.

— Lorde terrisano — o mensageiro disse, baixinho. — Eu... acabo de voltar do posto de comando. A Fortaleza Venture caiu...

— Lorde Dockson?

O homem sacudiu a cabeça.

— Encontramos alguns escribas feridos, escondidos do lado de fora da fortaleza. Eles o viram morrer. Os koloss ainda estão na fortaleza, quebrando janelas, vandalizando...

Sazed virou-se para trás, olhando para a cidade. Tanta fumaça subia para os céus que pareciam brumas adiantadas. Começou a encher sua mente de estanho de olfato para manter o fedor longe.

A batalha pela cidade talvez tivesse acabado, mas agora a verdadeira tragédia começaria. Os koloss na cidade terminaram de matar os soldados. Agora, massacrariam o povo. Havia centenas de milhares de pessoas, e Sazed sabia que as criaturas estenderiam com alegria a devastação. Sem pilhagem. Não quando ainda havia assassinatos a empreender.

Mais gritos soaram na noite. Eles perderam. Falharam. E, agora, a cidade cairia *de verdade*.

As brumas não podem estar muito longe, ele pensou, tentando recuperar alguma esperança. *Talvez elas nos deem alguma cobertura.*

Ainda assim, uma imagem destacava-se para ele. Trevo, morto na neve. O disco de madeira que Sazed lhe dera mais cedo naquele dia estava atado a um cordão ao redor de seu pescoço.

Não havia ajudado.

Sazed virou-se de novo para a Fortaleza Hasting.

— Lorde Penrod — ele disse em voz alta. — Vamos tentar fugir da cidade. Eu receberia de bom grado suas tropas e sua liderança. Se o senhor ficar, os koloss atacarão esta fortaleza e matarão o senhor.

Silêncio.

Sazed virou-se, suspirando, quando Ham, com o braço ainda numa tipoia, juntou-se a ele.

— Temos que ir, Saze — Ham falou em voz baixa.

— Está sujo de sangue, terrisano.

Sazed virou-se. Ferson Penrod estava em pé, no topo da muralha, olhando para baixo. Ainda parecia imaculado em seu traje nobre. Ainda usava um chapéu contra a neve e as cinzas. Sazed olhou para si mesmo. Ainda usava apenas sua tanga. Não tivera tempo de pensar em roupas, especialmente com sua mente de latão mantendo-o aquecido.

— Nunca tinha visto um terrisano lutar — Penrod falou.

— Não é um acontecimento comum, milorde — Sazed retrucou.

Penrod ergueu os olhos, encarando a cidade.

— Está caindo, terrisano.

— É por isso que precisamos ir, milorde.

Penrod sacudiu a cabeça. Ainda usava a fina coroa de Elend.

— Esta é a minha cidade, terrisano. Não vou abandoná-la.

— Um gesto nobre, milorde — Sazed concordou. — Mas estes aqui comigo são o seu povo. O senhor os abandonará em sua fuga para o norte?

Penrod fez uma pausa. Em seguida, sacudiu a cabeça.

— Não haverá fuga para o norte, terrisano. A Fortaleza Hasting está entre as estruturas mais altas da cidade — daqui, podemos ver o que os koloss estão fazendo. Eles não os deixarão escapar.

— Eles podem começar os saques — Sazed disse. — Talvez possamos passar por eles e escapar.

— Não — Penrod disse, sua voz ecoando assustadoramente entre as ruas nevadas. — Meu Olho de Estanho diz que as criaturas já atacaram as pessoas que você enviou para fugir pelo portão norte. Agora os koloss estão vindo nesta direção. Vindo até nós.

Quando os gritos começaram a ecoar em ruas distantes, chegando cada vez mais perto, Sazed soube que as palavras de Penrod eram verdadeiras.

— Abra os portões, Penrod! — Sazed gritou. — Deixe os refugiados entrarem!

Salve suas vidas por mais alguns momentos miseráveis.

— Não há espaço — Penrod falou. — Nem tempo. Estamos condenados.

— Você precisa nos deixar entrar! — Sazed berrou.

— É estranho — Penrod disse, sua voz ficando mais suave. — Ao tomar este trono do garoto Venture, salvei sua vida e acabei com a minha. Não posso salvar a cidade, terrisano. Meu único consolo é que duvido que Elend poderia tê-la salvado.

Ele se virou para sair, caminhando para algum lugar além da muralha.

— Penrod! — Sazed berrou.

Ele não reapareceu. O sol estava se pondo, as brumas apareciam, e os koloss estavam chegando.

VIN TALHOU OUTRO KOLOSS, EM seguida saltou para trás, *empurrando-se* para longe de uma espada caída. Ela disparou para longe do bando, ofegante, sangrando de alguns cortes menores. Seu braço estava ficando dormente; uma das criaturas a havia acertado ali. Podia matar, melhor do que qualquer um que conhecia. No entanto, não podia combater para sempre.

Ela aterrissou num telhado, em seguida cambaleou, caindo ajoelhada numa pilha de neve. Os koloss gritavam e uivavam atrás dela, mas o que significavam algumas centenas se comparado com um exército de mais de vinte mil?

O que eu esperava?, ela pensou consigo mesma. *Por que continuar lutando depois de saber que Sazed estava a salvo? Achou que pararia todos eles? Mataria todo o exército koloss?*

No passado, ela impediu que Kelsier enfrentasse um exército sozinho. Ele fora um grande homem, mas ainda assim era apenas uma pessoa. Não podia ter parado um exército inteiro, não mais do que ela poderia.

Tenho que encontrar o Poço, ela pensou com determinação, queimando bronze, as batidas — que ela estava ignorando durante a batalha — ficando mais altas aos seus ouvidos.

E, ainda assim, aquilo a deixava com o mesmo problema de antes.

Ela sabia que estava na cidade; podia sentir as batidas ao seu redor. Porém, eram tão poderosas, tão onipresentes que não conseguia divisar sua direção.

Além disso, que prova tinha de que encontrar o Poço ajudaria? Se Sazed mentira sobre a localização — chegando ao ponto de desenhar um mapa falso —, sobre o que mais havia mentido? O poder talvez parasse as brumas, mas o que faria de bom a Luthadel, queimando e perecendo?

Ela ajoelhou, frustrada, batendo no topo do telhado com os punhos. Ela provou ser fraca demais. De que adiantou ter voltado, do que adiantou ter decidido proteger, se não podia fazer nada para ajudar?

Ficou parada por uns momentos, ofegante. Finalmente, forçou-se a se levantar e saltou no ar, lançando uma moeda. Seus metais estavam quase no fim. Mal tinha aço o suficiente para fazer alguns saltos. Terminou perto de Kredik Shaw, a Colina das Mil Torres. Agarrou um dos pináculos no topo do palácio, girando na noite, olhando sobre a cidade que escurecia.

Queimava.

Kredik Shaw estava em silêncio, quieta, deixada de lado pelos saqueadores. Ainda assim, ao seu redor, Vin via luz na escuridão. As brumas reluziam com uma luz bruxuleante.

É como... como naquele dia, mais de um ano atrás, ela pensou. *A noite da rebelião skaa*. Exceto que, naquele dia, a luz do fogo vinha das tochas dos rebeldes que marchavam para o palácio. Naquela noite, estava acontecendo uma revolução diferente. Ela conseguia ouvi-la. Tinha estanho queimando e forçou-se a avivá-lo, abrindo os ouvidos. Ouviu os gritos. A morte. Os koloss não haviam terminado a chacina quando destruíram o exército. Nem de longe.

Eles haviam apenas começado.

Os koloss estão matando todos eles, ela pensou, estremecendo enquanto os incêndios ardiam diante dela. *O povo de Elend, aqueles que ele deixou para trás por minha causa. Eles estão morrendo.*

Sou a faca de Elend. A faca deles. Kelsier confiou-os a mim. Preciso fazer alguma coisa...

Ela desceu até o chão, deslizando de um telhado inclinado, aterrissando no pátio do palácio. As brumas juntaram-se ao seu redor. O ar era pesado. E não apenas com neve e cinzas; ela conseguia sentir o cheiro das mortes na brisa, ouvir os gritos em seus sussurros.

Seu peltre esgotou-se.

Ela foi ao chão, uma onda de exaustão atingindo-a com tanta força que tudo o mais parecia irrelevante. De repente soube que não devia ter confiado tanto no peltre. Não devia ter exigido tanto de si. Mas pareceu ser a única maneira.

Ela sentiu que começava a cair na inconsciência.

Mas as pessoas estavam gritando. Ela conseguia ouvi-los, ouviu antes. A cidade de Elend... o povo de Elend... morrendo. Seus amigos estavam lá fora, em algum lugar. Amigos que Kelsier confiara a ela para proteger.

Ela cerrou os dentes, deixando de lado a exaustão por mais um momento, lutando para se pôr em pé. Olhou através das brumas, através dos sons fantasmagóricos de pessoas aterrorizadas. Começou a correr na direção delas.

Não podia saltar; estava sem aço. Não podia sequer correr muito rápido, mas quanto mais forçava seu corpo em movimento, ele reagia cada vez melhor, combatendo o entorpecimento que ela amealhara apoiando-se tanto tempo no peltre.

Ela irrompeu de uma viela, deslizando na neve, e encontrou um pequeno grupo de pessoas correndo diante de um grupo de ataque koloss. Havia seis feras, pequenas, mas ainda assim perigosas. Mesmo enquanto Vin observava, uma das criaturas desferiu um golpe num idoso, quase partindo-o ao meio. Outro pegou uma garotinha, jogando-a contra a lateral de um prédio.

Vin avançou, passando os skaa em fuga, sacando as adagas. Ainda se sentia exausta, mas a adrenalina a ajudava um pouco. Precisava se manter em movimento. Manter-se em marcha. Parar era morrer.

Várias feras viraram-se para ela, ávidas pela luta. Uma lançou-se sobre ela, e Vin deixou-se deslizar na lama, escorregando mais perto da criatura, antes de cortar a parte de trás da perna dela. O monstro uivou de dor quando a faca ficou presa na sua pele amontoada. Ela conseguiu arrancar a faca quando uma segunda criatura atacou.

Sinto-me tão lenta!, ela pensou, decepcionada, mal ficando em pé antes de se afastar do alcance da criatura, cuja espada jogou água fria sobre ela, e ela saltou para a frente, cravando uma adaga no olho da criatura.

Subitamente grata pelas vezes que Ham a fizera praticar sem Alomancia, ela segurou na lateral de um prédio para se estabilizar na lama. Em seguida, lançou-se para a frente, empurrando com o ombro o koloss com olho ferido — ele estava agarrando a adaga e berrando aos companheiros. O koloss com a garotinha virou-se, em choque, quando Vin enterrou outra adaga nas suas costas. Ele não caiu, mas soltou a criança.

Senhor Soberano, essas coisas são duronas!, pensou, a capa balançando enquanto ela agarrava a criança e fugia. *Especialmente quando você não é durona o bastante. Preciso de mais metais.*

A garota encolheu-se nos braços de Vin quando um uivo koloss soou, e Vin girou, avivando estanho para impedir que caísse inconsciente pela fadiga. No entanto, as criaturas não estavam seguindo-a — estavam brigando por um pedaço de roupa que o homem assassinado estava vestindo. O uivo soou de novo e, desta vez, Vin percebeu, vinha de outra direção.

As pessoas voltaram a gritar. Vin ergueu os olhos, apenas para encontrar aqueles que ela havia acabado de salvar encarando um grupo ainda maior de koloss.

— Não! — Vin falou, erguendo a mão. Mas eles já haviam se afastado demais de onde ela estava lutando. Ela não conseguiria sequer vê-los, se não fosse pelo estanho. Do jeito que estava, foi capaz de ver dolorosamente bem quando as criaturas avançaram sobre o pequeno grupo com suas espadas grosseiras.

— Não! — Vin gritou novamente, as mortes deixando-a atemorizada, em choque, uma lembrança de todas as mortes que ela não conseguira impedir.

— Não. Não! *Não!*

Peltre, terminado. Aço, terminado. Ferro, terminado. Não tinha nada.

Ou... tinha uma coisa. Sem parar para pensar naquilo que a incitou a usá-lo, ela lançou um *abrandamento* aumentado com duralumínio sobre as feras.

Foi como se sua mente batesse em *algo*. E, em seguida, esse *algo* se estilhaçasse. Vin deslizou até parar, apavorada, com a criança ainda nos braços. Os koloss pararam, congelados em meio a sua chacina horrenda.

O que acabei de fazer?, ela pensou, buscando com sua mente confusa, tentando ligar os porquês de ter reagido como reagiu. Foi porque estava frustrada?

Não. Ela sabia que os Senhor Soberano havia criado os Inquisidores com uma fraqueza: remova uma estaca específica de suas costas, e eles morrem. Também havia criado os kandras com uma fraqueza. Os koloss também deviam ter uma fraqueza.

TenSoon chamava os koloss de... primos, ela pensou.

Ela se ergueu, a rua escura de repente quieta, exceto pelo choro dos skaa. Os koloss esperavam, e ela conseguia sentir-se nas mentes deles. Como se fossem uma extensão do seu corpo, a mesma coisa que sentira quando assumiu o controle do corpo de TenSoon.

Primos, de fato. O Senhor Soberano havia criado os koloss com uma fraqueza, a mesma dos kandras. *Ele* se dera uma maneira de mantê-los sob controle.

E, de repente, ela entendeu como ele os havia controlado durante todos esses anos.

SAZED ESTAVA À FRENTE DO seu grande bando de refugiados, a neve e as cinzas — as duas agora indistinguíveis na escuridão brumosa — caíam ao redor dele. Ham estava sentado de um lado, parecendo esgotado. Perdera muito sangue; um homem sem peltre já teria morrido. Alguém entregara uma capa a Sazed, mas ele a usou para enrolar o catatônico Brisa. Embora ele mal acionasse sua mente de latão para ter calor, não estava com frio.

Talvez estivesse ficando entorpecido demais para se importar.

Ele ergueu as duas mãos diante de si, fechando os punhos, com dez anéis reluzindo contra a luz do único lampião do grupo. Os koloss aproximavam-se vindo das vielas escuras, suas formas lançando sombras encurvadas na noite.

Os soldados de Sazed recuaram. Restava-lhes pouca esperança. Apenas Sazed estava em pé, na neve silenciosa, um estudioso magro, careca, quase nu. Ele, aquele que pregava a religião dos abatidos. Ele, que no fim abriu mão da esperança. Ele, que deveria ter a maior fé de todas.

Dez anéis. Poucos minutos de poder. Poucos minutos de vida.

Ele esperou os koloss se juntarem. As feras ficaram estranhamente silenciosas na noite. Pararam de se aproximar. Estavam paradas, uma linha de silhuetas escuras, como pequenos montes.

Por que não atacam?!, Sazed pensou, frustrado.

Uma criança chorou. Em seguida, os koloss começaram a se movimentar. Sazed ficou tenso, mas as criaturas não caminharam adiante. Eles abriram caminho, e uma figura silenciosa caminhou pelo centro deles.

— Lady Vin? — Sazed perguntou. Ele ainda não havia tido a chance de falar com ela desde que ela o salvou no portão. Parecia exausta.

— Sazed — ela disse, com cansaço. — Você mentiu sobre o Poço da Ascensão.

— Sim, Lady Vin — ele confirmou.

— Isso não é importante agora — ela falou. — Por que está em pé, nu, *fora* das muralhas da fortaleza?

— Eu... — ele ergueu os olhos para os koloss. — Lady Vin, eu...

— Penrod! — Vin gritou de repente. — Você está aí em cima?

O rei apareceu. Ele parecia tão confuso quanto Sazed.

— Abra os portões! — Vin ordenou.

— Está maluca? — Penrod gritou de volta.

— Não sei ao certo — Vin falou. Ela se virou, e o grupo de koloss moveu-se para a frente, caminhando em silêncio como se comandados. O maior ergueu Vin, segurando-a no alto, até ela quase alcançar o nível do alto da muralha baixa. Vários guardas no topo da muralha afastaram-se dela. — Estou cansada, Penrod. — Vin falou. Sazed acionou sua mente de estanho auditiva para ouvir suas palavras.

— Todos nós estamos, menina — Penrod disse.

— Estou particularmente cansada — Vin retrucou. — Cansada de jogos. Cansada de pessoas morrendo por causa de brigas entre seus líderes. Cansada de bons homens sendo explorados.

Penrod assentiu com a cabeça, silencioso.

— Quero que você reúna nossos soldados remanescentes — Vin falou, virando-se para olhar a cidade. — Quantos você tem aí dentro?

— Cerca de duzentos.

Vin meneou a cabeça.

— A cidade não está perdida... os koloss lutaram contra os soldados, mas não tiveram muito tempo para se voltar contra a população. Quero que você envie seus soldados para encontrar quaisquer grupos de koloss que estejam saqueando ou assassinando. Proteja o povo, mas não ataquem os koloss se puder evitar. Em vez disso, mande-me um mensageiro.

Lembrando-se da teimosia de Penrod mais cedo, Sazed pensou que o homem poderia contestar. Mas não contestou. Apenas assentiu.

— O que fazemos, então? — Penrod perguntou.

— Eu cuido dos koloss — Vin falou. — Primeiro, vamos reivindicar a Fortaleza Venture... vou precisar de mais metais, e lá há muito armazenado. Assim que a cidade estiver segura, quero que você e seus soldados apaguem aqueles incêndios. Não deve ser difícil; não sobraram muitos edifícios que possam queimar.

— Muito bem — Penrod falou, virando-se para dar suas ordens.

Sazed observou em silêncio quando o koloss gigantesco baixou Vin até o chão. Ele ficou parado, como um monstro talhado em pedra, e não uma criatura que respira, sangra, vive.

— Sazed — Vin falou com suavidade. Ele conseguia sentir a exaustão na voz.

— Lady Vin — Sazed disse. Ao lado, Ham finalmente se libertou do estupor, erguendo os olhos em choque quando percebeu Vin e os koloss.

Vin continuou a olhar Sazed, examinando-o. Sazed tinha dificuldade para fitar os olhos dela. Mas ela estava certa. Poderiam falar sobre sua traição mais tarde. Havia outras tarefas mais importantes que precisavam ser cumpridas.

— Acredito que provavelmente você tenha trabalho para mim — Sazed disse, quebrando o silêncio. — Mas gostaria de pedir dispensa. Há... uma tarefa que preciso cumprir.

— Claro, Sazed — Vin falou. — Mas, primeiro, me diga. Sabe se algum dos outros sobreviveu?

— Trevo e Dockson estão mortos, milady — Sazed respondeu. — Não vi seus corpos, mas os relatos vieram de fontes confiáveis. Pode ver que Lorde Hammond está aqui, conosco, embora tenha sofrido um ferimento muito grave.

— Brisa? — ela perguntou.

Sazed meneou a cabeça para um montinho que jazia encolhido ao lado da muralha.

— Felizmente, está vivo. No entanto, sua mente parece estar reagindo miseravelmente aos horrores que viu. Talvez seja simplesmente uma forma de choque. Ou... talvez seja algo mais duradouro.

Vin assentiu, virando-se para Ham.

— Ham, preciso de peltre.

Ele meneou a cabeça com vagar, puxando um frasco com a mão boa. Ele o lançou para ela. Vin tomou, e de pronto sua fadiga pareceu diminuir. Ela endireitou o corpo, e os olhos ficaram mais alertas.

Isso não pode ser saudável, Sazed pensou, preocupado. *Quanto disso ela vem queimando?*

Com passos mais enérgicos, ela se virou para caminhar até os koloss.

— Lady Vin? — Sazed chamou, fazendo com que ela virasse. — Ainda há um exército lá fora.

— Ah, eu sei — Vin falou, virando-se para pegar uma das espadas koloss imensas, parecida com uma cunha, de seu dono. De fato, era poucos centímetros maior que ela. — Sei bem das intenções de Straff — ela falou, erguendo a espada no ombro. Em seguida, embrenhou-se na neve e na bruma, caminhando na direção da Fortaleza Venture, os estranhos guardas koloss marchando atrás dela.

LEVOU BOA PARTE DA NOITE para Sazed concluir a tarefa à qual ele mesmo se designou. Achou cadáver após cadáver na noite gélida, muitos deles congelados. A neve havia parado de cair, e o vento havia aumentado, secando a lama em uma camada de gelo escorregadia. Precisou arrancar alguns corpos dessa camada para virá-los e ver seus rostos.

Sem sua mente de latão para prover calor, ele nunca teria conseguido realizar seu trabalho lúgubre. Mesmo assim, havia encontrado algumas roupas mais quentes — uma túnica marrom simples e um par de botas. Continuou a trabalhar noite adentro, o vento rodopiando os flocos de neve e gelo ao seu redor. Tinha começado no portão, claro. Era onde a maioria dos cadáveres estava. No entanto, precisou se mover para as vielas e passagens.

Ele encontrou o corpo dela pela manhã.

A cidade havia parado de queimar. A única luz que tinha era de seu lampião, mas foi o bastante para revelar a fita de pano flutuante num banco de neve. Primeiro Sazed pensou que era apenas outra bandagem sangrenta que não cumprira seu propósito. Em seguida, viu um cintilar de laranja e amarelo, e caminhou até lá — não tinha mais forças para correr — e cavou a neve.

O corpo de Tindwyl estalou levemente quando ele o puxou para fora. O sangue na sua lateral estava congelado, claro, e seus olhos estavam abertos e cobertos de gelo. A julgar pela direção de sua fuga, ela estava levando os soldados para a Fortaleza Venture.

Ah, Tindwyl, ele pensou, estendendo a mão para tocar seu rosto. Ainda estava macio, mas horrivelmente frio. Depois de anos sendo abusada pelos Procriadores, após sobreviver a tantas coisas, terminar daquele jeito. A morte numa cidade à qual não pertencia, com um homem — não, um *meio* homem — que não a merecia.

Ele liberou sua mente de latão e deixou o frio da noite cobri-lo. Não queria sentir calor naquele instante. Seu lampião tremeluzia, vacilante, iluminando a rua, sombreando o cadáver congelado. Ali, naquela viela gélida de Luthadel, olhando para o corpo da mulher que amava, Sazed percebeu algo.

Ele não sabia o que fazer.

Tentou pensar em algo adequado para dizer — algo adequado para pensar —, mas de repente todo seu conhecimento religioso pareceu vazio. De que adiantava lhe dar um enterro? Qual era o valor em recitar as preces de um deus morto há muito? Para que ele servia? A religião dos Dadradah não havia ajudado Trevo; o Sobrevivente não viera resgatar os milhares de soldados que morreram. Qual era o sentido?

Nenhum conhecimento de Sazed o reconfortava. Ele aceitava as religiões que conhecia — acreditava no seu valor —, mas aquilo não lhe dava o que precisava. Elas não lhe garantiam que o espírito de Tindwyl ainda vivia. Em vez disso, elas o faziam questionar. Se tantas pessoas acreditavam em tantas coisas diferentes, como poderia qualquer uma delas — ou nada — ser realmente verdade?

Os skaa chamaram Sazed de santo, mas naquele momento ele percebeu que era o mais profano dos homens. Era uma criatura que conhecia trezentas religiões e, ainda assim, não tinha fé em nenhuma delas.

Então, quando suas lágrimas caíram — e quase começaram a congelar em seu rosto —, elas lhe deram tão pouco alívio quanto as religiões. Ele gemeu, inclinando-se sobre o cadáver gélido.

Minha vida, ele pensou, *tem sido uma farsa.*

Rashek deve tentar levar Alendi na direção errada, desencorajá-lo ou, de alguma outra maneira, frustrar sua busca. Alendi não sabe que foi enganado, que todos fomos enganados, e ele não me ouvirá agora.

55

STRAFF ACORDOU NA FRIA MANHÃ e, imediatamente, pegou uma folha de Rixa Preta. Estava começando a enxergar os benefícios do seu vício. Ela o acordava com mais rapidez e facilidade, fazendo seu corpo sentir-se quente apesar de ser tão cedo. Quando, no passado, ele levaria uma hora para se aprontar, agora estava de pé em minutos, vestido e preparado para o dia.

E que glorioso dia seria aquele.

Janarle encontrou-o do lado de fora da tenda, e os dois caminharam através do acampamento em polvorosa. As botas de Straff estalavam sobre a mistura de gelo e neve enquanto seguia até o cavalo.

— Os incêndios se apagaram, milorde — Janarle explicou. — Provavelmente por causa da neve. Os koloss provavelmente terminaram a destruição e procuraram abrigo do frio. Nossos batedores estão com medo de se aproximar demais, mas dizem que a cidade parece um cemitério. Quieta e vazia, exceto pelos cadáveres.

— Talvez eles tenham matado mesmo uns aos outros — Straff disse, feliz, montando na sela, a respiração soltando fumaça no ar gélido da manhã. Ao seu redor, o exército estava entrando em formação. Cinquenta mil soldados, ávidos pela perspectiva de tomar a cidade. Não apenas havia saques a ser feitos, mas entrar em Luthadel significaria um teto e paredes para todos eles.

— Talvez — Janarle disse, montando.

Não seria conveniente?, Straff pensou com um sorriso. *Todos os meus inimigos mortos, e a cidade e suas riquezas minhas, sem nenhum skaa com quem me preocupar.*

— Milorde! — alguém gritou.

Straff virou os olhos. O campo entre seu acampamento e Luthadel era cinza e branco, a neve manchada pelas cinzas. E juntando-se do outro lado daquele campo estavam os koloss.

— Parece que eles estão vivos no fim das contas, milorde — Janarle disse.

— De fato — Straff falou, franzindo a testa. Ainda havia muitas das criaturas. Eles saíam pelo portão norte, sem atacar de imediato, juntando-se num grupo grande.

— As contagens dos batedores dizem que há menos do que antes — Janarle disse depois de um tempo. — Talvez dois terços do número original, talvez um pouco menos. Porém são *koloss*...

— Mas estão abandonando suas fortificações — Straff falou, sorrindo, a Rixa Preta aquecendo seu sangue, como se ele estivesse queimando metais. — E estão vindo para cá. Deixe-os atacar. Isso deve terminar num instante.

— Sim, milorde — Janarle falou, soando um pouco menos convencido. Ele franziu o cenho em seguida, apontando na direção do portão da cidade. — Mi... lorde?

— O que foi agora?

— Soldados, milorde — Janarle falou. — Soldados humanos. Parecem muitos milhares.

Straff fez uma careta.

— Deveriam estar todos mortos!

Os koloss atacaram. O cavalo de Straff agitou-se levemente enquanto os monstros azuis corriam pelo campo cinzento, as tropas humanas avançando em fileiras mais organizadas logo atrás.

— Arqueiros! — Janarle gritou. — Preparem a primeira saraivada!

Talvez eu não devesse estar à frente, Straff pensou num repente. Ele virou o cavalo, em seguida percebeu algo. Uma flecha atirada repentinamente do meio dos koloss que avançavam.

Mas koloss não usavam arco e flecha. Além disso, os monstros estavam longe, e aquele objeto era grande demais para ser uma flecha. Uma pedra, talvez? Parecia maior que isso...

Aquilo começou a cair na direção do exército de Straff. Straff olhou para o céu, paralisado com o estranho objeto. Ficava cada vez mais distinto ao cair. Não era uma flecha, nem uma pedra.

Era uma pessoa — uma pessoa com uma capa de bruma esvoaçante.

— Não! — Straff gritou. *Era para ela ter ido embora!*

VIN GRITOU NO CÉU DURANTE a queda de seu salto de aço abastecido com duralumínio, a espada koloss imensa leve nas mãos. Ela atingiu Straff diretamente na cabeça com a espada, continuando sua trajetória para baixo, batendo no chão, erguendo neve e poeira congelada com a força do impacto.

O cavalo caiu em dois pedaços, para a frente e para trás. O que restou do antigo rei deslizou para o chão com o cadáver equino. Ela olhou para os restos, sorriu com ódio, e deu adeus a Straff.

Elend o alertara, afinal, que isso aconteceria se ele atacasse a cidade.

Os generais e acompanhantes de Straff ficaram ao redor dela, num círculo estupefato. Atrás dela, o exército koloss avançava em alta velocidade, a confusão nas fileiras de Straff deixando as saraivadas dos arqueiros interrompidas e menos eficazes.

Vin segurou com firmeza sua espada, em seguida *empurrou* para fora com a força de aço aumentada pelo duralumínio. Cavaleiros foram jogados para longe, seus cavalos tropeçaram nas ferraduras, e soldados foram lançados para trás em um círculo de várias dezenas de metros. Homens gritaram.

Ela tomou outro frasco, restaurando o aço e o peltre. Em seguida, saltou, buscando generais e outros oficiais para atacar. Enquanto se movia, suas tropas de koloss atingiam as primeiras fileiras do exército de Straff, e a verdadeira carnificina teve início.

— O QUE ELES ESTÃO fazendo? — Cett perguntou, vestindo apressadamente sua capa enquanto era encaixado e amarrado à sua sela.

— Atacando, ao que parece — disse Bahmen, um dos seus ajudantes. — Olhe! Eles estão trabalhando *com* os koloss.

Cett franziu a testa, prendendo a capa.

— Um tratado?

— Com koloss? — Bahmen questionou.

Cett deu de ombros.

— Quem vai vencer?

— Não dá para dizer, milorde — o homem falou. — Os koloss são...

— O que é isso? — Allrianne questionou, cavalgando até o declive nevado, acompanhada por dois guardas confusos. Cett, claro, ordenara que a mantivessem no acampamento, mas ele também esperava, claro, que ela acabaria se livrando deles.

Ao menos posso contar que ela não venha tão rápido, pois tem que se aprontar de manhã, ele pensou, divertido. Ela vestia um dos seus vestidos, imaculadamente arrumado, e os cabelos estavam penteados. Se um edifício estivesse em chamas, Allrianne ainda assim pararia para fazer a maquiagem antes de escapar.

— Parece que a batalha começou — Cett falou, meneando a cabeça para a luta.

— *Fora* da cidade? — Allrianne questionou, cavalgando para perto dele. Em seguida, ela ficou radiante. — Estão atacando o acampamento de Straff!

— Sim — Cett confirmou. — E isso deixa a cidade...

— Temos que ajudá-los, pai!

Cett revirou os olhos.

— Você sabe que não vamos fazer nada disso. Veremos quem vencerá. Se forem fracos o bastante, o que espero que sejam, nós os atacaremos. Não trouxe todas as minhas forças de volta comigo, mas talvez...

Ele parou de falar quando percebeu o olhar de Allrianne. Ele abriu a boca para falar, mas antes que pudesse fazê-lo, ela avançou com o cavalo.

Os guardas dela praguejaram, avançando — tarde demais — para tentar agarrar suas rédeas. Cett ficou parado, perplexo. Era um pouco insano, até mesmo para ela. Ela não ousaria...

Ela desceu a encosta, galopando na direção da batalha. Em seguida, parou, como ele esperava. Ela se virou, olhando para ele.

— Se quiser me proteger, pai — ela gritou —, é melhor avançar!

Com isso, ela se virou e começou a galopar de novo, seu cavalo lançando neve para cima.

Cett não se moveu.

— Milorde — Bahmen disse. — Aquelas forças parecem quase iguais. Cinquenta mil homens contra uma força de uns 12 mil koloss e cerca de cinco mil homens. Se fôssemos acrescentar nossa força para qualquer um dos lados...

Garota idiota!, ele pensou, observando Allrianne se afastar a galope.

— Milorde? — Bahmen chamou.

Por que vim para Luthadel, em primeiro lugar? Foi porque eu realmente pensei que poderia tomar a cidade? Sem alomânticos, com minha terra natal em rebelião? Ou foi porque eu buscava alguma coisa? Uma confirmação das histórias. Um poder como eu vi naquela noite, quando a Herdeira quase me assassinou.

Aliás, como eles conseguiram que os koloss lutassem com eles?

— Reúnam nossas forças! — Cett comandou. — Vamos marchar em defesa de Luthadel. E alguém envie cavaleiros atrás daquela minha filha estúpida!

SAZED CAVALGAVA EM SILÊNCIO, SEU cavalo movendo-se com lentidão na neve. Diante dele, a batalha alastrava-se, mas ele estava longe o bastante, fora de perigo. Deixara a cidade para trás, onde as mulheres e os idosos sobreviventes de Luthadel observavam das muralhas. Vin os salvara dos koloss. O verdadeiro milagre seria ver se ela poderia salvá-los dos outros dois exércitos.

Sazed não cavalgava rumo à luta. Suas mentes de metal estavam em sua maioria vazias, e seu corpo estava quase tão cansado quanto a mente. Simplesmente fez seu cavalo parar, as baforadas soltando fumaça no ar frio enquanto ele observava da planície nevada.

Não sabia como lidar com a morte de Tindwyl. Ele se sentia... vazio. Desejava poder apenas parar de sentir. Desejava poder voltar e defender o portão dela, em vez do seu. Por que ele não fora atrás dela quando ouviu que o portão norte havia caído? Assim, ela ainda estaria viva. Ele poderia ter sido capaz de protegê-la...

Por que ele se importava? Por que se incomodava?

Mas aqueles que tinham fé estavam certos, ele pensou. *Vin voltou para defender a cidade. Eu perdi a esperança, mas eles nunca perderam.*

Ele avançou novamente com o cavalo. Os sons da batalha chegavam à distância. Tentou concentrar-se em algo que não fosse Tindwyl, mas seus pensamentos voltavam para as coisas que ele estudara com ela. Os fatos e as histórias ficaram mais preciosos, pois eram uma ligação para ela. Uma ligação dolorosa, mas que ele não conseguiria descartar.

O Herói das Eras não era simplesmente um guerreiro, ele pensou, ainda cavalgando lentamente na direção do campo de batalha. *Era uma pessoa que unia os outros, que os agregava. Um líder.*

Ele sabia que Vin pensava que ela era a Heroína. Mas Tindwyl estava certa: era muita coincidência. E ele não sabia mais ao certo em que acreditava. Se é que acreditava em algo.

O Herói das Eras era distante do povo terrisano, ele pensou, observando os koloss atacarem. *Ele não era da realeza, mas chegou até ela no fim das contas.*

Sazed parou seu cavalo no centro do campo aberto, vazio. Flechas encravavam-se na neve ao seu redor, e o chão estava inteiramente pisoteado. À distância, ele ouviu um tambor. Virou-se, observando um exército de homens marchando sobre uma elevação a oeste. Eles agitavam o estandarte de Cett.

Ele comandava as forças do mundo. Reis cavalgavam em seu auxílio.

As forças de Cett juntaram-se à batalha contra Straff. Houve uma pancada de metal contra metal, corpos grunhindo quando um novo fronte se viu sob ataque. Sazed estava no campo entre a cidade e os exércitos. As forças de Vin ainda eram menores, mas, enquanto Sazed observava, o exército de Straff começou a bater em retirada. Ele se dispersou em pedaços, seus membros lutando sem direção. Os movimentos indicavam terror.

Ela está matando os generais deles, ele pensou.

Cett era um homem inteligente. Ele cavalgou pessoalmente para a batalha, mas ficou próximo da retaguarda de suas fileiras — suas enfermidades exigiam que ele permanecesse amarrado à sela e tornavam difícil para ele lutar. Ainda assim, ao juntar-se à batalha, ele garantia que Vin não voltaria seus koloss contra ele.

Pois, na opinião de Sazed, realmente não havia dúvida de quem venceria este conflito. De fato, antes mesmo de uma hora ter passado, a tropa de Straff começou a se render em grandes grupos. Os sons da batalha diminuíam, e Sazed atiçou seu cavalo a avançar.

Primeira Testemunha Sagrada, ele pensou. *Não sei se acredito nisso. Mas, de qualquer forma, eu deveria estar lá para o que acontecer em seguida.*

Os koloss pararam de lutar, ficando em silêncio. Dividiram-se para Sazed passar por entre suas fileiras. Por fim, encontrou Vin em pé, coberta de sangue, sua imensa espada koloss apoiada sobre um ombro. Alguns koloss empurraram um homem para a frente — um lorde de roupas finas e uma placa de peito prateada. Eles o jogaram diante de Vin.

Lá atrás, Penrod aproximou-se com uma guarda de honra, guiado por um koloss. Ninguém falava. No fim, os koloss abriram-se de novo, e dessa vez um Cett desconfiado cavalgou adiante, cercado por um grande grupo de soldados e acompanhados por um único koloss.

Cett encarou Vin, em seguida coçou o queixo.

— Não foi uma grande batalha — ele disse.

— Os soldados de Straff estavam com medo — Vin falou. — Estão com frio e não desejam enfrentar os koloss.

— E seus líderes? — Cett perguntou.

— Eu os matei — Vin falou. — Exceto este aqui. Seu nome?

— Lorde Janarle — disse o homem de Straff. Sua perna parecia quebrada, e o koloss o segurava pelo braço, apoiando-o.

— Straff está morto — Vin falou. — Você controla este exército agora.

O nobre abaixou a cabeça.

— Não, eu não. A senhora comanda.

Vin assentiu.

— De joelhos — ela disse.

O koloss soltou Janarle. Ele grunhiu de dor, mas inclinou-se para a frente.

— Eu entrego meu exército à senhora — ele sussurrou.

— Não — Vin retrucou, ríspida. — Não para mim, mas para o herdeiro legítimo da Casa Venture. Ele é o seu senhor agora.

Janarle fez uma pausa.

— Muito bem — ele disse. — O que a senhora quiser. Eu juro lealdade ao filho de Straff, Elend Venture.

Os grupos separados estavam em pé, no frio. Sazed virou-se quando Vin virou para olhar Penrod. Vin apontou para o chão. Penrod apeou em silêncio, em seguida curvou-se no chão.

— Também juro — ele disse. — Juro lealdade a Elend Venture.

Vin virou-se para Lorde Cett.

— Você espera que eu faça isso? — o homem barbado disse, sorrindo.

— Sim — Vin respondeu em voz baixa.

— E se eu me recusar? — Cett perguntou.

— Eu mato você — Vin falou baixo. — Você trouxe exércitos para atacar a minha cidade. Ameaçou meu povo. Não massacrarei seus soldados, não os farei pagar pelo que você fez, mas eu *mato você*, Cett.

Silêncio. Sazed virou-se, olhando para a linha de koloss imóveis em pé na neve sangrenta.

— Isso é uma ameaça, sabe — Cett falou. — Seu Elend nunca apoiaria tal coisa.

— Ele não está aqui — Vin falou.

— E o que você acha que ele diria? — Cett perguntou. — Ele me diria para não ceder a essa demanda; o honorável Elend Venture nunca cederia simplesmente porque alguém ameaçou sua vida.

— Você não é o homem que Elend é — Vin falou. — E você sabe disso.

Cett fez uma pausa, em seguida sorriu.

— Não. Não, não sou — ele se virou para seus ajudantes. — Ajudem-me a descer.

Vin observou em silêncio quando os guardas soltaram as pernas de Cett, depois desceram-no até o chão nevado. Ele se curvou.

— Muito bem, então. Eu juro lealdade a Elend Venture. Ele será bem-vindo no meu reino... desde que ele consiga tomá-lo de volta do maldito obrigador que agora o controla.

Vin assentiu, virando-se para Sazed.

— Sazed, preciso de sua ajuda.

— O que a senhora ordenar — Sazed disse, baixinho.

Vin fez uma pausa.

— Não me chame desse jeito.

— Como quiser.

— Você é o único em quem confio aqui, Sazed — Vin disse, ignorando os três homens ajoelhados. — Com Ham ferido e Brisa...

— Farei o meu melhor — Sazed disse, abaixando a cabeça. — O que deseja que eu faça?

— Guarde Luthadel — Vin falou. — Garanta que as pessoas sejam abrigadas, e busque os suprimentos dos armazéns de Straff. Posicione esses exércitos de forma que não se matem, em seguida envie um esquadrão para buscar Elend. Ele está vindo para o sul pela estrada do canal.

Sazed assentiu, e Vin virou-se para os três reis ajoelhados.

— Sazed é meu subcomandante. Vocês o obedecerão como fariam com Elend ou comigo.

Por sua vez, cada um assentiu.

— Mas onde a senhora estará? — Penrod perguntou, erguendo os olhos.

Vin suspirou, de repente, parecendo terrivelmente fraca.

— Dormindo — ela falou e soltou a espada. Em seguida, *empurrou* contra ela, lançando-se para trás no céu, na direção de Luthadel.

Ele deixou ruínas no seu rastro, mas elas foram esquecidas, pensou Sazed, virando-se para vê-la voar. *Criou reinos, e então os destruiu quando refez o mundo.*

Nós estávamos errados sobre seu gênero o tempo todo.

FIM DA QUINTA PARTE

SEXTA PARTE

PALAVRAS EM AÇO

Se Rashek falhar em tirar Alendi do caminho certo, eu instruí o rapaz a assassinar meu antigo amigo.

56

COMO VIN CONSEGUE? ELEND SE perguntou. Ele mal conseguia enxergar cinco metros nas brumas. Árvores pareciam aparições ao redor dele enquanto caminhava, seus galhos curvados às margens da estrada. A bruma quase parecia viva: movia-se, rodopiava e pairava no ar frio da noite. Ela arrebatava suas baforadas, como se atraíssem um pedaço dele para elas.

Ele estremeceu e continuou caminhando. A neve derretera em partes desiguais nos últimos dias, deixando montes em áreas sombreadas. A estrada do canal, felizmente, estava em grande parte limpa.

Ele caminhava com uma bolsa sobre o ombro, carregando apenas o necessário. Por sugestão de Fantasma, eles venderam os cavalos em um vilarejo vários dias antes. Forçaram demais as criaturas nos últimos dias, e Fantasma estimou que tentar mantê-los alimentados — e vivos — durante a última parte da viagem a Luthadel não valeria o esforço.

Além disso, fosse lá o que estivesse para acontecer na cidade, já teria ocorrido. Então, Elend caminhava, sozinho, na escuridão. Por mais ermo que fosse, ele manteve a palavra e viajou apenas à noite. Não apenas era o desejo de Vin, Fantasma também afirmava que a noite era mais segura. Poucos viajantes enfrentavam as brumas. Portanto, a maioria dos bandoleiros não se dava ao trabalho de observar as estradas à noite.

Fantasma fazia a ronda adiante, seus sentidos aguçados permitindo que ele detectasse perigos antes que Elend tropeçasse neles. *Aliás, como isso funciona?*, Elend se perguntou enquanto caminhava. *Dizem que o estanho faz ver melhor. Mas do que adianta poder ver à distância, se as brumas simplesmente obscurecem tudo?*

Autores alegam que a Alomancia poderia ajudar, de alguma forma, a pessoa a ver além das brumas. Elend sempre quis saber como era. Claro, ele também queria saber como era sentir a força do peltre, ou lutar com atium. Os alomânticos eram incomuns, mesmo entre as Grandes Casas. Ainda assim, pelo jeito que Straff o tratava, Elend sempre se sentira culpado por não ter nascido um.

Mas, no fim das contas, acabei virando rei, mesmo sem a Alomancia, ele pensou, sorrindo para si mesmo. Verdade que perdera o trono. Mas, embora tivessem conseguido tirar sua coroa, não poderiam privá-lo de suas conquistas. Ele havia provado que uma Assembleia poderia funcionar. Protegeu os skaa, dando a eles direitos e um gosto da liberdade que eles nunca esqueceriam. Fizera mais que qualquer um esperava dele.

Algo farfalhou nas brumas.

Elend ficou paralisado, encarando a escuridão. *Parecem folhas*, ele pensou, nervoso. *Algo se movendo entre elas? Ou... apenas o vento soprando-as?*

Ele concluiu, naquele momento, que não havia nada mais enervante do que encarar a escuridão brumosa, vendo silhuetas em constante movimento. Uma parte dele preferia encarar um exército koloss a ficar sozinho, à noite, numa floresta desconhecida.

— Elend — alguém sussurrou.

Elend virou-se. Levou a mão ao peito quando viu Fantasma se aproximar. Ele pensou em repreender o garoto por espreitá-lo, mas, bem, não havia nenhuma outra maneira de se aproximar no meio das brumas.

— Viu alguma coisa? — Fantasma perguntou em voz baixa.

Elend balançou a cabeça.

— Mas acho que ouvi alguma coisa.

Fantasma assentiu, em seguida partiu para dentro das brumas novamente. Elend ficou ali, sem saber se deveria continuar ou apenas aguardar. Não precisou ponderar muito. Fantasma voltou alguns momentos depois.

— Nada com que se preocupar — Fantasma falou. — Apenas um espectro das brumas.

— *O quê?* — Elend perguntou.

— Espectro das brumas — Fantasma repetiu. — Você sabe. Coisas grandes gosmentas? Parentes dos kandras? Não me diga que nunca leu sobre eles!

— Li — Elend falou, examinando a escuridão com nervosismo. — Mas nunca pensei em estar no meio das brumas com um deles.

Fantasma deu de ombros.

— É provável que esteja seguindo nosso cheiro, esperando que deixemos algum resto para ele comer. Em geral, essas coisas são inofensivas.

— Em geral? — Elend questionou.

— É provável que você saiba mais sobre eles do que eu. Olhe, não voltei para cá para conversar sobre coisas que comem carniça. Tem algumas luzes lá adiante.

— Vilarejo? — Elend perguntou, pensando em quando eles passaram neste caminho antes.

Fantasma sacudiu a cabeça.

— Parecem fogueiras de sentinelas.

— Um exército?

— Talvez. Acho que você deveria ficar um pouco para trás. Talvez fosse desagradável se você passasse por um posto de batedores.

— Concordo — Elend falou.

Fantasma assentiu, em seguida desapareceu nas brumas.

E Elend ficou de novo sozinho na escuridão. Ele estremeceu, apertando a capa junto ao corpo, e encarou as brumas na direção de onde ouvira o espectro das brumas. Sim, ele lera sobre eles. Sabia que eram supostamente inofensivos. Mas só de pensar em algo espreitando lá adiante, seu esqueleto feito de partes aleatórias de ossos, observando-o...

Não foque nisso, Elend disse a si mesmo.

Em vez disso, voltou sua atenção às brumas. Vin estava certa sobre uma coisa, no mínimo. Estavam se demorando cada vez mais, apesar do nascer do sol. Em algumas manhãs, ficavam por uma hora inteira depois de o sol se erguer. Ele podia facilmente imaginar o desastre que poderia ocorrer caso as brumas permanecessem o dia todo. Lavouras seriam destruídas, animais passariam fome e a civilização entraria em colapso.

Pensar nelas como a bruma fazia algum sentido. Como um único monstro — como diziam os obrigadores, com a aceitação da maioria dos eruditos —, por mais poderoso que fosse, poderia ameaçar uma terra inteira? As brumas, entretanto... podiam ser destrutivas. Matar plantas. Talvez até... pessoas, como Sazed sugeriu?

Ele a encarou revoluteando ao redor dele, brincalhona, enganadora. Sim, podia vê-la como as Profundezas. Sua reputação — mais assustadora que um monstro, mais perigosa que um exército — era merecida. De fato, observando-a como ele estava, conseguia vê-la tentando pregar peças em sua mente. Por exemplo, o monte de bruma diretamente à sua frente parecia formar imagens. Elend sorriu quando sua mente identificou as imagens nas brumas. Uma quase parecia uma pessoa em pé, diante dele.

A pessoa avançou.

Elend teve um sobressalto, dando um passo pequeno para trás, seus pés estalando num pedaço de neve encrustada de gelo. *Não seja estúpido*, ele disse a si mesmo. *Sua mente está pregando peças em você. Não há nada...*

A forma nas brumas deu outro passo adiante. Era indistinta, quase sem silhueta, mas parecia real. Movimentos aleatórios das brumas delineavam seu rosto, corpo, pernas.

— Senhor Soberano! — Elend gritou, saltando para trás. A coisa continuava a observá-lo.

Estou ficando louco, ele pensou, suas mãos começando a tremer. A figura brumosa parou a alguns metros diante dele e, em seguida, ergueu o braço direito e apontou.

Norte. Para longe de Luthadel.

Elend franziu a testa, olhando na direção que a figura tinha apontado. Não havia nada além de mais brumas vazias. Ele se virou de volta para a aparição, mas ela estava em pé, silenciosa, com o braço erguido.

Vin falou dessa coisa, ele lembrou, reprimindo o medo. *Ela tentou me contar a respeito. E eu pensei que ela estava inventando!* Ela estava certa, como também sobre fato de as brumas estarem avançando no dia, e a possibilidade de as brumas serem as Profundezas. Ele estava começando a se perguntar qual deles era o erudito.

A figura da bruma continuava a apontar.

— O quê? — Elend perguntou, sua voz soando assustadora no ar silente.

A coisa avançou, com o braço ainda erguido. Elend pousou inutilmente a mão na espada, mas aguentou firme.

— Diga o que quer de mim! — ele disse, autoritário.

A coisa apontou outra vez. Elend inclinou a cabeça. Decerto, ela não parecia ameaçadora. Na verdade, ele teve uma sensação atípica de paz vindo dela.

Alomancia?, ele pensou. *Ela está* puxando *minhas emoções!*

— Elend? — a voz de Fantasma vagueou para fora das brumas.

A figura de repente se dissolveu, sua forma derretendo em meio às brumas. Fantasma aproximou-se, seu rosto obscuro e sombreado pela noite.

— Elend? O que você estava dizendo?

Elend tirou a mão da espada, empertigando-se. Ele encarou as brumas, ainda não plenamente convencido de que não estava vendo coisas.

— Nada — ele falou.

Fantasma olhou lá atrás, de onde viera.

— Você deveria dar uma olhada nisso.

— O exército? — Elend perguntou, franzindo o cenho.

Fantasma sacudiu a cabeça.

— Não. Os refugiados.

— OS GUARDADORES ESTÃO MORTOS, milorde — o velho disse, sentando-se diante de Elend. Ele não tinha uma tenda, apenas um cobertor estirado entre várias estacas. — Mortos, ou capturados.

Outro homem trouxe a Elend uma caneca com chá morno, seu comportamento era servil. Os dois vestiam túnicas de mordomo, e embora seus olhos indicassem exaustão, seus trajes e mãos estavam limpos.

Antigos hábitos, Elend pensou, agradecendo com um aceno de cabeça e bebericando o chá. *O povo de Terris pode ter se declarado independente, mas mil anos de servidão não podem ser apagados com tanta facilidade.*

O acampamento era um lugar estranho. Fantasma disse que havia contado quase mil pessoas nele — um pesadelo de número para se cuidar, alimentar e organizar no inverno. Muitos eram idosos, e os homens eram, em sua maioria, mordomos: eunucos criados para o serviço refinado, sem experiência em caça.

— Diga-me o que aconteceu — Elend pediu.

O mordomo idoso assentiu com sua cabeça trêmula. Ele não parecia especialmente frágil — de fato, tinha aquele mesmo ar de dignidade controlada que a maioria dos mordomos exibia —, mas seu corpo tinha um tremor lento, crônico.

— O Sínodo revelou-se, milorde, assim que o império caiu. — Ele aceitou também uma caneca de chá, mas Elend percebeu que estava apenas pela metade; uma precaução sábia, pois o tremor do velho mordomo quase derramava o conteúdo. — Eles se tornaram nossos governantes. Talvez não tenha sido sábio eles se revelarem tão cedo.

— Eu conheci Guardadores, amigo — Elend disse, com suavidade. — Acho difícil acreditar que poderiam ser derrotados com facilidade. Quem fez isso?

— Inquisidores de Aço, milorde — o velho respondeu.

Elend estremeceu. *Então era lá que eles estavam.*

— Havia dezenas deles, milorde — o velho continuou. — Atacaram Tathingdwen com um exército de monstros koloss. Mas isso foi apenas uma distração, creio eu. Seu objetivo real eram o Sínodo e os próprios Guardadores. Enquanto nosso exército, do jeito que podia, combatia as feras, os Inquisidores atacaram os Guardadores.

Senhor Soberano... Elend pensou com o estômago revirado. *Então, o que faremos com o livro que Sazed nos pediu para entregar ao Sínodo? Entregaremos a estes homens ou manteremos conosco?*

— Eles levaram os corpos com eles, milorde — o senhor falou. — Terris está em ruínas, e é por isso que estamos rumando para o sul. Você disse que conhece o rei Venture?

— Eu... o conheci — Elend respondeu. — Ele governava Luthadel, de onde venho.

— Acha que ele nos abrigará? — o velho perguntou. — Já não temos muita esperança. Tathingdwen era a capital de Terris, mas não era grande. Somos poucos hoje em dia... o Senhor Soberano cuidou disso.

— Eu... não sei se Luthadel poderá ajudá-lo, amigo.

— Podemos servir bem — o velho prometeu. — Tínhamos orgulho de nos declarar livres, creio eu. Lutamos para sobreviver mesmo antes de os Inquisidores atacarem. Talvez eles nos tenham feito um favor ao nos expulsar.

Elend sacudiu a cabeça.

— Os koloss atacaram Luthadel há pouco mais de uma semana — ele disse em voz baixa. — Eu mesmo sou um refugiado, mestre Mordomo. Pelo que sei, a cidade caiu.

O homem ficou em silêncio.

— Ah, entendo — ele disse, por fim.

— Sinto muito — Elend falou. — Estou voltando para ver o que aconteceu. Diga-me, passei por aqui não faz muito tempo. Como eu não vi vocês na minha jornada para o norte?

— Não viemos pela rota do canal, milorde — o velho disse. — Atravessamos o país, direto para baixo, para que pudéssemos reunir suprimentos em Suringshath. Você... não tem mais notícias sobre os acontecimentos em Luthadel, então? Havia uma Guardadora-mestra residindo lá. Esperamos, talvez, que ela possa nos aconselhar.

— Lady Tindwyl? — Elend perguntou.

O senhor animou-se.

— Sim. Você a conhece?

— Ela era parte da corte do rei — Elend respondeu.

— A Guardadora Tindwyl poderia ser considerada nossa líder agora, creio eu — o senhor disse. — Não sabemos ao certo quantos Guardadores viajantes existem, mas ela é o único membro conhecido do Sínodo que estava fora da cidade quando fomos atacados.

— Ela ainda estava em Luthadel quando parti — Elend comentou.

— Então, talvez ainda esteja — o senhor disse. — É o que podemos esperar, creio eu. Obrigado, viajante, por suas informações. Por favor, fique à vontade em nosso acampamento.

Elend assentiu com a cabeça, erguendo-se. Fantasma estava a uma curta distância, nas brumas, perto de algumas árvores. Elend juntou-se a ele.

As pessoas mantinham grandes fogueiras queimando à noite, como se para desafiar as brumas. A luz servia bem para dissipar o poder das brumas — e, ainda assim, a luz parecia acentuá-las também, criando sombras tridimensionais que confundiam os olhos. Fantasma recostava-se num tronco de árvore retorcido, olhando ao redor para coisas que Elend não conseguia ver. Elend, no entanto, conseguia ouvir um pouco do que Fantasma devia estar examinando. Crianças chorando. Homens tossindo. Gado se arrastando.

— Não parece bom, não é? — Elend perguntou, baixinho.

Fantasma sacudiu a cabeça.

— Queria que eles apagassem todas essas fogueiras — ele murmurou. — As luzes machucam meus olhos.

Elend olhou para o lado.

— Elas não são *tão* claras.

Fantasma deu de ombros.

— Apenas desperdiçam lenha.

— Perdoe-os pelo seu conforto, por ora. Eles terão muito pouco nas semanas vindouras. — Elend fez uma pausa, olhando para um esquadrão de "soldados" terrisanos que passava; um grupo de homens que eram, obviamente, mordomos. Sua postura era excelente, e caminhavam com graça suave, mas Elend duvidava que saberiam como usar qualquer arma que não fosse uma faca de cozinha.

Não, não há exército em Terris para ajudar meu povo.

— Você mandou Vin de volta para reunir nossos aliados — Fantasma disse em voz baixa. — Buscá-los para nos encontrar, talvez refugiar-se em Terris.

— Eu sei — Elend confirmou.

— Mas não podemos nos reunir em Terris — Fantasma falou. — Não com Inquisidores lá em cima.

— Eu sei — Elend repetiu.

Fantasma ficou em silêncio por um momento.

— O mundo inteiro está se despedaçando, El — ele disse por fim. — Terris, Luthadel...

— Luthadel *não foi* destruída — Elend falou, olhando com rispidez para Fantasma.

— Os koloss...

— Vin deve ter descoberto uma maneira de impedi-los — Elend falou. — Pelo que sabemos, ela já encontrou o poder no Poço da Ascensão. Precisamos continuar. Podemos, e iremos, reconstruir o que foi perdido. Então, vamos nos preocupar em ajudar Terris.

Fantasma parou, em seguida assentiu com a cabeça e sorriu. Elend ficou surpreso em ver como suas palavras confiantes pareceram apaziguar as preocupações do garoto. Fantasma recostou-se, observando a caneca ainda fumegante de Elend, e Elend a entregou com um murmúrio de que não gostava de chá de raiz-coração. Fantasma bebeu com alegria.

No entanto, Elend achou as informações mais perturbadoras do que quis admitir. *As Profundezas estão voltando, fantasmas nas brumas, e os Inquisidores conquistando o Domínio de Terris. O que mais eu estava ignorando?*

É uma esperança distante. Alendi sobreviveu a assassinos, guerras e catástrofes. E, ainda assim, espero que, nas montanhas gélidas de Terris, ele possa finalmente ser exposto. Espero por um milagre.

57

— VEJAM, TODOS SABEMOS O que precisamos fazer — Cett disse, batendo na mesa. — Trouxemos nossos exércitos para cá, prontos e dispostos a lutar. Agora, vamos reconquistar meu maldito domínio!

— A imperatriz não nos deu ordens para fazer isso — Janarle disse, bebericando seu chá, totalmente impassível frente à falta de decoro de Cett. — Eu, pessoalmente, acho que deveríamos esperar ao menos até o imperador voltar.

Penrod, o mais velho dos homens na sala, tinha tato o bastante para parecer solidário.

— Entendo que o senhor esteja preocupado com seu povo, Lorde Cett. Mas não tivemos nem uma semana para reconstruir Luthadel. É cedo demais para nos preocuparmos com a expansão de nossa influência. Não podemos, de forma alguma, autorizar essas preparações.

— Ah, sai para lá, Penrod — Cett retrucou, ríspido. — Você não está no comando.

Todos os três voltaram-se para Sazed. Ele se sentia muito estranho, sentado à cabeceira da mesa na câmara de conferência da Fortaleza Venture. Ajudantes e auxiliares, inclusive alguns dos burocratas de Dockson, estavam na sala pouco mobiliada, mas apenas os três governantes — agora reis sob o governo imperial de Elend — estavam com Sazed à mesa.

— Acredito que não devemos ser apressados, Lorde Cett — Sazed recomendou.

— Não é pressa — Cett falou, batendo na mesa de novo. — Quero apenas enviar batedores e receber relatórios de espiões para que possamos ter as informações que precisaremos quando invadirmos!

— *Se* invadirmos — Janarle retrucou. — Se o imperador decidir reaver a Cidade de Fadrex, isso não acontecerá antes do verão, na melhor das hipóteses. Temos preocupações mais urgentes. Meus exércitos estão longe do Domínio do Norte há muito. É básico na teoria política que deveríamos estabilizar o que temos *antes* de nos movermos para um novo território.

— Bah! — Cett falou, acenando a mão com indiferença.

— O senhor pode enviar seus batedores, Lorde Cett — Sazed informou. — Mas devem apenas coletar informações. Não devem se envolver em ataques, não importa o quanto seja tentadora a oportunidade.

Cett sacudiu o rosto barbado.

— É *por isso* que eu nunca me interessei em participar de jogos políticos com o resto do Império Final. Nada acontece porque todo mundo está ocupado armando esquemas!

— Há muito a ser dito em prol da sutileza, Lorde Cett — Penrod falou. — A paciência traz um prêmio maior.

— Prêmio maior? — Cett perguntou. — O que o Domínio Central ganhou por esperar? Vocês esperaram até o momento em que sua cidade caiu! Se não fossem aqueles que tinham uma Nascida da Bruma melhor...

— Nascida da Bruma melhor, milorde? — Sazed perguntou em voz baixa. — O senhor não viu como ela comandou os koloss? Não a viu saltar pelo ar como uma flecha em voo? Lady Vin não é simplesmente uma "Nascida da Bruma melhor".

O grupo ficou em silêncio. *Tenho que mantê-los concentrados nela*, Sazed pensou. *Sem a liderança de Vin, sem a ameaça do seu poder, essa coalizão vai se dissolver num piscar de olhos.*

Ele se sentia tão inadequado. Não conseguia manter os homens concentrados no tema e não conseguia fazer muito para ajudá-los com seus vários problemas. Conseguia apenas lembrá-los, a todo o momento, sobre o poder de Vin.

O problema era que ele não queria de verdade fazê-lo. Sentia algo muito estranho em si, sentimentos que em geral não tinha. Indiferença. Apatia. Por que nada do que esses homens falavam importava? Por que *nada* importava, agora que Tindwyl estava morta?

Ele cerrou os dentes, tentando forçar a concentração.

— Muito bem — Cett falou, agitando a mão. — Vou enviar batedores. Aquela comida já chegou de Urteau, Janarle?

O nobre mais jovem ficou desconfortável.

— Nós... talvez tenhamos problemas com isso, milorde. Parece que um elemento nocivo esteve incitando rebeliões na cidade.

— Não me surpreende que queira mandar soldados de volta ao Domínio do Norte! — Cett acusou. — Você está planejando reconquistar seu reino e deixar o meu apodrecer!

— Urteau fica *muito* mais perto que a sua capital, Cett — Janarle retrucou, voltando-se para o seu chá. — Simplesmente faz sentido me estabelecer lá antes de voltarmos nossa atenção para o ocidente.

— Deixaremos a imperatriz tomar essa decisão — Penrod falou. Ele gostava de agir como mediador e, ao fazê-lo, colocava-se acima dos problemas. Em suma, ele assumia o controle ao se colocar entre os outros dois.

Não muito diferente do que Elend tentou fazer com nossos exércitos, Sazed pensou. O garoto tinha mais noção de estratégia política do que Tindwyl lhe dera crédito.

Eu não deveria pensar nela, ele disse a si mesmo, fechando os olhos. Ainda assim, era difícil não o fazer. Tudo que Sazed fazia, tudo que pensava, parecia errado porque ela se fora. As luzes pareciam mais fracas. Era mais difícil ter motivação. Descobriu que tinha problemas até mesmo em *querer* prestar atenção nos reis, quanto mais em lhes dar alguma orientação.

Era tolice, ele sabia. Havia quanto tempo que Tindwyl voltara à sua vida? Apenas alguns meses. Certamente, seu amor por ele — apesar de sua falta de virilidade, de ser visto como um Guardador pouco ortodoxo — fora um milagre. Ainda assim, a quem ele agradeceria por aquela bênção, e a quem amaldiçoaria por roubá-la? Ele conhecia centenas de deuses. Odiaria a todos, se achasse que isso o aliviaria de alguma forma.

Por amor à sua sanidade, obrigou-se a se distrair com os reis novamente.

— Ouçam — Penrod estava falando, inclinado, os seus braços sobre a mesa. — Acho que estamos examinando a questão pelo viés errado, senhores. Não deveríamos estar brigando, deveríamos estar felizes. Estamos numa posição muito singular. Desde a época em que o império do Senhor Soberano caiu, dezenas, talvez centenas de homens tentaram estabelecer-se como reis de diversas formas. No entanto, a única coisa que compartilhavam era a falta de estabilidade.

"Bem, parece que *seremos* forçados a trabalhar juntos. Estou começando a ver isso sob uma luz favorável. Prestarei minha lealdade ao casal Venture, até mesmo conviverei com as visões de governo excêntricas de Elend Venture, se isso significar que ainda estarei no poder daqui a dez anos."

Cett coçou a barba por um momento, em seguida assentiu.

— Você tem razão, Penrod. Talvez seja a primeira coisa boa que ouvi de você.

— Mas não podemos continuar tentando supor que sabemos o que devemos fazer — Janarle falou. — Precisamos de um direcionamento. Desconfio que sobreviver os próximos dez anos dependerá muito de não terminar morto na ponta da faca daquela Nascida da Bruma.

— Isso mesmo — Penrod falou, meneando um pouco a cabeça. — mestre terrisano, quando podemos esperar que a imperatriz assuma o comando de novo?

Novamente, os três pares de olhos voltaram-se a Sazed.

Na verdade, não me importa, Sazed pensou e, em seguida, sentiu-se culpado. Vin era sua amiga. Ele se importava. Mesmo se fosse difícil se importar com qualquer coisa. Ele baixou os olhos, envergonhado.

— Lady Vin está sofrendo muito com os efeitos de um recurso de peltre prolongado — ele falou. — Ela exigiu muito de si nesse último ano, e terminou correndo todo o caminho de volta a Luthadel. Precisa muito descansar. Acredito que devemos deixá-la em paz por mais tempo.

Os outros assentiram e voltaram à discussão. A mente de Sazed, no entanto, voltou-se para Vin. Ele entendia sua dor, e estava começando a ficar preocupado. Um recurso de peltre drenava o corpo, e ele desconfiava que ela se forçara demais, ficando acordada com o metal por meses.

Quando um Guardador armazenava prontidão, dormia como se estivesse em coma por algum tempo. Podia apenas esperar que os efeitos desse terrível recurso de peltre fossem iguais, pois Vin não acordara uma única vez desde sua volta, uma semana antes.

Quando terminaria de dormir? Seu exército koloss esperava do lado de fora da cidade, aparentemente controlado, embora ela estivesse inconsciente. Mas, por quanto tempo? O recurso de peltre podia matar, se a pessoa forçasse demais o corpo.

O que aconteceria à cidade se ela nunca mais acordasse?

MUITAS CINZAS NOS ÚLTIMOS TEMPOS, Elend pensou enquanto ele e Fantasma saíram da floresta e olharam a planície de Luthadel.

— Olha — Fantasma murmurou, apontando. — Os portões da cidade estão derrubados.

Elend franziu o cenho.

— Mas os koloss estão acampados *fora* da cidade. — De fato, o acampamento do exército de Straff também estava lá, bem onde estivera antes.

— Forças-tarefa — Fantasma disse, cobrindo os olhos ultrassensíveis de alomântico para protegê-los da luz do sol. — Parece que estão enterrando corpos fora da cidade.

Elend franziu ainda mais o cenho. *Vin. O que aconteceu com ela? Está bem?*

Ele e Fantasma atravessaram pelo interior, seguindo a dica dos terrisanos para garantir que não seriam descobertos por patrulhas da cidade. Na verdade, naquele dia haviam quebrado o padrão, viajando um pouco durante o dia para que pudessem chegar a Luthadel antes do início da noite. As brumas logo viriam, e Elend estava fatigado por ter acordado cedo e caminhado por tanto tempo.

Mais que isso, estava cansado de não saber o que acontecera com Luthadel.

— Consegue ver quais bandeiras estão presas sobre os portões? — ele perguntou.

Fantasma fez uma pausa, aparentemente queimando metais.

— As suas — ele disse, finalmente, com surpresa.

Elend sorriu. *Bem, ou conseguiram salvar a cidade de alguma forma, ou é uma armadilha muito elaborada para me capturar.*

— Vamos — ele falou, apontando para uma fila de refugiados que voltava para a cidade, provavelmente aqueles que haviam fugido antes, voltando pela comida agora que o perigo havia passado. — Vamos nos misturar a eles e entrar.

SAZED SUSPIROU BAIXINHO, FECHANDO A porta dos seus aposentos. Os reis haviam terminado as discussões do dia. De fato, começavam a se entender razoavelmente bem, considerando o fato de que todos estavam tentando conquistar um ao outro poucas semanas antes.

No entanto, Sazed sabia que não poderia receber o crédito por sua recente amabilidade. Tinha outras preocupações.

Vi muitos morrerem, nos meus dias, ele pensou, caminhando pelo quarto. *Kelsier. Jadendwyl. Crenda. Pessoas que eu respeitava. Nunca imaginei o que havia acontecido com seus espíritos.*

Ele acendeu a vela na mesa, a luz frágil iluminando algumas páginas espalhadas, uma pilha de estranhos pregos de metal tirados dos corpos de koloss e um manuscrito. Sazed sentou-se à mesa, dedos resvalando nas páginas, lembrando os dias passados estudando com Tindwyl.

Talvez seja por isso que Vin me colocou no comando, ele pensou. *Sabia que eu precisava de algo que tirasse minha mente de Tindwyl.*

E, ainda assim, ele descobria cada vez mais que *não queria* tirar seus pensamentos dela. O que era mais poderoso? A dor da lembrança ou a dor do esquecimento? Ele era um Guardador — o trabalho de sua vida era lembrar. Esquecer, mesmo em nome da paz de espírito, não era algo que o atraía.

Ele folheou o manuscrito, sorrindo com ternura na câmara escura. Enviara uma versão reescrita, limpa, com Vin e Elend para o norte. Contudo, aquele era o original. O manuscrito escrevinhado freneticamente — quase em desespero — feito por dois estudiosos assustados.

Quando seus dedos folhearam as páginas, a luz tremeluzente da vela revelou a escrita firme e bela de Tindwyl. Ela se mesclava facilmente com os parágrafos escritos pela mão mais contida de Sazed. Às vezes, uma página alternava entre seus diversos manuscritos uma dúzia de vezes.

Ele não percebeu que estava chorando até piscar, deixando cair uma lágrima que atingiu a página. Ele baixou os olhos, assustado quando a gota causou um redemoinho na tinta.

— E agora, Tindwyl? — ele sussurrou. — Por que fizemos isso? Você nunca acreditou no Herói das Eras, e eu nunca acreditei em nada, ao que parece. Qual era o motivo para tudo isso?

Ele ergueu a mão e limpou a lágrima com sua manga, preservando a página o melhor que pôde. Apesar do seu cansaço, começou a ler, selecionando um parágrafo aleatório. Ele lia para recordar. Para pensar nos dias em que não se preocupava com o porquê de seus estudos. Simplesmente ficava contente em fazer o que mais gostava, com a pessoa que ele mais amara.

Reunimos tudo que pudemos encontrar sobre o Herói das Eras e as Profundezas, ele pensou, lendo. *Mas muito disso parece contraditório.*

Ele abriu uma seção específica, uma que Tindwyl insistira para que incluíssem. Continha as autocontradições mais flagrantes, conforme declarado por Tindwyl. Ele as leu, lhes dando a justa consideração pela primeira vez. Essa era Tindwyl, a estudiosa — uma cética cautelosa. Ele correu o dedo pelas passagens, lendo seus escritos.

O Herói das Eras será de estatura alta. Um homem que não pode ser ignorado por outros.

O poder não pode ser tomado, dizia outra passagem. *Disso, temos certeza. Deve ser mantido, mas não usado. Deve ser libertado*. Tindwyl achou aquela condição tola, pois outras seções descreviam o Herói usando o poder para derrotar as Profundezas.

Todos os homens são egoístas, estava escrito em outra passagem. *O Herói é um homem que pode enxergar as necessidades de todos além de seu desejo.*

— Se todos os homens são egoístas — Tindwyl perguntou —, então, como o Herói pode ser altruísta, como é dito em outras passagens? E, de fato, como se pode esperar que um homem humilde conquiste o mundo?

Sazed balançou a cabeça, sorrindo. Às vezes, suas objeções tinham sido muito bem concebidas, mas, outras vezes, ela apenas discutia para dar outra opinião, não importava o quanto precisasse se desdobrar. Ele correu os dedos pela página de novo, mas parou no primeiro parágrafo.

De alta estatura, ele dizia. Aquilo não se referia a Vin. Não tinha vindo da cópia, mas de outro livro. Tindwyl havia incluído porque a cópia por fricção, a fonte mais confiável, dizia que ele era baixo. Sazed folheou o livro em busca da passagem com uma transcrição completa do testemunho na placa de aço de Kwaan.

O tamanho de Alendi impressionou-me na primeira vez que o vi. Era um homem que tinha estatura baixa, mas que parecia ultrapassar os outros, um homem que exigia respeito.

Sazed franziu o cenho. Antes, ele argumentara que não havia contradição, pois uma passagem poderia ser interpretada como uma referência à presença ou ao caráter do Herói, em vez de apenas à sua altura. Agora, no entanto, Sazed fez uma pausa, realmente enxergando as objeções de Tindwyl pela primeira vez.

E algo lhe pareceu errado. Olhou de volta para o livro, examinando o conteúdo da página.

Havia um lugar para mim nas histórias da Antecipação — achei que eu fosse a Primeira Testemunha Sagrada, o profeta proclamado para descobrir o Herói das Eras. Renunciar a Alendi na época teria sido renunciar à minha nova posição, à minha aceitação pelos outros.

O franzir de cenho de Sazed aprofundou-se. Ele seguiu o parágrafo. Lá fora estava escurecendo, e alguns vestígios de bruma rodopiavam ao redor das folhas da janela, entrando no quarto antes de desaparecerem.

Primeira Testemunha Sagrada, ele leu de novo. *Como eu deixei passar? É o nome que as pessoas usaram para me chamar, lá nos portões. Eu não o reconheci.*

— Sazed.

Sazed teve um sobressalto, quase derrubando seu livro no chão quando se virou. Vin estava atrás dele, uma sombra escura na sala mal iluminada.

— Lady Vin! Você está de pé!

— Não devia ter me deixado dormir tanto — ela falou.

— Tentamos acordá-la — ele disse com suavidade. — Você estava em coma.

Ela fez uma pausa.

— Talvez tenha sido o melhor, Lady Vin — Sazed continuou. — A luta terminou, e você exigiu demais de você mesma nos últimos meses. É bom descansar um pouco, agora que acabou.

Ela avançou, sacudindo a cabeça, e Sazed conseguia ver que ela parecia exausta, apesar dos dias de descanso.

— Não, Sazed — ela disse. — Não acabou ainda. Nem de longe.

— Como assim? — Sazed perguntou, sua preocupação crescendo.

— Ainda posso sentir na minha cabeça — Vin falou, erguendo a mão para a testa. — Está aqui. Na cidade.

— O Poço da Ascensão? — Sazed questionou. — Mas, Lady Vin, eu menti sobre ele. Na verdade, peço desculpas, mas nem sei se tal coisa *existe* mesmo.

— Acredita que sou o Herói das Eras?

Sazed desviou o olhar.

— Alguns dias atrás, no campo lá fora da cidade, tive certeza. Mas... nos últimos tempos... não sei mais em que acreditar. As profecias e histórias são um amontoado de contradições.

— Não se trata de profecias — Vin falou, caminhando até a mesa dele e olhando para o livro. — Trata-se do que precisa ser feito. Posso sentir... me puxando.

Ela olhou para a janela fechada, com as brumas girando nas beiradas. Em seguida, caminhou até ela e abriu com tudo as folhas, deixando entrar o ar frio do inverno. Vin fechou os olhos e deixou as brumas a cobrirem. Vestia apenas uma camisa simples e calças.

— Eu as explorei uma vez, Sazed — ela disse. — Sabia? Eu te contei? Quando lutei contra o Senhor Soberano. Eu extraí força das brumas. Foi assim que o derrotei.

Sazed estremeceu, não apenas pelo frio. Pelo tom de sua voz e o teor de suas palavras.

— Lady Vin... — ele disse, mas não sabia como continuar. Explorar as brumas? O que ela queria dizer?

— O Poço está aqui — ela repetiu, olhando pela janela, as brumas girando para dentro do quarto.

— Não pode ser, Lady Vin — Sazed falou. — Todos os relatos estão de acordo. O Poço da Ascensão foi encontrado nas Montanhas de Terris.

Vin balançou a cabeça.

— Ele mudou o mundo, Sazed.

Ele fez uma pausa, franzindo o cenho.

— Como?

— O Senhor Soberano — ela sussurrou. — Ele criou as Montanhas de Cinzas. Os relatos dizem que ele criou os vastos desertos ao redor do império, que rompeu a terra para preservá-la. Por que deveríamos concluir que as coisas continuam iguais ao que eram quando ele escalou até os Fossos? Ele criou as montanhas. Por que não poderia tê-las aplainado?

Sazed sentiu um calafrio.

— É o que eu faria — Vin falou. — Se eu soubesse que o poder voltaria, se eu quisesse preservá-lo. Eu esconderia o Poço. Eu deixaria que as lendas continuassem falando sobre montanhas no norte. Em seguida, eu construiria minha cidade ao redor do Poço para que pudesse ficar de olho nele.

Ela se virou, olhando para ele.

— Está aqui. O poder está esperando.

Sazed abriu a boca para contestar, mas não conseguia descobrir nada. Não tinha fé. Quem era ele para argumentar sobre essas coisas? Quando ele se calou, ouviu vozes lá embaixo, lá fora.

Vozes?, ele pensou. À noite? Nas brumas? Curioso, ele tentou ouvir o que estava sendo dito, mas estavam longe demais. Ele estendeu o braço até a bolsa ao lado da mesa. A maioria das suas mentes de metal estava vazia; ele usava apenas sua mente de cobre, com seus estoques de conhecimento antigo. Dentro da bolsa, ele encontrou uma bolsinha. Nela estavam os dez anéis que havia preparado para o cerco, mas nunca usara. Ele a abriu, tirou um dos dez, em seguida voltou com a bolsa em seu cinto.

Com este anel — uma mente de estanho — ele conseguiu acionar a audição. As palavras abaixo ficaram nítidas para ele.

— O rei! O rei voltou!

Vin saltou janela afora.

— TAMBÉM NÃO ENTENDO TOTALMENTE como ela faz isso, El — Ham falou, caminhando com um braço numa tipoia.

Elend andou pelas ruas da cidade. As pessoas o seguiam, falando em tons entusiasmados. A multidão ficava cada vez maior conforme as pessoas ouviam que Elend havia retornado. Inseguro, Fantasma os encarava, mas parecia estar gostando da atenção.

— Eu estava apagado na última parte da batalha — Ham estava dizendo. — Apenas o peltre me manteve vivo... os koloss massacraram minha equipe, romperam as muralhas da fortaleza que eu estava defendendo. Eu saí e encontrei Sazed, mas minha mente estava ficando confusa naquele momento. Lembro-me de cair inconsciente do lado de fora da Fortaleza Hasting. Quando acordei, Vin já havia retomado a cidade. Eu...

Eles pararam. Vin estava diante deles na rua da cidade. Silenciosa, sombria. Nas brumas, quase parecia o espírito que Elend vira antes.

— Vin? — ele perguntou no ar obscuro.

— Elend — ela disse, avançando para os braços dele, e o ar de mistério desapareceu. Ela estremeceu quando o abraçou. — Desculpe. Eu acho que fiz algo ruim.

— Hein? — ele perguntou. — O quê?

— Eu nomeei você imperador.

Elend sorriu.

— Eu percebi e aceito.

— Depois de tudo que você fez para garantir que o povo tivesse escolha?

Elend sacudiu a cabeça.

— Começo a pensar que minhas opiniões eram simplistas. Honradas, mas... incompletas. Vamos lidar com isso. Estou feliz em ver que minha cidade ainda está em pé.

Vin sorriu. Parecia cansada.

— Vin? — ele perguntou. — Você ainda está usando o recurso de peltre?

— Não — ela disse. — É outra coisa — ela olhou para o lado com o rosto pensativo, como se decidisse algo. — Venha — ela disse.

SAZED OBSERVAVA PELA JANELA, UMA segunda mente de estanho aguçando sua visão. Era mesmo Elend lá embaixo. Sazed sorriu, um dos pesos de sua alma removido. Ele se virou com a intenção de sair e encontrar o rei.

E, então, viu algo voar no chão diante dele. Um pedaço de papel. Ele se ajoelhou para pegá-lo, percebendo sua letra nele. Suas pontas estavam serrilhadas, como se tivessem sido cortadas. Ele franziu o cenho, caminhou até sua mesa, abriu o livro na página da narrativa de Kwaan. Um pedaço faltava. O mesmo pedaço de antes, aquele que havia sido retirado naquele momento com Tindwyl. Ele quase havia esquecido a estranha ocorrência das páginas, todas com a mesma frase faltando.

Ele reescreveu a página a partir da sua mente de metal, depois de eles encontrarem as páginas rasgadas. Agora, o mesmo pedaço foi arrancado, a última frase. Apenas para ter certeza, ele a colocou ao lado do livro. Encaixava-se perfeitamente. *Alendi não pode chegar ao Poço da Ascensão*, lia-se nele, *não se pode permitir que ele tome o poder para si.* Eram as palavras exatas que Sazed tinha em sua memória, as palavras exatas da cópia de fricção.

Por que Kwaan teria se preocupado com isso?, ele pensou, sentando-se. *Ele diz que conhecia Alendi melhor que qualquer um. De fato, disse em várias ocasiões que Alendi era um homem honrado.*

Por que Kwaan estava tão preocupado que Alendi tomasse o poder para si?

VIN CAMINHOU ATRAVÉS DAS BRUMAS. Elend, Ham e Fantasma seguiram-na. A multidão havia se dispersado por ordem de Elend, embora alguns soldados tivessem ficado por perto para protegê-lo.

Vin continuou, sentindo as pulsações, as batidas, o poder que sacudia sua alma. Por que os outros não conseguiam senti-las?

— Vin? Onde estamos indo? — Elend perguntou.

— Kredik Shaw — ela falou suavemente.

— Mas... por quê?

Ela apenas balançou a cabeça. Agora sabia a verdade. O Poço estava na cidade. Com a força cada vez maior das pulsações, talvez ela tivesse presumido que a direção seria mais difícil de discernir. Mas não era assim, de forma alguma. Agora que estavam altas e cheias, ela descobriu ser ainda mais fácil.

Elend olhou para os outros, e ela conseguiu sentir sua preocupação. Lá em cima, Kredik Shaw assomava na noite. Pináculos, como estacas gigantescas, brotavam do chão sem um padrão certo, apontando para as estrelas como se as acusassem de algo.

— Vin — Elend disse. — As brumas estão agindo... de forma estranha.

— Eu sei — ela comentou. — Estão me guiando.

— Não. Na verdade, parecem estar se *afastando* de você.

Vin balançou a cabeça. Isso parecia *certo*. Como ela podia explicar? Juntos, entraram nas ruínas do palácio do Senhor Soberano.

O Poço estava aqui esse tempo todo, Vin pensou com um sorriso. Podia sentir os pulsos vibrarem através do prédio. Por que não percebera isso antes?

As pulsações ainda eram muito fracas na época, ela percebeu. *O Poço não estava cheio ainda. Agora está.* E chamava por ela.

Ela seguiu o mesmo caminho de antes. O caminho que seguira com Kelsier, invadindo Kredik Shaw numa noite maldita, quando ela quase morreu. O caminho que seguira sozinha, na noite em que viria a matar o Senhor Soberano. Os corredores estreitos de pedra abriam-se para um aposento no formato de uma tigela virada para baixo. O lampião de Elend cintilava contra as esculturas e os murais finos, a maioria em preto e cinza. A cabana de pedra ficava no centro da câmara, abandonada, cercada.

— Acho que finalmente vamos encontrar seu atium, Elend — Vin falou, sorrindo.

— O quê? — Elend disse, com sua voz ecoando na câmara. — Vin, nós procuramos aqui. Tentamos de tudo.

— Parece que não o suficiente — Vin respondeu, encarando a pequena construção dentro da construção, mas sem se mover até ela.

É onde eu colocaria, ela pensou. *Faz sentido. O Senhor Soberano teria querido manter o Poço fechado para que, quando o poder retornasse, ele pudesse pegá-lo.*

Mas eu o matei antes que isso pudesse acontecer.

O ribombar vinha lá debaixo. Eles haviam arrancado partes do assoalho, mas pararam quando atingiram a rocha sólida. Não havia como descer mais. Ela caminhou até lá, buscando pelo prédio dentro do prédio, mas nada encontrou. Ela saiu, passando por seus amigos confusos, frustrada.

Então, tentou queimar seus metais. Como sempre, as linhas azuis estenderam-se ao seu redor, apontando as fontes de metal. Elend estava usando muito metal, como Fantasma, embora Ham estivesse limpo. Algumas esculturas tinham incrustações metálicas, e as linhas apontavam para elas.

Tudo como esperado. Não havia nada...

Vin franziu a testa, afastando-se para o lado. Uma das incrustações exibia uma linha especialmente grossa. Grossa demais, na verdade. O franzir de testa se aprofundou e ela inspecionou a linha que, como as outras, apontava do seu peito diretamente para a parede de pedra. Aquela parecia estar apontando para *além* da parede.

O quê?

Ela a *puxou*. Nada aconteceu. Em seguida, *puxou* com mais força, grunhindo quando foi arrastada na direção da parede. Ela liberou a linha, olhando ao redor. Havia incrustações no chão. Profundas. Por curiosidade, ela se ancorou ao *puxá-las*, em seguida *puxou* novamente a parede. Ela pensou sentir algo entortar.

Ela queimou duralumínio e *puxou* o máximo que pôde. A explosão de força quase a rasgou ao meio, mas sua âncora resistiu, e o peltre abastecido com duralumínio a manteve viva. E uma parte da parede deslizou até se abrir, pedra raspando contra pedra no salão silencioso. Vin arfou, soltando--a quando os metais se esgotaram.

— Senhor Soberano! — Fantasma falou. No entanto, Ham foi mais rápido, movendo-se com a velocidade do peltre e espiando a abertura. Elend ficou ao lado dela, agarrando seu braço quando ela quase caiu.

— Estou bem — Vin garantiu, tomando um frasco e restaurando os metais. O poder do Poço pulsava ao seu redor. Quase parecia estremecer o aposento.

— Tem escadas aqui dentro — Ham virando a cabeça para eles.

Vin equilibrou-se e assentiu para Elend, e os dois seguiram Ham e Fantasma através da falsa seção da parede.

MAS EU PRECISO CONTINUAR COM *detalhes esparsos*, continuava o relato de Kwaan.

> *O espaço é limitado. Os outros Portadores do Mundo devem ter pensado que eram humildes quando vieram até mim, admitindo que estavam errados sobre Alendi. Mesmo naquela época, eu já começava a duvidar da minha declaração original.*
>
> *Mas eu era orgulhoso.*

No final, meu orgulho pode ter condenado a todos nós. Nunca recebi muita atenção por parte dos meus irmãos; eles pensavam que meu trabalho e meus interesses não eram adequados para um Portador do Mundo. Não conseguiam ver como meus estudos, voltados para a natureza em vez da religião, beneficiava as pessoas das catorze terras.

No entanto, como aquele que encontrou Alendi, tornei-me alguém importante. Principalmente entre os Portadores do Mundo. Havia um lugar para mim nas histórias da Antecipação — achei que eu fosse a Primeira Testemunha Sagrada, o profeta proclamado para descobrir o Herói das Eras. Renunciar a Alendi na época teria sido renunciar à minha nova posição, à minha aceitação pelos outros.

E, por isso, não o fiz.

Mas o faço agora.

Saibam que eu, Kwaan, o Portador do Mundo de Terris, sou uma fraude. Alendi nunca foi o Herói das Eras. Na melhor das hipóteses, eu ampliei suas virtudes, criando um Herói onde não havia nenhum. Na pior, temo ter corrompido tudo em que acreditamos.

Sazed estava sentado à mesa, lendo o livro.

Algo não está certo aqui, ele pensou. Ele rastreou as poucas linhas, procurando as palavras "Primeira Testemunha Sagrada" de novo. Por que aquela linha continuava a incomodá-lo?

Ele se recostou. Mesmo que as profecias não falassem sobre o futuro, elas não seriam coisas a seguir ou usar como guias. Tindwyl estava correta nesse sentido. Seus estudos haviam se provado não confiáveis e obscuros.

Então, qual era o problema?

Simplesmente não faz sentido.

Por outro lado, às vezes a religião não tinha sentido de forma literal. Era esse o motivo, ou esse era seu próprio viés? Sua frustração crescente com os ensinamentos que memorizara e ensinava, mas que o traíram no final?

Chegou ao pedaço de papel na sua mesa. A parte rasgada. *Não se pode permitir que Alendi chegue ao Poço da Ascensão...*

Alguém estava em pé, ao lado da sua mesa.

Sazed arfou, cambaleando para trás, quase tropeçando na cadeira. Não era uma pessoa. Era uma sombra, ao que parecia formada por correntes de bruma. Eram muito suaves, ainda atravessavam a janela que Vin abrira, mas formavam uma pessoa. A cabeça parecia voltada para a mesa, para o livro. Ou... talvez para o pedaço de papel.

Sazed sentiu vontade de correr, fugir de medo, mas sua mente de estudioso ergueu uma barreira para combater seu terror. *Alendi*, ele pensou. *Aquele que todos pensavam ser o Herói das Eras. Ele falou algo de uma coisa feita de brumas seguindo-o.*

Vin afirmou que vira também.

— O que... você quer? — ele perguntou, tentando permanecer calmo.

O espírito não se moveu.

Talvez seja... ela?, ele imaginou, em choque. Muitas religiões afirmavam que os mortos continuavam a caminhar pelo mundo, além das vistas dos mortais. Mas aquele espírito era baixo demais para ser Tindwyl. Sazed tinha certeza de que ele a reconheceria, mesmo nesse formato amorfo.

Sazed tentou desvendar para onde ele estava olhando. Ele estendeu a mão, hesitante, erguendo o pedaço de papel.

O espírito ergueu o braço, apontando para o centro da cidade. Sazed franziu a testa.

— Não entendo — ele disse.

O espírito apontou, com mais insistência.

— Escreva para mim o que quer que eu faça.

Ele apenas apontava.

Sazed ficou por bastante tempo no quarto apenas com uma vela, em seguida olhou para o livro aberto. O vento virara as páginas, mostrando novamente seu manuscrito, em seguida a letra de Tindwyl, depois a sua outra vez.

Alendi não pode chegar ao Poço da Ascensão, pois não se pode permitir que ele *tome o poder para si.*

Talvez... talvez Kwaan soubesse de algo que ninguém mais sabia. Poderia o poder corromper até mesmo a melhor das pessoas? Talvez por isso ele tenha se voltado contra Alendi, tentando impedi-lo?

O espectro das brumas apontou novamente.

Se o espírito rasgou essa frase, talvez ele estivesse tentando me dizer algo. Mas... Vin não tomaria o poder para si. Ela não destruiria, como o Senhor Soberano fez, não é?

E se ela não tivesse escolha?

Lá fora, alguém gritou. O grito era de puro terror, e logo havia um coro. Um conjunto horrível de sons que ecoavam na noite escura.

Não havia tempo para pensar. Sazed agarrou a vela, derramando cera sobre a mesa em sua pressa, e saiu dos aposentos.

A ESCADARIA DE PEDRA EM caracol descia por um bom tempo. Vin desceu por ali, Elend ao seu lado, o som das batidas alto em seus ouvidos. Ao fundo, a escadaria abria-se para...

Uma câmara imensa. Elend ergueu o lampião alto, olhando de cima a baixo a imensa caverna. Fantasma já estava na metade dos degraus de pedra que levavam ao fundo. Ham o seguia.

— Senhor Soberano... — Elend sussurrou, em pé, ao lado de Vin. — Nunca teríamos encontrado esse lugar sem derrubar o prédio inteiro!

— Provavelmente essa era a ideia — Vin falou. — Kredik Shaw não era simplesmente um palácio, mas uma cobertura. Construída para esconder algo. *Isto aqui*. Além disso, aqueles adornos de parede escondiam as fendas da entrada, e o metal neles obscurecia o mecanismo de abertura dos olhos alomânticos. Se eu não tivesse tido uma pista...

— Pista? — Elend perguntou, virando-se para ela.

Vin sacudiu a cabeça, indicando os degraus. Os dois começaram a descer. Lá embaixo, ela ouviu a voz de Fantasma soando.

— Tem comida aqui embaixo! — ele gritou. — Latas e mais latas de comida!

De fato, encontraram filas e mais filas de estantes na caverna, meticulosamente embaladas como se separadas em preparação para algo importante. Vin e Elend chegaram à caverna enquanto Ham ia atrás de Fantasma, pedindo para ele diminuir o passo. Elend fez que iria segui-los, mas Vin agarrou seu braço. Ela queimava ferro.

— Fonte forte de metal daquele lado — ela falou, ficando cada vez mais ávida.

Elend assentiu e eles correram pela caverna, passando estante após estante. *O Senhor Soberano deve ter preparado tudo isso*, ela pensou. *Mas com que objetivo?*

Ela não se importou naquele momento. Também não se importava de verdade com atium, mas a ansiedade de Elend em encontrá-lo era demais para ignorar. Eles correram até o fim da caverna, onde encontraram a fonte da linha de metal.

Uma placa imensa de metal pendurada na parede, como aquela que Sazed disse ter encontrado no Convento de Seran. Elend ficou claramente decepcionado quando eles a viram. Vin, no entanto, avançou, olhando com seus olhos aguçados pelo estanho para ver o que ela continha.

— Um mapa? — Elend perguntou. — Esse é o Império Final.

De fato, um mapa do império estava talhado no metal. Luthadel estava marcada no centro. Um pequeno círculo marcava outra cidade próxima.

— Por que a Cidade de Statlin está circulada? — Elend perguntou franzindo a testa.

Vin sacudiu a cabeça.

— Não foi para isso que viemos — ela disse. — Lá. — Um túnel levava para fora da caverna principal. — Vamos.

SAZED CORREU PELAS RUAS, SEM saber ao certo o que estava fazendo. Seguiu o espectro das brumas, que era difícil de acompanhar à noite, pois havia muito sua vela apagara.

Pessoas gritavam. Os sons de pânico lhe causavam arrepio, e ele desejava ir ver qual era o problema. Porém, o espectro das brumas era autoritário; parava para chamar atenção se ele o perdia. Podia estar simplesmente levando-o para a morte. E, mesmo assim... sentia uma confiança nele que não conseguia explicar.

Alomancia?, ele pensou. *Puxando minhas emoções?*

Antes que pudesse refletir mais, tropeçou no primeiro corpo. Era um homem skaa de roupas simples, com a pele manchada de cinzas. Seu rosto estava retorcido, numa careta de dor, e as cinzas no chão foram espalhadas por seus espasmos.

Sazed ofegou quando parou. Ele se ajoelhou, estudando o corpo à luz turva de uma janela aberta nas proximidades. Não fora uma morte fácil a daquele homem.

É... como as mortes que eu estava estudando, ele pensou. *Meses atrás, na aldeia a sul. O homem dissera que as brumas mataram seu amigo. Fizeram-no cair ao chão e se retorcer.*

O espírito apareceu diante de Sazed, sua postura insistente. Sazed ergueu os olhos, franzindo.

— Você fez isso? — ele perguntou num sussurro.

A coisa sacudiu a cabeça violentamente, apontando. Kredik Shaw estava bem adiante. Foi a direção na qual Vin e Elend partiram mais cedo.

Sazed parou.

Vin disse que o Poço ainda estava na cidade, ele pensou. *As Profundezas chegaram até nós, como seus tentáculos estavam fazendo nos reinos mais distantes do império durante algum tempo. Matando.*

Algo maior do que compreendemos está acontecendo.

Ele ainda não conseguia acreditar que a ida de Vin ao Poço fosse perigosa. Ela havia lido; conhecia a história de Rashek. Não tomaria o poder para si. Ele tinha confiança. Mas não certeza absoluta. De fato, ele não sabia mais ao certo *o que* deveriam fazer com o Poço.

Tenho que ir até ela. Impedi-la, falar com ela, prepará-la. Não podemos ter pressa de entrar em algo assim. Se, de fato, estavam indo tomar o poder no Poço, precisavam pensar sobre ele antes e decidir qual o melhor caminho.

O espectro das brumas continuava a apontar. Sazed avançou, ignorando o horror dos gritos na noite. Aproximou-se das portas da estrutura gigantesca do palácio, com seus pináculos e estacas, em seguida entrou.

O espectro das brumas ficou para trás, nas brumas que o criaram. Sazed acendeu a vela de novo com um sílex, e esperou. O espectro das brumas não avançou. Ainda sentindo a urgência, Sazed deixou-o para trás, continuando para as profundezas do antigo lar do Senhor Soberano. As paredes de pedra eram frias e escuras, e sua vela tinha uma luz fraca.

O Poço não poderia estar aqui, ele pensou. *Deveria estar nas montanhas.*

No entanto, muitas coisas sobre aquele tempo eram vagas. Ele estava começando a duvidar que algum dia entendera aquilo que estudara.

Ele apressou o passo, protegendo a vela com a mão, sabendo onde precisava ir. Ele visitara o prédio dentro do prédio, o lugar onde o Senhor Soberano passava seu tempo antigamente. Sazed havia estudado o lugar depois da queda do império, registrando e catalogando. Entrou na sala exterior, e estava na metade dela antes de perceber a abertura estranha na parede.

Uma figura estava na porta com a cabeça abaixada. A luz da vela de Sazed refletia as paredes de mármore polido, os murais prateados encrustados e as estacas nos olhos do homem.

— Marsh? — Sazed perguntou, em choque. — Onde você esteve?

— O que está fazendo, Sazed? — Marsh sussurrou.

— Estou indo até Vin — ele disse, confuso. — Ela encontrou o Poço, Marsh. Temos que ir até ela, impedi-la de fazer qualquer coisa até termos certeza do que ele faz.

Marsh permaneceu em silêncio por um tempo.

— Não deveria ter vindo aqui, terrisano — ele disse, por fim, com a cabeça ainda abaixada.

— Marsh? O que está havendo? — Sazed deu um passo adiante, apressado.

— Quem me dera saber. Quem me dera... entender.

— Entender o quê? — Sazed perguntou, e sua voz ecoou no salão abobadado.

Marsh não disse palavra por um momento. Em seguida, ergueu a cabeça, mirando as pontas das estacas cegas em Sazed.

— Eu queria entender por que preciso te matar — ele disse, em seguida ergueu a mão. Um *empurrão* alomântico chocou-se com os protetores de metal nos braços de Sazed, lançando-o para trás, batendo-o com força na parede de pedra.

— Sinto muito — Marsh sussurrou.

Alendi não pode chegar ao Poço da Ascensão...

58

— SENHOR SOBERANO! — ELEND sussurrou, parando no limite da segunda caverna.

Vin juntou-se a ele. Caminharam pela passagem por algum tempo, deixando a caverna de estoque bem para trás, caminhando por um túnel de pedra natural. Terminava ali, em uma segunda caverna, um pouco menor, que estava cheia de uma fumaça espessa, escura. Ela não vazava para fora da caverna, como deveria, mas se erguia e rodopiava sobre si mesma.

Vin avançou. A fumaça não a engasgou, como ela esperava. Havia algo estranhamente receptivo nela.

— Venha — ela disse, atravessando a caverna. — Vejo uma luz lá adiante.

Elend juntou-se a ela, nervoso.

Tum. Tum. Tum.

SAZED BATEU CONTRA A PAREDE. Não era alomântico; não tinha peltre para fortalecer seu corpo. Quando foi ao chão, sentiu uma dor aguda por dentro, e soube que havia quebrado uma costela. Ou pior.

Marsh caminhou a passos largos para a frente, mal iluminado pela vela de Sazed, que queimava teimosamente onde ele a havia derrubado.

— Por que veio? — Marsh sussurrou enquanto Sazed esforçava-se para ficar de joelhos. — Tudo estava indo tão bem — ele observou com olhos de ferro quando Sazed lentamente se afastava engatinhando. Então, Marsh *empurrou* outra vez, jogando Sazed para o lado.

Sazed deslizou pelo belo chão branco, chocando-se contra outra parede. Seu braço estalou, quebrando, e sua visão estremeceu.

Apesar da dor, ele viu Marsh se abaixar e pegar algo. Uma pequena bolsa. Havia caído da sacola de Sazed. Estava cheio de peças de metal; obviamente Marsh pensou que era uma bolsinha de moedas.

— Sinto muito — Marsh repetiu, em seguida ergueu a mão e *empurrou* a bolsa para Sazed.

A bolsa atravessou o recinto e atingiu Sazed, rasgando-se, e os pedacinhos de metal dentro dela cortaram a carne de Sazed. Ele não precisava baixar os olhos para saber que estava muito ferido. Estranhamente, não conseguia mais sentir a dor, mas podia sentir o sangue, quente, em sua barriga e pernas.

Sinto muito também, Sazed pensou quando o salão escureceu, e ele caiu de joelhos. *Eu falhei... embora eu não saiba em quê. Não posso nem mesmo responder à pergunta de Marsh. Não sei por que vim até aqui.*

Ele sentiu que estava morrendo. Era uma experiência estranha. Sua mente estava resignada, ainda que confusa, ainda que frustrada, ainda que lentamente... tivesse... dificuldades...

Não eram moedas, uma voz parecia sussurrar.

O pensamento chacoalhava em sua mente que morria.

A bolsa que Marsh atirou em você. Não eram moedas. Eram anéis, Sazed. Oito deles. Você tirou dois — o de visão e o de audição. Deixou os outros onde estavam.

Na bolsa, escondidos na alça.

Sazed estava em colapso, a morte cobrindo-o como uma sombra fria. E, ainda assim, o pensamento soava verdadeiro. Dez anéis encravados na sua carne. Tocando-o. Peso. Velocidade corporal. Visão. Audição. Tato. Olfato. Força. Velocidade da mente. Prontidão.

E saúde.

Ele acionou o ouro. Não precisava estar usando a mente de metal para acessá-la, precisava apenas estar em contato com ela. Seu peito parou de queimar, e a visão ficou nítida novamente. O braço endireitou-se, os ossos se reconstituindo como se extraíssem vários dias de saúde numa breve explosão de poder. Ele ofegou, sua consciência recuperando-se de sua quase morte, e a mente de ouro restaurou a claridade cristalina aos seus pensamentos.

A carne curou-se ao redor do metal. Sazed ergueu-se, puxando a bolsa vazia de onde ela estava presa na pele, deixando os anéis lá dentro. Ele a jogou no chão, o ferimento selando-se, drenando o restante de poder da mente de ouro. Marsh parou na entrada do salão e virou-se, surpreso. O braço de Sazed ainda latejava, provavelmente quebrado, e as costelas estavam escoriadas. Uma breve explosão de saúde tinha um efeito limitado.

Mas ele estava vivo.

— Você nos traiu, Marsh — Sazed falou. — Eu não percebi que essas estacas roubavam a alma de um homem, como a seus olhos.

— Não pode lutar comigo — Marsh respondeu em voz baixa, sua voz ecoando na sala escura. — Não é um guerreiro.

Sazed sorriu, sentindo as pequenas mentes de metal dentro dele lhe darem poder.

— Nem você, creio eu.

ESTOU ENVOLVIDO EM ALGO QUE *vai muito além da minha compreensão*, Elend pensou enquanto passavam por uma caverna estranha, cheia de fumaça. O chão era rústico e irregular, e seu lampião parecia turvo, como se a fumaça preta rodopiante estivesse sugando a luz.

Vin caminhava com confiança. Não, com determinação. Havia uma diferença. Fosse lá o que houvesse no fim da caverna, ela obviamente queria descobri-lo.

E... o que será?, Elend pensou. *O Poço da Ascensão?*

O Poço era algo da mitologia — algo que os obrigadores contavam quando ensinavam lições sobre o Senhor Soberano. E, ainda assim... ele seguira Vin na viagem ao norte, esperando encontrá-lo, não foi? Por que ficar tão hesitante agora?

Talvez porque ele finalmente estava começando a aceitar o que estava acontecendo. E aquilo o preocupava. Não porque temia por sua vida, mas porque de repente não entendia o mundo. Exércitos, ele conseguia compreender, mesmo que não soubesse como derrotá-los. Mas algo como o Poço? Uma coisa de deuses, algo além da lógica dos eruditos e filósofos?

Aquilo era apavorante.

Finalmente aproximaram-se do outro lado da caverna esfumaçada. Ali, parecia haver uma câmara final, muito menor que as duas primeiras. Quando entraram, Elend observou algo de pronto: aquele recinto tinha sido feito por mãos humanas. Ou, ao menos, tinha a *aparência* de algo feito por mãos humanas. Estalactites formavam pilares através do aposento de pé-direito baixo, e eram espaçadas de forma muito equidistantes para serem aleatórias. Ao mesmo tempo, pareciam ter crescido naturalmente, e não mostravam sinais de terem sido trabalhadas.

O ar parecia mais quente ali dentro e, felizmente, eles atravessaram a fumaça e saíram dela quando entraram ali. Uma luz baixa vinha de algo na outra extremidade da câmara, embora Elend não conseguisse distinguir a fonte. Não parecia uma tocha. A cor era diferente, e cintilava em vez de tremeluzir.

Vin passou o braço ao redor dele, encarando o fundo da câmara, de repente parecendo apreensiva.

— De onde vem aquela luz? — Elend perguntou, franzindo o cenho.

— Um espelho d'água — Vin falou em voz baixa, os olhos muito mais aguçados que os dele. — Um espelho d'água branco e brilhante.

Elend franziu o cenho, mas os dois não se movimentaram. Vin parecia hesitante.

— O quê? — ele perguntou.

Ela se recostou nele.

— É o Poço da Ascensão. Posso *senti-lo* dentro da minha cabeça. Pulsando.

Elend forçou um sorriso com uma sensação surreal de deslocamento.

— Foi por isso que viemos, então.

— E se eu não souber o que fazer? — Vin perguntou, baixinho. — E se eu tomar o poder, mas não souber como usá-lo? E se eu... ficar como o Senhor Soberano?

Elend baixou os olhos para ela, com os braços ao redor de Vin, e seu medo diminuiu um pouco. Ele a amava. A situação que enfrentavam não podia facilmente se adequar ao seu mundo lógico. Mas Vin nunca precisara realmente de lógica. E ele também não precisaria, se confiasse nela.

Ele tomou a cabeça de Vin nas mãos, virando-a para olhá-lo.

— Seus olhos são lindos.

Ela franziu o cenho.

— O quê...

— E — Elend continuou —, parte da beleza neles vem de sua sinceridade. Não vai se transformar no Senhor Soberano, Vin. Você saberá o que fazer com esse poder. Eu confio em você.

Ela sorriu, hesitante, depois assentiu. No entanto, não avançou caverna adentro. Em vez disso, apontou algo sobre o ombro de Elend.

— O que é aquilo?

Elend se virou, observando uma prateleira na parede ao fundo da pequena câmara. Crescia direto da rocha, bem embaixo da entrada pela qual vieram. Vin aproximou-se da prateleira, e Elend seguiu-a, observando as lascas que haviam sobre ele.

— Parece cerâmica quebrada — Elend falou. Havia vários pedaços, e mais dela estava espalhada no chão, embaixo da prateleira.

Vin pegou um pedaço, mas não havia nada diferente nele. Olhou para Elend, que estava terminando de examinar os pedaços de cerâmica.

— Olhe para isso — ele disse, erguendo um que não estava quebrado como os outros. Era um pedaço em forma de disco de argila queimada com uma única conta de algum metal no centro.

— Atium? — ela perguntou.

— Parece de cor diferente — ele disse, franzindo a testa.

— O que é, então?

— Talvez encontremos a resposta lá adiante — Elend falou, virando-se e olhando as fileiras de pilares na direção da luz. Vin assentiu, e eles avançaram.

MARSH IMEDIATAMENTE TENTOU *EMPURRAR* SAZED para longe através dos protetores de braço. Porém, Sazed estava pronto e acionou seu anel de mente de ferro — extraindo o peso que armazenara nele. Seu corpo ficou mais denso, e ele sentiu seu peso puxando-o para baixo, com seus punhos parecendo bolas de ferro em pontas de braços de chumbo.

Marsh imediatamente foi empurrado para longe, lançado com violência para trás por seu próprio *empurrão*. Ele bateu na parede ao fundo, e um grito de surpresa escapou de seus lábios. Ele ecoou no salão pequeno e abobadado.

As sombras dançavam na câmara enquanto a luz diminuía. Sazed acionou a visão, aumentando sua capacidade de enxergar, e liberou o ferro quando partiu para cima do Inquisidor confuso. Marsh, no entanto, recuperou-se com rapidez. Ele estendeu a mão, *puxando* um lampião apagado da parede. Ele zuniu pelo ar, voando na direção de Marsh.

Sazed acionou zinco. Sentia-se um pouco como um híbrido distorcido de um alomântico e um feruquemista, suas fontes de metal incorporadas dentro de si. O ouro curara Sazed por dentro, deixara-o inteiro, mas os anéis ainda permaneciam dentro de sua carne. Foi o que o Senhor Soberano fizera, mantendo as mentes de metal dentro dele, furando a carne para que fossem mais difíceis de roubar.

Aquilo sempre parecera mórbido para Sazed. Agora, ele via o quanto podia ser útil. Seus pensamentos aceleraram, e ele rapidamente enxergou a trajetória do lampião. Marsh seria capaz de usá-lo como arma contra ele.

Então, Sazed queimou aço, acionando velocidade física. Sazed cruzou a sala num estalo, o ar rugindo em suas orelhas quando ele passou às pressas pela entrada. Ele agarrou o lampião no ar, em seguida acionou o ferro com tudo — aumentando seu peso em muitas vezes — e acionou o peltre para se dar força gigantesca.

Marsh não teve tempo de reagir. Agora ele *puxava* um lampião que estava na mão com força e peso sobrenaturais de Sazed. Novamente, Marsh foi *puxado* por sua própria Alomancia. O *puxão* lançou-o através da sala, diretamente para cima de Sazed.

Sazed virou-se, batendo o lampião no rosto de Marsh. O metal curvou-se na sua mão, e a força lançou Marsh para trás. O Inquisidor atingiu a parede de mármore, um jorro de sangue espalhando-se pelo ar. Quando Marsh despencou no chão, Sazed pôde ver que ele havia atravessado o crânio do Inquisidor com uma das estacas de olho, rachando o osso ao redor da órbita.

Sazed voltou ao peso normal, em seguida saltou para a frente, erguendo de pronto sua arma. Marsh estendeu o braço para cima e *empurrou*. Sazed deslizou para trás alguns centímetros antes que fosse capaz de acionar outra vez a mente de ferro, aumentando seu peso.

Marsh grunhiu, seu *empurrão* forçando-o para trás contra a parede. No entanto, isso também manteve Sazed à distância. Sazed lutou para avançar, mas a pressão do *empurrão* de Marsh — junto com seu corpo imenso e pesado — tornava difícil o caminhar. Os dois esforçaram-se por um momento, *empurrando-se* mutuamente à luz mortiça. Os adornos do salão cintilavam, seus murais silenciosos observando-os, a abertura que levava ao Poço bem ao lado.

— Por que, Marsh? — Sazed sussurrou.

— Não sei — Marsh falou, sua voz saindo num grunhido.

Com uma explosão de força, Sazed liberou sua mente de ferro e, em vez de acionar o aço, aumentou sua velocidade novamente. Soltou o lampião, esquivando-se para o lado, movendo-se mais rapidamente do que Marsh poderia rastrear. O lampião foi forçado para trás, mas em seguida foi ao chão quando Marsh soltou seu *empurrão*, saltando para a frente, obviamente tentando impedir que fosse encurralado contra a parede.

Mas Sazed foi mais rápido. Ele girou, erguendo a mão para tentar arrancar a estaca-eixo de Marsh — aquela que ficava entre os ombros, martelada nas costas quase até desaparecer. Puxar esta estaca mataria um Inquisidor; era uma fraqueza que o Senhor Soberano incorporara neles.

Sazed deslizou ao redor de Marsh para atacá-lo por trás. A estaca no olho direito de Marsh projetava-se vários centímetros para trás do crânio e pingava sangue.

A mente de aço de Sazed se esgotou.

Os anéis não foram feitos para durar muito, e suas duas explosões extremas drenaram-no em segundos. Ele reduziu a velocidade com uma guinada terrível, mas o braço ainda estava erguido, e ele ainda tinha a força de dez homens. Ele podia ver a saliência da estaca-eixo embaixo da túnica de Marsh. Se ele apenas pudesse...

Marsh girou, em seguida acertou com destreza a mão de Sazed. Bateu com um cotovelo na barriga de Sazed, em seguida ergueu e acertou o rosto dele com as costas da mão.

Sazed caiu para trás, e sua mente de peltre esgotou-se, sua força desaparecendo. Ele atingiu o chão duro com um grunhido de dor, e rolou.

Marsh agigantou-se no salão escuro. A vela tremeluziu.

— Você estava errado, Sazed — Marsh disse baixo. — No passado, eu não era um guerreiro, mas isso mudou. Você passou o último ano ensinando, mas eu passei matando. Matando tanta gente...

Marsh avançou, e Sazed tossiu, tentando fazer seu corpo escoriado mexer-se. Ficou preocupado se havia quebrado o braço outra vez. Ele acionou zinco novamente, fazendo os pensamentos ficarem mais velozes, mas isso não ajudou o corpo a se mover. Ele conseguia apenas observar — ainda mais ciente de sua situação arriscada e incapaz de fazer algo para impedi-la —, quando Marsh pegou o lampião caído.

A vela de Sazed finalmente apagou.

Ainda assim, Sazed conseguia ver o rosto de Marsh. O sangue gotejava da órbita estilhaçada, deixando a expressão do homem ainda mais difícil de ler. O Inquisidor parecia... triste quando levantou o lampião em suas mãos de garra com a intenção de esmagá-lo no rosto de Sazed.

Espere, Sazed pensou. *De onde vem aquela luz?*

Um bastão de duelo bateu contra a parte de trás da cabeça de Marsh, estilhaçando-se e lançando lascas para cima.

VIN E ELEND CAMINHARAM ATÉ o espelho d'água. Elend ajoelhou-se ao lado dele, mas Vin ficou em pé. Encarando o líquido cintilante.

Ficava empoçado numa pequena depressão na rocha, e parecia espesso — como metal. Um metal líquido, branco e reluzente. O Poço tinha apenas alguns metros de comprimento, mas seu poder agigantava-se na mente de Vin.

De fato, ela ficou tão extasiada com o belo espelho d'água que não percebeu o espectro das brumas até a mão de Elend apertar-se ao redor do seu braço. Vin ergueu os olhos, percebendo o espírito em pé diante deles. Parecia estar com a cabeça abaixada, mas quando se virou, a forma sombria empertigou-se.

Ela nunca vira a criatura fora das brumas. Ainda não era totalmente... completa. A bruma saía do seu corpo, fluindo para baixo, criando sua forma amorfa. Um padrão persistente.

Vin sibilou baixo, puxando uma adaga.

— Espere! — Elend disse, erguendo-se.

Ela franziu a testa, lançando um olhar para ele.

— Não acho que seja perigoso, Vin — ele disse, afastando-se dela, indo na direção do espírito.

— Elend, não! — ela disse, mas ele gentilmente se livrou dela.

— Ele me visitou enquanto você estava fora, Vin — ele explicou. — Não me machucou. Apenas... parecia querer que eu soubesse de algo — ele sorriu, ainda com a capa genérica e as roupas de viagem, e caminhou lentamente até o espectro das brumas. — O que você quer?

O espectro das brumas ficou imóvel por um tempo, em seguida ergueu o braço. Algo reluziu, refletindo a luz do espelho d'água.

— *Não*! — Vin gritou, avançando quando o espírito investiu contra a barriga de Elend. Elend grunhiu de dor, em seguida tombou para trás.

— Elend! — Vin falou, correndo até o lado de Elend enquanto ele deslizava e caía no chão. O espírito se afastou, o sangue pingando de algo dentro de sua forma ilusória e incorpórea. Sangue de Elend.

Elend ficou deitado, em choque, com os olhos arregalados. Vin avivou peltre e rasgou a frente do casaco, expondo a ferida. O espírito havia cortado a fundo sua barriga, deixando entrever as vísceras.

— Não... não... não... — Vin dizia, a mente ficando cada vez mais confusa, o sangue de Elend nas mãos.

O ferimento era muito grave. Fatal.

HAM JOGOU O BASTÃO QUEBRADO com o braço bom. O Brutamontes troncudo pareceu incrivelmente satisfeito consigo quando chegou até o corpo de Marsh e estendeu a mão boa para Sazed.

— Não esperava encontrá-lo aqui, Saze — o Brutamontes disse.

Zonzo, Sazed aceitou a mão e ergueu-se. Ele tropeçou no corpo de Marsh, distraído, sabendo de alguma forma que um simples golpe na cabeça não seria suficiente para matar a criatura. Ainda assim, Sazed estava aturdido demais para se importar. Pegou sua vela, acendeu-a com o lampião de Ham, em seguida foram na direção das escadas, forçando-se a avançar.

Ele precisava continuar. Ele precisava chegar até Vin.

VIN PUXOU ELEND PARA SEUS braços, sua capa formando uma bandagem improvisada — e terrivelmente inadequada — ao redor do seu torso.

— Eu te amo — ela sussurrou, as lágrimas rolando pelas bochechas geladas. — Elend, eu te amo, eu te amo...

Amor não bastaria. Ele tremia, os olhos encarando o teto, mal capaz de focar. Ele arfou, e o sangue borbulhou em sua saliva.

Ela se virou para o lado, percebendo atordoada onde estava ajoelhada. O espelho d'água brilhava ao lado, a poucos centímetros de onde Elend caíra. Um pouco do seu sangue havia escorrido para dentro dele, embora não se misturasse com o metal líquido.

Eu posso salvá-lo, ela se deu conta. *O poder da criação está a poucos centímetros dos meus dedos*. Aquele era o lugar de onde Rashek ascendeu à condição de divindade. O Poço da Ascensão.

Ela voltou os olhos para Elend, para seus olhos moribundos. Ele tentava se concentrar nela, mas parecia não conseguir mais controlar os músculos. Parecia... que estava tentando sorrir.

Vin enrolou seu casaco e colocou-o embaixo da cabeça dele. Em seguida, usando apenas camisa e calças, ela caminhou até o espelho d'água. Podia ouvi-lo pulsar. Como se... chamasse por ela. Chamando-a para se juntar a ele.

Ela entrou nele. Ele resistiu ao toque, mas seu pé começou a afundar, lentamente. Ela avançou, movendo-se para o centro do espelho d'água, esperando enquanto afundava. Em segundos, estava na altura do seu peito, o líquido brilhante ao redor.

Ela tomou fôlego, em seguida deitou a cabeça para trás, erguendo os olhos enquanto o espelho a absorvia, cobrindo seu rosto.

SAZED TROPEÇOU ESCADA ABAIXO, A vela entre os dedos trêmulos. Ham seguia-o, chamando. Passou por um Fantasma confuso no patamar lá embaixo e ignorou as perguntas do garoto.

No entanto, quando começou a descer até a caverna, ele reduziu a velocidade. Um pequeno tremor correu por entre o rochedo.

De alguma forma, sabia que era tarde demais.

O PODER TOMOU-A DE REPENTE.

Ela sentiu o líquido espremendo-a, esgueirando-se para dentro do corpo, infiltrando-se, forçando sua passagem através dos poros e das aberturas em sua pele. Abriu a boca para gritar, e o líquido avançou para dentro dela também, sufocando-a, fazendo-a engasgar.

Com um brilho repentino, o lóbulo da orelha começou a doer. Ela gritou, arrancando o brinco, soltando-o no líquido. Ela arrancou sua bolsinha, deixando-a — e seus frascos alomânticos — livre também, removendo os únicos metais no corpo.

Em seguida, ela começou a queimar. Reconheceu a sensação: era exatamente igual à sensação de queimar metais no estômago, exceto que vinha do corpo inteiro. Sua pele queimava, os músculos flamejavam e até seus ossos pareciam estar pegando fogo. Ela ofegou, e percebeu que o metal estava saindo da sua garganta.

Ela brilhava. Sentia o poder dentro de si, como se estivesse tentando voltar para o lado de fora em uma explosão. Era como a força que ganhava ao queimar peltre, mas incrivelmente mais potente. Era uma força de capacidade inacreditável. Estaria além de sua capacidade de compreensão, mas expandia a mente, forçando-a a crescer e entender o que ela possuía agora.

Vin poderia refazer o mundo. Poderia afastar as brumas. Poderia alimentar milhões com um aceno de mão, punir os maus, proteger os fracos. Estava assombrada consigo mesma. Era como se a caverna fosse translúcida ao seu redor, e ela visse o mundo inteiro espalhando-se, uma esfera magnífica sobre a qual a vida podia existir apenas em uma pequena área nos polos. Ela poderia consertar aquilo. Poderia melhorar as coisas. Poderia...

Poderia salvar Elend.

Ela olhou para baixo e o viu morrendo. Imediatamente entendeu o que estava errado com ele. Poderia consertar sua pele danificada e os órgãos cortados.

Não deve fazer isso, menina.

Vin ergueu os olhos, em choque.

Sabe o que deve fazer, a Voz disse, sussurrando para ela. Soava velha. Gentil.

— Tenho que salvá-lo! — ela gritou.

Você sabe o que deve fazer.

E ela sabia. Ela viu acontecer — ela viu, como se numa visão, Rashek quando assumiu o poder para si. Ela viu os desastres que ele criou.

Era tudo ou nada — como a Alomancia, em certo sentido. Se ela tomasse o poder, teria de queimá-lo em alguns momentos. Refazer as coisas como desejava, mas apenas por um curto período.

Ou... poderia desistir dele.

Eu preciso derrotar as Profundezas, a Voz disse.

Ela viu aquilo, também. Lá fora no palácio, na cidade, por todo o território. As pessoas nas brumas, tremendo, caindo. Muitas tinham ficado dentro casa, felizmente. As tradições dos skaa ainda eram fortes entre eles.

No entanto, alguns estavam fora. Aqueles que confiaram nas palavras de Kelsier de que as brumas não poderiam feri-los. Mas agora as brumas podiam. Elas haviam mudado, traziam a morte.

Aquilo eram as Profundezas. As brumas que matavam. As brumas que estavam lentamente cobrindo a terra inteira. As mortes eram esporádicas; Vin vira muitos caírem mortos, mas viu outros simplesmente adoecerem, e ainda outros que perambulavam pelas brumas como se não houvesse nada de errado.

Vai piorar, a Voz disse num sussurro. *Matará e destruirá. E, se tentar pará-la sozinha, arruinará o mundo, como Rashek fez antes de você.*

— Elend... — ela murmurou. Virou-se na direção dele, que sangrava no chão.

Naquele instante, ela se lembrou de algo. Algo que Sazed dissera. *Você deve amá-lo o bastante para confiar em seus desejos*, ele lhe disse. *Não é amor, a menos que você aprenda a respeitá-lo* — não o que você acredita *ser melhor, mas o que ele realmente deseja...*

Ela viu Elend chorando. Viu que ele focava ela, e sabia o que ele queria. Queria que seu povo vivesse. Queria que o mundo conhecesse a paz e que os skaa fossem livres.

Ele queria que as Profundezas fossem derrotadas. A segurança do seu povo significava mais para ele do que sua própria vida. Muito mais.

Você saberá o que fazer, ele disse para ela poucos momentos antes. *Confio em você...*

Vin fechou os olhos, e lágrimas escorreram pelo seu rosto. Aparentemente, deuses podiam chorar.

— Eu te amo — ela sussurrou.

Ela deixou o poder se esvair. Ela teve nas mãos a capacidade de se tornar uma divindade, e desistiu dela, soltando-a no vazio que aguardava. Ela desistiu de Elend.

Porque sabia que era isso o que ele queria.

A caverna imediatamente começou a tremer. Vin gritou quando o poder reluzente dentro dela foi arrancado, absorvido com avidez pelo vazio. Ela gritou, seu brilho esmaecendo, em seguida caiu no espelho d'água agora vazio, batendo a cabeça contra as pedras.

A caverna continuou a balançar, pó e lascas caíam do teto. E, em seguida, num momento de clareza surreal, Vin ouviu uma única frase, nítida, ressoando em sua mente.

Estou LIVRE!

... pois não se pode permitir que ele liberte a coisa que está aprisionada lá.

59

VIN FICOU ALI DEITADA, CHORANDO em silêncio.

A caverna estava silenciosa, a tempestade havia terminado. A coisa fora embora, e as pulsações em sua mente finalmente haviam se aquietado. Ela suspirou, os braços ao redor de Elend, segurando-o enquanto ele dava os últimos suspiros. Ela gritou, pedindo ajuda, chamando Ham e Fantasma, mas não obteve resposta. Estavam longe demais.

Ela se sentia fria. Vazia. Depois de reter tanto poder e, em seguida, tê-lo arrancado de si, sentia-se como se não fosse nada. E, quando Elend morresse, era o que seria.

Qual seria o sentido, então?, ela pensou. *A vida não significa nada. Eu traí Elend. Eu traí o mundo.*

Ela não tinha certeza do que acontecera, mas de alguma forma havia cometido um erro horrível, horrível. A pior parte foi que ela tentou com todas as forças fazer o correto, mesmo que aquilo doesse.

Algo se assomou sobre ela. Ela ergueu os olhos para o espectro das brumas, mas não conseguia nem mesmo sentir raiva. Ela estava com dificuldade de sentir qualquer coisa naquele momento.

O espírito ergueu um braço, apontando.

— Acabou — ela sussurrou.

Ele apontou com mais insistência.

— Não chegarei a eles a tempo — ela disse. — Além disso, eu *vi* como o corte era sério. Vi com o poder. Não há nada que qualquer um deles possa fazer, nem mesmo Sazed. Então, você deveria estar satisfeito. Conseguiu o que queria... — ela ficou em silêncio. Por que o espírito havia atacado Elend?

Para me fazer curá-lo, ela pensou. *Para impedir que eu liberasse o poder.*

Ela piscou. O espírito acenou o braço.

Lentamente, entorpecida, ela se ergueu. Observou o espírito em um transe enquanto flutuava a poucos passos sobre ela e apontou algo no chão. O espaço estava escuro, agora que o espelho d'água estava vazio, e era iluminado apenas pelo lampião de Elend. Ela precisou queimar estanho para ver o que o espírito apontava.

Um pedaço de cerâmica. O disco que Elend tirara da prateleira no fundo da sala e que estava na mão dele. Havia quebrado quando ele caiu.

O espectro das brumas apontava com insistência. Vin aproximou-se e se curvou, os dedos encontrando a pequena conta de metal que havia no centro do disco.

— O que é isso? — ela sussurrou.

O espectro das brumas virou-se e pairou de volta para Elend. Vin caminhava em silêncio.

Ele ainda estava vivo. Parecia ficar cada vez mais fraco e tremia menos. Estranhamente, quanto mais se aproximava da morte, de fato parecia ter um pouco mais de controle. Olhou para ela quando ajoelhou, e ela pôde ver seus lábios se mexerem.

— Vin... — ele sussurrou.

Ela ajoelhou ao lado dele, olhou para a conta de metal, em seguida para o espírito. Ele estava imóvel. Rolou a conta entre os dedos, em seguida ergueu-a para comer.

O espírito moveu-se em desespero, sacudindo as mãos. Vin parou, e o espírito apontou para Elend.

Quê?, ela pensou. No entanto, ela não conseguia realmente pensar. Ela segurou a conta erguida para Elend.

— Elend — ela sussurrou, inclinando-se para mais perto. — Você precisa engolir isto.

Ela não sabia se ele a havia entendido ou não, embora parecesse que ele havia assentido. Ela encaixou o pedaço de metal na boca dele. Os lábios se moveram, e ele começou a engasgar.

Tenho que trazer algo para ele engolir, ela pensou. A única coisa que tinha era um dos seus frascos de metal. Ela foi até o poço vazio, recuperando o brinco e a bolsa. Ela puxou um frasco, em seguida despejou o líquido na boca de Elend.

Elend continuou a tossir com fraqueza, mas o líquido funcionou bem, fazendo a conta de metal descer. Vin ajoelhou, sentindo-se impotente, um contraste deprimente com como estivera poucos momentos antes. Elend fechou os olhos.

Em seguida, estranhamente, a cor pareceu voltar ao seu rosto. Vin ajoelhou, confusa, observando-o. A aparência no rosto, a maneira que estava deitado, a cor da pele...

Ela queimou bronze e, em choque, sentiu pulsações vindo de Elend.

Ele estava queimando peltre.

EPÍLOGO

DUAS SEMANAS DEPOIS, UMA FIGURA solitária chegou ao Convento de Seran.

Sazed deixou Luthadel sem dizer nada a ninguém, perturbado por seus pensamentos e pela perda de Tindwyl. Deixou um bilhete. Não conseguia ficar em Luthadel. Não naquele momento.

As brumas ainda matavam. Atingiam pessoas que saíam à noite, aleatoriamente, sem um padrão discernível. Muitas das pessoas não morriam, apenas ficavam doentes. Outras, as brumas assassinavam. Sazed não sabia o que pensar sobre as mortes. Ele nem sabia ao certo se ainda se importava. Vin falou sobre algo terrível que ela havia libertado do Poço da Ascensão. Ela esperava que Sazed quisesse estudar e registrar sua experiência.

Em vez disso, ele partiu.

Ele seguiu por aposentos solenes e placas de aço. Quase que esperava ser confrontado por um Inquisidor ou outro. Talvez Marsh tentasse matá-lo novamente. Quando ele e Ham voltaram da caverna-depósito embaixo de Luthadel, Marsh havia desaparecido outra vez. Seu trabalho, pelo visto, fora feito. Ele atrapalhou Sazed por tempo suficiente para que ele não impedisse Vin.

Sazed desceu as escadarias, passando pela câmara de tortura, e finalmente até a saleta de rocha que visitara em sua primeira ida ao Convento, muitas semanas antes. Ele deixou sua bolsa no chão, esforçando-se para abri-la com dedos cansados, em seguida ergueu os olhos para a grande placa de aço.

As palavras finais de Kwaan encaravam-no. Sazed ajoelhou-se, puxando cuidadosamente da bolsa o caderno amarrado. Ele desfez o nó, e em seguida retirou a cópia original, feita naquela mesma câmara alguns meses antes. Reconhecia suas digitais no papel fino, sabia que os riscos de carvão eram seus. Reconhecia os borrões que fizera.

Com nervosismo cada vez maior, ele ergueu a cópia e encaixou-a contra a placa de aço na parede.

E as duas não eram idênticas.

Sazed recuou, sem saber o que pensar agora que suas suspeitas haviam sido confirmadas. A cópia deslizou de seus dedos fracos, e os olhos encontraram a frase no fim da placa. A última frase, aquela que o espectro das brumas arrancara repetidamente. A original, na placa de aço, era diferente daquela que Sazed escrevera e estudara.

Alendi não pode chegar ao Poço da Ascensão, as palavras antiquíssimas de Kwaan diziam, ... *pois não se pode permitir que ele liberte a coisa que está aprisionada lá.*

Sazed sentou-se em silêncio. *Era tudo mentira*, pensou, atordoado. *A religião do povo de Terris... aquilo que os Guardadores passaram milênios buscando, tentando entender, era uma mentira. As chamadas profecias, o Herói das Eras... uma invenção.*

Um truque.

Que melhor maneira para tal criatura ganhar liberdade? Homens morreriam em nome de profecias. Queriam acreditar, ter esperança. Se alguém — alguma coisa — pudesse aproveitar essa energia, pervertê-la, que coisas incríveis poderiam ser realizadas...

Sazed ergueu os olhos, lendo as palavras na parede, lendo a segunda metade outra vez. Continham parágrafos que eram diferentes de sua cópia por fricção.

Ou, melhor, sua cópia havia sido alterada de alguma forma. Alterada para refletir o que a coisa desejava que Sazed lesse. *Escrevo estas palavras em aço*, as primeiras palavras de Kwaan, *pois qualquer coisa que não seja inscrita no metal não é confiável.*

Sazed sacudiu a cabeça. Eles deviam ter prestado atenção àquela frase. Tudo que havia estudado depois disso, aparentemente, foi uma mentira. Olhou para a placa, examinando seu conteúdo, chegando à parte final.

E, assim, eu chego ao cerne do meu argumento. Peço desculpas. Mesmo forçando minhas palavras no aço, sentado e talhando nesta caverna congelante, tendo a divagar.

Este é o problema. Embora eu acreditasse em Alendi no início, mais tarde fiquei desconfiado. Parecia que se encaixava com os sinais, verdade. Mas como posso explicar?

Seria possível que ele se encaixasse bem demais?

Conheço seu argumento. Falamos da Antecipação, daquilo que foi previsto, das promessas feitas por nossos grandes profetas do passado. É claro que o Herói das Eras se encaixará nas profecias. Se encaixará perfeitamente. Essa é a ideia.

E, ainda assim... alguma coisa nisso tudo parecia tão conveniente. Era quase como se tivéssemos construído um herói que se encaixasse em nossas profecias, em vez de deixar que um herói surgisse naturalmente. Essa era a preocupação que eu tinha, aquilo que deveria ter me feito parar para pensar quando meus irmãos vieram até mim, finalmente dispostos a acreditar.

Depois disso, comecei a ver outros problemas. Alguns de vocês talvez conheçam minha memória lendária. É verdade. Não preciso de uma mente de metal feruquemista para memorizar uma página de palavras num instante. E, eu lhe digo, me chame de louco, mas as palavras das profecias estão mudando.

As alterações são mínimas. Espertas, até. Uma palavra aqui, uma leve mudança ali. Mas as palavras nas páginas são diferentes daquelas na minha memória. Os outros Portadores do Mundo zombam de mim, pois têm suas mentes de metal para provar que os livros e as profecias não mudaram.

E, assim, essa é a grande declaração que preciso fazer. Existe algo — alguma força — que quer que acreditemos que o Heróis das Eras chegou, e que ele precisa ir até o Poço da Ascensão. Algo está fazendo as profecias mudarem para que elas se refiram a Alendi da forma mais perfeita.

E, seja lá o que for esse poder, ele pode mudar palavras dentro da mente de metal de um feruquemista.

Os outros me chamam de louco. Como eu disse, talvez seja verdade. Mas será que nem mesmo um louco deve confiar na sua própria mente, na sua própria experiência, em vez de nas dos outros? Sei o que memorizei. Sei o que é repetido agora pelos outros Portadores do Mundo. Os dois não são a mesma coisa.

Sinto astúcia por trás dessas alterações, uma manipulação sutil e brilhante. Passei os últimos dois anos em exílio, tentando decifrar o que as alterações poderiam significar. Cheguei a uma única conclusão. Algo tomou controle de nossa religião, algo nefando, algo em que não se pode confiar. Ele engana e obscurece. Usa Alendi para destruir, levando-o por um caminho de morte e tristeza. Ele está atraindo Alendi para o Poço da Ascensão, onde o poder milenar se acumulou. Só posso intuir que ele enviou as Profundezas como um método para deixar a humanidade mais desesperada, para nos forçar a fazer o que ele deseja.

As profecias mudaram. Agora dizem a Alendi que deve abrir mão do poder assim que o tomar. Não é o que havia nos textos de antigamente — eles eram mais vagos. E, ainda assim, uma nova versão parece torná-lo um imperativo moral. Os textos agora enfatizam uma consequência terrível, se o Herói das Eras tomar o poder para si.

Alendi acredita no que eles dizem.. Ele é um bom homem — apesar de tudo, ele é um bom homem. Um homem que se sacrifica. Na verdade, todos os seus atos — todas as mortes, a destruição e as dores que ele causou — feriram-no profundamente. Todas essas coisas foram uma espécie de sacrifício para ele. Ele está acostumado a renunciar à sua vontade em prol do bem maior, como ele o vê.

Não tenho dúvida de que, se Alendi chegar ao Poço da Ascensão, ele tomará o poder e, em seguida — em nome do suposto bem maior —, renunciará a ele. — Renunciará a esta força de destruição que o levou à guerra, que o tentou a matar, que habilmente o levou para o norte.

Essa coisa quer o poder mantido no Poço, e violou os princípios mais sagrados de nossa religião para consegui-lo.

E, assim, fiz a aposta final. Meus apelos, meus ensinamentos, minhas objeções e até mesmo minhas traições foram todas ineficazes. Alendi tem outros conselheiros agora, que falam o que ele quer ouvir.

Tenho um sobrinho jovem, Rashek. Ele odeia todos de Khlennium com a paixão da juventude invejosa. Odeia Alendi de forma ainda mais aguda, em-

bora os dois nunca tenham se encontrado, pois Rashek se sente traído pelo fato de um de nossos opressores ter sido escolhido como Herói das Eras.

Alendi precisará de guias pelas Montanhas de Terris. Incumbi Rashek de garantir que ele e seus amigos de confiança sejam escolhidos para tal. Rashek deve tentar levar Alendi na direção errada, desencorajá-lo ou, de alguma outra maneira, frustrar sua busca. Alendi não sabe que foi enganado, que todos fomos enganados, e ele não me ouvirá agora.

Se Rashek falhar em tirar Alendi do caminho certo, eu instruí o rapaz a assassinar meu antigo amigo. É uma esperança distante. Alendi sobreviveu a assassinos, guerras e catástrofes. E, ainda assim, espero que, nas montanhas gélidas de Terris, ele possa finalmente ser exposto. Espero por um milagre.

Alendi não pode chegar ao Poço da Ascensão, pois não se pode permitir que ele liberte a coisa que está aprisionada lá.

Sazed recostou-se. Foi o golpe final, o último que matou o que restava de fé nele.

Soube, naquele momento, que nunca acreditaria novamente.

VIN ENCONTROU ELEND EM PÉ, na muralha da cidade, olhando para Luthadel. Vestia um uniforme branco, um daqueles que Tindwyl fizera para ele. Ele parecia... mais duro do que há poucas semanas antes.

— Você acordou — ela disse, movendo-se até ficar ao lado dele.

Ele assentiu. Não olhou para ela, continuou a observar a cidade com a agitação de pessoas. Passara um bom tempo delirante e de cama, apesar do poder curativo de sua Alomancia recém-descoberta. Mesmo com peltre, os cirurgiões não sabiam ao certo se ele sobreviveria.

Ele sobrevivera. E, como um verdadeiro alomântico, saiu da cama já no primeiro dia e estava lúcido.

— O que aconteceu? — ele perguntou.

Ela sacudiu a cabeça, recostando-se contra as pedras da ameia. Ela ainda conseguia ouvir a voz terrível, ribombante. *Estou LIVRE...*

— Eu sou alomântico — Elend disse.

Ela concordou.

— Aparentemente, Nascido da Bruma — ele continuou.

— Eu acho... que agora sabemos de onde eles vieram — Vin falou. — Os primeiros alomânticos.

— O que aconteceu com o poder? Ham não me deu uma resposta direta, e tudo que os outros sabem são rumores.

— Eu libertei algo — ela sussurrou. — Algo que não deveria ter sido libertado; algo que me levou até o Poço. Eu nunca deveria ter ido procurar por ele, Elend.

Elend estava em silêncio, ainda observando a cidade.

Ela se virou, enterrando a cabeça no peito de Elend.

— Era terrível — ela disse. — Eu podia sentir. E o libertei.

Por fim, Elend envolveu-a com um abraço.

— Você fez o melhor que pôde, Vin — ele falou. — Na verdade, você fez a coisa certa. Como podia saber que tudo que lhe disseram, tudo para o que foi treinada e preparada para fazer, estava errado?

Vin sacudiu a cabeça.

— Eu sou pior que o Senhor Soberano. No final, talvez ele tenha percebido que estava sendo enganado, e que precisava tomar o poder em vez de libertá-lo.

— Se ele fosse um bom homem, Vin — Elend falou —, ele não teria feito as coisas que fez com esta terra.

— Talvez eu tenha feito ainda pior — Vin falou. — Essa coisa que libertei... as brumas matando as pessoas, e vindo durante o dia... Elend, o que vamos fazer?

Ele olhou para ela por um momento, em seguida se voltou outra vez para a cidade e seu povo.

— Vamos fazer o que Kelsier nos ensinou, Vin. Vamos sobreviver.

FIM DO LIVRO DOIS

ARS ARCANUM

Encontre extensas anotações do autor sobre cada um dos capítulos deste livro, juntamente com algumas cenas excluídas e informações detalhadas sobre o mundo do Império Final, em www.brandonsanderson.com (em inglês).

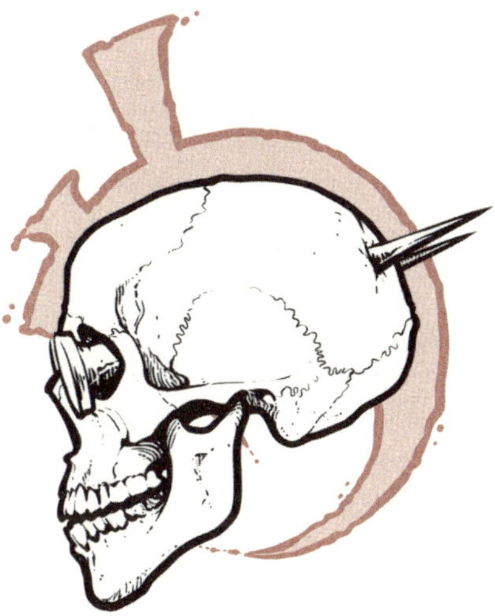

TABELA DE METAIS ALOMÂNTICOS

METAL	PODER ALOMÂNTICO	PODER FERUQUÊMICO
Ferro	Puxa fontes de metais próximos	Armazena peso físico
Aço	**Empurra fontes de metais próximos**	Armazena velocidade física
Estanho	Amplia sentidos	Armazena sentidos
Peltre	**Amplia habilidades físicas**	Armazena força física
Zinco	Tumultua (inflama) emoções	Armazena velocidade menta
Latão	**Abranda (atenua) emoções**	Armazena calor
Cobre	Esconde pulsos alomânticos	Armazena memórias
Bronze	**Permite ouvir pulsos alomânticos**	Armazena prontidão
Atium	Ver o futuro das pessoas	Armazena idade
Malatium	**Ver o passado das pessoas**	Desconhecido
Ouro	Ver o próprio passado	Armazena saúde
Desconhecido	**Ver seu próprio futuro?**	Desconhecido

(Nota: Metais externos estão em itálico. Metais que empurram estão em negrito.)

ÍNDICE ALFABÉTICO ALOMÂNTICO

ABRANDADOR: Um Brumoso que pode queimar latão.

AÇO (METAL DE *EMPURRÃO* FÍSICO EXTERNO): Uma pessoa queimando aço pode ver linhas azuis translúcidas apontando para fontes próximas de metal. O tamanho e o brilho da linha dependem do tamanho e da proximidade da fonte de metal. Todos os tipos de metais são mostrados, não apenas aço. O alomântico pode empurrar mentalmente uma dessas linhas e mandar a fonte de metal para longe de si. Um Brumoso que pode queimar aço é conhecido como Lançamoedas.

ALUMÍNIO: Um metal que Vin foi forçada a queimar no palácio do Senhor Soberano. Conhecido no passado apenas pelos Inquisidores de Aço, esse metal, quando queimado, esgota todas as outras reservas de metal de um alomântico. Sua liga, se houver, é desconhecida.

ATIUM (METAL DE *PUXÃO* TEMPORAL EXTERNO): Um metal estranho produzido no passado dentro dos Fossos de Hathsin. Era concentrado dentro de pequenos geodos que se formavam em bolsões cristalinos nas cavernas subterrâneas. A pessoa que queima atium pode ver momentos que se passam no futuro, representados por sombras se movendo à frente de pessoas e objetos.

ATRAIDOR: Um Brumoso capaz de queimar ferro.

BRAÇO DE PELTRE: Um Brumoso que pode queimar peltre.

BRONZE (METAL DE *EMPURRÃO* MENTAL INTERNO): Uma pessoa queimando bronze pode sentir quando as pessoas próximas estão usando Alomancia. Alomânticos queimando metais nas redondezas emitirão "pulsos alomânticos" — algo como batidas de tambor, audíveis apenas para uma pessoa queimando bronze. Um Brumoso que queima bronze é conhecido como Buscador.

BRUTAMONTES: Um Brumoso que pode queimar peltre.

BUSCADOR: Um Brumoso que pode queimar bronze.

COBRE (METAL DE *PUXÃO* MENTAL INTERNO): Uma pessoa queimando cobre cria uma nuvem invisível, que protege quem estiver dentro dela dos sentidos de um Buscador. Enquanto está dentro desta "nuvem de cobre", um alomântico pode queimar qualquer metal que desejar, sem se preocupar que alguém queimando bronze venha a sentir seus pulsos alomânticos. Como efeito colateral, uma pessoa queimando cobre é imune a qualquer forma de Alomancia emocional (*abrandar* ou *tumultuar*). Um Brumoso que queima cobre é conhecido como Esfumaçador.

ESFUMAÇADOR: Um alomântico que pode queimar cobre.

ESTANHO (METAL DE *PUXÃO* FÍSICO INTERNO): Uma pessoa queimando estanho consegue amplificar seus sentidos. Pode ver mais longe, sentir melhor os odores, e seu tato e audição se tornam bem mais apurados. Isso tem o efeito colateral de deixá-lo penetrar nas brumas, permitindo que enxergue à noite muito melhor do que seria possível, mesmo com os sentidos amplificados. Um Brumoso que pode queimar estanho é conhecido como Olho de Estanho.

FERRO (METAL DE *PUXÃO* FÍSICO EXTERNO): Uma pessoa queimando ferro pode ver linhas azuis translúcidas apontando para fontes próximas de metal. O tamanho e o brilho da linha dependem do tamanho e da proximidade da fonte de metal. Todos os tipos de metais são mostrados, não apenas fontes de ferro. O alomântico pode puxar mentalmente uma dessas linhas para trazer a fonte de metal em sua direção. Um Brumoso que queimar ferro é conhecido como Atraidor.Hammond: Nome real de Ham.

LANÇAMOEDAS: Um Brumoso que pode queimar aço.

LATÃO (METAL DE *EMPURRÃO* MENTAL EXTERNO): Uma pessoa queimando latão pode aplacar as emoções de outras pessoas, persuadindo-as e tornando determinadas emoções menos fortes. Um alomântico cuidadoso pode abrandar todas as emoções, deixando, basicamente, que a pessoa sinta apenas o que ele deseja. Latão, no entanto, não permite que o alomântico leia mentes ou mesmo as emoções. Um Brumoso que queima latão é conhecido como Abrandador.

MALATIUM (METAL DE *EMPURRÃO* TEMPORAL EXTERNO): O metal descoberto por Kelsier, com frequência chamado de Décimo Primeiro Metal. Ninguém sabe onde ele o encontrou, ou por que ele pensava que poderia matar o Senhor Soberano com ele. No fim, contudo, levou Vin à pista de que precisava para derrotar o imperador. Uma pessoa queimando malatium pode ver uma versão do passado de outra pessoa, ou possivelmente uma versão alternativa dessa pessoa se o passado dela fosse diferente.

NASCIDO DA BRUMA: Um alomântico que pode queimar todos os metais alomânticos.

OLHO DE ESTANHO: Um Brumoso que pode queimar estanho.

OURO (METAL DE *PUXÃO* TEMPORAL INTERNO): Uma pessoa queimando ouro pode ver uma versão do passado de si mesma, ou possivelmente uma versão alternativa de si mesma caso seu passado fosse diferente.

PELTRE (METAL DE *EMPURRÃO* FÍSICO INTERNO): Uma pessoa queimando peltre amplifica os atributos físicos de seu corpo. Ela se torna mais forte, mais durável e mais habilidosa. O peltre também aumenta o senso de equilíbrio do corpo e a habilidade de se recuperar de ferimentos. Um Brumoso que pode queimar peltre é conhecido como Braço de Peltre ou Brutamontes.

TUMULTUADOR: Um Brumoso que pode queimar zinco.

ZINCO (METAL DE *PUXÃO* MENTAL EXTERNO): Uma pessoa queimando zinco pode tumultuar as emoções de outras pessoas, inflamando-as e tornando determinadas emoções mais poderosas. Não permite ler mentes ou mesmo emoções. Um Brumoso que queima zinco é conhecido como Tumultuador.

DIREÇÃO EDITORIAL
Daniele Cajueiro

EDITORA RESPONSÁVEL
Mariana Rolier

PRODUÇÃO EDITORIAL
Adriana Torres
Júlia Ribeiro
Laiane Flores
Mariana Lucena

REVISÃO DE TRADUÇÃO
Gabriel Demasi

REVISÃO
André Marinho
Kamila Wozniak
Manoela Alves
Perla Serafim

CONSULTORIA
Alec Costa

DIAGRAMAÇÃO E ADAPTAÇÃO
DE PROJETO GRÁFICO DE MIOLO
Larissa Fernandez
Leticia Fernandez

Este livro foi impresso pela Leograf, em 2025, para a Trama.
O papel de miolo é Ivory 65g/m² e o de capa é cartão 250g/m².